해방기 시의 현실인식과 논리

해방기 시의 현실인식과 논리

박 용 찬

도서출판 역락

 책머리에

백철의 『조선신문학사조사』를 읽으면서 시작되었던 한국 현대문학 연구에 대한 열정을 이러한 조그만 책으로 드러내게 되니 아쉬운 생각이 크다. '책만은 冊으로 쓰고 싶다'던 상허 이태준의 글이 아니더라도, 독자의 책상이나 서가에 반듯하게 세울 수 있는 온전한 책 한 번 만들어 보았으면 하는 소망을 실천하고 싶었지만, 스스로의 불만과 자책감에 머뭇거리다 많은 시간이 지나가 버렸다. 지나간 날들에 대한 정리와 앞으로의 삶과 학문의 방향성을 표출하고자 하는 조그마한 욕망의 산물 정도로 이 책을 보아 주었으면 좋겠다.

20세기 후반의 격변과 변화의 시기를 거쳐오면서 역사의식이니, 민족이니, 삶의 진정성이니 하는 무수한 담론들이 필자의 주위를 맴돌았다. 그러한 익숙한 단어들 속에서 때로는 주눅들거나, 현실과 이상의 간극 사이에서 고민하면서 필자를 위안했던 것이 먼지투성이의 책더미 속에 숨 쉬고 있던 빛바랜 낡은 책들이었다. 시를 찾아 헤매던 오랜 시간 동안에 만났던 많은 책들이 지금 이 순간에 떠오른다. 이용악의 『오랑캐꽃』, 서정주의 『귀촉도』, 김용준의 『근원수필』, 백석의 「남신의주유동박시봉방」이 실린 『학풍』 창간호 등등……. 강의실에서 배울 수 없었던 많은 작가들을 학교 밖에서 만날 수 있다는 것이 신기했고 언젠가 이들에 대한 접근을 공부의 주된 대상으로 삼아야 하겠다고 생각했다. 그러한 와중에 이 대상들이 주로 집중되어 있던 해방기의 사회와 문학으로 나의 관심이 자연스레 옮겨 갔다. 석사 과정 시절 30년대 비평 자료를 읽을 때 가졌던 난해한 복자(覆字) 읽기와 보존되지 못한 잡지나 신문에 대한 원망(願望)이 해방기 자료에도 여전히 이어지고 있었다.

일제강점기와 분단 시대의 교량 부분인 해방기는 한국현대사에서 가장 민감한 부분으로 남아 있는 한 시기이다. 한국현대문학사의 올바른 기술을 위해서도 이 부분에 대한 명확한 학적 고증이 이루어져야 할 터인데, 잡지나 신문 등 정리되지 못한 부분이 너무나 많았다. 이러한 자료를 직접 냄새 맡고 찾아보겠다는 열정이 필자를 해방기 문학 쪽으로 몰아넣었던 것이다. 그 시대를 치열하게 살다간 수많은 문학자들의 '길' 찾기 과정과 그들이 남긴 글들에 대한 철저한 구명(究明)과 구도를 세워 보는 것이 이 책의 목적이자 앞으로 남은 공부의 주된 과제이다.

이 책의 제1부는 「해방기 시의 현실인식과 창작방법 연구」라는 박사 학위 논문을 일부 수정하여 실은 것이다. 이것은 리얼리즘 미학의 연장선상에서 해방기의 시론을 검토하고, 그 당시 시인들의 현실인식과 창작방법의 문제를 구체적으로 다루어 보고자 한 것이다. 다소 시의성이 문제되기는 하나 최근 유행하는 근대성이니 탈식민주의니 하는 현란한 문학 담론의 공간 속에서도 작가들의 세계 인식과 그것의 형상화 방식에 관한 연구는 앞으로도 소홀히 할 수 없는 지속적인 연구 영역이라 판단되었기에 이 책의 중심으로 삼았다. 제2부는 해방기의 시와 시인들에 관한 개별 논문을 엮은 것이다. 논문들 사이에 일부 중복되는 문구가 보이지 않은 것은 아니지만 개별 작가론의 형태를 띤 점을 고려하여 약간의 손질을 거쳐 실었다.

지금 이 순간 많은 사람들이 떠오른다. 삶과 학문 연구의 방향을 제시해 주셨던 이주형 선생님과 권기호 선생님의 따뜻한 지도와 배려에는 무어라 감사의 말씀을 드려야 할지 모르겠다. 또한 학부 시절부터 늘 관심과 이해로 지켜보아 주셨던 김종택, 이상태, 서종문, 김문기, 임지룡 선생님과 좋은 학위 논문이 되도록 애써주신 유기룡, 이기철, 송영목 선생님, 구할 수 없었던 최석두의 시집『새벽길』을 복사해 보내주신 윤여탁 선생님께도 깊은 감사의 말씀을 드린다. 그리고 밤새워 문학과 삶의 의미를 따져 가며 열띤 토론을 하던 여러 선배, 후배들에게도 고마움을 표하고 싶다. 마지막으로 불황의 그늘 속에서도 이 책을 출판해 주신 도서출판 역락의 이대현 사장님과 편집부 직원들에게 감사한 마음을 전한다.

문학 연구의 도정에서 만났던 수많은 작가들처럼 나도 걸어가야 할 또 다른 길 위에 지금 서 있다. 앞서 간 많은 사람들처럼 가야 할 길이 있고, 그 길을 향한 열정이 있을진대, 그래도 가야만 하는 것이 인생이 아닐까? 새로운 출발을 위한 결심을 다지며, 고향에 계신 늙으신 부모님과 늘 정리되지 못한 공간을 함께 했던 가족들에게 이 책을 바친다.

2004년 늦가을

박 용 찬

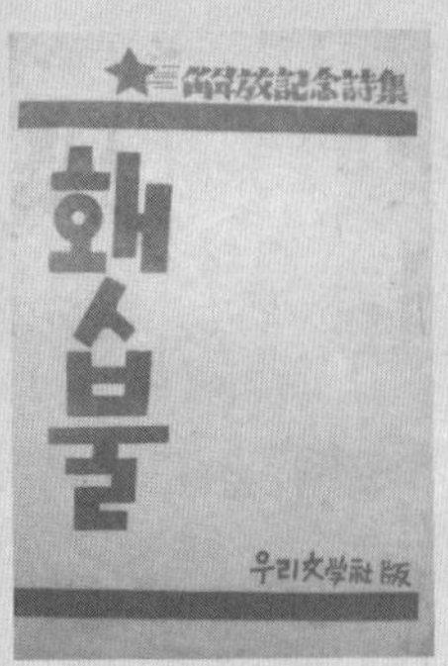

차례

해방기 시의 현실인식과 논리

제1부   해방기 리얼리즘시 연구

 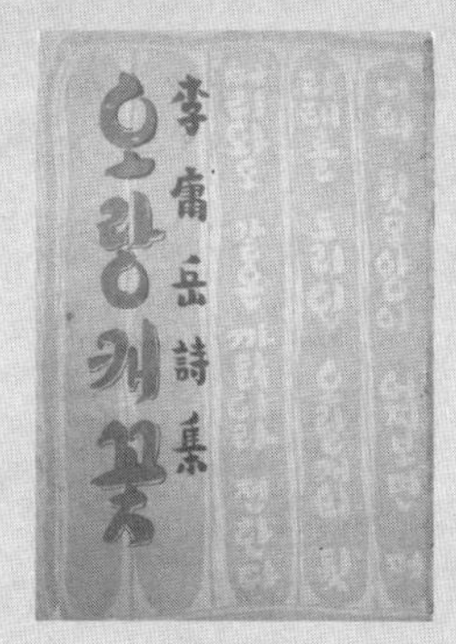 

해방기 시의 현실인식과 논리

차례

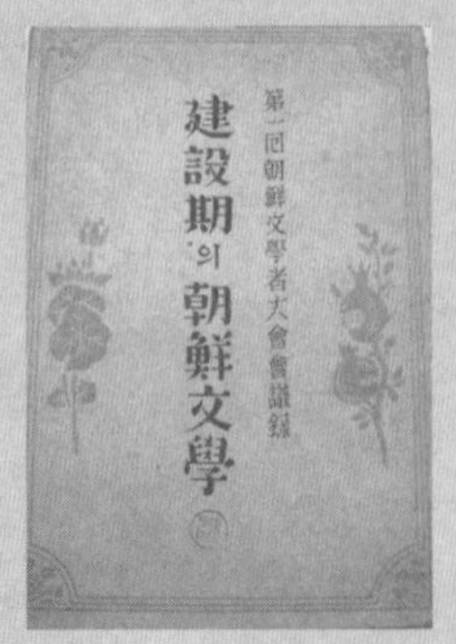

해방기 시의 현실인식과 논리

제1부
해방기 리얼리즘시 연구

제1장 서 론

1. 연구 목적과 연구 대상

해방기[1]는 일제강점기와 분단기 사이에 가로놓인 변혁기로서 개화
기와 더불어 이후(以後) 역사를 결정짓는 중요한 시기이다. 이 당시 우
리 민족은 일제의 강점에서 벗어난 기쁨과 새나라 건설에 대한 기대와
희망으로 가득차 있었다. 그러나 한반도에 들어온 미, 소 군정은 자주
독립국가 건설이라는 민족적 여망을 차단함으로써 해방기는 분단고착
화로 가는 길목으로 전락하는 시기가 되고 말았다. 이상적 새나라에 대
한 구상과 방법을 폭넓게 제시하고 토론해 가던 이 시기 지식인들에게
있어 해방기는 매혹의 공간인 동시에 그들의 욕망이 좌절되어가던 냉혹
한 현실 공간이기도 했다. 다른 어느 시기보다 민족의 진로에 대한 다

---

1) 해방기는 논자에 따라 해방 직후, 해방공간, 해방정국, 미소군정기, 8. 15 직후, 해방3
 년, 해방8년, 평화적 민주건설 시기(북한) 등 범위 및 관점에 따라 다양하게 사용되고
 있다. 본고에서 사용하고 있는 해방기라는 용어는 1945년 8월 15일 해방부터 1950년
 6월 25일 한국전쟁 발발 전까지의 시기를 지칭한다. 해방기를 한국전쟁 발발 전까지 잡
 은 것은 1948년 8월 15일, 9월 9일 남, 북한 정권의 성립으로 만들어진 잠정적인 분단
 상황이 한국 전쟁의 발발로 인해 완전히 분단체제가 구축된 것으로 보기 때문이다.

양한 방법과 주의, 주장이 심도있게 논의되었으며 그것이 현실 속에서 실천적으로 적용되기도 하였다. 그러나 현실은 이들의 이상과는 다르게 냉혹하게 전개되어 나갔다. 그러므로 해방기는 역사가 낭만과 열정만으로 진전될 수 없음을 직접적으로 보여준 시기이기도 했다. 일제가 남기고 간 물질적, 정신적 폐해를 청산하고 전 민족의 여망을 한 그릇에 담아내어 새로운 민족국가를 세우는 것이 해방기가 담당해야 할 역사의 몫이었다. 그러나 해방기의 역사는 이러한 몫을 훌륭하게 수행해 내지 못하였다. 해방 직후가 식민지 시대와 별반 다를 것 없다는 인식이 나오기 시작한 것도 이때문이었다. "역사가 정녕 아직도 「치숙」(痴叔)의 시간에서 벗어나지 못하였"[2]다는 채만식의 발언이 해방기의 사회성격을 단적으로 드러내 보여준다. 물론 '해방조선'에서 '독립조선'으로 가기 위한 무수한 사람들의 고민과 좌절, 구체적 싸움의 흔적을 역사의 저편에 묻어둘 수만은 없다. 자주독립국가 건설이라는 이상이 좌절되어가는 모습과 그 과정을 되새겨 다시는 실패의 역정을 되풀이 하지 않기 위해서이다. 여기에 해방기 연구의 현재적 의의가 있다. 그러므로 이 시기의 제 주의, 주장을 검토해 봄으로써 좌절의 역사가 주는 교훈을 찾아낼 수 있으며, 그것을 통해서 해방기가 단순히 실패의 역사가 아니라 오늘날 문제의 근원을 밝혀주는 문제적 시기임을 알 수 있다. 최근 들어 부각, 점증되기 시작한 해방기 문학에 대한 관심 또한 기본적으로 이러한 시각에서 출발한다. 해방 3년 동안 흩뿌려진 정치, 사상의 무수한 편린들, 또 그것의 변형 형태인 시, 소설, 비평문의 흔적을 통해 어려운 시대, 그래도 가능성이 엿보였던 시기에 지식인들이 지향했던 정신적 자취와 그 구도를 되비쳐 볼 수 있다는 확신에서 이러한 작업들은 시작된다. 본고에서 다루고자 하는 해방기 시의 경우도 이러한 맥락에

---

2) 채만식, 『잘난사람들』 후기, 민중서관, 1948.

서 그 현실적 의미가 있다고 생각된다.

해방기는 단연 시가 두드러진 시기였다. 해방의 감격과 흥분, 자주 독립국가 건설의 도정을 나타내기 위해서는 현실의 총체성을 확보하는 데 오랜 시간과 시각을 요하는 소설 장르보다 현실에 민감하게 대응하는 시 장르가 더 우위에 있을 수밖에 없다. 특히 격동기일수록 시 장르가 더욱 빛을 발함은 시의 적극적인 현실대응력과 민첩한 기동성 때문이라 할 수 있다. 시의 본질이 "항시 변화하고 전진하는 시대의 촉각을 재빠르게 잡고 때로 역사의 지향을 예고한다"3)는 말은 해방기 시의 특성에 잘 부합된 지적이라 하겠다. 이처럼 해방기는 카프(KAPF)의 전통을 이어받은 중견 시인들과 새로 변혁운동에 뛰어든 신진시인들의 대거 출현으로 소위 시의 전성기를 구가했다. 새로운 시대는 "온통 노래의 시대요, 시의 시대"4)였다. 자주독립국가 건설이라는 역사적 과제에 부응하기 위해 시인들은 각자 자기가 택한 이념, 정파에 소속되어 새나라 건설의 노래를 불렀던 것이다.

해방기 시의 경우 외적 현실 내지 창작 주체의 이념을 표출한 시가 많았는데 이는 현실에 대한 직접 관심을 유발하는 시대적 특성에 그 일차적 원인이 있었다. 특히 조선문학가동맹을 핵으로 한 좌파 중견, 또는 신진 시인들의 활약은 두드러진 바 있다. 그러므로 해방기의 변해가는 현실을 시인들이 어떻게 바라보고 형상화했느냐는 관점에서 시와 현실의 상호 조명이 필요하다. 물론 현실을 직접 매개로 하지 않은 시들도 현실의 무매개성에 대한 심층적, 이데올로기적 접근이 필요할 것이다.5) 해방기 시 가운데 현실지향적 성격이 강한 조선문학가동맹 계열

---

3) 『1948년판 조선년감』, 조선통신사, 1947, 369~370면.
4) 임화, 「서(序)」, 김상훈시집 『대열』, 백우서림, 1947, 10면.
5) 조선문학가동맹과 대립해 상대적으로 문학의 자율성과 순수성를 주창했던 '전조선문필가협회', '조선청년문학가협회' 소속의 작가들 또한 정치, 사회 현실과 완전히 결별했다고

시인들의 작품은 대부분 투쟁적 구호와 현실참여에 따른 강한 정치성 등으로 인해 생경한 구호시 내지 선전선동시로 평가절하되어 왔다. 그러나 급박한 현실 속에서 자신이 선택한 이념과 진로에 충실했던 시인들의 시적 성취물들을 일방적 비난이나 찬사같은 고정된 시각으로 재단해버릴 수만은 없다. 변혁운동의 중심에서 시인들 자신의 실천적 행동 문제로까지 확산된 결과물들을 그 시대의 흐름 속에서 투시해야 한다. 그러므로 본고가 다루어 보고자 하는 해방기 시의 현실인식과 형상화 방법에 대한 연구는 충분히 논의할 가치가 있다고 생각한다.

　해방기 지식인들, 특히 시인들의 현실인식과 작품으로서의 형상화 과정은 해방기 현실에 대한 그들의 소망이 구체적으로 표출된 기표라는 점에서 중요하다. 문학이 단순한 현실의 모사가 아니라 작가의 상상적 인식을 통한 현실의 재창조임은 주지의 사실이다. 주관성이 강하게 매개된 시는 해방기란 역사의 공간 속에서 문자를 통해 이상적 공간에 대한 기대와 열린 세계를 꿈꾸었던 것이다. 그러므로 우리는 이러한 시 작품을 통해 해방기 시인들이 꿈꾸었던 열망과 문자 뒤에 은밀히 숨어있는 욕망, 그리고 현실 속에서 좌절되어가는 창작 주체의 비극적 모습을 구체적으로 더듬어 볼 수 있다. 해방기 리얼리즘시6)를 통해서 우리

볼 수는 없다. 그들은 구호와 방법만 달랐을 뿐이지 본질적으로 현실과 정치에 대해 깊은 관심을 가지고 있었다고 볼 수 있다. 이는 6. 25 이후 남한 문단의 재편 과정에서 잘 드러나고 있다.

6) 리얼리즘시의 개념에 대해서 윤여탁은 「1920~30년대 리얼리즘시의 현실인식과 형상화 방법에 대한 연구」(서울대 박사논문, 1990)에서 경향시 또는 프로시라는 용어를 대신하는 것으로 쓰고 있으며, 최두석은 「현대리얼리즘시 연구」(서울대 박사논문, 1995)에서 문학사의 특수한 국면으로서 보다 사회현실에 대한 탐구와 현실인식에 민감한 경향의 시로 정의하여 사용하고 있다. 이외에도 오성호의 「1920~30년대 한국시의 리얼리즘적 성격 연구」(연세대학교 박사논문, 1992)는 리얼리즘시라는 용어를 뚜렷이 내세워 사용하고 있지는 않으나 신경향파시와 카프시의 현실지향적 경향을 리얼리즘과 관련시켜 설명하고 있다. 한편 1990년대 초반에 시작된 시와 리얼리즘에 관한 제 논쟁들은 시에서 리얼리즘을 논의할 수 있는 근거 내지 개념에 대한 반성을 할 수 있는 계기를 마

가 살펴보고자 하는 것도 이들의 이러한 모습과 그것을 작품으로 형상
화해 가는 과정이다. 특히 리얼리즘시는 민족현실에 주된 관심을 표명
했던 조선문학가동맹 소속 시인들의 시 및 그 영향 관계에 있는 시들이
대부분이다. 리얼리즘은 "작가 또는 창작 주체의 세계관이나 이데올로
기에 의한 현실(세계, 대상)의 형상화이며, 이 세계는 현실적으로나 문학
적으로 진실성을 기초로 한다"7)고 한다. "모든 서정시는 사람들의 실제
생활이 그들에게서 불러 일으킨 사상과 감정을 표현하며, 외적 세계가
그들에게 끼친 영향을 표현한다"8)는 시장르의 특성에 대한 프리들렌제
르의 말 또한 리얼리즘시의 경우에도 절실하게 다가온다. 우리 시사에
서도 이러한 요소를 가진 리얼리즘 경향의 시들이 많이 나타나고 있는
데 이러한 시들을 일정한 체계로 양식화시킬 필요가 있다. 리얼리즘은
일반적으로 세계관과 창작방법의 차원에서 문제되는데 자칫 반영기법
차원으로만 다루어지기 쉽다. 그래서 본고에서는 이러한 창작기법 이외
에 리얼리즘시에 있어서는 시정신의 문제가 이것 못지 않게 중요함을
거론하고자 한다. 즉 객관적 현실이 반영되는 시적 장치 이외에 시적
주체가 대상을 대하는 태도, 즉 세상에 대한 현실인식이나 응전의 정신
을 또한 중요시하고자 한다.9) 이는 백낙청이 시에서 리얼리즘을 논할
때 "당대 현실의 사실적 묘사 그 자체보다 현실에 대한 정당한 인식과
정당한 실천적 관심이라는 다소 애매한 기준"10)을 든 것과도 통할 수

련해 주었다. 본고에서 사용하고 있는 리얼리즘시란 당대 현실을 진실되게 반영하거나
현실을 정확히 인식하고 그것에 응전해 가는 시인의 태도가 나타난 경향의 시 내지 그
영향하에 있는 해방기의 시작품을 지칭하고 있다.

7) 윤여탁, 앞의 논문, 30면.

8) 게오르기 프리들렌제르, 『리얼리즘의 시학』, 이항재 역, 열린 책들, 1986, 236면.

9) 최두석은 세상을 바로 보고 바로 살려는 마음은 시정신의 문제로, 그러한 마음이 어떻게
시적 성취에 이르는가는 창작방법의 문제로 수렴될 것이라고 지적한 바 있다. 최두석,
앞의 논문, 18면.

10) 백낙청, 「리얼리즘에 관하여」, 『민족문학과 세계문학』II, 창작과 비평사, 1985, 356

있다고 본다. 현실을 정확히 객관적으로 인식하여 당대 사회의 본질적 모순과 그 발전 경향을 절실히 드러내고 있는가, 또 현실문제를 다루고 있는 시인의 태도는 어떠한가 하는 점이 리얼리즘 논의의 중심이라 할 수 있다.

본고는 해방기의 '공적쟁점'11) 및 현실에 주요 관심을 표명했던 시인들 및 그들의 작품을 적출하여 분석의 주된 대상으로 삼고자 한다. 이러한 기준에 의해 작품을 선정하였을 때 이것에 가장 가깝게 접근하고 있는 시인들은 주로 조선문학가동맹 소속 시인들 내지 그들과 전후 영향 관계에 있는 일부 시인들로 나타났다. 그러나 이들과 정치적 입장이 달랐던 몇몇 시인들도 현실반영 내지 응전의 정신 측면에서 논의의 대상이 될 것이다.

2. 선행 연구 검토와 연구 방법

본고의 연구 대상인 해방기 리얼리즘시에 대한 연구는 아직까지 대부분 개별 시인론의 차원에 머무르고 있거나 시인론의 경우라도 시인의

면. 백낙청은 또한 리얼리즘 논의의 중심에 놓이는 '당파성'의 개념은 어디까지나 '객관성'과 일치하는 것이어야 함을 강조하고 있다. 말하자면 "투철한 참여정신과 객관정신이 조화롭게 결합된 지공무사(至公無私)의 경지"라야 한다는 것이다. 이는 또한 참된 의미의 중도이기도 하며 "사무사(思無邪)의 경지"와도 다르지 않을 것이라고 강조하고 있다. 백낙청, 「시와 리얼리즘에 관한 단상」, 이은봉 엮음, 『시와 리얼리즘』, 125면.
11) C. 라이트 밀즈, 『사회학적 상상력』, 강희경 외역, 홍성사, 1982, 16면.
밀즈는 위의 책에서 '개인문제'와 '공공문제'를 구분하면서 공적인 쟁점을 다음과 같이 설명한다. "공적인 쟁점은 공공문제이다. 즉 공중(公衆)이 소중히 여기는 가치가 위협받는다는 것이다. 때로는 그와 같은 가치란 실제로 어떤 것이며 또 그것을 위협하는 것은 무엇인가 하는 논의가 일기도 한다. 실제로 어떤 공적인 쟁점은 제도 자체의 위기를 내포하는 일이 많으며 또 때로는 마르크스주의자들이 말하는 '모순' 또는 '적개심'을 내포하기도 한다."

전체적 궤적을 다루어 나가는 가운데 해방기의 활동에 관한 간략한 소묘 정도에 그치고 있다. 지금까지의 해방기 시에 대한 연구는 동시대 논자들의 소략한 접근과 80년대 후반 해방전후사에 대한 열기를 타고 이루어진 몇몇 연구들을 들어 볼 수 있다.

해방기 시에 대한 당대 논자들의 접근으로는 백철, 김동석, 박세영, 김용호, 민병균, 김광균, 정지용, 양운한 등의 글이 있다.

백철의 『조선신문학사조사 현대편』12)은 신문학사 전체 기술과정 중 일부에 해방기 문학 부분을 개괄적으로 그려 보이는데 그치고 있다. 그러나 이 저서는 분단 직전 좌우 어느쪽으로도 편향되지 않은 중도적 시각13)을 견지하고 있다는 점에서 후대 연구자들이 본받을 만하다. 그런데 이러한 실증적 자료 중심, 사조 중심의 문학사는 분단 이후 개정판에서 많이 왜곡되고 있어 분단이 가져온 문학사 기술의 편파성을 짐작하게 해 준다.

김동석은 당대에 발표된 시나 발간된 시집을 대상으로 한 단평(短評)이나 임화, 김기림, 정지용, 오장환 등의 시세계를 시인론의 형태로 발표14)하고 있다. 그는 지나친 작품 외적 잣대로 대상에 접근하는 오류를 범하기는 했지만 작품 분석의 근저에 뚜렷한 사회, 역사적 이념을 견지하고 각 작품이나 작가가 지닌 문제점을 날카롭게 지적하는 면을 보여주고 있다.

이외에도 박세영의 「해방이후 시단 개평(慨評)」15), 김용호의 「해방이후 시단과 그 전망」16)이나 민병균의 「북조선 시단의 회고와 전

---

12) 백철, 『조선신문학사조사 현대편』, 백양당, 1949.
13) 해방기의 백철이 이무영, 박영준, 염상섭 등과 더불어 중간파에 속해 있었던 현실적 입장도 그의 문학사에 어느 정도 반영되었던 것 같다.
14) 해방기 김동석의 비평 활동의 흔적은 평론집 『예술과 생활』(박문출판사, 1948)이나 『뿌로조아의 인간상』(탐구당서점, 1949)에 대부분 수록되어 있다.
15) 박세영, 「해방 이후 시단 개평」, 『우리문학』 2호, 1946. 3.

망」17), 김광균의 「시의 정신 ─ 회고와 전망을 대신하여」18), 정지용의 「조선시의 반성」19), 양운한의 「시단회고 4년」20) 등은 해방기 시에 대한 단평으로 이는 본격적 연구라기 보다는 해방 1년 또는 몇년 동안의 논자 나름대로의 시단에 대한 간략한 비평적 성찰이라 할 수 있다. 이들 자료들은 말 그대로 시단을 회고하거나 전망하는 수준을 넘어서지 못하는 것이지만 당대 시단의 분위기나 방향 등을 살필 수 있는 자료들이라 할 수 있겠다.

해방기 시의 연구는 1980년대 후반에 접어들면서 차츰 궤도에 오르기 시작하였는데 이는 해방전후사에 대한 학계의 증폭된 관심과 해방기 문학에 대한 연구21)에 그 영향을 받고 있다. 해방기가 분단의 근원이며 현재적 문제 해결의 시발점이라는 인식은 해방 전후사의 연구에 박차를 가하게 만들었다. 분단에 대한 강한 극복의지가 분단모순의 근원적 출발점이었던 해방기에 대한 연구로 바로 이어졌던 것이다. 즉 이는 "분단 극복의 민족사적 열망"22)이 낳은 성과라고도 할 수 있다. 해

---

16) 김용호, 「해방이후 시단과 그 전망」, 『신문학』 4호, 1946. 11.
17) 민병균, 「북조선 시단의 회고와 전망」, 『문학예술』 1호, 1947. 4.
18) 김광균, 「시의 정신 ─ 회고와 전망을 대신하여」, 『새한민보』 2권 4호, 1948. 2.
19) 정지용, 「조선시의 반성」, 『문장』 속간호, 1948. 10.
20) 양운한, 「시단회고 4년」, 『민성』 5권 8호, 1949. 8.
21) 해방기 문학에 대한 학계의 대표적 연구성과로 단행본으로 출간된 것만을 들어보면
    다음과 같다.
    신형기, 『해방 직후의 문학운동론』, 화다, 1988.
    권영민, 『해방 직후 민족문학운동 연구』, 서울대 출판부, 1986.
    김윤식, 『해방공간의 문학사론』, 서울대 출판부, 1989.
    김윤식 편, 『해방공간의 민족문학 연구』, 열음사, 1989.
    김윤식 외, 『해방공간의 문학운동과 문학의 현실인식』, 한울, 1989.
    이우용 편, 『해방공간의 문학 연구』 1·2, 태학사, 1990.
    김승환, 『해방공간의 현실주의 문학 연구』, 일지사, 1991.
    이우용, 『미군정기 민족문학의 논리』, 태학사, 1992.
    하정일, 『민족문학의 이념과 방법』, 태학사, 1993.
22) 김승환, 「해방 직후 문학연구의 경향과 문제점」, 『문학과 논리』 2호, 1992, 13면.

방기 문학에 대한 연구도 주로 문학운동론에 대한 고찰에서 시작하여 차츰 시, 소설, 비평, 희곡 등 각 장르별 연구로 확산되어 가고 있는 실정이다. 해방기 시는 80년대 후반 이후 우파의 시론 내지 시에 대해 선편을 쥐었던 단편적 연구23)의 수준에서 벗어나 본격적인 문학사의 평가 대상으로 떠오르기 시작하였다. 이 시기에 이루어진 해방기 시 연구의 경향을 크게 구분해 보면 다음과 같다.

먼저 해방전후사 연구의 열기에 힘입어 해방기 시를 복원해 보려는 연구자들의 노력이 나타났다. 우파의 시나 시론에 비해 상대적으로 빈약하게 다루어지거나 주목을 받지 못하였던 좌파 시를 해방기 시의 연구 대상으로 편입시킨 것이 그것이다. 권영민의 『해방 직후 민족문학운동 연구』(서울대 출판부, 1986)와 김용직의 『해방기 한국시문학사』(민음사, 1989)는 이러한 연구 경향을 잘 보여주고 있다. 권영민의 경우는 해방기 문단을 좌, 우, 중간파로 나누고 해방기 시를 정치주의시와 순수주의시로 이분화시켜 간략히 개괄해 보이고 있다. 이러한 권영민의 시각은 김용직에 와서 더욱 확산되는데, 특히 김용직의 연구는 해방기 시단을 누락없이 진단해 보이고 있다는 점에서 해방기 시 연구에 있어 선구적 의의를 지닌다. 이제까지 해방기 시가 분단상황으로 인해 전체적으로 다루어지지 못한 지점에서 이 저서는 해방기 시단의 현황을 복원시켜 보였다는 점만 해도 그 의의는 충분하다고 하겠다. 그러나 위의 두 저서는 분단상황하 한국시의 연구에 그늘을 드리운 냉전적 사고의 한계에서 크게 벗어나지는 못하고 있다. 특히 조선문학가동맹 계열의 시 평가시 취한 지나친 형식주의적 관점으로 말미암아 이들 시가 "진실을 외면한 채 특정 이데올로기의 선전도구 내지 투쟁 방편"24)으로 전

---

23) 최원식, 「해방 직후의 시론」, 『민족문학의 논리』, 창작과 비평사, 1982.
　　김홍규, 「민족문학과 순수문학」, 『한국문학의 현단계』Ⅳ, 창작과 비평사, 1985.
24) 김용직, 『해방기 한국시문학사』, 민음사, 1989, 318면.

락했다는 획일적 평가를 내리게 만든다. 저자의 말에 수긍할 만한 점이 없는 것은 아니지만 전부를 그렇게 획일적으로 평가할 수 있느냐 하는 문제가 남는다. 저자 자신도 인정하고 있다시피 해방기 시단에서 "조직 능력, 동원 숫자, 선전 공세 등 민족진영 측보다 압도적으로 우세"25) 했던 조선문학가동맹 계열의 시에 대한 좀더 적극적인 해석과 당시대성에 대한 천착이 요구된다고 할 수 있다. 한편 이러한 노력 가운데 윤영천의 「일제강점기 한국유이민시의 연구」(서울대 박사논문, 1987)는 일제강점기 한국 유이민시를 대상으로 하였지만 마지막 부분의 '귀향이민의 삶과 그 시적 형상화'란 항목에서 귀향이민이란 시적 소재 내지 제재로 해방기 시를 천착해 보임으로써 유이민시에 있어서 그것의 문학사적 의미를 자리매김하였다고 할 수 있다.

다음으로 리얼리즘 미학의 선상에서 해방기 시를 검토해 보고자 하는 연구 경향을 들 수 있는데 신범순의 「해방기 시의 리얼리즘 연구 – 시적 주체의 이데올로기와 현실성에 대한 기호적 접근」(서울대 박사논문, 1990)과 이기성의 「해방기 신진시인 연구」(이화여대 석사논문, 1991)가 그 대표적 성과라 할 수 있다. 이중 신범순의 연구는 해방기 시에 대한 본격적 학위 논문으로 주목의 대상이 된다. 이 논문은 해방기 시의 리얼리즘적 요소와 경향에 대한 연구이다. 그런데 그는 기존의 전형적 반영론의 틀로는 해방기 시에서 리얼리즘을 제대로 이해할 수 없다고 전제하고, 시 텍스트의 기호적 의미작용에 대한 정신분석적 시각을 동원해 해방기 시를 분석하고 있다. 프로이트, 크리스테바 등의 방법론을 통해 해방기 시를 분석하여 저자 나름대로의 일관된 체계를 세우고자 하였다. 그러나 이러한 방법론적 시도가 의미는 있으나 이것만으로 현실과 강하게 매개되어 있는 해방기 시의 본 모습을 제대로 드러낼 수

---

25) 김용직, 위의 책, 317면.

있을까 하는 의문이 든다. 이기성의 「해방기 신진시인 연구」(이화여대 석사논문, 1991)는 해방기의 새로운 작가군으로 부상한 김광현, 김상훈, 유진오, 이병철, 박산운, 상민 등의 작품을 통해 그들의 시적 실천과 시사적 의의를 검토하고 있다. 이 논문은 이제까지 단편적으로 다루어지던 신진시인들을 하나로 묶어 그들 시의 공통적 특성과 시적 실천의 문제를 다루고 있다는 점에서 의미가 있다. 또 그룹별 시인 연구를 통해 그들이 가졌던 세계관과 창작방법에 대한 연구가 확산될 수 있는 계기를 마련하였다고 할 수 있다. 한편 최두석의 「현대리얼리즘시연구」(서울대 박사논문, 1995)는 임화, 오장환, 백석, 이용악의 시를 중심으로 그들 시에 나타난 리얼리즘의 시정신과 창작방법을 다루고 있는데 리얼리즘 시 연구의 도정에서 주목되는 업적으로 평가할 만하다. 그런데 이 논문은 1930년대에 창작된 이들 시인들의 시 분석에 주력한 나머지 해방기의 시는 다소 부수적으로 다루어지고 있는 편이다. 그러나 리얼리즘의 측면에서 일제강점기와 해방기를 관통하여 구체적 시인의 작품을 다루려고 한 점은 그 의의가 있어 보인다. 특히 이 글에서 '세상을 바로 보고 바로 살려는 마음'과 개별 작품 사이를 매개하는 이론적 추상의 중간 항으로 설정한 '진보주의, 비관주의, 현실주의'란 용어는 다소 도식적인 느낌은 있으나, 이것이 개별 시인의 작품분석을 통한 구체적 결실이란 점에서 의의가 있으며 앞으로 다른 시인들의 경우로 더욱 논의가 확대되었으면 한다.

　마지막으로 개별 시인 내지 시 작품, 또는 쟁점에 관한 연구로 오현주26), 신범순27), 김윤식28), 임헌영29), 최두석30), 윤영천31), 윤여

---

26) 오현주, 「8. 15 직후 문학운동과 시문학의 전개양상」, 『해방기의 시문학』, 열사람, 1988.
27) 신범순, 「해방 직후의 진보적 시에 대하여」, 『해방공간의 문학 — 시 2』, 1988.
28) 김윤식, 「해방공간의 시적 현실」, 『해방공간의 민족문학 연구』, 열음사, 1989.

탁32), 박용찬33), 김신정34), 송영목35) 등의 논의를 들어볼 수 있다. 이들 논문들은 개별 시인 내지 쟁점에 관한 천착을 통해 해방기 시를 일별해 보고자 하는 연구자들의 노력의 소산이라 할 수 있다. 각 논문들이 갖고 있는 특성으로 인해 해방기 시 전체를 통괄하여 보여주고 있지는 못하지만 이들이 갖고 있는 문제적 시각 내지 논거들은 앞으로 더욱 발전시켜 나갈 실마리를 보여준다고 하겠다.

본고는 이상의 해방기 시에 대한 선행 연구가 보여준 연구 경향 내지 문제를 보는 시각에 많은 도움을 입고 있다. 물론 기존의 획일적인 작품 평가 같은 단선적인 연구 태도는 지양되어야 할 부분이고 중층적이면서도 전진적인 문제 제기적 시각들은 본받아야 할 것으로 보인다. 그러나 아직까지 해방기 시에 대한 전체적 차원에서의 연구는 소설이나 비평에 비해 상당히 빈약한 편이며 최근 들어서는 오히려 답보 상태에 머무른 느낌이 든다. 이러한 관계로 일관된 시각하에 해방기 시의 흐름을 고찰하는 일은 더욱 필요하며, 특히 이제까지 분단의 그늘에 가려져 있던 수많은 시인들의 작품을 재조명하고 정당하게 평가하는 작업이 시급히 이루어져야 한다고 생각한다. 이러한 입장에서 본고는 해방기 리얼리즘시를 살펴보기 위해서 우선 다음과 같은 문제의식이 필요하다고 본다.

---

29) 임헌영, 「해방 이후 무장투쟁에 대한 문학적 형상화」, 『해방전후사의 인식』4, 한길사, 1989.
30) 최두석, 「김상훈론」, 『한국학보』, 1990, 겨울호.
31) 윤영천, 「8.15 직후 시」, 『한국근현대문학연구입문』, 한길사, 1990.
32) 윤여탁, 「최석두의 문학과 삶」, 『실천문학』, 1991 여름호.
   「해방정국의 현실인식과 역사적 전망 - 김상훈론」, 『시의 논리와 서정시의 역사』, 태학사, 1995.
33) 박용찬, 「해방 직후 이용악 시의 전개과정 연구」, 『국어교육연구』 22집, 1990. 8.
   「해방 직후 현실의 시적 형상화 문제」, 『문학과 언어』 12집, 1991.
34) 김신정, 「김상훈 연구」, 연세대 석사논문, 1992.
35) 송영목, 「해방기 시 연구」, 『어문논총』 26호, 경북어문학회, 1992. 12.

첫 번째는 해방기 리얼리즘시를 검토하기 위해서는 특히 그것의 연원이 되는 1920~30년대 카프를 중심으로 전개된 리얼리즘시론과의 연계성 검토가 필수적이라 생각된다. 1920~30년대에 카프라는 단체를 중심으로 전개되었던 리얼리즘시가 해방 직후에는 조선문학가동맹이란 문예운동단체를 중심으로 전개되었다. 그래서 2장에서는 1920~30년대 시론과 해방기 시론의 연계성 속에 당대 시론의 핵심이 무엇이 있는가 하는 점을 살펴 보고자 한다. 여기서 1920~30년대 카프의 시론이 해방기 시론에 여전히 계승되어 발전해 왔다는 관점을 본고는 취하고 있다. 이는 해방기 시를 자칫 8. 15 직후 정치적 이데올로기의 기계적 이식으로만 판단하는 잘못을 방지해 줄 수 있을 것이다. 문학이 사회, 경제적 토대에 기반한 정신적 산물이지만 이전 시대의 문학 유산 내지 논의를 이어받는 것 또한 당연한 사실이다. 해방기 시도 이전 시대인 일제강점기의 시론이나 시를 떠나서는 존재할 수 없으며 이들은 서로 시사적 연속성을 가지고 있다는 것이다.

두 번째는 해방기 문학의 정치적 성향에 관한 것인데 이것은 그것의 생산 토대인 해방기 사회의 성격 내지 지식인의 현실대응 문제와 깊은 연관이 있다는 것이다. 우리 민족의 운명이 주체적으로 결정되지 못하고 타자인 외세에 의해 결정되던 이 시기는 여전히 완전한 해방에 이르지 못한 '식민지 반봉건 사회'[36]의 연속이었다고 볼 수 있다. 이는 우리 민족이 8. 15를 기점으로 식민지 상황에서 완전히 벗어나지 못하고 다시 외세에 의해 규정되는 비극적 현실을 맞이했음을 의미한다. 이러한 현실에서 완전한 해방을 쟁취하지 못한데 대한 분노와 울분, 잘못되어 가는 현실에 대한 적극적 발언과 실천 등은 이 당시 지식인이 가져야

---

36) 해방기 사회를 식민지 반봉건 사회로 보는 사회구성체론의 성과를 수용하여 소설부문에 적용시켜 보고자 한 연구로 김승환의 『해방공간의 현실주의문학 연구』(일지사, 1991)를 들어 볼 수 있다.

할 중요한 책무 중의 하나라 할 수 있을 것이다. 이러한 시기일수록 지식인의 역할[37]은 중요하다고 할 수 있는데 시인들은 지식인의 주요 구성분자의 하나라고 할 수 있다. 해방기 시인들의 현실인식을 주로 정신사적 입장에서 지식인의 현실대응방식 내지 응전의 문제를 중심으로 고찰해 보려는 것도 이 때문이다. 이러한 시각은 리얼리즘의 문제와도 긴밀히 연결될 수 있다고 생각한다.

세 번째는 지금까지 해방기 문학에 대한 기존 접근이 대부분 정치에 강하게 매개된 문학, 또는 그것에 종속된 문학이란 평가에서 크게 벗어나지 못하였다는 점을 염두에 두고 있다. 이러한 기존 시각은 해방기 문학을 좌, 우파의 대립구도 속에서 모든 것을 재단하는 연구 결과를 초래했다. 좌, 우파란 이분법적 대립구도 속에서 해방기 시를 평가할 때 갖는 한계점은 시를 정치와 단선적으로 연결시키는 오류라 할 것이다. 이렇게 되었을 때 문학자의 당대에 대한 감각 및 현실 인식, 내밀한 감정 등이 잘 드러나지 못함은 자명하다. 또한 문학의 정치성을 부정적으로만 인식하게 됨으로써 해방기 문학의 평가에 장애로 작용하게 될 가능성이 존재한다고 하겠다. 문학자가 민족현실을 정당하게 인식하고 그 인식 결과가 민족 전체의 이익에 부합될 수 있을 때 단체 내지 정치에의 참여는 비난할 대상이 아니라는 점을 확인할 필요가 있다. 시인이 자신이 살고 있는 당대의 현실에 적극적으로 대응하고 구체적인 현실인식을 갖는 것은 당연한 일이다. 그러므로 해방기 문학의 평가에 있어서도 좌, 우파란 2분법적 대립구도에 지나치게 얽매일 필요가 없다는 것이 본고의 입장이다. 좌, 우파 외에도 중간파가 존재했고, 좌, 우파 내

---

37) 임헌영은 「해방 직후 지식인의 민족현실 인식」(『해방전후사의 인식』2, 한길사, 1985)이란 글에서 이 시기 지식인의 당대 현실에 대한 다양한 논의와 현실인식을 검토한 바가 있다. 이러한 논의들이 문학자들의 경우로 좀더 좁혀 깊이 있게 논의될 필요가 있다.

에서도 민족현실 인식에 대한 공분모가 작용하고 있었다는 점이 중시되어야 한다. 본고에서 중시하고자 하는 것 또한 이러한 시각이다. 김기림이 해방기 시의 특징으로 말한 바 있던 '공동체의 발견'38)같은 것은 그 좋은 예의 하나라 할 수 있다.

네 번째로 해방기에 전개된 시의 흐름을 시기별로 체계적으로 연결, 맥락지워 보이고자 하는 노력이 필요하다는 것이다. 그 이유는 각 시인 또는 개별 항목으로서의 논의보다는 시인들의 행동이나 창작 행위가 내, 외적 현실의 연관성 속에 지속적으로 전개, 발전해 나간다는 점을 염두에 두기 때문이다. 본고 또한 해방기 사회의 현실 변화와 더불어 시인들이 그것에 어떻게 대응해 나갔느냐 하는 점을 3장에서 논의의 중심으로 삼고자 한다.

일천한 해방기 시의 분석틀로 문단사적 시각, 리얼리즘적 시각, 정신분석적 시각 등 다양한 방법론이 현재 해방기 시의 연구에 실험되고 있는 상태이다. 본고는 기존의 이러한 연구들에 도움을 받으면서 주로 창작 주체인 시인들의 현실대응방법 문제에 주목하여 작품을 분석해 들어가기로 한다. 즉 해방기 현실을 작가들이 어떻게 인식하여 그것에 대응해 갔고, 또 그것의 시적 형상화 방식은 어떠하였는가 하는 점이 본고가 살펴 보고자 하는 기본 방향이다. 작품 분석의 틀로는 현실과 문학의 상호관계 조명이 우선이기 때문에 이제까지 논의된 리얼리즘론이 주된 방법론이 될 것이다.

시에서 리얼리즘의 실현이 가능한가 하는 문제는 지금도 학계나 평단의 쟁점이지만 1990년대 초반에 이루어진 시와 리얼리즘에 관한 논의들39)은 시에서 리얼리즘 실현의 가능성을 확인시켜 주었다. 이들은

---

38) 김기림은 「시단별견 — 공동체의 발견」(『문학』 창간호, 1946. 7.)에서 해방기 시의 한가지 특징으로 "공통된 민족적인 감각과 감정의 발로", 즉 공동체 의식을 들고 있다.
39) 1990년대 초반 리얼리즘시에 대한 논의의 현황을 모아서 엮어 놓은 책으로 다음과 같

시에 있어서 서사지향성의 문제, 시의 서술구조 내지 시적 화자의 문제, 서정시에서 서정적 주체가 환기하는 정서의 중요성 문제, 전형의 구현 문제 등으로 논의가 압축되거나 확산되면서 시에 있어서 리얼리즘 문제는 상당한 성과를 거두었다고 할 수 있다. 특히 엥겔스나 루카치의 전형이론이 시에서 어떻게 적용될 수 있는가 하는 점이 부각되었는데 시에서의 실현 여부를 두고 논쟁이 심화되기도 하였다. 그래서 리얼리즘 시론을 펼치는 논자들의 논의가 "시의 독특한 현실반영방식에 대한 최대한의 적극적 고려를 강조했음에도 불구하고 실제로는 거의 예외없이 소설에나 적용됨직한 엥겔스의 고전적 명제에 긴박되었다는"40) 지적을 받기도 하였다. 그러나 엥겔스가 제시한 '세부의 진실성 외에도 전형적 환경 하에서의 전형적 인물들을 진실하게 재현하는 것'이라는 리얼리즘 명제는 소설 장르에 더 부합되는 설명이긴 하지만 시에서 전혀 무용지물인 것은 아니다.41) "전형 개념의 변환"42)이 요구되는 것도 이때문이

은 것을 들어볼 수 있다.

특집 「시와 리얼리즘」, 『문학과 논리』 창간호, 1991.

특집 심포지움 「다시 문제는 리얼리즘이다」, 『실천문학』, 1991년 가을.

『다시 문제는 리얼리즘이다』, 실천문학사, 1992.

이은봉 엮음, 『시와 리얼리즘』, 공동체, 1993.

40) 윤영천, 「한국 리얼리즘시론의 역사적 전개와 지향」, 『민족문학사연구』 2호, 민족문학연구소, 1992, 129~130면.

41) 한편 염무웅은 시에서의 리얼리즘 성취의 검토에 대한 어려움을 다음과 같이 실토하고 있다. "리얼리즘의 이론이 근대장편소설을 기반으로 전개되었다는 것은 발자크나 디킨즈, 똘스또이의 소설에서 당대 사회의 진실하고도 총체적인 형상화가 높은 수준에서 달성되었다는 역사적 사실을 가리킬 뿐이지, 소설만의 어떤 고유한 장르적 특질이 있어서 그것이 리얼리즘으로 발현된 것은 아닐 것이다. 동시에 특정한 시대의 사회적 조건 속에서 장편소설을 통해 일정하게 구현된 리얼리즘의 역사적 형태가 희곡이나 시같은 여타의 장르들에서 똑같은 모습으로 되풀이 될 수 없음은 분명한 노릇이다. 이것은 리얼리즘 자체에 대한 이론적 숙고와 개별 시 작품들의 예술적 성취에 대한 철저한 검토를 아울러 요구하는 사태이다." 염무웅, 「'시와 리얼리즘'에 대하여」, 『혼돈의 시대에 구상하는 문학의 논리』, 창작과 비평사, 1995, 417면.

42) 백낙청, 「시와 리얼리즘에 관한 단상」, 이은봉 엮음, 『시와 리얼리즘』, 129면.

다. 시 장르가 생략과 함축이나, 비유나 상징을 주된 표현방법으로 사용하는 것은 주지의 사실이다. 그러므로 시에서 소설처럼 세부의 사실이나 정황에 대한 장황한 설명이 이루어지기는 거의 어렵다고 할 수 있다. 그러나 세부의 진실성이 뒷받침되지 않더라도 시적 주체[43]가 처해 있는 상황이나 사건의 정황 내지 작품 속에 구현된 화자를 통해 어느 정도 전형은 모색될 수 있다. 그래서 본고는 전형의 형상화에 있어 시적 주체를 중요한 존재로 보고 시적 주체가 환기하는 정서뿐만 아니라 시적 주체가 작품 속에서 변이되는 모습, 또 작중 인물과의 동일시 효과 등을 주목하고자 한다.

아직 시에서 리얼리즘 논의가 미진한 상태로 남아 있긴 하지만 필자

---

43) 연구자들은 시 속에 등장하는 목소리를 시적 자아, 시적 화자, 서정적 자아, 서정적 주체, 시적 주체, 서정적 주인공 등의 다양한 용어로 사용하고 있다. 이들 용어들은 유사한 용어로 서로 혼용되어 쓰이거나 논자의 개념 규정에 따라 약간씩의 차이를 보이기도 한다. 일반적으로 시적 화자는 시 속에서 말하고 있는 서술자로 서사지향성이 강한 시에 적합하다면 시적 주체는 작품 속에 구현된 실제 시인의 형상으로 정서나 서술을 주도하고 있는 인물이다. 시적 화자나 시적 주체는 작품 속에서 대체로 일치하는 경우가 많다. 지금까지 널리 보편적으로 쓰이고 있던 '시적 자아' 역시 시 속에서 정서나 서술을 주도하고 있는 인물을 가리킨다. 그런데 '자아'란 용어가 지나치게 개인의 내면세계 표현 위주의 시에 적합하거나 존재 개념을 내포하고 있어서 이러한 영역을 벗어난 작품에 일괄 적용하기에는 문제가 있었다. 그래서 리얼리즘시론을 펼치는 논자들은 '자아' 대신 '주체'라는 용어를 쓰자는 데 대체로 의견의 일치를 보고 있다. 그 까닭은 '주체'란 용어가 "자아에 머물지 않고 객체라는 상대적 존재를 대타적으로 인정하고 있으며, 그 자신의 능동적 역할이 주체라는 용어에 내포되어 있기 때문"(윤여탁, 「서정시의 시적 화자와 리얼리즘」, 『시의 논리와 서정시의 역사』, 태학사, 1995, 234면)이라는 것이다. 또한 리얼리즘시에서는 이러한 용어가 "현실문제에 대응하여 실천하는 주체의 의미를 부각시킨다는 점"(최두석, 앞의 논문, 91면)을 들고 있다. 그런데 '서정적'이냐 '시적'이냐 하는 데는 논자에 따라 약간의 차이가 있다. '서정적'이란 용어를 쓰는 논자들은 '서정적'이라는 용어가 시가 아닌 서정 장르 일반에도 적용될 수 있으며, '서정'이란 어휘가 담고 있는 정서적 내포 또한 무시할 수 없다고 한다. 그런데 '서정적 주체'는 "시 속에서 주체가 서정으로만 형상화되지는 않는다"(최두석, 위의 논문, 91면.)는 비판을 받기도 한다. 물론 이때 서정이란 개념을 어떻게 보느냐에 따라 문제가 달라질 수 있겠지만 널리 보편적으로 쓰이는 '시적 자아'란 말과의 친숙성, 또 시 속에서 정서뿐만 아니라 행위를 주도해 가는 존재라는 점에서 시적 주체란 말을 본고에서는 사용하고자 한다.

는 이러한 논의의 후속 작업이, 이론이나 논쟁의 활성화를 위해서라도, 시문학사 속의 구체적인 작품을 대상으로 작품 분석과 자리매김이 이루어지는 단계로까지 나아가야 한다고 생각한다. 그러나 아직까지 이러한 시사의 정리 작업은 많은 후속적인 연구를 기다리고 있다.44) 해방기 시의 현실인식과 형상화 방법에 대한 연구를 테마로 잡은 본고 또한 이러한 차원에서 논의의 출발점을 잡고자 한다.

---

44) 리얼리즘의 시각에서 1920~30년대의 시 작품들을 분석하고 자리매김한 업적으로
　　다음과 같은 논문들을 예로 들어 볼 수 있다.
　　윤여탁, 「1920~30년대 리얼리즘시의 현실인식과 형상화 방법에 대한 연구」,
　　　　서울대 박사 논문, 1990.
　　오성호, 「1920~30년대 한국시의 리얼리즘적 성격 연구」, 연세대 박사논문, 1992.
　　이은봉, 「1930년대 후기시의 현실인식 연구」, 숭실대 박사논문, 1992.
　　최두석, 「현대리얼리즘시 연구」, 서울대 박사논문, 1995.

제2장 해방기 리얼리즘시론의 구도

　해방기 문학은 다른 어느 시기보다 운동성이 강화되어 나타나고 있었다. 특히 현실을 민첩하게 포착하고 반영할 수 있는 시장르는 해방기의 경우 다른 어느 장르보다 부각되었다. 특히 시장르는 시인들의 적극적인 현실참여의식과 맞물려 해방 직후의 문학운동에서 주도적 위치를 차지할 수 있었다. 이 당시 해방기 리얼리즘 시인들은 주로 시적 실천과 현실반영이라는 두가지 문제 사이에서 주로 고민하고 방황했다고 할 수 있다. 이러한 고민의 양상이 작품이 아닌 이론의 모습으로 나타난 것이 시론이라 할 수 있다. 이들이 전개한 시론의 자취를 검토해 봄으로써 해방기 시인들의 현실인식 및 그것의 시사적 전통을 일별해 볼 수 있는 실마리가 될 수 있을 것이다.

　해방기의 리얼리즘 시론을 살펴 보기 위해서 필요한 것은 물론 당대의 시론에 대한 포괄적 검토이다. 시론의 검토를 위해서는 해방기 리얼리즘 시론에 영향을 미친 당대의 시론 외에도 전대(前代)의 시론 및 시사적 전통에 대한 내재적 요소를 또한 검토해야 할 것이다. 한 시대의 문학론 또는 비평사가 항상 전대의 문학 유산을 계승하고 그것을 발전시켜 나가고 있다는 것은 주지의 사실이다.1) 문학사적 연속성 문제야

말로 문학 연구에 있어서 가장 주목해야 할 사항 중의 하나이다.

　해방기 리얼리즘시에서 말하는 전대의 시론이란 1920~30년대의 시론으로, 범위를 좀더 구체적으로 좁힌다면 카프의 시론을 말한다. 프로시, 또는 경향시로 불리어졌던 소위 일제 강점기 리얼리즘시는 이후 현실 지향의 시에 지대한 영향을 미치게 된다. 해방기 리얼리즘 시론이 1920~30년대에 전개된 카프의 시론을 이어받고 있는 근거로는 우선 해방기 시론 내지 시 창작을 주도하고 있는 대부분의 시인들이 일제강점기 카프의 맹원이거나 그 동반자적 경향에 있던 사람이라는 것이다. 해방기의 문예운동단체인 조선문학가동맹이 카프의 또 다른 모습[2]을 띠고 있음은 부정할 수 없는 사실이었다. 또한 해방 직후 새로 등장한 신진 시인들 또한 대부분 카프의 영향권 안에서 성장하였다고 할 수 있다. 신진 시인들은 조선문학가동맹의 소위 전위부대로 활동하였으며 이

---

1) 과거의 작품과 현재의 작품 사이의 관계, 즉 문학유산의 비판적 계승에 대해서는 다음과 같은 발언이 참고할 만하다. "나아가 문학유산으로 남겨진 예술작품은 예술적 표현수단과 예술적 형식에 있어서 탁월한 예술적 경험의 총합이다. 과거 시대의 뛰어난 예술작품은 이렇게 볼 때 현실의 예술적 전유에 있어서도 예술적 장인성의 선례이자 전범이며, 따라서 젊은 작가의 교육과 교양을 위해서나 예술 수용자들의 미적 교육을 위해서도 주요한 역할을 할 수 있다." 에르하르트 욘, 『마르크스레닌주의 미학입문』, 임홍배 역, 사계절, 1989, 129면.

2) 조선문학가동맹이 카프의 후신이냐 아니냐 하는 문제는 별도의 고찰을 요한다. 엄밀히 따진다면 이는 조선문학가동맹의 통합 이전 단체였던 조선문학건설본부와 조선프롤레타리아문학동맹의 노선 대립으로까지 거슬러 올라간다. 이들 두 단체의 주요 구성 분자는 카프의 맹원이었지만 그 현실 지향점은 서로 달랐다고 할 수 있다. 그 주요 구성원들의 경력을 살펴보면 30년대 카프 해체 당시 '카프해소', '비해소파'가 각각 이 두 단체의 중심인물임을 알 수 있다. 이 중 조선프롤레타리문학동맹이 카프의 정통적 후신임을 자처하고 있었다. 조선문학가동맹은 조선문학건설본부가 조선프롤레타리아문학동맹을 흡수하는 방식으로 통합된 것이라 할 수 있다. 결국 조선문학가동맹은 이 두 단체의 통합체이므로 조선문학가동맹이 바로 카프의 후신이라 하는 것은 무리가 있으나 밀접한 영향 관계에 있는 것만은 틀림없는 사실이었다. 김재용, 「카프 해소·비해소파의 대립과 해방 후의 문학운동」, 『역사비평』, 1988 가을호 및 임규찬, 「카프 해소·비해소파를 분리하는 김재용에 반박한다」, 『역사비평』, 1988 겨울호, 김철, 「카프 해소·비해소파 논쟁의 의미」, 『잠없는 시대의 꿈』, 문학과 지성사, 1989 참고.

들의 시적 실천의 모습 또한 새로운 것이라기보다는 기존의 시사적 전통을 수용, 발전시킨데서 그 연원을 찾아볼 수 있다.

　본고에서 다루고자 하는 해방기의 리얼리즘시론 또한 이러한 기본 입장에서 논의의 출발점을 잡고자 한다. 해방기란 역사의 특수 국면 속에서 현실지향적인 시는 상당히 많이 산출되었다고 할 수 있다. 그렇다면 이러한 시들을 뒷받침해 줄 수 있는 이론은 과연 있었는가, 있었다면 이 이론은 어떠한 모습을 띠고 있었으며, 또 그것은 시 창작에 선행되었는가, 아니면 창작에 뒤따른 감상적 수준 내지 주석적 평(評) 정도에 머물렀는가. 이점은 해방기 리얼리즘시의 검토에 앞서서 반드시 고찰하여야 할 문제이다. 그래서 본고는 해방기에 전개된 현실지향적인 시론 및 각 시평들을 종합하여 검토해 보고 그것의 위상을 리얼리즘시론의 시사적 전통 위에서 가늠해 보고자 한다.

1. '무기'로서의 시론

　일제강점하에 이루어진 '카프(KAPF)'의 결성은 1920~30년대 시사에서 중요한 전환점이 된다. 20년대 중반 무렵부터 일어나던 사회운동은 문학 방면에서 신경향파 문학을 태동시켰으며, 그것의 구체적 결실은 카프(KAPF)란 단체로 나타났다. 카프의 발족은 20년대 초창기 소위 『백조』류가 뿜어내던 '병적 낭만주의'의 시와는 질적으로 다른 시의 탄생을 의미하는 것이었다.3) 신경향파 시, 또는 프로시들은 시의 현실

---

3) 『백조』의 일원이었던 김기진, 박영희, 이상화 등이 초기 신경향파 문학을 주도했음은 잘 알려진 사실이다. 1923년경에 이르면 이들의 시 창작의 이면에는 백조시대와는 다른 이념이 자리잡고 있음을 본다. 그것은 김기진의 서간이나 박종화의 '力의 예술'로 표상되는 조선적 현실에 대한 인식의 결과이다. 김윤식은 『한국근대문학양식논고』(아세아문화사,

에 대한 관심을 직접적으로 보여주기 시작했다. 이들은 소위 자연발생기에서 목적의식기로 넘어가면서 카프시 자체가 갖는 속성 때문에 아지프로적 성격을 강하게 띠게 된다. 카프시의 아지프로적 성격에 대해 가장 적극적인 논의를 펼쳐보인 논자가 권환이다. 권환은 「시평과 시론」이란 글에서 프로시에 대한 자신의 견해를 다음과 같이 펼쳐 보이고 있다.

> 우리의 시는 결코 음률의 조화미를 위한, 본능생활의 향락을 위한 시가 아니다. 우리의 시는 모든 ××시대의 ××예술과 같이 ××대중에게 ××주의를 아지프로하는 외에 아무 의의와 역할이 없다.4)

이러한 권환의 시각은 시의 기능적 측면을 지적한 것으로 프로시의 창작자 입장에 서 있는 것이다. 대중에게 자신의 의도를 선전선동하는 것이야말로 시의 본질적 역할이라는 주장이다. 물론 권환이 이들 시를 신문기사나 삐라와 동일시하는 것은 아니다. 쉽게 말하면 "형상화한 삐라"5)라는 것이다. 과거 프로시들이 구체적 형상화가 되지 않았기 때문에 '막연한 ××, 막연한 구호'에 머물렀다는 시각이다. 이어서 프로 예술가들이 시란 형식을 차용하게 된 가장 큰 이유로 권환은 시의 양식적 특질을 들고 있다. 그는 시를 "가장 단촉(短促)하고 간약(簡約)한 말 가운데 가장 강렬한 감정을 담어 그것을 다른 대중에게 전달, 흡입, ××시킬 수 있는"6) 것으로 보고 있다. 권환의 시에 대한 이러한 정의는 물론

1981) 60~61면에서 『백조』파의 김기진, 박영희, 이상화 등이 유미주의적 경향에서 계급 이데올로기로 이행해 가는 것을 저항의 동질성으로 파악하고 있다. 즉 『백조』파의 데카당스가 일종의 예술적 저항이며, 따라서 가장 데카당한 깊이에까지 도달한 시인일수록 가장 깊은 계급 혹은 저항 이데올로기에로 이행할 수 있다고 보았다.

4) 권환, 「시평과 시론」, 『대조』 4호, 1930. 6, 35면.
5) 권환, 위의 글, 36면.
6) 권환, 위의 글, 37면.

서정시의 본질적 모습과 그리 거리가 멀지 않다. 서정시가 시적 자아의 체험과 감정을 표현한다는 주관성 이론7)에 기대어 볼 때에도 마찬가지이다. 압축된 형식 속에 강렬한 감정 담기의 효과란 서정시 일반의 특질8)이기도 하다. 그러나 권환이 동시에 강조하고 있는 것은 독자 대중에게의 전달 효과이다. 카프시의 가장 큰 목적은 독자에게 창작 주체 또는 작가의 의도가 어떻게 전달되느냐 하는 효과적 측면에 있을 것이다. 강렬한 감정을 시란 형식을 통해 독자 대중에게 전달해 가는 것은 창작 주체와 수용 주체를 모두 의식한 창작방법이다. 그러나 자칫 선전 선동시(아지프로시)9)는 창작 주체의 세계관을 독자 대중에게 전달하는 문제에만 치중하여 창작 주체의 세계관 내지 교술적 구호의 전달에만 관심을 갖기 쉽다. "전달", "주입"이라 했을 때 수용자인 독자, 대중은 정적, 수동적 자세에 머무를 가능성이 많기 때문이다. 창작 주체는 객체인 대중과의 상호 소통이 항상 이루어지도록 노력해야 한다. 창작 주체 자신의 전언(傳言)이나 구호에 지나치게 함몰되거나 집착할 때 쉽게 나타날 수 있는 시가 '구호시'니 '뼈다귀시'니 하는 결과물들이었다. 이

---

7) 서정시의 주관성 이론에 대한 검토 및 비판은 디히터 람핑의 『서정시: 이론과 역사』 (문학과 지성사, 1994)에서 폭넓게 다루어지고 있다.

8) 이는 W. 워즈워드의 "시는 강력한 감정의 자발적 유로(overflow)"라는 낭만주의 시론과도 어느 정도 관계가 있다고 할 수 있다. 그러나 워즈워드 등의 주장이 표현론적 관점에 입각한 것으로 창작 주체에 초점을 둔 것이라면, 권환의 주장은 수용 주체인 독자나 청자 또한 창작 주체 못지 않게 중시하고 있다는 점이 다르다.

9) 선전선동시(아지프로시)는 글자 그대로 Agitation(선동)과 Propaganda(선전)가 합성된 용어로 선동과 선전을 목적으로 하는 시라고 할 수 있다. 레닌에 의하면 선전은 '1인 또는 다수에게 많은 사상을 전달하고 사회의 구조적 모순에 대한 체계적이고 총체적인 설명을 해내는 것'이며, 선동은 '많은 사람에게 1개 또는 수개의 사상을 전달하며 대중의 정서와 지역적, 역사적 특성을 고려하여 사회의 모순에 대한 구체적이고 생생한 폭로를 수행하는 것'이라 정의내릴 수 있다. 선전은 의식의 발전을, 선동은 의식적 인간의 행위를 의미하는 것이다. 흔히 선전가는 주로 인쇄된 말을 통해 활동하고, 선동가는 입으로 하는 말을 통해 활동한다. 그러나 선전을 단순히 이론으로, 선동을 행동으로 분리하여 개별화시키는 것은 바람직하지 못하다. 『선전선동론』, 지양사, 1989, 20~21면.

러한 이론을 펼친 권환 자신이 시 창작에 있어서 '삐다귀시'의 대표 주자로 지목10)되었음은 시사하는 바가 크다.

백철은 김창술, 유적구 등의 시를 가리켜 "이념이나 사건을 세계관에 의하여 설명한 개념시"11)라 평가하였다. 결국 세계관 우위의 직정적 표현을 드러내었던 것이 선전선동시였으며 이들 시들은 대부분 서술시의 형태를 띠고 있었다. 정재찬은 이를 '개념적 서술시'라 명명하기도 하였다. 그에 의하면 개념적 서술시란 "정보전달의 기능을 갖되, 형상화가 아닌, 개념적 또는 교술적 내용의 거시(擧示)가 시적 태도로 자리잡은 것"12)을 의미하였다. 최두석은 독자 대중에 대한 교술적 태도와 선전선동에 주목하여 '교술적 구호시'13)란 말을 사용한 바 있다. 하여튼 카프시의 중요한 흐름을 이루고 있는 이러한 류의 시들은 '구호시'의 성격이 강했다. 당시에는 '삐다귀시'라는 용어가 논자들에 의해 더 많이 사용되었다. 이들 시들은 문학적 형상화의 측면보다는 정보전달의 측면을 더 강조한다. 그러하기에 생경한 이념 및 작자의 전달 욕구가 그대로 노출되는 경우가 많았다. 대중의 선전선동이야말로 이들 시가 노리는 최대의 목적이라 할 수 있다. 아지프로적 성격이 강조됨으로써 자연 예술적 완성도보다 내용 중심의 개념, 구호 열거가 되기 싶다. 그러므로 선전선동을 목적으로 한 구호시는 프롤레타리아 이데올로기의 적극적 전달 내지 주입이 최우선 과제였다고 할 수 있다.

이 당시 구호시 경향의 시를 쓴 대표적 논자는 유적구, 김창술, 김해강, 권환 등이며 『무산자』(1929. 5)에 실린 적포탄의 「동무들아! 메-

______

10) 카프시를 돌아보면서 논자들은 권환류의 시를 가리켜 '삐다귀 포엠'이라고 불렀다. 윤곤강, 「임화론」, 『풍림』 제5집, 1937. 4, 8면 참고.
11) 백철, 『조선신문학사조사 현대편』, 백양당, 1949, 143면.
12) 정재찬, 「1920~30년대 한국경향시의 서사지향성 연구」, 서울대 석사논문, 1987, 20면.
13) 최두석, 「단편서사시논쟁」, 『한국현대시론사』, 모음사, 1992, 171면.

데는 준비되었느냐?」, 전맹의 「잇지 말어라!! — 개량주의자를 박멸하라!!」 등은 이러한 작품의 구체적 예이다. 한편 투쟁적 구호시 계열의 시들은 카프의 볼세비키화와 더불어 더욱 강화되어 나타났다. 그런데 카프의 정치편향적이고 공식주의적 경향을 보이는 이들 시들을 이들의 구호적 성격에 주목하여 무조건 격하하기보다는 당시 프로문학운동의 당면 요구와 밀접히 관련되어 있다는 점을 우선 고려하여야 한다. 이 점을 간과해 버리고 단순 접근하는 것은 시를 형식적 측면에만 집착하여 논의하는 결과가 될 것이다. 김두용의 주장처럼 "프롤레타리아트의 조직사업을 조력하고 당의 슬로간을 대중의 슬로간으로 하기 위한 선동, 선전"14)을 위한 아지프로시의 생산 토대를 무시하고 이 당시 산출된 시를 평가할 수는 없기 때문이다. 이들은 계급의식으로 철저히 무장하여 세계를 대립적으로 파악하는 한편 상대를 철저히 부정, 공격한다. 시 속에서 투쟁적 구호나 직설적 표현 등이 반복하여 사용되는 것도 선전선동의 효과를 높이기 위한 하나의 장치이다. 그러나 이러한 지나친 투쟁성과 구호 위주의 시는 정치성과 쉽게 결합됨으로써 공식주의와 도식성에 짙게 침윤되어 관념적인 시를 대량 산출하는 결과를 초래했다. 객관적 현실의 시적 반영이나 식민지 현실의 모순을 형상화해 내는 것보다 투쟁 일변도로 도식성과 관념성에 빠져 허덕였던 것이다. 구호 일변도의 '뼉다귀시'라는 비판이 나오게 된 것도 이 때문이었다. 구호시는 그것의 극복 형태로 나타났던 '단편서사시' 양식마저 발전적으로 수용하지 못하고 더욱 강한 정치 편향성을 드러내 보임으로써 리얼리즘시의 수준에는 도달하지 못한 한계를 보이고 말았다. 그러나 이러한 시들이 가진 한계는 해방기에 들어와서 차츰 발전적인 모습으로 변모함으로써 극복의 양상을 띠기 시작한다.

---

14) 김두용, 「우리는 엇더케 싸울 것인가」, 『무산자』 3권 2호, 1929. 7, 31면.

해방기의 시론이 논쟁형태를 띠고 구체적으로 전개된 예는 드물다.15) 시에 대한 의견 내지 논평은 대부분 간략한 시단 진단의 글이나 출간된 시집의 발문이나 서문, 후기, 수필류 등에서 그 모습을 보이고 있다. 그러한 까닭에 구체적 시론으로 뚜렷이 부각된 것은 별로 없었다고 할 수 있다. 물론 문학의 일반적 방향 제시나 당면 정세의 단계 설정 문제, 또는 해방기 문학론의 이론화 작업은 다른 어느 시기보다 그 비평적 작업이 성했다고 할 수 있다. 그러나 시, 소설, 극 등 구체적 장르별 비평은 다소 소홀하였다. 그러므로 시, 소설, 극 등에 대해 평한 이 당시 논자들의 글은 귀중한 자료들이라고 할 수 있다.

현실에 관심을 표명했던 해방기 시인들의 경우 여전히 시를 운동의

---

15) 시론이 논쟁의 형태를 띤 것으로 김광균의 1946년도 시단 진단과 그것에 대한 김동석의 반론 정도를 들 수 있다. 해방 직후 조선문학가동맹의 중진시인으로 참가했던 김광균은 1946년도 시단을 결산하는 글 「시단의 두 산맥」(『서울신문』, 1946. 12. 3.)이란 글을 발표하였다. 그는 8. 15 이후의 시단이 크게 두 개의 산맥으로 나누어져 있는데 하나는 진실한 감동보다 과장이 많고 강렬한 개성보다 획일적 정치 슬로간이 횡행하여 예술에 심각한 위기를 자초하는 정치 우위의 시이고, 다른 하나는 시대성이나 생활에 대한 인식이 결여된 소위 순수시단의 경향이라고 진단하였다. 그러면서 그는 문학가동맹의 김기림의 「공동체의 발견」과 문필가협회의 김광섭의 「시의 당면한 임무」를 높이 평가함으로써 시단의 이 두 산맥의 제휴 가능성을 제시하였다. 예술성과 시대성에 대한 김광균의 견해는 김동석에 의해 중간적 모색, 즉 「시단의 제3당」(『경향신문』, 1946. 12. 5.)이란 즉각적 비판을 받았다. 김동석은 김광균의 이러한 주장을 시단에 있어 제3당을 기도하는 것으로, 이는 정계에 있어서의 좌우합작과 같은 노선이라고 하였다. 예술성과 시대정신을 각각의 진영에 강조한 김광균의 견해는 김동석에 의해 "예술과 시대를 변증법적으로 파악하지 못하고 기로에서 방황하는 씨는, 관념적인 중용에다 자기의 위치를 정하고 자기야말로 예술과 시대의 대립을 지양한 시인이라는 착각"이라고 공격받았다. 한편 김광균은 자신의 입장을 「문학의 위기 — 시를 중심으로 한 일년」(『신천지』, 1946. 12.)에서 더욱 구체적으로 개진하고 있다. 김광균은 8. 15 이후 시가 정치성 때문에 예술의 황량함을 면하지 못하고 있으며 이것이 문학의 위기와 연결된다고 보고 있다. 예술성을 상실한 시는 정치에 기여는 고사하고 모체인 문학까지 상실하는 우스꽝스런 결과를 맺을 뿐이라고 한다. 이러한 원인으로 그는 지도이론의 빈곤을 들고 있다. '천편일률의 정치독본식 문학평론' 내지 정치성은 작품의 유형화를 가져온다는 것이다. 개인의 세계나 정서를 떠난 것만이 시대에 충실한 것처럼 오해한 것이 작품에서 개성을 제외하게 되었다고 주장하였다. 그러므로 개성의 존중과 예술성을 소중히 하는 노력이 무엇보다 필요하다고 그는 보았다.

무기로 보는 관점이 우세하였다. 자주독립국가 건설을 둘러싼 격화된 이데올로기의 싸움 가운데서 시인들 스스로 '싸움꾼'임을 자처하고 있다.

> 이리도 소리 쳐 울어야 하나
> 슬픔이여
> 그러나 싸움의 즐거움이여
> 오늘 시인도 그렇다 싸움꾼이래야 한다16)

이처럼 새나라 건설의 걸림돌이 되는 봉건적 유제, 일제잔재 청산, 자주독립국가 건설 문제 등이 산적해 있는 현실에서 시인들은 더 이상 개인적 서정의 표출에 머무르기를 거부하고 부정적인 것과의 싸움을 선언한다. 그렇다면 이들이 싸움에 참가하는 명분은 무엇인가. 그것은 바로 시인들이 개인보다 공동체의 문제에 더욱 깊은 관심을 표명하게 되었기 때문이다. 자주독립국가 건설이라는 민족적 과제는 민중들뿐만 아니라 이 당시 지식인들에게 있어서도 가장 주된 관심사였다.17) 시에 있어서도 마찬가지였다.

> 이른바 해방시의 이름으로 불려지고 있는 시들은 아직 한 단초에 지나지 않았다. 그러나 이러한 시를 통해서 한가지 특징은 그 어느 것이고 한 공통된 민족적인 감각과 감정의 발로라는 일이다. 다시 말하

---

16) 박문서, 「윤리」, 『소백산』, 백우사, 1947, 43면.
17) 공동체의 발견 내지 우리 민족의 운명에 대해 이 당시 지식인들은 많은 관심을 보였다. 해방기에 출간된 많은 책들이 '민족'이란 표제를 달고 있는데 그 대표적인 것을 들어보면 다음과 같다.
안영섭, 『조선민족의 살길』, 조선어연구회, 1946.
백남운, 『조선민족의 진로』, 신건사, 1946.
오기영, 『민족의 비원』, 서울신문사, 1947.
안재홍, 『한민족의 기본진로』, 조양출판사, 1949.

면 우리 시가 해방시를 통해서 얻은 자못 중대한 것은 한 공동체의 의식이었던 것이다. 물론 전에도 그런 것이 우리 시 속에 없은 것은 아니나 이번에서처럼 단일적인 앙양된 상태에서 시인의 감정이 엉킨 적은 없었다. 그것은 시인의 한 새로운 재산으로 한층 더 발전시키고 키워가야 할 일이다.[18]

일제말기 "홀몸으로 현실 앞에"[19] 서거나 개인적인 사사로움에 함몰되어 가던 시인들이 해방을 맞아 다시 '공동체 의식'을 갖게 되었다는 것이다. 이러한 의식의 생성 배경에는 공동체, 좀더 구체적으로 말하면 집단 내지 민족의 삶에 대한 시인들의 재인식이 가로놓여 있다. 해방기 시 속에 나타난 "공통된 민족적인 감각과 감정의 발로"는 이러한 점에서 중요한 의미를 갖는다. 이는 "자기의 정신을 새로운 시대에 향하여 어떻게 초점을 맞출 것인가. 그의 신념을 시대의 거센 조류의 어느 곳에 뿌리박을 것인가"[20]하는 정신적 문제가 공동체의 발견이란 곳에 닻을 내렸다고 할 수 있는 것이다. 이러한 공동체 시론은 구체적인 시론으로 명확히 나타나지는 않았지만 시인들의 언술 행위 곳곳에 나타나고 있다.

민주주의 국가의 건설과정에 있어서 조선문학의 자유스럽고 건전한 발전을 위하여 전국문학자 대회가 무엇을 결의하고 시사했다 할지라도, 그것이 문학이나 문학자만의 이익을 위해서가 아니고 또한 말로만이 아니고, 우리의 문학실천이 진실로 민족 전원의 이익을 존중해서의 무기가 될 수 있을 때에만 비로소 그 의의가 클 것이다.[21]

---

18) 김기림, 「시단별견 – 공동체의 발견」, 『문학』 창간호, 1946. 7, 144~145면.
19) 임화, 「본격소설론」, 『문학의 논리』, 학예사, 1940, 378면.
20) 김기림, 앞의 글, 144면.
21) 이용악, 「전국문학자 대회 인상기」, 『대조』 1권 2호, 1946. 7, 172면.

공동체의식은 민족이란 이름으로 변모되어 나타나기도 하고 때로는 그것이 주체를 억압하는 굴레에 대한 싸움의 형태로 나타나기도 한다. 이용악의 이 글은 이러한 양상을 잘 나타내 보이고 있다. 여기서 이용악이 강조하는 것은 먼저 문학이 민족 전원의 이익을 존중하는 문학이 되어야 한다는 것이다. 즉 그는 문학자나 몇몇 소수 집단을 위한 문학을 거부하고 '공동체'의 이익에 기여하는 문학을 강조함으로써 해방기에 바람직한 민족문학이 어떻게 정립되어야 하는지를 말하고 있다 하겠다. 또 하나는 문학실천의 문제이다. 문학도 해방기 현실에서 하나의 무기가 되어야 함을 주장하고 있다. "민족 전원의 이익"을 위한 것이라면 문학은 언제든지 "무기"가 될 수 있다는 것이다. 이용악의 이러한 주장은 유진오에 오면 더욱 구체화되어 나타나고 있다.

> 시인이 되기는 바쁘지 않다. 먼저 철저한 민주주의자가 되어야겠다. 시는 그 다음에 써도 충분하다. 시인은 누구보다도 먼저 진정한 민중의 소리를 전하는 사람이어야 할 것이다. 투철한 민주주의자가 된다는 것은 인민을 위한 전사가 되는 것이다. 나의 시다운 시는 금후의 과제이다. 나는 젊다. 나는 노력할 것이다.[22]

이는 유진오의 시집 『창』에 나오는 발문 중의 일부이다. 위 논급의 요점은 두가지인데 하나는 시인보다도 철저한 민주주의자, 즉 인민을 위한 전사가 되는 것이며 또 하나는 시인은 진정한 민중의 소리를 전하는 사람이라는 점이다. 시인 이전에 민주주의의 전사가 되는 것이 우선적이라는 유진오의 생각은 해방기 현실의 급박성을 잘 나타낸 것이라 할 수 있다. 이러한 생각이 유진오를 실천적 행동의 시인, "인민의 계관시인"[23]으로 만들었던 것이다. 유진오의 경우 철저한 민주주의자란 "인

---

22) 유진오, 『창』, 정음사, 1948, 93~94면.

민을 위한 전사"가 되는 것이며 이는 조선문학가동맹의 이념을 철저히 따르는 것이기도 했다. 이러한 지점에서 유진오의 시는 '무기'가 된다. 유진오가 공격과 투옥의 와중에서도 실천적 행동의 길을 갈 수 있었던 것은 이러한 투철한 신념이 밑바탕으로 자리잡았기 때문에 가능한 것이었다.

유진오에게 있어 "시다운 시"는 차후의 문제이다. 민주주의 국가 건설에 있어서 시인보다 더 시급한 것이 "인민을 위한 전사"라는 생각을 유진오는 하고 있었다. 물론 이때 유진오가 유보하고 있는 시란 단순 서정시를 말하고 있는 것이다. 변혁기에 있어서 시인은 단순 서정시인에 머무르기보다 '민중의 소리'를 전하는 사람이 되어야 한다는 것이다. 민중의 소리를 전하는 시인이 되기를 원하는 유진오가 택한 방법론은 변혁운동의 무기가 되는 시를 발표하는 것이었다. 무기로서의 시쓰기는 곧 시와 행동이 합일될 때 가능한 것이다. 유진오가 1946년 9월 1일 국제청년 데이 기념식장에서 낭독한 「누구를 위한 벅차는 젊음이냐」라는 시는 유진오를 미군정청 포고령 위반죄로 전격 구속되는 빌미를 제공하였다. 그래서 유진오는 서대문 형무소에서 9개월이란 징역살이를 하게 되었다. 그후 유진오는 지리산 문화공작대의 일원으로 참가했다가 체포되어 6.25때 행방불명되는데24), 이는 유진오가 시적 실천의 과정을 몸으로 체현해 보인 것이라 할 수 있다. 9개월의 감옥살이도 유진오에게 있어서는 단순한 정지의 시간이 아니라 싸움의 연장이었다. 즉 그에게는 "싸우는 감옥"25)이었던 것이다. 유진오 스스로도 「누구를 위한

---

23) 조운, 「서」, 유진오 시집 『창』, 4면.
24) 유진오의 생애에 대해서는 아직 자세히 알려진 바가 없다. 다만 정영진의 「육탄시인 유진오의 비극」, 『통한의 실종문인』(문이당, 1989)에서 처음으로 유진오의 생애를 개략적으로 재구해 보이고 있다.
25) 유진오, 「싸우는 감옥」, 『문학』 공위재개기념 특집호, 1947. 7, 16면.

벅차는 우리의 젊음이냐」란 시 낭독으로 인해 투옥된 자신에 대해 "가
슴 속에 벅차오르는 감격과 감사와 맹세를 도무지 표현할 길이 없"[26]
다고 자긍심을 표시한다. 유진오는 미소공동위원회의 성공이야말로 자
주독립국가로 가는 절대적 길임을 자신하고 있다. 그래서 유진오 스스
로도 "나는 징역살이를 해야 했고, 독자 여러분께서는 조선의 문화와 예
술과 유린되어 가는 민족의 운명을 위해 슬퍼했고, 분기했고, 용감히
싸웠었고, 방금 보다 더 치열한 투쟁으로써 공동위원회의 절대적 성공
을 위해서 피나는 싸움을 전개"[27]하고 있다고 고백하고 있다. 오장
환[28] 또한 유진오가 구속된 미군정의 현실에 대해 이렇게 발언하고 있
다.

> 일찍이 우리 시가 이처럼 문제된 일은 없었는데 이처럼 빈번한 당
> 국의 관심과 다시 우리는 국제 청년데이에서, 국치기념강연회에서,
> 삼상결정 1주년 기념대회에서, 종합예술제에서 수십만 아니 연인원
> 수백만의 대관중 앞에서 열광적인 환호를 받은 것은 어디서 오는 것
> 인가. 내가 두 번 다시 말할 필요는 없다. 동무 유진오를 석방하라.
> 만일에 유진오가 유죄라 하면 그의 시를 듣고 열광하여 외치는 군중
> 은 무엇인가. 수만의 열광자도 공범이 되어야 하느냐? 우리는 유진오
> 동무의 석방을 위하여 끝까지 싸워야 한다. 오늘 내리눌리는 부당한
> 억압을 참지 못하여 일어선 우리 문화인들이여! 우리 앞에는 열백 번
> 결의를 다시 해야 할 크나 큰 싸움이 있을 뿐이다. 우리 인민의 벗인
> 젊은 시인 유진오를 즉시 석방하라[29]

---

26) 유진오, 위의 글.
27) 유진오, 위의 글.
28) 오장환은 청년시인 유진오에 대해 상당한 기대를 가지고 있었던 것 같다. 유진오의 투
　옥에 대해 「시인의 박해」(『문학평론』 1947. 4.)를 쓴 바 있으며, 월북해서도 오장환
　은 유진오의 시집 초고를 소중히 간직하고 다니면서 출판하려고 하였으나 뜻을 이루지
　못하였다고 한다. 현수, 『적치 6년의 북한문단』, 중앙문화사, 1952, 161~164면 참
　고.

오장환의 위의 언급에서도 알 수 있듯이 시는 이제 문학 내적인 문제를 떠나 버린 것이다. 싸움의 시, 무기로서의 시가 현실에 있을 뿐이라는 인식을 문학가 동맹계열의 시인들은 하고 있는 것이다. 시는 이제 미군정 당국의 눈으로 볼 때 "완전히 하나의 흉기가 되었고 시인은 방화범과 같이 위험한 인물", 즉 "무기를 휴대한 전과범"30)처럼 취급되었던 것이다. 유진오의 구속도 한 시인에게 가해지는 박해라기보다는 선전선동의 무기가 되어 버린 해방기 싸움의 시에 대한 미군정 당국의 하나의 경고라 할 수 있다. 즉 이 당시 시인들은 "조국의 자유 없이는 시의 자유도 없이 되었고, 시의 자유 없는 또 조국의 자유도 없이 된 오늘, 자유를 달라고 웨치는 인민의 소리를 떠나서 시의 소리가 있을 수도 없이 되었으며, 자유를 위하여 흘리는 인민의 피를 떠나서 시가 써질 수도 없"31)다는 인식에 공감을 표시하고 있었다. 그래서 이들은 "분노와 투쟁과 보복과 다시 또 투쟁의 노래"32)를 불러갈 것이라고 다짐한다. "진실한 노래는 무기"33)라고 외치는 신진 시인들의 시는 해방기 현실에서 "오늘은 괴로워도 명일(明日)은 모조리 우리 것인 젊은 세대의 시"34)로 자리잡았다. 『전위시인집』의 발(跋)에서 오장환은 시단의 전위에 서서 노래 부르는 신진 시인들에 대해 이렇게 말하고 있다.

> 시단의 결사대, 이런 말을 할 수 있다면 여기에 나온 시인들이 바로 결사대의 대원들이다. 그리하여 이 중에 한 동무는 벌써 그 노래로 하여금 몸을 영어(囹圄)에 빠지게 하였으며 또 참으로 오랜 동안 감격

---

29) 오장환, 「시인의 박해」, 『문학평론』 3호, 1947. 4, 46면.
30) 조선문학가동맹 시부위원회 편, 『연간조선시집』, 아문각, 1947, 9면.
31) 위의 책, 9면.
32) 위의 책, 10면.
33) 상민, 「진오야」, 『옥문이 열리든 날』, 신학사, 1948, 110면.
34) 김상훈, 「발(跋)」, 상민 시집 『옥문이 열리든 날』, 144면.

을 모르던 이 땅의 청년들에게 그의 한편의 시로 하여금 만뢰(萬雷)
의 공명을 일으키게 하였으며 일찍이 시인들이 차지하였던 아테네의
영광을 약관으로 이 땅에서 다시 찾은 것 같은 느낌을 주게 하였
다.35)

　오장환은 해방 직후 신진 시인들에 대해 '시단의 결사대', '아테네의
영광' 등의 표현을 동원하면서 이들에 대한 벅찬 기대를 표출해 보이고
있다. 이들에 대한 기대의 밑바탕에는 그릇되게 전개되어 가는 해방 직
후의 현실에 대한 안타까움이 깔려 있다고 할 수 있다. 이러한 부정적
현실을 타개해 나가기 위해서 기존의 기성 시인들이 가진 안이한 현실
대응방식 및 시작 태도로는 더 이상 불가능하다는 것이다. 그러므로 상
대적으로 과거로부터도 자유로우며 열정과 활기로 투쟁의 노래를 부르
는 이들 신진 시인들의 시적 실천의 모습이야말로 오장환에게 있어 활
력소로 보일 만하였다.
　설정식이 구국문학의 일환으로 내세우는 '실사구시의 시' 또한 이러
한 맥락에서 되짚어 볼 만하다. 이 당시가 "태평년간"이 아닌 "불의 부정
과 투쟁하는 시대"36)라는 점에서 이 시론은 그 출발점을 잡고 있다. 설
정식의 시에 대한 생각은 시 자체의 자족성보다는 시를 통해 인민들이
올바른 정견(定見)을 가지도록 해야 한다는 효용론적 측면에 근거하고
있다. 이러한 것이 "사실에 대한 인식"을 깊이 있게 해 주며, 정세에 대
한 "정확한 판단"을 하게 하며, 동시에 "인민의 의식이 구국의 행동화가
되는 데 이바지"하도록 한다는 것이다.37) 이러한 역할을 시가 수행하
기 위해서는 현실에 대한 시인의 정신적 무장이 무엇보다 필요하다는

---

35) 오장환, 「발(跋)」,『전위시인집』, 노농사, 1946, 2면.
36) 설정식, 「실사구시의 시」,『조선중앙일보』, 1948. 6.29.
37) 설정식, 위의 글,『조선중앙일보』, 1948. 7. 1.

생각을 설정식은 가지고 있었던 것 같다. 이렇게 될 때 "사상으로 단체까지 무장"하는 것이 가능하며 시인은 "내 개인의 사상으로서가 아니라 백만, 천만 인민의 사상으로 무장"[38]하는 것이 가능해진다는 것이다. 설정식의 이러한 주장은 시의 정치지향성을 뚜렷이 내세우는 것이지만 이 시기에 '실사구시의 시' 이외의 시는 "허위만을 노래한 반동시"[39]라는 발언에서 볼 수 있듯이 그의 현실에 대한 입장은 단호하였다. 김동석이 『전위시인집』을 읽고 말한 "인민의 시"[40] 또한 자주독립국가 수립을 위한 싸움의 시를 강조한 용어라 할 수 있다. 이처럼 무기로서의 시론은 뚜렷한 시론으로 정립되어 조선문학가동맹 계열의 많은 시인들에게 창작의 주요 원천으로 작용하였다고 할 수 있다. 특히 새로 등장한 젊은 신진시인들은 시를 '무기로서의 시', 즉 현실의 변혁을 위한 수단 내지 한 방편으로 인식하고 있었던 것은 분명하다. 이들 시들이 가지는 작품으로서의 완성도는 개개 시인들 별개의 문제이다. 이들 시인들은 시를 현실에 대한 적극적 대질 속에서 이루어지는 치열한 싸움으로 규정하고 구체적 시쓰기에 임하였다고 할 수 있다. 이들은 그들의 앞에 벌어지고 있는 "그들 앞에 벅차게 다가오는 새 시대의 현실"[41]을 껴안고 나아가고자 했다. 이들은 시를 "노래로만 부르는 게 아니라 몸으로 부딪치고"[42] 있었다.

> 말하자면 이러한 시인군은 「행동과 사상」을 합일하는 단계에까지 시를 승화하려고 노력하고 있다. 그러므로 그들의 시가 뜨거운 사회성을 내포하여 바야흐로 인민 전열의 최선두에 서게 되는 것은 당연

---

38) 설정식, 위의 글, 『조선중앙일보』, 1948. 6. 30.
39) 설정식, 위의 글, 『조선중앙일보』, 1948. 6. 29.
40) 김동석, 「인민의 시」, 『예술과 생활』, 박문출판사, 1947, 224면.
41) 김기림, 「서(序)」, 『전위시인집』, 5면.
42) 오장환, 「발(跋)」, 위의 책, 2면.

한 일이라고 할 것이다. 최근 시단적으로 별로 이름을 보이지 않는 최석두, 정진업, 상민 씨 등이 『새벽길』, 『풍장』, 『옥문이 열리든 날』 등의 시집을 내놓았다. 하나 하나 검토해 간다면 물론 「시」의 입장에서 여러 가지로 논의되어야 할 문제가 많은 것이나 어쨌든 이러한 신개척의 시경(詩境)이 이들 젊은 세대로부터 전개되었다는 사실은 앞날의 시단이 어떠한 방향으로 진로를 잡으리라는 커다란 시사가 아닐 수 없다. 지면 관계로 그들의 작품을 예시 못하는 것은 유감이나, 그 세 시집에서 풍겨나는 것은 「피나는 행동의 시화(詩化)」란 그것이다. 비단 이 세 사람뿐만 아니라 이미 우리들이 아는 범위에서도 존경할 젊은 시인들이 많다. 여기에다 아직껏 행동의 그 속에서 꾸준한 노력을 하고 있는 앞날의 계승자인 미지의 그들이 시를 들고 나온다면 그것이야말로 우리들이 관념적으로 생각하고 있는 그러한 민족문학이 아니라 혈육화된 민족문학일 것이요 문학의 대중화란 실적(實跡) 과제도 스스로 해명될 것이라고 믿는다. 행동과 사상의 합일. 이것은 오늘의 과제인 동시에 내일의 과제다. 그리하야 이러한 시의 영역만이 새로운 세대의 진정한 시란 것을 결론으로 말해 둔다.43)

위의 글에서도 볼 수 있듯이 해방기 시인들의 새로운 시 경향을 '피나는 행동의 시화'란 말로 요약해 볼 수 있다. 행동과 사상이 별개로 분리되시 않고 하나로 합일되는 이 경지야말로 시와 행동이 하나가 되는 순간인 것이다. '인민 전열의 최선두'에서 사상을 혈육화하여 행동으로 앞서 나가는 것이 이들 시인들의 주요한 시론이었다고 할 수 있다. 이것은 이들 시인들 자체가 스스로 "전진하는 역사의 조류에 분연히 뛰어들어 인민과 같이 싸우며 인민시인이 되겠다는"44) 자각이 선행되어 있었기 때문에 가능한 것이었다.

해방기 리얼리즘 시인들은 추상적이고 관념적이던 구호 위주의 소

---

43) 김용호, 「사상과 행동」, 『새한민보』 2권 18호, 1948. 11, 31면.
44) 유종대, 「후기」, 김상훈시집 『대열』, 99면.

위 '뼉다귀' 시론에서 현실에서의 시적 실천의 문제가 첨가된 무기로서의 시론을 정립하고자 하였다. 이는 이들이 이념의 추상성과 막연한 관념성을 버리고 해방기라는 당대 현실에 적극 응전해 나가기 시작하였음을 의미한다. 이러한 시론이 현실에 대한 구체적이고 진지한 응전의 한 양식임이 분명하다. 무기로서의 시론은 시에 있어서 현실성을 확보하게 해 주었으며 시적 실천의 구체적 모습을 드러내 보여 주었다는 점에서 의미가 있다.

구호시에서 무기로서의 시론으로의 변모는 해방기 시인들의 당대 현실에 대한 철저한 고민과 적극적인 현실 전략의 방법 모색 속에서 나왔다고 할 수 있다. 다시 말하면 이는 시인들의 시적 실천의 모습이 이론을 통해 구체화되어 나타난 것이라 할 수 있다. 이는 시를 쓰는 행위가 개인의 단순한 정서를 표출하는 데 만족할 만큼 해방기가 행복한 사회가 아니었음을 말해 준다. 이상적 공간에 대한 시인들의 강렬한 열망이 시인들의 시쓰기를 무기로서의 시쓰기로 이끌어 내었던 것이다.

완전한 자주독립국가 수립의 소망이 멀어져 갈수록 이들 시인들에게 있어서 실천의 문제는 더욱 중요한 것으로 부각될 수밖에 없었다. 물론 이들의 강한 정치적 행동과 현실에 대한 관심은 김기림이 지적하는 "감상주의의 함정" 내지 "개념화의 한발(旱魃)"45)에 빠져들어 다시 카프의 구호시로 회귀할 우려를 제공하기도 하였지만, 이들 시인들이 빠르게 변화되어가는 현실 속에서 그들의 거점으로 부정(否定)의 시학을 마련하였던 점은 긍정적이라 할 수 있다

---

45) 김기림, 「서」, 『전위시인집』, 5면.

2. 서사지향의 시론

서정시는 세계에 대한 순간적 지각의 감정이나 파편적 체험을 주로 다루며, 내적 경험의 순간적 통일성을 드러내 보인다. '주관성'이나 '정서' 등은 서정시에 있어 중요한 개념이다. 그런데 이러한 서정시 본래의 특성만을 가지고 당대의 역사적 사건이나 현실을 드러내 보이는 데는 많은 한계가 따른다. 그래서 시에 있어서 사건을 서술하거나 서사지향적 구조를 가진 시가 등장하게 된다. 우리 시사에서 서사지향성이 구체적인 모습을 띠면서 논의가 본격화된 것은 카프의 단편서사시를 둘러싼 논의였다.

카프 내부에서 전개된 시론에 대한 논의는 구호시 계열의 시와 단편서사시 계열의 시로 크게 나누어진다. 프로시가 구호시 내지 '뼉다귀시'로 치닫게 되면서 창작의 경직화 현상이 두드러지게 나타나게 되었다. 그래서 카프 내부에서도 창작의 고정화 현상에 대한 반성과 자기비판이 차츰 일어나게 되었다. 독자 대중에게 프로시가 어느 정도 가까이 갈 수 있게 하기 위해서는 기존의 구호시 계열의 작품만으로는 한계가 있었다. 구호시, 즉 '뼉다귀시'만으로 올바른 선선선동의 성과를 거눌 수 없으리라는 것은 분명한 사실이었다. 어떻게 하면 독자 대중에게 가까이 갈 수 있을까 하는 문제는 1920년대 후반 카프 내 비평가들의 주요한 쟁점으로 부상되었다. 그것이 예술대중화론으로 나타났다. 이러한 가운데 프로시의 새로운 양식에 관한 모색이 나타났는데 소위 임화가 창출한 '단편서사시' 양식이 그 결실이었다. 이론이 창작보다 선행됨이 일반적인데 단편서사시론은 실제 창작으로부터 이론을 이끌어 낸 경우였다.

1929년 임화는 「네거리의 순이」, 「우리 오빠와 화로」, 「우산받은 요꼬하마의 부두」 등의 일련의 시를 발표하였다. 이러한 시들에 나타난 문제적 성격을 제일 먼저 포착한 논자는 팔봉 김기진이었다. 김기진은 이 당시 예술대중화론의 주요 논자였는데 시 부문에서는 프로시가의 대중화를 주장한 바 있었다. 김기진은 프로시가 이 당시 독자 대중에게 섭취 흡수되어 그들의 의식을 진정한 의식으로까지 앙양, 결정시키지 못하였다고 보았는데 그 이유로 세가지를 들었다. 즉 "우리가 그들에게 가지고 가서 보여주지 못하였고, 그들이 알아보기 쉬운 말로 쓰지 못하였고, 흥미를 느끼고 외우도록 그들의 입맛을 맞추지 못하였다"[46)]는 것이었다. 김기진이 이러한 시각에서 새로운 작품의 형식으로 주목한 것이 임화의 일련의 시들이었다. 임화의 이들 시들은 김기진으로 하여금 "나를 울린 것은 임화군의 시 「우리 오빠와 화로」라는 것"이라는 감격을 불러 일으키고 "눈썹 끝에 맺혀서 떨어지려 하는 눈물을 씻어버리고 이 시는 우리들의 시로서 얼마나 잘된 것인가 혹은 못된 것인가, 그리고 이 시의 무엇이 나를 감동하게 하였는가"[47)]라는 자문을 하게 하였다. 그러면서 김기진은 이러한 단편서사시가 프롤레타리아시가 나아가야 할 주요한 방향이 되어야 한다고 주장하였다.

> 프롤레타리아의 의식, 프롤레타리아의 생활로서 실제 재료를 삼는 것이 최선의 방법이며 그리함에 있어서는 실재적·구체적 사건의 제시 혹은 암시의 방향을 취하는 것이 또한 적당한 향로(向路)일 것이다. 우리들의 시가 단편서사시의 길로 — 혹은 프롤레타리아의 주제시의 길로 — 제군의 길은 타개되어야 한다.[48)]

---

46) 김기진, 「프로시가의 대중화」, 『문예공론』 2호, 1929. 6, 110면.
47) 김기진, 「단편서사시의 길로」, 『조선문예』1, 1929. 5, 48면.
48) 김기진, 위의 글.

단편서사시는 이제까지 카프의 주요한 시였던 교술적 구호시와는 상당히 다른 모습을 보이고 있다. 독자 대중에게 익숙하지 않은 설익고 생경한 구호 내지 사상의 나열은 전달 효과적 측면에서 이미 많은 문제를 안고 있었다. 이러한 때 나온 임화의 「우리 오빠와 화로」 계열의 시가 사건을 시에 도입하여 대상을 구체적, 실재적으로 묘사하고 있었다는 점이 주목의 대상이 되었던 것이다. 또한 이러한 방법에 의해 독자의 정서에 호소하거나 시적 주체의 정서를 독자에게 효과적으로 전달한 점 등이 단편서사시가 이전의 시들과 다른 것이었다. 김기진이 주목한 것은 소재가 사건적·소설적인 점, 전체적으로 현실, 분위기, 감정의 파악이 객관적·구체적으로 되었다는 것 정도였다. 그러면서 단편서사시 양식에 대한 간략한 설명을 덧붙이고 있는데, 사건적 소재 이외에 프롤레타리아의 수준을 인식하여 문학작품도 프롤레타리아의 용어로 할 것, 낭독에 편한 호흡 조절, 즉 프롤레타리아의 리듬 창조 등을 강조하고 있다. 단편서사시에 대한 양식론적 성찰에는 이르지 못하고 대략적인 초보적 언급을 하고 있으며 그 이상의 설명은 없다. 물론 '사건', 즉 시의 서사성에 주목하여 시의 현실 반영 폭을 넓혀 보았다는 점, 그 결과 독자 대중에게 좀 더 가까이 갈 수 있는 길을 열어 보였다는 점, 창작에서 이론을 도출해 낸 점 등은 김기진의 뛰어난 감식안 덕분이었다. 이들은 현실 반영이라는 리얼리즘의 측면에서나 전달 효과라는 선전선동의 측면에서나 모두 중요한 점이었다. 당시 구호시 계열의 시가 가질 수밖에 없는 한계를 단편서사시 계열의 시들이 극복할 가능성을 보여 주었다.

임화의 단편서사시는 사건 중심의 서사적 구조와 급박한 호흡, 감정에 의한 독자 대중에의 호소 등이 이전까지의 구호시와는 크게 달랐다. 구체적 사건을 지닌 서사지향성은 시의 현실 반영의 폭을 깊이 있게 하고 일반 독자에게 좀 더 쉽게 가까이 갈 수 있는 길을 제시해 주었다. 예를 들면 「우리 오빠와 화로」류의 단편서사시는 시적 주체의 단일한 정서 표출에 그치지 않고 오빠, 누이, 동생 등 다양한 인물을 등장시켜 다성적 목소리를 내고 있다. 임화의 「우리 오빠와 화로」는 여성노동자인 누이가 오빠에게 편지를 보내는 서간체 형식으로 이루어져 있다. 창작 주체와 다른 제3의 배역인 여성노동자를 화자로 설정하여 사건을 진술하고 고양된 감정을 드러내 보이고 있다. 이처럼 배역시의 성격을 지닌 이들 시를 임화가 어느 정도 자신감을 갖고 써 내려간 배후에는 임화의 배우로서의 개인적 경험이 밑바탕이 되었다고 할 수 있다. 임화가 1927, 28년경 영화 「유랑」, 「혼가」의 주연배우였다는 점49)이 배역시 창작에도 강점이 되었다고 할 수 있다. 배역시는 시적 주체가 배역을 통해 1단계 거리를 둠으로써 시적 자아 내지 주체의 주관 감정 표출이 어느 정도 억제되는 효과를 가진다. 물론 배역시는 서정시의 영역에 속하면서 극적인 성격이 강하다. 임화의 단편서사시는 배역을 통해 자신의 노동계급에 대한 의지 내지 감정을 표출해 보인 것이라 할 수 있다. 단편서사시는 배역을 통한 정서 표출이었다는 점과 소위 김기진이 주목했던 소재가 '사건적, 소설적'이란 점이 그 주요 특징이었다. 김기진이 지적한 소재가 사건적, 소설적이란 것은 주로 단편서사시에 나타나고 있는 서사지향성을 가리킨 것으로, 시에 있어서 리얼리즘의 성취와 밀

---

49) 임화의 영화 활동에 대해서는 김윤식, 『임화연구』, 문학사상사, 1989, 146~166면에서 비교적 상세히 기술하고 있다. 「유랑」과 「혼가」의 주연배우로서의 임화와 배역시의 관계에 대해서는 최두석, 「임화의 시세계」, 『리얼리즘의 시정신』(실천문학사, 1992) 164~165면과 오성호의 「1920~30년대 한국시의 리얼리즘의 성격 연구」, 연세대 박사논문, 1992, 134~136면에서 지적한 바가 있다. 최두석은 배우 출신 이외에도 "그 자신 노동자가 아니면서 소명감으로 프로문학을 한다는 것"을 들었다. 즉 지식인으로서 프로시를 쓸 경우 시적 자아가 아무런 매개적 장치 없이 단도직입적으로 노동자가 되기보다 시적 자아를 노동자로 설정한 상태에서 노동자의 생활감정을 표현하는 것이 유리하다는 것이다.

접한 관련을 가진다고 할 수 있다. 시에서 현실을 반영하는 방법은 여러 가지가 있을 수 있지만 그 중에서 가장 손쉬운 방법이 서사적 행위 내지 줄거리를 가져오는 것이다. 이는 주로 사건 중심의 서사적 구조를 채용하는 것으로 나타난다. 서사 장르의 주요한 특징인 사건이나 이야기가 시에 적용되었을 때 그것이 드러내는 현실반영의 문제는 일반 서정시가 감당하는 것보다 더욱 구체적일 수밖에 없다.

물론 임화의 단편서사시는 전달 효과적 측면에서 구호시보다 좀더 진전된 창작 방법상의 모색이었다고 평가할 수 있다. 화자로 창작 주체와는 다른 배역을 설정한다든지 시에 사건을 등장시켜 서사지향성을 강화한다든지 하는 나름대로의 고심의 노력을 보였다는 점이 돋보인다. 단편서사시의 시적 성취 여부는 이들 시에 짙게 나타나고 있는 감상성이 전달 효과적 측면에서 프로시의 본래의 의도를 성취하느냐 못하느냐 하는 문제로 집약된다. 임화의 단편서사시에 강하게 드러났던 감상성은 전달 효과적 측면에서 두가지 문제점을 보인다고 할 수 있다. 하나는 감상적인 지식인 독자들에게 그것이 쉽게 수용될 수 있는 면을 가지고 있다는 점이고, 다른 하나는 전달 효과적 면에서 창작자의 의도와 달리 도리어 운동의 역기능으로 작용하지 않을까 하는 점이다. 첫째 문제와 관련하여 임화 자신도 자신의 시를 반성하면서 이 감상성 문제를 거론한 바가 있다. 임화는 자신의 시가 "소시민층, 주로 학생, 지식자 청년들의 가슴을 흔들었을지는 모르나"[50] 독자 대중을 끌어들이는 데는 실패했다고 보았다. 이는 임화의 단편서사시가 갖고 있는 근원적 문제거리였다. 이러한 류의 시들은 일반 노동자나 농민에게 익숙하게 전달되기보다는 역시 변혁운동에 관심있는 관념적 지식인들의 가슴에 스며들 여지가 더욱 많았다고 할 수 있다. 또 하나 감상성은 운동선상에 있는

---

50) 임화, 「시인이여! 일보 전진하자」, 『조선지광』, 1930. 6, 67면.

독자 대중의 전의를 상실케 하는 요소가 될 수도 있다는 점이다. 즉 운동의 주체인 노동자의 의식 속에 들어간 감상성은 작자의 의도와 다르게 운동의 역기능이 될 수도 있었기 때문이다. 센티멘탈리즘에의 함몰, 이것은 운동의 과정에서 가장 경계해야 할 점이다. 이것은 프로시 본래의 목적인 의도 주입이나 이념 전달에 오히려 역효과를 발산시켜 운동의 전의를 상실케 하는 것이다. 작자의 감정이 적절히 절제되지 못하고 지나치게 노출되었을 때 임화류의 단편서사시는 프로시 본래의 의도를 결과적으로 이반시킬 수 있음을 명심해야 하는 것이다. 사실 임화 시에 끊임없이 등장하던 이 감상성은 한국전쟁 당시 북한의 임화 숙청의 한 이유가 되기도 하였다.51) 그러나 이러한 우려에도 불구하고 임화의 단편서사시는 프로시 창작방법의 발전적 모색 과정의 결실이었다는 점에서 당대의 반향이 컸다. 김남천의 다음과 같은 발언은 단편서사시의 영향력을 올바르게 지적한 것이었다.

> 일찍이 조선의 프롤레타리아시가 가져 보지 못하였던 풍부성을 가지고 있었던 것은 사실이었다. 뼈다귀만의 슬로건시에 비하여는 몇 배나 더 강렬한 힘을 가지고 우리들의 심정을 붙드는 힘이 있었던 것이다.52)

이는 임화의 단편서사시가 당시 선전선동적 성격을 강하게 띠던 구호시보다 카프 작가들에게 더욱 큰 영향을 미쳤음을 나타낸 것이었다. 이후 이용악, 안용만 등 많은 작가들이 임화의 단편서사시 양식에 영향 받고 있음은 이를 입증한다. 윤곤강이 단편서사시가 "권환 등의 「뼈다

---

51) 엄호석, 한설야 등이 임화의 전선시 「너 어느 곳에 있느냐」, 「바람이여 전하라」 등을 비판한 간략한 개략은 김용직, 『임화문학연구』(세계사, 1991)나 이철주, 『북의 예술인』(계몽사, 1966) 등에서 어느 정도 참고할 수 있다.
52) 김남천, 「임화에 관하여」, 『조선일보』, 1933. 7. 22.

귀의 포엠」을 소탕시키는 데 둘도 없는 챔피언의 역할"53)을 수행했다고 한 것이나 김남천이 "뼉다귀만의 슬로건시에 비하여는 몇 배나 더 강렬한 힘을 가지고 우리들의 심정을 붙드는 힘이 있었던 것"54)이라는 지적은 이 당시 프로시 내부에서 단편서사시가 가진 영향력이 상당했음을 지적한 것이었다. 또한 임화의 단편서사시에 대해 당대 작가들 사이에서도 상당히 긍정적 평가가 있었음은 소설가 이동규의 다음과 같은 글을 통해 알 수 있다.

> 시(필자 주 — 「우리 오빠와 화로」)를 읽고 울기까지 하였다는 모 평가(評家)의 평에 추종하여 나도 재독 삼독하고 해시(該詩) 안에 흐르고 있는 감상성에 나의 정서를 같이 울리고 그 이데오로기에 나의 사상을 공감시켰다. 말이 없이 담배만 피우고 앉아 있던 주인공 옵바의 모양, 거북문이 화로의 환상은 그 시를 읽은지 오래인 오늘까지도 우리의 뇌리를 방황한다. 그후 계속하여 다작이 아닌 그의 시가 2, 3편 발표되었는데 어느 것이나 그의 시인으로서의 천분을 충분히 인용(認容)할 수 있는 가작(佳作)이었다. 더욱이 프로시가 '선전삐라'니 '슬로간'이니 하는 비난을 받고 있던 그 당시에도 그의 시만은 모든 이런 조소를 퇴각시킬 수 있는 무언의 반박을 내포하고 있었다.55)

임화 또한 당시 프로시에 유행하던 "뼉다귀시의 경화(硬化)된 상태에서 탈출한 좋은 계기"56)의 하나로 권환이나 이병각 등의 풍자시나 윤곤강이나 임화 자신의 낭만적 경향의 시를 들고 있는데, 이러한 진술의 배후에는 임화 자신의 단편서사시나 낭만적 경향의 시에 대한 자신감도 어느 정도 내재해 있었던 것으로 보인다. 그러나 임화는 단편서사시 창

---

53) 윤곤강, 「임화론」, 『풍림』 5집, 1937. 4, 8면.
54) 김남천, 앞의 글.
55) 이동규, 「작가가 본 평가(評家) '임화'」, 『풍림』, 1937. 5, 22면.
56) 임화, 「진보적 시가의 작금(昨今)」, 『풍림』, 1937. 1, 15면.

작 이후 시인보다 비평가로 더 많은 활동을 하게 되는데, 이는 그가 카프 소장파의 핵심인물이 되었음을 의미한다. 임화가 곧 자신의 단편서사시에 대해 자기비판의 글을 쓰게 되는 것도 이 때문이다. 즉 단편서사시가 일군의 지식인 작가 내지 독자, 감상적 노동자들에게는 선명한 인상과 기억을 줄 수 있었음에도 불구하고 지나친 감상성의 노출로 인하여 그것 자체가 가지는 한계를 드러내었다는 점이다. 이러한 감상성은 많은 독자를 시 속에 끌어들일 수 있었을지는 모르나 프로시 창작의 본래의 목적인 이념 전달이나 투쟁의식 고취 등 선전선동의 효과에는 미달할 가능성이 많았다고 할 수 있다.

구호시가 시의 대중화에 실패하고 슬로건 위주의 경직성으로 치달았을 때, 그것의 진전된 극복 양상으로 나온 것이 단편서사시였다. 단편서사시에 대한 윤곤강이나 김남천, 이동규 등의 긍정적 평가는 구호시가 갖지 못한 점을 단편서사시가 어느 정도 갖고 있었다는 것을 말해 준다. 이는 바로 임화의 단편서사시가 감당할 수 있었던 정서와 감정의 수용 부문에 대한 적극적, 긍정적 설명의 결과라 볼 수 있다. 그러나 단편서사시가 지나친 감상성을 노출해 보임으로써 서사구조가 갖는 객관적 현실반영의 문제는 상당히 흔들리며 주관화 경향으로 나아가게 되었던 것이다. 그래서 임화는 다시 '자기비판'의 깃발을 들었던 것이다. '시에 대한 자기 비판 기타'의 부제가 붙은 「시인이여! 일보전진하자!」(『조선지광』, 1930. 6.)가 바로 그것이다. "시인이여! 일보전진하자! 퇴각이냐? 전진이냐? 거기에는 오직 운동이 있을 뿐이다"57)라는 임화의 당당한 선언이야말로 자기비판의 핵이다. 임화는 1929년 「우리 오빠와 화로」 이후의 프로시의 경향을 주목하고 엄정한 자기비판을 가한다. 임화의 이러한 입장은 "시인이 '시인'이기를 포기한 것"58)에서 이해가 가

---

57) 임화, 위의 글, 63면.

능하다. 이 글을 쓸 1930년 무렵 임화는 동경에서 "사회과학서적 난독에 몰두"[59]하고 있었으며 볼세비키화를 주도하는 카프 소장파의 핵심인물로 급성장하고 있을 때였다. 임화의 이러한 자기비판에도 불구하고 단편서사시는 당대 시단에 "가장 많은 평가", "가장 많은 영향"[60]을 주었으며 임화 자신도 완전한 방향 전환을 이루지는 못하였다.

일제강점기라는 특수한 상황 속에서 단순 서정시로만 현실을 반영하거나 맞설 수 없게 되자 서정시에서 서사성의 강화란 형식으로 나타난 이 단편서사시는 우리 시사에서 현실성 획득의 한 과정으로 높이 평가되어야 할 것이다. 지나친 감상성이나 시적 화자의 주관적 감정이 어느 정도 제어될 수 있다면 리얼리즘시의 한 표본으로 자리잡을 수 있겠기 때문이다. 단편서사시는 30년대 후반 안용만, 이용악 등의 시에 부분적으로 수용되어 이어지다가 해방기로 넘어오게 된다.

해방기 시에도 단편서사시 내지 서사시에 대한 모색은 계속되고 있다. 김상훈의 「소을이」, 「초원」, 「북풍」, 상민의 「여직공」 등은 해방기에 창작된 단편서사시의 구체적 예로 볼 수 있다. 이 시기에도 서사 지향성은 현실 반영의 한 방법으로 시인들에게 중요하게 인식되었던 것이다. 당대 현실을 어떻게 하면 정확하게 반영할 수 있을까 하는 문제는 이 당시 시인들에게도 고민거리의 하나였다고 할 수 있다. 해방 1년이 지나면서 짧은 서정시만으로는 민중현실을 총체적으로 반영해 보일 수 없다는 인식이 시인들로 하여금 그들 시에 서사지향성을 강하게 노출시키게 만드는 계기를 마련하였다. 해방기 시에 있어서 이러한 서사성 모색의 과정은 이 시기에 돌발적으로 나타난 것이 아니라 이전 시의 전통, 가깝게는 일제강점기의 단편서사시 내지 서사시론에 어느 정도 영향을

---

58) 임화, 위의 글, 70면.
59) 임화, 「어떤 청년의 참회」, 『문장』, 1940. 2, 24면.
60) 권환, 「시평과 시론」, 『대조』 4호, 1930. 6, 33면.

받고 있다고 할 수 있다. 일제 강점기 리얼리즘시의 수준을 한 단계 높였던 단편서사시론이 해방기에서 제대로 발전적으로 지속, 수용되었느냐 하면, 일단 시론상으로는 공식적인 활발한 문제 제기가 이루어지지 못했다고 할 수 있다. 그 이유로는 이론에 대한 충분한 논의의 시간이 부족했다는 점을 들 수 있다. 또 하나는 서사화 내지 서사지향성을 가진 시가 쓰여지려면 어느 정도 대상과의 거리가 확보되어야 하는데 해방기 현실의 급박성은 그것을 어렵게 만들었다고 할 수 있다. 그러나 시에 있어서 서사지향성 내지 서사화 문제가 공식적인 시론으로 본격적, 논쟁적으로 대두되지는 않았다 하더라도 많은 시인들의 시 창작방법 속에 서사지향의 시론은 은연 중에 작용하고 있었다고 할 수 있다. 이용악, 설정식, 김상훈, 상민 등 많은 시인들의 시 작품에서 서사지향성은 간과할 수 없는 요소로 등장하기 때문이다.

우선 서사지향의 시는 현실 반영의 측면에서 리얼리즘시와 밀접한 관련이 있다고 할 수 있다. 먼저 리얼리즘에 있어서 기법 못지 않게 중요한 것은 정신과 태도 문제임을 자각해야 한다. 현실에 대한 서사적 포착 이전에 현실에 대한 정확하고도 객관적인 인식이 선행되어야 함은 당연한 것이다. 시인의 현실에 대한 반영 욕구는 먼저 작품을 쓰려는 창작적 태도 내지 자세 문제가 바르게 갖추어졌을 때 비로소 성취될 수 있다. 이 점에서 박세영의 다음과 같은 말은 음미해 볼 만하다.

> 시인은 보다 정확한 객관적 정세의 인식과 가장 냉철 또는 예리한 판단을 하는 역량을 가지지 않으면 안될 것이다. 그리하야 객관적 정세에 따르는 주류적 동향을 파악하고 항상 진보적 의도 밑에서 제작함으로써 그 시대상을 묘파하는 대작을 내일 수 있는 것이라 하겠다.61)

---

61) 박세영, 「현단계와 시인의 창작적 태도」, 『예술』 4호, 1946. 2, 5면.

박세영은 위에서 보듯이 작품 창작 이전에 시인이 가져야 할 것으로 현실을 파악하는 눈과 그것을 판단하는 역량을 들고 있다. 정확한 객관 현실의 파악하에 이루어지는 작품 창작이야말로 시인이 담당해야 할 중요한 몫이라는 것이다. "그 시대상을 묘파하는 대작"이란 다소 막연한 감은 있지만 이것은 아마 서사시의 창작을 말하는 것이라 할 수 있다. "대작"을 쓰기 위해서 시인들은 "사상적 체계의 확립과 아울러 계급의식의 투철한 인식"이 필요하며, 이를 통해서만 "옳은 노선"을 향한 "사상적 변혁"이 이루어질 수 있다는 생각을 박세영은 하고 있다.[62] 조선프롤레타리아예술동맹의 중심인물이기도 했던 박세영은 이처럼 작품 창작 이전에 시인의 세계관 내지 현실을 포착할 수 있는 능력이 더욱 중요하다는 인식을 하고 있다. 또한 그는 현 정세하에서의 진보적 시인의 태도를 주목한다. 그것은 '권력은 인민에게로'라는 구호, 즉 근로 대중이 모든 권력을 장악한다는 점을 잊어서는 안 된다고 보며, 시인들은 이것을 전취하기 위하여 투쟁하고 있다는 사실을 항상 명심해야 한다는 것을 강조한다. 박세영은 이러한 확고한 신념하에서만 좋은 작품을 쓸 수 있다는 것을 내세운 것이었다. 그는 해방의 순간에 시인들이 일시적 감정으로 해방을 구가하고 있는 시에만 매달리고 있는 현상을 경계하고 있다. 박세영이 내세우는 사상으로서의 확고한 신념과 객관적 정세의 동향 파악, 진보적 의도 등은 모두 세계관을 무엇보다 강조한 결과라 할 수 있다. 리얼리즘이라 했을 때 시적 창작방법으로서의 성취도를 가늠하는 것 못지 않게 태도와 정신, 즉 세계관의 문제도 중요한 것임을 주장한 것이라 볼 수 있다. 박세영의 그러한 문학관이 개별 작품으로 어떻게 나타났는지는 별개로 하고[63] 그가 세계관에 대한 이런 뚜렷한

---

62) 박세영, 위의 글.
63) 일제강점기에서 해방기에 이르는 박세영의 문학관과 작품 실천의 과정은 윤여탁, 「사상 우위의 문학관과 작품행동으로서의 실천」, 윤여탁·오성호 편, 『현대리얼리즘시인

인식을 하고 있었다는 점은 중요하다. 그러나 세계관만 지나치게 강조되었을 때 시의 경직화와 연결될 가능성이 높다. 세계관은 사실에 대한 뚜렷한 인식과 그것을 작품으로 적절히 변용시킬수 있는 형상화 장치와 연결될 수 있을 때 의미가 있는 것이다.

> 사실의 투영을 그려서 사실에 필적케 하려는 것이 나의 시작 의도였다. 남조선 사태는 때로 그럴 여유조차 주지 않는다. 결국 사실 자체 속으로 돌입할 수밖에 없지 않은가. 시의 의장(衣裝)을 희생하고 시의 육체를 남길 도리밖에 없다. 다만 객관화시키기를 잊지 말자. 내 머리는 한 개 기관에 불과한 것을 잊지 말자. 그리하여 내가 제작하는 시가 인민 최대 다수의 공유물이 되게 하자.64)

작품 창작에 대한 설정식의 이러한 생각은 현실을 정확히 묘사, 객관화시키는 '사실의 투영'에 있다. 그러나 급박해 가는 현실의 소용돌이 속에 '사실의 투영'은 사실상 어렵다. 그래서 시의 미감이라든지 형식 같은 의장들은 다소 희생될 수밖에 없다는 것이다. 그렇다면 육체만 남은 시는 무엇인가? 내용 내지 작가의 이념을 말한다고 볼 수 있다. 설정식은 이 당시 시가 내용 내지 이념이 승한 것이 해방기 시의 조악성에서 온다기 보다 해방기 사회의 급박성과 그 사회적 현실에 기인함을 말하고 있다. 문제는 설정식 자신도 다짐하고 있지만 '객관화'의 문제이다. 시인의 사실에 대한 인식은 주관적 감정으로 흐르기 싶다. 현실을 반영, 투영해 보이는 데 있어 객관화의 시각은 시 창작에 있어서 하나의 시금석이라 할 만하다. 이것이 올바로 되었을 때 시가 "인민 최대 다수의 공유물"로 정착될 수 있다는 것이다.

론』, 태학사, 1990, 24~48면 참고.
64) 설정식, 『제신의 분노』, 신학사, 1948, 137면.

문제는 이러한 세계관 내지 객관화의 작품 창작 의도가 리얼리즘적 작품 성취와 어떻게 이어질 수 있는가 하는 점이다. 이는 해방기 시인이 당면하고 있는 작품 실천의 문제와 연결된다고 할 수 있는데 서사화 내지 서사지향성은 그 주요한 방법 중의 하나가 될 수 있는 것이다.

해방기 현실에서 서사시의 정신을 먼저 언급하고 나온 사람은 이헌구였으나 서사시 정신의 필요성만 거론하였지 구체적 방안이나 설명은 없었다.65) 한편 해방기 현실에서 서사시를 시형과 관련시켜 언급한 논자는 김광균이다.

> "새로운 내용을 담은 시형이 구태의연한 것이 대부분이다. 사람들은 8. 15 전의 서정시를 쓰던 시형을 가지고 8. 15 후의 신세계를 노래하고 있다. 8. 15 전을 서정시의 시대라면 8. 15 후는 서사시의 시대일 것이다. 서정시의 그릇으로 서사시를 담은 데서 시의 효과가 많이 상실되고 무리가 生한다. 시어 하나 시구 한줄이 그대로 독립하여 광채를 발하던, 예컨대 정지용 시의 전형 같은 시형으로 벅차고 억센 리듬을 담는 것은 처음부터 무리이다. 시행의 고저와 연을 떼는 습관도 무심하게 그대로 답습해 있다. 시인은 좀더 자유로히 여러 가지 시형을 실험하여 자기 시에 맞는 그릇을 찾아야 한다."66)

김광균의 이 글은 8. 15 이후 '문학시감(文學時感)'의 형태로 발표된 글인데 해방 직후의 시형을 모색하고 있다는 점에서 주목된다. 김광균은 8. 15 이전이나 이후나 똑같이 서정시의 시형만을 가지고 새로운 시대의 내용을 담으려는 데서 무리가 발생한다고 본다. 특히 그는 해방기의 변해가는 현실을 정지용 류의 서정시가 담아내기에는 많은 한계가 있다고 보고 8.15 이후의 현실을 담아내는 데는 서사시 형식이 적합할

---

65) 이헌구, 「문학의 서사시 정신」, 『민주일보』, 1946. 7. 12.
66) 김광균, 「전진과 반성 – 시와 시형에 대하여」, 『경향신문』, 1947. 8. 3.

것이라는 주장을 편다. 김광균은 해방 직후의 현실에서 시형이 자유로이 모색되어야 하며, 해방이 주는 벅찬 감격과 억센 리듬을 담는 그릇으로 서사시가 대표적 장르가 될 수밖에 없음을 제시하고 있다. 해방기의 변해가는 역동적 현실 속에 그것에 걸맞는 새로운 장르가 모색되어야 하며, 그 가운데 서사시가 중심이 되어야 한다는 것이 김광균의 주장이었다. 김광균의 주장은 변해가는 현실과 밀접한 관련하에서 서사시의 장르 모색을 제기하였다는 점에서 그 의미가 있다.

한편 시의 서사화 문제를 적극적, 구체적으로 언급하고 직접 작품으로 실천해 보인 사람은 김상훈이다. 특히 김상훈의 '담시'는 일제강점기 단편서사시의 직접적 계승이라고 볼 수 있으며, 서사시란 표제가 붙은 「가족」은 해방기 시에서 서사시의 가능성을 점검해 본 중요한 성과물의 하나라 하겠다. 그렇다면 김상훈은 서사시를 어떻게 인식하고 있었는가?

> 끝까지 희랍적인 의미에서 영웅을 그려야 된다든지 민족 전체가 공감하는 신화나 운명을 노래해야만 서사시가 될 수 있다면 이 「가족」은 아무래도 서사시가 되지 못할 것입니다. 너무도 無力한 사람들을 취급하였고 또 지나처 주관에 치우쳤기 때문입니다. 그러나 나는 장르의 분류에 기계적으로 충실하기보다 하구싶은 이야기를 마음껏 해보려 들었습니다. 나와 내 주변에 있는 가장 가까운 사람들의 모습을 허식 없이 시 안에 등장시키고 또 그들이 전형적인 오늘, 이 땅의 가족들이기를 기원하였습니다. 다만 그것이 지나친 역량 부족으로 헛된 기원에만 그치고 말지 않았는가 하고 생각해 볼 때에 머리 속이 몹시 어두워집니다. 그리고 후편에 부친 몇 개 담시(譚詩)도 나의 하구 싶은 이야기가 얼마 만큼 독자 여러분에게 전달될는지 대단히 마음을 조리면서 그래도 발표하구 싶은 일념에 넣어 둡니다.[67]

---

67) 김상훈, 「서언(緒言)」, 서사시집 『가족』, 백우사, 1948, 3~4면.

위에서 보듯이 김상훈은 스스로 자신의 시 「가족」이 서양의 고전적 의미의 서사시에 미달되었다고 말하고 있다. 그러나 희랍적인 의미에서 영웅을 그려야 한다든가, 민족 전체가 공감하는 신화나 운명을 노래해야만 꼭 서사시가 될 수 있는 것은 아닐 것이다. 서사시가 고전적 개념의 틀 안에서는 신이나, 민족, 국가의 운명이나 영웅을 다루었으나 "시대, 지역, 민족성, 문학적 전통 등의 요인에 따라 얼마든지 변용"[68]될 수 있다는 사실을 염두에 두어야 할 것이다. 작가가 서사시라는 명칭을 썼느냐 안 썼느냐 하는 것은 양식론적 차원에서 큰 의미가 없다. 또 우리의 경우 서사시 규정 문제를 지나치게 서구의 준거나 모델을 가지고 접근하는 것은 바람직하지 않다. 만약 서구의 서사시 이론을 우리 작품에 적용하여 논의의 틀로 삼을 때 「국경의 밤」 이후 과연 몇 작품이 이 근거에 맞을지 심히 의심되기 때문이다.[69] 그러나 작가인 김상훈이 『가족』의 명칭으로 서사시집이란 이름을 분명히 쓰고 있고 서문에서도 서사시를 거론하고 있는 점은 중요하다고 생각된다. 이는 왜 김상훈이 짧은 형식의 서정시나 기존에 자기가 쓰던 익숙한 시 형식을 버리고 이러한 시를 쓰게 되었는가 하는 점과 연계된다고 하겠다. 서정장르만으로는 그 시대를 감당할 수 없었기에 시에 서사성을 도입하는 문제가 김상훈 시 창작방법의 주요 화두가 되었던 것이다. 서사시나 담시(譚詩)가 급박한 현실 속에서 작자의 "하구 싶은 이야기"를 펼쳐 보일 수 있는 장르였다는 점에서 김상훈의 실험은 중요하다. 그러나 김상훈 자신이 서사시라는 양식에 고집스럽게 집착하지는 않았던 것으로 보인다. "내 주

---

68) 조남현, 「서사시 논의의 개요와 쟁점」, 김은전·김용직 외, 『한국현대시사의 쟁점』, 시와 시학사, 1991, 279면.
69) 오세영은 서구의 서사시 개념틀로써 「국경의 밤」을 분석하여 이 작품이 서사시가 아닌 서술적 서정시에 불과하다는 견해를 내놓고 있다. 오세영, 「국경의 밤과 서사시의 문제」, 『국어국문학』 75호, 1977.

위에 있는 가장 가까운 사람들의 모습"인 "무력한 사람들"을 그려 보이고 싶다는 시인의 욕망이 주관화된 전망의 과장 등 다소의 장르 불안정을 가져오게 하였다고 할 수는 있다. 그러나 이들의 모습을 전형화해 보이고 싶은 이야기의 욕망은 시의 서사화를 촉진시키게 만들었던 것이다. 즉 "전형적인 오늘 이 땅의 가족들"을 허식없이 등장시켜 그 수난의 모습을 드러내 보이려 하였던 것이다. 문제는 김상훈이 해방기에 하고 싶은 말이 많았다는 것이며, 이것을 전달하기에 적합한 양식으로 서사시를 택했다는 점일 것이다. 다양한 인물을 등장시켜 일제강점기와 해방기에 걸쳐 핍박받고 있는 민중의 모습을 「가족」을 통해 그려내려 했던 작자의 창작 의도는 높이 평가되어야 한다.

그 당대에 김상훈의 『가족』에 주목한 논자는 박문서(朴文緒)이다. 박문서는 「서사시집 『가족』에 대하여」란 짧은 서평 형식의 글을 통해 김상훈의 이 "새로운 노래"에 대해 다음과 같이 거론하고 있다.

> 숨막히게 육박하는 감정과 예리한 메스는 멸망하는 가족과 생장하는 가족들의 역사 위에 받은 교훈과 형벌을 역력히 보여주고 있는 웅장한 수법과 기교와 종횡무진으로 소리치는 고함은 과거의 수(數) 적은 조선의 서사시 중에 보지 못한 걸작의 하나이란 것은 누구나 부정할 수 없을 것이다. 이 시집으로 하여금 본격적인 서사시가 아니라고 한다면 그는 수긍할 수 있는 말이나, 그러나 시인 김상훈이 개척하며 창작하는 이념이 낡아빠진 모든 기반을 뛰어넘어 새로운 시의 세계를 개척해 가고 있다는 거대한 업적 앞에 우리는 심심한 경의를 표해야 할 것이다. 이러한 근거는 「가족」은 그만두고라도 「소을이」, 「북풍」, 「초원」 등에서 우리는 여실히 엿볼 수 있을 것이다.[70]

---

70) 박문서, 「서사시집 『가족』에 대하여」, 『새한민보』 3권 1호, 1948. 12, 32면.

박문서는 서사시집 『가족』이 봉건조선의 가족들의 모습을 여실히 전형적으로 그려내었다고 평가했다. 이러한 평가의 근거에는 김상훈이 시도하고 있는 담시와 서사시 형태의 시들에 대한 긍정적 시각이 담겨져 있다. 이 시가 본격적인 서사시냐 아니냐 하는 문제는 차치하고라도 김상훈의 새로운 시 세계에 대한 개척의 결과물인 서사시집 『가족』의 수법과 기교에 대해서 찬사를 보내고 있다. 또 지금까지 창작된 서사시 중에는 『가족』이 주목할 만한 작품이라는 언급을 하고 있다. 서사시로서 이 작품이 다소의 결점이 있다 하더라도 해방기 시가 만들어 낸 "거대한 업적"의 하나라는 점만은 분명히 밝히고 있다 하겠다.

해방기 시에서 서사지향성이나 시의 서사화 문제는 현실반영의 차원에서 문제된 것이라 할 수 있다. 이러한 것에 대한 작품적 성과로는 이용악, 김상훈, 여상현, 상민 등의 시를 들 수 있다. 그러나 이러한 작품에 걸맞는 이론적 천착 내지 논쟁은 해방기에서 구체적 시론의 형태로 정립되지는 못한 것으로 보인다. 이는 시의 서사화 과정에 대한 이론 정립에 대한 의욕이 없었다기 보다 급박한 정세 속에 시창작이 급선무였던 현실이 빚어낸 결과였다고 할 수 있다. 해방기의 경우 문학이념이나 운동부문에서는 이론 우위의 선도적 비평이 성행하였으나 시론, 특히 시의 서사화 경향에 대한 이론 작업은 작품 중심의 실천비평적 성격을 띨 수밖에 없었던 것이다. 그러한 상황 속에서도 서사시 정신을 중요시한 이헌구의 글이나 서사시를 시형의 모색과 관련시켜 논의한 김광균의 글 등은 주목되며, 특히 작품과 연계되어 서사시집 『가족』의 창작 의도를 밝힌 김상훈의 글이나 그것을 평한 박문서의 글은 서사시론의 구체적 증좌로 해방기 서사시론을 살필 수 있는 중요한 문건이라 할 수 있다.

이상에서 볼 때 서사지향의 시론은 해방기에서 주도적 비평의 모습을 띠지는 못하고 작품이 선행된 주석적 비평의 수준에 머물고 말았다고 할 수 있다.

제3장 해방기 리얼리즘시의 현실인식 양상

1. 해방의 감격 표출과 진로 선택의 모색

(1) 해방의 감격 표출과 그 의미의 천착

1) 해방의 감격 표출과 고양된 정서

8. 15 해방은 우리 민족에게 식민지의 굴레를 벗어난 환희와 기쁨의 순간으로 인식되었다. 오랜 기다림과 열망이 극명하게 실현된 해방의 순간은 그것이 타율적으로 주어진 것이든 자율적으로 쟁취한 것이든 그 자체가 문제되지 않을 정도로 모두에게 벅차게 다가왔다. 문학자들에게 있어서도 마찬가지였다. 우선 해방은 우리말을 다시 자유롭게 사용할 수 있는 계기를 마련해 주었으며, 작품의 창작 영역을 무한히 넓힐 수 있는 공간을 제공해 주었다. 그러므로 이 당시 시인들에게 해방은 "사고와 행동의 넓은 자유[1]"를 가져다 준 가능성의 순간으로 다가왔다고 할 수 있다. 이들은 해방의 환희와 기대로 들떠 있었던 관계로 해

---

1) 양운한, 「시단 회고 4년」, 『민성』 5권 8호, 1949. 8, 82면.

방의 의미를 작품으로 형상화해 내기에는 충분한 시간적 여유가 없었다고 할 수 있다. 자연스레 분출되는 감정을 글로 옮겨 놓는 것 자체로서도 기뻤던 시기였다. 해방 초기의 시가 시적인 형상화가 미흡한 채 감정의 노출이 심하게 드러난 것도 이러한 이유 때문이다. 갑자기 다가온 해방은 시인들에게 벅찬 흥분을 가져다 주었고, 그것은 작가들에게 현실에 대한 객관적 파악보다 해방의 환희나 감격을 노래하는 주관적 감정의 표출에 머무르게 만들었다.

> 이제 우리의 모든 감정과 지혜와 심혼은 해방되었다. 폐쇄되었던 시의 전당의 철비(鐵扉)는 일격에 깨뜨려지고 마렀다. 우리의 말이 홍수처럼 밀려져 나오고 우리의 사감(思感)이 조수처럼 부푸러 오르는 자리에서 시인의 가슴은 미여지는 듯 터지는 듯한 흥분 속에 휩싸여졌다.2)

위의 글은 해방 직후 시인의 환희와 감격, 흥분의 모습을 잘 그려 보이고 있다. 이처럼 해방 초기 대부분의 시들이 일제의 사슬에서 풀려나온 데 대한 기쁨과 직설적 흥분의 소용돌이 속에서 크게 벗어나지 못하였다. 『해방기념시집』(1945)이나 『3. 1기념시집』(1946), 『햇불』(1946) 등 엔솔로지 형태의 기념 시집을 감싸고 도는 것도 이러한 흥분과 열정이다. 결국 해방 직후의 시인들은 갑자기 온 해방의 현실 앞에 무엇을 어떻게 그려 나가야 할까 하는 대상에 대한 진지한 탐구와 방법론적 고민을 할 여유가 별로 없었다고 하겠다. 해방 직후, 특히 1945년 무렵의 현실에서 작자들이 미래에 대한 확고한 전망이라든지 새나라 건설에 대한 새로운 믿음 같은 것을 가지는 것은 상당히 어려웠다. 해방조국에 대한 막연한 기대와 들뜬 열정만이 이 시기를 가득 메우고 있었으며,

---

2) 이헌구, 「서」, 『해방기념시집』, 중앙문화협회, 1945, 3면.

이를 작품으로 수용해 나가기에도 벅찬 현실이었다.

> 만세를 부르는 소리
> 만세를 부르는 소리
> 서른 여섯해의 먼지를 터는 소리
> 거리의 들에 산에 바다에……
>
> 북소리 둥둥 울리고
> 더덩실 춤추며 나가자
> 하늘 높이 우리의 깃발 꽂어놓고
> 손뼉치며 소리지르며 웃으며……
>
> 깃발
> 깃발
> 깃발
> 빛나는 우리의 깃발!
>
> 아아 새로워라
> 하늘의 높음이어
> 바다의 푸름이어
> 구름의 빛남이어
>
> 이름도 슬어진 우리나라가
> 우리의 손으로 다시 돌아온다
> 한숨과 치욕의 날은 가고
> 구속과 착취의 날은 가고
>
> 깃발
> 깃발
> 깃발
> 빛나는 우리의 깃발!3)

위의 작품은 윤곤강의 「깃발」의 일부이다. 이 작품을 감싸고 있는 것은 8. 15 해방이 주는 열정과 감격이다. 낭독시라는 표제가 붙어 있는 이 시는 해방을 맞이한 기쁨을 "빛나는 우리의 깃발"로 나타내 보인다. 한숨과 치욕, 구속과 착취의 지난 시절은 하늘 높이 펄럭이는 "깃발"과 대비되어 현재의 기쁨을 더욱 증폭시키는 작용을 한다. 이 시 전체에 반복되고 있는 짧은 2음절의 '깃발'은 바로 해방을 맞이하는 시적 주체의 경쾌한 마음이 리듬화되어 나타난 것이라 볼 수 있다. 또한 이 깃발은 미래에 대한 기대와 낙관적 전망을 표상해 보이는 기표이기도 하다. 작자는 새로운 삶의 앞날에 '빛나는 깃발'을 제시하여 놓음으로써 해방조국의 낙관적 전망과 밝은 미래를 암시해 보였다. 해방기 현실에 대한 두려움이나 머뭇거림 없이 주정적 기쁨이 이 시의 표면에 넘쳐 흐르고 있다. 해방의 기쁨은 시적 주체를 저절로 더덩실 춤추게 만든다. 이 시에 나타난 벅찬 감정이 의도적이거나 의식적인 감정의 표출이 아닌 것만은 분명하다. 저절로 춤추듯이 시인이 해방을 맞이하는 기쁨과 환희가 시의 표면에 흘러내리고 있다. 밝은 미래에 대한 전망과 해방을 맞이하는 현재의 기쁨은 '깃발'의 상징성으로 축약된다. '깃발'은 어두운 시대의 모든 고난과 두려움에서 우리 민족이 이제 완전히 벗어났음을 의미하는 동시에 밝은 미래를 향한 새출발을 강력히 제시하는 상징물로 표상되어 있는 것이다.

박문서(朴文緖)의 「깃발」에서도 밝은 미래에 대한 전망을 나타내 보인다. 그러나 박문서는 "피에 젖인 눈물에 젖인/ 그대들이 지킨" "그대들이 가져온" 깃발임을 적시(摘示)하면서 "짓밟혀도 짓밟혀도 썩어지잖은/ 우리들의 깃발이 여기 휘날린다"4)고 노래하여 '깃발'의 역사적 의

---

3) 윤곤강, 「깃발」 부분, 『횃불』, 우리문학사, 1946, 91~93면.
4) 박문서, 「깃발」, 『소백산』, 백우사, 1947, 62면. 1945년 8월 15일작이라는 부기가 있다.

미를 드러내 보이고 있다. '깃발'이 해방된 이 하늘에 휘날리기까지에는 벗들의 "울부짖음"과 희생이 있었기에 가능하였음을 나타내 보인다.

윤곤강이나 박문서의 시에 보여지는 과거와 미래의 연장선상에 있는 이 '깃발'은 열린 공간으로서의 해방의 찬란한 순간을 가장 극명하게 보여줄 수 있는 상징물로서의 기능을 한다. 시인들이 해방의 흥분과 감격을 폭발적으로 노래할 수 있었던 것도 억눌리고 닫힌 시대가 끝나고 새로운 열림의 시대가 시작되었기 때문에 가능한 일이었다. 그러한 새로운 시작의 순간을 이들 시인들은 '깃발'로 제시하여 놓은 것이라 할 수 있다.

> 눈물겨웁다
> 황폐한 고국 남은 철로와 끊어진 다리
> 서른 여섯 해 비바람이 스처간 자최
> 애처러웁다
> 혼곤한 산과 들에 시냇물 소래
> 나의 부모 동생과 뭇 겨레가 살고 있는 곳
> 이 슬픔 우에
> 이 기쁨 우에
> 혁명이여, 아름답고나
> 피무든 네 날개 우에
> 찰난한 보람 동터오노나
> 잃어진 내 것을 찾어
> 거리로 가자 항구로 가자
> 혁명이여
> 나에게 장대한 꿈을 주렴아
> 날어 가야 할 하날 저 멀리 가로 노히니
> 연약한 날개를 모아 노래 부르자
> 우리 두팔을 걷고 바위를 밀자

가 없는 곳에 큰 길을 닦자5)

이는 『해방기념시집』에 실린 김광균의 「날개」이다. 우선 '날개'란 제목이 주는 의미를 음미해 볼 필요가 있다. '날개'는 비상의 의미를 강하게 함축하고 있어서 미래에 대한 낙관적 전망과 밝은 미래에 대한 기대를 표상해 주는 매체라고 할 수 있다. 시적 주체인 '나'는 "서른 여섯해 비바람이 스쳐간 자최"에서 눈물겨움과 애처러움을 느낀다. 지나간 날들이 가져다 준 슬픔과 새로운 날을 맞는 기쁨이 겹쳐진 곳이 바로 해방된 이 순간이다. 그러므로 시적 주체에게 있어 해방은 아름다운 '혁명'의 순간이며 새로운 날을 기약하는 시작의 순간으로 인식된다. 이 "혁명"은 '피'를 동반해 쟁취한 것이기에 "슬픔"인 동시에 "기쁨"이며, 이러한 것을 통해 "찬란한 보람", 즉 해방의 날이 동터온 것이다. 시적 주체는 이러한 기쁨을 더욱 확산시키기 위해서 거리로, 항구로 내달릴 것을 요구한다. 그렇게 될 때 해방조국의 "장대한 꿈"이 성취될 수 있기 때문이다. 개인 또는 우리 민족의 앞날에 "큰 길"이 활짝 열리기 위해서는 우리 민족 모두 "연약한 날개"나마 힘을 모아 앞으로 나아가야 한다는 것이다. 이렇게 볼 때 이 시의 시적 주체 또한 해방으로 인한 감정이 충일된 상태에서 해방의 노래를 불렀다고 할 수 있다. 그런데 이 시에서는 시적 주체의 감정은 그대로이지만 시선의 변화가 두 부분으로 나누어 이루어지고 있다. 먼저 해방된 산하의 모습을 보고 느낀 감정을 시적 주체는 고백체의 어조로 서술한다. 다음은 시적 주체의 감정을 밖으로 드러내어 자신, 또는 청자에게 권유하고 재촉하는 발화의 형식을 취하고 있다. 시적 주체는 고백형 어투를 통해 해방기 현실을 보는 자신의 감정을 노출시키고, 이어 청유형 어투를 통해 시적 주체 자신과 청

---

5) 김광균, 「날개」, 『해방기념시집』, 24~25면.

자에게 자신의 발화를 확인하는 동시에 행동을 요구하고 있다. '거리'나 '항구'로 표상된 새나라 건설의 현장에서 청자 지향적 말투를 통해 요구 내지 반응, 또는 자신의 각오를 계속적으로 다지고 있는 것이다. 그런 데 이 시의 시적 주체는 해방을 맞는 주체의 주관적인 정서에 함몰되어 자신의 감정 토로의 수준을 크게 벗어나지 못하고 있다. 즉 이 시는 해 방을 맞이하는 시적 주체의 낭만적 열정이 그대로 드러나 있다고 할 수 있다. 시적 주체가 해방기 현실을 정확히 바라보고 조명하기에는 해방 이 주는 환희와 감격이 너무 컸다고 할 수 있다. 해방에 대한 시각의 미 확보는 해방 전후의 현실을 슬픔과 기쁨이란 단순한 도식으로 바라보게 만들었던 것이다.

해방기념 엔솔로지나 해방 초기 대부분의 시들은 이와 같은 인식 수 준에서 그다지 멀리 떨어져 있지 않다. 박종화의 「대조선의 봄」, 김광 섭의 「속박과 해방」이나 정지용의 「그대들 돌아오시니」 등 모든 시들이 해방이 뿜어내는 열기 속에 묻혀 있다. 한편 이러한 해방의 감격을 차 분한 시각에서 노래한 작품으로 이병철의 「새벽」을 들 수 있다.

네
닭아

가만 가만
숨쉬면서
오랜 밤을 숨쉬면서

어스럼
벼달 딸이
눈에 삼삼 그리면서
얼마나 이 아침을 기대렸느냐

샷사치
어둠을 털고 나려와

벼슬
그윽히 목을 뽑아 울어라
하늘까지 울어라

얼마나 이 아침을 기대렸느냐6)

「새벽」은 1945년 8월작이라는 부기가 붙어 있는 것으로 보아 8. 15 바로 직후에 쓰여진 것으로 볼 수 있다. 이 시는 해방을 노래한 직정적인 감정 노출의 시들보다 시적 형상성의 측면에서 어느 정도 우위에 있다고 할 수 있다. 해방이 주는 감격과 환희가 직접적으로 드러나지 않고 닭이라는 매개물을 통해 해방의 감격을 형상화해 보였다는 점이 그 이유 중의 하나이다. 시적 주체가 자신의 감정을 직접 서술하는 것보다 다른 사물에 의탁해서 드러내는 것이 감정 조절에 더욱 효과적임은 주지의 사실이다. 시적 주체는 해방의 감격에 그저 울고 웃고 하는 일차원적 흥분의 차원을 벗어나 닭을 통해 자신의 감정을 차분히 절제하여 노래하고 있다. 물론 지난 날의 어두움 속에서 새 날이 동터오는 것을 닭의 울음에 비유한 것은 다소 상투적이긴 하다. 그러나 여기서 닭의 상징성에 유의해 볼 필요가 있다. 동양에서 닭은 "새벽을 알리고 광명을 불러와 귀신을 물리치는 서조(瑞鳥) 또는 신성조"7)로 대접받아 왔다. 또 수탉이 울면 동이 트고, 동이 트면 광명을 두려워하는 잡귀가 모두 도망친다는 뜻에서 벽사(辟邪)의 뜻이 담겨져 있는 가금(家禽)으로 옛날부터 닭을 소중히 여겼다. 그래서 닭은 민화에서도 정초에 호랑

---

6) 이병철, 「새벽」, 『전위시인집』, 31~32면.
7) 한국문화상징사전편찬위원회, 『한국문화상징사전』, 동아출판사, 1992, 200면.

이 그림과 함께 벽사초복의 뜻을 담아 대문이나 집안에 붙이기 위해 널리 그려졌던 소재였다.[8] 이 시에서의 닭은 새벽을 알리는 시보(時報)의 역할, 그리고 벽사의 의미 이외에 이제까지 숨죽이며 살아온 시적 주체, 또는 우리 민족의 모습이 투영된 매개물로서의 의미가 있다. 시적 주체는 해방을 오랜 밤을 가만가만 숨쉬면서 기다린 끝에 찾아온 아침으로 파악하고 있다. 어둡고도 긴 밤을 헤치고 온 해방의 날 아침에 닭이 목청껏 울기를 바라는 시적 주체의 내면은 아침을 기다리는 닭의 심정과 별반 다르지 않다. 아침이 되어 목청껏 울 수 있는 현실은 오랜 기다림 끝에 온 것으로 이는 과거와의 대비를 통해 볼 때 더욱 감격스러운 것이다. 그러한 감격이 "그윽히 목을 뽑아 울어라/ 하늘까지 울어라"라는 시구로 나타나게 된 것이다. 기다림 뒤에 온 희망찬 현실은 시작이라는 의미를 내포한 아침, 또는 새벽이란 어구로 압축되고 있다. 결국 이 시에 등장하는 닭은 바로 어두운 일제강점기를 지내온 우리 민족 전체의 모습과 동일한 대상으로 부각됨으로써 더욱 그 설득력을 얻고 있다. 즉 이 시는 시적 주체와 시적 대상인 '닭'의 동일시를 통해 해방의 감격을 적절히 표현해 내고 있는 것이다.

> 노들강은 흘러가다
> 어제도 오늘도
> 예두 지금도
> 흘러가다 말없이
>
> 노들강은 흘러가다
> 착취의 피를 실고
> 삼천만서 빨아낸!

---

8) 윤열수, 『민화이야기』, 디자인 하우스, 1995, 117~119면 참고.

노들강은 흘러가다
압박의 기름 실고
사십년 동안 짜아낸!

흘러가다 먼 바다로
굴욕 모멸 학대의 누른 개수물이
흘러가다 먼 바다로
제국주의의 비린내 썩은내 구린내

다시 못오리라
영원히 흘러가리라
맑고 푸르러졌다 노들강물은

강 언덕 감나무 숲 마을엔
한낮에 곳곳이 들리다
닭 우는 소리와 함께

우렁차게 들리다
자유조선의 자장가 소리
자유조선의 해방 소리

오! 힘차게 흘러가다 인젠
맑고 푸른
노들강물이9)

이 시는 어제나 오늘이나 말없이 흘러가는 '노들강'을 통해 역사의
변화를 노래해 보이고 있다. 물론 '노들강' 자체야 변하지 않았겠지만
'노들강'을 바라보는 시적 주체의 감정은 해방을 기점으로 엄청난 변화

---

9) 권환, 「노들강」, 『건설』 1호, 1945. 11, 6~7면.

를 겪었다. 시적 주체는 역사의 흐름을 '노들강'이란 대상에 투사시켜 자신의 이념 내지 감정을 드러내 보이고 있다. 힘차게 흘러가는 맑고 푸르러진 '노들강'은 해방이 가져온 산물이라고 할 수 있다. 이는 "굴욕, 모멸, 학대의 누른 개수물"과 "제국주의의 비린내, 썩은내, 구린내"를 함께 싣고 먼 바다로 노들강이 흘러간 다음에야 가능한 일이다. 말없이 어제도 오늘도 흘러가는 노들강은 어쩌면 역사의 흐름이요, 이것은 일시적으로 발호하는 부정적인 것은 곧 사라질 수밖에 없다는 역사의 합법칙성을 말하고 있는 것이기도 하다. 모든 부정적인 찌꺼기를 싣고 먼 바다로 가 "다시는 오지 못 하리라", "영원히 흘러가리라" 등의 진술 속에서 맑고 푸른 역사를 염원하는 시적 주체의 심정을 엿볼 수 있다. 이 시에서 '노들강'은 일제의 수탈과 압박의 잔재를 싣고 가는 강인 동시에 맑고 푸른 해방의 기쁨을 싣고 가는 강으로 표상되어 있다. 제국주의의 온갖 내음새 간직한 '누른 개수물'과 맑고 푸르러진 노들강의 대비가 이 점을 분명히 하고 있다. 그러나 이 시는 해방을 맞이한 시적 주체의 내면 심리나 감각을 깊이 있게 포착해 내지 못한 채 다소 관념적이고 상투적인 언어 구사의 수준에 머무르고 있다. 그래도 구호적이고 상투적인 해방감격 시와 다소 구분되는 점은 시적 주체가 직접적인 감정 노출 대신 역사의 흐름을 '노들강'이라는 대상에 투사시켜 해방을 간접적으로 노래하였다는 점 정도이다. 그러나 이러한 것이 '자유조선'의 앞날에 대한 전망으로 단순 연결됨으로써 성급한 역사의 낙관적 추상화에 머무르고 마는 한계를 보였다. 이 작품은 1945년 11월에 발표되었는데 해방 직후의 현실에 거는 기대와 환희, 일제잔재 청산에 대한 욕구가 증폭되던 당대의 열기 속에 여전히 휩싸여 있다. 이러한 해방에 대한 기대와 환희를 약간의 서사적 구조를 유지하면서 해방의 장면을 보여주고 있는 작품으로 권환의 「고향」이 있다.

십년 전 양주가
등에는 괴나리 봇짐
두 손엔 바가지 들고
북으로 북으로 멀리 간 박첨지도
어제 만주서 돌아왔다
동리 어구에 들자말자 연신
용감한 아라사 병정 이야길 하면서
도수장에 목을 홀켜간 소처럼
구주탄광으로 끌려갔던 김춘보도
이년만인 그저께야 돌아왔다
우 아랫니(齒)를 부득부득 갈면서

쫓겨가고 고향을 파먹던 모진 야수들은
찾어왔다 고향을 잃은 백성들은

야학교 좁은 강당에선
박수소리가 요란하게 일어나다
학병서 돌아온 德洙君의
각모를 휘두르며 부르짖는 연설회다
「이 넓은 ‘삼거리’ 들(野)도 모두
우리들 땅입니다 인젠
齊藤이 논도 鈴木이 밭도 아닙니다」

왼 들에 구수하게 풍기다
익은 곡식의 향내가

만세 소리가 때때로 바람결에 들리다
이 마을 저 마을서

유달리 맑고 푸른
자유조선의 가을 하늘이었다10)

이 시는 해방을 노래한 일반적 시와는 달리 시적 주체의 주관적 감정 표출에만 머무르고 있지 않다. 다시 말하면 시적 주체는 해방의 주관적 감정 표출에 함몰되어 있기보다 해방의 장면을 제시하고 그려 보이는데 주력하고 있다. 대상을 차분히 바라보고 그것을 장면화시킴으로써 어느 정도 객관적 시각을 확보해 보이고 있는 것이다. 해방의 풍요로운 공간은 온 들에 풍기는 "곡식의 향내"와 "유달리 맑고 푸른 가을 하늘"로 나타나 있지만 진정한 해방의 풍요함은 고향에 돌아온 인물들이 이룩하는 공간을 통해서 성취된다. 해방을 맞이해 고향으로 돌아온 인물들은 만주서 귀국한 귀향 이민의 일원인 박첨지, 탄광노동자 김춘보, 학병 덕수군 등이다. 이들은 모두 일제하에서 극한 궁핍과 탄압에 어쩔 수 없이 자기 의사에 반하여 만주로, 구주탄광으로, 전쟁터로 유랑하거나 끌려간 사람들이다. 즉 이들은 일제의 억압에 의해 족쇄가 채워졌던 인물들이라 할 수 있다. 해방은 이들의 모든 억압을 풀어주는 계기가 되었으며, 그 결과 김첨지나 김춘보, 학병 덕수군 등은 이제 풍요로운 고향을 채우는 인물로 전환되어 있다. 시적 주체는 인물들이 구성해 내는 공간의 장면들을 하나 하나 제시하여 보인다. 시적 공간을 구성하는 각각의 장면들은 해방의 단면들이며, 이것이 모여 이 시에서 해방이란 복합적 공간을 복원해 내고 있는 것이다. 30년대 권환 시에서 보이던 구호 위주의 기표들이 이 시에서 상당히 제거되어 있다고 할 수 있다. 물론 "이 넓은 삼거리 들도 모두/ 우리들 땅입니다 인젠/ 齊藤이 논도 鈴木이 밭도 아닙니다"와 같은 직설적 어투들이 그대로 나타나고 있기는 하지만 이전의 선전선동 위주의 구호시의 골격에서 상당히 탈피해 있다. 이는 창작 주체인 시인 자신의 이념이나 전언을 그대로 전달하지 않고 해방의 장면을 연속적으로 제시해 보인 기법이 거둔 성과라 할 수

---

10) 권환, 「고향」, 『신건설』, 1945. 12, 45~46면.

있다. 이는 자연 시적 주체와 대상과의 거리를 유지시켜 대상의 부각과 제시에 어느 정도 효과를 보았다고 할 수 있다. 이 시의 시적 주체는 흥분하지 않고 될 수 있는 대로 차분한 어조를 유지하여 해방의 장면을 그려내려고 노력하고 있다. 한편 신범순은 "김춘보나 덕수, 박첨지 등은 단지 시인이 해방에 대해서 생각하고 있는 일반적인 시각을 드러낼 뿐 정작 자신들의 생생한 삶의 본질에까지 육박해 들어가 현실을 조명하지는 못하고 있다"[11]고 지적한다. 이러한 비판은 시적 주체가 시적 주인공들의 삶 속에 깊이 들어가지 못하고 단지 그들의 모티프를 자신의 이데올로기적 진술을 위해 등장시키고 있음을 말한 것이다. 사실 작자는 시 속에 등장하는 주인공들을 그들의 체험 및 생생한 삶을 통해 작품 속에서 역동성 있게 그려내 보이고 있지는 못하다. 시적 주체의 눈에 비친, 그러면서도 시적 주체의 소망스러운 이데올로기를 나열하고 있는 인물을 등장시켜 창작 주체의 이데올로기적 입장을 드러낼 뿐이다.[12] 이러한 것이 리얼리즘의 성취에 장애물로 작용하는 것은 주지의 사실인데, "해방에 대한 전체적 시각과 현실의 개별적 사실들을 결정하는 것"[13]이 더욱 필요한 것도 이 때문이다. 그런데 해방의 모습이 생동감 있게 작품 속에 구현되지 못한 것은 작품을 그려내는 기법과도 밀접한 관련이 있다. 해방의 장면들을 제시하여 보여주는 기법만으로는 인물들의 생생한 체험을 그려내기 어려웠기 때문이다. 자연 창작 주체의 눈에

---

11) 신범순, 「해방기 시의 리얼리즘 연구」, 93면.
12) 윤영천은 『한국의 유민시』, 실천문학사, 1987, 199면에서 박첨지가 아라사·병정을 예찬하는 이념적 지향성 쪽으로 쏠려버림으로써 삶의 진실성마저 훼손시켰다고 보았다. 즉 해방의 역사적 의미를 너무 쉽사리 특정 이데올로기 문제로 맞바꾸어 버리려한 역사적 오류를 범했다고 비판한다. 그러나 윤영천의 이러한 지적은 아라사 병정이란 시구에 너무 과대한 비중을 두고 있는 듯한 느낌이 든다. 이러한 장면 제시는 해방 직후 해방을 가져온 경위나 그 주체세력에 대해 흔히 가지기 쉬웠던 호감 정도의 표현이 아닐까 하는 생각이 든다.
13) 신범순, 앞의 논문, 93면.

비친 해방의 피상적 모습만이 그의 이데올로기적 시각 위에 연결되어
드러나 있을 뿐이다.

　　　　코스모스 욱어진 연천(漣川) 마을엔
　　　　한글 공부 소리 박넝굴보다 더 낭자하고

　　　　아우라지 나루는 새 서울의 나루여서
　　　　야반 준령 오십리 길도 멀지 않았다

　　　　나루는 기망(旣望)의 달빛이 백사(白砂)를 깔고
　　　　묘망(渺茫)한 금반(金盤) 우에 은장기를 뚜고

　　　　나룻배는 한 척인데
　　　　서울 손은 천에도 또 몇몇천

　　　　기다려도 기다려도 못건너는 나루에
　　　　三七制의 새 소식이 새 소식을 부르니

　　　　나루지기 할아버지의 늙은 볼에도 웃음이 돌며
　　　　휘연히 아오라지의 긴긴 밤도 밝어오는 것이었다.14)

　　이 시는 이찬의 「아오라지 나루」 전문인데 해방을 맞는 시적 주체의
시각이 비교적 뚜렷하게 드러나 있다. '서울 도중기(道中記)'란 부기에서
보듯이 작자 자신이 서울로 오면서 '아우라지 나루'에서 느낀 감정을 읊
은 작품이라 할 수 있다. 수많은 사람이 나다니는 나루터야말로 해방의
소식을 가장 손쉽게 접할 수 있는 곳이다. "한글 공부소리 박 넝쿨보다

---

14) 이찬, 「아오라지 나루」, 『우리 문학』 창간호, 1946. 2, 61면.

더 낭자하고"란 시행 속에서 해방이 가져온 가장 큰 변화의 모습을 축약
적으로 보여주고 있다. 묘사되고 있는 나루터의 은은한 정경이나, 모여
드는 서울로 가는 손을 통해 해방을 맞는 시적 주체의 고양된 감정을
엿볼 수 있다. 나룻배 한 척이 감당하지 못할 정도로 모여드는 서울로
가는 손은 이 당시 우리 민족의 해방조국에 거는 기대와 열망이 구체화
되어 나타난 기표라고 할 수 있다. 이 시 전체에 깔려 있는 낙관적 전망
은 해방의 열기 속에서 시적 주체가 갖는 미래에 대한 확실한 믿음에서
나오는 것이라 할 수 있다. 나루지기 할아버지의 웃음과 더불어 밝아오
는 '아우라지의 밤'은 곧 농민의 미래가 해방과 더불어 무한히 개방되어
있음을 나타내 보인다. 1, 2, 3, 4연에서 해방 공간의 열띤 분위기를
차분히 그려나가던 시적 주체는 마지막 5, 6연에서 은연중 자신의 이데
올로기를 드러내 보였다.15) 해방의 기쁨이 농민 개개인에게까지 실감
있게 다가와야 한다는 것, 그것은 "3. 7제"라는 소작문제의 해결을 통해
드러난다. "3. 7제의 새소식"은 이 당시 농민들에게 토지문제의 혁명적
해결의 한 방안이며 실질적으로 농민에게 해방의 덕을 가져다 줄 수 있
는 가장 실질적인 것 중의 하나이다. 그러므로 "3. 7제의 새소식"이 구
체적으로 실현되는 순간이야말로 농민들에게 해방의 의미가 직접적으
로 체현될 수 있는 순간이다. 그렇지만 이것은 이상적 현실에 대한 시
인의 선취된 관념이 표출된 것이거나 38 이북의 토지 혁명을 염두에 두
고 진술된 것이라 볼 수 있다. 이러한 이데올로기적 편향성은 이 시의
진실성을 다소 훼손시키고 있다. 그런데 농민 개인에게 닥쳐온 이러한
기쁨은 밝아오는 '아오라지의 밤'과 더불어 이 시를 낙관적 전망으로 가

---

15) 이 시가 계급적 당파적 입장을 분명히 하고 있는 것은 조선프롤레타리아문학동맹의 구
　　성분자들이 펴낸 앤솔로지 『횃불』에 이 작품이 실려 있는 것과 무관하다고 할 수 없다.
　　『횃불』에 실린 시 대부분은 조선프롤레타리아문학동맹의 이념을 대체로 반영하고 있
　　어, 『해방기념시집』 등에 실린 시들과는 그 성격을 달리 하고 있다.

득차게 만들고 있다. 이러한 앞날에 대한 낙관적 전망은 김광현의 「새벽길」에도 잘 나타나 있다.

>　기쁨처럼 솟아올으는
>　밝은 사상으로
>　힘차게 믿어지는 사람들이
>　앞서 나아가는 길
>　새나라 바래
>　드새는 새벽길을 내가 간다
>
>　이보다 우연이 아니어 떳던 눈을 감어
>　감었던 눈을 또 다시 떠
>　꽃 봉오리 봉오리 가슴에 안어
>　인제 참말 붉은 태양이 모란을 밝앟게 피우리라16)

　이 시에는 시적 주체의 앞날에 대한 낙관적 전망과 소망의 성취에 대한 기대와 의지가 가득 담겨 있다. 시적 주체는 "아직 어두움에 눌리운 길 우"17)에 서서 새나라를 향한 "새벽길"을 힘차게 나아가고 있다. 이 시에서 비관적 어조는 거의 나타나시 않고 "햇빛", "새벽" 능의 시작과 밝음을 나타내는 시어들만 가득차 있다. 그런데 이 시는 해방에 대한 일반적인 감정을 드러내기 보다 해방을 맞이하여 자신이 가는 길을 점검해 보고 그 길 위에서 자신의 소망성취의 의지를 드러내 보이고 있는 점이 주목된다. 자신이 걸어가는 앞날에 대한 희망과 소망성취의 의지가 이처럼 밝고 긍정적으로 나타난 것은 해방이 가져온 산물이라 할 수 있다. 여기서 "모란"은 바로 시적 주체 자신이 바라는 소망의 객관적

---

16) 김광현, 「새벽길」 부분, 『전위시인집』, 2~3면.
17) 김광현, 위의 시 미인용 부분.

상관물로 볼 수 있다. 그런데 이 시에서는 '모란' 그 자체보다 그것을 피우고 말겠다는 시적 주체의 소망성취의 의지가 더 중요시되어 나타나 있다. 해방을 맞이한 시적 주체가 미래에 대한 자신의 소망을 드러내고, 그 소망을 성취하고 말겠다는 강한 의지를 이 시는 보여주고 있는 것이다.

이처럼 해방 초기 시인들은 해방이 가져다 준 환희와 기쁨 속에서 앞날에 대한 막연한 기대와 들뜬 열정을 작품으로 형상화해 내기에 바빴다. 대상에 대한 진지한 탐구와 방법론적 고민을 할 여유가 별로 없었다고 할 수 있다. 그런 가운데도 차분히 해방의 감격을 노래하거나 해방의 장면을 드러내 보인 시들이 나타나기도 하였다. 전체적으로는 여전히 시적 주체의 소망 내지 미래에 대한 낙관적 기대의 형상화가 해방 초기 시의 주된 관심사였다고 할 수 있다.

2) 변모된 해방과 그 의미 천착

해방 초기 대부분의 시들은 다소간 고양되고 흥분된 분위기에서 크게 벗어나지 못하고 있다. 많은 시인들은 해방을 전후한 현실을 들뜬 기분 속에서 보냈다. 다음과 같은 글을 통해 이 당시 작가들의 내면 모습을 엿볼 수 있다.

> 생각하면 그것은 일순의 회고조차 휴식조차도 허락지 않는 긴박한 1년이었다. 말할 수 없이 찬란한 무지개가 갑짝이 우리들 길 앞에 피었을 적에 이윽고는 한없는 고난의 길이었음에도 불구하고 우리는 도시 황홀하지 않을 수가 없었다. 우리는 그토록 모두가 너무나 젊었던 때문이다. 그러므로 아모도 후회하지는 않는다. 더군다나 첩첩한 고난에 싸여 있기는 하였을 망정 비길 데 없이 큰 희망에 차 있는 길인 이상 모두가 잘 견디어 갈 줄도 알았다.[18]

김기림은 이 시기 시인들의 감각을 '황홀'과 '희망'으로 표시해 놓고 있다. 위의 글은 해방이 주는 흥분과 감격이 얼마나 시인들을 압도하고 있었는지를 잘 보여주고 있다. 해방기의 앞날을 가로막고 있는 '첩첩한 고난'은 해방이 주는 황홀감에 비하면 아무 것도 아니라는 생각을 이들은 하고 있었다. 그러므로 많은 시인들은 자신의 감격을 밖으로 표출해 내는데 급급하였던 것이다. 양적으로 다른 시기에 비해 해방기에 발표된 시, 시집이 많았던 사실은 무엇을 말해 주는가? 이는 "순간적 체험으로서의 생의 지각의 표출방식"19)인 시 장르가 갖고 있는 기동성, 민첩성이 시대와 잘 부합할 수 있었기 때문일 것이다. 그러나 시 장르가 "체험의 직접성과 호흡의 급박성"20)을 이용하는데 소설 같은 서사 장르보다는 다소 유리했을지 몰라도 역시 해방 초기의 격동하는 현실을 형상화할 만한 충분한 여유가 없기는 마찬가지였다. 그러다 보니 설익은 어투나 구호, 감정의 직접적 표출 등이 두드러지게 나타나거나 "공식주의"21)적 경향의 작품이 횡행하였던 것이다. 작가들이 수많은 작품을 쏟아내었는 바, 시적 형상화가 미흡한 작품이 많이 생산된 것도 이 때문이었다. 물론 미흡함은 시인들 자신의 세계관이나 창작방법의 미숙성에도 그 원인이 있었지만 해방 초기란 시대적 요인이 더 큰 동기를 제공했다고 할 수 있다. 이러한 들뜨고 흥분된 감정 속에서 해방을 노래하던 시인들도 차츰 현실에 대한 냉철한 인식을 해 나가기 시작한다. 차츰 해방의 기쁨과 환희 속에서 미래에 대한 우려를 예각적으로 표현한 시들이 나타나기 시작하였다.

---

18) 김기림, 「서」, 『전위시인집』, 3면.
19) 김윤식, 『한국근대문학사상사』, 한길사, 1984, 312면.
20) 김윤식, 「해방공간의 시적 현실」, 『해방공간의 문학사론』, 서울대 출판부, 1989, 206면.
21) 좌담 「조선문학의 지향」, 『예술』 3호, 1946. 1, 7면.

旗폭을 쥐었다.
높이 쳐들은 萬人의 손 우에
旗빨은 일제히 나부낀다.

"만세!"를 부른다, 목청이 터지도록
지쳐 나서는
군중은 만세를 부른다.

우리는 노래가 없었다.
그래서
이처럼 부르짖는 아우성은
일즉이 끓어오던 우리들 정열이 부르는 소리다.

아 손에 손에 기빨들을 날리며
큰길로 모이는 사람아
우리는 보았다.
이곳에 그냥 기쁨에 취하고, 함성에 목메인 겨레를……
그리고
뒤끓는 환희와 기빨의 꽃바다 속에
무수히 따러가는 아동과 근로하는 이들의 행렬을……

춤추는 기빨이어!
나부끼는 마음이어!
이들을 지키라.

너이들은 자랑스런 너이들 가슴으로
해방이 주는 노래 속에서
또 하나의 검은 쇠사슬이 움직이려 하는 것을……[22]

---

22) 오장환, 「8. 15의 노래」, 『병든 서울』, 정음사, 1946, 7~8면.

이 시는 오장환 시집 『병든 서울』의 첫머리에 실려 있는 「8. 15의 노래」인데 해방 바로 다음날인 45년 8월 16일 창작된 것으로 부기되어 있다. 이 시는 좀더 활력있게 해방의 핍진한 모습을 그려보이고 있다. 이 시에서 시적 주체는 자신의 감정을 어느 정도 억제하면서 해방된 날의 광경을 그려 보이려 노력하고 있다. 그러나 끝내 시적 대상과의 거리를 유지하지 못하고 적극적으로 사건에 개입하고 말았다. 시적 대상인 군중들을 '겨레'로 '너이들'로 표현하면서 거리를 유지하려는 노력을 곳곳에 보이고 있으나 그 거리는 일정하게 유지되지 못한다. 시적 주체가 차분히 현실을 응시하여 그것을 형상화하기에는 시적 주체의 심리적 정서가 너무 고양되어 있기 때문이다. 그러므로 감격과 기쁨으로 인한 조급한 시 창작 태도는 서술의 일관성을 유지하지 못하게 한다. 이는 시적 주체 자신이 해방을 맞아 거리로 쏟아져 나온 군중들 속에 위치하며, 이들과 동질적인 감정을 공유하고 있는 것에 연유한다고 할 수 있다. 그런데 시적 주체는 군중과 일체화되지 못하고 우월적인 위치에서 자신의 이념을 전달하는 입장에 서 있다. 5, 6연의 경우 시적 공간에 침투된 시인의 직접적 목소리가 그대로 노출되어 있다. 또한 시적 대상을 바라보는 시선도 일관되지 못하고 갑작스런 어조의 변화로 균형을 잃어버리고 있다. 그러나 해방된 이튿날 해방을 방해하는 "또 하나의 검은 쇠사슬"이 움직이지 않을까 하는 진술을 통해 창작 주체가 정치가 이상의 예리한 감각을 지녔음을 보여주고 있다. 5, 6연은 "그냥 기쁨에 취하고 함성에 목메인 겨레"에게 주는 일종의 경고적 어구라고 할 수 있다. 접속사(그리고, 그래서)의 나열이나 생략부호의 과다한 사용, 갑작스런 선동적 어구의 제시 등으로 시적 긴장의 획득에는 실패하고 있으나 시적 주체가 제기한 문제의식만은 소중한 것이라 할 수 있다. 전체적으로 볼 때 이 시는 해방이 주는 열기와 환희 속에 문제를 발견하기

는 했으나 여전히 압도하는 외부 현실 속에 시적 주체가 매몰되어 해방
을 보고 느낀 것을 직접적으로 표출하는데 그쳤다고 할 수 있다.

　　이처럼 시인들이 해방의 의미에 대한 문제를 천착해 들어가기 시작
한 것은 갑자기 다가온 8. 15해방이 완전한 해방이 아니라는 인식에서
시작된다. 이는 나라를 찾은 다음에 오는 과제로서 "자유와 행복"23)이
보장되는 새나라가 아직 건설되지 못하고 있는 현실에서 찾아진다. 해
방 초기의 열정에서 조금 벗어날 수 있었던 1945년 말부터 완전한 해
방에 대한 열망을 담은 시들이 차츰 나타나기 시작한다.

> 태양을 의논하는 거룩한 이야기는
> 항상 태양을 등진 곳에서만 비롯하였다
>
> 달빛이 흡사 비오듯 쏟아지는 밤에도
> 우리는 헐어진 성터를 헤메이면서
> 언제 참으로 그 언제 우리 하늘에
> 오롯한 태양을 모시겠느냐고
> 가슴을 쥐어 뜯으며 이야기하며 이야기하며
> 가슴을 쥐어 뜯지 않았느냐?
>
> 그러는 동안에 영영 잃어버린 벗도 있다
> 그러는 동안에 멀리 떠나버린 벗도 있다
> 그러는 동안에 몸을 팔어버린 벗도 있다
> 그러는 동안에 맘을 팔어버린 벗도 있다
>
> 그러는 동안에 드디어 서른 여섯해가 지내갔다

---

23) 박문서, 「해방」, 『소백산』, 59면.

다시 우러러 보는 이 하늘에
겨울밤 달이 아직도 차거니

오는 봄엔 분수처럼 쏟아지는 태양을 안고
그 어늬 언덕 꽃덤불에 아늑히 안겨 보리라24)

이 시는 해방 바로 이듬해인 1946년 1월 12일 쓴 것으로 되어 있다.25) 해방이 된 지 불과 반년이 채 안된 시점에서 시인들의 현실인식을 살펴볼 수 있는 중요한 작품이다. 약 5개월 사이에 현실의 변모는 주목할 만한 것이었다. 속박과 구속에서 벗어난 환희의 순간이 해방기 시 속에서 지속되지 못한 것은 해방기 현실의 토대 변화와 밀접한 관련이 있다고 하겠다. 즉 해방조선에서 독립조선으로 가는 새나라 건설의 과정이 순조롭게 이행되지 못한 것이 그 주된 원인이라 할 수 있다. 특히 이 작품이 산출된 시점은 신탁통치 문제로 온 나라가 좌·우로 서로 갈려 싸울 때이다. 더 이상 막연한 해방의 열정과 환희에 머물러 있어서는 안될 현실로 변모되기 시작한 것이다. 해방 초기에 가졌던 시인들의 낭만적 열정과 기대는 곧 수정되지 않으면 안될 현실에 직면하게 되었다. 민족 주체적으로 쟁취하지 못한 해방이었기에 외세의 음울한 그림자는 늘 따라다니기 마련이었다. 낭만적 감정과 예언자적 지성만으로는 해방 직후의 현실을 감당해 내기에는 무리가 있었다. 이제는 일제강점기와 달리 정치와 새나라 건설의 문제가 당면해 있었기 때문이다.

「꽃덤불」은 이용악의 기록26)에 의하면 전국문학자 대회 첫날이 끝난 후 시인들의 모임에서 시골서 올라온 신석정이 노래 대신 낭독한 바

---

24) 신석정, 「꽃덤불」, 『신문학』 1권 2호, 1946. 6, 128~129면.
25) 신석정, 『빙하』, 정음사, 1956, 8면.
26) 이용악, 「전국문학자대회 인상기」, 『대조』 1권 2호, 1946. 7, 171면.

있다고 한다. 해방이 된 지 불과 반년이 채 안된 시기에 해방을 바라보는 시인의 감정을 이 시는 잘 드러내 보여주고 있다. 해방을 맞이하기 위해서는 1, 2, 3연에서 보듯이 우리 민족의 많은 수난과 고초가 있었다. 해방은 곧 '태양'으로 표상되거니와 "분수처럼 쏟아지는 태양"을 보기 위해서 "달빛이 흡사 비오듯 쏟아지는 밤"에도 "헤메이면서" "가슴을 쥐어뜯지" 않을 수 없었다. 결국 이 작품의 전반부는 광복(빛의 회복)으로 표상되는 '태양'과 일제 암흑기의 상징인 '밤'의 대조를 통해 우리 민족의 해방되기까지의 역정을 이야기해 보였다. 광복을 맞이하기 위해서는 3연의 경우처럼 많은 벗의 죽음과 변절, 그리고 이별을 감수해야 했다. 그리고 이러한 수난과 고통을 겪은 뒤에 온 해방이건만 그것은 완전한 해방이 아니었다. 그런데 이 시의 묘미는 아직까지 완전한 해방에 도달하지 못한 현실을 상징을 통해 드러내고 있다는 점이다. "다시 우러러 보는 이 하늘"에는 '태양'이 아니라 아직까지 "차가운 겨울밤 달"이 떠 있다는 것이다. 이것은 해방된 조국이 아직 완전한 해방에 이르지 못하였음을 나타낸다. 외세와 좌·우파 이데올로기의 냉전장이 된 현실, 불투명한 해방조국의 앞날이 겨울밤 찬 달의 이미지와 어울려 선명히 드러나 있다. 어지럽고 흥분된 역사의 순간을 담담하게 그려 보이는 동시에 현실에 대한 정확한 인식을 하고 있다는 점에서 이 시는 돋보인다. 더구나 작자의 의도를 아주 쉬운 언어로 별 기교나 수사 없이 그대로 드러내 보였다. 단순한 어구의 반복이 주는 효과와 감흥을 통해 객관적 현실을 조명해 보이고 시적 주체 자신이 해방조국에 거는 기대와 이상을 표출해 보이고 있다.

해방 초기 시의 밑바닥에는 "이제 이끼 긴 石門이 열렸다"[27]와 같은 새로운 세계에 대한 기대와 열망이 가득차 있다. 암흑이 아닌 밝음의

---

27) 장영창, 「石門이 열렸다」, 『어느 지역』, 태양당, 1948, 41면.

세계, 식민지가 아닌 해방의 세계를 이들 시인들은 구가하였던 것이다. 그러나 이러한 시들은 해방 초기에만 유행하였다. 희망과 기대에 찬 현실이 우리 민족이 생각하는 대로 낭만적으로 전개되어 나가지는 못했기 때문이다. 그래서 시인들은 차츰 비극적으로 전이되어 가는 민족 현실을 정확히 응시해서 그것을 작품으로 산출하기 시작하였다. 오장환의 「8. 15의 노래」나 신석정의 「꽃덤불」도 그러한 도정에 있던 작품들이었다. 해방의 의미나 완전한 해방을 노래한 작품으로는 이들 작품 이외에도 여상현의 「영산강」, 「커브」, 박아지의 「고향」, 상민의 「차창」, 오장환의 「TNMH」 등이 있다. 이러한 시들은 잘못되어 가는 현실에 대한 문제 제기를 통해 진정한 해방의 의미를 찾으려 노력하고 있다. 이제까지 해방 초기 시에 보이던 해방에 대한 주정적 감격과 환희, 열정은 이들 시에 오면 상당히 가라앉고 있다. 대신 현실에 대한 응시, 또 그것에 대한 도전의식을 주로 보여주고 있다. 이 시기에 나온 이들 시들은 시인들의 해방조국에 대한 인식이 보다 객관성과 현실성을 확보해 가는 과정에 있음을 보여준다고 하겠다. 이것은 해방 반년이 지나면서 시인들이 민족현실을 정확히 인식하기 시작하였다는 것을 말해 준다. 여상현의 「영산강」의 경우를 보기로 하자.

> 오 얼마나 목메여 찾던 해방이었던가
> 바둑 돌과 절벽 밑을
> 크고 작은 들판과 어름짱 밑을 감돌아
> 영산강 줄기찬 물결을 모르랴마는
> 바다는 아직도 저 먼 곳에 있음인가
> 진정 눈 앞에 해방이 없다
>
> 가을 햇볕에 항쟁의 피도 엉키었고

>   왜적과 더부러 호화롭던 놈이
>   또한 호화로운 외출이 잦어도
>   담양 죽세공, 화순 탄광부, 나주 소반공
>   도적이 버리고 간 옛 땅만 바라볼 뿐인 무수한 농민들
>
>   봄이 오면 제비 날르고
>   풀뿌리 캐서 연명할 서름
>   열두 골 줄기 줄기 모여든
>   예나 다름없는 영산강 오백리 서러운 가람이여[28]

위의 시에서 시적 주체가 바라는 이상향인 '바다'는 아직 저 멀리 있
다. '바다'는 이 시에서 곧 '해방'과 동일시 될 수 있는 대상으로 시적 주
체의 욕망이 성취되는 그런 장소인 것이다. "바다는 아직도 저 먼 곳에
있음인가/ 진정 눈 앞에 해방이 없다"라는 진술 속에는 "그렇게 목매여
찾던 해방"이 진정한 해방이 되지 못하고 있는 현실을 나타낸다. "왜적
과 더불어 호화롭던 놈이" 다시 "호화로운 외출"을 하는 현실 속에서 성
실히 살아가는 장인(匠人)들이나, 탄광부, 무수한 농민들 같은 힘없고
가난한 사람들은 "도적이 버리고 간 옛땅"만 무력하게 바라볼 뿐이라는
것이다. 그러므로 이들의 서러운 역사와 한을 싣고, 긴 긴 호남 들판을
흘러가는 영산강은 시적 주체에게 "서러운 가람"으로 인식된다. 결국 영
산강은 그 주변에 붙어사는 부호, 소작인, 상놈들의 영욕, 북간도나 대
판으로 떠나갔던 유이민들의 눈물, 일제의 손아귀에 쇠잔한 목숨을 유
지해야 했던 가난한 농민들의 울음과 슬픔이 투영된 강인 것이다. 이러
한 서러운 한을 안고 영산강은 이상적 공간인 푸른 "바다"를 향해 구비
구비 가로질러 흘러가고 있음을 시적 주체는 주목하고 있다. 그런데 해

---

28) 여상현, 「영산강」 부분, 『신천지』 2권 9호, 1947. 10, 131면.

방은 왔건만 아직까지 푸른 바다는 저 멀리 있다고 시적 주체는 발언한다. "바다"는 영산강이 도달해야 하는 마지막 장소이지만 또한 이 당시 민중들의 소망을 이룩하게 해 주는 진정한 해방의 공간이기도 하다. "바다는 아직도 저 먼 곳에 있음인가"라는 물음이야말로 해방의 진정한 의미를 묻는 것이라 할 수 있다. 이러한 질문은 답변을 요구한다기보다 현실에 대한 문제 제기적 성격이 강하다고 할 수 있다. 앞날이 불투명하고 폐쇄된 현실 속에서 진정한 해방은 정녕 오지 않았음을 증언하고 있는 것이다. 해방 초기의 낙관적 전망을 이 시에서는 거의 찾아볼 수가 없다. 해방 직후 민중들의 고통스런 삶의 조명을 통해 얻을 수 있는 것은 비극적인 한의 현실뿐이다. 목소리가 격해짐이 없이 시적 주체는 담담한 어조로 서럽고도 한스러운 현실 공간을 드러내 보이는데 성공하고 있다. 그것은 무력한 농민들에게 닥친 허망한 해방의 모습을 예나 지금이나 변함없이 흘러가는 영산강의 물결로 선명히 대비시킨 데서 오는 것이라 할 수 있다. 이 결과 영산강은 시적 주체에게 "서러운 가람"으로 투사되어 제시되고 있는 것이다. 시적 주체는 민족사의 굴곡과 민중의 애환을 직접 진술하지 않고 강물에 대응시켜 시화해 보이고 있다. 이로 인하여 이 시는 시적 주체의 감정을 직설적으로 드러내지 않고 현실을 전체적인 시각에서 그려내 보이는 효과를 보여주고 있다. 여상현의 「복로방」의 경우도 이러한 모습을 잘 보여주고 있다.

> 고린 자반토막 퀴퀴한 길목짝
> 제마다 고달픈 노염인양 뿜어대는 자욱한 담배연기
> 복로방 유난히 낮은 천정이
> 지친 나그네들의 가슴을 누른다
>
> 작고만 흐려지는 남포등 심지

> 돋구며 돋구며 갈(渴)한 하품 속에
> 다시금 내일의 이정(里程)을 헤아리며 감발을 푼다
>
> 돌아앉아서 부스럭대던 웬 중년 나그네
> 은전소리를 내고 제 혼자 놀래 주춤하고
> 수잠을 자던 황애장수 영감도 덩달아 놀랜다
>
> 목침을 못벤 불평은 초저녁부터 코들이 들고 일어낫고
> 「감돌」을 꺼내 보히며 입심껏 떠들던 영감님
> 긁적긁적 사쓰 밑에서 금을 파는게다
>
> 「대한독립」을 이러니 저러니
> 큰기침 섞여가며 떠들던 노인도
> 상노 아이 못데리고 온 것이 무척 뉘우치는 듯
> 안절부절하다간 새우잠이 들었다
>
> 이윽고 머나먼 마을에 닭우는 소리
> 지새는 밤을 털고 일어나
> 내 아직도 천리길을 가야 하는가[29]

여기서 '복로방'은 나그네가 쉬어가는 주막집의 단순한 임시 거처 공간이라기 보다는 해방 직후 민중들의 삶의 실상을 여실히 드러내 보여줄 수 있는 현실축약의 공간으로 설정되어 있다. 결국 복로방의 세계는 "당대 현실의 한 축도이며, 복로방이라는 한 작은 공간은 당대 현실을 반영하는 시적 장치"[30]로 작용하고 있다고 할 수 있다. 이러한 '복로방' 속에 해방 직후 민중들의 인물 군상이 포착되어 있는데 다소 희화화되

---

29) 여상현, 「복로방」 부분, 『칠면조』, 정음사, 1947, 18~21면.
30) 최학출, 「자기성찰과 시적 현실주의-여상현론Ⅱ」, 『울산어문논집』 제7집, 1991, 126
　　면.

어 묘사되어 있다. 은전으로 표상되는 세속적 욕망에 집착하는 이들, 일확천금을 꿈꾸는 영감님, 독립을 이러니 저러니 평하는 노인 등은 일상사에 매몰되어 있는 인물들로 독립과 무관하게 어느 시대에나 있을 법한 인물군의 전형적 모습이다. 이러한 해방 직후 민중들의 고단한 실상을 '복로방'이란 축소된 공간 속에 위치지워 보임으로써 진정한 해방이 쟁취되지 못한 현실 뒤의 고달픔과 허망함을 시적 주체는 포착해 보이고 있다. 실질적으로 '복로방'에 모인 이들이야말로 해방이 되어도 정녕 갈 곳 없는 길손들인 것이다. "자욱한 담배연기", "유난히 낮은 천장", "작고만 흐려지는 남포불" 등으로 나타나고 있는 복로방의 모습은 그 속의 인물들 못지 않게 시적 주체에게 폐쇄되고 우울한 시적 정서를 유발시킨다. 그러나 이러한 가운데서도 시적 주체는 복로방에 갖혀 그들의 관찰에만 머물지 않고 '복로방'의 세계를 넘어선 미래를 꿈꾼다. 그러나 진정한 해방의 길은 아직까지 험난하고도 먼 장소에 있음을 "내 아직도 천리길을 가야 하는가"라는 여정의 제시를 통해 드러내 보이고 있다. 이는 해방에 대한 착잡한 심경이 복합적으로 묻어나고 있는 질문이라고 할 수 있다. 이 시의 시적 주체는 복로방에 모인 인물들 중의 한 사람으로 이들을 찬찬히 관찰하고 있다. 그는 답답한 현실에 대해 허망감과 외로움을 느끼고 있으면서, 동시에 역사의 흐름에 대한 전체적 시각을 간직한 인물이라 할 수 있다. 즉 시적 주체는 아직까지 가야 할 길이 멀고도 험난함을 복로방을 통해 드러내 보이는 동시에 답답한 해방의 현실 속에서 지체하고 회의하는 고민의 모습을 그려 보이고 있다.

해방 반년이 지나면서 들뜨고 흥분된 감정 속에 해방을 노래하던 시인들은 차츰 현실에 대한 냉철한 인식을 해 나가기 시작하였다. 해방이 주는 환희와 열기 속에 문제를 발견하고 완전한 해방을 열망하는 시적 주체들이 이 당시 작품 속에 많이 등장한다. 이는 시적 주체가 꿈꾸는

이상적 공간이 변모된 해방 속에서 점점 멀어져 가는데 대한 항의라고
도 할 수 있다.

(2) 자기비판과 '길'의 선택 과정

1) 일제 잔재의 청산과 자기비판 문제

해방기라는 다소 흥분되고 들뜬 시대에 그 급격한 조류에 휩쓸려 들
지 않고 차분하게 자신의 지나온 삶을 반성하고 새로운 진로를 선택해
가는 것은 쉽지 않았다. 그러나 이는 해방기 우리 문학이 반드시 거쳐
가야 할 관문이기도 했다. 왜냐하면 역사의 주체로써 진정한 자기비판
의 과정을 거쳐야 새나라 건설의 주역으로 등장할 수 있기 때문이다.
그러므로 문학자의 자기비판과 진로 선택의 문제는 단순한 작품 제재적
차원을 넘어선다고 할 수 있다. 이것은 해방기에 부각되었던 친일 잔재
의 청산 문제와 맞물려 정치·사회적 영역을 떠나서라도 시 속에서 중
요한 제재로 취급되었다. 그러나 그것이 어느 정도 차원에서 문제되었
으며, 진정성을 획득하였느냐가 문제될 것이다. 자기비판이 진정한 차
원에서 행하여졌느냐 하는 것은 곧 해방기 현실에서 시인 자신들이 나
아갈 진로 선택과 맞물려 있는 중요한 문제라 할 수 있다. 즉 자기비판
과 진로 선택의 문제는 별개의 것이 아니며 진정한 자기비판을 통해서
만 올바른 '길'을 갈 수 있다는 측면에서 서로 긴밀한 연관성을 갖고 있
다고 할 수 있다.

8. 15 해방은 이제까지 문학자들의 정신을 흔들었던 '악령'이 사라
지고 새로운 시대가 시작됨을 의미하는 것이었다. 해방의 감격과 흥분
속에서 선뜻 그 대열에 합류하지 못하고 머뭇거리고 있는 논자들은 바
로 일제에 협력한 친일파31)들이었다. 이들은 다같이 만세를 불러도 같

은 만세가 아니었다. 일말의 불안감을 감출 수 없는 만세였다. 당연히 해방 직후 사회에서 친일 잔재 청산 문제는 중요한 논점으로 부상하였다. 문학계의 경우도 마찬가지였다. 친일문학의 선두에 섰던 대부분의 기성 문인들은 해방기 문단에서 자연 위축될 수밖에 없었다. 이광수, 김동인, 주요한, 백철, 최재서 등의 활동이 해방 이전에 비해 현저히 줄어들었음은 그것을 입증한다. 그밖의 대부분의 기성 문학자들도 마찬가지였다. 자기비판에 대해서는 정치권에서도 민감한 사항이었는데 박헌영은 "민족적 자기비판"32)이란 용어를 8월테제에서 이미 사용한 바 있다. 자기비판이라 했을 때 일제에 협력한 친일파뿐만 아니라 "압제와 협박과 투옥과 고문"33)의 어두운 시기를 살아온 소시민적 지식인도 여기

31) 1948년 발간된 민족정경문화연구회 편의 『친일파 군상』, 1~18면에서 친일파를 "조선민족으로서 일제의 전승을 위하야 성심으로 조력한 전쟁협력자"로 규정하고 일제말 지식인의 현실대응 양상에 대해 몇가지 예를 들고 있다. 즉 친일파를 첫째 자진적으로 나서서 성심으로 활동한 자와 둘째 피동적으로 끌려서 활동하는 체한 자로 나누고, 그 첫째와 둘째의 하위 부류를 구분해서 설명해 보이고 있다. 이중 첫째 부류가 친일파의 핵심인데 첫째 부류를 다음과 같이 분류하였다. 친일과 전쟁 협력이 옳지 않음을 알면서도 자기의 재산, 또는 지위의 보전, 신변의 안전 등을 위하여 그것을 행한 자, 친일을 하여 내선일체를 기하고 전쟁에 협력하여 일본이 전승할 시는 조선민족의 복리를 도모할 수 있다고 생각한 자, 친일과 전쟁협력으로써 관헌의 환심을 사서 개인의 영달을 목적한 자, 이러한 기회에 일층 적극 진충보국하면 자기 개인은 물론이요 민족적으로 장래에 유리할 것으로 생각한 자, 광병적(狂病的) 친일 열성협력자 등이 그것이다.
32) 조선공산당중앙위원회, 「현정세와 우리의 임무」, 1945. 9. 25, 김남식, 『실록남로당』, 신현실사, 618면 재인용. 조선공산당중앙위원회 명의의 「조선민족문화건설의 노선(잠정안)」에서도 자기비판 문제를 중요 항목의 하나로 설정하고 있다. "자기비판의 문제는 어떤 시기, 어떤 경우를 막론하고 인민적 성실의 최대의 표현이나 현하의 우리 민족생활, 그중에도 특히 개인의 성실성이 강한 정신적 의미를 갖는 문화 분야에 있어 가장 준엄하고 성실한 자기비판이 있어야 할 것이다. 적지 않은 작가, 예술가, 학자가 왜적의 강압 밑에 본의 아닌 언행을 하여 소시민 출신의 투쟁적 취약성을 노정했음을 솔직히 인정하고 자기비판을 하지 않으면 아니된다. 우리는 왜적의 강압을 저주하는 동시에 스스로도 많은 책임을 느껴야 한다. 이러한 자기비판은 문화의 모든 영역에 긍하지 아니하면 안될 것이나 더욱이 인간의 진실성이 생명인 문학자에 있어 특히 자기비판은 재출발의 한 원천이 되도록 해야 하다." 『신문학』 창간호, 1946. 4, 142~143면.
33) 한효, 「문학자의 자기비판」, 『우리문학』 창간호, 1946. 2, 66면.

에 해당된다고 할 수 있다. 문학계에서도 해방 직후의 자기비판 문제는 중요한 논점의 하나로 떠올랐다.34) 자기비판 문제가 필요한 이유에 대하여 권환은 다음과 같이 말하고 있다.

> 우리 조선민족은 누구나 다같이 또 가장 절실히 자기비판하여야 할 것은 우리 민족의 해방이 우리 힘으로 되지 못한 일이다. 소수의 혁명분자를 제외하고는 누구나 일본의 전쟁 수행에 조금도 반항 투쟁하지 못한 것이다. 이 점을 우리 조선민족은 누구나 깊이 자기비판하여야 할 것이다. 그런데 자기비판을 하랴면 마음만으로, 관념만으로 즉 참회와 고민만으로 만족하지 말고 실천적 행동으로 하여야 할 것이며 그 다음은 어떠한 중대한 사실과 중요한 시기를 당면하고 있을 때 부절(不絶)히 또 심각하게 자기비판하여야 할 것이다.35)

권환은 이 글에서 자기비판의 필요성, 자기비판의 형식, 시기 문제를 적절히 지적하고 있다. 우리 힘으로 전취하지 못한 해방을 자기비판의 차원에서 심각히 문제삼고자 한 것이다. 자기비판에 관한 권환의 원칙적 발언보다 좀더 구체적인 방법의 차원에까지 들어간 것은 한효의 「문학자의 자기비판」이다. 한효는 현실을 긍정하고 동참할 수밖에 없었던 그 시기 체념의 심정, 즉 "소시민적 자위(自衛)에 안주"36)하였던 소시민적 근성으로부터 자기비판은 시작되어야 한다고 주장하였다.

---

34) 해방 당시 자기비판문제를 다루고 있는 중요한 글들은 다음과 같다.
  김영석, 「작가의 자기비판」, 『중앙신문』, 1945. 11. 21~22.
  좌담 「문학자의 자기비판」, 『중성』 창간호, 1946.
  좌담 「조선문학의 지향」, 『예술』 3호, 1946.
  한효, 「문학자의 자기비판」, 『우리문학』 창간호, 1946. 2.
  윤곤강, 홍효민, 이원조, 권환, 김영건 등의 「재출발기에 있어 문학적 자기비판」, 『신문예』 1권 2호, 1946. 7.
  박영준, 「자기인식과 성실 – 문학적 자기비판」, 『신문예』 3호, 1946. 10.
35) 권환, 「간단(間斷) 없는 자기비판」, 『신문예』 1권 2호, 1946. 7, 36면.
36) 한효, 앞의 글.

일체의 자위적 심상에 대한 무자비한 비판이야말로 포기했던 적극
성과 부정성을 갱생시키는 유일의 모멘트라는 것을 알어야 한다. 오
늘날의 자기비판은 결코 후회가 아니다. 그것은 실로 상실했던 적극
성과 부정성을 도로 찾아내기 위한 고민이고 결투이고 자기극복이
다.37)

이상 한효의 발언은 자기비판이 "소시민적 이데올로기의 부패된 점
착성(粘着性)"38)으로부터 자기를 해방시켜 새로운 현실에 적극적으로
참여하려는 동기에서 나왔다고 할 수 있다. 즉 자기비판이 자기무력과
자기죄과의 참회에 그치는 것이 아니라 오히려 현실에의 적극적 참여자
세에서 이루어져야 함을 나타낸 것이었다. 이처럼 해방 직후 자기비판
문제는 개인적 양심과 성실성에서 나온 것이기는 하나 개인의 문제 제
기 차원을 넘어서는 것이었다. 그래서 이 문제가 좌담 형식을 빌어 많
이 논의되었다. 봉황각에서의 좌담「문학자의 자기비판」(『중성』창간호,
1946. 2.)이나 아서원의 좌담「조선문학의 지향」(『예술』3호, 1946. 1.)은
해방 직후 현실에서 자기비판 문제를 주목하고 그것을 창작의 새로운
출발점으로 삼고 있다는 점에서 중요하다. 이들 좌담에서는 일제말의
행적에 대한 의견 대립 내지 비판, 공식주의의 청산 문제, 작품 행동과
실천의 관계 등을 부각시키고 있다. 그 중에서도 봉황각 좌담 중 임화
의 다음과 같은 발언은 애매한 자기비판의 양심 문제를 정확히 지적한
것이었다.

자기비판이란 것은 우리가 생각든 것보다 더 깊고 근본적인 문제일
것 같습니다. 새로운 조선문학의 정신적 출발점의 하나로서 자기비판

---

37) 한효, 위의 글, 66~67면.
38) 한효, 위의 글, 67면.

의 문제는 제기되어야 한다고 생각합니다. 그런데 자기비판의 근거를 어디 두어야 하겠느냐 할 때 나는 이렇게 생각합니다. 물론 이럴 리도 없고 사실 그렇지도 않았지만 이것은 단순히 예를 들어 말하는 것인데 가령 이번 태평양 전쟁에 일본이 지지 않고 승리를 헌다, 이렇게 생각해 볼 순간에 우리는 무엇을 생각했고 어떻게 살아갈랴고 생각했느냐고. 나는 이것이 자기비판의 근원이 되어야 한다고 생각합니다. 이때 만일 〈내〉가 일개의 초부(草夫)로 평생을 두메에 묻혀 끝막자는 것이 한줄기 양심이 있었다면 이 순간에 〈내〉 마음 속 어늬 한 구퉁이에 강잉히 숨어있는 생명욕이 승리한 일본과 타협하고 싶지는 않았던가? 이것은 〈내〉 스스로도 느끼기 두려웠던 것이기 때문에 물론 입밖에 내여 말로나 글로나 행동으로 표시되었을 리 만무할 것이고 남이 알 리도 없을 것이나 그러나 〈나〉만은 이것을 덮어두고 넘어갈 수 없는 이것이 자기비판의 양심이 아닌가 하고 생각합니다. 이럼에도 불구하고 이 결정적인 한 점을 덮어 둔 자기비판이란 하나의 허위상 가식이라 생각합니다. 그러기에 우리가 모두 겸허하게 이 아무도 모르는 마음 속의 〈비밀〉을 솔직히 터놓는 것으로 자기비판의 출발점을 삼어야 한다고 생각합니다.39)

임화의 이 발언은 겉으로 드러나지 않은 지식인의 내면풍경을 솔직히 드러내 보여주고 있다는 점에서 의미가 있다. 겉으로 드러난 친일 행위뿐만 아니라 내면의 양심까지 문제삼자는 이 말은 진정한 자기비판의 첫걸음일 수 있다. 자기비판은 누가 더 친일했느냐는 책임 추궁에 우선해 각자의 가슴 깊숙이 숨어 있던 타협하고 싶은 욕망에 대한 비판에서부터 시작되어야 한다는 것이다. 친일 행위의 다소 여부를 가지고 서로 이전투구하기보다는 자기 가슴 깊숙이 내재해 있는 양심 문제부터 솔직하게 터놓고 조선문학의 정신적 출발점을 삼자는 것이 임화의 발언

---

39) 좌담「문학자의 자기비판」,『중성』창간호, 1946. 2, 김윤식 편,『원본한국현대현실주의비평선집』, 나남, 1989, 68면 재인용.

요지이다.40) 더구나 문학자의 경우 내부의 심리 문제는 창작에 바로 직결될 수 있는 것이기 때문에 더욱 중요하다. 그러므로 이러한 자기비판의 정신이야말로 해방기 작품 창작의 시발점 내지 원동력이라 할 수 있다. 이는 단순한 참회의 몸짓이나 말의 성찬을 떠나서 실천이나 작품을 통한 진정한 자기비판의 근거가 확보되어야 함을 의미했다. 해방기 시인의 경우 "가장 준열한 자기비판의 풀무를 스스로 달게 거쳐야"41) 했다. 그러나 몇몇 작가 외에는 이러한 자기비판의 관문을 거치지 않고 해방의 열정을 노래하는데 급급했다. 박세영의 말처럼 "해방되었다는 감격"42) 이외에는 시로 형상화된 것이 별로 없었다고 할 수 있다. 시인들이 해방이란 현실을 맞이할 '정신적 준비'가 안된 상황 속에서 갑자기 다가온 해방 앞에 "현실을 포착할 힘"43)을 미처 갖추지 못했음을 뜻한다. 한편 해방을 전후한 이 시기 문학자의 태도 및 작품화 문제에 대해 함대훈은 다음 글을 통해 간략한 소묘를 해 보이고 있다.

---

40) 임화의 자기비판의 요지와 비슷한 발언을 한 사람으로 김기림을 들 수 있다. 김기림 또한 아래 글에서 주위 또는 외부에 대한 공격보다도 우리들 정신 내부의 반역에 대한 준엄한 반성을 먼저 요구하고 있다.

"우리는 반드시 한 번은 과거로 다녀와야 하리라고 생각한다. 다름이 아니라 우리의 굴욕과 배신과 변절과 거짓과 가도에 찬 36년 특히 그 최후의 수년간을 우리는 쉽사리 잊어서는 아니 될 것이다. 안타깝게 쳐다보는 대중에게 아모 표정도 지어 보일 수 없었으며 더군다나 대중을 속이며 역사를 속이며 가장 무서운 것은 스스로의 양심을 속여가며 침략자의 복음을 노래하던 날을 너무나 값싸게 잊어서는 아니 된다. 나는 감히 돌을 잡으라고 하지는 않는다. 누가 누구에게 돌을 던지랴. 돌을 던질 대상은 반드시 우리들 주위에만 있는 것이 아니고 실로 우리들 정신의 내부에 먼저 있는 것이다. 위대한 민족의 수난기에 있어서 민족을 배반한 정치적, 문화적 모든 반역행위는 물론이지만 우리들의 정신의 내부에서 범한 온갖 사소한 반역에 대하여서도 우리들 자신이 먼저 준엄해야 할 것이다."

　김기림, 「우리 시의 방향」, 조선문학가동맹 중앙집행위원회 서기국 편, 『건설기의 조선문학』, 백양당, 1946, 66~67면.

41) 김기림, 위의 글, 67면.

42) 좌담 「조선문학의 지향」 중 박세영의 말, 『예술』 제 3호, 1946. 1, 5면

43) 좌담 「조선문학의 지향」 중 임화의 말, 위의 책, 5면.

소위 지나사변 이후 신문, 잡지 논조와 편집방침에 대한 극도의 강압과 간섭은 문학인으로 하여금 붓대를 꺾게 하였으나 소위 대동아전쟁을 계기로 해서는 한 걸음 더 나아가 한 손엔 칼을 들고 강압으로 혹은 생활난에 의해 부득이한 상태로 혹은 투옥의 위협이 무서워 전쟁을 찬양하는 글을 쓰게까지 한 일도 있었다. 여기서 문학자의 고민은 컸었다. 본의 아닌 글이 지상을 장식했다. 그러나 그 글이 독자에게 빈 감(感)의 증오감은 주었을 망정 거기 영향받을 독자는 하나도 없었을 것이다. 그러나 여기서도 적극성을 더 발휘한 사람과 소극적인 추수 태도에 그친 사람도 있으나 어떻든 이것은 오늘날 문학자의 자기반성에 의해 철저한 회오(悔悟)가 있을 것으로 믿는 바요 이제 우리가 생각하는 것은 해방 이후 자유로 선택할 수 있는 자기의 문학상의 태도에 있어서 본의 아닌 일시 대세에 추종하거나 또한 출세를 위한 도구로서의 문학을 이용하려는 사람들이 많아진 것은 크게 유감된 일이라 할 것이다. 여기 과거를 총 참회하는 양심적 과오 청산을 하는 동시 새로운 민족적 양심으로 돌아가 문학인으로 해방된 조선문학 건설에 참되게 이바지할 새로운 열의와 결의가 있어야 할 것이다.44)

함대훈의 이 글은 해방전후 작가의 내면모습과 자기비판, 그리고 문학운동에 대한 새로운 열의와 결의를 제기하고 있다. 또 단순한 열의와 결의 정도의 차원을 넘어서 작가라면 그것을 작품으로 써내야 한다는 주장을 한다. 즉 "깨끗이 일제시대의 붓대를 꺾고 감옥행을 하는 고절을 못 지킨 것"을 자기비판하며 "36년간의 일제의 탄압의 그 혈루(血淚)의 사실을 구상화하여 한민족이 이민족의 노예가 되었을 때의 비애를 끝없는 반항적 정신에서 작품화"해야 한다고 하였다. 함대훈의 이러한 주장은 타당한 것이었음에도 불구하고 자기비판이 작품 실천으로 곧바로 이

---

44) 함대훈, 「해방1년간 문학운동총평 ― 작가의 당면문제」, 『백민』 3권1호, 1947.1, 22~23면.

어지지는 못하였다. 소설이나 시 모두 자기비판의 모습을 완전하게 드러내는 데는 빈약하였으며, 다만 몇몇 작품들이 그나마 자기비판의 편린을 보여주는데 그치고 있다. 시에서는 주로 일제하 자신의 삶에 대한 비판, 그리고 해방 직후 자신의 진로 선택에 대한 정서 표출 형태로 나타났다.

해방기 시에 나타난 자기비판은 주로 시인 자신의 부끄러운 내면 모습을 표출하는 방식으로 드러나고 있다. "내가 내 등 뒤에 숨으려는 나"[45]를 노출시키거나 자신을 솔직히 응시하는 경우가 그것이다. 또 부수적으로 해방 직후의 중요한 쟁점이었던 일제 잔재의 청산 문제와 맞물려 있는 몇몇 시들을 생각해 볼 수 있다. 자기비판이라 했을 때 지난 삶과 행위에 대한 자신의 내면 심리를 솔직히 드러내 보이는 것이 그 중심이 될 것이다. 지나간 자신의 욕된 삶을 진정으로 비판하고 새로운 삶을 살 것을 결심하는 것이 바로 자기비판 문제의 요체인 것이다. 이러한 바탕에 입각해서만 현실에 대한 비판도 합리적 수긍을 얻을 수 있을 것이다. 먼저 자신의 지나온 삶에 대한 회오와 반성이 담겨 있는 시를 가지고 이 문제를 살펴 보도록 한다.

부끄러운
나의 생애의
쓰라린 기억이
포석마다 널린
서울ㅅ 거리는
비에 젖어

아득한 산도

---

45) 이병철, 「거리에서」, 『전위시인집』, 37면.

가차운 들창도
현기로워 바라볼 수 없는
종로ㅅ 거리

저 사람의 이름 부르며
위대한 수령의 만세 부르며
개아미 마냥 몽여드는
천만의 사람

어데선가
외로이 죽은
나의 누이의 얼골
찬 옥방에 숨지운
그리운 동무의 모습
모두 다 살아 오는 날46)

이는 '1945년, 또 다시 네거리에서'라는 부제를 달고 있는 임화의 「9
월 12일」의 일부이다. 1920년대 후반 「우리 오빠와 화로」, 「네거리의
순이」를 쓰며 카프 소장파의 중심 인물로 부상했던 임화는 1935년 카
프 해체 이후 주체 재건의 힘겨운 노력을 기울이다 일제말에는 소위 전
향자의 모습을 보인다. 임화는 일제말 광산주 최남주의 후원으로 학예
사를 경영하면서 황군위문작가단 발족에 관여하였다. 물론 악화된 정세
하에서 이런 임화의 몸가짐은 위장의 수법일 수 있다. 그러나 그것이
위장이든 아니든 엄연한 객관적 사실은 사실로 남아있게 마련이다. 결
국 이는 "부끄러운 나의 생애의 쓰라린 기억"으로 남아 있는 것이다. 이
는 일제말의 생존과 직결되는 문제로 "모두 다 살아 오는 날"로 구체화

---

46) 임화, 「9월 12일」 부분, 『찬가』, 백양당, 1947, 9~11면.

된다. 이러한 의식의 저변에는 지난 날의 삶에 대한 '부끄러움'으로 가득 차 있다. 즉 식민지 치하 어두운 시기를 보낸 자신의 삶에 대한 부끄러움과 그것에 대한 자기비판의 감정이 이 작품의 주조를 이루고 있다. 내부에서 진실되게 울려나오는 이러한 자기비판의 목소리는 해방기 시에서는 드문 현상으로 봉황각 좌담에서의 임화 자신의 발언과도 일치한다고 할 수 있다. 이 시는 자기비판 외에도 해방기 역사의 현장과 방향감각을 다루고 있다는 점에서 또한 중요하다. "개아미 마냥 모여드는 천만의 사람"과 "만세소리"는 해방기 민중의 진보적 국면을 그려 보인 것이라 할 수 있다. 시적 주체는 과거 자신의 생애에 대한 반추(反芻)를 통해 진보적 역사에의 참여 의지를 민중을 통해서 드러내 보이고, 자신의 삶의 방향을 깨치고자 하였다. 과거가 과거사로 화석화되지 않고 현재적 삶의 고양화에 기여하고 있다고 할 수 있다.

귀 맞춰 접은 방석을 베고
젖가슴 헤친 채로 젖가슴 헤친 채로
잠든 에미네며 딸년이랑
모두들 실상 이쁜데

요란스레 달리는 마지막 차엔
무엇을 실어 보내고
당황히 손을 들어야 하는 것일까

몇마디의 서양말과 글짓는 재주와
그러한 것은 자랑 삼기에 욕되었도다
흘러내리는 머리칼도
목덜미에 점점히 찍혀
되려 복스럽던 검은 기미도

> 언젠가 쫓기듯 숨어서
> 시굴로 돌아온 시굴 사람
> 이 녀석 속눈섭 츨츨히 길다란 우리 아들도
> 한번은 갔다가
> 섭섭이 돌아와야 할 시굴 사람
>
> 불타는 술잔에 꽃향기 그윽한데
> 바람이 이는데
> 이제 바람이 이는데
>
> 어디루 가는 사람들이
> 서로 담뱃불 빌고 빌리며
> 나의 가슴을 건너는 것일까47)

이용악의 「시굴사람의 노래」에서 시적 주체는 "쫓기듯 숨어서 시굴로 돌아온 사람"으로서 지나온 자신의 삶에 대한 회의에 가득차 있는 사람이다. 지나온 자신의 삶이란 "몇마디 서양말과 글짓는 재주와 그러한 것을 자랑"하기에 급급했던 지난 날의 욕된 삶의 모습이다. 부끄러운 도회적 삶에서 쫓기듯 낙향한 시적 주체는 떠남과 회귀의 연속선이란 삶의 운명론적 모습에 기울어져 있다. 그러나 시적 주체는 시골의 가족적 삶에 안주하고 그곳에 머물러 있는 상태이지만 여전히 현재적 삶에 대한 허전함과 떠남에 대한 강한 미련을 두고 있다. 이 작품은 일제말을 거쳐온 해방 직후 지식인의 초기 내면 모습을 미약하나마 보여주고 있다는 점에서 의미가 있다. 창작 주체인 시인 이용악의 개인사도 이와 잘 부합되고 있다. 이용악은 일제말 친일시의 협의가 짙은 「길」, 「눈나리는 거리에서」 등의 시를 발표하였다.48) 그 후 이용악은 1942년 붓

---

47) 이용악, 「시굴사람의 노래」, 『신문예』 창간호, 1945. 12, 38~39면.

을 꺾고 시골로 내려갔으며 "그 이듬해 봄엔 모 사건에 얽혀 원고를 모조리 함경북도 경찰부에 빼았기"49)기도 하는 고난의 시대를 보냈다. 이러한 것을 통해 볼 때 이용악 또한 일제말의 지난 삶으로부터 완전히 자유로울 수 있는 처지가 아니었다고 할 수 있다. 「시굴사람의 노래」는 이러한 이용악이 해방을 맞으면서 지나온 자신의 삶을 돌이켜 보면서 비판의 눈길을 보내는 작품이라 할 수 있다.

이용악이 서울에서 맞이하는 해방의 심경을 잘 드러내 보여주고 있는 작품으로 「오월에의 노래」가 있다. 주관적 열정과 흥분이 가득찬 해방기 현실 속에서 자신을 차분히 들여다 보는 행위는 쉽지 않다. 해방기 문학에서 자기비판과 반성을 소재로 한 작품이 비교적 많지 않은 것이 이것을 입증하고 있다. 자기자신을 있는 그대로 응시할 수 있는 힘은 곧 새로운 현실에 적응할 수 있는 동력을 제공한다. 이러한 점에서 이용악의 「오월에의 노래」는 주목의 대상이 되는 작품이다.

> 이빨 자욱 하야케 홈 간 빨뿌리와, 담뱃재 소복한 왜접시와 인젠 불살러도 좋은 몇 권의 책이 놓여 있는 거울 속에 너는 있어라
>
> 성미 어진 나의 친구는 고오고리를 좋아하는 소설가 몹시도 시장하고 눈은 내리던 밤 서로 웃으면서 고오고리의 나라를 이야기하면서 소시민 소시민이라고 써놓은 얼룩진 벽에 벗어바린 검은 모자와 귀거리가 걸려 있는 거울 속에 너는 있어라

---

48) 이용악의 「길」, 「눈나리는 거리에서」 등을 장덕순(『한국문학사』, 동화문화사, 1981)과 최두석(「민족현실의 시적 탐구」, 『리얼리즘의 시정신』, 실천문학사, 1992)은 친일시의 모습으로 예시 규정하였으나, 윤영천(「민족시의 전진과 좌절」, 『이용악시전집』, 창작과 비평사, 1988)은 이들 시의 진정한 의미는 표면적 의미를 배반하는 곳에 있다고 지적하고 이는 검열을 벗어나기 위한 의도적 시적 장치라고 하였다.

49) 이용악, 「오랑캐꽃을 내놓으며」, 『오랑캐꽃』, 아문각, 1947, 94면.

그리웠던 그리웠던 구름 속 푸른 하늘은 우리 것이라 그리웠던 그
리웠던 메에데에의 노래는 우리 것이라

어느 동무들이 희망과 초조와 떨리는 손으로 주워 모은 활자들이냐
아무렇게나 쌓아놓은 신문지 우에 독한 약봉지와 한 자루 칼이 놓여
있는 거울 속에 너는 있어라.50)

이 작품은 조선문학가동맹 내에서도 높이 평가되어 오장환의 시집
『병든 서울』과 함께 46년도 문학상 시 부문 후보에 올랐던 작품이다.
해방이란 새로운 현실에 뛰어들기 위해서는 먼저 자기 갱신의 힘겨운
과정을 보여주지 않으면 안된다. 「오월에의 노래」는 "낡은 자기에 대한
부정"51)을 동반한 작품으로 진보적 운동에 참여한 시적 주체의 고뇌의
모습을 보여주고 있다. 거울을 통해 바라보는 거울 속의 '너'는 떨쳐버
릴 수 없는 시적 주체 '나'의 모습이기도 하다. 현재의 나와 분리될 수
없는 거울 속에 있는 소시민적 지식인의 모습이야말로 청산의 대상이
다. '빨뿌리', '왜접시', '책'으로 표상되는 소시민적 지식인의 삶에서 거
리의 노래를 부르는 강인한 투사적 삶으로의 변모 과정에서 오는 고뇌
와 고투가 이 작품이 말하고자 하는 주된 내용이다. 즉 1, 2, 4연은 거
울 속에 비친 자신의 소시민적 삶의 모습을 그대로 보여주는 것이며 이
러한 삶을 비추어주고 있는 지점은 3연의 "구름 속 푸른 하늘"이 비치
는, "메에데에의 노래"가 "우리 것"인 해방기 현실이다. 이러한 해방기
현실에서 소시민적 삶을 청산하고 진보적 역사의 국면에 참가하려는 단
호한 의지가 "독한 약봉지"와 "한 자루의 칼"로 나타나 있다. 시적 주체
는 혁명을 동경하면서도 끝내 소시민적 삶을 청산하지 못한 자신을 거

---

50) 이용악, 「오월에의 노래」, 『문학』 창간호, 1946. 7, 104~105면.
51) 「1946년도 문학상 심사경과 급 결정이유」, 『문학』 3호, 1947. 4, 55면.

울 속에 위치지워 차단한 채, 해방기 현실에서 새로운 삶을 살아가고자 하는 의지를 드러내 보이고 있다. 결국 거울은 소시민적 삶의 모습과 진보적 역사의 국면에 참여하고 싶은 현재적 삶 사이를 매개해 주는 매체라 할 수 있다. 특히 이 시는 대부분 시인들이 해방의 격정에 휩싸여 높은 목소리를 외칠 때 시적 주체의 내면적 심리를 거울을 통해서 솔직히 보여주고 있는 점이 돋보인다. 거리로 뛰쳐 나기기 전에 먼저 자신에 대한 뚜렷한 응시와 성찰이 필요하기 때문이다. 그러므로 거울 속의 삶은 변혁운동에 몸바친 시적 주체가 뛰어넘지 않으면 안되는 자신의 자화상적 모습이라 할 수 있다. 변혁운동에 뛰어들려는 순간 자신의 모습과 과거의 행적이 제일 먼저 문제시되는 것은 당연하다. 이러한 철저한 자기 응시야말로 바로 현실에 대한 올바른 참여의 계기가 되며, 소시민적 삶의 습성에서 벗어날 수 있는 자각이 되기 때문이다. 결국 이 시는 해방 직후 지식인이 거울 속에 비친 소시민적 지식인의 삶을 청산하고 새로운 현실에 뛰어들 결심을 진실하게 드러낸 작품이라 할 수 있다.

아름다운 서울, 사무치는, 그리고, 자랑스런 나의 서울아,
나라없이 자라난 서른 해,
나는 고향까지 없었다.
그리고, 내가 길거리에 자빠져 죽는 날,
"그곳은 넓은 하늘과 푸른 솔밭이나 잔디 한뼘도 없는"
너의 가장 번화한 거리
종로의 뒷골목 썩은 냄새 나는 선술집 문턱으로 알았다.

그러나 나는 이처럼 살았다.
그리고 나의 반항은 잠시 끝났다.
아 그동안 슬픔에 울기만 하여 이냥 질척어리는 내 눈

> 아 그동안 독한 술과 끝없는 비굴과 절망에 문드러진 내 쓸개
> 내 눈깔을 뽑아버려라, 내 쓸개를 잡아떼어
> 길거리에 팽개치랴52)

이 시는 해방을 맞이한 시적 주체의 주관적 감정과 열정으로 가득차 있다. 해방을 맞이한 시적 주체가 격한 감정과 가락으로 해방 전 자신의 삶에 대한 통렬한 비판을 하고 있는 점이 특히 주목된다. 슬픔과 비굴과 절망에 얼룩진 지난 날의 삶에 대한 철저한 자기비판과 부정은 현재의 삶에 대한 강렬한 의지로 전화된다. 이러한 비판의 밑바탕에는 "우리 모두 인민의 이름으로", "우리네 인민의 공통된 행복을 위하여", "인민의 힘으로 되는 새나라"53)에 대한 희망과 기대가 전제되어 있다. 시적 주체의 젊음과 욕망이 뒤섞인 서울거리에서의 반항적 삶에 대한 애정과 부정이 동시에 잘 나타나 있다. 해방기 현실을 바라보는 창작 주체의 주관적 심경이 이처럼 강렬하게 표출된 시는 드물다. 지나친 주관성에의 함몰이라는 약점에도 불구하고 이 시는 진솔하게 자신의 내면 심리를 그대로 표출해 보이고 있다는 점에서 의미가 있다. 과거 자신의 삶을 철저히 부정하고 비판하는 과정을 거쳤을 때 시인은 해방의 현실 속에서 자신의 새로운 삶의 길을 올바로 선택해 갈 수 있다. 과거 자신의 삶에 대한 회오(悔悟)가 길 선택의 양상으로 더욱 확대되고 있는 것이 「공청으로 가는 길」이다.

> 눈발은 세차게 나리다가도
> 곰시에 어지러히 허트러지고
> 내 겸연쩍은 마음이

---

52) 오장환, 「병든서울」 부분, 『병든 서울』, 19~20면.
53) 오장환, 위의 시 미인용 부분, 18~19면.

共靑으로 가는 길

동무들은 벌써부터 기다릴텐데
어두운 땅에는 불이 켜지고
굳은 열의에 불타는 동무들은
나같은 친구조차
믿음으로 기다릴텐데

아 무엇이 작고만 겸연쩍은가
지난 날의 부질없음
이 지금의 약한 마음
그래도 동무들은
너그러히 기다리는데…

눈발은 펑 펑 나리다가도
금시에 어지러히 허트러지고
그의 성품
너무나 맑고 차워
내 마음 내 입성에 젖지 않어라

쏘다지렴… 한결같이
쏘다나 지렴…
함박같은 눈송이.54)

　이 작품은 해방 직후 진보적 문학운동에 참여하려는 시적 주체의 내
면적 심리 갈등을 잘 보여주고 있다. '공청'으로 가는 길목에서 시적 주
체를 자꾸 머뭇거리고 주저하게 하는 것은 다름 아닌 지난 날의 삶에

---

54) 오장환, 「공청으로 가는 길」, 『병든 서울』, 43~44면.

대한 겸연쩍음이다. 자신이 선택해 가는 길에 대한 확실한 믿음은 전제
되어 있지만 정말 그 길에 걸맞는 자신인지 끊임없는 회의와 비판의 모
습을 이 시는 보여주고 있다. 물론 여기에는 지식인으로서의 약한 내면
과 과거의 삶이 연루되어 있다. 이러한 시적 주체의 어지러운 심정은
세차게 내리다가도 금시에 어지러이 흐트러지는 눈발로 나타나 있다.
시적 주체의 어지러운 심리 갈등을 덮어주고 공청으로 가는 친밀감을
이끌어 내는 것은 차고 맑은 속성을 지닌 함박같은 눈송이이다. 함박같
은 눈송이나 한결같이 쏟아졌으면 하는 시적 주체의 바램은 자신의 흔
들리는 마음에 대한 소망적 심리에서 나오고 있다. 이 시는 시적 주체
가 자신이 선택한 '길' 위에서 지나온 삶과 행위에 대한 회의의 심경을
고백하고 있다는 점에서 주목된다. 개인적 차원에서 이루어지는 이러한
솔직한 내면 고백은 이념이 압도하던 당시 풍토에서 의미있는 작업이라
할 수 있다. 그러나 개인적 내면 세계에 함몰됨으로써 외부 현실에 대
한 방향 감각을 획득하는 데는 실패했다고 할 수 있다. 어두운 시대를
지나온 양심적 지식인이 해방 직후 현실에 뛰어들게 되는 과정을 개인
의 내면 세계를 통해 드러내 보이려 했을 때 빠지기 쉬운 한계라 할 수
있겠다.

시인 자신의 내면을 고백하거나 자기비판을 행한 이들 시 이외에 일
제 잔재 청산이란 시대적 소명에 부합하여 쓰여진 시들이 있다. 이들
시들은 '완전한 해방' 또는 자주독립국가 건설에 방해가 될 친일파 청산
내지 일제 잔재에 대한 분노를 직접적으로 표출해 보인다. 내면 응시나
고백을 통한 자기비판의 시보다는 당위적 현실에 대한 시적 주체의 목
소리가 훨씬 자신에 차 있고 단호하다.

어서 가거라 가거라,

> 너이들 갈대로 가거라,
> 동녘 하늘에 太陽이 다 오르기 前에
> 이 날이 어느 듯 다 새기 전에,
> 가거라 어둠의 나라로
> 머언 地獄으로!55)

　이는 '민족반역자, 친일분자들에게'란 부제를 달고 있는 권환의 「어서 가거라」의 일부이다. 해방기의 새로운 현실 속에서 민족반역자 내지 친일분자에 대한 작가의 단호한 척결의지가 다른 어느 시보다 강하게 나타나 있다. 이러한 인식은 새나라 건설의 도정에 다시 참여하려는 친일파에 대한 경계로 나타난다. 그러나 시적 주체의 의지나 태도가 육화되어 나타나지 않고 시적 공간이 화자의 공허한 목소리로 가득차 있다. 별다른 장치없이 자신의 전언(傳言)을 지나치게 강하게 표출해 보임으로써 전언의 전달 측면에서도 큰 효과를 거두지 못하고 있다. 서술 자체도 개념적인 이념의 서술에 가깝다고 할 수 있다. 명령, 권고적 어조만 표면에 강하게 나타나 있는 셈이다. 박세영의 「민족반역자」란 시도 그러한 모습을 보여주고 있다. 민족반역자란 "인민의 뜻을 제치고 나서는 어리석고 못난 자"로서 "눈 앞엔 영화만 보이고/ 마음엔 물욕만 앞서/ 나라를 돈으로 잡으려는/ 패망자"56)를 말한다. 이러한 민족반역자들이 해방 직후 자숙하지 않고, 다시 새나라 건설에 나서고 있는 현실을 박세영은 시화화해 보이고 있는 것이다.

> 오랜 세월을 두고 두고,
> 쫓기고 잡히고

---

55) 권환, 「어서 가거라」 부분, 『횃불』, 19면.
56) 박세영, 「민족반역자」, 『횃불』, 58~59면.

　　　　놈들에게 목숨을 빼았긴
　　　　혁명투사는 다 물리치고,
　　　　뒷둥거리며 앞장을 서려는
　　　　그짓 紳士여!
　　　　그래도 나서려는가.

　　　　人民을 눈을 싸매고
　　　　악마의 侵略者와 손을 잡던
　　　　더러운 그 손으로,
　　　　새 날이 왔다고
　　　　民衆을 어루만지면 되는가,
　　　　그 罪는 보다 더 크리라.57)

　　권환이나 박세영은 일제와 타협해서 행복을 누린 친일분자가 더 이상 새나라에서 발을 붙이지 못할 것임을 분명히 하고 있다. 또 다시 새로운 논리로 민중을 기만하려는 해방 직후 친일군상에 대한 강한 경고를 이 작품은 보내고 있다. 이들의 이러한 비판의 이면에는 암흑기를 부끄럽지 않게 보냈다는 나름대로의 자신감이 내재해 있다. 이들이 모두 해방 직후 조선프롤레타리아문학동맹 맹원이라는 점은 시사하는 바가 크다. 그러나 외부 현실에 대한 지나친 의지 표출은 시적 긴장력을 약화시켜 생경한 용어의 나열이나 시어를 서술적으로 만들어 버리는 한계를 보여 준다. 자신의 내부에서 절실하게 우러나오는 목소리, 개별적이지만 그것이 개별에 그치지 않고 공적인 문제로 확산되어 누구나 공감할 수 있는 시적 공간의 확보가 이러한 류의 시에서는 다소 미흡하다. 이들 시는 외부 현실, 즉 다시 준동하려는 친일파의 문제가 충분히 작품 속에 용해되지 못하고 분노와 경고의 어구 나열로만 끝나고 있다.

────────────────

57) 박세영, 「민족 반역자」 부분, 『횃불』, 59~60면.

이러한 소재의 시적 수용은 해방 직후 현실에서 반드시 필요한 것이었으나 당위에 앞서 폭넓은 공감대를 형성할 수 있는 진실성과 구체성이 좀 더 확보되어야 했다.

해방 직후 일제 잔재 청산과 자기비판 문제는 '공적 쟁점'으로 부각되었으나 실질적으로 작품 속에서 구체적으로 형상화되지는 못하였다고 할 수 있다. 이는 흥분되고 들뜬 해방기 사회의 성격에 그 일차적 원인이 있었다고 볼 수 있다. 결국 시인들이 자신을 차분히 돌아보고 반성할 마음의 여유를 별로 갖지 못하였다고 할 수 있다. 해방의 감격과 흥분에 들떠 주관적 열정을 표출하는 데 급급했던 대다수 시인들이 자기비판 내지 자신의 진실한 체험을 솔직히 형상화해 내는 데는 다소 미흡하였던 것이다. "새로운 시대가 시작되는 날 우리 앞에 벌어지던 화려한 광경은 솔직히 말해서 시가 되기에는 너무나 벅찬 감격"58)이었다고 술회하는 임화의 말은 이러한 점에서 시사하는 바가 크다.

> 처음으로 불러보는 조국의 이름, 처음으로 나라의 주인이 되자는 조선의 인민들. 밤낮없이 들려오는 그들의 아우성과 발자욱 소리, 스스로 적과 싸워서 피흘리며 그들의 선두에서 걸어오는 영웅들의 모습, 모두가 시고 노래 아닌 것이 없지 않느냐?59)

이 글은 해방 직후의 들뜬 분위기를 그대로 지적해 낸 것이라 하겠다. "온통 노래의 시대요, 시의 시대"60)인 이 시기에 시인들이 자신을, 민족현실을 정확히 응시하고 자신의 나아갈 길을 선택해 가는 것은 쉽지 않았다. 실제로 자기비판 문제에 대한 시적 성취를 보여주고 있는

---

58) 임화, 「서」, 김상훈 시집 『대열』, 백우서림, 1947, 7면.
59) 임화, 위의 글.
60) 임화, 위의 글.

작품이라도 대부분 개인적 내면 세계의 술회에 그쳐 소위 '민족적 자기 비판'의 경지로까지 이어지지는 못하였다.

위에서 시인들의 내면 세계를 드러낸 몇몇 작품에서 지난 삶에 대한 내적 고민과 갈등의 양상이 어떻게 나타났는지를 살펴 보았다. 자신의 은밀한 내면 모습을 드러내 보이는 것은 자기비판의 측면에서 볼 때 매우 중요하다고 생각된다. 이러한 과정을 거친 다음의 비판이라야 진정한 의미의 자기비판이 될 수 있기 때문이다. 어두운 시대를 거쳐온 대부분의 사람들에게 어둡고 부끄러운 부분은 감추고 싶은 것이 일반적인 감정이다. 그러나 이는 새로운 삶의 정립에 있어서 반드시 짚고 넘어가지 않으면 안되는 문제이다. 일제하의 어두운 시대를 살아온 시인들의 경우도 예외가 될 수는 없었다. 그러므로 많은 시인들이 지나간 날들을 잊어버리고 새로운 현실에만 집착해 갈 때 자신의 내면 세계를 드러내 보인 몇몇 시인들 및 그 작품들은 소중하다. 이러한 과정을 거쳐야만 해방 직후의 삶 및 자신의 길 선택에 정당성을 확보할 수 있기 때문이다.

2) 새나라 건설과 진로 선택 행위

해방기에 있어서 지식인들의 진로 선택 문제는 자기비판 문제와 맞물린 중요한 문제거리였다. 해방이란 벅찬 시대적 현실 앞에 이들이 어떠한 이념과 정치적 노선을 택해 갈 것인가 하는 문제는 시인의 감각을 넘어서는 이상의 것이었다. 여기에는 복잡다단한 현실 정치의 문제가 이미 개입되고 있었기 때문이다. 그러므로 문학자들의 낭만적 현실인식과 그것의 구체화 방법으로서의 진로 선택은 현실 속에서 구체적 행동으로 나타나기 어려웠다고 할 수 있다. 내면적 양심이나 감각을 문제삼기 이전에 이미 '현실'이 다가와 있었던 것이다. 소설에서는 이태준의 「해방전후」나 지하련의 「도정」이 지식인의 진로 선택 문제를 날카롭게 포착해 보이고 있다. 일제말을 넘어서 해방기로 접어들고 있는 시점에서 지식인의 진로 선택 문제는 소설 장르 못지 않게 시 장르에서도 중요한 관심거리로 등장하였다.

시에 있어서 진로 선택의 문제는 주로 운명의 기로에 선 화자의 내적 고백 형식으로 나타나고 있다. 이는 자기가 선택한 이념에 대한 확인 내지 단호한 의지의 표출 양상으로 드러나고 있다. 그런데 이러한 진로 선택의 문제에 관심을 보인 작가들은 대부분 좌익 이데올로기에 가까운 시인들이었다는 점이 특이하다. 이는 우파 이데올로기보다 좌파 이데올로기가 더욱 분명한 행동과 선택을 요구하는 경향과 관련이 있다고 하겠다. 또 해방기에 있어서 변혁운동은 주로 좌파가 주도하고 있었다는 역사적 사실에서 그 원인을 찾아 볼 수 있다. 좌파 이데올로기를 자주독립국가 건설의 중요 지침으로 생각하고 있었던 시인들이 그들이 선택한 '길'에 대해 분명한 입장을 표명하는 것은 당연한 일이었다. 그러므로 작품 속의 '길'은 단순한 공간적인 길의 모습을 넘어서 시적 주체가 선택하여 가는 길에 대한 정서 표출 양상의 '길'로 확산되고 있다. 김상훈의 「아버지의 문 앞에서」[61]는 개인적 심경 고백의 단계에서 벗어나 새로운 길을 선택해 갈 수밖에 없는 가족적, 사회적 관계 및 진로 선택 동기가 다른 작품에 비해 비교적 선명하게 드러나 있다.

> 등짐지기 三十里길 기여넘어
> 가뿐 숨결로 두드린 아버지의 門앞에
> 무서운 글자 있어 共産主義者는 들지말라
> 아아 천날을 두고 불러 왔거니

---

61) 이 작품은 『문학』 2호에 처음 발표될 때는 제목이 「아버지의 창 앞에서」였으나 시집 『대열』에 실릴 때는 「아버지의 문 앞에서」로 개제(改題)되었다.

> 떨리는 손이 문고리를 잡은 채
> 멀그럼이 내 또 무엇을 생각해야 하느냐
>
> 徵用사리 봇짐에 울며 늘어지던 어머니
> 刑務所 窓구멍에서 억지로 웃어보이던 아버지
> 머리 씨다듬어 착한 사람 되라고
> 옛글에 日月같이 뚜렸한 聖賢의 무리 되라고
> 삼신판에 물 떠놓고 빌고
> 말 배울쩍부터 井田法을 祖述하더니
> 이젠 믿어운 기빨 아래 발을 맞추랴거니
> 어이 역사가 逆流하고 習俗이 腐敗하는 지점에서
> 지주의 맏아들로 죄스럽게 늙어야 옳다 하시는고
> 아아 해방된 다음날 사람마다 잊은 것을 찾아 가슴에 품거니
> 무엇이 가로막아 내겐 나라를 찾는 날 어버이를 잃게 하는고
>
> 형틀과 종문서 지니고
> 양반을 팔아 송아지를 사던 버릇
> 소작료 다툼에 마을마다 哭聲이 늘어가던
> 낡고 不純한 生活 헌신짝처럼 벗어버리고
> 저기 붉은 旗폭 나붓기는 곳 아들, 아버지 손길 맞잡고
> 새로야 떠나지는 못하겠는가 이 아츰에……
> 아아 빛도 어둠이런듯 혼자 넘어가는 고개
> 스물일곱해 자란 터에 내 눈물도 남기지 않으리
> 벗아 물끓듯 이는 민중의 함성을 전하라
> 내 잠깐 惡夢을 물리치고 한숨에 달려가리라62)

이 시는 해방의 순간에 겪는 시적 주체의 내적 고민과 외적 결단의
모습을 보여주고 있다. 시적 주체의 내적 고민의 근원은 지주 계층인

---

62) 김상훈, 「아버지의 문 앞에서」 부분, 『대열』, 15~17면.

아버지와의 관계에 있다. 물론 이 시에 나타난 시적 주체는 시인 김상
훈의 분신으로 볼 수 있다. 김상훈의 개인적, 가족사적 체험63)이 이 시
전체에 그대로 투영되어 있다고 할 수 있다. 가족주의적 삶에 대한 애
착과 회귀의 모습은 이 작품 전편을 지배하고 있지만 끝내 아버지의 문
앞에 시적 주체를 머뭇거리게 하는 것은 무엇인가? 이는 해방을 맞이하
면서 부자(父子)가 서로 상반되게 갖게 되는 현실인식의 차이에서 오는
것이다. 이 차이는 아버지의 문 앞에 "공산주의자는 들지 말라"는 "무서
운 글자"로 구분되어 나타난다. 가족에 있어서 부자(父子) 관계는 유교
적 제도하에 있던 당시 가족 구조의 필수조건이었다. 즉 부계 가족에서
는 "부자관계선(父子關係線)으로 인하여, 구조가 지향하는 가족의 신장,
확대, 확산이 가능하고 가족제도가 성립될 수 있다는 특수 사정에 의하
여 부자 관계는 어떤 유형의 사회에서보다 중요시 된다"64)고 할 수 있
다. 이러한 구조 속에서 혈연적, 수직적 관계에 놓여 있는 아버지와의
결별을 선언하는 것은 단호한 결심을 동반하지 않으면 불가능하다. 아

---

63) 김상훈은 경남 거창군 가조면에서 출생하여 출생 직후 백부 김채환과 의성 김씨 슬하
　　의 양자로 입적되었다. 양아버지는 천석군의 지주로 완고한 성격의 소유자로 알려져
　　있다. 중동중학과 연희전문학교를 졸업한 1943년 12월 김상훈은 원산철도공장에 징
　　용으로 끌려간다. 그후 징용터에서 1944년 늦가을 병으로 돌아왔는데 상민(常民)과의
　　의기 투합으로 춘천, 금화, 가평의 접경 지역인 발군산(發軍山)에 있는 협동당 별동대
　　를 찾아가 항쟁의 대열에 참가한다. 1945년 1월경 협동당 별동대 사건이 발각되어 상
　　민 등과 구속, 투옥되었다가 옥중에서 해방을 맞이한다. 해방과 함께 출옥하여 『민중
　　조선』지를 주간하면서 조선학병동맹, 조선문학가동맹 등의 조직에 가입하여 활발한 활
　　동을 하였다. 특히 김상훈이 변혁운동에 가담하면서부터 양아버지였던 김채환과의 갈
　　등이 심화되었다. 양아버지는 거창의 지주로 한민당의 후원 세력이었던 관계로 신구세
　　대의 갈등 같은 일반적 가정의 갈등 양상을 넘어서 문학가동맹, 학병동맹, 공청(共靑)
　　에 참가한 김상훈과 이념적 대립으로 인한 극한 갈등을 겪은 것으로 보인다. 「아버지
　　의 문 앞에서」는 이러한 와중에 고민하고 갈등하는 김상훈의 내면적 심리를 잘 보여주
　　고 있는 작품이라 할 수 있다. 상민 시집 『옥문이 열리든 날』(신학사, 1948)에 나오
　　는 김상훈의 발문, 정영진, 「변신의 일생과 갈등의 시」, 『통한의 실종문인』(문이당,
　　1989), 신승엽 편, 『김상훈시전집-항쟁의 노래』(친구, 1989) 등 참고.
64) 이광규, 『한국가족의 구조분석』, 일지사, 1977, 282면.

버지와의 갈등과 대립은 가족적 삶, 즉 지주, 소작인 관계를 인정하지 않으려는 시적 주체의 새로운 이념 수용에 그 원인이 있다. 여전히 '정전법'과 봉건적 습속에서 벗어나지 못한 아버지와 새로운 이념을 수용한 아들 사이의 세대 갈등은 필연적인 것이다. 지주 - 소작 관계란 기존의 제도적 장치가 해방된 새나라에 더 이상 필요치 않다는 시적 주체의 신념이 세대 갈등의 근본 원인인 것이다. 이러한 생각들은 이 작품에서 보편적 근거로 확인받게 되는데 이는 그와 같은 길을 가고 있는 '벗'과의 관계로 나타나고 있다. 해방기의 진보적 이념을 수용한 아들 세대에게 있어서 아버지 세대(지주계층)의 사고방식 및 제도적 틀은 결별의 대상이다. 그러하기에 "해방된 다음날 사람마다 잃은 것을 찾아 가슴에 품"을 때 시적 주체는 "어버이를 잃게"되는 비운을 맞게 된다. 이들에게 있어 상실은 더 큰 일, 즉 역사의 진보적 국면에 참여하기 위해 겪어야 하는 아픔에 불과하다. 그러므로 아버지의 문 앞에서 머뭇거림은 잠깐 동안의 "악몽"에 지나지 않으며, 시적 주체는 진보적 이념을 간직한 채 새나라 건설의 현장으로 내달리는 것이다. 물론 "스물 일곱해 자란 터"는 아버지와 자신이 지금까지 몸담아 온 삶의 터전이다. 시적 주체가 그러한 가족적 삶과 결별함은 자기에게 주어진 모든 기득권을 포기함을 뜻한다. "내 눈물도 남기지 않으리"란 어구 속에 시적 주체가 겪는 내적 갈등과 눈물이 내재해 있음을 역으로 보여주고 있다. 이러한 갈등과 머뭇거림, 방황 뒤에 선택한 새로운 삶의 '길'이기에 조금도 주저함 없이 앞으로 내달릴 수 있는 것이다. 그러므로 아버지와의 수직적 관계 속에 파생될 수밖에 없는 세대 간의 갈등이 벗으로 표상되는 수평적 관계에 의해 극복될 가능성을 이 작품은 보여주고 있다. 이러한 세대 갈등의 대립적 관계는 결국 같은 길을 간다는 동지적 연대감과 공통적 이념의 소유라는 친화적 관계로 변모되어 시적 주체의 '길' 선택을 흔들림 없게 해 주는 구실을 하고 있는 것이다.

이처럼 이 시는 아버지와 대립적 삶을 살아가려는 시적 주체의 고민과 갈등을 사회적, 계급적 갈등으로 확산시켜 보여주고 있다는 점에서 주목된다. 아버지와의 결별과 상실은 시적 주체에게 개인의 크나큰 아픔이지만 그것을 통해 당대 역사의 방향성을 제시하는 한편 보편적 경험의 한 양상임을 보여주고자 하는 것이다. 새로운 삶을 향해가는 시적 주체의 '길' 선택 양상은 수직적 관계에서 수평적 관계를 지향하는 자신의 단호한 정서 표출 양상으로 나타나고 있다. 그러한 의지의 표명이 단순하게 제시된 것이 아니라 시인 자신의 내적 갈등과 고민 속에서 표출된 것이기에 의미가 있다. 이러한 운명 선택 다음의 구체적 행동이 김상훈의 「나의 길」65)에서 잘 나타나고 있다.

> 나는 이제 두살백이다
> 지주의 맏아들에서 가난뱅이의 편으로 태생하였다
> 살부치기를 모조리 작별하고
> 앵무새처럼 노래부르던 버릇을 버렸다
>
> 나는 아무것도 없다 아무것도 모른다
> 다만 조국을 사랑하는 한가지 길밖에
> 인민을 위한 인민의 나라를 세우는 것밖에
> 나는 이래서 시를 쓴다 그리고 가장 자랑스럽다
>
> 지하에서 地熱을 안고 솟아나온
> 위대한 혁명가가 노선을 지시하는 壇아래
> 내 눈물고인 가슴이 감격을 참지 못하고 섰으면

---

65) 「나의 길」은 1946년 9월 『우리문학』에 발표된 것으로 「아버지의 창 앞에서」(『문학』 2호, 1946. 11)보다 앞선 것이나 가족과 분리되어가는 정도를 따져 볼 때 그 선후를 바꾸어 살펴보는 것이 시인의 내면심리 탐색에 도움이 될 것 같다.

만세소리 조수처럼 낡은 城砦에 부대치고
아아 나의 미칠듯한 기쁨이 거기에 있다

시위를 하자! 행렬에 기를 세워라
인쇄공 선반공 실공장의 소녀들
붉은 旗폭에 싸여 동무들 죽어가도
목이 찢어져라 해방을 웨치면
나의 목숨이 횃불처럼 타서 빛난다

착취와 탄압과 기만과 군림
자라온 집에 불끄럼이를 던지는
내 용감한 방화범인이 되리라
방화범인이 되리라!66)

이 시에서 시적 주체는 아버지와 결별하고 새 삶을 산 지 겨우 "두살백이"에 지나지 않는다. "지주의 맏아들"에서 "두살백이"로의 전환은 지나온 삶과 가족을 부정한 데서 출발한다. 새로운 삶 선택의 이면에는 "살부치기"와의 작별과 "앵무새처럼 노래부르던 버릇"의 척결이 가로놓여 있다. 과거의 삶이란 "착취와 탄압과 기만과 군림"으로 표상되는 "지주의 맏아들"로서의 삶이다. 이러한 보장된 삶을 거부하고 시적 주체가 대신 택한 것은 '조국'과 '인민'을 위한 시쓰기이며, 또 그것을 위한 투쟁에 앞장서 나가는 것이다. 그러한 선택의 적극적 모습이 "자라온 집에 불끄럼이를 던지는" "방화범"의 행위로 나타난다. 방화를 통한 소멸의 과정을 통해 새로운 삶으로의 재생 의지를 강하게 보여주고 있는 것이다. 스스로 방화범이 되리라는 시적 주체의 단호한 선택적 행위 속에 역사의 진보에 대한 굳은 믿음이 깔려 있다. 방화를 통한 과거의 죄스

---

66) 김상훈, 「나의 길」 부분, 『대열』, 22~23면.

른 삶에 대한 소멸이야말로 새 시대에서 새로운 삶을 생성시킬 수 있는 계기가 될 수 있는 것이다. 이렇게 되었을 때 소멸은 새나라 건설의 도정에 "횃불"로 뒤바뀌어 나타날 수 있다. 아무 것도 없는, 아무 것도 모르는 소멸의 공간에 새나라 건설의 의지가 횃불처럼 타서 빛날 수 있는 곳이 시적 주체가 택한 길의 한 모습이기도 하다. 이처럼 부정적 대상에 대한 적극적이고 전투적인 자세는 '방화'란 행위로 나타나며 이는 "나의 목숨이 횃불처럼 타서 빛난다"란 시구로 그 극을 이루고 있다.

김상훈의 「아버지의 문 앞에서」나 「나의 길」 등에서는 변혁운동에 참여해 가는 시인 자신의 개인적 체험이 작품 속에 적절히 투영되어 어느 정도 시적 효과를 획득하고 있다. 이는 직접적 체험이 주는 진실성과 깊은 관련이 있다고 하겠다.

한편 박세영의 시는 김상훈의 경우와는 다소 다르게 나타난다. 그의 시는 계급 이데올로기가 선취되어 있는 상황 속에서 자신이 걷고 있는 길에 대한 절대적 믿음을 보여주고 있다. 신진시인인 김상훈과는 달리 박세영은 자신의 길 선택에 대한 고민이나 고뇌의 모습을 거의 보여주지 않는다.

> 비는 오고,
> 날은 어두어,
> 지척이 안보이는 논길로
> 나는 지금 위원회에 간다.
>
> 우산도 없이,
> 등불도 없이,
> 다만 바람에 섞인 비ㅅ소리,
> 또랑물 소리만이 요란히 들릴 때!
> 그 옛날 연인과 같이 이 길을 걸을 때 보다도

　　　　나의 마음 기쁘고나.

　　　　지금 동지들은
　　　　나를 기다릴게라.
　　　　지나간 날 놈들은 독사와도 같이
　　　　우리를 물어 띄였지!
　　　　이 밤엔 비 바람이 또 헤살을 노는거냐
　　　　그러나 가자,
　　　　비는 오고,
　　　　바람은 불어도.

　　　　나는 이 밤에 동지들과 같이
　　　　우리가 행동할 것을 그려보면서 간다.
　　　　동지들의 번쩍이는 그 눈동자들이
　　　　어쩐지 이밤엔
　　　　내 길을 밝혀주는 등불과도 같고나.

　　　　가자 어둠의 밤
　　　　비는 오고,
　　　　바람은 불어도[67]

　　이 작품에서 시적 주체는 지난 날을 회상하면서 자신이 선택한 길을 흔들림 없이 가고 있음을 보여주고 있다. 창작 주체인 시인은 해방된 조국의 현실을 일제 치하와 마찬가지로 "비"와 "바람"이 부는 어둠의 현실로 나타내 보였다. 해방 직후의 현실을 어둠의 밤으로, 진정한 해방을 방해하는 세력들을 "비"와 "바람"으로 형상화해 보이고 있는데, 이것은 해방이 가져온 혼란과 갈등의 현실에 대한 비유적 표현이라 할 수

---

67) 박세영, 「위원회에 가는 길」, 『우리문학』 창간호, 1946. 2, 44~45면.

있다. 친일파 및 민족 반역 세력에 대한 시적 주체의 대결 의지는 어떠한 훼방과 방해에도 굴하지 않겠다는 의지로 나타난다. 이 시가 쓰여진 1945년 10월 16일경에는 남, 북 어디서든 지방인민위원회가 상당히 활성화되어 있을 무렵이다. 이 시는 이러한 변혁운동 세력의 결집장소인 인민위원회를 시적 소재로 택하여 자신의 분명한 '길' 선택의 모습을 보여주고 있다.68) 즉 이 작품은 이데올로기의 각축장이 되었던 해방기 현실 속에서 자기가 택한 이념에 대한 확실한 믿음과 앞날에 대한 뚜렷한 전망을 보여주고 있다는 점에서 주목할 만하다. 이러한 시적 주체의 믿음은 진보적 이념이 공유되는 장소인 '위원회'69)로 구체화되어 나타나고 있으며, 그곳이 이상의 공간으로 설정되어 있다. 동지들과의 연대감, 친화력의 원천적 발산 장소인 '위원회'를 향하는 시적 주체의 단호한 의지가 이 시의 중심 동력이 된다. 결국 이 작품은 해방 직후 현실의

---

68) 인민위원회를 시적 소재로 삼은 시로는 이외에도 상민(常民)의 「지방위원회 가는 길」이 있다. 이 시에도 미래에 대한 낙관적 전망과 앞날에 대한 굳은 결의를 동시에 나타내 보이고 있다.

69) '위원회'는 해방 직후 전국에 걸쳐 조직되었던 '인민위원회'의 약칭으로 보인다. '인민위원회'는 1945년 9월 6일 여운형 중심의 건국준비위원회가 전국인민대표자대회를 개최한 결과 국호를 조선인민공화국으로 선포하고 중앙인민위원회(주석 이승만, 부주석 여운형, 국무총리 히힌)를 조직 결성한 데서 만늘어졌다. 중앙인민위원회의 성립을 전후하여 남한 각 지방에서도 군(郡)에는 군인민위원회, 면(面)에는 면인민위원회, 도(道)에는 도인민위원회가 주권을 찾으려는 인민의 열의를 기반으로 급속한 기간내에 선거, 조직되었으며, 45년 10월까지는 남한 일대에 종래의 행정체계를 따라서 7도 12시 131군에 걸쳐서 빠짐없이 골고루 정비되었다. 이는 미군이 진주하기 전부터 조직되어 인민위원회가 행정기관을 접수하고 그것을 운영하였다. 그런데 미군이 진주한 후 10월 10일 아놀드 군정장관의 인민공화국에 대한 성명 발표 이후 중앙인민위원회 및 각 지방인민위원회에 대한 탄압과 간섭은 심화되었다. 각지의 인민위원회는 치안을 유지하고, 물자를 확보하였으며, 교통의 복구 및 일제 잔재의 척결에 노력하는 등 나름대로의 역할을 하였다. 이 당시의 인민위원회는 노동자, 농민이 중심이 된 진보적 변혁운동 세력들의 자발적 결집체라 할 수 있을 것이다. 이 시의 창작 시기가 작품 말미에 1945년 10월 16일로 나타나 있어 위원회가 지방인민위원회임이 확실하다. 인민위원회에 대한 자세한 설명은 민주주의 민족전선 편의 『조선해방1년사』(문우인서관, 1946), 85~92면 및 이석태 편의 『사회과학대사전』(문우인서관, 1948), 518~519면 참고.

반영이라는 측면보다 그러한 현실을 대하는 시적 주체의 주정적 감정과 의지가 중심이 된 작품이라 할 수 있다. 비, 바람이 부는 어둠 속에서 흔들림 없이 자신의 진보적 이념을 향해 나아가는 시적 주체의 믿음 속에는 동지들과의 강한 연대감이 내장되어 있다. 같은 이념을 공유한 동지들에 대한 든든한 믿음은 "등불"로 표상되어 어둠의 길을 밝혀주고 있다. 시적 주체의 고양된 정서와 미래에 대한 전망은 부정적 현실과 대조되어 현실의 어둠을 극복하는 중요한 계기로 작용하고 있다. 그러나 시적 주체의 목소리가 자신의 진실한 체험에서 우러나오지 못하고 있는 약점을 이 시는 여전히 갖고 있다. 선취된 이데올로기의 추상적 관념과 신조가 이미 시의 표면에 드러나 있다. 이데올로기가 이미 시적 주체 내부에 강하게 자리잡고 있어 이데올로기 선택 순간의 내밀한 감정 같은 것은 드러나 보이지 않고 있다. 이 작품은 '길' 선택에 대한 고뇌, 고민보다는 자기가 택한 '길'의 앞날에 대한 굳건한 믿음이 우선시되고 있는데 이는 프로문학동맹의 중심 인물인 박세영의 사상적 견고성에 기인한 것으로 볼 수 있다.

새나라 건설이라는 중대한 과제에 직면해 있는 해방기 현실에서 시인들도 각각 자신이 선택한 '길'을 가야만 했다. 해방된 조국에서 올바른 방향 감각을 획득, 자신의 길을 선택해 나가는 것은 당시 시인들에게 있어서 중요한 문제거리였다. 현실을 정확히 포착하여 올바른 역사의 방향에 투신할 수 있을 때 비로소 문제적 개인이라 할 수 있기 때문이다.

2. 비극적 현실에서의 주체 정립과 투쟁의지

(1) 부정적 현실의 증언과 주체의 대응

1) 귀향 유이민의 비극적 삶의 형상화

1946년에 접어들면서 민중의 불만과 경제적 궁핍은 더욱 가속화되었으며 해외에서 귀국한 유이민의 참상은 극에 달하였다. 해방 직후의 부정적 현실에 대한 포착은 먼저 귀향 유이민의 문제에서 나타났다. 해방에 대한 기대와 꿈을 안고 해방조선으로 귀환한 유이민들은 참담한 현실의 벽에 부딪히고 말았다. 귀향 유이민의 수는 기대 이상으로 엄청나 민족 이동이라 불릴 만하였다.[70] 귀환동포의 급증은 인플레이션 등 사회 혼란과 식량 문제의 한 원인이 되기도 하였다. 물론 해방기 사회가 이들을 모두 수용하고 그들의 삶의 근거지를 확보해 주는 것이 마땅하였다. 왜냐하면 일제강점기 동안 만주, 일본, 시베리아 등지로 이동한 유이민의 대부분은 하층 노동자, 농민들이었으며, 이들의 이동은 일제강점이 빚은 경제적 궁핍이 주 원인이었기 때문이다. 이들은 주로 노동 착취의 대상으로, 헐벗고 굶주린 삶의 한 모면 방법으로 유이민의 길을 택하였던 것이다. 해방과 더불어 이들이 해방조국, 즉 그리던 고향으로 돌아오고자 하는 것은 귀소 본능상 당연한 것이었다. 외지에서 겨우 마련했던 농토와 일시적 정착의 삶은 이들에게 해방 소식에 비하면 아무것도 아니었다.

귀향 유이민 문제의 형상화 작업은 해방기 사회의 중요한 문제거리

---

70) 해방 후 일본에서 1,111,000여명, 중국에서 58,000여명, 만주에서 58,000여명, 태평양 제 지역에서 37,000여명이 귀환하였는 데도 불구하고 1947년 5월말 현재 해외 재주 동포는 만주지방의 110만명을 위시하여 총계 190여만명에 달하고 있다고 한 조사는 밝히고 있다.(조선은행조사부 편, 『1948년판 조선경제년보』, 1948, I~11면.)

중의 하나로 주목을 요한다. 이 당시 유이민의 들뜬 마음과 해방조국으로 귀환하는 심정을 한 논자는 다음과 같이 적고 있다.

> 하늘이 동동 발을 굴러 추위를 채쭉질하는 듯한 11월 30일 ……
> 차와 마차를 타고 정거장으로 향해 달리는 사람들의 마음 속속마다
> 오직 한마음 — 조선으로 간다는 충족된 느낌, 오랜 숙망(宿望)이 달
> 성되는 순수한 도취경에서 가시로 살을 에이는 듯한 그날의 모진 추
> 위에도 너도 오늘이 마지막이다. 그리고 나는 너보다 따뜻한 조국을
> 가졌거니 하는 칠분(七分)의 긍지를 가지고 각자 2배의 차량을 짊어
> 진 마대부대가 장춘역 출구 하편 넓은 전정(前庭)에 물샐 틈 없이 벌
> 여섰다. 헐벗은 무리이다. 인생을 몇 번 영에서 출발하는 가련한 숙명
> 을 지닌 유랑민. 한때는 눈물을 뿌려 고국을 등지고 활로를 찾아 만주
> 로 만주로 흘러갔고 …… 그러나 오늘은 ……우리가 차지할 빛나는
> 조국이 두팔을 벌린 품 속으로 — 우리의 조선으로 찾어 간다는 희망
> 을 실은 위안이 있고 아무튼 살겠지 하는 막연한 낙관이 고향에 굶주
> 린 충혈된 두뇌로는 귀국 후의 생활의 방도는 문제삼지도 않고 마치
> 개선장병과 같이 의기양양한 대오의 행렬이다. 가는 사람, 보내는 사
> 람 무려 사천여의 조선인 부대가 만리 이역 호지에서 들먹이는 것은
> 진실로 가관이 아니랄 수 없었다.71)

귀향 유이민의 해방조국에 거는 기대와 열망을 위의 글은 잘 보여주고 있다. 앞날에 대한 '막연한 낙관'을 안고 이들은 본능적으로 해방조국으로 귀환하고 있었다. 문학자들은 귀향 유이민의 문제를 모순된 해방기 현실을 형상화하는 주요 제재 중의 하나로 설정하였다. 소설에서는 염상섭의 「해방의 아들」이나 허준의 「잔등」 등이 귀환의 과정을 보여주고 있기는 하지만 막연한 묘사의 수준에서 크게 벗어나지 못하고

---

71) 小 伊, 「피난민 열차기」, 『신세대』 창간호, 1946. 3, 113면.

있다. 소설보다는 시에서 이들에 대한 포착이 비교적 날카롭게 이루어
지고 있다. 해방기 시 중 부분적이든 전체적이든 귀향 유이민을 소재로
한 시가 적지 않았다. 이는 이 당시 시인들에게 귀향 유이민의 문제가
당대의 중요한 문제거리로 인식되었음을 보여준다.

무엇을 실었느냐 화물열차의
검은 문들은 탄탄히 잠겨졌다
바람 속을 달리는 화물열차의 지붕 우에
우리 제각기 들어누워
한결같이 쳐다보는 하나씩의 별

두만강 저쪽에서 온다는 사람들과
쟈무스에서 온다는 사람들과
험한 땅에서 험한 변 치르고
눈보라 치기 전에 고향으로 돌아간다는
남도사람들과
북어 쪼가리 초담배 밀가루 떡이랑
나눠서 요기하며 내사 서울이 그리워
고향과는 딴 방향으로 흔들려 간다

푸르른 바다와 거리 거리를
서름많은 이민열차의 흐린 창으로
그저 서러이 내다보던 골짝 골짝을
갈 때와 마찬가지로
헐벗은 채 돌아오는 이 사람들과
마찬가지로 헐벗은 나요
나라에 기쁜 일 많아
울지를 못하는 함경도 사내

　　　　총을 안고 뽈가의 노래를 불르던
　　　　슬라브의 늙은 병정은 잠이 들었나
　　　　바람 속을 달리는 화물열차의 지붕 우에
　　　　우리 제각기 들어누워
　　　　한결같이 쳐다보는 하나씩의 별72)

　　이 시는 만주 또는 시베리아 유이민의 귀국 과정, 즉 민족 이동의 현장을 자신의 체험을 통해 그려보인 작품이다. 시인 자신의 분신이기도 한 시적 주체는 귀향 유이민은 아니지만 '고향'을 떠나 이들과 함께 '서울'로 가는 존재이다. 시적 주체는 귀국 유이민이 아니기에 이들과 어느 정도 거리를 유지하여 이들의 문제를 응시할 수 있는 처지에 있다. 귀국 유이민은 고향을 찾아가지만 '나'는 이들과 반대로 '고향'을 떠나 서울로 가고 있다. 이러한 거리가 귀향 유이민의 모습을 정확히 그려낼 수 있는 요인 중의 하나이다. 그러나 이러한 분리의 정도가 점점 좁혀져 결국 시적 대상인 귀국 유이민과 시적 주체인 '나'가 합일되어 하나가 되는데 이 시의 묘미가 있다. 즉 시적 주체 '나'는 화물열차의 지붕 위에서 각지에서 돌아오는 이들과 공동생활을 하며 친밀감을 느끼게 된다. 양자를 공동체적 친화감으로 결속시켜 주는 것은 이들이 '나'와 똑같이 "헐벗은" 존재라는 것이다. 이러한 공통된 체험과 양자가 동일한 운명의 존재라는 인식은 귀향 유이민과 '나' 사이의 거리를 없애주고 "북어 쪼가리 초담배 밀가루떡이랑 나눠서 요기하며" "우리"란 공동체로 합일시켜 주는 계기가 되도록 해 준다. 또 하나 이 시에서 주목할 것은 미래에 대한 인식 내지 기대가 복합적으로 나타나 있다는 점이다. "탄탄히 잠긴" "화물열차의 검은 문", "이민열차의 흐린 창", "슬라브 늙은 병정" 등의 이미지에서 이들의 미래가 결코 예사롭지 않을 것임을 나타내 보

---

72) 이용악, 「하나씩의 별」, 『이용악집』, 동지사, 1949, 32~35면.

이고 있다. 즉 이러한 시어가 구축하고 있는 이미지들은 불안정하고 불투명한 미래의 모습을 쉽게 연상시켜 준다. 반면 이러한 불안정하고 불투명한 이미지와는 상반되게 새로운 가능성의 세계를 이 시는 또한 열어놓고 있다. 해방 직후의 열기와 미래에 대한 기대가 "화물 열차의 지붕 위에/ 우리 제각기 들어누워/ 한결같이 쳐다보는 하나씩의 별"로 표상되어 있다. 헐벗은 삶의 질곡 속에서 진정한 정착을 꿈꾸는 귀국 유이민의 소중한 꿈이 이렇게 나타나 있는 것이다. 해방에 대한 기대와 꿈을 상징하고 있는 "하나씩의 별"은 화물열차의 지붕 위란 지상의 헐벗은 공간과 대비되어 이상과 현실 사이의 거리를 선명히 부각시켜 준다. 해방조국에 거는 기대는 귀국 유이민의 경우 어느 누구보다 절실했다고 할 수 있다.

> 순이가 돌아왔다
> 아배를 잃고는
> 북만(北滿)이 좋다는 바람에
> 어메 오빠와 함께
> 떠나가든 순이가
> 난리(戰爭)길 천리 휘돌아
> 인제야 내나라 차저
> 내마을에 안기운다
>
> ……풋병아리 꼭고 우는 날
> 민들레길 언덕을 올으나리든
> 나와 순이는
> 밝은 생각에 넘쳤는데
> 이미 그때부터
> 왜놈의 쇠사슬은 닥아들어……

눈물 뿌리며 건니운 바다를
내 먼저 기꺼히 저어와
화려한 내일로 달리는
이 아름다운 태양 밑에
순이는 돌아와
지난날의 바램마져 헛되지 않어
내 참말 네 활개 치며
끋끋히 손잡은 동무들과
새나라 새마을 세우련다.73)

이 시의 시적 주체 '나'와 주인공인 '순이'는 "민들레길 언덕을 올으나리던" 밝고 행복한 시절을 보내었으나 "왜놈의 쇠사슬"이 이들의 삶을 유린하여 해체시켜 버렸다. '순이'는 "아배를 잃고는/ 북만이 좋다는 바람에/ 어매 오빠와 함께" 고향을 떠나 북만주로 갔고, '나'는 "눈물뿌리며" 현해탄을 건너갔다. 그런데 이들을 고향으로 돌아오게 만드는 것은 해방 때문이다. 해방이 "난리길 천리 휘돌아" 이들을 "기꺼히" 달려오게 만든 것이다. "난리길 천리 휘돌아"로 표상되는 온갖 고난이 가득찬 귀환의 길은 해방이 주는 "화려한 내일"의 기대에 비하면 별 것 아니다. 이들은 현실의 비참함 속에 함몰되지 않고 "새나라 새마을"에 대한 부푼 꿈과 기대를 펼쳐 보이고 있는데, 이는 해방 초기의 낙관적 현실이 이 시의 배경이 되고 있기 때문이다. 유이민 자신들의 현실적 삶의 문제는 해방이 만들어 내는 기대와 열띤 분위기 속에 묻혀 아직 구체적으로 드러나지 않고 있다. 반면 해방은 '순이'와 시적 주체를 고국으로 돌아오게 만들었으며 이들로 하여금 새나라 건설의 의지를 불태우게 만든다. 그러므로 "화려한 내일로 달리는 이 아름다운 태양"은 귀국 유이민들의

---

73) 김광현, 「새나라 새마음」, 『연간조선시집』, 아문각, 1947, 20~22면.

"바램"을 희망과 낙관으로 가득차게 만들어 주는 표상이 된다.

이처럼 해방정국 첫해에 "북간도며 대판이며 지향없이 떠나갔던 이민들"74)이 속속 귀환하면서 해방조국에 대해 낙관적 시선을 보냈으나 현실은 그들이 바라는 대로 진전되지 못하였다. 그렇게 기대하면서 돌아왔던 고국, 고향이건만 귀국 후 그들의 삶은 이민 당시보다 별반 나아질 것 없는 상태였다. 귀향 유이민이 해방조국에 거는 기대와는 상반되게 현실은 냉혹하였다.

> 해방의 기쁨을 맞이하여 일본 또는 멀리 남북 중국으로부터 자유독립을 간절히 염원하여 그리운 고국에 돌아와 각기 인척관계를 찾아 방 한 간, 또는 공동숙박소, 전재민수용소이나마도 차례에 가지 않아 왜놈들이 파놓은 방공호에서, 또는 한강철교 밑에서, 이것도 차지하지 못하고 거리에서 오늘은 집 문전에서 거적을 깔고 살을 에이는 열한풍(烈寒風)을 바라보며 한하는 이들 수천명을 이 참경 앞에 놓고서, 우리는 무엇이라고 위로를 하여야 할까?75)

해방 직후 귀국한 유이민의 참상을 정확히 지적하고 있는 이 글은 귀국 유이민 문제의 심각성을 말해주고 있다. "굶주림과 추위에 떠는 전재민"76)의 운명이 각 신문에 오르내리고 있었으나 이들에 대한 근원적 문제 해결은 이루어질 수 없었다. 극심한 사회의 혼란과 정치의 난맥상 속에 유이민 문제는 한 걸음 떨어져 있을 수밖에 없었다.

> 억센 두팔을 드리운

---

74) 여상현, 「영산강」, 『칠면조』, 24면.
75) 「추위에 떠는 전재동포를 구하자」, 『한성일보』, 1946. 12. 12. 윤영천, 『한국의 유민시』, 183면 재인용.
76) 유수 생(流水 生), 「전재민-만주잔류동포를 생각하며」, 『동아일보』, 1947. 1. 7.

> 노동자는
> 일터 잃고 도라오고
> 외국상품을 팔러 거리에 나선
> 아낙의 등 뒤를
> 쓰러저 가는 널반지 울타리에
> 바람은 휘부러 치는데
>
> 그리웠던 조국의 처마 밑에서
> 젖메기 손 끝에 가슴 헤치우며
> 뚜러진 교복 입은 열두살메기
> 딸년의 손목을 잡고 또 쪼겨나
> 굶주리고 갈 곳 없어 두볼이 검푸른
> 전재민(戰災民) 어머니는 떨고만 섰다.77)

해방 직후 귀국 유이민의 비극적 삶의 실상을 전형적으로 그려 보이고 있는 이 시는 바로 그들의 아픈 삶의 축도라고 할 수 있다. 이러한 귀국 유이민의 삶을 도외시 한 새나라 건설은 사실상 무의미하다고 할 수 있다. 이들의 운명이 개인적 문제가 아니라 일제강점이 빚어낸 사회 구조적 문제였기 때문이다. 그러나 이 당시 이들의 운명에 대해 적극적 관심을 가지고 문제를 해결해 줄 어떠한 주체도 없었다. 또 우리 민족에게 그럴 만한 힘도 없었다. 이들의 운명에 대한 관심은 양심적 지식인 또는 민족현실에 관심을 가진 작가들의 몫이었다. 이러한 점에서 이용악의 「하늘만 곱구나」는 귀국 유이민의 문제를 예리하게 포착한 작품으로 주목된다.

집도 많은 집도 많은 남대문 턱 움 속에서 두 손 오구려 혹 혹 입김

---

77) 박찬일, 「별」 부분, 『연간조선시집』, 69면.

불며 이따금씩 쳐다보는 하늘이사 아마 하늘이기 혼자만 곱구나

거북네는 만주서 왔단다 두터운 얼음짱과 거센 바람 속을 세월은
흘러 거북이는 만주서 나고 할배는 만주에 묻히고 세월이 무심챦아
봄을 본다고 쫓겨서 울면서 가던 길 돌아왔단다.

띠팡을 떠날 때 강을 건늘 때 조선으로 돌아가면 빼았겼던 땅에서
농사지으며 가 갸 거 겨 배운다더니 조선으로 돌아와도 집도 고향도
없고

거북이는 배추꼬리를 씹으며 달디 달구나 배추꼬리를 씹으며 꺼므
테테한 아배의 얼굴을 바라보면서 배추꼬리를 씹으며 거북이는 무엇
을 생각하누

첫 눈 이미 내리고 이윽고 새해가 온다는데 집도 많은 집도 많은 남
대문 턱 움 속에서 이따금씩 쳐다보는 하늘이사 아마 하늘이기 혼자
만 곱구나[78]

이 시는 1946년 12월 '전재동포 구제 시의 밤'에서 낭독된 작품이
다. 이용악이 1930년대에 즐겨 다루던 만주 유이민의 후일담이 이 작
품이라 할 수 있다. 여기서 다루고 있는 '거북이' 일가의 삶은 '거북이'
일가 한 가족만의 문제가 아니라 만주 유이민 대다수의 문제였기 때문
에 중요하다. 이미 귀국 유이민의 보편화된 삶의 전형이 된 것이다. 이
용악은 '거북이' 일가 개인의 가족사를 통해 당대 귀환 동포의 삶을 전
형화시켰다고 할 수 있다. 이들 삶의 근원적 문제는 순환적 비극이라는
점에서 주목을 요한다. 일제강점기 유랑의 삶이 해방조국에서도 여전히

---

78) 이용악, 「하늘만 곱구나」, 『이용악집』, 39~41면.

정착되지 못하고 뿌리뽑힌 채 떠돌고 있는 것이다. 시인은 거북이 일가의 삶을 어느 정도 객관적 거리를 유지하여 차분한 어조로 그려보이고 있다. 시적 주체의 절제된 감정과 대상과의 거리 유지가 거북이 일가의 참상을 적절히 드러내 주는 역할을 한다. "좇겨서 울면서 가던 길"을 '거북네'로 하여금 되돌아 오게 한 것은 해방 때문이었다. 이 해방은 '거북네'의 삶의 방향을 틀어놓은 중요한 사건이었다. 힘겹게 마련한 모든 것을 버리고 돌아온 이들에게 해방조국은 "빼앗겼던 땅"도 "집"도 "고향"도 주지 않았다. "거센 바람" 속을 헤치며 만주에 "할배"를 묻고 그래도 '봄'을 기대하며 돌아온 이들의 삶은 "움 속" 더 이상 나아지지 않았다. "가 갸 거 겨 배운다"던 '거북이'의 소박한 소망은 온 데 간 데 없고 차가운 현실만 피부로 절실히 느껴질 따름이다. 이 시의 극적인 효과는 고운 하늘을 비참한 '거북네'의 삶과 선명히 대조시킨 데서 온다. '거북네'의 모습과 대비된 혼자만 고운 하늘은 귀환 동포의 비극적 현실을 더욱 부각시켜 주는 구실을 한다.

한편 '거북이'의 가족사를 바라보는 시적 주체의 정서는 잘못된 현실에 대한 안타까움으로 가득차 있으며, 이러한 안타까움의 정서는 차분한 어조를 통해 독자들에게 그대로 전이되며, 동시에 동정과 슬픔을 유발시키고 있다. 결국 이 시는 전형화된 '거북네'의 가족사를 통해 귀향 이민 문제의 심각성을 드러내 보였다고 할 수 있다. 그런데 단순히 비극적 현실을 드러낸 것이 아니라 액자 형식을 원용하여 그것을 제시해 보였다는 점이 주목된다. 이러한 방식은 거북이 일가의 비참한 삶을 적절히 부각시키는 데 기여하고 있으며, 그 대상을 바라보는 시적 주체의 정서를 독자에게 효과적으로 전달하게 해 주는 구실을 한다. 또한 이러한 방식은 시적 주체를 흥분시키지 않게 만드는 장치이기도 하다. 1연과 5연에 직접 개입하고 있는 시적 주체와 액자 틀 속의 거북네의 사연, 즉 2, 3, 4연은 어느 정도 거리를 유지하고 있다. 이러한 방식은 액자 속의 사연을 더욱 객관적으로 전달하게 하여 그것이 시적 주체 자신만의 생각이 아님을 드러내 보이게 한다. 이러한 방식을 통해 결국 시적 주체는 거북이 일가의 비참함을 초래한 해방기 사회의 사회구조적 모순에 대해 의문을 제기하고 있는 것이다.

귀향 유이민들의 비참한 삶에 대한 인식은 김상훈의 「전원애화」에 오면 농민의 삶 속에 전화되어 나타나고 있다.

　　　　북만에서 떨다온 삼돌아
　　　　어미 죽고, 기여들 집 한 간 없고,
　　　　잊지 못한 계집애 가버리고
　　　　말해라 포근히 안아줄 어느 것이 너의 조국이냐?
　　　　싸늘하고 모진 돌맹이, 주저앉을 땅마저 지열이 식었구나
　　　　칼든 화적이 송아지를 몰아가고,
　　　　여호고개 밑에서 살인났단 이야기가
　　　　골 안에 황황히 피묻은 말발굽처럼 도라다닌다
　　　　「독립」! 골수에 겨려, 꿈되어 아른거리드니만
　　　　마츰내 닥처온 네가, 싫다, 이름좋은 그림자였드냐!

　　　　마을 앞 목 매다라 죽은 소나무가 있고
　　　　그 앞에 젖가슴처럼 탐스러운 들이 가로놓여
　　　　오롱초롱 매달릴 어린 것들이 바라보고 있건만
　　　　소작쟁의가 끝나지 않어
　　　　산발한 볏단은 눈(雪)에 덮이고
　　　　지처 쓰러진 이야기를 실고 우차바퀴가 굴러갔다.
　　　　이 땅 사람들의 장꺼리를 실고 이재민을 실고
　　　　읍에서 나오는 수선스런 소문들과, 질식하는 농군의 생활을 실고
　　　　머슴이 이끌고 여윈 소가 마루택이를 넘어

우마바퀴는 게을리 게을리 사라진다.

달도 없이 밤은 유난히 검고
눈 우에 자꾸 서리가 내린다.79)

이 시의 시적 주체는 귀향 유이민의 모습 내지 농민의 삶을 전망없는 암담한 현실로 묘사하고 있다. 이 현실은 희망도 기대도 어떤 것도 보이지 않는 비관적 공간으로 포착되어 있다. 오로지 비애로 가득찬 폐쇄적인 어두운 이미지만 시적 공간에 가득차 있다. 이러한 현실은 만주 유이민 '삼돌'이를 통해 더욱 절박하게 드러나고 있다. "어미"와 "계집" 모두를 잃고 집 한 간 없이 된 "북만(北滿)에서 떨다온 삼돌"이의 처지는 귀향 유이민의 전형적 삶의 현실로 포착되어 있다. '삼돌'이와 같은 귀향 유이민을 포근히 안아주지 못하는 나라에 대해 시적 주체는 의문을 제기하고 분노를 표출한다. 이러한 분노는 이 시의 어두운 이미지와 겹쳐져 구체성을 획득한다. 그러므로 시적 주체는 꿈에도 그리던 "독립"이 싫다고 당당히 선언하는 것이다. 실속없이 허울뿐인 그림자에 그친 해방은 시적 주체에게 분노와 비애만 자아내고 있을 뿐이다. 이 시는 우울하고 느린 비관적 어조와 반문의 수법을 통해 이들의 앞날이 별로 낙관적이지 못함을 나타내 보이고 있다.

쉴새 없는 검은 이민열차가 어구에 기다리는
고향은 바로 슬픈 대합실이 아니었던지
담배 하나 마음놓고 붙일 수 없는
자장가 하나 없이 밤을 밝혀야 하는……

---

79) 김상훈, 「전원애화」 부분, 『신천지』 1권 5호, 1946. 6, 105~107면.

이제 내가 돌아왔노라 다시 말 물어 보자—
비록 배울 길이 막혀 이름짜 하나 못써도
노래 부르기 좋아하고 손윗사람 말 잘듣고 倭人말 흉내 잘 내구
몽이면 우통 벗고 씨름이나 하던
우리 백두산 직계— 나의 동무들은 어대로 가구
절개 높은 춘향이와 효자 표본 심청이를
형님같이 사모하던 그네 잘 뛰던 배꽃같은 빨래질 잘하던 삼단같은
머리 드리운
훌륭한 젖꼭지를 가진 처자들은 어대로 가고
—눈먼 아버지 위해 물에 빠진 심청이는 몇몇이더뇨?
—소식없어 한탄하던 춘향이는 몇몇이더뇨?
찾어오면 ……아아 괴로운 고향이여
서른말 마자 하질 말자

사랑으로 하는 나의 말에
그대 괴롭고 나도 괴롭구나80)

　이 시의 시적 주체는 일제하에서 고향을 떠났다가 해방이 되자 고향
으로 돌아온 인물이다. 그런데 귀향한 시적 주체에 의해 포착된 고향은
포근하고 그리운 생성과 비옥의 공간이 아니라 유랑과 상실로 가득찬
비애의 공간이다. 한때 "이민열차"가 기다리는 "슬픈 대합실"로 전락하
고 말았던 일제강점 말기의 고향이 해방이 되어도 전혀 변화없는 상실
과 유폐의 공간임을 드러낸다. 고향의 풍경을 이루었던 활달하고 생동
적인 삶을 살아가던 젊은 아들들과 처자들은 해방이 되어도 돌아올 줄
모르고 있다. 그러므로 해방이 되어 고향으로 돌아온 시적 주체에게 고
향은 좌절과 절망의 공간으로 다가온다. 순박하고 예의바르던 "우통 벗

---

80) 박산운, 「고향에 돌아와서」 부분, 『신천지』 1권 5호, 1946. 6, 103면.

고 씨름"하던 "나의 동무들"과 "삼단같은 머리 드리운 훌륭한 젖꼭지 가진" 착한 처자들은 바로 고향을 풍요하고 비옥하게 만드는 존재들이었다. 그런데 고향의 공간은 해방이 되어도 다시 회복될 줄 모르고 상실된 모습 그대로 처참하게 드러나 있을 뿐이다. 이러한 현실을 바라보는 시적 주체의 심정은 "서른 말 하지 말자", "그대 괴롭고 나도 괴롭구나"라는 탄식을 통해 슬픔과 절망감을 노출시킨다. 착하고 순결한 이들이 부재하고 있는 공간, 삶의 원형적 모습이 회복되지 못하고 처참하게 버려져 있는 상실의 공간은 해방이 되어도 변하지 않고 있는 열악한 현실을 대변하다고 할 수 있다. 이러한 공간에 대한 시적 주체의 절박한 심정 토로야말로 해방 직후 민중들이 "일제식민통치 시대와는 또 다른 결박에 여전히 허덕이고 있음을 보여주는 시적 진술"[81]로 볼 수 있는 근거를 만든다.

2) 부정적 현실에서의 주체의 대응

해방의 환희와 감격도 1945년이 지나가면서 차츰 가라앉기 시작한다. 해방의 감격과 흥분 속에 감추어져 있던 냉혹한 현실이 시간이 지나면서 차츰 드러나기 시작하였기 때문이다. 우리 민족 모두가 소망했던 '완전한 해방', 즉 자주독립국가 수립의 소망은 성취되지 못하고 점점 불투명한 현실 속으로 빠져들어 가게 되었다. 환희와 흥분에 들떴던 해방 직후 민중들의 삶은 일제 치하보다 별로 나아질 것 없는 상태로 전락하고 말았다.

> 어느덧 다사하고 곡절많은 1년이란 세월은 흘렀다. 조선은 국제공
> 약에 의하여 완전한 자주독립이 소소연히 명시되어 있건만 아즉 그

---

81) 윤영천, 『한국의 유민시』, 실천문학사, 1987, 193면.

실현을 보지 못하고 있으며 국내 정정(政情)은 혼돈하여 당쟁은 백열
화하고, 국제 정세 또한 암운이 저미(低迷)하매 국제적 제약을 당분
간 어찌할 수 없는 현하 조선의 전도(前途), 어찌 순탄함만 바랄 수
있으랴.82)

　이는 광주에서 8.15해방 1주년 기념으로 출판된 『해방전후회고』의
서문에 나오는 글의 일부분이다. 앞날이 불투명한 해방 1년의 현실을
정확히 진단한 글이라 하겠다. 특히 해방 직후는 해방에 대한 이상과
기대가 다른 어느 때보다 증폭되어 있었으므로 고통스런 현실은 그만큼
더 큰 실망과 좌절을 가져다 주었다고 할 수 있다. 해방의 국제적 경위
와 정확한 정세 파악이 이루어지지 못한 상황 속에서 각 정당들은 난
립83)하여 각자의 주의, 주장을 펼치기에 바빴다. 해방 직후에는 여운
형, 안재홍이 주도하는 건준의 영향력이 급속히 성장하여 "사실상 건준
의 갈래인 인민위원회가 전국에 걸쳐 솟아올랐으며" "8월 31일까지 남
북에 걸쳐 약 145개의 인민위원회가 조직"84)되었다. 그런데 한반도를
둘러싼 외세에 대항해 우리 민족이 내부적으로 단결하여 결집된 힘을
보여주었더라면 분단이란 최악의 상황은 모면하였을지 모른다. 그러나

---

82) 서민호, 「8.15 해방 1주년 기념을 맞이하며」, 『해방전후회고』, 광주부, 1946, 1~2
　　면.
83) 민전 사무국 편의 『조선해방1년사』, 127면에는 미군 진주 후 "70여개 단체"가 난립하
　　였다고 하며 이중 자파 세력을 부상시키기 위해 급조한 유령 단체가 많았다고 한다. 김
　　종범·김동운의 『해방전후의 조선진상』 제2집, 44면에서는 무수한 정당이 난립한 원인
　　을 하지 중장의 회견에 두고 있다. 즉 하지 중장이 부임할 당시까지는 정당이 5, 6개
　　에 불과하였는데 하지 중장이 매주 2차씩 각 정당대표 2인씩을 회견할 것이라는 발표
　　이후 1개월 내외에 40, 50개 단체가 출현하였다고 한다. 또 이승만이 정당통일운동의
　　과정에서 취한 각당 대표자 상대정책이 도리어 정당 남조를 도운 결과가 되었다고 한
　　다. 이러한 시각 말고도 오랫동안 정치로부터 폐쇄되어 왔던 우리 민족의 정치적 열망
　　이 일시적으로 이런 현상을 불러 왔을 것이라는 생각도 해볼 수 있다.
84) 이정식·스칼라피노, 「미군정기의 한국공산주의」, 『한국현대사의 재조명』, 돌베개,
　　1982, 217면.

민족 내부의 갈등과 자주독립국가 수립의 방법에 대한 노선 다툼으로 우리 민족은 "파괴와 혼란과 타락의 해방1년"85)을 보내고 있었던 것이다. 해방 초기에는 건국준비위원회의 여운형을 중심으로 어느 정도 민족적 힘이 결집되었으나 곧 각 정파 간의 힘겨루기 양상으로 나누어져 결집된 힘이 분산되고 말았다. 우파 세력들은 임정 봉대를 내세우는 토착지주 중심의 한민당으로, 좌파는 "민족국가 건설을 최우선시"86)하는 건준 계열의 인민당과 부르주아민주주의 혁명노선을 내세우는 조선공산당, 조선독립동맹 산하의 조선신민당 등으로 나뉘어져 서로 대립하게 되었다. 이러한 내부 분파 투쟁은 미군정하에서 우리 민족이 자주적 역량을 결집해 내는 데 장애 요소로 작용하게 되었다.

　더구나 한반도에 진주한 미, 소 군정은 자국 중심의 점령 정책을 펼치게 됨으로써 우리 민족의 자주통일국가 수립의 소망은 점점 퇴색되어 가기 시작했다. 미군정은 해방 초기 전국적 조직망과 세력을 갖고 있던 건준과 인민공화국 계열의 좌파 중도 세력들을 억압하고 한민당을 비호하였다. 미군정과 한민당은 개혁보다는 현상 유지를 바라고 있었으므로 진보적 변혁운동 세력들은 탄압의 대상이 될 수밖에 없었다. 이러한 해방 후의 정국 상황은 대결 구도를 유발하였다. 우파의 토대였던 한민당은 토착 부르주아 세력을 중심으로 미군정의 경찰, 자문기구를 독점하였는데 친일 세력의 재등용 등으로 민중의 광범위한 지지를 받지 못하였다. 반면 좌파 세력들은 친일세력의 척결과 토지 문제의 혁명적 해결을 내세우며 통일국가 수립을 내세웠다. 이들은 인공에 대한 미군정의 부인 이래 세력이 일시적으로 약화되기는 하였으나 여전히 남한 내에 광범위한 영향력을 행사하고 있었다. 좌우파의 통일전선 노력이 계속

---

85) 김창한, 『국제정세』 상권, 인민평론사, 1947, 1면.
86) 서중석, 『한국현대민족운동연구』, 역사비평사, 1991, 231면.

실패하는 가운데 1945년 말, 1946년 초 모스크바 삼상회의의 한반도의 신탁통치안을 두고 그 "해석의 불일치"[87]로 말미암아 좌우익 진영은 그 수용 여부를 두고 격렬히 대립하게 되었다. 특히 모스크바 삼상회의는 조선에서 통일적 임시정부를 세우기 위해서 미소공동위원회를 개설하고, 미소공동위원회는 임시정부 수립을 위해 조선의 정당·사회단체와 협의하도록 되어 있었기 때문에 좌익과 우익은 각자 자기 진영의 단체를 통합할 필요성을 느끼고 있었다. 이러한 시점에서 출범한 민주주의민족전선은 "남한 내의 모든 좌익적 요소들이 모인 통일전선체"[88]였다. 이들은 가장 엄중하고 신중한 원칙하에 각 정당, 단체, 개인을 심사하여 민전을 결성(1946. 2. 15~16)하였다고 했으나 이들의 중심 정당은 조선공산당, 독립동맹, 조선인민당 등이었으며 사회단체들은 또한 대부분 그 산하 단체들이었다. 이후 민주주의민족전선은 조선공산당, 인민당, 남조선신민당의 3당 합당으로 만들어진 남로당(1946. 11.23~24 결성)의 "전위조직"[89]으로 1946, 47년 대중투쟁의 중심단체로 활동하였다. 1946년 초까지 조선공산당은 미군정을 우호적 연합국의 일원으로 평가[90]하고 있었으며 실지 미군정과의 접촉을 시도하기도 하였다. 그러나 이러한 관계는 1946년 5월 초 1차 미소공위의 결렬과 더불어 급속히 악화되어 갔다. 조선공산당은 46년 7월 26일을 계기로 미군정

---

87) 『1948년판 조선년감』, 조선통신사, 1947, 4면.
88) 양동주, 「해방후 좌익운동과 민주주의민족전선」, 『해방전후사의 인식』 3, 한길사, 1987, 93면.
89) 이정식·스칼라피노, 「미군정기의 한국공산주의」, 앞의 책, 279면.
90) 조선공산당의 초창기 미군정에 대한 우호적 자세는 박헌영의 8월테제에서 잘 드러나고 있다. 조선의 해방은 "우리 민족의 주관적 투쟁적 힘에 의해서 보다도 진보적 민주주의 국가 소·영·미·중 등 연합국 세력에 의하여 실현된 것이다"라는 당면정세에 대한 근본시각에서 잘 드러나고 있다. 조선공산당중앙위원회, 「현정세와 우리의 임무」, 1945. 9. 20, 김남식 편, 『남로당연구 자료집』 제1집, 고려대 아세아문제연구소, 8~21면 참고.

의 탄압에 대한 "수세에서 공세로, 퇴거에서 진격으로" 돌진하는 소위 정당방위의 역공세인 "신전술"[91]을 채택했다. 이로 인해 미군정과의 적극적이고 직접적인 대결이 시작되었으니 '9월총파업'과 '10월인민항쟁'이 그 대표적 사건이었다. 이러한 상황 속에서 9월 박헌영에 대한 체포령이 내리자 박헌영은 "10월 해주로 도피"[92]하였다. 그러나 해주에서 여전히 남한의 당에 계속 명령과 지시를 하달하고 지휘권을 행사하였다. 해주에서 박헌영의 비서로 일하고 있던 사람들은 "권오직, 박치우, 정재달, 이원조, 이태준"[93] 등이었다. 이러한 정치권의 힘 겨루기와 노선 다툼의 와중에서 민생은 더욱 피폐해졌다. 그 중에서도 식량 문제[94]는 가장 중요한 문제로 대두하였다. 9월총파업의 현상적인 주 원인도 쌀 부족 문제였다. 기대와 환희의 해방이 비참과 좌절의 해방으로 바뀌어 가고 있었던 것이다.

> 석유를 그득히 부은 등잔은
> 밤이 깊도록 홰가 났다
> 끄으름을 까— 맣게 들어마시며
> 노인들의 이야기는 죽구싶다는 말뿐이다
>
> 쓸만한 젊은 것은 잡혀가고
> 기운 센 아이들 노름판으로 가고
> 애당초 누구를 위한 농사냐고

---

91) 박일원, 『남로당총비판』, 1947, 48면.
92) 박일원, 위의 책, 88면.
93) 박일원, 위의 책, 89면.
94) 해방 직후 식량사정 문제는 매우 심각했다. 이는 38도선의 확정과 재외 동포들의 귀환으로 더욱 문제가 악화되었는데, 당대의 식량문제에 대한 여러 책자(김종범, 『조선식량문제와 그 대책』, 창건사, 1946. 김영기, 『조선의 농업 – 통계로 본 식량사정』, 창원사, 1946 등)들이 이를 잘 보여주고 있다.

이박사의 이름을 잊으려 애썼다

곳집에 도적이 들었다는
흉한 소문이 대소롭지 않다
삼백석이 넘어 쌓여 있는 곡식이
그들의 아들이 굶어죽는 데는
아무 소용이 없었든 까닭이다

암닭이 알을 낳지 않고
술집이 또 하나 늘었고
손주며느리 낙태를 했다고
등잔에 하소해 보는 집집마다의 늙은이
잠들면 악한 꿈을 꾸겠기에
짚신을 팔아서라도
부지런히 석유만은 사 왔다[95]

이 시는 해방 직후의 비극적이고 우울한 현실을 잘 형상화해 보이고
있다. 해방기 민중들의 비참한 삶의 현장을 바라보고 있는 시적 주체의
시각은 비관주의에 짙게 침윤되어 있다. 특히 2연은 일제강점기의 "신
민요가 나타내는 비극석 정서"[96]를 쉽게 연상시키는데 이러한 연상 수
법은 신민요의 암울하고 비관적인 정서가 이 시에 그대로 전이되는 효
과를 보여준다. 일제강점하 신민요를 부르던 상황이나 해방된 지금의
상황이 별반 다를 바 없다는 인식이 시적 주체의 대상을 그려나가는 시
각 속에 겹쳐져 드러나 있다고 할 수 있다. 이 시는 당대 민족, 민중 현
실을 비교적 생동감 있게 그려내고 있는 편인데 '호롱불'을 둘러싼 민중
들의 정황 및 노인들의 대화가 이를 뒷받침하고 있다. 특히 "잠들면 악

---

95) 김상훈, 「호롱불」, 『대열』, 39면.
96) 이동순, 『민족시의 정신사』, 창작과 비평사, 1996, 401면.

한 꿈을 꾸겠기에 / 짚신을 삼아 팔아서라도 / 부지런히 석유만은 사왔다"란 시구는 해방 직후 민중들의 절망과 좌절의 모습을 선명하게 형상화해 보인 구절이라 하겠다. 그러나 이 시는 해방 직후 민중들의 생생한 현실을 구체적, 사실적으로 드러내 보이고 있으나 반면 정치적 이념의 직설적 노출이란 한계를 드러내 보이고 있다. 시적 주체는 관찰자의 입장에서 해방 직후 민중들의 모습을 그려보이고 있는데 이들의 궁핍과 좌절의 주 원인을 정치의 부재에서 찾고 있다. 잘못된 정치의 표상으로 "이박사"를 들고 "그의 이름을 잊으려 애썼다"는 어구에서 시적 주체의 정치적 입장을 적극적으로 드러내 보였다. 이러한 정치편향성은 시적 주체의 당파적 입장을 분명하게 해 주는 계기가 된다. 그러나 정치적 어구의 생경한 표출로 인해 시적 진실이 훼손되고 있음은 이 시의 한계라 할 수 있다.

해방 1년이 지나도 해방조선의 현실은 좀처럼 독립조선으로 나아갈 기미를 보이지 않았다. 독립조선으로 나아가기 위한 제 노력은 정치권보다 민중들의 열망을 껴안은 시인들의 시 창작 태도에서 먼저 나타나게 되었다. 독립조선에 대한 해방 직후 민중들의 꿈은 이 당시 시인들의 꿈과 별반 다르지 않다. 그러므로 창작 주체인 시인들은 꿈이 좌절되어가는 혼란한 현실 속에서 부정적인 것들의 청산을 주로 시의 주제로 내세우게 된다.

자유의 적 꼬레이어를 물리치고저
끝끝내 호올로 일어선 다뷔데는 소년이었다.
손아귀에 감기는 단 한개의 돌멩이와
팔맷줄 둘러메고
원수를 향해 사나운 짐승처럼 내달린
다뷔데는 이즈라엘의 소년이었다.

> 나라에 또 다시 슬픔이 있어
> 떨리는 손등에 볼타구니에 이마에
> 싸락눈 함부로 휘날리고 바람 매짜고
> 피가 흘러 숨은 골목 어디선가 성낸 사람들
> 동포끼리 옳잖은 피가 흘러
> 제마다의 가슴에 또 다시 쏟아져 내리는
> 어둠을 헤치며 생각는 것은 다만 다뷔데
>
> 이미 아무 것도 갖지 못한 우리
> 일제히 시장한 허리를 졸러맨 여러가지의
> 띠를 풀어 탄탄히 돌을 감자
> 나아가자 원수를 향해 우리 나아가자
> 단 하나씩의 돌멩일지라도 틀림없는
> 꼬레이어의 이마에 던지자[97]

1945년 12월에 창작된 이 시는 해방된 지 채 반년이 못되어 벌어진 동족 간의 분열과 갈등의 양상을 그려보이고 있다. 이 시는 성경에 나오는 골리앗(꼬레이어)과 이스라엘 소년 다윗(다뷔데)의 싸움을 가져와 해방 직후 현실을 우의적으로 나타내 보이고 있다. 골리앗은 해방 직후 척결해야 할 부정적 군상, 즉 "자유의 적"이다. 이는 민족 외부로는 외세 또는 제국주의 세력을, 민족 내부로는 친일파나 정치모리배, 또는 독립국가 건설에 방해가 되는 모든 부정적인 세력들을 표상한다고 하겠다. 기대와 가능성의 공간으로서의 해방이 다시 "동포끼리 옳잖은 피"가 흘러 내리는 혼돈의 공간으로 바뀌었음을 시적 주체는 증언하고 있다. "나라에 또 다시 슬픔"을 가져온 이 부정적 현실이야말로 시적 주체에게

---

97) 이용악, 「나라에 슬픔 있을 때」, 『3.1기념시집』, 조선문학가동맹시부 편, 건설출판사, 1946, 32~33면.

있어서는 청산의 대상이다. 좌·우 이데올로기의 싸움, 부일(附日) 경력을 감추기에 급급한 지도급 인사들의 적극적 공세 속에 "아무 것도 갖지 못한" 해방 직후 민중들이 할 수 있는 일은 민족 내·외부에 남아 있는 찌꺼기들을 하나하나 청산해 나가는 일뿐이다. 비록 미약한 "단 하나씩의 돌멩일지라도" 골리앗에 대항하는 다윗의 마음가짐으로 하나하나 정리해 나갈 때 이 부정적 현실은 청산될 수 있다고 본 것이다.

이 시에서는 특히 부정적 현실에 대한 시적 주체의 마음가짐과 그것에 대항하는 정신적 자세가 강조되고 있다. 해방 직후 사회의 구조적 모순에 대한 천착이나 현실의 핍진한 반영보다도 시적 주체의 당위에 대한 주관적 정서, 즉 단호한 정신 표출이 주를 이루고 있다. 시적 주체의 대상에 대한 강한 투쟁의지는 모순된 민족현실을 극복해 보고자 하는 창작 주체인 시인의 강한 열망이 다른 무엇보다 우선한 결과이다. 이 시는 성서에 나오는 골리앗과 다윗의 비유를 가져와 직설적이고 직접적인 자신의 요구를 감추는데 어느 정도 성공했다고 할 수 있다. 이러한 비유의 방식을 통해 시적 주체는 자신의 이념을 독자들에게 적절히 전달하고 있는 것이다. 이처럼 「나라에 슬픔 있을 때」는 완전한 해방이 성취되지 못한 해방 직후 현실에 대한 분노와 부정적인 것에 대한 청산의지를 드러내고 있는 작품이다.

우리의 힘으로 전취하지 못한 해방이었기에 해방정국의 파행적 구도는 예정된 것이나 다름없었다. 이러한 가운데 우리 민족 내부의 힘은 결집되지 못하고 서로간의 힘겨루기에만 급급함으로써 새나라 건설의 이상은 점점 멀어져 갔던 것이다. 그런데 이 당시 급변해가는 해방정국의 와중에서 잘못되어가는 현실에 맞서 싸움의 노래를 부른 이들 시인들은 대부분 시를 기동성 있는 실천적 매체의 하나로 파악하고 있었다. 시가 "시대의 촉감을 재빠르게 잡고 때로 역사의 지향을 예고"98)할 수

있는 속성을 가졌다면 해방 직후의 시도 그러한 성격에 부합되는 역할
을 할 것을 요구받았다. 이 당시 시에서 '거리'라든지 '싸움', '감옥'[99]
등의 시어가 자주 등장하는 것도 이러한 맥락에서 이해가 가능하다. 해
방기 문학이 정치에 강하게 매개되어 있다면 정치가 문학에 투영될 수
있는 가장 직접적인 것은 문학단체였다. 이중 남로당의 외곽 문화단체
격이었던 조선문학가동맹은 해방기 문학운동의 중심에 놓인다. 그 중에
서도 작품 창작 면에서는 조선문학가동맹의 중견 또는 신진 시인들의
활동이 가장 두드러졌다고 할 수 있다. 이들에게 있어서 미군정하의 남
한 현실은 부정과 비판의 대상이었다. 유진오의 「누구를 위한 벽차는
우리의 젊음이냐?」를 위시한 많은 신진 시인들[100]의 시는 현실변혁의
무기로서 시의 가능성을 실험하고 있다.

　　　　온 시가는
　　　　이미 우리 우리들
　　　　손아귀에 쥐어졌다.

　　　　하나는 풀
　　　　하나는 전단

　　　　마구
　　　　어둠을 밀어트리며 간다

　　　　쭉 -

---

98) 『1948년판 조선년감』, 조선통신사, 1947, 370면.
99) 감옥이 작품 속에 억압적 모티브로 구체적으로 나타나 있는 경우로 이병철의 「뒷골목
　　틔일 때까지」나 이용악의 「유정에게」 등이 있다.
100) 신진시인이라 함은 『전위시인집』의 작가들인 김광현, 김상훈, 이병철, 박산운, 유진
　　오 외에 『새벽길』의 최석두, 『옥문이 열리든 날』의 상민 등을 말한다.

　　풀 싼 걸래쪽을 문지르면

　　정성껏 써진 전단이
　　가등(街燈)처럼 켜지고

　　거리 거리의
　　벽과 전신주와……

　　빈틈도 없이
　　인민의 영토를 그리며 간다101)

　　이 시는 해방 직후 광주에서 "조선문학가동맹의 전남지부의 책임
자"102)이기도 했던 최석두의 「전단대」란 작품인데 그의 체험이 시 속
에 형상화된 것으로 볼 수 있다.103) 이 작품의 시적 주체는 열악한 현
실에 흔들림 없이 자신의 길을 가고 있다. 시적 주체가 그리는 이상적
나라를 향한 열망이 절제된 짧은 언어와 호흡을 통해 잘 형상화되어 있
다. 전단을 붙이는 행위는 미군정하의 현실에서는 금지된 불법행위이
다. 그러하기에 어둠을 타서 "어둠을 마구 밀어트리며" 전단을 붙이는데
이것은 변혁운동에 몸바친 이들에게는 당연하지만 외로운 행위로 볼 수
있다. 그러나 이 외로운 행위가 미래의 전망 차원으로 전화되는 것은 5

---

101) 최석두, 「전단대」, 『문학』 공위재개기념 특집호, 1947. 7, 20~21면. 이 작품은
　　　1947년작이라 추정된다. 이 작품과 같이 실린 설정식, 이용악, 유진오, 이병철 등의
　　　시에 1947년 4~6월작이란 부기가 붙어 있는 것이 그 근거이다.
102) 윤여탁, 「최석두의 문학과 삶」, 『실천문학』, 1991 여름호, 135면.
103) 최석두의 해방기 현실의 변모된 모습을 김순남의 『새벽길』 발문에서 참고해 볼 수 있
　　　다. "해방 후 석두(石斗)는 어느 누구보다도 투쟁 속에서 몸소 절규하는 시인이 되었
　　　다. 그는 과거의 자기에 대한 무자비한 비판 우에 반기를 든 강정(强情)한 시인이 되
　　　었다. 피비린내 나는 투쟁 속에서 홀어머니를 잃고 아내를 영어(囹圄))로 보내고 자
　　　식을 굶기면서도 눈물 한 방울 안 보이며 오직 조국의 민주독립을 위하여 제일선에
　　　힘차게 나섰다" 최석두, 『새벽길』, 조선사, 1948, 76~77면.

연이다. 즉 어둠을 타서 붙이는 전단이 가로등처럼 켜진다는 구절에서 미래에 대한 낙관적 전망을 적절히 잘 드러내 보이고 있다. 이 시는 현실적 위기 상황 속에서 실천운동에 대한 굳건한 믿음과 앞날에 대한 전망을 보여주는 동시에 자신이 선택한 사상에 대한 실천적 행위를 보여주고 있다. 이러한 전단을 붙이는 행위는 "바람벽마다 전봇대에 누덕이 진 삐라를 읽는"104) 민중들을 염두에 두고 이루어지며 시적 주체는 자신의 진보적 이념이 이를 통해 확산되어가기를 기원하고 있다. 이처럼 이 시의 표면에는 낙관주의가 짙게 깔려 있으나 이것을 낙관에만 머무르게 할 수 없는 것은 현실의 억압적 상황이다. 시적 주체의 단호한 선택 행위를 유발할 수밖에 없는 상황에 대한 안타까움, 이것은 이 시의 독자들에게 일말의 비극적 효과를 조장한다고 할 수 있다. 이러한 정조가 확산되어 비극적 투쟁의식을 보여주는 예로 유진오의 「이대루 가자」를 들어 볼 수 있다.

> 죽음인들 대수로우냐
> 이대루 가자
> 괴로움이면 차라리
> 뼈를 앗아라
>
> 사나운 바람 속에
> 눈물 어려 살아 왔다
> 가야만 할 길이다
> 꽃잎처럼 떨어지자
>
> 하나 둘
> 헤일 수 없이

---

104) 이병철, 「거리에서」, 『전위시인집』, 37면.

짓밟혀간다
아까운 목숨들이
악착스리 짓밟힌다

사나운 발굽 밑에
꽃잎이 있다
번쩍이는 총칼 밑에
목숨이 있다

땅 속에 흙 속에
다시 피리라
죽어도 떨어져도
꽃은 피고
꽃은 남는다

죽음인들 대수로우냐
이대루 가자
괴로움이면 차라리
뼈를 앗으라105)

이 시에서 변혁운동에 참여한 시적 주체는 자신의 운명 선택에 대한 단호한 결의와 그 실천의 의미를 돌이켜 보고 있다. 현실적 위기상황 속에서 시적 주체는 이념에 대한 흔들림과 고뇌를 단호한 투쟁의지로 극복해 보이고 있다. 자신이 선택한 길이 "사나운 바람 속에/ 눈물어려 살아온" 길이며 앞으로도 그러한 고난의 길이지만 시적 주체는 "죽음인들 대수로우냐/ 이대루 가자"라고 외친다. 이러한 길이 자신이 "가야만 할 길"이라는 것이다. 해방 직후의 부정적 현실에 대한 시적 주체의 단

---

105) 유진오, 「이대루 가자」 부분, 『창』, 28~30면

호한 대항의지는 독자들에게 비장미를 불러 일으키게 한다. 시적 주체에게 있어 현실은 낙관적이지 못하며 오히려 적극적 극복의 대상이다. 즉 현실은 현재의 시적 주체가 견뎌내기 힘든 폭압적 상황으로 "사나운 발굽"과 "번쩍이는 총칼"로 표상되고 있다. 그러하기에 죽음이 이미 예비된 투쟁이 될 수밖에 없다. 특히 이 시에서 '꽃잎'은 "싸나운 발굽"과 "번쩍이는 총칼" 밑에 떨어지는 "꽃같은 목숨"을 상징한다고 할 수 있다. 즉 '꽃잎'은 폭압에 항거하다 쓰러져 가는 희생의 상징물로 나타나 있는 것이다. 그런데 이 죽음을 시적 주체는 다시 피는 "꽃"으로 전화시켜 투쟁의 의미를 부각시켜 보이고 있다. 그러한 신념이 있기에 시적 주체는 죽음을 대수롭지 않게 여기고 그가 선택한 길을 "이대루 가자"라고 외칠 수 있는 것이다. 암담한 현실, 즉 미래의 전망이 폐쇄된 상황 속에서 시적 주체는 고민하고 좌절하면서도 끝내 비극적 현실에 함몰되지 않고 현실과 대결해 가려는 치열한 마음가짐을 보여주고 있다. 또 이 시의 형식에 있어 주목할 점은 짧은 시행이다. 극히 절제된 언어의 사용만으로도 자기의 할 말을 다하고 있는 것이다. 이 시는 장황하고 리듬이 긴 요설적 시행보다 짧은 시행이 작자의 의도 전달에 더 효과적임을 보여주고 있다. 시적 주체 자신의 단호한 결심과 의지를 표출해 보이는 데는 이러한 짧은 형식이 더 적절하다고 할 수 있다. 유진오는 누구보다 이 점을 잘 파악하고 있었고 그것을 그의 시에 잘 적용시켰다. 짧고 압축적인 단형서정시가 투쟁의 무기로 전화된 예를 이 시에서 볼 수 있는 것이다.

최석두의 「전단대」나 유진오의 「이대루 가자」는 싸움에 대한 투쟁의지와 투쟁 전선에 몸바친 시적 주체의 강한 결단의 의지를 보여주고 있다는 점에서 공통된다. 이들의 강한 결단의 근거에는 물론 '민중연대성'106)이 짙게 깔려 있다. 이러한 민중연대성에 대한 믿음이 그들의 선택 행위를 더욱 확실시하며, 비관적 정세 속에서도 "인민의 영토를 그리며" 가거나 "꽃잎처럼 떨어지"는 길을 "이대로 가자"고 외치게 만든다. 짧은 서정시 속에 날카롭게 무기를 내장하여 자신들의 의사를 표출해 보이고 있는 경우라 할 수 있다.

　해방 직후 시에 있어서 부정적 현실에 대한 항의와 그것에 대한 투쟁의지는 학병동맹 테러사건107)을 소재로 한 시에서도 많이 드러나고 있다. 이는 주로 그들의 영웅적 행위를 추모하거나 공훈을 기리는 행사시 형태로 나타났다. 이러한 시를 통해 비참한 현실을 극복할 의지를 창작 주체는 다지어 나가고 있는 것이다. 그 당시 조선문학가 동맹 소속 시인들은 학병동맹 사건을 현실대응의 전략 차원에서 공세의 중요한 계기로 삼고 있었다.

　　　　외로운 너이의 영혼은 어느 하눌 가에 있나뇨
　　　　밤 하눌 차운 길에 간단 말도 없이 호올로 나서

---

106) 오프스야니코프, 『마르크스레닌주의 미학원론』, 이승숙 외역, 이론과 실천, 1990, 362~370면.

107) 1944년 1월 20일 일제의 학병제도 시행으로 전문학교 이상 조선학도들이 일제의 침략전쟁에 끌려가 갖은 고투와 수난을 겪었다. 이들 학병들이 8.15 해방 후 고국에 돌아와 45년 8월 23일 서울에서 결성한 것이 학병동맹이다. 본부의 가맹인원은 약 2천명, 기타 대구, 부산을 비롯한 전국 각 지부의 가맹인원이 3천5백명에 이르렀다고 한다. 이들 수는 전국 학병 관계자의 약 7할로 이들이 내세우는 것은 일제 잔재와 봉건 잔재의 완전 소탕, 친일파와 민족반역자를 제외한 민주주의 정부 수립이었다. 학병동맹은 1946년 1월 20일을 택하여 전국대회를 소집하여 준비가 분망하였다. 이러한 가운데 1월 18일 학병동맹과 대립한 반탁학생총연맹이 주최한 반탁에 관한 성토대회 이후 이들이 시위행진 도중 인민당, 조선인민보, 서울시인민위원회, 부녀총동맹 등의 회관을 습격하자 서대문 임시정부 요인들 사무실 앞에서 인민당 경비대원과 충돌 사건이 발생하였다. 경찰은 이 충돌 사건에 학병이 참가하였고 학병동맹에 다수의 무기가 있다 하여 장택상 경찰부장 직접 지도하에 무장 경관 약 400명이 학병동맹 본부를 19일 새벽 3시경에 포위 습격하여 3명의 사상자를 낸 사건이 학병동맹 사건이다. 3명의 학병은 박진동(朴晋東), 김성익(金星翼), 이달(李達)이다. 이석태 편, 『사회과학대사전』, 740~741면 및 민전 사무국 편, 『조선해방1년사』, 228~230면 참고.

너이는 동무도 없이 어데로 어데로 거러 가나뇨

어느 동족이 있어 너이를 죽이되 전사로써 하지 아니하고
도적의 떼와 같이 어두운 밤 소리도 없이 하였나뇨

원수의 쫓임에 어린 사슴처럼 주검의 따에 이르러서도
조국의 하눌을 우러러 보든 눈은 다시 어듸메서 조국을 바라보나뇨

너이의 영혼은 아즉도 조국의 하눌에 있느냐
도라오라 가든 길 멈추어 다시 우리에게 도라오라[108]

이 시는 학병동맹 사건이 일어난지 3일만에 임화가 쓴 작품이다. '1946년 1월 19일 새벽 서울 삼청동 조선학병동맹회관 전투에서 사몰한 세 용사의 영령 앞에 드리노라'라는 부제에서 보듯이 이 시는 전사자에게 바치는 헌시의 형식을 취하고 있다. "아아/ 어린 영혼들아/ 젊은 생명들아/ 그대들의 청춘을/ 외로움과 주검으로/ 내어몰은/ 패망한 적과/ 부유한 동포에게/ 이젠/ 경건한 인사를/ 드려도 좋을/ 때가 왔다"[109]고 학병의 귀국을 감격해 하던 임화는 학병동맹 사건에 대한 분노와 비애의 심정을 이 시에서 나타내 보인다. "우리"의 곁을 떠난 학병들을 시적 대상으로 하여 이들에게 물음을 던지는 형식을 통해 자신의 슬픔을 드러내 보이고 있다. 그러나 이러한 슬픔과 울분은 마구 흘러내리는 것이 아니라 반복되는 물음의 형식으로 인해 차분히 억제되고 있다. 이러한 방식은 자신의 심경을 독자들에게 담담히 전달시켜 주는 효과를 준다. 학병의 죽음에 대한 추모의 정이 같은 길을 함께 가지 못한 데 대한 안타까움의 정으로 바뀌어 학병에 대한 동지적 연대감을 환기

---

108) 임화, 「초혼」 부분, 『찬가』, 백양당, 1947, 34~36면.
109) 임화, 「학병 돌아오다」, 『찬가』, 32~33면.

시켜 준다. 이러한 생각은 "생각할사록 쓰라린/ 그대들의 아픈 상처"를 아물게 하며 "그대들"을 "영원히 우리의 곁에 있"110)게 하려는 시적 주체의 소망이 집약되어 나타난 것이다.

학병에 대한 노래는 문학가동맹의 다른 시인들에게도 주요한 시적 소재가 되었다. 오장환의 「내 나라, 오 사랑하는 내 나라」, 김광균의 「상여를 보내며」, 김동석의 「나는 울었다 학병 영전에서」, 김상원의 「조사」, 김철수의 「피」, 송완순의 「조사」, 윤복진의 「진혼곡」, 조남령의 「북악산 산ㅅ바람 불어내린 날」 등이 모두 학병을 소재로 한 시이다. 한편 『학병』 2집(1946. 2)은 전권(全卷)이 피살 학병에 대한 추모와 송가(頌歌)로 가득 채워져 있다. 『학병』에 실린 글들의 필자들은 대부분 조선문학가동맹의 중견 간부 또는 시인이다. 또 이들 시들이 대다수 조선문학가동맹 시부위원회에서 펴낸 『연간조선시집』에 실려 있어 이 당시 학병동맹 사건이 이들 시인들에게 얼마나 중요한 시적 소재로 다루어졌는가를 짐작할 수 있다.

> 내 나라 오 사랑하는 내 나라야
> 강도만이 복받는
> 이처럼 화려한 세월 속에서
> 아 우리는 어찌하야
> 우리는 어찌하야
> 우리의 원수를 우리의 형제와 우리의 동무 속에 찾아야 하느냐111)

이 시의 시적 주체는 학병동맹 테러 같은 사건이 일어난 부정적 현실에 대해 개탄하고 자조한다. 한없이 애정을 가진 이 나라, 우리의 형

---

110) 임화, 「제사」, 『찬가』, 57~58면.
111) 오장환, 「내 나라 오 사랑하는 내 나라」 부분, 『병든 서울』, 51면.

제와 동무가 있는 이 나라가 올바르게 나아가지 못하고 형제와 동무 속에 "원수"가 있는 비극적 현실에 대한 분노를 표출한다. 즉 "일제의 칼끝에 목숨을 내 놓았던" 학병들이 정당이나 테러 전문집단도 아닌 "민중을 보호하고 그 이익을 엄호할 의무를 가진"112) 무장경관에 의해 피살당한데 대한 분노를 드러내 보이고 있는 것이다. "우리의 생명과 재산을 지키려는"113) 경찰관들이 삼청동 학병의 가슴을 겨눈 데 대한 항의를 아이러니를 통해 드러내 보였다고 할 수 있다. 결코 일어날 수 없는 일이 벌어지고 자행되는 이 나라는 시적 주체에게는 결코 사랑할 수 없는 나라이다. 그런데도 시적 주체는 "내 나라 오 사랑하는 내 나라야" 하는 어구를 동원해 아이러니의 효과를 노리고 있다. 결국 시적 주체는 '사랑하는 내 나라'란 어구를 동원해 진정으로 사랑할 수 있는 나라와 현실을 열망하고 있다고 볼 수 있다. 작자는 사랑하는 내 나라에서 결코 일어날 수 없는 일들이 일어나고 있는 '병든 서울'의 모습에 대해 아이러니를 통해 비판적 발언을 하고 있는 것이다.

학병을 제재로 한 시들은 대부분 힘겹게 "그리운 어버이 땅에 돌아온" 학병들이 "해방된 이 땅 우에서"114) 참살된 현실을 도저히 용납할 수 없다는 분노의 어조를 띠고 있다. 이들 시 대부분에는 대상에 대한 강한 적개심이 드러나 있다. 대상에 대한 분노는 시의 표면에 격한 감정을 그대로 노출시켜 보이기도 하는데 이러한 것은 시인들의 학병동맹 사건에 대한 분노와 격한 감정이 그대로 드러난 것이라 볼 수 있다. 학병을 소재로 한 대부분의 시는 부정적 현실에 대한 분노와 숨진 학병에 대한 비애의 심정을 동시에 내보임으로써 헌시로서의 기능을 다하고 있다 하겠다.

---

112) 일 기자, 「습격당한 학병동맹을 방문하고」, 『적성』 창간호, 1946. 3, 58면.
113) 오장환, 위의 시 미인용 부분.
114) 유진오, 「눈감으라 고요히」, 『학병』 2집, 1946. 2, 32면.

1946년 중반을 넘어서면서 이미 자주독립국가 수립의 꿈은 무산되었으며, 진보적 변혁운동 세력들은 당국의 억압의 대상이 되고 있었다. 자주독립국가의 꿈을 쟁취하려던 이들에게 외적 상황은 점점 불리하게 돌아갔다. 이제 이들에게 남은 것은 부정적 현실과의 투쟁을 통해 그들의 소망을 성취해 나가는 길밖에 없었다. 불리한 정세 속에서도 이들은 적극적 투쟁의지를 갖고 현실에 맞서 나가고자 하였다. 승리를 예측할 수 없는 불확실한 상황 속에서 미래에 대한 낙관적 전망은 이미 당위로 남아 있을 뿐이었다. 당위와 현실과의 거리는 점점 벌어지고 있었다. 냉혹한 현실 속에서 싸움에 대한 승리는 불투명해졌으며 이들 시인들의 가슴 속에는 미래에 대한 비관적 전망만 가득차 있게 되었다. 이러한 상황 속에서도 이들 시인들은 단호한 결의를 갖고 싸움의 시를 써 나가기 시작했다. 1946, 47년경 조선문학가동맹 계열의 대부분 시인들의 시 작품이 이러한 입장에서 쓰여지고 있음은 해방정국의 불투명한 상황과 깊은 관계가 있다. 해방정국에서 부정적 현실에 대한 진보적 세력들의 분노는 "노한 눈"115)들로 치환되어 나타난다든지 "거리에서"116)의 "싸움"117)으로 구체적 모습을 드러내기도 한다.

이병철의 「역두에서」는 현실에 안주하지 못하고 이리저리 쫓겨 다닐 수밖에 없는 시적 주체의 처지를 비교적 잘 드러내 보여주고 있다.

> 귀떨어진 소반이며 바가지며
> 그리고 오오랜 가난에 끄슬린 양은냄비며
> 모주리 노끈으로 알들히 꾸려들고.

---

115) 이용악, 「노한 눈들」, 『연간조선시집』, 124면.
116) 이 당시 직접 시의 제목 내지 제재로 '거리'를 내세우고 있는 작품들이 많이 나타났다. 이용악의 「거리에서」나 이병철의 「거리에서」. 김광현의 「거지반 헐벗고」는 그 대표적 작품이다.
117) 이용악, 「빗발 속에서」, 『이용악집』, 155면.

젖먹이와 네살먹이와 나의 안해와
어두운 밤 집웅도 없는 화물열차에 실리여 오면서

머얼리 아스럼 감었다가 다시 떠 바래 보는
눈망울 속에
별처럼 또렷이 빛나야 할 나의 위치였다.

일흔 아홉 개 「턴넬」을 하나씩 헤아리면서 하나씩 지날 때마다,
캄캄한 어둠이 싫어서 싫어서
얼마나 기적소린들 소스라처 울었을겐가마는

경부선 500키로
불길처럼 가슴을 식식어리며 쬐그만 기차가 이윽고 와 닿으면

모두들 구래나루 숭게숭게 기뤄가지고
삼팔식 보병총에 쫓겨오는 시굴사람들 틈에 끼여서
나의 안해와 어린 것들과.

어디 쬐그많게 번지수를 나의 문패를 밝힐 집이나 한채 있었으면
좋겠다118)

이 시의 시적 주체는 작자 자신의 분신이라 볼 수 있으며, 변혁운동
에 참여한 자신의 체험을 절실하게 표현해 보였다고 할 수 있다. 현실
의 공간에서 밀려날 수밖에 없는 시적 주체의 처지는 육체적 고단함을
해소시켜 줄 가족의 공간마저 파괴되어 있는 상태이다. "젖먹이와 네 살
먹이와 나의 안해"와 함께 "어두운 밤 지붕도 없는 화물열차"에 실리어
오는 전재민의 운명과 시적 주체의 운명은 동궤이다. 이들의 본원적 삶

---

118) 이병철, 「역두에서」, 『신천지』 2권 1호, 1947. 1, 41면.

을 위협하는 것은 "삼팔식 보병총"으로 나타나고 있다. "삼팔식 보병총"으로 보호받아야 할 사람들이 도리어 그것에 의해 쫓겨 다녀야 하는 현실 속에서 "시굴사람들"이나 나의 가족은 같은 운명이다. 이 시는 삶의 근거지에서 밀려나는 사람들의 모습을 자신의 가족적 체험을 통해 상당히 구체적으로 그려내고 있다. 시적 주체의 육체에 직접적으로 다가오는 위기상황 속에서 끝내 "별처럼 또렷이 빛나야 할" 자신의 "위치"를 시적 주체는 정립하고자 한다. 이는 밀려나는 삶의 와중에서도 자신의 정체성(正體性)을 확보하고자 하는 최후의 노력으로 볼 수 있다. 이러한 의지는 "문패나 밝힐 집이나 한 채 있었으면" 하는 시적 주체의 소박한 소망으로 이어지고 있다. 결국 시적 주체의 이러한 욕망은 안주할 공간에 대한 열망과 기대의 표현인 동시에 현재적인 열악한 삶 속에서 자기 정체성을 확보해 보려는 의지의 전화된 모습이라 할 수 있다.

> 도적이 버리고 간 옷을 주서 입고
> 가을 바람을 안으며 거리에 나선다
>
> 잃어버린 옷 같은 건 쉬 도루 작만하려니
> 하였던 것인데
> 그냥 우는 아가와 함께 아침을 건너
> 인제도 몇차레 쫓겨날지 몰으는 회관에의 길을 간다
>
> 가다가
> 옛처럼 욕보게 무딘 네거리에 서면
> 불보다도 붉은 깃발 데모의 나날
> 정녕 미움을 아는 사랑하는 사람들이 그리워
>
> 사뭇 참다운 것

    우리의 앞이 그리워

    도적이 버리고 간 옷을 입고도
    내사 바램이 많아서 한 거름이라도 물러서진 못하겠다[119]

  이 시의 시적 주체 또한 헐벗고 열악한 처지에 놓여 있다. 이러한 위기적 상황은 "잃어버린 옷 같은 것 쉬 도루 작만하려니" 했던 해방이 도리어 소망의 주체를 바깥으로 몰아내는 외부의 현실 변화와 밀접한 관련이 있다. 그러나 시적 주체는 해방에 대한 기대와 소망이 일시에 무너진 현실에서도 결코 외부 현실에 함몰되거나 무너지지 않는 강한 의지를 보여주고 있다. 시적 주체의 상황은 "도적이 버리고 간 옷"을 입고 거리에 나설 정도로 열악하지만 스스로 "내사 바램이 많아서 한 거름이라도 물러서지 못하겠다"고 당당히 선언할 정도로 시적 주체는 굳센 의지를 지니고 있다. 이는 자신이 가고 있는 "회관에의 길"이 올바른 것이라는 믿음에서 나오는 것이며 부정적 현실 속에서 "정녕 미움을 아는 사람들"을 그리워하게 만든다. 이처럼 열악하고 헐벗은 공간을 조장하는 부정적 세력과 그것에 힘겹게 맞서 싸우고자 하는 시적 주체의 의지가 이 시에 분명하게 드러나 있다. 그러므로 이 시는 단호한 의지를 기진 시적 주체가 참다운 앞날을 그리워하고 힘겨운 현실 속에서 전망을 확보해 나가고자 하는 작품으로 볼 수 있다. 1연에서 무작정 거리에 나설 수밖에 없는 시적 주체의 해방된 현실에 대한 허전함을 나타내 보였다면, 2연에서는 잘못되어가는 현실의 난관 속에서 안타까움을 안은 채 "회관에의 길"을 갈 수밖에 없음을 드러내 보였다. 3, 4연에서는 이러한 길을 선택할 수밖에 없는 연유를 밝혀놓고 있으며 마지막 5연에서는 그 길 위에 선 자신의 다짐과 결의를 드러내 보이고 있다. 이러한 과정을

---

119) 김광현, 「거지반 헐벗고」, 『전위시인집』, 10~11면.

통해 열악한 환경 속에서도 그것에 쉽게 함몰되지 않고 주체를 정립해
보고자 하는 창작 주체의 노력의 일면을 엿볼 수 있다.

> 가도, 가도 붉은 산이다.
> 가도 가도 고향뿐이다.
> 이따금 솔나무 숲이 있으나
> 그것은
> 내 나이같이 어리고나.
> 가도 가도 붉은 산이다.
> 가도 가도 고향뿐이다.120)

오장환의 「붉은 산」의 경우도 마찬가지이다. 막막하고 답답한 황폐
한 현실을 시적 주체는 '붉은 산'으로 상징화 해 보이고 있다. '붉은 산'
의 모습을 더욱 답답하게 조장하는 것은 "가도 가도"란 어구이다. '붉은
산'과 '고향'뿐이라는 외적 상황의 막막함이 도저히 개선될 기미가 보이
지 않도록 만드는 것도 이 어구 때문이다. '붉은 산'은 외부의 수탈에 의
해 자연이나 삶의 터전이 훼손된 모양을 지칭하는 것으로 해방 전이나
해방 후나 여전히 수탈이 계속되고 있는 열악한 현실을 상징한다고 하
겠다. 그런데 이러한 피폐한 현실 가운데서도 시인은 미래에 대한 전망
을 미약하게나마 나타내 보이고자 하였다. "내 나이 같이 어린 솔나무
숲"이 바로 그것이다. "어린 솔나무 숲"은 시적 주체의 시각 속에 포착된
미래에 대한 전망을 드러내는 시적 대상이라 할 수 있다. 특히 '어린 솔
나무 숲'은 황폐하고 막막한 현실 속에서도 결코 그것에 함몰되지 않으

---

120) 오장환, 「붉은 산」, 『건설』 4호, 1945. 12, 7면. 「붉은 산」의 경우 오장환이 일제말
　　에 창작하여 가지고 있다가 해방 후에 발표한 작품일 가능성도 있다. 그 이유는 오장
　　환이 이 시가 실려 있는 시집 『나사는 곳』(헌문사, 1947)의 후기에 1937년 7월부
　　터 45년 8월 15일까지를 '나 사는 곳'의 시절로 잡고 있기 때문이다.

려는 시적 주체의 소망이 상징적으로 투영된 것으로 볼 수 있다. 결코 정복되지 않은 앞날에 대한 맹아를 황폐하고 막막한 현실 속에서 시적 주체 자신과 같은 "어린 솔나무 숲"을 통해 발견해 내고 있는 것이다.121)

어름 밑에서도
물은 흘러 가는 것이다

모도가 얼어붙어
재밤중같이 어두운 골 안에
돌뿌리와 싸우며
우름마저 다무러 삼키고
그래도 물은 흘러가야 하는 것이다

둔탁한 기류가
함부로 몸부림치는 하늘 아래
구천에 사무치고 싶은
아우성마저 기진해 가는
병든 민중의 눈알 속에서도
새날의 역사는 발부둥치며 자라나듯이

아무리 두려운 총칼 앞에서도
견듸지 못할 고문의 상(床) 우에서도
동무들의 혈관에 피가 흐르듯이

---

121) 현재 속에서 미래를 포착하더라도 그 미래가 단순한 주관적 소망이나 꿈이 아니라 현실의 실재적인 힘인 한, 비록 맹아 상태로나마 현실 속에 실재하는 본질적 발전경향인 한, 그것을 파악해 내는 작업은 엄연히 현실에 충실하려는 리얼리즘의 정신에 입각한 것이다. 홍승용, 「리얼리즘의 논리」, 『리얼리즘』, 문예미학회, 1994, 113면.

> 어름 밑에서도
> 이 유약한 시인의 발 아래서도
> 물은 쉴리 없이 흘러가는 것이다[122]

　　김상훈의 이 시는 시적 주체의 역사의 앞날에 대한 굳건한 믿음을 잘 보여주고 있다. 역사의 당위와 또 그것의 순차적 흐름은 어두움과 얼음 속 같은 혹독한 상황에서도 유유히 흘러가고, 또 흘러가야 함을 나타내 보였다. 변혁운동에 투신한 신진 시인 김상훈에게 있어 해방 직후의 역사는 예사롭지 않은 부정과 왜곡의 역사였다. 이 시는 결국 잘못되어 가는 역사에 대한 경고이며 올바른 역사에 대한 열망을 나타내 보인 것이라 할 수 있다. 힘겨운 외적 상황 속에서 시적 주체는 "물은 흘러가는 것이다", "물은 흘러가야 하는 것이다"와 같은 급박하지 않고 일면 담담한 어조로 역사적 흐름의 당위와 전진의 양상을 서술하고 있다. "물은 흘러가는 것이다"란 어구의 동어 반복은 역사적 시간의 흐름을 나타내는 동시에 자신의 확고한 의지를 더욱 심화시켜 주는 역할을 한다. 시적 주체는 자신의 감정에 함몰되지 않고 차분하고 객관적인 어조로 대상을 노래해 보이는데 이는 자신의 진술을 객관화시켜 그 진술에 대한 믿음성을 확보하게 만든다. 이러한 시적 주체의 발화를 통해 독자 또는 청자는 올바른 역사의 흐름에 대한 확실한 믿음을 갖게 되는 것이다. "얼음 밑", "어두운 골안"에서 흘러가는 물은 "돌뿌리"같은 온갖 장애물에도 아랑곳 없이 "새날의 역사"를 만들어 내며 쉴 새 없이 흘러간다는 것이 이 시가 말하고자 하는 주된 전언(傳言)이다. 시적 주체는 어두움과 고통스런 현실의 상징으로 '어름'과 '어두운 골안'을 내세우고 그러한 속에서도 유유히 흘러가는 '물'을 통하여 도도한 역사의 흐름을

---

122) 김상훈, 「물은 흘러가는 것이다」, 『대열』, 26면.

드러내 보이려 하였다. 1연과 2연에서 다소 상징적으로 제시되었던 시적 주체의 신념은 3, 4연의 비유, 즉 직유를 통해 구체적 형상을 획득한다. '얼음'과 '어두운 골'은 "둔탁한 기류가/ 함부로 몸부림치는 하늘 아래/ 구천에 사무치고 싶은/ 아우성 마저 기진해 가는" 현실과 "두려운 총칼"과 "고문"의 견디지 못할 상황으로 구체화된다. 또한 '물'은 혹독한 상황하에서도 자라나는 "새날의 역사"와 "동무들의 혈관의 피"로 구체화됨으로써 시적 주체가 말하려는 바를 암시해 준다. 시적 주체는 결국 끊임없이 흘러가는 역사의 물결이 "이 유약한 시인의 발 아래"에서도 끊임없이 흘러가는 것임을 제시해 보임으로써 역사의 앞날에 대한 믿음을 드러내 보인다. "어름"과 "어두운 골" 아래 "돌뿌리"와 싸우며 시적 주체가 힘겹게 맞서 나갈 수 있었던 것은 바로 이러한 역사의 흐름에 대한 믿음과 진보에 대한 신념이 있었기 때문에 가능하였다. 이 작품은 시적 주체가 부정적 현실에 쉽게 매몰되지 않고 역으로 "새날의 역사"에 대한 전망을 상징과 비유를 통해 나타내 보이고자 한 시라 할 수 있다. 김상훈의 「독어」의 경우도 마찬가지이다.

두 손에 힘을 주어, 버틔고 이러서야 한다
상훈아 메바른 상훈아!
기다리고 있을 힘찬 동무들을 잊었느냐

꽃병과 값진 책이 놓여 있는 책상 앞에서
「네가 소시민인건 운명이라」고
친절히 타일러 주는 벗이 있고

아무래도 어데론지 가버릴 것 같다고
동생의 눈이 불안스럽게 쳐다보는 곳에서도
두 손에 힘을 주어 상훈아 이러서야 한다123)

이 시에서 김상훈 자신이기도 한 시적 주체는 현실 속에 함몰되어 가는 자신에 대해 채찍 내지 독려를 가하고 있다. '꽃병'과 '값진 책'은 소시민적 삶의 도구로 시적 주체를 현실 속에 안주시키는 표상물로 볼 수 있다. '벗'이나 '동생' 또한 자신의 소시민적 삶을 붙드는 존재들이다. 그러나 소시민적 자아의 삶을 끝내 거부하게 만드는 것은 자신 내부의 목소리이다. 이것이 시적 주체를 온 힘을 다해 일어서도록, 힘겹게 현실 속에 버티도록 계속 종용하는 것이다. 이 작품은 현실에 안주해서는 안된다는 내부의 목소리와 소시민적 삶에 안주하고 싶은 마음 사이에서 시적 주체가 갈등하는 모습을 잘 보여주고 있다.

> 또 다시 뒷골목으로 숨어 다녀야 하는
> 우리 서로 조심스런 길머리에서
> 가끔 손에서 퇴비냄새가 나는 시굴친구들을 만난다.
>
> 나의 아우와 아우의 어진 동무들과 그리고
> 끼니 때마다 아비를 찾는다는 어린 것의 엄마까지를
> 삼팔식 보병총으로 아서갔다는데
> 아 — 나는 불기둥처럼 서서 엉엉 울어야만 하는 것일까.
>
> 참나무 비짱을 여닫을 때마다 강아지만한 무쇠잠을쇠 여닫는 소리마다
> 하나씩 이슬처럼 사라지는 사람들 눈망울마다
> 눈망울마다 감고 간 원수의 모습을 나는 잊지 않으리.
>
> 너의들 매운 채직에 멍들어 쩔룸거리는
> 젊음을 오히려 시퍼러니 앞세우고

---

123) 김상훈, 「독어」 부분, 『협동』, 1946. 10, 80~81면.

나는 간다 뒷골목이 티일 때까지 나는 간다.124)

이 시는 1946년 10월에 쓴 것으로 '옥에 있는 병권에게'란 부제가
붙어 있다. 이 시가 쓰여진 시기는 10월항쟁이 끝나갈 무렵 또는 직후
이다. 그러므로 새나라 건설에 대한 진보적 세력들의 욕망이 좌절되고
미군정의 탄압이 본격화되어 이들 전선들이 무너지기 시작하던 시기이
다. 이러한 외적 상황의 악화된 모습은 "또 다시 뒷골목으로 숨어 다녀
야 하는"이란 시구에 잘 나타나 있다. 여기서 '또'라는 말은 의미심장하
다. 이것은 일제강점하에서 어둠 속을 헤매었던 지하운동의 경험을 해
방된 나라에서 또 다시 계속해야 함을 의미하는 것이다. 해방의 기쁨과
환희도 순간적인 것이었다. 남과 북에 진주한 미, 소 군정은 새나라 건
설의 희망에 가득 차 있던 변혁운동 세력들을 다시 '뒷골목'으로 숨어다
니게 만들었던 것이다. 여기서 창작 주체는 "퇴비 냄새가 나는 시굴친구
들"을 등장시켜 그들의 새나라 건설에 대한 이념이 잘못된 것이 아닌 순
박하고 올바른 것임을 제시해 보인다. 아무 것도 모르고 농사일에만 전
념하던 "시굴친구들"을 뒷골목으로 몰아낸 현실은 시적 주체에게 안타
까움과 분노를 불러 일으킨다. 그 막막하고 암담한 현실은 "아우와 아우
의 어진 동무들"과 "어린 것의 엄마"까지를 빼앗아 가는 현실로 나타난
다. 이는 시적 주체를 둘러싼 가족공동체의 삶이 무자비하게 파괴되어
무너지는 것을 의미한다. 차가운 외적 현실은 이 시에서 "삼팔식 보병
총"으로, 또는 "참나무 비짱"이나 "무쇠자물쇠" 같은 감옥의 현실로 비유
되어 나타나고 있다. 여기서 이러한 악화된 현실을 대하는 시적 주체의
태도를 주목해 볼 필요가 있다. 그런데 시적 주체는 폭압적인 현실에
좌절, 절망하여 울지만 않고 그것에 적극적으로 맞서 나아가려 하고 있

---

124) 이병철, 「뒷골목이 티일 때까지」, 『연간조선시집』, 118~119면.

다. 특히 2연의 마지막 행 "아 — 나는 불기둥처럼 서서 엉엉 울어야만 하는 것일까"란 시구는 울음의 극대화가 아니라 울고 있을 수만은 없다는 강한 반문을 드러낸 것으로 볼 수 있다. 이러한 반문은 잘못된 현실에 대한 변혁에의 의지를 동반하고 있는 것이라 할 수 있다. 울고 있을 수만은 없다는 이러한 강렬한 의지는 "하나씩 이슬처럼 사라지는 사람들 눈망울"을 잊지 못하는 시적 주체의 분노의 심정에서 비롯된다. 친근한 가족 공동체의 삶의 공간 확보야말로 시적 주체가 꿈꾸는 열망이자 투쟁의 궁극적 목표가 된다. 그렇기 때문에 시적 주체는 "매운 채찍"에도 불구하고 "젊음" 하나로 부정적 대상과의 싸움을 당당히 선언하는 것이다. 의지의 결연함은 "시퍼러니"란 말 속에 응축되어 나타나고 있으며 자기가 택한 투쟁의 길은 "뒷골목 티일 때까지" 계속될 것이라는 다짐으로 이어진다. 이 시는 박헌영의 신전술 채택 이후 진보적 신념을 간직한 한 지식인의 내면 모습과 암울한 현실에 대한 강한 극복 의지를 보여주고 있다는 점에서 주목된다. 그 결과 부정적 현실에 맞서 앞날에 대한 전망을 확보하려는 의지는 이 당시의 시 곳곳에 나타나고 있다.

1946년 전후의 시는 시적 주체가 비극적인 현실 속에서 힘겹게 맞서 싸우면서도 쉽게 비관주의에 함몰되지 않으려는 특징을 보여주고 있다.125) 그것은 이상적 공간에 대한 자기들의 신념과 미래에 대한 굳건한 믿음에서 비롯되었다고 할 수 있다. 이들은 주로 해방기의 부정적

---

125) 이 당시 좌파 시인들은 자신들의 소망이 성취되지 못한 해방기의 현실을 주로 '밤'이나 "태양없는 땅"(설정식, 「태양없는 땅」, 『종』, 백양당, 1947)과 연결시켜 인식하고 있다. 그러나 이들은 미래에 대한 확실한 낙관적 전망과 믿음을 견지하고 있는데 김동석의 다음과 같은 진술은 이러한 시인들의 내면 모습을 잘 보여주고 있다.
　"달은 밝아도 조선은 아직도 밤이다. '함께 뭉치자'는 식의 군호가 아니라 정말 조선민족의 통일전선이 완성될 때 비로소 먼 동이 트고 붉은 태양이 홰치며 솟으리라. 나는 그때가 올 것을 믿어 의심치 않고 앞으로도 몇 핸지 몰라도 밤길을 묵묵히 걸어가련다. 그러나 벌써 나는 외로운 나그네가 아니다."
　김동석, 「'길'을 내놓으며」, 『길』, 정음사, 1946, 72면.

현실을 들추어내어 증언하였는데 그 중 귀국 유이민 문제의 포착은 중요한 시적 테마였다. 이 당시 시들은 또한 해방 직후 민중들의 생활상을 예각적으로 제시해 보이는가 하면 해방의 혼란한 현실 속에서 부정적인 것의 청산 내지 그것에 대한 단호한 대결의지를 보여주기도 했다. 해방조선에서 독립조선으로 향한 기대와 꿈이 좌절되어 가는 순간 이들은 우울하고 비참한 민중의 삶을 생동감 있게 그려내 가기도 하였다. 압도해 오는 외부의 억압적 상황과 환경 속에서 시적 주체는 자신의 위치를 확보하려고 힘겹게 노력한다. 앞날이 불투명한 현실 속에서 시적 주체는 좌절하면서도 끝내 비극적 상황 속에 함몰되지 않고 현실과 대결하려는 치열한 정신을 드러내 보인다. 이는 전망의 확보 내지 주체 정립의 문제로 이어진다고 할 수 있다. 이 시기는 다른 "어느 시기보다도 이념적으로 실천적으로나 주체의 적극적인 반응을 유발하는 시련과 자극과 장애와 도전이 가해졌던 시기"126)라고 할 수 있다. 이 당시 주체를 둘러싸고 있는 환경, 즉 타자로 외세 내지 당대의 억압적 현실을 생각해 볼 수 있다. 이러한 내외적 환경 속에 주체는 현실과 타협하거나 그것에 함몰되지 않고 적극적으로 그것에 대응해 나가려는 의지를 보여주고 있는 것이다. 타자인 외적 환경은 오히려 주체를 자극하고 주체가 이들에게 도전할 의욕을 불러 일으킨 매체가 되었다고 할 수 있다. 시인들은 비극적으로 전이되어 가는 현실 속에서 주체의 정립 내지 자기정체성 확보를 통해 부정적 현실을 증언하고 바깥의 현실을 포착하여 드러내 보이려 하였다. 결국 이 당시 시인들은 시를 기동성 있는 실천적 매체의 하나로 파악하고 부정적 현실에 대한 반영적 욕구와 극복의지를 동시에 보여주고자 하였던 것이다. 이들은 작품을 통해 현실과 맞

---

126) 남경희, 『주체, 외세, 이념 – 한국현대국가 건설기의 사상적 인식』, 이화여대 출판부, 1995, 4면.

서 앞날에 대한 전망을 포기하지 않으려는 힘겨운 노력을 보여 주었다. 주체를 억누르는 열악함 속에서 자신을 돌이켜 보고 주체를 세워 나가려는 이러한 노력들은 텍스트 속에서 자기 위치 확인이나 주체 정립의 문제로 나타나고 있는 것이다.

(2) 10월항쟁의 수용과 투쟁의지 고양

1) 10월항쟁의 문학적 형상화 문제

1946년 가을에 일어난 10월항쟁[127]은 해방 직후 사회가 안고 있는 모순과 욕구를 가장 첨예하게 드러낸 사건이다. 10월항쟁은 1946년 9월총파업과 맞물려 대구, 경북을 시발로 "남한 전역의 73개 시군에 파급"[128]된 저항운동이었다. 그 항쟁의 주체는 주로 "지방의 헌신적인 좌익과 민중"[129]이었다. 10월항쟁은 좌, 우익 모두에게 깊은 상처와 더불어 새로운 운동의 길을 제시해 주었다고 할 수 있다. 하여튼 10월항쟁을 기점으로 변혁운동에 참가했던 많은 지식인, 문학자들이 자기들 나름대로의 진로를 더욱 굳게 다져 나가거나 기존의 운동선상에서 탈락해 갔다. 작가들은 작가들대로 10월항쟁을 작품의 중요한 소재 원천으로 삼았다. 그러므로 해방 직후 문학에서 10월항쟁은 작가들에게 있어서 현실인식의 변모 및 작품 창작의 매개체로서 중요한 의미가 있다고 하겠다.

---

127) 10월항쟁은 이제까지 논자에 따라 '대구폭동', '10. 1폭동', '10. 1소요', '영남소요', '추수봉기', '10월인민항쟁' 등으로 불리어져 왔다. 이는 이 사건을 보는 입장이 크게 상반된 시각에 입각해 있음을 나타낸다. 본고에서는 이 사건의 명칭을 10월항쟁으로 쓰고자 한다. 그 이유는 편향된 보수적 시각(폭동, 소요 등)과 진보적 시각(인민항쟁 등) 모두를 아우를 수 있는 객관적 용어로 '10월항쟁'이 적절하다고 판단하였기 때문이다.

128) 김남식, 『남로당 연구』, 돌베개, 1984, 243면.

129) 정해구, 『10월인민항쟁연구』, 열음사, 1988, 203면.

10월항쟁에 대해서는 당대의 평가130) 이외에 사회과학계의 성과 131)가 있어 접근의 기반을 용이하게 해 준다. 문학부문에 있어서는 해방 직후 역사적 사건을 무장투쟁이란 시각에서 접근한 임헌영의 논문132)이 개괄적이긴 하지만 주목되며, 그외에는 해방기 문학의 전개 과정 속에서 부분적으로 다루어진 것 외에는 아직까지 구체적 접근이 유보되어 있는 상태이다. 이는 10월항쟁에 대한 엄정하고도 객관적인 자리매김이 아직 이루어지지 못하고 있음을 나타내며, 작품적 성과 또한 미미할 것이라는 기존 연구자의 판단에 기인한 것으로 생각된다. 그러나 10월항쟁을 전후한, 또 그것을 매개로 한 작품이 만만치 않음을 최근의 자료 발굴과 복원 상황은 보여주고 있다. 그러므로 이러한 일련의 작품에 대한 체계적 검토와 평가가 시급히 요청된다고 하겠다.

10월항쟁에 대한 문학적 형상화 문제는 해방기 작가들, 특히 좌익측 작가들에게 있어서 중요시되었던 것으로 판단된다. 그러나 이들의 경우 작품 창작의 당위성에 비해서 그 작품 성과가 제대로 뒤따라가지 못하였다. 그러나 10월항쟁을 전후한, 그것을 매개로 한 작품이 해방기 문학사에서 하나의 줄기를 형성하고 있음은 분명한 사실로 남아 있다. 그러므로 이러한 작품들을 검토하기 위해서는 그것이 산출된 토대와 적극적으로 작품 창작을 지도해 나갔던 문학가동맹의 노선, 그리고 작품 창작상의 제 문제를 먼저 검토해 볼 필요가 있다.

---

130) 10월항쟁에 대한 당대의 평가에는 미군정(하지), 이승만, 김규식, 박헌영 등 많은 정치가들의 언급이 있다. 기록으로 남아 있는 것은 다음과 같은 것이 있다.
　　박헌영, 「10월인민항쟁」, 『박헌영노선비판』, 세계, 1986 수록.
　　조헌영, 「영남 소요의 진상·원인·대책」, 『재건』 창간호, 1947. 2.
131) 정해구, 『10월인민항쟁연구』, 열음사, 1988.
　　심지연, 『대구10월항쟁연구』, 청계연구소, 1991.
132) 임헌영, 「해방 이후 무장투쟁에 대한 문학적 형상화」, 『해방전후사의 인식』4, 한길사, 1989.

10월인민항쟁은 실로 조선인민의 모든 자유의 새로운 출발점이 될 것이다. 문학의 자유의 위기는 이리하여 구원되고, 투쟁과 승리의 새로운 길은 다시 열리게 된 것이다. 그리하여 인민항쟁은 조선문학의 새로운 기원이 되었으며, 조선의 문학운동은 인민항쟁과 영원히 분리할 수 없이 결합된 것이다. 이로부터의 조선문학은 일찍이 신문학이 그러했던 것처럼 인민항쟁의 정신을 떠나서는 영원히 존재할 수 없을 것이다.133)

이는 조선문학가동맹의 서기장격이었던 임화의 10월항쟁에 대한 발언이다. 임화는 10월항쟁을 "오늘의 3.1운동이요, 새로운 민족문학운동의 출발점"134)으로 평가하고 있는데 이는 이 당시 항쟁지도부(10월항쟁 이후 남로당)의 입장을 대변한 것이라 할 수 있다. 이 당시 조선문학가동맹은 기관지 『문학』의 3.1기념임시증간호에서 인민항쟁 특집을 시도하였는데 그곳에 시 2편, 소설 5편을 싣고 있다. 그런데 「편집후기」에 의하면 10월항쟁에 대한 작가들의 관심은 대단하였는데 "촉박한 원고 마감에도 불구하고 시가 20여편, 소설 16편이 들어왔다"135)고 한다. 조선문학가동맹 측은 10월항쟁을 문학대중화, 또는 문학운동의 중요한 국면 전환의 계기로 삼고 있었다.

10월항쟁에 대한 문학적 형상화 문제는 김남천의 「대중투쟁과 창조적 실천의 문제」에서 더욱 구체적으로 다루어지고 있다. 김남천은 이 당시 대중화 문제에 대해 누구보다 깊은 관심을 표명해 보였는데 그는 이 글에서 미학적 기반 위에서 10월항쟁을 검토하려고 하였다. 10월항

---

133) 임화, 「인민항쟁과 문학운동」, 『문학』 3.1기념임시증간호, 1947. 2, 15면.
134) 임화, 위의 책, 3면.
135) 『문학』(3.1기념임시증간호) 「편집후기」, 35면. 「편집후기」에 의하면 시는 20여편 중 2편을 택하고 나머지는 별책으로 시집 『인민항쟁』을 발간한다고 하였다. 『1948년판 조선년감』에 의하면 『인민항쟁시집』을 발간하였으나 당국제제로 발매 금지되었다고 한다. 『1948년판 조선년감』, 조선통신사, 1947, 367면 참고.

쟁의 경우 3. 1운동과 달리 시간적 거리가 작가들과 너무 근접해 있어 그것을 작품으로 형상화해 내는 데는 관점의 혼란이 일어날 가능성이 많았다. 김남천은 '대다수 국민의 복리를 파괴하려는 일부 소수 악질분자의 선동'으로 보는 우편향론자들의 견해나 '세계혁명론의 극좌적 과오'라고 주장하는 사회노동당의 견해 등이 10월항쟁을 보는 잘못된 견해의 대표적인 것으로 보고 있다. 이러한 견해들은 '인민과 인민의 힘과 인민의 실천적 임무'를 망각한 데서 온 것이라는 것이다. 김남천은 10월항쟁에 대한 올바른 형상화는 인민의 항쟁 속에 경제적, 정치적 모멘트를 발견하고 그들의 행동과 실천 가운데에서 역사의 추진력을 붙들 수 있을 때만 가능하다고 본다. 그러면서 김남천은 10월항쟁의 문학적 형상화 문제의 전범으로 라쌀레와 맑스·엥겔스 간에 벌어진 지킹엔 논쟁136)의 예를 들고 있다. 김남천은 라쌀레가 농민운동을 과소 평가함으로써 사회적 발전의 원동력을 광범한 대중 속에서 보지 못하였다고 하면서 10월항쟁에 대한 사회노동당 측의 견해 또한 이와 유사하다고 규정한다. 김남천은 라쌀레가 그의 희곡을 귀족의 대표자인 지킹엔의 비극에서 구성하려고 한데 대해 의문을 표시하고 맑스, 엥겔스가 내세운 너무도 일찍이 세상에 나온 혁명가의 비극으로서 농민의 대표, 민중의 대표인 뮌쩌를 주목한데 유의한다. 김남천은 결국 계급투쟁의 객관

---

136) 지킹엔 논쟁은 라쌀레의 희곡작품『프란쯔 폰 지킹엔』을 놓고 작품의 창작자인 라쌀레 자신과 맑스·엥겔스 사이에서 편지로 오간 문학 논쟁을 말한다. 라살레의 작품은 16세기 농민전쟁시 지킹엔이라는 기사의 반란을 다루면서 영주와의 싸움에서 지킹엔이 몰락하는 것을 혁명의 비극으로 그리고 있다. 그렇기 때문에 논쟁은 한편으로 농민전쟁의 역사적 의의와 그 당시의 기사 계급의 역할을 평가하는 문제와 결부되었으며, 다른 한편으로는 혁명과 비극의 내적 연관을 미학적으로 성찰하는 문제와 연결되었다. 그리고 이 문학적 서한 논쟁은 지나간 과거의 문학적 형상화에 관련된 문제와 함께 과거의 그러한 소재를 빌어서 현재적인 정치적 관심사, 정치적 태도 일반이 개진되고 있었다. 조만영, 「미학과 정치의 변증법적 연관」, 『맑스주의 문학예술논쟁-지킹엔논쟁』, 돌베개, 1989, 187~188면.

적 진행을 왜곡하는 주관주의적 이상화의 방법이 아니라 현실의 원동력과 역사적, 계급적 충돌을 해명할 수 있고, 광범한 민중의 투쟁을 표현할 수 있는 그러한 방법, 즉 '쎅스피어적 방법'이 필요하다고 본다. 이것을 김남천은 리얼리즘의 방법이라 불렀다. 이러한 관점에 섰을 때 10월항쟁은 "인민이 그 자신의 자유와 생존을 위하여 전개하는 반동지주와 친일재벌과 국제반동의 연합세력에 대한 항쟁"으로 규정될 수 있다. 그러므로 그것의 창조적 묘사는 "추상적, 주관적인 일체의 기만적 교설(敎說)을 박탈하는 강력한 리얼리즘에 의해서만 가능"137)하다고 김남천은 지적하고 있는 것이다. 물론 김남천은 지킹엔 논쟁의 중심 요소인 혁명과 비극에 대한 미학적 검토보다 10월항쟁의 비극적 인식에 더 관심을 갖고 있다. 10월항쟁에 대한 원인(遠因), 근인(近因), 의의에 대한 잇단 김남천의 설명에서 보듯이 10월항쟁을 어떻게 보며 어떻게 이해하느냐 하는 사건에 대한 올바른 파악 문제가 이 당시 작자들에게 가장 중요시되고 있다. 대상과 사건에 대한 올바른 파악이 있은 연후에야 10월항쟁의 진실한 형상화가 있을 수 있다는 것이다. 10월항쟁의 경우 노동자, 농민들의 의식이 작가들보다 선행되었다고 볼 수 있다. 그러므로 작가들이 대상을 어떻게 보며 노동자, 농민들의 선행된 인식을 따라잡을 수 있을 것인가 하는 문제는 중요하다. 작가의 경우 사건의 진행 과정 및 미래에 대한 전망까지 포괄적으로 다루어내야 하는데 이때 작가들의 세계관은 무엇보다 우선시된다고 할 수 있다. 이를 김남천은 '인민'과 '리얼리즘의 방법'이란 개념으로 이론화해 보이고자 하였다.

한편 10월항쟁에 대한 문학가동맹 지도부와 작가의 창작 실천 사이의 구체적 실상을 보여주는 것은 임화와 안회남 간의 서신이다. 안회남의 「폭풍의 역사」는 10월항쟁을 창작 소재로 삼고 있는 대표적 작품이

---

137) 김남천, 「대중투쟁과 창조적 실천의 문제」, 『문학』 3호, 1947. 4, 27면.

다. 「폭풍의 역사」에 대한 창작 동기를 안회남은 다음과 같이 밝히고
있다.

> 「폭풍의 역사」는 인민항쟁을 주제로 하여 소설이 하나 꼭 필요하다
> 고 현덕씨가 말씀하기에 부랴부랴 써 본 것입니다. 오랜 세월의 여러
> 항쟁 사건을 한개의 정치이념으로 정리해 볼까 했습니다. 이것을 테
> 마로 한 시작(試作)입니다. 물론 평상시부터 늘 마음의 준비를 해 온
> 것은 사실입니다."138)

안회남은 「폭풍의 역사」를 작가 현덕의 주문으로 썼다고 밝히고 있
는데 이 당시 현덕은 문학가동맹의 기관지『문학』7, 8호의 편집 겸 발
행인이다.139) 인민항쟁에 관한 현덕의 주문은 문학가동맹이 대중공작
적 측면에서 10월항쟁이 문화운동선상에서 중요한 사건임을 표명한 것
이다. 문맹의 실질 책임자격인 임화는 「폭풍의 역사」에서 민족통일론,
신탁통치 문제 등 정치적 입장이 주인공의 입을 통해 불명확하게 제시됨
으로써 '민전(民戰)'의 입장이 올바로 전달되지 않았다고 비판하였다.140)

---

138) 안회남, 「안회남씨로부터 임화씨에게」, 『문학평론』 3호, 1947. 4, 80면.

139) 『문학』 공위재개기념 특집호가 발간된 1947년 7월 14일경까지 『문학』의 편집 겸
    발행인은 이태준이다. 그러나 이태준은『문학』2호(1946. 11.)가 나왔을 때 월북한
    상태로 「서울문학가 동맹 여러분에게」란 서한을 평양에서 띄우고 있다.(같은 책, 23
    면.)『문학』3호(1947. 4.)에도 「문학가 동맹여러분에게」란 서한을 이원조와 함께
    1947년 1월 30일자로 보내고 있음이 확인된다. (『문학』3호, 96~97면.) 그러므로
    문학가동맹의 명목상 대표는 현덕이라 볼 수 있다. 그러나 현덕이 문맹의 실질적 행
    동 지침을 결정하였다고 볼 수는 없다. 박헌영은 1946년 10월 월북하여 자신은 평
    양에 있으면서 남로당을 지휘하기 위해 38선과 가까운 해주에 전초기지를 만들었다.
    해주 제1인쇄소가 그것인데 중심인물은 권오직, 박치우, 정재달, 이태준, 박승원, 이
    원조, 임화 등이었다. 이처럼 해주에서 남한에 대한 대중투쟁공작을 지시하였는데 문
    학 부문에는 임화가 문맹에 대한 주문과 지침을 내리고 있음이 확인된다.(김남식,
    『남로당연구』, 358면 참고.) 한편 김윤식은 「해방후 남북한의 문화운동」(『해방공간
    의 문학운동과 문학의 현실인식』, 한울, 1989.)에서 공한 형식을 주목하고 해방후
    문화운동을 서울, 해주, 평양의 3노선으로 분석한 바 있다.

이러한 임화의 비판에 대해 안회남은 자신의 오류를 정치수양 내지 훈련의 부족으로 돌리며 임화의 의견에 동조하고 있으나 실제 작품의 수정은 심정적으로 거부하고 있다. 1947년 4월 임화와 안회남 간에 오고간 서신은 문학가 동맹의 당시 입장 및 10월항쟁의 작품화 과정에 대한 중요한 단서를 제공해 주는 것이다. 임화의 의견은 곧 남로당의 주문으로 정치와 문학의 관계를 보여준다. 문학가동맹 또한 남로당의 외곽단체의 하나임을 입증하는 것이다. 여기서 조선문학가동맹의 이념과 실제 창작 사이의 거리에 대한 비평가의 주문과 작가의 창작상의 고민 등을 이 서한을 통해 엿볼 수 있다.

이 당시 10월항쟁을 형상화하는데 중요한 것은 리얼리즘의 문제라 할 수 있다. 진보적 민주건설기에 있어서 리얼리즘은 새로운 창작방법으로 제시된 "혁명적 로맨티시즘을 자체 내의 커다란 계기로 하는 진보적 리얼리즘"141)이라고 할 수 있다. 이들에게 있어서 진보적 리얼리즘은 "조선민족의 생활이 민주주의적으로 발전하는 모양을 현실적으로 생생하게 그리기 위하여", 혁명적 로맨티시즘은 "근로인민들의 인간적 권리를 위한 투쟁의 승리를 약속하기 위하여"142) 필요한 창작방법이었다. 10월항쟁의 경우도 이러한 원칙을 따르는 것이 당연하였다.

> 작가가 인민항쟁의 의의를 전우의 입장에서 보았거나 적의 위치에서 공포를 느꼈거나 간에 이 거대한 역사적 사건을 객관적 진실성을 가지고 관찰했다면, 즉 발자크와 같은 리얼리티를 구유했더라면 1946년에 새로이 전개된 전형적 상세와 전형적 성격을 충분히 묘사하였을 것이다.143)

---

140) 임화, 「임화씨로부터 안회남씨에게」, 『문학평론』 3호, 1947. 4, 78~79면.
141) 김남천, 「새로운 창작방법에 관하야」, 『건설기의 조선문학』, 백양당, 1946, 165면.
142) 박찬모, 「인민의 생활과 문학의 과제-리얼리즘의 확립을 위하여」, 『문학평론』 3호, 1947. 4, 15면.

그러나 10월항쟁을 다룬 작품 전명선의 「방아쇠」, 강형구의 「연락원」, 김현구의 「산풍」, 박찬모의 「어머니」, 안회남의 「폭풍의 역사」 등의 소설은 혁명적 로맨티시즘의 원칙은 다소 지키려고 하였으나 전형적 상황하에서의 전형적 인물 창조라는 리얼리즘의 원칙에는 충실하지 못한 것으로 보인다. 이들 작품들은 대부분 소재에 압도당함으로써 10월항쟁의 작품화에 실패하고 세부 정황을 개괄적으로 묘사하는데 그쳤다. 즉 해방 직후 노동자, 농민들의 입지점, 그들의 문제를 작중인물의 행동과 성격을 통해 충분히 부각, 구현시키지는 못하였다. 10월항쟁을 다룬 소설의 경우 대부분 추상적 논리와 생경한 이념의 노출에 그쳤다. 그들이 주장했던 바 산 인간의 현실생활과 구체적 사실을 생생한 감정으로 형상화하여 보여주지는 못하였던 것이다. 그렇다면 시 작품의 경우는 어떠하였는가? 소설보다 더 많은 작가들이 매달렸던 10월항쟁 소재 시의 특성과 그 의미를 검토해 보도록 한다.

2) 역사변혁의 기대와 투쟁의지 고양

해방기에 있어서 1946년은 중요한 해였다. 1946년은 해방의 기대와 열망이 차가운 현실 속에서 좌절되어 가다가 누적된 모순이 폭발된 시기였다. 그 구체적 사건이 10월항쟁이었다. 노동자, 농민이 주체가 된 10월항쟁은 조선공산당 — 조선문학가동맹으로 이어지던 좌파 세력들에게 운동의 전환점을 마련하는 계기가 되었다. 10월항쟁에 대한 시인들의 반응은 투쟁의 과정 속에서 즉각적으로 나타났다.

터지고야 말을 것이
마침내 터지고야 말았구나

---

143) 박찬모, 위의 글.

> 숨이 컥 컥 맥히는 세월을 헤치고
> 강낭이와 밀가루죽으로
> 피눈물을 삼키며 이를 악물고
>
> 참을대로 참고 견디다 못하여
> 억눌리고 채이고 짓밟히다 못하여
> 마침내 정의의 칼을 빼든 四萬의 영웅이여
> 미여진 가슴이 화산처럼 터지고야 말을 울분이여
>   (중략)
>
> 주림과 압제와 눈물의 철로는 끊어지고
> 원수의 밤이 무너지고 바숴지며
> 눈부시는 영원에 뻗친 마음의 레일(路線) 우에
> 우렁찬 정의의 기관차는 달린다
>
> 굴레 벗은 철마의 네굽이여
> 아름다운 정의의 폭풍이여
> 불 달운 강철같이 뭉치어 나아가자
> 새천지의 꿈과 꽃과 별과 자유를 실은
> 여명의 기적소리 들려오지 않느냐144)

이 작품은 10월항쟁의 도화선이 된 철도 총파업의 모습을 제재로
하고 있다. 누적된 현실의 모순에 대한 냉철한 시각 확보 이전에 이미
시적 주체의 감정이 격해 있다. 과잉된 의식이 생경한 구호를 산출하고
있다고 하겠다. 즉 부정적 현실을 극복하려는 시적 주체의 선취된 관념
이 시의 구체성과 진정성을 훼손시키고 있다. 그러나 싸움의 현장에서

---

144) 조허림, 「정의의 기관차는 달린다」 부분, 『연간조선시집』, 아문각, 1947, 145~
148면.

투쟁 주체들의 의식을 고무시켜야 하는 선동시 본래의 기능을 고려할 때 그러한 한계는 용인될 수도 있다. 문제는 그것이 구체적 현실과 긴밀한 관계를 맺으면서 긴장을 유지하고 있느냐 하는 것이다. 평이한 서술적 어투를 극복하고자 나름대로 부름의 형식(-이여 등)과 고백투, 청유형 어투 등의 수법을 사용하고 있으나 그것이 거두는 선동의 효과는 별로 크지 않다. 싸움에 대한 낙관적 전망만이 승리에 대한 확실한 믿음을 드러내 보이고 있을 뿐이다. 이는 곧 "우렁찬 정의의 기관차가 달리는" 철로로 표상되어 나타난다. 독립조선의 대동맥격인 철로야말로 우리 민족의 진로와 밀접한 상관 관계를 가질 수 있는 매체이다. 9월 철도 파업145)은 이를 움직이는 사만 철도 노동자들의 울분을 나타내 보인 것이다. 생계의 최저수단인 '쌀'의 결핍이 싸움의 주 원인이며 조선공산당을 중심으로 한 변혁운동 세력들은 이를 적극 이용하여 국면 전환을 시도하고자 하였다. 그 결과 당위적 현실에 대한 목소리가 커질 수밖에 없고 시인 자신의 체험을 넘어선 역사 현장의 목소리가 작품 속에 직접 개입하고 있다고 할 수 있다. 그 결과 시인의 주관적 목소리만 시적 공간에 가득 배어들고 있다. 한편 투쟁 도중에 있는 10월항쟁의

---

145) 1946년 9월 23일 부산에서, 24일은 서울을 비롯한 전 구역에서 철도 노동자들이 총파업에 들어갔다. 10월항쟁은 정치, 사회적 문제(일제하에서 구조화된 사회구조 정치구조가 해방과 더불어 변화되어야 함에도 불구하고 그대로 유지 또는 재건되는 데 대한 항쟁; 정해구, 앞의 책, 203면.) 외에 식량 문제가 그 주된 원인이었다. 이석태, 『사회과학대사전』(문우인서관, 1948, 104~105면)에 의하면 파업노동자들은 "(1) 쌀을 배급하되 노동자에게는 4합, 가족에게는 3합식 할 것, (2) 일급제 반대, (3) 임금을 인상할 것, (4) 해고 감원 절대 반대, (5) 급식을 종전과 같이 계속할 것, (6) 민주주의 노동법령을 즉시 실시할 것" 등의 요구 조건을 내걸었다. 이와 동시에 '동포에게 고한다'는 성명서에서 "우리 철도가 또 다시 어느 제국주의의 압박과 착취와 침략의 무기가 되게 함이 아니라 조국의 민주화와 독립과 부강의 무기가 되게 하기 위하여서 참다 못하여 총파업에 들어갔다"고 그 동기를 밝히고 있다. 한편 "9월 30일 새벽 탱크와 기관총으로 무장한 2천명의 경관과 대한 노총, 대한 민청, 독촉 등 천여명이 파업단 본부를 습격하여 노동자 3명이 사살되었고 수백이 부상하였고 일천구백명이 검거, 투옥되었다"고 한다.

격렬한 모습을 그리고 있는 작품으로 임화의 「우리들의 전구(戰區)」가
있다.

> 침입자를 방어하라
> 저항하거든 대항하라
> 그래도 들어오거든
> 생명이 있는 한 싸우라
>
> 全線 노동자는 우리에게 이것을 요구하고
> 투쟁 사령부는 우리에게 이것을 명령한다
>
> 승리냐 그렇지 않으면 패배냐
>
> 죽음이냐 그렇지 않으면 싸움이냐
>
> 물러설 길 없는 투쟁의 막다른 길 우
> 붉은 별 빛나는 철도노동조합의 旗ㅅ발은 어느새 機關庫에 나부끼
> 고
> 1946년 9월 24일 오전 영시 쩨네·스트로 들어가라
> 준엄한 지령 제 1호는 벌서 全線에 나리었다.
>
> 사랑하는 전우여 여기는 기관구의 경비선
> 남조선 철도총파업 투쟁사령부가 있는 곳
> 全線 철도 노동자의 온갖 명예가 걸려 있는
> 아아 적과 더불어 싸워서 죽을 영광이
> 가는 곳마다 흩어져 있는 우리들의 戰區여
>
> 침입하는 모든 적에게
> 잔인한 운명을 선사하고

발자욱마다를
야수들의 피의 또랑을 맨들자

기관구는 우리들의 불멸의 성곽이리라[146]

임화의 위의 시는 '용감한 기관구 경비대의 영웅들에게 바치는 노래'
라는 부제를 달고 있어 헌시의 일종이라 볼 수 있다. 이 시는 철도 총
파업본부가 있는 용산 기관구를 시적 소재로 택하고 있다. 파업의 현장
에 참가한 노동자들의 전의를 북돋우는 동시에 10월항쟁 당시 투쟁에
대한 의지를 고무시킬 목적으로 이 작품을 썼다고 할 수 있다. 투쟁 도
중의 현장감을 곳곳에 제시해 보이고 있기는 하나 조허림의 시에서 보
여지던 선취된 관념의 공허한 목소리가 여전히 시 전체를 감싸고 돈다.
이는 문학가동맹 지도부의 주문과 지침을 직접 하달하고 있던 임화의
현실적 목소리가 시적 공간에 침투한 결과라고 볼 수 있다. 물론 임화
시에 나타나는 극적 현장성은 서술적 어투를 극복해 보이는데 어느 정
도 기여를 한다. 이 시는 철도 총파업 본부가 있는 용산 기관구를 중심
무대로 삼고 있다.[147] 그런데 이 시는 싸움의 현장에 직접 시적 공간
을 둠으로써 체험을 공유한 청중(독자)들에게 대상에 대한 전의를 더욱
증폭시키는데 유리한 고지를 차지하고 있다. 선전 선동의 효과는 현장
의 극적 긴장과 대상에 대한 강한 적개심을 싸움의 주체들이 공유할 때
드러난다. 이 시의 경우 투쟁의 격렬함과 현장의 생생함을 빠른 어조로
드러내 보이고 있다. 시적 주체의 목소리는 바로 문맹의 실질적 책임자
이기도 했던 임화 자신의 목소리가 배어든 것이라 할 수 있다. 철도 총

---

146) 임화, 「우리들의 戰區」 부분, 『찬가』, 백양당, 1947, 66~72면.
147) 용산기관구를 주 무대로 하여 철도 파업을 소설로 형상화한 작품으로 강형구의 「연
   락원」(『문학』 3.1기념임시증간호)이 있다.

파업을 지지하고, 작자들의 작품 창작을 지도해야 하는 임화의 입장이 작품 속에서 자연 명령, 권고, 청유조의 어조를 띠도록 만들었다. "1946년 9월 24일 오전 영시 쩨네·스트로 들어가라/ 준엄한 지령 제1호는 내리었다"처럼 당의 지령이 작품 속에 직접 끼어들면서 현장과 당의 명령을 직접 연결시켜 보이고 있다. 이는 작품의 권위를 드높이는 방법이기는 하나 반면 직설적 어투가 주는 약점을 또한 노출시킨다. "승리" 아니면 "패배", "죽음" 아니면 "싸움"식으로 이분법적으로 도식화시켜 투쟁에 대한 선동성을 극대화시키는 데까지 나아가나 총파업 현장의 구체적 형상화에는 실패했다고 할 수 있다. 이는 문학가동맹의 실질적 책임자라는 지도적 위치로서의 주문 하달이라는 의무감과 작자 자신의 절실한 체험이 아닌 관념적 시 창작 태도 등이 그 원인이 되었다고 할 수 있다. 시적 주체의 일방적 요구와 그것을 통한 강한 선동성이 이 시의 전체를 감싸고 있을 뿐이다.

피빨이 섰다 집마다 지붕 위 저리 산마다 산머리 우에 헐벗고 굶주린 사람들의 피빨이 섰다

누구를 위한 철도냐 누구를 위해 동트는 새벽이었나 멈춰라 어둠을 뚫고 불을 뿜으며 달려온 우리의 기관차 이제 또한 우리를 좀먹는 놈들의 창고와 창고 사이에만 느려놓은 철길이라면 차라리 우리의 가슴에 안해와 어린 것들 가슴팍에 무거운 바퀴를 굴리자

그러나 아느냐 동포여 우리에게 총뿌리를 겨누고 닥아서는 틀림없는 동포여 자욱마다 쩔그렁거리는 사슬에서 너이들까지도 완전히 풀어놓고저 인민의 앞재비 젊은 전사들은 원수와 함께 나란히 선 너희들 앞에 일어섰거니

　　며칠째이냐 농성한 기관구 테두리를 지키고 선 전사들이여 불꺼진
　기관차를 끼고 옳소 옳소 외치며 박수하는 똑같이 기름 배인 검은 손
　들이여 교대시간이 오면 두 눈 부릅뜨고 일선으로 나아갈 전사 함마
　며 핏켙을 탄탄히 쥔 채 철ㅅ길을 베고 곤히 잠든 동무들이여

　　피빨이 섰다 집마다 지붕 위 저리 산마다 산 머리 우에 억울한 모든
　사람들이 우리의 승리를 약속하는 피빨이 섰다148)

　　이용악의 「기관구에서」의 경우도 '남조선 철도파업단에 드리는 노
래'란 부제를 달고 있어 임화의 시와 마찬가지로 헌시의 형태를 취하고
있다. 그런데 이 시는 조허림이나 임화의 시에 비해 상당히 구체적 현
장감과 생동감을 획득하고 있다. 이는 문학가동맹의 맹원이기는 하였으
나 다소 조직으로부터 자유로웠던 이용악이 이룩한 성과라 할 수 있다.
이 시는 파업투쟁의 현장에 그 시적 소재를 두고 있다. 임화나 조허림
의 시가 외부의 지령이나 전언, 선취된 관념에 의한 추상적인 구호들에
머무른 반면 「기관구에서」는 구체적 현장감을 획득하고 있다. 이는 시
적 주체가 진술하고 있는 사건이 집단의 공동체험 내지 문제로 시적 공
간이 확대되어 나갔기 때문에 가능한 일이었다. 철도 파업 순간의 절박
한 상황 제시, 싸움의 대상에 대한 '우리'들의 필연적 투쟁의지가 이 시
를 생동감 있게 만들고 있다. 때때로 던지는 시적 주체의 자문(自問)과
승리에 대한 단호한 확신은 더욱 청중(독자)들을 긴장시키고 그들의 싸
움이 정당한 것임을 인식시키게 만든다. 물음은 곧 대답을 요구한다.
그러나 이러한 물음이 즉각적 대답을 요구한다기 보다는 모두가 알고
있는 사실을 다시 한 번 환기시킴으로써 그것을 통해 적극적인 선동 효
과를 유발한다고 할 수 있다. 반복적 어구의 활용을 통해 리듬을 되살

---

148) 이용악, 「기관구에서」 부분, 『문학』 3.1기념임시증간호, 1947.2, 18~19면.

려 보이고 있는 것도 이 때문이다. 선전선동시가 경험을 공유한 집단에게는 무서운 폭발력을, 이 시를 듣는(읽는) 비경험 공유 청자(독자)들에게는 어떤 견해나 행동을 유도하도록 하는 것이 목적이라면 감성에 강하게 호소하는 힘이 있어야 할 것이다. 이러한 효과를 이 시는 반복적 리듬이나 구체적 현장감을 통해 획득하고 있다고 할 수 있다. 자칫 추상적 구호나 서술투의 어조 나열로 떨어지기 쉬운 선전선동시의 한계를 이 시는 생생하고 구체적인 현장감을 통해 극복해 보이고 있는 것이다. 시적 주체 '우리'는 싸움에 대한 공동체적 연대감을 표상해 보이는 집단의식의 표현으로 볼 수 있다. '우리'는 작품 속에서 시적 주체가 지향하는 것과 청산되어야 할 대상과의 거리를 분명히 구분해 주고 있다. 공동체적 친화력을 수반하는 '우리'들의 의지가 적대 세력에 대한 필연적 투쟁의지로 확산됨으로써 그 효과를 거두고 있다. 여기서 시인은 투쟁에 참여한 집단의 공동체적 경험과 그것에서 느낀 보편적 감정을 '우리'란 연대로 묶으냄으로써 창작의도를 명확히 독자들에게 전달하고 있다. 시적 주체 '우리'나 파업의 이념에 공명한 청중들의 경험이 동일하기 때문에 이 시의 효과는 더욱 증폭될 수 있다. 이처럼 「기관구에서」는 시적 주체와 파업에 참가한 철도 노동자가 '우리'란 집단적 화자로 강하게 결속함으로써 유대감을 표시하고 있다. 반면 '원수'로 나타나는 적대 세력에 대한 시적 주체의 분노가 지나치게 격렬하여 총파업의 전체적 면모를 부각시키는 데는 다소 미흡하다. 그러나 이러한 한계를 파업 투쟁 현장의 생생하고 구체적인 장면 재현을 통해 극복해 보이고 있는 것이다.

한편 10월항쟁의 진행 과정을 잘 보여주고 있는 작품으로 진오(陳悟)의 「十月」을 들어볼 수 있다.

8월이 휩쓰러 모라부친 더미 속에
10월은 불을 질렀다

피 피 선지피가 엉이가 졌다
피를 밟고 미끄러지며
시체를 들러메고 앞을 달린다

쏠테면 쏴라, 늬 에미를 쏠테면 쏴라
내 피를 보고 총뿌리를 돌려라
깜정콩알은 반역자의 것이다

살어야 한다
살기 위해선 싸워야 한다
싸우기 위해선 우선 죽어야 한다

철창을 열고 오래비를 꺼내라
놈들을 모라넣고 철창문을 닫어라
철창은 너의 것이다 저승까지 너의 것이다

불꽃이 인다
유리창이 터진다
도망치는 정갱이에 삽자루가 날른다
쌀을 내라!
땅을 내라!
아니 목숨을 내라!

8월이 휩쓰러 모라부친 더미 속에
10월은 불을 질렀다

피묻은 10월은 앞날을 본다

피에 젖은 10월은 비약을 한다149)

이 시는 10월항쟁의 진행과정을 직접적으로 보여주고 있다. 대상에 대한 강한 적개심과 분노를 통해 10월항쟁의 현장을 거의 그대로 재현해 보이고 있다. 짧고 거친 시어의 반복을 통해 투쟁 대상에 대한 민중들의 분노와 저항의 의지를 드러내 보인다. 현실의 구조적 모순은 민중들을 분노케 하고 "피묻은 10월"로 이들을 내달리게 한다. 투쟁 대상에 대한 격렬한 분노와 증오는 시적 주체에게 10월항쟁에 대한 정확한 접근과 판단을 허락하지 않는다. 단지 선취된 이데올로기의 적극적 제시와 명령만 시적 주체의 시각을 통해 드러나고 있을 뿐이다. 그러한 과정 속에서 10월항쟁의 장면이 하나하나 오버랩되어 지나가게 하는 수법을 취하고 있다. 장면화는 사건을 재현하여 보여주는 '보여주기'의 기법에 속한다고 할 수 있다. 작자는 이러한 보여주기를 통해 독자가 스스로 사건의 추이를 뒤쫓을 수 있도록 배려하고 있다. 이러한 장면들은 "몽타쥬적 반영"150)을 통한 10월항쟁의 가치평가로 이어지고 있다. 그러나 이러한 몽타주 기법은 '현실의 단편화', '경험의 파편화'란 비유기적 결합으로 이어짐으로써151) 10월항쟁의 전체적인 상을 제시하는데는 실패하게 만든다. 단지 10월항쟁의 장면들만 독자들의 눈 앞에 빠르게, 격렬하게 지나가고 있는 것이다.

그러나 이 시는 10월항쟁의 진행 과정과 실상을 다른 어느 시보다 직접적으로 보여주고 있으나 시적 형상성을 획득하는 데는 실패하고 말았다. 즉 이 시들은 시적 주체 자신의 눈에 비친 10월항쟁을 보여주는

---

149) 진오(陳吾), 「十月」 부분, 『문학』 3호, 1947. 4, 87~88면.
150) 신범순, 앞의 책, 145면.
151) 페터 뷔르거, 『전위예술의 새로운 이해』, 최성만 역, 심설당, 1986, 125~142면 참고.

데 그치며, 또한 그것을 통한 자신의 이데올로기 전달의 수준에서 크게 벗어나지 못하고 있다. 극좌적 이데올로기에 의해 선점된 시적 주체의 목소리가 이 시의 리얼리즘적 요소를 억누르고 있다고 할 수 있다. 추상적이고 격렬한 어투의 계속적인 반복은 싸움의 대상에 대한 격렬한 투쟁의지와 증오를 드러내 줄 수 있을지는 몰라도 10월항쟁의 참된 모습을 반영하는 데는 미흡한 요소로 작용하였다.

이처럼 10월항쟁의 진행 과정 속에서 창작된 작품들은 대부분 싸움의 당위와 승리에 대한 낙관적 전망, 그리고 강한 투쟁의지를 드러내 보이고 있다. 이는 투쟁 현장과의 가까운 거리로 인해 미래에 대한 확실한 시각 확보가 전제되지 못한 결과라고 할 수 있다. 이러한 상황에서 집단의 승리에 대한 당위적 전제가 작가의 체험과 구체적 현실을 압도한 때문이었다.

3) '10월'에의 길과 황홀한 현실체험

1946년 7월까지는 조선공산당의 경우 미국을 우호적 국가로 인정하여 미군정에 대해 유화적 태도를 보였다. 그러나 정판사 위폐 사건을 계기로 조선공산당은 미군정의 일방적 탄압을 극복하기 위해 1946년 7월 26일을 기해 소위 정당방위의 역공세라는 신전술을 채택하였다. 이는 "정치적 시위와 대중적 총파업을 통하여 미군정에 압력"[152]을 가하자는 것이엇다. 그해 가을 일어난 9월총파업과 뒤이은 10월항쟁은 이러한 신전술의 영향하에 이루어진 것으로 볼 수 있다. 그러나 항쟁지도부가 "대중의 폭력노선에 추종한 추수주의"[153]의 오류을 범함으로써 미군정의 강력한 반격과 탄압을 받게 되었다. 점점 악화되어 가는 정세

---

152) 이완범, 「해방3년사의 쟁점」, 『해방전후사의 인식』6, 한길사, 1989, 117면.
153) 심지연, 『대구10월항쟁연구』, 18면.

속에서 이들 조직의 약화는 필연적이었다. 1947년말 2차 미소공위가
완전히 결렬됨으로써 1948년부터 남로당은 완전히 비합법 지하투쟁의
길을 모색하지 않을 수 없었다. 이 당시 시들은 10월항쟁 이후의 불투
명한 미래, 불안한 정세 속에서 지나간 10월항쟁에 대한 긍지와 그것으
로 돌아가는 '길'을 주로 제시해 보이고 있다. 이는 현실의 억압 상황을
역으로 극복해 보고자 하는 노력의 일환이라 볼 수 있다.

> 항쟁 인민항쟁!
> 나의 눈물 나의 자랑 나의 영웅들이여!
> 진리를 잘도 알리었노라
> 압제에의 대답은 굴종이 아님을
> 유린에의 대답은 항쟁뿐임을
>
> 진실로 나의 눈물 나의 자랑
> 세계가 다투며 나를 물을 때
> 눈물로 나는 자랑하리라
> '일천구백사십육년 가을
> 항쟁한 영웅들의 겨레이노라!'154)

이 작품은 조남령(曺南嶺)의 「나의 눈물 나의 자랑」의 일부이다. 10
월항쟁이 지나간 직후 쓰여진 이 시는 지나간 10월항쟁에 대한 긍지와
자랑으로 가득차 있다. 그러나 이 자랑은 악화되어가는 현실 속에서 볼
때 다소 역설적이다. 현실의 혹독한 시련은 지나간 항쟁의 순간을 더욱
황홀하게 회상시켜 준다. 추억, 회상의 어조로 내려왔을 때 개인적 화
자 '나'가 등장하게 된다. '나'를 항쟁한 공동체의 일원으로 묶어주는 것
은 '겨레'란 어구이다. "압제"와 "유린"에 대한 지나간 항쟁의 당위성을

---

154) 조남령, 「나의 눈물 나의 자랑」 부분, 『문학』 3호, 1947.4, 90면.

시적 주체는 외치고 있으나 의식 과잉이 지나쳐 시적 형상화의 측면에서는 다소 미흡하다고 할 수 있다. 즉 절제되지 못한 서술투의 어구와 시적 주체의 공허한 목소리가 생경하게 드러나 있다. 한편 10월항쟁과의 시간적 거리가 미처 확보되지는 못하였지만 회상의 어조가 그 거리감을 나타내 보인다. 항쟁 주체들에 대한 이상화의 감정이 시인의 내면을 압도하고 있는 것이 이 작품이라 할 수 있다.

다섯달이라 피 맺힌 채찍의 다섯달이라

연약의 습성은 반동보다 자랑할게 못되여 저마다 남모르게 채찍질하면서 언제이고 뛰여 나는 폭풍 속에서

붓자루를 던지었다, 비오롱을 팽개치었다, 무대에서 학원에서 서실에서 쫓아 나왔다, 일제히 이렇게 우리들이 일어서는 날 우리들의 十月은 다시 있어라

총칼밖에 겨누지 못하는 불쌍한 놈들이 끓는 지역에 유물론 유물론의 무장이여 빈 주먹에도 이렇게 힘이 솟는 것

불 붙친 인민의 인민의 항쟁은 타는 것이라 불붙친 10월은 타는 것이라[155]

이는 한진식(韓鎭植)의 「2월의 노래」로 '저 10월의 인민항쟁이 있은지 다섯달만인 2월 13일 문화옹호 남조선 예술가 총궐기 대회에서'란 부제가 붙어 있다. 10월항쟁 이후 "다섯달"이 진보적 세력들에겐 엄청난 시련의 시기였음을 이 작품은 그려 보였다. "피맺힌 채찍의 다섯달"

---

155) 한진식, 「2월의 노래」, 『문학』 3.1기념임시증간호, 1947. 2, 8~9면.

이란 시어가 그것을 나타내고 있다. 이는 내·외적인 시련을 표상하는 것인 동시에 그것을 극복하기 위한 자기 채찍이 필요한 시기임을 드러내 보인 것이라 하겠다. 물론 시적 주체인 '우리'들은 연약한 내면 모습을 간직하고 있다. 10월항쟁의 불타는 순간을 다시 맞이하기 위해서는 연약한 지식인의 한계를 뿌리치고, "폭풍" 속에 뛰어들어 가는 단호한 실천적 의지가 필요하다. 이는 "유물론"으로 표상되는 내적 결심의 단호한 무장으로 나타나며 "우리들의 10월"은 이러한 행위를 통해서 쟁취될 수 있다고 본다. 이들에게 있어서 현재적 삶이 결핍되고 진정한 것이 부재한 상태라는 것은 확연하다. 이러한 것을 극복하기 위해 싸움이 필요하고 '10월'은 시적 주체에게 더욱 그리운 대상으로 다가와 있는 것이다. 1946, 47년의 정세 속에서 10월항쟁은 이미 돌아가야 할 싸움의 황홀한 원형적 모습으로 자리잡고 있다. 10월항쟁 이후 조선문학가동맹 소속의 시인들에게 10월 체험은 이처럼 투쟁의 원형으로 깊이 각인되어 있는 것이다.

이 당시 많은 시인들의 시 속에 '10월'의 잔영들이 곳곳에 나타나 있는 것도 이 때문이다. 이런 가운데 불투명해져 가는 앞날에 대한 진보적 지식인들의 내면 풍경을 그려내 보이고 있는 시로 유진오의 「산」이 있다.

아무데서나 산이 보이는
티끌 날리는 서울

검푸른 산마루에
그림같은 붉은 구름이 걸리면
어수선한 발자욱들이
바삐 움직여 가는 거리

속삭임을 주고 받을
동무를 기다려
누렇게 물드는 가로수에
등을 기대면
갑짝이 시장끼가
벌떼처럼 기어내린다

밀려가는 사람들 사이
이따금 얼굴익은 동무들이
악수도 없이
눈만을 끔벅이고 지내치는
짱, 가슴 아픈 오늘날이다

지난해 가을 이맘땐
모퉁이 모퉁이 산 마다에
횃불이 있었드라만

시방 이 가을엔
그 때를 그리우는 마음이
머얼리 어두어가는
산을 노린다

아무데서나 산이 보이는
티끌 날리는 서울
거리 거리에
산은 가슴마다에 있고

밤이면 머얼리 아득한
별빛 그리워
마지막 가는 날에도

부를 노래
가만 가만 불러보며156)

이 시는 변혁운동에 참가한 시적 주체가 느끼는 현실에 대한 무력감과 낭패감을 드러내 보인다. 그러한 무력감과 낭패감은 육체의 '시장기'로 구체화되어 나타남으로써 뚜렷한 형상성을 획득한다. 일상의 무감각하고 무력한 생활로 붐비는 서울 거리에 시적 주체는 힘겹게 서 있다. 시적 주체의 이러한 낭패감과 무력감을 일깨워주는 대상은 지난날의 얼굴 익은 동무들이다. 이러한 동무들은 지난날의 '횃불'로 표상되는 황홀한 투쟁을 연상시켜 주며, 또한 오늘의 무력한 현실과 대조되어 과거의 투쟁을 더욱 그리워하게 만든다. 여기에 '산'이 다가와 있다. 열악한 현실 속에서 이상적이면서도 또한 싸움의 공간인 "산"은 이념을 공유한 동지들의 가슴마다에 있고, 밤이면 멀리 "아득한 별빛"을 그리워 하는 열망에 시적 주체를 시달리게 만든다. "시장기"로 대표되는 무력감과 낭패감을 가진 시적 주체지만 10월항쟁에 대한 황홀한 회상과 이상에 대한 동경은 시적 주체가 현실에 함몰되지 않고 동무들이 걸어간 길 위로 발길 가볍게 다시 걸어갈 수 있게 한다. 이처럼 이 시는 점점 조여오는 정국의 불안함 속에 위축되어 가고 있는 진보적 세력들의 힘겨운 현실 대응의 의지를 이상과 현실의 동일시 열망을 통해 그려 보이고 있다는 점에서 의미가 있다. 이처럼 정세의 악화는 진보적 지식인들에게 실망과 허무를 주었다기보다는 이상세계에 대한 열망을 더욱 가속화시켜 주는 역할을 하였다고 할 수 있다.

진보적 세력들의 이러한 이상적 세계에 대한 열망이 현실 속에서 표출된 것이 10월항쟁이었으며, 이후에도 이러한 열망은 이들을 '거리'에

---

156) 유진오, 「산」 부분, 『문학』 7호, 1948. 4, 114~115면.

서 '산'으로 향하게 하는 근본 동력이 되었다고 할 수 있다. 이는 "돌뿌리마다 시월은 스며/ 소스라치는 山길"157)의 최석두나 "이제는 十月도 무한이도 모다 묻어부릴랴고 나리는 눈인가/ 산도 들도 하이얗게 덮이니 내 혼자가 가는 길이 넓구나"158)라는 종섭의 시처럼 진로 선택 양상과 밀접한 관련을 맺고 나타났다. 반면 여상현의 「보리씨를 뿌리며」의 경우는 10월항쟁이 소재적 차원에서 다루어지고 있으며, 임화의 「높은 산봉우리마다」는 10월항쟁 이후 산으로 들어간 변혁 주체들의 모습을 그려 보이고 있다. 이들의 산 선택의 이면에는 항상 "타오르는 불길/ 것잡을 수 없어/ 읍으로 읍으로/ 고함치며 몰려가던 밤"159)에 대한 황홀한 회상과 긍지가 자리잡고 있다. 이것은 곧 현실적 싸움의 동력으로 작용하여 이미 인민항쟁대의 일원이 되어 산 속에 칩거해 있는 이들에게 투쟁의지를 고양시켜 주는 역할을 한다고 할 수 있다. 김상훈의 「회장(會場)」도 "항쟁에서만 살 수 있는 것이다/ 위대한 우리의 10월을 기억하자"160)란 어구를 통해 10월항쟁을 현실적 싸움의 근거 내지 원형으로 제시하고 있다. 결국 10월은 "이름없이 간 모든 동무들의 이름이기에 가슴마다 피어"161)나는 것으로 인식되고 있는 것이다.

한편 10월항쟁 이후의 현실에 대한 성찰과 삶의 방식을 보여주고 있는 작품으로 정봉구의 「겨울비」가 있다. 이 작품은 '10월의 불길 가슴깊이 남고 겨울날 추위와 허기와 다시 반동 속에서'란 부제를 달고 있다.

눈 내려야 할 겨울

---

157) 최석두, 「산길」, 『새벽길』, 조선사, 1948, 39면.
158) 종섭, 「내 길」, 『문학』 8호, 1948. 7, 110면.
159) 임화, 「높은 산봉우리마다」, 『찬가』, 74면.
160) 김상훈, 「會場」, 『대열』, 56면.
161) 이용악, 「다시 오월에의 노래」, 『문학』 제4호, 1947. 7, 23면.

이 땅에는 비가 온다

승리와 자유의 높은 하늘이
우리들 머리위에 있다고
격분한 우리를 이끌던 얼굴
돌감방 창살에 (세월을) 세이며
불타는 가슴을 좀먹을 듯
눈나려야 할 이 절기
때 아닌 비는 온다

우리들 새날로 믿어온 오늘
소용없는 겨울비 우리 가난한 품 속을 얼리고
상품의 물결 앞을 스는 제국주의가
이땅의 주인을 꿈꾸는 이때
역사를 모르는 무지한 사람과
동족을 팔야는 불쌍한 사람이
옛 호화를 추궁하고 있다

이땅에는 비가 온다
절기 차리지 못한
흐릿한 하늘밑
사람의 마음을 누르고
질척거리는 골목에
누구를 위한 삶인지-
우리의 빈곤과
빈곤 아닌 미래를 위하여 싸와 나가는 이때

아아 여기 별 수 없는 땅에
눈 나려야 할 겨울
그릇된 바람을 안고 비가 온다162)

이 시는 1947년작으로 10월항쟁 이후의 예사롭지 않은 현실을 형상화해 보이고 있다. 시적 주체는 지나간 싸움에 대한 열의와 흥분으로 공연히 들떠 있지 않다. '겨울비'는 싸움 뒤에도 개선되지 않은 냉혹하고도 힘겨운 현실을 상징한다고 할 수 있는데 이를 통해 시적 주체의 허전함과 좌절감을 드러내 보인다. 현실에 대한 시선이 시·공 종횡으로 돌려지면서 1947년 당시의 비관적 현실을 포착해 보이고 있다. 이 시는 항쟁 이후의 현실에 대한 슬픔과 분노, 삶의 근원에 대한 회의, 미래에 대한 결연한 의지 등을 차분히 드러내 보이고 있다. 예사롭지 않은 자연 현상, 즉 "눈 내려야 할 겨울에 그릇된 바람을 안고 내리는" '겨울비'는 1947년경의 민족현실이 진보적 세력들에게 낙관적이지 못함을 드러낸다. 시 전체에 흐르고 있는 회색빛의 우울한 어조가 미래의 불투명한 앞날을 암시하며, 시적 주체의 마음 또한 그리 밝지 못함을 나타낸다. '10월'의 불길이 스쳐간 일상의 현장에 좌절과 삶의 근원에 대한 비극적 인식이 점점 확산되고 있는 것이다. 결코 예사롭지 않은 상황이기에 현재의 싸움은 더욱 요구될 수밖에 없다. 그 싸움의 대상은 "우리들 새날로 믿어온 오늘" 여전히 횡행하는 '제국주의'와 민족 내부의 부정적 군상들이다. 신인 작품치고는 당시의 정세와 열악한 현실을 차분한 어조로 드러내 보이고 있다. 이 시에서는 기성시인들의 시에 흔히 보이던 현실과 매개되지 못한 추상적 낙관주의가 많이 사라지고 있다. 1947년경의 진보적 세력들의 내면 모습과 회의를 차분하고 담담한 어조로 그려 보이고 있는 것이 이 시의 특징이라 할 수 있다. 당위와 현실의 대립구도 속에서 당시의 민중현실과 운동에 참여한 화자의 모습을 드러내 보이고 있다는 점이 의미가 있다.

10월항쟁 이후 진보적 변혁운동 세력들은 10월항쟁이란 비극적 현

---

162) 정봉구, 「겨울비」 부분, 『신인문학』 제1집(작품집), 1947. 10, 14~15면.

실체험을 싸움의 원형적 공간으로 삼아 '산'이나 '거리'로 흩어져 나간
다. 10월항쟁을 주도한 지도부나 항쟁에 참여한 민중들은 그 목표와 의
도163)는 서로 달랐지만 미군정의 탄압 속에 고난에 찬 운명을 맞이할
수밖에 없었다. 1946년 이후 문맹측 작가들 시에 자주 등장하는 10월
항쟁은 현실 극복의 의지를 자극하게 하는 소재 원천이었다고 할 수 있
다. 해방의 환희와 기쁨보다 냉혹하게 전개되어 가는 현실 앞에서 그것
을 극복해 보고자 이들 시인들은 '10월'의 정신을 주로 문제 삼았던 것
이다.

3. 현실극복의지와 혁명적 로맨티시즘의 발현

(1) 대중화의 시도와 분단 징후에 대한 항의

1) 문예대중화의 시도

1947, 48년경의 시를 살펴보기 위해서는 이 당시 문학가동맹 내에
서 문제시되었던 대중화 문제 및 구국문학의 문제를 검토해 볼 필요가
있다. 시의 대상에 대한 침투, 전달의 문제가 다른 어느 시기보다 중요
한 시기가 해방기임을 감안할 때 대중화론의 검토는 필수적이라 할 수
있다. 이 당시 대중화 문제가 일제강점기처럼 구체적 논쟁의 형태로 진
행되지는 않았지만 문학가동맹에서 이의 중요성을 조직적 차원에서 문

---

163) 10월항쟁은 중앙 지도부의 정치적 의도와 민중의 광범위한 불만이 어느 순간에 결합
    됨으로써 강력한 추진력을 발휘한 체제 변혁운동이었다. 지도부가 복합적으로 뒤얽
    힌 해방정국의 제반 역학 관계 속에서 권력의 장악이라는 정치적 목표를 가졌다면,
    민중은 해방된 조국이기에 일제시대와 같은 착취와 억압으로부터 벗어나 풍요롭고
    자유로운 삶을 기대하였다는 데서 그 차이가 있다. 심지연, 『대구10월항쟁연구』, 2
    면.

제삼았던 것은 분명하다. 또 몇몇 논자들은 문학대중화 문제의 필요성를 인식하고 그것을 그들 논의의 중심과제로 삼기도 하였다. 해방기의 시는 그 사회의 속성상 대중과 가장 밀착되어 움직였다고 할 수 있다. 대중과 유리되어 있는 고정화, 화석화된 문학 작품은 이 시기에 별 의미를 얻지 못했다. 이 당시 문학인들도 이 점을 뚜렷이 깨닫고 있었다고 볼 수 있다. 여러 문학 장르 중 대중에게 가장 쉽게 가까이 갈 수 있는 장르가 연극과 시였다. "문학대중화는 시가 독점한 감이 없지 않다"164)라는 지적은 이를 잘 말해주고 있다. 이러한 점에서 대중화의 실상과 그 구체적 방법을 시와 결부시켜 검토해 보는 것은 반드시 필요한 일로 보인다.

해방기 대중화론은 조직적 차원의 문제가 더 우선시되었다고 할 수 있다. 즉 특정 이데올로기의 구현을 위한 방법의 문제가 조직 차원에서 문제시될 수밖에 없는 상황이었다고 할 수 있다. 조직의 실천화 문제가 그 어느 때보다 중요하던 해방기에서 단순한 작품상의 창작방법론에 머무르는 대중화 문제는 별 의미가 없겠기 때문이다. 작자의 의도를 어떻게 하면 독자에게 효율적으로 전달할 수 있을까 하는 문제 이외에 이것과 연계된 그것의 전달경로, 사회적 분위기, 조직의 활성화 방안 등 문화유통과 관련된 실천적 문제가 더 중요했다고 할 수 있다. 이러한 문제는 좌파, 특히 조선문학가동맹의 조직사업으로 이어져 구체적 양상으로 나타나게 된다. 조선문학가동맹의 작가들은 자기들의 전략을 대중에게, 특히 인민에게 침투, 확산시킬 필요가 있었다. 인민이란 임화의 말에 의하면 "노동자나 농민, 기타 중간층이나 지식계급 등"을 포괄하는 개념으로 "일종의 사회 계급적 요소가 보다 더 많은 개념"165)이라 할

---

164) 『1948년판 조선년감』, 조선통신사, 1947, 370면.
165) 임화, 「문학의 인민적 기초」, 『중앙신문』, 1945. 12. 12.

수 있다. 특히 이 당시 문맹률이 여전히 80%인 현실에서 문학가동맹의 전략, 전술이 노동자, 농민에게 깊이 있게 침투되기는 상당히 어려웠다고 할 수 있다. "서울서도 의식 수준이 높은 모 공장의 한글을 읽을 수 있는 남녀 직공 2백명 가까운 속에서 고리끼를 아는 사람이 한 사람도 없었고 이기영을 아는 사람이 12인밖에 없었다는 사실은 문학대중화를 위한 사회적 조건이 얼마나 가혹했던가를 말"166)해 주고 있다. 이는 대중화에 대한 작가들의 반성과 노력이 절실히 필요함을 지적한 것으로 대중화 없는 문학가동맹의 실천적 작업은 무의미할 수밖에 없음을 나타내는 것이었다. 그래서 조선문학가동맹은 제1회 전국문학자 대회 결정서의 한 항목에서 "문학의 대중화와 문학운동의 도시편중주의를 시정"167)할 것을 결의한 바 있다. 공식적으로 전국문학자대회에서 문학대중화의 중요성을 확인한 셈이다. 한편 조선문학가동맹의 기관지 『문학』 창간호에서는 「조선문학가동맹의 운동사업 개황 보고」를 싣고 있는데 이 자료에서 문학가동맹측이 펴고 있는 대중화 작업의 구체적 현황을 짐작해 볼 수 있다. 문학가동맹은 광범위한 조직 사업의 일환으로 먼저 중앙조직을 확대 강화하는 한편 인천, 개성, 춘천, 수원, 대구, 부산, 군산, 진주, 전주, 해주, 안동 기타 각 주요 지방에 지부 혹은 맹우회의 지방조직을 둘 것을 촉성하고 있다. 이는 "동맹의 지부를 각 지방에 설치하여 그 지방의 문학운동의 주체가 되게 하며" "문학을 대중과 연결시키는 조직적 조치로서 문학 써-클 활동을 전개하는 주관자가 되게 하"168)려는 것이었다.

한편 조선문학가동맹은 문학대중화 운동의 일환으로 문예강연회를 개최하여 큰 성과를 거두었다. 1946년 3월까지 서울, 개성, 인천, 춘

---

166) 김영석, 「문학의 대중화 문제 기타」, 『신세대』 3호, 1946. 7, 76면
167) 「제1회 전국문학자 대회 결정서」, 『문학』 창간호, 1946. 7, 87면.
168) 『1947년 조선년감』, 조선통신사, 1946, 295면.

천 등지에서 5회의 문예강연회를 개최하였다.169) 이외에도 조선문학
가동맹 서기국이 내놓은 운동사업개황을 보면 해방감격시문 및 애국가
요 제작, 문학에 의한 민주주의 정신의 앙양을 위한 활동, 문학에 의한
과학적 계몽활동, 문학의 인민적 기초의 확립을 위한 대중활동, 신진
작가 특히 인민층으로부터의 작가적 성장의 육성 및 원조, 문학자의 예
술적 사상적 향상 발전을 위한 활동 등을 들고 있다. 이외에 기관지 및
필요한 단행본의 출판 배포를 통해 대중화 작업에 박차를 가하고 있다.
이러한 방침에 의해 발간된 책들이『삼일기념시집』,『건설기의 조선문
학』,『문학』,『조선소설집』,『연간조선시집』,『농민소설집 토지』등이
었다. 이처럼 다방면에 걸쳐 문학대중화 운동을 펼쳐 보임으로써 문학
가동맹의 이념 및 창작 지도 노선을 독자들이 정당하게 인식하도록 노
력하였다. 이 중 '시의 밤'은 많은 성황 속에서 마무리되었으며, 각종 가
요 보급, 출판물 등을 통해 계몽의 직접적 효과를 보았다고 할 수 있다.
이 당시 대중화의 필요성에 대해 언급한 논자들은 전체적인 견지에서
어느 정도 의견 통일을 보고 있었다.

　김영석은「문학 대중화 문제·기타」에서 "문학을 소시민적 울안에
서 끌어내여 광범한 근로대중층에 삼투시키는 것"이 8.15 이후 가장 중
대한 문학적 과제라고 진단하였다.

　　문학대중화는 문학 그 자체의 문제인 동시에 오늘날의 사회적 조건
　과 떼어 생각할 수 없으나 우선 문학 자체의 면에서 따져 본다면
　8.15 후의 수많은 문학작품들이 거의 다 재미가 없는 생경한 것이었
　다는데 큰 결함이 있지 않은가 생각한다. 이 결함은 개개의 작가의 문
　장의 습득이 부족하다는 문제보다도 근로대중층의 요망이 어디 있는

---

169) 문예강연회의 구체적 내용은 조선문학가동맹서기국,「조선문학가동맹 운동사업 개황
　　보고」,『문학』창간호, 1946. 7, 148~150면 참고.

가를 망각한 데서 오는게 아닐까?170)

문학은 결국 대중의 요망을 잘 파악한 문학, 즉 '인민' 속으로 들어
간 문학이 되어야 한다는 입장을 고수하고 있다. 근로대중이 공감할 만
한 소재와 알기 쉬운 문장으로 이들에게 가까이 갔을 때 충분히 그 효
과가 발휘된다고 보았던 것이다. 이러한 입장에 섰을 때 기존의 문학
장르적 관습보다는 좀 더 유연하고 폭넓은 문학의 개념을 가지고 대중
에게 가까이 다가갈 필요가 있었다. 그러한 과정 중의 하나로 논자들이
주목한 것은 문화 써-클 운동이었다.171) 문화 써-클운동의 활성화를
통해 문학의 계몽적 효과를 노리고 침체된 문학대중화 운동의 활로를
개척해 보자는 것이 그들의 의도였다. 이들에 의하면 문화 내지 문학
써-클이란 대중의 문화, 문학적 욕구를 충족시키고, 대중의 문화, 문학
적 수준을 향상시키는 대중 자신의 조직체이다. 이는 문화 전반이나 혹
은 문화의 일부분의 감상과 연구된 그 활동을 위하여, 동호자들로 조직
된 소집단으로서 그 목적을 대중의 계몽과 대중과의 조직적 연락에 두
었다. 또 대중화에 대한 다양한 방법을 모색하고 있는데 그러한 방법
모색의 예는 아래 조선문학가동맹의 '농민문학위원회' 내규에 비교적 잘
나타나 있다.

> 본 위원회는 본 위원회의 고유한 임무를 완수키 위하여 좌기 사업
> 을 행함
>   가. 농민단체와의 제휴
>   나. 농민문제 연구 발표

---

170) 김영석, 앞의 글, 75~76면.
171) 김영석, 「문화 써-클의 성격 — 문학대중화운동을 위하여」, 『현대일보』, 1946. 8.
    27~28.
    김남천, 「문학의 대중화」, 『자유신문』, 1946. 9. 16.

다. 기관지 발행
라. 총서, 문고, 계몽교재 간행
마. 소설, 희곡, 시가, 이론 등 작품 발표 출판
바. 작품의 합평 급 계획적 발표 출판
사. 강연회, 강좌, 좌담회 등 개최
아. 농촌 써-클 통신원 제도의 설치
자. 농민문학상 제정
차. 농촌순례
카. 기타 농민문학과 관련된 일체 사업172)

위에서 보듯이 써-클의 활성화와 출판, 강연회, 좌담 등을 통한 문학대중화 작업에 사업의 대부분을 할애하고 있다. 결국 문학이 인민에게 다가가기 위해서는 문학대중화가 소수 지식인의 소집단 운동 차원에 그쳐서는 안된다는 것을 말하고 있다. 그러하기 위해서는 문학가동맹의 문호가 개방되어야 하는데 이들은 "문학의 생산이 문학가 개인의 사사(私事)이었던 시대는 일제와 더불어 물러가고 문학단체가 소수문학가의 집단이었던 시대는 다시 오지 않을 것이다"173)라고 선언한다. 이러한 관점에 입각해 문학가동맹은 작품 창작적 차원보다도 전체 조직의 활성화, 대중 침투방법 등 문화적 차원의 대중화 작업에 더 많은 노력을 기울인다.

동맹원의 가맹수준을 저하하고 그것을 기준으로 하여 지방지부의 건설을 급속히 촉진하며, 지부의 건설이 곤란한 지방에서는 그것에 준할 집단을 창설하여, 문학운동의 전국화를 도모하고, 지부를 거점으로 하여 문학을 통한 계몽운동의 전개와 문학 「써-클」망을 광범히

---

172) 「조선문학가동맹 농민문학위원회 내규」, 『문학』 3호, 1947. 4, 70면.
173) 「문학운동의 대중화와 창조적 활동의 전개에 관한 결정서」, 『문학』 3호 삽입 삐라.

> 부설하여야 한다. 그리하여 모-든 문학가들이 문예공작자로서의 활동을 인민 가운데 전개함으로써 문학과 대중생활과의 유기적 결합을 창출하며 이러한 과정을 통하여 문학운동을 다른 대중운동과 밑에서부터 연결시켜야 한다.174)

이 글에서 문학의 대중화 문제에 관한 문학가동맹의 원칙적 측면을 볼 수 있다. 문학가동맹은 지부의 확산과 계몽운동의 전개, 문학 '써-클' 망의 확립을 통해 문학가들이 '인민' 속에 들어가는 것을 중요한 목표로 삼고 있다. 김남천의 「문학의 교육적 임무」, 정진석의 「문학자의 계몽적 역할」 등은 모두 문학의 전달적 측면, 계몽 효과를 중시하고 있다. 이러한 작업들이 문화써-클 운동으로 구체화되어 나타나며 문화 써-클은 변혁운동 세력들이 대중에게 쉽게 침투할 수 있는 문화적 첨병의 장소였다. 그래서 문화 써-클 운동은 전체 조직과의 관련 속에서 매우 중요하다는 입장을 취하고 있다.

이러한 문화 써-클 운동과 더불어 실천적 행동으로 나타난 것은 이동적 문화부대 내지 문화공작대였다. 문화공작대의 목적은 "지방문화운동을 적극적으로 원조하고 추진하는 임무, 지방문화조직의 체계를 강화, 확립하는 임무, 민전 산하 각 정당, 사회 단체의 확대 강화 추진, 원조하는 임무"175) 등이다. 즉 문화공작대는 지방을 순회하며 문화공작자들로 하여금 시낭송회, 연극, 영화 등을 통해 선진화된 의식을 대중에게 불어넣는 것을 목적으로 하였다. 또 동시에 지방조직을 확대·개편하여 조직의 거점을 확보하는 이중의 효과를 노리고 있었다. 문화공작대의 추진 현황에 대해서는 김남천의 아래의 글이 그것을 잘 보여주고 있다.

---

174) 위의 글.
175) 김남천, 「제1차 문화공작단 지방파견의 의의」, 『노력인민』, 1947. 7. 2.

「중앙문련」과 「도문련」의 공동 주최사업으로 경남을 제1대, 충남과 경북을 제2대, 경기와 강원을 제3대, 전남북을 제4대로, 1대 30명 내지 35명, 총 인원 약 50명의 전문가로 선발되었고, 약 15명 이상의 연극대와 그밖에 가극, 영화, 음악, 만담, 무용, 문학, 과학강좌, 사진반, 이동미술전대(展隊) 등이 설치되어 있어 유사 이래의 대기획이다. 각각 일개월간 담당지역을 순회하게 되었으므로 대부분의 군 소재지와 중요 면 소재지에까지 들어가게 되어 있다. 대공장, 학교 등이 특히 고려된 것은 다시 말할 필요도 없다. 이것을 통하여 문화와 격리되고 오락과 떠나 있는 인민 대중에게 건전한 열락을 나누어 주게 될 것이 기대되고 있다.176)

이 글에서 김남천은 1947년 1차 문화공작단 파견의 의의 및 현황을 진단하고 있다. 여기서 김남천은 문화공작단의 규모 및 조직에 대해 그 대략적 모습을 그려 보이고 있다. 이들은 연극, 영화, 무용, 문학, 미술 등 다양한 문화매체를 가지고 전국을 순회하면서 대중공작을 시도하였다. 여기서 '문련'은 1946년 2월 24일 결성된 '조선문화단체총연맹'을 말하는데 '조선문학가동맹'을 비롯한 10개 예술부문단체, '조선과학동맹'을 중심으로 한 과학 부문 8개 단체, 언론, 교육, 체육 등 24개 단체 등으로 이루어진 좌익 문화의 총 집합체였다. 이는 물론 1946년 2월 15~16일 결성된 변혁운동 세력들의 통일전선체인 '민주주의 민족전선'의 산하 단체격이었다. 민주주의 민족전선의 전략전술이 문화부면에 이어진 것이 '문련'이었고, '문련' 중 특히 문학 부문을 담당한 것이 조선문학가동맹이라 할 수 있다. 그러므로 문련의 문화공작단 파견은 큰 의미에 있어서는 민주주의 민족전선의 현실대응전략과 그 궤를 같이한다고 할 수 있다. '중앙문련'과 '도문련'이 대중공작 차원에서 시도한

---

176) 김남천, 위의 글.

문화공작대 활동은 문학이 '인민'속으로 들어가는 실천의 과정을 보여주고 있다. 물론 문화공작대 차원에서 이루어지는 이러한 작업이 실제 지방의 대중들에게 침투될 수 있었는가 하는 문제는 논외로 치더라도 '문련'에서는 상당히 이를 중시하고 조직적으로 지휘하고자 했던 것 같다. 문련은 문화공작대를 통해 조직원을 배가177)하고 지방조직을 확대할 수 있는 하나의 계기로 삼았다.

물론 그 이전에도 38 이북에는 문화공작대와 유사한 '예술공작대'가 있었다. 이정구의 「밤길」은 예술공작대의 활약상을 그려 보인 대표적 작품이다.

> 육십리 밤길
> 박천서 영변으로 가는 육십리 밤길을
> 어둠 속에 후연하이 줄을 그으며
> 트럭 한 대가 달리고 있다
>
> 공작의 밤은 다사로워 고단한 다섯동무가
> 보채는 화물자동차 우에 몸을 맡겨
> 이 밤길을 다음 계획의 마을로 찾아간다
>
> 달은 잘 화장한 얼골로 구름 강을 비춰
> 구름 다리 우에서 만나는 달
> 우리들의 트럭은 달을 실고
> 접동새 우는 夜밤 산길을
> 내일 날의 계획의 마을로 찾아간다
>
> 공작의 밤은 다사로워 깊은 밤

---

177) 「문련의 배가운동」, 『독립신문』, 1947. 7. 8.

> 자도 않고 산속을 달리는 젊은 예술부대의 트럭
> 내일은 또 하나의 우리들의 집터가
> 저 산속 영변이란 마을에 닦아진단다[178]

이 작품은 '예술공작대의 트럭은 밤에도 마을을 찾아갔다'란 부제와 '평북예맹예술공작대 순회도중에서'란 후기를 달고 있다. 이 당시 '예술공작대'는 북조선문학예술총동맹의 산하 조직으로 인민대중의 계몽과 공작을 주 임무로 삼고 있었다. 마을마다 찾아가는 문화공작자인 다섯 동무들의 모습과 밤길에도 거침없이 달려가는 예술부대의 트럭을 통해 창작 주체는 이들의 작업이 고단하지만 보람있는 일임을 나타내 보이고 있다. 예술공작이 '밤길'로 표상되는 고난의 길이지만 "자도 않고 산 속을 달리는 젊은 예술부대의 트럭"에서 밝은 내일을 향한 이들의 굳센 의지와 전망을 볼 수 있다. 이 작품은 38 이북의 예술공작대가 직접 대중 속으로 침투해 들어가는 과정을 그려 보이고 있다. 이들의 활동 모습은 '문학예술은 인민에게 복무하여야 한다'는 지침과 밀접한 관련이 있다고 할 수 있다. 즉 "모든 작가들이 자기의 작품이 단지 몇몇 기성 문학자, 예술가의 것이 아니라 인민 대중의 광범한 사랑을 받으며 사랑을 받을 뿐 아니라 인민을 교육하여 그 수준을 제고시키며 조직하고 신전하는, 즉 인민에게 복무하는 작품이 되도록 노력하고 있는 것이며, 또 한편 작품활동에 있어서 뿐 아니라 「서-클」 조직, 현지 방문 등을 통하여서 적극 인민 속에 침투할려고 하"[179]는 북조선문학예술총동맹의 문학예술관에 부응하는 작품이라 할 수 있다. 이 작품은 이러한 이론을 현장 속에서 실천해 가고 있는 문화인들의 모습을 그려 보이고 있다는 점에서 주목된다.

---

178) 이정구, 「밤길」 부분, 『연간조선시집』, 188~190면.
179) 백인준, 「문학예술은 인민에게 복무하여야 할 것이다」, 『문학』 3호, 1947. 4, 74면.

한편 이용악의 「빗발 속에서」는 문화공작대의 체험이 시의 제재의 일부분으로 다루어지고 있다는 점에서 논의의 대상이 될 만하다.

　　대회는 끝났다 줄기찬 빗발이어 빗발치는 생명이라

　　문화공작대로 갔다가 춘천에서 강능서 돌팔매를 맞고 돌아 온 젊은 시인 상훈도 진식이도 기운 좋구나 우리 모다 깍지 끼고 산마루를 차고 돌며 목 놓아 부르는 것 싸움의 노래

　　흩어지는게 아니라 어둠 속 일어서는 조국이 있어 어둠을 밀고 일어선 어깨들은 어깨마다 미움을 물리치기에 천 만 채찍을 참아 왔거니

　　모다 억울한 사람 속에서 자유를 부르짖는 고함소리와 한결같이 일어나는 박수 속에서 몇번이고 그저 눈시울이 뜨거웠을 아내는 젖멕이를 업고 지금쯤 어딜루 해서 산길을 내려가는 것일까

　　대회는 끝났다 줄기찬 빗발이어 승리가 약속된 제마다의 가슴엔 언제까지나 싸움의 노래를 남기고[180]

1947년 7월 27일 작이란 부기가 붙어 있는 이 작품은 지방으로 문화공작대로 갔던 당시 시인들의 체험과 현재적인 싸움의 모습을 잘 그려 보이고 있다. 강원 지방을 맡은 제3대가 강릉을 향해 떠난 시기가 47년 7월 15일이었다는 사실[181]로 미루어 볼 때 김상훈, 한진식 등은 이 소조에 속해 있었던 것 같다. 김상훈, 한진식 등 이들 시인들이 춘천, 강릉 등에 문화공작대로 나갔다가 방해 세력들에게 '돌팔매'를 맞고

---

180) 이용악, 「빗발 속에서」, 『이용악집』, 153~155면.
181) 「문화공작대 제 3대」, 『독립신보』, 1947. 7. 11.

돌아온 모습을 통해 이 당시 문화공작대 활동이 결코 순탄하지만 않았다는 것을 알 수 있다. 여기서 "돌팔매"란 문화공작대 활동을 방해하는 세력들의 반감을 구체적으로 드러내는 표상물이라 할 수 있다. 이들은 문화공작대 체험을 더욱 새로운 대결의지로 전화시켜 씩씩하고 기운좋게 "대회"에 참가한다. 이들과 공동체적 연대감을 간직하고 있는 시적 주체 또한 대회의 주체 세력으로 "우리"가 되어, 같이 "싸움의 노래"를 부른다. 시적 주체는 문화공작대의 체험을 가진 동지들에 대해 끝임없는 신뢰를 내보이면서 현실적 싸움에 대한 승리의 당위를 그려 보이고 있다. 시적 주체는 진보적 세력들의 분노와 투쟁의 모습을 "어둠 속에 일어서는 조국"과 "어둠을 밀고 일어선 어깨들"로 형상화하는 한편 이를 통해 승리에 대한 전망을 확보하고자 한다. 그러면서도 시적 주체 자신의 아내를 통해 대회장의 열기를 간접적으로 드러내 보이는 수법을 사용하고 있다. 다소 방관자의 입장에서 대회에 참가하였으나 현장의 열기에 고무되어 몇 번이고 눈시울이 뜨거웠을 아내를 통해 대회의 열렬한 장면을 재구해 보이고 있는 것이다. 관찰자의 입장에 있던 아내가 몇 번이고 눈시울이 뜨거워진다는 것은 곧 대회라는 구체적 체험을 통해 시적 주체가 가진 이념과 동일시된다는 것을 의미한다. 이는 시적 주체의 입장에서는 아내의 동조를 통해 대회의 정당성을 확보하는 방법이기도 하다. "대회"는 끝났지만 계속되는 "줄기찬 빗발"은 수미상관의 효과를 통해 약속된 승리와 싸움의 의지를 더욱 효과적으로 드러내 주는 역할을 하고 있다.

문화공작대 활동은 지방의 현장에 문화인들이 직접 실천적 행동의 모습으로 나서고 있다는 점에서 의미가 있다. 책상 위에서의 대중화 논의가 아니라 현장 속에서 직접 부딪쳐 나감으로써 실질적 대중화의 성과를 높이고 작품 창작에서도 체험의 깊이를 확대할 수 있기 때문이다.

1947년 8.15를 전후한 이 시기는 미군정에 의해 좌익에 대한 대대적 탄압이 시작되었으며, 점점 자주통일국가의 수립이 불투명해져 가던 시기였다. 2차 미소공동위원회가 결렬되고 분단을 획책하는 조짐이 나타나기 시작하면서 문화계에도 직접적 위기가 닥쳐왔다. 문학대중화의 문제도 1948년을 기점으로 점차 실천적, 행동적 경향을 띠게 됨으로써 이론적 모색은 이전에 비해 차츰 약화되기 시작하였다. 지하로 숨어들어간 변혁운동세력들은 그들의 좁아진 입지를 확보하기 위하여 더욱 강경한 투쟁을 구사하게 된다. 이러한 가운데 문학대중화 문제는 그래도 이들이 매달릴 수 있는 최후의 이론적 보루였다고 할 수 있다. 대중화 문제는 1948년 이후에도 구국문학론의 구체적 실천 방안으로 이들에게 중요시되었다.182)

2) 분단 징후에 대한 저항과 대응

1947년을 넘어서면서 좌우 세력들은 대립의 정도를 넘어 충돌의 길로 치닫기 시작했다. 좌익과 우익의 대립은 더욱 심해지고, 그 결과 분단의 전조를 알리는 사건들이 연이어 일어나기 시작하였다. 이러한 사건들은 대부분 테러와 폭력을 통한 극단적 방법을 동원한 것이었다. 테러는 좌익 못지 않게 우익 세력들도 빈번하게 사용하였는데 서로의 경쟁세력에 대한 적대감 때문이었다. "극우세력이 친일경찰의 비호 아래 테러 단체를 동원하여 좌익 또는 경쟁세력을 억압하고, 테러를 자기 세력 확장의 중요 수단으로 활용한 것이 주된 원인"183)의 하나였다고

---

182) 이러한 문학대중화에 대한 욕구는 1949년까지 계속되었는데 김명수의 「예술성의 문제와 문학대중화」(『신천지』 4권 2호, 1949. 2.)는 문맹측이 제시한 최후의 대중화론이라 할 만하다. 이것은 『백민』 신년특별호(1949. 1.)에 발표된 조지훈의 「문학의 예술성과 공리성」에 대해 비판의 성격을 띠고 있는 글이다.
183) 서중석, 『한국현대민족운동연구』, 역사비평사, 1991, 565면.

도 할 수 있다. 이러한 상황하에서 합리적이고 이성적인 판단은 유보될 수밖에 없었다. 상대방에 대한 모략과 선전선동의 뒤에는 정치 세력의 불순한 음모가 끼어들어 있었던 것이다. 신탁통치를 둘러싼 좌·우간의 대립은 이후 10월항쟁 및 각종 테러 사건을 거치면서 그 골이 더욱 깊어져 갔다. 좌, 우 세력들은 감정적 대립이 극으로 치달아 상대방을 '매국노'로 몰아붙이며 서로 공세의 끈을 늦추지 않았다. 새나라 건설을 둘러싼 이러한 혼란 상태는 가치관의 전도 현상을 불러 일으키기까지 하였다. 친일 모리배가 애국자로 둔갑하여 어느 것이 옳은 것인지 구분되지 않는 가치판단의 부재 현상까지 빚어지게 만들었던 것이다.

　좌·우 세력 간의 대립은 분단을 더욱 획책하는 계기가 되었다. 전후 세계질서의 재편 과정 속에 미소의 힘겨루기가 분단의 직접적 원인이 되었다면 우리 민족 내부의 극한 대립은 분단의 간접적 원인이 되었다고 할 수 있다. 좌, 우가 서로 합심하여 새나라 건설에 매진하지 못한 상황하에서 미소공동위원회의 성공은 애초부터 기대하기 어려웠다. 진보적 변혁운동 세력들의 결집체였던 민주주의 민족전선 등 좌익측은 지나치게 미소공위에 낙관적 전망을 보내고 있었다. 그러나 이미 냉전 이데올로기의 각축장에 진입하고 있던 강대국들에게 그들의 실리를 벗어난 양보는 기대할 수 없었다. 2차 미소공위의 결렬과 더불어 분단의 골은 점점 깊이 패어 들어갔다. 국토 분단의 구체적 단초는 유엔 감시하의 총선거 실시라는 미국 주도의 유엔안(1947. 11. 14일 총회에서 통과)이었다. 48년 1월 8일 서울에 온 유엔 임시조선위원단은 인도 대표 메논을 의장으로 선출하고 남과 북에서의 선거 감시라는 임무를 수행하기 위한 활동에 들어갔다. 메논 의장 스스로 이 위원회의 사명을 "선거를 감시"하는 것보다 "조선의 진정한 국민정부의 수립을 협조"184)해야 할

---

184) 모윤숙 편, 『메논박사 연설집』, 문화당, 1948, 1면.

것이라고 선언하였으나 유엔 임시조선위원단의 활동은 소련군사령부의 38 이북의 입국 거부로 끝내 실현되지 못하였다. 이에 차츰 남한만의 총선거 실시라는 단선 단정 수립안이 현실화되기 시작하였다. 동시에 좌익 세력에 대한 대대적 탄압이 시작되어 많은 사람들이 단체나 운동 노선에서 이탈하거나 지하로 잠복해 들어가기 시작했다. 이러한 위기상황에서 변혁운동의 중심세력이었던 남로당은 남한만의 단정, 단선을 저지하기 위해 소위 '2. 7 구국투쟁'을 감행하였다. 이 당시 남로당의 경우는 미소공위의 성공을 통한 남북임시정부수립이 최선의 방안이었는데 그마저 결렬되자 남로당은 단정 수립 반대에 그 최대의 목표를 두게 되었다. 이러한 것이 1948년 초 '2. 7 구국투쟁'이나 '5. 10 선거 반대 투쟁'으로 나타나게 된다. '2. 7 구국투쟁' 때 내세운 요구사항은 "① 유엔조선위원회 절대 반대, ② 남한분리정부수립 반대, ③ 테러하의 반동적 총선 절대 반대, ④ 양군의 동시철군으로 통일정부 건설"185) 등이 주된 내용이었다. 물론 그외에도 노동법 제정, 임금 300% 인상 등이 있기는 하나 이는 대중을 끌어들이기 위한 방편에 불과했다. 10월항쟁 이후 점점 불리해져 가는 상황하에서 정세의 전환을 노려본 것이 '2, 7 구국투쟁'이었으나 그 성과는 별로 크지 못하였다. 비합법적 무장투쟁이 가질 수밖에 없는 한계였다. "주로 파업과 파괴, 경찰관서 습격, 우익에 대한 테러, 그리고 선거반대를 위한 선전과 선동" 등으로 일관하며 이는 전국적 규모로 확대되었다.186)

---

185) 「g - 2 보고서」, 서중석, 앞의 책, 568면 재인용.
186) 김남식, 『실록남로당』, 신현실사, 1975, 358면.
　　2.7구국투쟁은 48년 2월 7일부터 20일까지의 종합된 자료에 의하면 파업 30건, 맹휴 25건, 충돌 55건, 시위 1백3건, 봉화 2백3건, 총검거인원 8천4백79명의 결과를 낳았다. 그러나 '2,7구국투쟁'은 46년의 10월항쟁과는 달리 사전에 계획된 조직적이며 폭력적인 투쟁이었으며 이를 계기로 무장투쟁전술로 넘어가는 주요한 계기가 되었다. 이때부터 각 지방에는 「야산대」라는 무장 게릴라 소조(小組) 등이 생기게 됐다. 김남식, 위의 책, 360~362면.

1946년 신전술 채택 이후 전개되던 합법적 투쟁이 1, 2차 미소공위의 결렬, 곧 이은 남한만의 단선 실시로 분단이 차츰 현실화되어가는 순간 변혁운동 세력들은 미군정이 더 이상 그들의 이상을 실현시켜 줄 존재가 아니라고 인식하였다. 이들은 단선을 주도하고 있는 미국을 제국주의 세력으로 규정하고 "당면 최대의 적을 향한 투쟁 선언, 즉 반제구국전선"[187]으로 그 역량을 집중하였다. 1947부터 48년에 이르는 이 기간 동안 남로당은 외적 상황의 악화로 급속히 세력이 약화되어 갔다. 특히 '2.7 구국투쟁' 이후 남로당의 조직들은 지하로 들어갔고 남로당 산하의 주요 간부들은 대부분 월북하여 "해주에 있는 박헌영의 지도부에 합류"[188]하였다. 문맹의 주도 인물이었던 임화, 김남천, 오장환, 이원조 등 대부분의 작가들도 38 이남에서 자취를 감춘다. 이후 남로당은 38 이남에서 5. 10 총선이 결정되자 이의 방해와 저지에 전 역량을 기울였다. '2. 7 구국투쟁'에서 5. 10 선거 반대투쟁으로 이어지는 남로당의 운동노선[189]은 '구국'이란 이름하에 대의명분에 입각한 일부 지식층의 호응을 얻을 수는 있었다.[190] 그러나 비합법적 무력투쟁으로

---

187) 박용규, 「조선문학가동맹의 민족문학론 연구」, 서울대 석사논문, 1989, 70면.
　　　박용규는 위의 논문에서 반제의 문제가 해방 초기에는 '일제잔재소탕'에 국한되었는데 이것은 당시 운동세력에 있어 제국주의 문제에 대한 인식이 불철저했다기보다 유리한 국제 정세하에서 미소공위의 성공적 타결에 의한 합법적 방식으로 자주민족국가를 건설하려 했던 - 따라서 미군정과의 대립을 가급적 피하려 했던 - 기본 전술에 기인한다고 보았다.

188) 서중석, 앞의 책, 569면.

189) 남로당은 1948년 5월 10일 실시될 남한만의 단독선거를 저지하기 위하여 파업과 폭동으로 2월 7일 '구국투쟁'을 선행시켰고 이가 실패로 돌아가자 직접적인 '방해투쟁'을 전개하게 되는데 이를 세칭 '5. 10 선거 방해투쟁'이라고 하였다. 남로당은 '남북통일'과 '민족자결'이라는 슬로우건하에 '남북협상'을 정당화시키는 정치공작과 아울러, 일방 비합법적인 폭력수단으로써 무장투쟁까지를 병행시키는 폭넓은 복합투쟁 방법을 취하였다. 김점곤, 『한국전쟁과 노동당 전략』, 박영사, 1973, 110~111면 참고.

190) 서중석은 5. 10선거 반대투쟁이 남로당 및 남로당 지지자(또는 동정자)들의 상당한 호응을 얻었는데 이는 남로당 노선이 옳았기 때문이라기보다 이승만, 한민당 세력의

인한 조직의 약화 내지 파괴가 급속화되어 좌익 세력들은 점점 고립되고 약화되어 가는 계기가 되었다. 5. 10총선의 결정은 우익의 이승만이 정읍발언 이후 꾸준히 주장해 오던 단정수립안의 승리를 의미하는 것이었으며 실질적인 한반도의 분단을 의미하는 것이었다.

문학의 경우도 마찬가지였다. 이러한 가운데 그 외곽 단체였던 문학가동맹은 미군정의 탄압에 맞서 "문학주의와의 투쟁"191)을 선언하며 5.10 단선 반대를 위한 "구국문학의 방향"192)을 제시하기도 한다. 1948년에 접어들면서 문학가동맹 내부의 주요 쟁점은 반제전선에 입각한 단선단정 분쇄에 초점이 놓인 구국문학 문제로 집약되었다. '2. 7 구국투쟁'의 정신이 문학 부문에서 어떻게 구현될 수 있을까 하는 것이 논의의 핵심이었다. 구국문학론이 단초를 드러낸 것은 1948년 3월 15일 조선문화단체총연맹 서기국이 발표한 성명서에서이다. "매국단선운동에 이용되려는 문화인에게 격하는"193) 장문의 이 성명서에서 문련은 현 시국에서 문화전통의 수호와 지조를 강조한다. "주권을 옹호할 조국을 식민지화의 위기에서 구출"194)해 내는 것이야말로 문화인의 근본사명이라는 인식이 이 성명서에 깔려 있다. 중대 관문의 기로에서 이 글은 문화인의 각성을 촉구하고 있다고 하겠다. 이러한 위기의식이 『문학』 7호의 권두언 「문학의 위기」에서 구체적으로 드러나고 있다.

> 진실로 금일 남조선의 문화 위기는 조국의 위기의 반영인 것이요,

민족적 성격과 분단이 갖는 민족적 의미 때문에 단정세력과 대항하여 싸웠다고 봐야 할 것이라고 지적하였다. 즉 단정에 반대하는 민족적 대의가 컸던 만큼 남로당의 입지는 상당히 강화될 수 있었고 단정 및 단정세력 또는 친일파에 대한 투쟁도 가열차게 일어날 수 있었다고 보았다. 서중석, 앞의 책, 569면.
191)『문학』 3호, 1947. 4, 권두언, 6면.
192)『문학』 8호, 1948. 7, 권두언, 6면.
193) 문련서기국 성명, 「문화인에 비격(飛檄)」, 『조선중앙일보』, 1948. 3. 18.
194) 위의 글.

그와 불가불리의 일환으로 조성된 것임에 틀림이 없기 때문이다. 주지하는 바 삼상결정에 의한 소미공동위원회의 사업이 두번째 결렬되었을 때 조국의 위기는 그 심도를 가하였다. 조국의 분열과 남조선 단선단정의 음모를 내포한 국련위원단(國聯委員團)의 사업이 구체적으로 진행되고 있을 때 조국의 위기는 결정적으로 최후의 간두에 서지 않을 수 없게 되었다. 8. 15 2주년을 계기로 하야 급격히 양성된 문화의 위기는 결정적 관두에 서 있는 조국의 위기의 일환으로 조성된 것이다. 남조선에 있어 문화의 위기를 극복하고 민족문화·문학의 건설의 내용을 열기 위한 문화인 예술가의 모든 투쟁은 조국의 위기를 지양하고 통일조선을 전취하는 거대한 구국투쟁의 일부분이 되는데 의하야서만 비로소 가능하다는 것이 명백히 된 것이다.195)

이 글은 38 이남의 단선단정에 대한 조선문학가동맹측의 위기감을 그대로 나타내 보인다. 이러한 인식이 구국문학론의 형태로 제출된 것이 『조선중앙일보』의 「구국문학의 이론과 실천」(1948. 6. 18~7. 11)이란 특집이다. 여기에는 김영석, 안회남, 이노부(李魯夫), 설정식, 조허림, 나한(羅漢) 등 미처 월북하지 못한 문맹의 주요 인사들이 참여하고 있다. 5. 10총선이 끝난 지점이라 다소 시기적으로 늦은 감은 있지만 이들의 글에서 문맹측 문인들의 위기감과 '문화옹호'에 대한 의지를 엿볼 수 있다. 김영석의 「문화옹호를 위한 투쟁」, 안회남의 「작가의식의 발현과 현실파악」, 이노부의 「구국문학과 국방문학」, 설정식의 「실사구시의 시」, 조허림의 「편향운전은 금물」, 나한의 「문학이론과 문화운동이론의 통일」이란 제 평문에서 이들은 현재의 상황이 위기의 상황이며, 이러한 위기의 원인을 문학 내부에서 보다 문학 외부에서 주로 찾고 있다. 즉 단선단정을 주도하면서 문학을 말살하려는 정치세력의 공세와 그 침해라는 외부의 상황이 문학 위기의 주 원인이라는 것이다. 이들의

---

195) 「문화의 위기」, 『문학』 7호 권두언, 1948. 4, 9면.

주장은 부분적인 논점에서는 다소간 차이를 보이긴 하나 결국 현 시점의 문학운동은 구국투쟁의 일환이 되어야 하며 모든 작가들은 긴급히 구국투쟁에 참여해야 한다는 데는 거의 의견이 일치하고 있었다.

김영석은 창작활동 편중주의와 문학의 정치에의 환원이라는 두 가지 기계적 오류를 지양하는 방안을 대중화의 길에서 찾고 있다. "문학운동이 구국운동에 참가할 수 있느냐 없느냐의 문제도 본시 우리가 문학옹호를 위한 투쟁을 대중적 기초 위에서 대중적으로 전개할 수 있느냐 없느냐"[196]에 있다는 것이다. 전 심혈을 기울여 문학운동의 대중화를 달성할 때 문학투쟁이 구국투쟁으로 전화될 수 있다는 김영석의 생각은 해방 직후 그가 계속 주장해 오던 대중화론의 연장이라 볼 수 있다. 실력 있는 천재적 창작 또는 정치적 실천을 문학운동과 무조건 대치시키려는 행위만으로는 문학의 원래적 사명인 조직적, 또는 선전적 역할을 저버리고 만다는 주장이다. 조직 또는 선전에서 문학의 원래의 사명을 찾고 있는 김영석의 이 평문은 다소 시기적으로 현실성이 부족한 감이 있다. 문맹 내지 남로당의 지도부 인사들이 대부분 월북해 버린 악화된 정세하에서 대중공작의 성공 가능성은 희박했기 때문이다.

조허림은 김영석보다 더 강한 어조로 작가들이 대중투쟁에 참여할 것을 요구한다. 산악부대와 공장으로 뛰어들어 그들의 생활을 자신의 피와 뼈로 할 때만 대상을 바로 그릴 수 있다는 것이다.[197] 이외에 설정식이 주장하는 「실사구시의 시」나 나한의 「문학이론과 문학운동이론의 통일」 등도 약간씩 논점의 차이는 있으나 전체적으로 구국투쟁이란 큰 맥락 위에서 문학운동을 점검해 본 것이다. 구국문학 운동에 대한 명확한 성격은 「문학」 8호의 권두언 「구국문학의 방향」에서 분명히 드

---

196) 김영석, 「문화옹호를 위한 투쟁」, 『조선중앙일보』, 1948. 6. 20.
197) 조허림, 「편향운전은 금물」, 『조선중앙일보』, 1948. 7. 6.

러나고 있다.

　구국문학의 정신적 요소는 무엇일까. 일언이폐지로 그것은 단정분
쇄에 있다. 오늘날까지 형로(荊路)에서 가시덤불을 헤치고 전진해 온
우리의 문학은 그러한 의미로 언제나 싸우는 구국의 문학이었다. 나
라를 세우고 나라를 구한다는 입장은 봉건과 일제잔재를 소탕하려 할
때나 공위추진을 전취할 임시나 단선 반대를 성명할 적이나 일반적이
었지마는 오늘날 건국과 애국의 의식을 훨씬 강조하여 구국과 구국문
학과 구국문학운동을 절규 아니치 못하는 것은 그것의 현단계 의의가
비상하고 중대한 것이다. 문제를 구국문학과 구국문학운동 두가지 부
면으로써 고찰하면 이것을 이해하는데 좀더 첩경일 것 같다. …… 구
국문학 자체의 정신문제는 물론 문학의 창조적 사업에 대한 창작방법
의 것일 것이며 구국문학운동의 방침은 종래의 문학대중화 문제와 연
결된 조직사업의 확대 강화 및 투쟁의 방식을 말함일 것인데 이 두가
지가 우리에게 다같이 중대하야 서로 표리를 짓는 일선일점임을 재언
할 필요가 없다. 이 근본적인 데서 다시 떠나 문제를 제3차적으로 설
정하는 예를 들면 도시 상대가 되지 않는 유치한 정치 부인의 문학주
의나 그 반대로 문화 말살의 정치주의는 여기서 다 함께 논외의 것으
로 여겨진다. 나라를 세우고 나라를 구하려는 우리의 문학이 때로 봉
건과 일제의 소탕을 표방하고 공위추진을 의노하고 단선단정의 분쇄
를 목적한다고 해서 그 근본의 문학정신이 시의에 닳아 조변석화(朝
變夕化)하는 것이라고 오해해서는 안 된다. 건국과 애국의 의식에서
더 나아가 가슴 속 깊이 구국의 문학을 부르짖음에 있어 그 온 정신과
의욕이 단정분쇄에 있다고 해서 어찌 봉건과 일제 소멸의 뜻이 우리
에게 없어졌다고 하랴. 그것이 소홀하여지기는 커녕 단정분쇄의 투쟁
심과 함께 가일층 격렬히 불탈 것이며 양군철퇴에 의한 자주적 남북
통일, 파시즘 근절 등등 전 민족의 구국구호에 호응하여 우리의 작품
수준을 거기에까지 질적으로 제고하는 것이어야 할 것이다.198)

---

198) 「구국문학의 방향」, 『문학』 8호, 6~7면.

구국문학의 궁극적 목적은 단정 분쇄에 있으며, 구국문학과 구국문학 운동이 동시에 추진되어야 함을 이 글은 강조하고 있다. 정치 부인의 문학주의나 문화말살의 정치주의가 이들에게는 모두 배격의 대상이다. 그리고 그 구체적 방법으로 문학의 창조적 사업에 대한 창작방법 문제와 조직사업의 확대 강화 및 투쟁의 방식을 통한 대중화 문제를 이들은 제기하고 있다. 당면 정세 속에서 이것은 분리될 수 없는 표리의 관계인데, 구국문학은 "조선의 민족분열과 외국식민화의 위기에 당면하여 민주주의적 통일, 자주독립의 주권을 회복하려는 민족해방운동에 봉사하는 문학"199)으로 규정되고 있다. 그러므로 작가에게 있어서 구국 투쟁의 자각이 선행되야 신식민지화의 위기에 처해 있는 1948년의 현실을 올바로 그릴 수 있다고 보는 것이다. 그러나 이러한 구국문학론은 구체적 방안을 제시하지 못한 채 남한 단독정부 수립과 더불어 수그러들고 만다. 이 시기에 나온 구국문학론은 38 이남만의 단선 단정을 반대하는 문학가동맹측의 최후의 이론적 모색이었으나 특수 국면에서의 전술적 효과 외에는 별로 큰 성과를 거두지 못하였다고 할 수 있다. 이미 상당 부분 조직이 와해된 상태에서 전개된 구국문학론은 당위의 강조 내지 개별적 논의의 수준에 그치고 말았다.

단선단정을 둘러싼 긴박한 상황 속에서 제기된 구국문학론이 즉각적으로 작품의 성과로 나타났느냐 하는 문제가 남는다. 물론 이것은 어느 정도의 시간을 요하는 일이었기에 당장 작품으로 나타나지는 못하였다고 할 수 있다. 그러나 시간이 경과되었을 때에는 이미 분단이 확정되어 버렸기에 그 성과는 미미할 수밖에 없었다. 차라리 구국문학론과는 관계 없이 해방 직후부터 분단이 확정된 이 시기까지 이미 시인들은 분단 징후을 예감하고 그것을 작품으로 발표하고 있었음을 주목해야 한

___

199) 정진석, 「순수의 본질」, 『문학』 8호, 1948. 7, 91면.

다.

누가 우리의 가슴에 함부로 금을 그어 강물이
검푸른 강물이 구비처 흐르느냐
모두들 국경이라고 부르는 삼십팔도에 날은
저무러 구름이 몽여

물리치면 산 산 흩어졌다도
몇번이고 다시 뭉처선
고향으로 통하는 단 하나의 길

그러나 또 다시 화약이 튀어
제마다의 귀뿌리를 총알이 스처
또 다시 흩어지는 피난민들의 행렬

나는 지금
표도 팔지 않는 낡은 정거장과
꼼민탄트와 인민위원회와
새로 생긴 주막들이 모아 앉은
죄그마한 거리 가까운 언덕길에서
시장끼에 흐려가는 하늘을 우러러
바삐 와야 할 밤을 기대려

모두들 국경이라고 부르는 삼십팔도에
어둠이 내리면 강물에 들어서자
정갱이로 허리로 배꼽으로 목아지로
막우 헤치고 나아가자
우리의 가슴에 함부로 금을 그어
구비쳐 흐르는 강물을 헤치자200)

이 작품에서 우리는 38도선이 영구 분단선이 될지도 모른다는 시인
의 날카로운 예감을 볼 수 있다. 38도선은 김동석도 지적했다시피 "복
잡다단한 현실선"[201]이다. 2차세계대전 종전 후 미소의 분할 정책으로
만들어진 38선이 영구 분단선이 되리라고는 해방 초기 대다수 우리 민
족은 생각하지 못했다. 우리 민족 대다수가 해방의 감격에서 채 벗어나
지 못하고 있을 때 이 시인은 분단의 가능성을 이미 예견하고 있었다.
"날은 저물어 구름이 모"여 있는 38도선은 우리 민족의 앞날이 예사롭
지 않음을 나타내 보여주는 기표라 할 수 있다. 불투명한 앞날, 불안정
한 현실에 대한 시인의 우려가 상징적으로 제시되어 있는 것이다. 8.
15 당시 우리 민족이 가졌던 낙관적 전망과 기대가 별로 희망적이지 못
함을 이 시인은 간파하고 있는 것이다. 38도선은 "우리"의 가슴에 함부
로 그어진 금으로, 이를 모두들 국경이라 부르고 있지만 시적 주체는
"국경 아닌 국경"[202]으로 인식하고 있다. 즉 당연시되어 가는 현실에
대해 결코 그렇게 되어서는 안된다는 시적 주체의 단호한 의지가 38선
을 보는 시각 속에 드러나 있다고 할 수 있다. 이러한 국경은 "고향으로
통하는 단 하나의 길"을 가로막는 인위적 장벽이다. 이러한 인위적 장벽
을 만든, 함부로 금을 그은 주체는 조선을 분할 점령한 강대국들이다.
"화약", "총알" 등은 모두 본원적인 '우리'의 삶의 공간을 위협하고 훼손
하는 부정적인 것들을 비유하는 것이며, "우리"들에게 있어 이것은 제거
의 대상이 된다. 시적 주체의 본원적인 공간 회복의 의지야말로 이 시
를 이끌어 가고 있는 근본 동력이다. 시적 주체와 같은 입장에 처해 있
는 피난민들은 "한 달두 더 걸려 만주서" "땀으로 피로 지은 벼도 수수도
죄다 버리고"[203] 해방조국으로 왔다. 고향 내지 원천적 삶의 공간에 대

---

200) 이용악, 「38도에서」 부분, 『신조선보』, 1945. 12. 12.
201) 김동석, 『예술과 생활』, 박문출판사, 1947, 151면.
202) 신기석, 「외교사상의 38도선」, 『새한민보』 2권 1호, 1948. 1, 12면.

한 강렬한 기대와 열망은 눈 앞의 생계조차 별 문제가 되지 않게 하였다. 그래서 이들은 안락한 삶의 공간에 안주하지 않고 귀향의 걸음을 재촉하였던 것이다. 원천적 삶의 회복에 대한 욕구와 열망은 이들의 "눈", "입술"204) 등에 선명히 나타나 있다. 그러므로 현실적 위기상황을 조장하고 있는 38도선은 이들에게 철폐와 항의의 대상이 되는 것이다. 38도선은 이 시에서 우리의 가슴 한가운데를 가로지르는 검푸른 강물로 전이되어 나타나 있다. 이는 우리 민족 내부가 아닌 외부, 즉 미소 강대국이 구획지워 놓은 38선의 상징물로 볼 수 있다. 그러므로 시적 주체를 포함한 우리들의 본원적 삶에 대한 지향은 이를 방해하는 강물과의 대결의지로 나타나게 된다. 이러한 상황하에서 "정갱이로 허리로 배꿉으로 목아지로" 즉, 온 몸, 온 힘으로 "강물"을 헤치고 나가자는 시적 주체의 절규는 역사적 의미를 획득하게 된다. 위기적 상황 속에서 그것을 헤쳐나갈 유일한 방법은 강물을 거슬러 헤쳐 나가는 길밖에 없음을 시적 주체는 보여주고 있는 것이다.

한편 자주독립국가 수립 문제가 올바른 길로 나아가지 못하고 계속 엉뚱한 방향에서 정체되고 있는데 대한 안타까움을 표출한 작품들도 나타났는데 여상현의 「커 - 브」는 대표적 작품이다.

> 찌익—
> 어데로 가는 전차가 "커 - 브"를 도느냐
>
> 진종일 해방과 자유를
> 쪼코렛처럼 씹다가
> 「찚」 황황히 달리는 소란한 거리로

---

203) 이용악, 앞의 시 미인용 부분.
204) 이용악, 위의 시 미인용 부분.

조심조심 집에 돌아오는
나의 무수한 그날 그날

멀리서 들려오는 클래리온 소리
전재민수용소의 위안공연이다
향수마저 잊은지 오랜 재민들
사투리가 많아서 서루 말이 통하지 않고
걸핏하면 울음판이 벌어지고 있다

일직이 아배는
「하이」 한마디도 몰라 보조원이 못되었고
이제 삼십대가 넘은 나도
서양말 모르니 벼슬사리 어려울게고
하늘에 별은 노상 많기도 하다

나라에 아직 근심이 많고
마을엔 몹시 고달픈 밤이 쌓인다
누구 때문이냐, 누구를 위한 것이냐
곧장 달려야 할 우리들의 길
부즐없이 "커 - 브"를 "커 - 브"를 돌고 있다205)

여상현의 「커 - 브」는 잘못되어 가는 현실에 대해 안타까움을 표출
해 보이고 있는 작품이다. "커-브를 도느냐", "누구 때문이냐", "누구를
위한 것이냐" 등 이러한 질문 형식을 사용하여 올바른 길을 가지 못하고
'커브'를 돌고 있는 현실에 대해 비판한다. 이 의문은 물론 잘못된 현실
을 조장하고 있는 대상 및 현실에 대한 공격적 의미가 강하다. 시적 주
체가 맞이한 해방은 완전하고도 올바른 해방이 아니다. 이는 "진종일 해

---

205) 여상현, 「커 - 브」, 『연간조선시집』, 88~90면.

방과 자유를 쪼코렛처럼 씹"다가 돌아오는 무수한 날들에서 갖는 시적 주체의 허망감에서 잘 나타나고 있다. 이 시에서 진정한 해방의 방해자는 "쪼코렛", "찝", "서양말" 등의 파편화된 기표로 나타나 있다. 이러한 기표들은 해방이 우리 민족 내부의 문제라기보다 외부의 강대국의 행동반경과 긴밀한 연관을 가지고 있음을 의미하고 있다. 우리 민족이 곧장 새나라 건설의 길로 나아가지 못했기에 이 당시가 "울음판"의 현실뿐이며 "근심", "고달픔"만 있는 현실이라는 비관적인 인식을 시적 주체는 하고 있다. 그러므로 우울한 현실을 조장하는 대상에 대한 시적 주체의 분노는 이 시의 밑바탕에 깔려 있는 기본 정조가 된다. 1연에서 담담하던 의문의 어조가 마지막 5연에서 강한 항의의 어조로 바뀌는 것도 이 때문이다. 새나라 건설에 대한 당위가 시적 주체의 마음을 안타까움과 분노로 가득차게 만드는 것이다. 곤궁에 빠져 정체하고 있는 민족의 현실을 정확히 직시하려고 하는 시인의 노력은 이 시에서 분노에 찬 항의로 전화되어 나타나고 있는 것이다. 해방 이후 "곧장 달려야 할" 자주독립국가 건설의 과정에서 겪는 좌절과 분노야말로 이 당시 대다수 우리 민족이 겪어야 했던 보편적 체험이었다. 이러한 새나라 건설에 대한 좌절과 분노의 체험을 시인은 전차의 '커-브'에 비유함으로써 어느 정도 그 형상성을 획득해 보이고 있다. 이러한 「커-브」 같은 시는 김기림이 해방기 시의 특성으로 내세우는 "우리 시가 분노라는 감정을 시적 감정에까지 끌어 올렸다고 하는"[206] 평가와도 어느 정도 관련이 있는 작품이라고 할 수 있겠다. 이러한 분노는 여상현의 「분수」에서는 "지열과 함께 맹렬히 뿜는 의분"[207]으로 나타나기도 하였다.

10월항쟁, 미소 공위의 결렬, 5·10 단선으로 이어지는 정세의 악

---

206) 김기림, 「시와 민족」, 『시론』, 백양당, 1947, 215면.
207) 여상현, 「분수」, 『칠면조』, 7면.

화 속에서 점점 불투명해지는 자주독립의 '길'이 '커브'를 돌고 있는데
대한 시적 주체의 분노는 점차 자주독립국가를 성취하지 못한 현실에
대한 안타까움과 현실극복 의지로 바뀐다.

> 눈물 웃음 마구 뒤섞여
> 36년의 울분이 폭발하든 날
> 기차 전차 택시— 화물차 우에
> 사람들이 곡식단처럼 열려서
> 만세 부르며 불려 다니던 날
>
> 그날 우리들의 새나라는 세워졌어야 했다
>
> 쓴 침을 삼키면서
> 안타까운 불평만을 되풀이 할 때가 아니다
> 미쏘공위엔 돌팔매가 들고
> 민족의 영웅은 쓰러지지 않느냐
>
> 젖줄 잃고 피나게 우는 어린 것들을 위하여
> 학원 없는 동생과 실신한 아주머니와
> 눈감지 못한 채 죽어간 동무들을 위하야 어깨 맞대이고
> 우리들의 8. 15를 함성에 젖게 하자[208]

이 시는 8. 15해방이 가져다 준 환희와 감격이 새나라 건설로 이어
지지 못하고 그 기대가 좌절되어가는 순간을 그려 보이고 있다. 자주독
립국가 건설의 소망이 무산되고 "추억" 속에 잠겨가는 8.15를 시적 주
체는 안타깝게 바라보고 있다. "죄지은 놈 당연히 벌을 받고/ 사레진 논

---

208) 김상훈, 「8. 15의 노래」 부분, 『독립신보』, 1947. 8. 15.

밭을 얻은 농군들의 웃음 속에/ 일터와 자유를 얻은 노동자의 환희와/ 아들 딸의 손길 잡은 어머니의 자랑 속에"209) 자주독립국가가 세워지지 못한 현실에 대한 안타까움이다. 버젓이 세워져야 할 "우리들의 새나라"가 세워지지 못하고 있는 현실에 대한 안타까움과 분노가 이 시 전체를 감싸고 있다. 이 시는 해방된 지 두 해 만에 맞이하는 열악한 현실과 그것에 맞서는 시적 주체의 대응의지를 그려보이고 있다. "미소공위엔 돌팔매가 들고/ 민족의 영웅이 쓰러지는 현실" 앞에 "함성"에 젖은 8. 15를 다시 가져 오게 하여야 한다는 것이 시적 주체의 현실에 대한 항의이다. 시적 주체는 추억 속에 잠겨가는 8.15를 안타까움으로만 바라볼 것이 아니라 이것을 "함성"으로 전이시켜 나가야 함을 분명히 하고 있다. 그러한 자신의 생각을 시적 주체는 독자들에게 물음과 청유형 어투를 통해 행동을 요구하고 있다.

임학수의 「다시 8. 15에」 또한 해방 두 돌 동안 엄청나게 변해버린 현실과 그 현실에 대한 시적 주체의 심경을 그려 보이고 있다. 시적 주체에게 지나간 해방 두 해는 "벅찬 가슴에 칼자욱만 남"210)긴 안타까움과 좌절의 시간으로 인식된다. 그러므로 시적 주체는 해방 첫날 그 순간의 8. 15를 황홀하게 되뇌이며 그 때를 그리워한다. 이러한 시적 주체의 욕망은 "또 하나의 8. 15"를 열망하게 만들고 "요망한 구름"이 "골과 뫼 덮어도" 언제나 그 위에 "볕"이 빛남을 뚜렷이 인식하게 만드는 것으로 나타난다.

한편 김상훈의 「경부선」의 경우도 주목의 대상이 된다.

> 끝없이 서로 슴치 못할
> 슬픈 운명으로 매련된 두줄 레일이여

---

209) 김상훈, 위의 시 미인용 부분.
210) 임학수, 「다시 8. 15에」, 『한성일보』, 1947. 8. 15.

　　　우리들의 가장 소중한
　　　국토의 가슴 우에 금을 그어서
　　　그대 못매인 듯 무슨 아우성이
　　　또 절망의 울음을 던지고 사라지느냐
　　　옛날 제국주의의 모진 채쭉을 실어올 때부터
　　　우리들의 자랑스러운 푸른 하늘에
　　　검은 연기만 끝없이 토해 왔느냐

　　　경부선이여
　　　가난한 백성들의 서름과 노염을
　　　침목처럼 깔고 너는 달리느냐
　　　눈이 멀도록 기다리는
　　　우리의 새나라를 실어올 날은 언제냐211)

　　이 시는 발화자인 시적 주체가 청자인 경부선에게 말하는 형식으로 되어 있다. 청자인 경부선에게 병렬적인 물음을 계속 던짐으로써 해방의 의미와 새나라 건설에 대한 열망을 드러내 보인다. 민족 현실이나 민중들의 고통과는 상관없이 한 길로만 굴러가는 경부선에 대해 시적 주체는 의문을 제기한다. 일제강점기 때나 해방된 지금이나 고통스런 농민들의 아우성과 어머니들의 분노를 외면한 채 달리는 경부선은 시적 주체에게 "잔인한 차륜"으로 인식된다. 김상훈은 이 시에서 경부선이란 외적 사물에 의탁해 그것이 가진 역사적 의미와 속성을 진단하고 분단 고착화가 조장하는 민중들의 고통과 분노를 형상화해 보였다. 더구나 1연의 "끝없이 서로 습치 못할/ 슬픈 운명으로 매련된 두 줄 레일이여"라는 시구는 어쩌면 영원히 합쳐지지 못할 좌, 우 대립의 갈등을 시사한다고도 할 수 있다. 첫 부분에 던져진 이 시구가 해방 직후 우리 민족의

---

211) 김상훈, 「경부선」 부분, 『신천지』 3권 1호, 1948. 1, 128~129면.

운명과 상관성이 있음은 쉽게 알아챌 수 있다. 민족의 소망과는 관계없이 함부로 "우리들의 가장 소중한 국토의 가슴 우에" "금을 그"은 경부선은 분단을 획책하는 외세와 38선을 비유하고 있다고 할 수 있다. 결국 시적 주체는 시적 대상인 경부선을 통해 민중들의 고통과 잘못되어가는 민족현실에 대해 발언하고 있는 것이다. 또한 자칫 격해지기 쉬운 시적 주체의 주정적 감정이 경부선을 통해 투사됨으로써 감정의 노출을 억제하는 효과를 보여주고 있다. 또한 단속적(斷續的)으로 던져지는 병렬적인 물음은 시적 주체의 정서를 이완시키지 않고 계속적으로 환기시켜 긴장을 유지하게 해 준다.

(2) 시적 공간의 이동 양상과 낙관적 전망

1) 삶의 원형적 공간 지향

1947년 미소공위가 결렬된 이후 좌익은 대대적인 검거 선풍에 직면하게 되는데 그들은 도피책의 하나로써 입산, 월북, 지하잠입 중의 하나를 강요당하게 되었다.212) 이 당시 시인들은 고난에 찬 운명을 맞이하게 되는데 이러한 상황 속에서 시인들의 현실대응방식은 크게 두가지 방향으로 나타났다고 할 수 있다. 하나는 현재의 열악한 환경과 대척되는 삶의 원형적 공간을 탐색해 들어가는 것인데, 주로 '고향'이나 '어머니' 같은 소재나 공간 선택 양상으로 나타났다. 다른 하나는 고향이나 어머니 같은 삶의 원형적 공간을 지향하는 대신에 현실을 회피하지 않고 직접 현실 속의 공간 속에 들어가 현실과 맞서고 있는 작품들로 나타났다. 이 경우의 시적 공간은 주로 '거리'나 '산'의 모습으로 나타났다.

---

212) 김점곤, 앞의 책, 135면.

먼저 고향이나 어머니 같은 삶의 원형적 공간을 탐색해 들어가는 시들을 살펴 보기로 한다. 이용악의 「그리움」이나 최석두의 「별은 날아가다」, 이병철의 「곡」 등은 이러한 시적 경향을 잘 드러내 보여주고 있다.

> 눈이 오는가 북쪽엔
> 함박눈 쏟아져 내리는가
>
> 험한 벼랑을 구비구비 돌아 간
> 백무선 철ㅅ길   우에
> 느릿느릿 밤새어 달리는
> 화물차의 검은 집웅에
>
> 연달린 산과 산 사이
> 너를 남기고 온
> 작은 마을에도 복된 눈 내리는가
>
> 잉크ㅅ병 얼어드는 이러한 밤에
> 어쩌자고 잠을 깨어
> 그리운 것 참아 그리운 것
>
> 눈이 오는가 북쪽엔
> 함박눈 쏟아져 내리는가[213]

---

213) 이용악, 「그리움」, 『협동』 3호, 1947.1, 86면. 이 작품은 발표 연대와 창작 연대가 다른 것으로 나타나 있다. 이 시는 1947년 1월 『협동』지에 발표되었으나 그의 4시집 『이용악집』, 동지사, 1949, 38면에 의하면 1945년작이란 부기가 붙어 있다. 아마 함북 경성에서 해방이 되어 서울로 온 이용악이 진보적 문학운동에 참가하던 어느 추운 겨울날 밤 고향이 그리워서 쓴 작품이라 볼 수 있다. 눈, 추위 등을 염두에 둘 때 이 시는 1945년 12말경에 창작된 작품으로 추정해 볼 수 있다.

위의 시는 이용악의 「그리움」 전문이다. 그리움이란 현재 부재하고 있는 대상에 대한 아쉬움이며 그것에 대해 보고 싶어 그리는 마음이다. 이러한 그리움은 현재의 삶이 고단하고 열악할 때 더욱 가깝게 다가오는 것이라고 할 수 있다. 이 작품의 시적 주체는 "잉크병 얼어드는 밤"에 홀로 일어나 북쪽 고향을 그리워한다. 잉크병이란 시인의 문자 행위를 가능하게 해 주는 중요한 도구의 하나이다. 이러한 잉크가 얼어드는 추위란 자유로운 언론, 또는 작품 활동이 보장되지 못한 부동적(浮動的)인 현실을 비유한다고 할 수 있다. 이러한 현실 속에 홀로 깨어나 북쪽의 먼 고향을 그리워 하는 행위, 이는 어떻게 보면 현실의 열악한 삶을 용납하지 않겠다는 마음의 자세와도 통한다고 하겠다. 반복된 물음의 형식은 이 시의 그리움을 더욱 절실하게 드러내 주는 기능을 한다. 그런데 시적 주체가 그리는 고향의 모습 내지 장면 회상이 1, 2, 3, 5연인데 반해, 시적 주체가 처해 있는 현재적 상황은 4연뿐이다. 이러한 구성상의 특징은 시적 주체가 선 현재의 지점에서 고향에로 향하는 강력한 욕망 지향의 모습을 드러내 보인 것이라 할 수 있다.

공동체적 연대감 속에 서로의 투쟁의지를 친밀하게 주고받았던 집단이 현실의 악화된 정세 때문에 해체되지 않을 수 없을 때, 시인 또한 시적 공간의 이동을 모색하지 않을 수 없다. 그 중의 하나가 집단적 체험에서 개인적 체험의 공간으로 넘어가는 과정을 노래해 보이는 것이다. 여기에는 물론 회상적 어조가 주된 역할을 한다. 시적 주체는 현재의 열악한 현실과 대치된 두고온 장소, 즉 '북쪽'의 '작은 마을'로 가는 길을 장면화해 보이고 있다. "험한 벼랑 구비구비 돌아 간 철길", "화물차", "연달린 산과 산" 등이 "작은 마을"로 가는 길의 장면들이다. 결국 시적 주체는 현재적 삶의 비극성을 극복해 나가는 방편으로 현실과 대립된 원형적 체험의 장소로 달려가고 싶은 욕망에 시달리는 것이다. 특히 고향마을에 내리는 함박눈은 현재 "이곳의 얼어듦(결빙)과 대립"되는 것으로 "이곳으로부터 확산되는 감정의 크기와 밀도를 드러낸"214) 것이라고 볼 수 있다. 현실에 대한 전망이 비극적으로 전이되어 갈 때 시인들에게 남는 것은 더욱 굳센 싸움의 결의와 더불어 허무, 좌절로 해서 오는 회의, 그리고 돌아갈 수 없는 공간에 대한 그리움뿐이라 할 수 있다. 이용악의 「그리움」은 이처럼 이념 또는 싸움의 현장에서 물러나 개인적, 이상적 공간에 대한 회귀의 모습을 강하게 보여주고 있다. 시의 서정성을 회복하면서 개인적 체험의 회상 공간으로 시선을 이동시키고 있는 것이다. 현재적 삶에 대한 상실감과 결핍의 대척점에 '북쪽' 고향을 상정하고 있는 것이다. 이러한 그리움의 정조 뒤에는 그래도 올바르게 살아 가려는 마음가짐이 다소 상징적으로 나타나 있다고 할 수 있다.

이용악의 「그리움」 외에도 고향으로 향하는 시인들의 의지, 또는 완전한 고향에의 희구를 나타내는 작품들이 이 당시에 많이 쓰여졌다. 박아지의 「고향」, 박산운의 「고향에 돌아와서」, 최석두의 「고향」, 오장환의 「고향 앞에서」, 이수형의 「진주손님들」, 「아라사 가까운 내 고향」 등은 이러한 시들 중에서 대표작이라 할 수 있다. 그 중 최석두의 「고향」은 이용악의 「그리움」과는 대상을 인식하는 태도 면에서 서로 상반되게 나타나고 있다. 최석두의 「고향」은 그리움의 대상으로서의 고향이라기보다 수난 받는 대상으로서의 고향의 모습이 뚜렷이 부각되어 있다. 최석두는 "인젠 연 하나/ 나르지 않는/ 남쪽 하늘"의 고향을 통해 "연신 시커먼 밤들이/ 으르렁거리"215)는 헐벗은 고향의 모습을 드러내 보인다. 이처럼 고향은 이 당시 시인들에게 이상적 공간으로서의 고향과 결코

---

214) 황인교, 「이용악시의 언술 분석」, 이화여대 박사논문, 1991, 47면.
215) 최석두, 「고향」, 『새벽길』, 조선사, 1948, 22~25면.

헐벗을 수 없는 "내 고향"이지만 현실적으로 몰락해 가는 공간으로 인식되고 있다. 그러나 그 고향이 그리움의 대상이든 헐벗음의 공간이든 시적 주체가 애착을 가지고 있는 이상적 열망의 공간임에는 틀림없다. 그러므로 돌아갈 수 있는 행복한 공간에 대한 지향의지는 열악한 현실에 대한 개혁의지와 맞물려 시적 주체를 싸움의 거리로 내몬다. 이 당시 시에 나타난 고향지향성은 단순한 회고적, 복고적 마음의 노출이라기보다 유년시절에 깊이 각인된 삶의 원형적 모습이 보장된 이상적인 공간에 대한 회귀의식이라고 할 수 있다. 물론 이는 비극적인 현실과 밀접히 관련되어 연상되는 공간이다. 이러한 맥락에서 볼 때 겉으로 드러난 기호로서의 현상적 시어는 이 시기의 시에서 별로 중요하지 않다. 도리어 그 속에 숨어 있는 시인들의 이상적 공간에 대한 열망을 읽어내는 것이 더욱 중요하다고 생각된다. 시인들이 그리고 있는 고향의 모습 중심에 어머니가 존재해 있다. 해방기 시에 어머니가 자주 등장하는 것도 현실의 고단한 삶과 대립되는 존재인 가족으로서의 어머니가 그 시기에 그만큼 필요한 존재였기 때문이라고 할 수 있다.

> 별이
> 날아가는 밤
>
> 어머님
> 홀로
> 가시다
>
> 세상의 슬픔이
> 하도나 크기에
>
> 서른이 넘어도

믿을 수 없는 아들

아들의 이름조차
함부로 불러 볼 나위 없이

고요히
외로이
마음 할 뿐

언제나
참음이 앞서 간 쉰여덟

숨 막히던 가난도
약 한 첩 못 쓰던 병도
수월스리 하직하시고

아들의 슬기롬만을
자랑삼아

아들의 몸가짐만을
걱정하시며

별이 날아 가는 밤

수 없이
끝 없이   날아 가는 밤

멀리
멀리
마지막 가시는 길

> 어머님
> 홀로
> 산으로 가시다.216)

이 시에서 어머니의 죽음은 시인의 분신이기도 한 시적 주체에 의해 차분히 형상화되고 있다. 물론 이 시는 비애와 추도의 어조를 띠고 있다. 어머니의 죽음을 별이 날아가는 밤에 비유하고 있는데, 별은 바로 어머니이기도 하면서 그가 이제까지 기대어 온 이상의 표상이란 점에서 중요하다. 그러한 어머니가 산으로 이제 영원히 가버렸다는 것이 이 시의 주된 내용이다. 그런데 어머니의 죽음을 바라보는 시적 주체는 주정적 슬픔에 함몰되지 않고 그것을 차분히 절제하면서 어머니의 죽음을 추도217)하고 있다. 이 시에서 감정의 절제는 짧막한 어절 중심의 시행 구분을 통해서도 나타난다고 할 수 있다. 어머니의 죽음이 가져 오는 슬픔이나 격정을 길게 요설적으로 늘어놓지 않은 데 이 시의 묘미가 있다. 어머니의 죽음은 시적 주체에게 "하도나 큰" "세상의 슬픔" 때문에 쉽사리 믿겨지지 않지만 이는 현실로 다가왔다. 어머니는 "언제나 참음이 앞서 간 쉰 여덟"의 일생을 살았으며 이제 죽음으로써 "숨막히던 가난"과 "약 한첩 못 쓰던 병"도 수월스리 하직하게 된다. 이러한 어머니이지만 언제나 아들만을 생각하고 걱정하는 분이기에 시적 주체가 느끼는 슬픔의 강도는 그 어느 것보다 크다고 할 수 있다. 그러나 시적 주체는 이러한 슬픔의 정서를 마구 분출시켜 보이지 않고 어머니가 마지막 가는 길을 차분하게 이미지화시켜 보이고 있다. 소중한 존재로서의 어머니가 사라져 가는 장면을 별이 수없이, 끝없이 날아가는 밤의 모습으로

---

216) 최석두, 「별이 날아가는 밤」, 『새벽길』, 67~71면.
217) 신범순은 이러한 추도의 상념은 어머니의 삶이 바로 자신의 삶이기도 하다는 동일시적 감정에 의해 그 어머니의 현실적인 삶의 고뇌를 드러낸다고 평가한 바 있다. 신범순, 「해방기 시의 리얼리즘 연구」, 164면.

치환시켜 보이는 것은 돋보이는 수법이다. 어머니를 여의는 것, 이것은 시적 주체에게 별과 같은 이상적 공간이 상실되는 것이며, 어머니의 외로움이 시적 주체 자신에게 그대로 전이됨을 의미한다고 할 수 있다. 이병철의 「곡(哭)」 또한 어머니의 죽음에 대한 안타까움과 아쉬움을 나타내 보이고 있다.

> 아들 따라 손주놈들 앞뒤에 주렁주렁 거나리고 서울 메누리 앞세우고, 날만 따스해지면 남산 공원으로 동물원으로 화신상회로 나드리 실컨 서울구경을 하시겠다는 어머니.
>
> 여름에 보리밥 먹기 좋은 상추쌈과 녹두랑 팥이랑 강냉이 당고추 같은 것이라든지, 봄철 들면 가지가지 씨앗을, 뜨내기 이불 봇짐 속에 소중히 이어오신 어머니.
>
> 왜놈들 가고 또 더한 왜놈들 등살에 예나제나 상기도 쫓겨다니기만 하는 둘째의 일홈을 불러, 어느 때 참말로 좋은 세상이 와서 참말로 기와집 한 채 쯤 지니고 살겠느냐고 물으시든 어머니
>
> 어머니 어머니 !
> 날씨가 풀리어 채 따스해지기도 전에 화신상회 동물원 구경을 하시기도 전에, 쫓겨다니는 이 자식놈을 돌볼 결을도 없이 어데로 어데로 이렇게 바삐 길을 채리시는 것입니까.
>
> 목이 터지두록 아모리 불러도 불러도 대답없이 하늘가 자꾸만 머얼리로 바삐 가시는 어머니, 어뒤메 살기 좋은 나라 살기 좋은 번지수를 찾아가시기에 이처럼 이처럼 바쁜 길이옵니까.218)

---

218) 이병철, 「곡(哭)」 부분, 『문학평론』 3호, 1947. 4, 31~33면.

이 시의 시적 주체는 "서울구경" 한 번 못하고 "느티나무처럼 늙은 어머니"가 "좋은 세상이 와서" "기와집 한 채" 지니고 살겠다던 어머니가 끝내 좋은 세상 못 보고 저 세상으로 가버린데 대한 안타까움을 드러내 보인다. 이러한 안타까움은 어머니의 소망을 성취하지 못하게 하고, 끝내 시적 주체를 쫓겨 다니게 하며, 자식 도리 못하게 한 억압적 현실 때문에 일어난다고 할 수 있다. 그러므로 어머니의 죽음으로 인해 비애의 정서에 함몰되어 있는 시적 주체에게 있어 잘못된 현실은 분노의 대상이 된다. 늙으신 어머니의 작은 소망조차 들어주지 못한데 대한 자신의 죄책감은 어머니의 소망을 활짝 꽃피우는 새 세상을 만들고야 말겠다는 의지로 전화되어 나타난다. 즉 "왜놈들과 왜놈들의 부치는 아주 사뭇 쫓아버리고 봄이 오면 틀림없이 이 땅에 봄이 오면, 이불봇짐과 함께 가지고 오신 어머니의 씨앗을 갈아 꽃피우겠습니다, 꽃피우겠습니다"[219]란 다짐이 바로 그것이다. 어머니가 현실에서 못다한 소망을 어머니가 남기신 씨앗을 통해 꽃피우겠다는 의지는 바로 시적 주체가 그리는 새로운 세상에 대한 열망이 어머니의 죽음을 통해 더욱 강화되고 있음을 나타낸다.

오장환의 「어머니 서울에 오시다」는 자식만을 생각하는 어머니의 기대를 저버린 자신에 대한 죄책감과 '병든 자식'을 위해 '미음'과 '약' 시중을 드는 어머니에 대한 애정을 드러내 보이고 있다. 그러면서도 시적 주체는 자신의 병이 가슴에 "넘치는 사랑"과 "넘치는 바른 뜻"을 "모 - 든 이의 가슴에 부을 길이 서툴"[220]은 때문에 온 병임을 고백하고 있다. 이러함에도 불구하고 시적 주체는 자신을 '탕아'로 인식하고 어머니를 서울로 오게 한데 대한 죄스러움과 안타까움을 거듭 드러내 보인다. "탕

---

219) 이병철, 위의 시 미인용 부분, 33면.
220) 오장환, 「어머니 서울에 오시다」, 『병든 서울』, 57면.

아 도라가는 게/ 아니라/늙으신 어머니 병든 자식을 찾어 오시다"221)란 첫 연과 마지막 연의 동일 어구의 반복은 어머니에 대한 자신의 안타까움을 절실히 드러내 보이는 수법이라고 볼 수 있다.

상민의 「어머니」에 나오는 어머니는 "허연 귀밑머리 부적 늘어가고/ 귤껍질 같이 주름살이 잡힌 어머니"이고 "세상에 대한 불안과/ 아들의 운명에 대한 공포"를 간직한 어머니이다. 그러나 "혁명이 무언지 그런 것은 알 리 없어도/ 그저 젊은 놈을 따라 가야 한다고 완고한 아버지와 싸"우시는 자식에 대해 무한한 애정을 가진 어머니이다.222) 이 시에 나오는 어머니도 자식에 대한 애정과 기대 뒤편엔 혹 자식이 잘못될까 근심하는 일반적 어머니 중의 한 사람이다. 문제는 이러한 어머니를 바라보는 시적 주체의 시선과 마음이다. 시적 주체는 당신을 역에까지 보내 드리지 못하고 격식없이 종로 네거리에서 보내야 하는 안타까움을 표출해 보인다. 동시에 "오늘도 그 먼 데서 쌀과 옷가지를 날라다 주는" 어머니에 대한 고마움과 자랑스러움을 동시에 드러내 보이고 있다. 이 시 또한 어머니를 그리는데 주안점을 두고 있긴 하지만 시적 주체가 열악한 현실을 헤쳐 나가는 데 있어 어머니가 하나의 계기가 되고 있음을 강조하고 있다.

유진오의 「향수」도 어머니의 사랑이 현실 싸움의 중요한 매개체가 됨을 강조하고 있다. 어머니는 시적 주체인 아들을 항상 "깨끗한 새옷을 입히고 싶어하"고 항상 "불안한 표정"223)으로 바라보고 있는 일반적 어머니상이다. 그러나 이러한 어머니를 통해 사랑의 진정성을 획득하고 또 현실에 대한 날카로운 투쟁의 의지를 자각하여 실천해 나가게 된다.

---

221) 오장환, 위의 시. 오장환은 귀향한 후 자신의 모습을 「어머니의 품에서」(『신천지』 1권 10호, 1946. 11.)란 시에서 노래해 보이기도 했다.
222) 상민, 「어머니」, 『옥문이 열리든 날』, 신학사, 1948, 1~4면.
223) 유진오, 「어머니」, 『창』, 86~87면.

> 손톱 및 갈갈이
> 까실까실한 당신의 손
> 창자 속에 지니고
>
> 엄마여
> 이 녀석은 훌훌 뛰면서
> 이빨이 사뭇
> 칼날보다 날카로워 갑니다224)

이처럼 어머니는 시적 주체에게 현실투쟁의 의지를 일깨워 주는 하나의 매개체로 자리잡고 있다. 신범순의 평처럼 "어머니를 향한 강력한 지향"은 "가장 강력한 투쟁적 의지의 분출과 결합225)"될 수 있는 것이다. '이빨', '칼날' 같은 날카로운 공격적 이미지들은 어머니로부터 나오는 것이다. 시적 주체도 이처럼 어머니를 통해 불안한 현실 상황 속에서 날카로운 싸움의 의지를 다져 나가고 있는 것이다. 어머니야말로 변혁운동에 몸 바친 시적 주체 자신에게 삶의 방향을 가늠해 줄 수 있는 원형적 존재인 것이다.

한편 김상훈의 「어머니에게 드리는 노래」에 나오는 '어머니'는 최석두의 「별이 날아가는 밤」이나 이병철의 「곡」, 상민의 「어머니」, 유진오의 「어머니」, 「향수」에 나오는 '어머니'와는 사뭇 다른 모습을 보여주고 있다. 「곡」, 「어머니」에 나온 어머니가 소박하고 다소 수동적이며 가족 내부에 머물러 있었던 어머니 상이었다면 「어머니에게 드리는 노래」에 나오는 어머니는 "궐연히 싸움터에 선 어머니의 모습"226)이다. 이러한 어머니는 물론 처음에는 싸움터에 뛰어드는 아들을 "두려운 눈초리로

---

224) 유진오, 「향수」 부분, 『신천지』 4권 2호, 1949. 2, 169면.
225) 신범순, 「해방기 시의 리얼리즘 연구」, 162면.
226) 김상훈, 「어머니에게 드리는 노래」, 『대열』, 60면.

바라보시"227)던 그런 어머니이다. 그러한 어머니가 "남편을 빼앗기고", "쌀을 빼앗기고", "자식을 잡혀 보내"228)는 고난의 일생을 보내면서 이제 자식과 함께 같은 길을 가는, 싸움터의 앞장에 서 있는 어머니가 된 것이다. 이러한 길의 선택은 어머니가 수난의 삶의 역정을 통해 "천사람이 무어라고 해도 제가 걷는 길은 바릅니다"229)라는 아들의 신념에 동조한 결과라고 할 수 있다. 어머니의 의식이 현실 속에서 급격한 전환을 이룬 한 예라 하겠는데 이러한 어머니는 실제의 어머니상이라기보다 당위가 빚어낸 관념상의 어머니상일 가능성이 크다.

해방기 시에 나타난 어머니는 결국 현실과 동떨어져 있는 소재 같지만 실지로는 현실의 열악한 삶과 밀접한 관련을 갖고 있는 소재라 할 수 있다. 시적 주체의 어머니에 대한 태도는 결국 어머니를 제대로 모시지 못한데 대한 개인적 안타까움과 억압적 현실에 대한 분노가 뒤섞여 드러나고 있다. 그래서 이들은 어머니를 그리워하면서도 항상 현실과의 긴장관계를 유지하려고 애를 쓴다. 해방기 리얼리즘 시인들은 아내나 어머니 같은 소재를 통해 가족의 품이나 고향을 항상 그들 시의 중심에서 멀어지지 않게 하였다. 이것을 통해 현실적 싸움의 근거를 확보하고 앞으로 나갈 발판 내지 계기를 마련할 수 있게 하였다고 할 수 있다. 이처럼 어머니로 연상되는 가족이나 그것이 좀더 확대된 고향을 시적 공간으로 택했던 시인들은 주로 이러한 공간을 단순한 그리움의 대상으로 설정하기 보다 격렬한 현실 싸움의 근거 내지 전화의 계기로 파악하였다.230)

---

227) 김상훈, 「어머니」, 『대열』, 40면.
228) 김상훈, 「어머니에게 드리는 노래」, 『대열』, 60면.
229) 김상훈, 「어머니」, 『대열』, 40면.
230) 이러한 양상은 이용악의 「거리에서」란 시에서도 구체적으로 나타나고 있다.
　　"…… 눈보라여 빗바람이여 성낸 물결이어 이제 휩쓸어 오는가 불이어 불길이어 노한 청춘과 함께 이제 어깨를 일으키는가// 우리 조그마한 고향 하나와 우리 조그마

2) 현실 공간에서의 전진과 낙관적 전망

한편 이 당시 고향이나 어머니 같은 삶의 원형적 공간을 지향하는 대신 현실을 회피하지 않고 직접 현실 공간 속으로 들어가 맞서고 있는 작품들도 나타났다. 이 경우의 시적 공간은 주로 '거리'나 '산'의 모습으로 나타났다. 이 시기에 오면 벌써 시인들은 시인임을 포기하는 지점에까지 도달하였다고 할 수 있다. 이들은 급변해 가는 해방 정국의 상황 속에서 투쟁의 근거지조차 확보하지 못하고 변두리로 밀려나고 있었다. 이용악의 「노한 눈」들은 이러한 모습을 잘 보여주고 있다.

> 불빛 노을 함ㅅ박 갈앉은 눈이라 노한 노한 눈들이라
>
> 죄다 바서진 창으로 추위가 닥아서는데 몇번째인가 어찌하여 우리는 또 밀려 나가야 하는 우리의 회관에서
>
> 더러는 어디루 갔나 다시 황막한 벌판을 안고 숨어서 쳐다보는 푸르른 하늘이며 밤마다 별마다에 가슴 맥히어 차라리 울지도 못할 옳은 사람들 정영 어디서 움트는 조국을 그리는 것일까
>
> 폭풍이어 이러서는 것 폭풍이어 폭풍이어 몰아지라 불낄처럼 이러서는 것
>
> 구보랑 회남이랑 홍구랑 영석이랑 우리 그대들과 함께 졍드린 낡은 걸상이며 책상을 둘러메고 지나간 데모에 휘날리던 기빨까지도 소중히 감아들고 지금 저무는 서울 거리에 갈 곳 없이 나서련다
>
> 내사 아마 퍽도 약한 시인이길래 부끄러히 낯을 돌리고 그저 울음

한 인민의 나라와 오래인 세월 너무나 서러웁던 동무들 차마 그리워 우리 다만 앞을 향하여 뉘우침 아예 없어라" 이용악, 「거리에서」, 『이용악집』, 49~51면.

　　이 복바치는 것일까

　　　불빛 노을 함ㅅ박 갈앉은 눈이라 노한 노한 눈들이라231)

　　여기서 시적 주체는 "죄다 바서진 창으로 추위가 다가서는데" "몇번째인가" "또 밀려나가야 하는 우리의 회관에서" 울지도 못할 현실에 대해 분노를 표출해 보인다. 합법적 공간이 용납되지 않는 현실에서 '우리'로 표상되는 진보적 세력들의 강한 연대감은 연속되는 좌절감으로 "노한 눈들"로 치환되어 나타나고 있다. "노한 눈들"은 "불빛 노을 함ㅅ박 갈앉은 눈"으로 시각화되고 있는데 "불길"처럼 일어서는 분노를 함축한다고 할 수 있다. 시적 주체는 자기들이 하고 있는 일이 옳다고 믿는 많은 사람들이 흩어져 버린 현실 공간에서 불길처럼 폭풍이 몰아쳐 오길 기대하고 있다. 폭풍은 '노한 눈'들과 직접 연결됨으로써 분노가 '노한 눈'들로, '노한 눈'들이 '폭풍'과 '불길'로 연결되는 상승구조를 보여주고 있다. 그러나 창작 주체는 고백체의 형식을 통해 자신의 내면 모습을 분노의 감정과 대비시켜 놓음으로써 이 시를 단순한 분노 표출의 시에 머무르게 하지 않는다. 2~3연에서 시인은 객관적 현실을 조명해 보이는데 이것은 노한 눈들 내지 폭풍이 불길처럼 일어서는 행위의 정당한 근거가 된다. 그러면서 5, 6연에 들어오면서 시적 주체 자신의 체험과 주관적 감정을 급격히 드러내 보이는데 이러한 자기 감정 표출의 밑바닥에 흐르고 있는 것은 자기비판 의식이다. 시적 주체는 곧 폭풍이 불길처럼 일어 옳은 사람들이 그리는 움트는 조국이 올 것을 열망하고 있다. 이같은 현실적 전망의 구도 속에서도 적극적으로 나설 수 없는 "퍽도 약한 시인" 자신의 한계와 부끄러움을 5, 6연에서 드러내 보이고 있

---

231) 이용악, 「노한 눈들」, 『연간조선시집』, 124~125면.

다. 그리운 동지들과 함께 걸었던 길을 홀로 갈 곳 없이 나서고 있는 나약한 시적 주체의 내면 모습을 감싸고 있는 것은 부끄러움이다. 즉 "내사 아마 퍽도 약한 시인이길래 부끄러히 낯을 돌리고 그저 울음이 복받치는 것일까"란 시구를 통해 억압적 현실에 올바로 대응하지 못하고 있는 자신에 대한 자책 내지 부끄러움을 드러내 보인다. 그러면 이러한 2, 3연의 '우리'로 대표되는 진보적 세력을 둘러싼 열악한 객관 현실과 5, 6연의 '나'로 나타나는 현재의 주관적 감정 사이를 이어주고 긴장시켜 주는 것은 무엇인가? 그것은 바로 1, 4, 7연의 짧은 시행의 반복들이다. "노한 눈들"이나 "폭풍이어" 같은 짧은 시구의 반복은 자칫 느슨해지기 쉬운 서술적 어투 내지 고백체의 형식을 긴장되게 묶어 놓는 역할을 한다. 한편 이 시의 경우 열악해진 현실은 시적 주체가 그리는 이상과의 거리를 더욱 멀어지게 한다. 그래서 시적 주체를 거리로 지향없이 나서게 한다. 이들은 이상과 현실 사이의 거리를 메꾸는 데 전력을 다하였으나 그 싸움의 결과는 막막하고 암담하였다. 그래서 때때로 회의하고 자책하기도 한다.

　　웃을 때마다 보조개 우물지는 안해를 콧구멍이 빠끔빠끔한 어린 것들을
　　낙동강 건너 마을에 버리고 쫓겨왔다.

　　하도 바람부는 날이기에 자락을 거슬러 젊음을 버티면서
　　몇몇 동무들은 시장한 회관에서 나를 기다릴텐데.

　　아 이 어인 바람이 먼지않어
　　휘몰리는 발거름을 바로 고누으려는 발거름을 비틀거리면서
　　바람벽마다 전봇대에 누덕이진 삐라를 읽는다.

> 힌손이 좀 부끄러웠음인가 내가 내 등뒤에 숨으려는 나를 헐벗은
> 틈에서 새삼 보았니라, 어서 굵다란 첫획을 그을 붓과 잉크를 사가지
> 고 건너가자.232)

　'1946년 9월 다시 서울에 와서'란 부기를 달고 있는 이 시는 가족 공동체의 삶이 파괴되고, 쫓겨 다니는 시적 주체의 내면 모습을 잘 드러내 보이고 있다. "보조개 우물지는 안해"와 "콧구멍이 빠곰빠곰한 어린 것들"과의 행복한 삶을 유지하는 것이 시적 주체의 소망이라면 현실은 그것을 성취시켜 줄 그런 사회가 아니다. 현실은 "바람부는 날"로 표상되어 있는데 이 "바람"은 불편한 삶을 조장하는 원인이 되는 매체라 할 수 있다. 시적 주체에게 있어서 폭압적인 외부 현실은 부정의 대상이다. 그래서 그와 공통적 이념을 가진 동지들과의 연대감 속에 시적 주체는 싸움의 결의를 다진다. 시적 주체는 억압적 현실 공간에서 자유로운 이상 공간을 꿈꾸기 때문에 현실과 당위 사이에서 고민하고 방황한다. 시적 주체를 억누르는 현실 공간에서 이상에 대한 열망은 여기서는 "바람벽마다 전봇대에 누덕이진 삐라"로 나타나 있다. 특히 이 시에서는 지식인인 시적 주체가 자신의 내면 갈등을 솔직히 드러내 보이고 있는 점이 주목된다. "흰손"이나 "내가 내 등 뒤에 숨으려는 나"를 통해 지식인으로서 어쩔 수 없이 간직하게 되는 나약함, 우유부단함을 드러내 보인다. 이러한 자기 응시와 관찰을 통한 자기비판은 시적 주체로 하여금 더욱 단호한 투쟁의 결의를 하게 되는 계기를 만든다. 즉 역사의 새로운 폭에 "굵다란 첫획을 그을 붓과 잉크를 사가지고" 동지들에게 갈 것을 다짐하는 마지막 연의 결의가 바로 그것이다.

　이용악의 「노한 눈들」이나 이병철의 「거리에서」 등은 모두 구체적

---

232) 이병철, 「거리에서」, 『전위시인집』, 37~38면.

싸움에 대한 열망을 갖고 있으며 동시에 자신에 대해 자기비판의 눈길을 보내고 있는 것이 공통점이다. 이는 이들이 구체적 싸움의 시를 써 나가기 위해서는 먼저 소시민 의식의 청산, 자기비판, 지식인으로서의 자기 한계같은 것을 문제삼아야 했으며, 이것이 '부끄러움'이라는 자기비판의 과정으로 나타났다고 할 수 있다. 이들은 우울과 절망 속에서도 결코 희망을 버리지 않고 실천적 행동의 길을 갈 것을 다짐한다. 물론 쫓겨 다니는 시적 주체의 심정은 비애로 가득차 있지만 중요한 것은 그것이 허무로 떨어지지 않는다는 점이다. 물론 이것은 자기들이 하고 있는 자주독립국가 건설의 실천 행위가 옳은 것이란 굳은 신념이 깔려 있기 때문에 가능한 일이었다.

　　칼날을 실고 지나가는 바람소리 요란한 밖안 날씨래서
　　자라처럼 비겁하야 부끄러운 어둠 속에 너의 목아지를 숨겨 버릴
　것이 아니다.

　　사슴이의 가느러지도록 울고 싶음에,
　　원통한 하늘을 호곡하면서, 참을 길 없이 추켜드는 목아지가 시리
　구나.

　　자유와 평화와 민주주의를 지키는 젊은 수호신들의 머리 위에
　　천둥 번개불 어르렁대는 하늘이여 남부조선이여!

　　옆도 뒤도 없는 한 뼘 따 우에 정녕코 굽힐 수 없는 젊음을 째겨 딛
　고 서서,
　　아 사뭇 위태로히 불러보는 우리들의 조국은 아직도 멀리 있는가.

　　칼날을 아니 바람을 차라리 명주고름처럼 가벼이 감고,
　　한 사람씩 뒤를 니어 상채기 금간 목아지를 자랑삼아 우줄우줄 나

서는 길이 있다.

> 멀리 바래 보이는 내 사랑 민주주의의 언덕 바삐 이르러
> 구름 머흘머흘 하늘 걷힌 뒤 피에 젖은 엽의(獵衣)의 옷자락이며
> 목아지며,
> 환히 밝은 햇볕 아래 상채기 말릴 것을 믿으며 가는 길이 있다.233)

「목아지」는 시적 주체의 현실에 대한 굴종과 저항의 욕망을 동시에 보여주고 있는 시이다. '목아지'는 '자라'와 '사슴'의 목으로 상징화되어 나타나고 있는데 이는 시적 주체 자신의 현실에서의 삶의 방식과 연결된다고 하겠다. 그것은 비겁한 '자라'처럼 '목아지'를 숨기고 살아갈 것인가 아니면 사슴처럼 자신의 욕망대로 목을 추켜들면서 살아갈 것인가 하는 삶의 문제로 집약된다. 시적 주체를 둘러싼 외적 상황은 '칼날' 같은 바람, "옆도 뒤도 없는 한뼘 따 우"로 나타나 있듯이 사뭇 위태롭고 울고 싶은 현실이다. 이러한 상황 속에서 시적 주체는 "우리들의 조국" 또는 "민주주의의 언덕"으로 바삐 이르기 위해 사슴처럼 가늘어지고 싶은 욕망에 모가지를 "추켜드는" 것이다. 이는 위험을 무릅 쓴 육체적 노출 행위로 정녕 "굽힐 수 없는 젊음"이 있기에 가능하다. "상채기 금간 모가지"을 자랑스럽게 내놓으며 칼날 같은 바람 속을 헤치고 가는 시적 주체의 행위의 밑바탕에는 앞날에 대한 확고한 믿음이 내재해 있다. 구름이 걷히고 "환히 밝은 햇빛 아래 상채기 말릴 것을 믿으며 가는 길"에 대한 기대가 낙관적 전망으로 형상화되고 있다. 1948년 7월 『문학』지에 이 작품이 발표될 무렵이면 진보적 변혁운동 세력들에게 이미 육체적 위기가 다가와 있다. 동시에 앞날에 대한 전망도 약속할 수 없는 시기였다. 육체의 부분까지 다가온 위험 상황 속에서도 시적 주체는 이상

---

233) 이병철, 「목아지」, 『문학』 7호, 1948. 4, 116면.

적 공간에 대한 열망을 간직하고 있다. 이 열망이 현재의 힘겨운 삶과 비장한 싸움을 해 나가는 근거가 된다. 이러한 바탕 위에서 시적 주체는 강한 낙관적 전망을 통해 자신의 길에 대한 신념과 확신을 드러내 보이고 있다. 비극적 현실 속에서 보이는 미래에 대한 강한 낙관적 전망은 당위의 쟁취에 대한 이상화의 감정이 극대화되어 나타난 것이라 할 수 있다.

> 주름살 올올이 참아 못잊을 어머니의 얼굴이 자꼬만 멀어져 간다
> 해마다 이러한 봄철이면 하냥 풋나물 캐기에 손톱이 닳든 누이의 나이도 인제 잊어버렸다
> 도라서면 그리워지는 사랑하는 사람도 어쩌면 이대로 잊혀지는가
> 피빨선 눈들이 무시로 겪어내는 싸움터에서 싸움도 익어지면 피빨선 눈도 이러히 맑아지는데
> 이젠 나도 나의 자랑과 젊음을 의심치 않는다
> 사모치는 분함에 오체(五體)를 달구면서 오늘도 훤히 트인 앞길을 간다 뒤 도라 보지 않고 앞길을 간다234)

이 시에서도 싸움에 참가한 시적 주체의 싸움에 대한 단호한 의지와 앞날에 대한 확실한 전망을 볼 수 있다. 자신의 행위에 대한 신념이 부족하면 시적 주체의 앞길에 대한 선택 행위가 이렇게 단호하게 이루어질 수 없다. 그런데 이러한 싸움은 잊혀져 가는 "사랑하는 사람들" 때문에 이루어지고 있다. 시적 주체는 싸움의 외중에서 "어머니의 얼굴"도 멀어져 가고 "누이의 나이"도 잊어버렸다고 하였지만 이러한 싸움이 이들 때문에 이루어지고 있음을 그 다음 시행에서 분명히 하고 있다. "도라서면 그리워지는 사랑하는 사람도 어쩌면 이대로 잊혀지는가"의 구절

---

234) 한진식, 「앞길을 간다」, 『신인』 2권 1호, 1948. 3, 김승환·신범순 편, 『해방공간의 문학- 시』 2, 돌베개, 1988, 139면 재인용.

이 그것이다. 겉으로는 싸움의 와중에서 사랑하는 사람들이 잊혀져 가는 현실에 대한 안타까움을 드러내는 구절이라 할 수 있다. 그러나 이는 결코 이들을 잊을 수 없다는 시적 주체의 내적 마음이 표출된 것이라 볼 수 있다. 이러한 것이 시적 주체를 싸움터로 의심없이 가게 만들고 미래의 공간을 "훤히 트인 앞길"로 개방시켜 놓는다. 암울하고 절망적인 해방기 현실 속에서도 시적 주체가 현실에 함몰되지 않고 도리어 단호한 싸움의 정신을 통해 밝은 미래를 제시해 보이는 단계까지 나아 갔다. 이 밝은 미래는 시적 주체 자신의 주관적 희망과 의지를 나타낸 것이라 할 수 있다. 비극적으로 전이되어 가는 현실 속에서 시적 주체는 도리어 "훤히 트인 앞길"을 뒤돌아 보지 않고 간다고 하였다. 어떻게 보면 이러한 행위는 비극적 현실에 대한 시적 주체의 주관적 변혁의 열정이라고 말할 수 있다. "싸움도 익어지면 피빨 선 눈도 이렇게 맑아지는데"와 같은 순정한 마음 또한 이 시의 진정성을 높이는데 기여하고 있다.

어둡고 절망적인 폐쇄된 공간에서 열린 사회로 나아가기 위해, 이들이 새나라 건설의 구체적 방법으로 택한 것은 부정적 현실과의 싸움이었으며 그 싸움은 외로움과 분노를 수반하는 것이었다. 그러나 그 고난은 자기비판을 통한 단호한 진보적 역사에의 참여의지로 전화되어 나타나거나 아내나 어머니, 누이 같은 그리운 사람들이 이들 싸움의 가운데에 위치하고 있음을 보여 주었다. 실천적 행동이 그 어느 때보다 요구된 이 시기에 이들에게 있어서 시 쓰기와 실천적 행동은 별개의 것이 아니라 하나로 합일되는 것이었다. 비극적인 현실 속에서 이들은 차츰 싸움의 공간을 '거리'에서 '산'으로 이동하지 않을 수 없었다.235) 현실

---

235) 구체적 싸움의 거리를 떠나 우리 민족의 현실이나 인물을 다루지 않고 먼 다른 나라의 고통받는 사람을 제재로 한 시도 해방기에 많이 창작되었는데 이들 시 또한 그들의 이야기라기보다는 그것을 통한 바로 우리 민족 자신의 이야기라고 볼 수 있다. 박

적 싸움의 근거지가 산으로 이동하자 산을 매개로 한 시들이 1947, 48
년 사이에 많이 나타났다. 특히 10월항쟁 이후 38 이남에서 진보적 변
혁운동 세력들의 공식적 활동이 더 이상 불가능해지자, 이들은 지하로
산으로 그들의 존립 공간을 이동하게 된다. 유진오, 이용악, 이흡, 김태
준 등이 시나 학문의 세계에 안주하지 않고 실천적 행동의 길로 나서게
된 것도 현실의 존립 공간의 확보 차원과 밀접한 관련이 있다고 할 수
있다. 시인들 자신들도 체포와 보복이 두려워, 또는 현실 싸움의 근거
지 확보를 위해 산 속으로 피신하거나 투쟁의 장소를 옮겨 갔다. 그 과
정 속에서 리얼리즘 시인들은 좌절과 회의, 또는 더 굳센 항쟁의지를
다져가는 실천의 양상을 보여주고 있다.

> 푸른 하늘을 나는 간다
> 푸른 산맥을 타고서 나의 핏빛 젊음이
> 사슴처럼 출렁이며 풀숲을 헤쳐 간다
>
> 주둔군의 파수병을 저리 돌아 오르면
> 거기 대열져 뻗어나간 산맥!
> 궤딱지같은 초가들이 군호를 기다리듯 엎드려 있고
> 새떼 숨어서도 무어라 저리들 우짖는 것일까
>
> 열 일곱 나의 소년을 배반하고 돌아선 연이란 계집애도 이런 봄에
> 떠났더란다
> 망건 쓰고 자전거로 노구찌상을 찾아 다니던 아버지의 상여도 이런
> 마을을 갔더란다
> 자유를 달라! 만세를 부르다가 헌병대에 잡혀간 아저씨도 이런 산

인환의 「남풍」, 「인도네시아 인민에게 주는 시」나 배인철의 「흑인녀」 등은 그 대표적
작품이라 할 수 있다.

에 숨어 싸웠더란다
병든 어버이와 굶주린 안해와 철 모르는 자식들을 멀리 생각하면
전쟁과 평화와 민족반역자와 먼 날의 빛나는 조국을 생각하면

산새야 산을 안고
통곡하고 싶으냐

그래 나도 이렇게 가는 게란다
뜨거운 손길의 미더운 벗을 찾아
대열진 산맥을 타고 가는 게란다

산맥을 타고 서면
아 저 넓은 하늘

복사꽃 붉은 언덕에
내가 섰구나236)

　　이 작품은 시적 주체의 현실적 싸움의 근거지가 된 '산' 선택, 즉 현
실에 대한 전진의 모습을 보여주고 있다. '10월항쟁'에 참가했던 많은
진보적 세력들은 항쟁 이후 입산(入山)의 과정을 밟고 있다. 입산 체험
이 시의 소재로 많이 다루어지게 된 것도 이 시기이다. 장강의 「산상에
서」, 이수형의 「산사람들」, 최석두의 「산길」, 한진식의 「치술령」, 조남
령의 「내가 자랑하려는 것은」, 유종대의 「행로난」 등이 모두 '산' 체험
을 소재로 한 것이다. 또 10월항쟁과 관계없이도 1947, 48년경이 되
면 자신들의 체험을 시로 형상화한 작품들이 많이 나타나기 시작하였
다. 이러한 행동의 시들은 문학대중화의 문제와 맞물려 있는 것으로 그

---

236) 김철수, 「푸른 산맥을 타고서」, 『추풍령』, 산호장, 1949, 18~21면.

러한 체험의 시적 형상화 작업이라고 할 수 있겠다.

「푸른 산맥을 타고서」는 자기가 택한 사상에 대한 확실한 믿음과 동지에 대한 신뢰로 가득차 있다. 시의 리듬을 경쾌하게 이끌어 가면서 회의와 좌절의 모습을 시의 표면에서 거의 제거시키고 있다. 부정적 현실에 함몰되지 않고 시적 주체가 선택한 '길'의 모습에 필연성을 부여한다. 시적 주체의 개인적 선택 행위가 개인의 체험으로 축소되지 않고 시공간 속의 선택 행위임을 부각시킨다. 즉 멀리는 일제의 헌병대에 잡혀간 아저씨의 싸움과 연결되고 가까이는 "미더운 벗"들과 연결되는 "대열"임을 상기시킨다. 이는 자신이 선택한 길이 공동체의 이익과 관련되어 있는 길이며 동시에 이 싸움의 앞날이 결코 어둡지 않으리라는 낙관적 전망을 드러내 보이는 길이기도 하다. 그러므로 시적 주체가 택해 가는 길은 "먼 날의 빛나는 조국"과 이어지고 "대열져 뻗어나간 산맥"과 대응되는 것이다. 창작 주체는 시간과 장소의 시선 이동을 종횡으로 교차시켜 시적 주체의 진솔한 감정을 객관화시켜 보이려 노력하고 있다. 그러나 주관화된 시적 주체의 정서는 고백과 담화의 형식을 통해 여전히 시 전체를 압도하며 그가 선택한 '길'에 대한 낙관적 전망을 드러내 보인다. 또한 4연에 들어서면서 작자는 '통곡'스런 현실에 대해 산새와 자신의 운명을 동일시하는 효과를 사용함으로써 자신의 진솔한 마음을 드러낸다. 산새에 감정이입된 "산을 안고 통곡"하고 싶은 이러한 마음이야말로 부정적 현실에 대한 자신의 입장 표명이라 할 수 있다. 즉 시적 주체 자신의 내밀한 감정을 "산새"로 의인화시켜 푸른 산맥을 타고 가는 자신과 동일화시켜 보인 점은 돋보인다. 한편 3연, 5연에서 '~더란다', '~란다'라는 간접화법 방식의 말을 인용함으로써 이야기의 신뢰를 구축하고 대상이나 행위를 객관화시켜 보였다. 이처럼 시적 주체의 정서를 타자화시켜 이들의 입산이 운명적 선택이며 집단적 삶과 관련된 문제임을 드러내 보이고 있는 것이다. 특히 3, 5연에서의 특수조사 '도'는 이들의 행위가 일시적인 것이 아니라 변혁운동 세력들에게는 반복되는 친근한 행위임을 보여주고 있다. 마지막 연에서는 시적 주체가 서 있는 지점에 대한 자기 확인의 모습을 그려 보이고 있는데, 그 지점은 단순한 푸른 산맥 가운데 한 장소이기도 하지만 그가 선택한 투쟁의 '길'을 공간적으로 표시하는 것이기도 하다. 특히 이 시에서 감정이입을 통한 동일시 수법이나 자신의 길 선택 양상을 대열져 뻗어나간 산맥과 대응시켜 보인 점 등은 주목할 만하다.

토끼와 너구리와
늑대와 오소리들만 다니는
골짜구니를

하늘도 바람도 모르는 억센 발자국들이
이따금 숨을 따라 스치고 간다

거기 반드시
조국의 자유가 있어
인민의 행복이 있어

목 목이 숨어 노리고 있을
원수의 잔인한 눈추리를 돌아

돌뿌리마다 시월은 스며
소스라치는 山길

짐승보다도
원수보다도

더 잔인한 마음을 지녀야 하기에

풀뿌리 질근질근
성낸 발자국
길 아닌 길을 더듬어 간다.

많은 동무들이
수없이 수없이 싸우며 간 길
또 많은 동무들이
수없이 수없이 더듬어 오는 산길237)

「산길」은 자기가 택한 사상적 길의 구체적이고도 현실적인 모습을 통해, 이 길이 결국 그들이 선택할 수밖에 없는 운명적 길임을 나타내 보인다. 그러한 길 선택의 이면에는 '돌뿌리마다' 스며든 10월의 정신이 있다. "돌뿌리"란 산 속 항쟁의 고난을 의미하며 그 고난은 10월항쟁의 정신으로 얼마든지 극복될 수 있다고 믿기에 의연히 험난한 길을 갈 수 있는 것이다. 시적 주체에게 이러한 고난과 끊이지 않는 투쟁의 의지를 불러 일으키는 것은 "조국의 자유"나 "인민의 행복" 같은 공동체의 이익에 복무한다는 이념이다. 10월항쟁 당시의 변혁운동 세력들이 추구했던 이념이 시적 주체에게 전이되어, 악화되어가는 현실 속에서 굳건한 싸움의 "마음"을 갖게 하였다. 그런데 이 시에서는 시적 주체가 가는 고난의 '산길'이 홀로 별개로 떨어져 가는 외롭고 소외된 길이 아니라는 것이 특히 강조되고 있다. 개인적 길 선택 행위가 공동체의 삶의 공간 속으로 확대되어 가는 것은 바로 그들이 택한 이념과 삶이 정당하다는 믿음에서만 가능하다. 그래서 시적 주체는 자기가 가는 길이 "많은

---

237) 최석두, 「山길」, 『새벽길』, 38~41면.

동무들이 수없이 수없이 싸우며 간 길"이며 앞으로도 그들이 "수없이 더 듬어 오는 산길"임을 제시해 보인다. 그러므로 '산길'을 통해 변혁운동 세력들은 공동체적 친밀감과 은밀함을 공유하고 있다. 그러므로 '산길'은 단순한 물리적 현상의 '산길'이라기보다는 이들이 선택해 가는 운명적, 사상적 길의 한 양상임을 보여준다. 싸움의 현장에서 계속되는 반복적 전진의 모습은 이들의 투쟁이 결코 일순간에 끝나고 말 허망한 싸움이 아니라는 것을 의미하고 있다. 이는 "원수의 잔인한 눈초리"가 현존하는 억압적 현실 속에서도 결코 희망을 잃지 않고 가는 길이다. 현실에 좌절하지 않고 미래에 대한 확실한 믿음과 전망을 간직하고 '산길'을 가는 이들의 모습은 1947, 48년경의 현실에서 볼 때 전망의 형상화가 다소 과장되어 나타난 것으로 볼 수 있다. 그러나 이 작품은 투쟁의 격렬한 현장을 직접적으로 그리지는 않았지만 자신의 길 선택행위를 통해 동지적 연대감과 자기들 싸움의 정당성을 어느 정도 확보해 보였다는 점에서 의미가 있다. 시적 주체 자신이 선택한 '길'의 모습을 과거, 현재, 미래와 연결시켜 보임으로써 급진적, 전투적 분노 표출의 양상의 시보다 이 시는 한 걸음 전진하고 있다고 할 수 있다. 공동체적 친화감은 이들의 삶을 더욱 굳건하게 연결시켜 주는 근저에 있는 의식의 하나라 할 수 있다. 공동체적 친화감이야말로 그들이 선택한 '길', 그들이 가고 있는 진로에 대해 추호의 의심도, 회의도 없이 가게 만드는 요인이 된다. 그러므로 이 시는 자기들의 이념에 대한 굳건한 믿음과 역사의 방향에 대한 낙관적 전망을 동시에 보여주고 있는 작품이라 하겠다.

> 현금 이 땅의 현실 속에서 중요하고 본질적인 측면의 하나를 가장 리얼하게 형상화했을 뿐더러 그 뜨거운 의욕으로써 우리들을 설득시키는데 충분한 힘을 가진 점[238]

「산길」에 대한 김명수의 이러한 평가는 진보적 변혁운동 세력의 운명과 그 투신의 삶의 과정을 이 시가 정확히 반영, 포착해 내었다는 지적으로 볼 수 있다. 이 말은 최석두가 당대의 중요한 문제거리의 하나를 사실적으로 그려내 보였다는 것을 말하고 있는 것이다. 그렇다면 이처럼 사실적인 형상화가 이루어질 수 있었던 시 창작의 동력은 어디에 있었던가? 이는 시인 자신의 진실한 체험에서 왔다고 할 수 있다. 창작 주체인 최석두 스스로 "센티멘탈한 시인"의 길을 벗어나 "투쟁 속에서 몸소 절규하는 시인", "과거의 자기에 대한 무자비한 비판 우에 반기를 든 강정(强情)한 시인"239)이 된 데서 가능하였다. 김동석이 시집 『새벽길』을 가리켜 "행동의 시", "8.15 이후 가장 빛나는 시집"240)이라고 높이 평가한 것도 그의 시와 행동이 일치한 데서 나온 것이라 할 수 있다. 체험에서 나온 행동의 시가 바로 「산길」이라 할 수 있는 것이다.

이처럼 '구국문학'의 선상에서 문예대중화의 한 방편으로 시도된 작품으로서의 실천과 현실 속에서의 행동의 문제는 분단 직전 리얼리즘시인들의 주된 관심사였다고 할 수 있다. 1948년경에 들어서면 정세는 시인들이 단순한 서정시인에 머무는 것을 용납하지 않았다고 할 수 있다. 시인들은 문화공작대나 야산대(野山隊)의 일원이 되어야 했으며, 이렇게 될 때 그들은 이미 시를 떠나 현실적 싸움의 투사241)로 변모해

---

238) 김명수, 「예술성의 문제와 문학대중화」, 『신천지』 4권2호, 1949. 2, 178면.
239) 김순남, 「발(跋)」, 『새벽길』, 76~77면.
240) 김동석, 「행동의 시」, 『뿌로조아의 인간상』, 탐구당서점, 1949, 255~257면.
241) 시를 떠나 현실적 싸움의 투사로 변모해 간 시인으로 유진오, 이용악, 이병철 등을 들어볼 수 있다. 이용악은 『좌익사건실록』에 의하면 1947년 8월 중순경 오장환의 소개로 남로당에 입당하였으며, 1948년 9월경부터 농림신문 기자로 있으면서 남로당 서울시 문련(文聯) 예술과 사건으로 1950년 2월 6일 서울지방법원에서 징역 10년을 선고받았다. 이용악은 1948, 49년 사이 배호, 이선을, 이병철, 이건우 등과 연락을 유지하면서 남로당의 지시와 임무를 수행하였다. 『좌익사건실록』 4권, 대검찰청 수사국, 1970, 21~29면 참고.

갈 수밖에 없었다. 그런데 앞에서 본 것처럼 10월항쟁을 기점으로 하여 48년 분단이 고착화되어가는 구국 항쟁의 시기에 가까이 다가올수록 이들의 시에는 낙관적 전망이나 승리에 대한 주관적 의지가 더 강하게 나타나고 있다. 분단이 강요되는 비극적인 현실 속에서 그들 시에 현실에 대한 대결 의지와 승리에 대한 낙관적 전망이 강하게 발현되고 있는 것은 다소 역설적이다. 현실 속에서 승리에 대한 전망이 그다지 밝지 못한 데에도 시인들은 자신이 가는 길에 대한 강한 확신과 주관적 의지를 표출해 보이는 것이다. 작품 속에 나타나는 이러한 모습은 "비극적 종말 속의 낙관적 전망"242)이라고 볼 수도 있다. 이는 또한 해방 직후 조선문학가동맹의 창작방법으로 제시된 진보적 리얼리즘과도 밀접한 연관을 가지는 것이었다. 조선공산당중앙위원회에서도 진보적 리얼리즘과 혁명적 로맨티시즘을 해방 직후 진보적 민족문화 수립 과정에서 기본 방향으로 이미 설정한 바 있었으며243) "혁명적 로맨티시즘을 계기로써 내포한 진보적 리얼리즘"244)은 문학가동맹이 구체적으로 내건 새로운 창작방법이었다. 혁명적 로맨티시즘은 '명일과 미래에로의 부단한 전진', 즉 '미래를 향한 의지, 가능을 위한 치열한 꿈' 등을 토대로 삼고 있다. 그런데 진보적 민주주의 국가의 건설 시기에 있어서는 "민족의 거대한 꿈과 영웅적인 정신"이 필요하기 때문에 혁명적 로맨티시즘이 더욱 요구될 수밖에 없다.245) 그런데 리얼리즘의 측면에서 보더라도 낭만주의는 리얼리즘의 한 요소가 된다고 할 수 있다. 원래 "낭만주의는 예술가의 주관적 원망(願望)의 형상적 표현"으로 "그 주관적 원망이 사회

---

242) 임헌영, 「해방 직후 무장투쟁에 대한 문학적 형상화」, 『해방전후사의 인식』 4, 한길사, 1989, 402면.
243) 조선공산당중앙위원회, 「조선민족문화건설의 노선(잠정안)」, 『신문학』 창간호, 1946. 4.
244) 김남천, 「새로운 창작방법에 관하여」, 『건설기의 조선문학』, 169면.
245) 김남천, 위의 글.

적 현실에 관한 올바른 인식에 기초를 두고 미래사회의 발전 과정을 선취할 경우, 낭만주의는 리얼리즘의 본질적 요소"[246]가 될 수 있기 때문이다.

1947, 48년경의 시에서도 위에서 본 것처럼 혁명적 로맨티시즘의 요소는 빈번히 드러나고 있다. 이는 혁명적 로맨티시즘을 내포한 진보적 리얼리즘이 10월항쟁을 거친 이후에는 "혁명적 로맨티시즘은 더 이상 진보적 리얼리즘의 일 요소가 아니라 진보적 리얼리즘 그 자체로 인식되거나 혹은 전망 형상화의 원리로서, 현실반영의 원리인 진보적 리얼리즘과 동등하게 결합되는 개념으로 격상"[247]된 결과라고 볼 수 있다. 이러한 단계에서 리얼리즘시의 창작 주체들은 비극적으로 전이되어 가는 현실 속에서 작품 속에 낙관적 전망을 고수함으로써 현실 변혁의 강렬한 의욕을 드러내 보였던 것이다. 즉 현실에 대한 반영적 욕구보다 당위에 대한 주관적 의지나 앞날에 대한 낙관적 열망을 나타내는 시들이 이 시기에 많이 나타나고 있었음이 이를 뒷받침해 준다. 이상적 공간에 대한 확실한 믿음과 앞날에 대한 확신이 낙관적 전망 속에 형상화되고 있는 것이다. 그러므로 현실에 대한 폭압이 극대화되면 될수록 이들의 이상에 대한 열망은 더욱 강렬했다고 할 수 있다. 텍스트 속의 시적 수체도 이 당시 유약한 내면을 가진 시인 자신으로 나타나는 경우가 많았지만 이들은 단호한 자기비판 내지 내적 무장을 통해 승리에 대한 확신과 미래에 대한 밝은 전망을 드러내 보이고 있다. 이처럼 1947, 48년 전후의 시에서 시적 주체가 비극적 현실에 쉽게 함몰되지 않고 앞날에 대한 굳건한 믿음과 현실 개조의 열정을 가지고 낙관적 전망을 드러내 보이고 있는 점은 주목된다. 현실은 비극적으로 전이되어 가지만

---

246) 伊東勉, 『리얼리즘이란 무엇인가』, 이현석 옮김, 세계, 1987, 142면.
247) 이양숙, 「해방 직후의 진보적 리얼리즘론 연구」, 서울대 석사논문, 1990, 8면.

당위는 결코 그러할 수 없다는 창작 주체의 주관적 의지와 열정이 그들
시에 혁명적 로맨티시즘의 요소가 빈번하게 등장하는 원인이 되었다고
할 수 있다. 혁명적 로맨티시즘은 창작 주체가 "사회현실 내에서 오늘은
비록 미약하지만 그러나 결코 정복되지 않는 새로운 맹아를 발견하고
그 전망을 예술적으로 설득력 있게 형상화할 수 있을 때"[248]에 비로소
가능하다. 10월항쟁 이후 1947, 48년경의 시에서 자주 나타나는 낙관
적 전망 또한 이러한 차원에서 접근이 가능하다고 하겠다.

---

248) 에르하르트 욘, 앞의 책, 181면.

제4장 해방기 리얼리즘시의 창작방법

본 장에서 다루어 보고자 하는 리얼리즘시의 창작방법은 단순한 창작상의 기술 내지 기법만을 말하는 것은 아니다. 일반적으로 작자들이 선택하는 작품 형식이란 것도 "장르의 외적 규정에 의해 억지로 이루어질 수 있는 것이 아니라 내적으로 묘사되는 사건과 사건에 의해 야기된 사상과 감정의 발전 그 자체에 의해 규정"[1]된다고 할 수 있다. 형식이란 것이 내용과 불가분의 관계에 있음은 주지의 사실인 바, 내용 내지 대상을 대하는 정신과 동떨어진 창작기술 내지 기법은 특히 리얼리즘시의 경우 무의미할 것이기 때문이다. 그래서 형식이란 섯이 "내용의 외화된 존재이며, 내용 발전의 방법, 혹은 내용의 구체화이자 그것의 표현"[2]이라는 말도 가능해지는 것이다. 한편 리얼리즘시의 형식 내지 형상화 방식은 경직된 틀 내지 한두 개의 방식으로 획일화 될 수 있는 것이 아니다.[3] 해방기 리얼리즘시에 접근하는 경우에도 리얼리즘에 관한

---

1) 게오르기 프리들렌제르, 『리얼리즘의 시학』, 249면.
2) M.S. 까간, 『미학강의』II, 진중권 옮김, 새길, 1991, 109면.
3) 전형화 원리가 개발되기 전까지는 시에서는 상징화 원리와 이상화 원리가 지배적인 형상화 방식이었다. 그러나 상징화 원리는 개별에 보편이 종속되는 편향을 낳는다는 점에서, 그리고 이상화 원리는 반대로 개별이 보편에 종속되는 편향을 낳는다는 점에서, 객

다소 유연하고 신축적인 문제의식이 필요하다고 본다.4) 이러한 시각은 예를 들면 현실반영이 비교적 쉬운 서사지향의 시뿐만 아니라 현실과의 긴장 상태를 유지하고 있는 단형서정시도 리얼리즘의 차원에서 그 논의가 가능함을 보여주는 근거가 될 수 있다. 특히 현장시, 행사시, 담시, 서사시 등 다양한 시장르가 실험되었던 해방기의 경우 리얼리즘에 대한

관 현실의 총체적 반영이라는 문학예술의 본원적 요구를 충족시키기에는 한계가 있었다. 전형화 원리는 예술적 현실반영의 이러한 한계를 극복하고 개별과 보편의 통일을 통해 현실의 총체성을 진실하게 반영되는 과제를 해결할 수 있는 길을 열어 주었다.(하정일, 『해방기 민족문학론 연구』, 연세대 박사논문, 1992, 28면.) 루카치는 '본질과 현상의 변증법적 통일'이라는 측면에서 전형을 파악하는데 전형의 형상화에 있어 작중인물과의 동일시를 유발하는 방법을 중시하고 있다. 반면 브레히트는 '소격 효과' 내지 '동일시 파괴의 방법'을 근거로 본질과 현상의 통일이라는 루카치의 견해에 의의를 제기한다. 그러나 역사의 주체로 적극 투쟁하는 민중들의 모습을 다룰 때는 이들에 대한 긍정적 동일시를 유발하는 방법이 변혁적 인식, 의지, 정서를 대중적으로 확산시키는 데 '소격 효과'보다 더 유효하다고 할 수 있다. 결국 동일시는 독자를 사로잡는 강력한 수단 내지 문학 투쟁의 무기가 될 수 있는 것이다.(홍승용, 「리얼리즘의 논리」, 앞의 책 및 「루카치의 리얼리즘론 연구」, 서울대 박사논문, 1993 참고.) 한편 서정시의 형상화 방식으로 객관적 현실묘사의 원리인 '전형화' 이외에 주관적 표현형상의 원리인 '이상화'가 작용한다고 보고 박세영 시를 분석한 심선옥의 논문은 나름대로 의의가 있어 보인다. 여기서 '이상화의 원리'란 구체적 형상의 묘사보다 시인의 체험과 정서, 사상의 직접적 표현에 관심을 집중시켜, 형상의 이념의 정서적 지향성이 작품의 전면에 나서게 하는 방법으로 설명되고 있다.(심선옥, 「박세영시의 현실주의적 성격」, 성균관대 석사논문, 1991 참고.)

4) 이러한 점에서 브레히트의 리얼리즘에 대한 언급은 시사하는 바가 크다. 브레히트는 발자크의 소설들이 리얼리즘에 충실하며, 발자크가 리얼리스트라는 것은 시인하지만 그것이 루카치가 주장하는 바와 같이 19세기나 20세기 작가의 전범이 되어 발자크가 사용한 형식들이 리얼리즘 문학의 필수 요건이 되는 데는 반대한다. 즉 미학적 형식의 문제는 '역사화'된다는 것이다. 그러므로 특정한 리얼리즘, 특정한 리얼리즘 문체 및 그 형식이 "발자크처럼 써라!, 셸리처럼 써라!"와 같이 일방적으로 추천될 수 없다는 것이다. 옛 형식에 새로운 사회적 내용을 담는 것을 그는 거부하는 것이다. 리얼리즘은 형식 문제가 아니라 항상 변하는 현실 그 자체와 관련되어 있다고 할 수 있다. 그래서 문학형식을 미학이나 리얼리즘의 미학이 아닌 바로 현실에 맞추어 검토해야 한다고 그는 주장한다. 문학적인 전통과의 단절, 옛 형식들의 생산적 수용 및 새로운 형식들의 발전은 현대의 사회적 현실을 올바르고 비판적으로 인식하고 표현하는데 달려 있다는 것이다. 결국 브레히트에게 리얼리즘이란 문체 개념이나 시대 개념이 아니고 현실에 맞선 예술가의 방법과 자세의 표현에 다름 아니라고 볼 수 있다. 그러므로 리얼리즘적인 표현방법은 자유롭고 다양할 수 있다는 것이다. 베르톨트 브레히트, 『즐거운 비판』, 서경하 역, 솔, 1996, 233~292면 참고.

이러한 시각은 많은 도움을 준다고 하겠다.

창작방법이란 포괄적 말 속에는 표현하려는 내용 내지 정신을 어떻게 하면 적절한 장치를 통해 가장 잘 구현해 낼 수 있느냐 하는 방법상의 문제가 함축되어 있다고 할 수 있다. 본 장은 내용 내지 정신과 연결된 방법적 원리의 고찰이라는 테마 안에서 리얼리즘시를 구현하기 위한 형상화 방법으로 시인들이 어떠한 고민을 했고 그것이 그들의 시 속에 어떠한 장치로 나타났는지를 고찰하는데 그 목적을 둔다. 물론 창작방법이란 것이 하나 하나 별개로 분리되어 논의될 수 있느냐 하는 의문이 제기되지만 논의의 편의상 이러한 방법을 취하기로 한다. 현실과 밀접한 관련을 맺고 있는 리얼리즘시의 경우 시정신을 가장 잘 드러낼 수 있는 각각의 창작방법은 통합적으로 작용하여 올바른 한 편의 시를 구현해 낸다고 할 수 있다. 물론 앞으로 살펴보고자 하는 창작방법들이 리얼리즘시를 결정짓는 창작방법의 절대적 기준은 아니다. 다만 이러한 방법들이 작품 속에서 리얼리즘을 구현할 수 있는 유용한 방법들 중의 하나라는 점에 유의해 볼 필요가 있을 것이다.

리얼리즘이라는 잣대로 해방기의 시를 살펴보고자 할 경우 이들 시가 공통적으로 가지고 있는 창작방법 및 그 원리는 무엇인가 하는 점이 본 장의 주된 관심사가 될 것이다. 또 현실과 대결하고 그것을 반영하고자 하는 이러한 시들이 리얼리즘 실현에 어느 정도 기여하고 있느냐 하는 점 또한 도외시하지 말아야 할 것이다. 그러므로 이러한 연구는 원리나 절대적 규범을 제시하는 연역적 방법에 의한다기보다는 이미 과거에 창작된 작품이 공통적으로 가지고 있는 원리나 방법을 찾는 경험적, 귀납적 방법에 의존할 수밖에 없다. 물론 이렇게 하여 제시된 획일적 규범을 통한 경직된 시작품 창작은 가장 경계해야 할 점이다. 무엇보다 먼저 창작 주체 나름의 올바른 시정신과 현실에 대한 개성적인 형상화 방식에 대한 고구가 선행되어야 할 것이기 때문이다. 시인 각자의 세계관 내지 작품창작방식에 대한 공통성 내지 차별성에 대한 연구도 궁극적으로는 이러한 것에 기여하기 위한 것임을 전제해야 할 것이다.

해방기 리얼리즘시의 창작원리 내지 특징을 본장에서는 크게 발화구조, 수용구조, 서술구조의 차원에서 접근하고 있는데, 이는 주로 시적 주체와 관련된 문제, 전달의 통로로서의 창작 원리, 서사지향을 통한 사건의 전달문제 등으로 요약된다. 이것을 항목별로 더욱 세분화하여 시적 주체의 변이, 집단적 화자의 설정, 현장적 소재의 포착과 낭독화의 원리 활용, 서사지향의 서술구조 채택이란 항목으로 나누어 살펴보고자 한다.

1. 시적 주체의 변이

시에 있어서 정서를 주도해 가는 시적 주체의 문제는 매우 중요하다고 할 수 있다. 시적 주체는 작품 속에 구현된 실제시인의 형상으로 정서나 서술을 주도해 가는 존재이다. 그러므로 시인이 말하려 하는 바나 작품 속에 구현된 주제를 파악하기 위해서는 시적 주체를 논의의 중심에 두지 않을 수 없다. 왜냐하면 시적 주체와 시적 대상의 상호작용을 통해 시인이 말하고자 하는 바가 드러날 수 있기 때문이다. 시를 파악하는데는 비유, 상징, 이미지, 운율, 진술방식 등 다양한 측면이 고려되어야 하겠지만 그 중에서도 시적 주체의 정서를 파악하는 것은 시 해석에 있어 매우 중요한 문제라 하겠다. 특히 리얼리즘시에 있어 시적 주체의 정서, 또는 그것과 관련된 문제를 파악하지 않고서는 작품의 올바른 평가가 이루어지지 않을 것임은 자명하다. 왜냐하면 리얼리즘시의 경우 창작 주체의 시정신이나 그것의 작품 속의 구현방식이 주로 문제될 것이기 때문이다. 시정신은 "자연발생적으로 나타나는 것이 아니고 시적 주체와 시적 대상, 혹은 세계 현실과의 상호작용을 통해 시 속에 투영되"며 특히 리얼리즘의 시정신은 "시적 주체와 세계현실의 긴밀하고도 역동적인 상호작용을 통해 구현"된다고 할 수 있다.5) 시가 하나의 텍스트로서 작자와 독자 사이에 상호 소통을 하고 있다면 그 전달 행위의 중심이 되는 것은 우선 시 속에서 정서를 주도하고 서술해 나가는 시적 주체일 것이다.

해방기 시는 시적 주체를 통해서 창작 주체 자신의 이념이나 생각을 다양하게 드러내 보였다. 시적 주체가 처해 있는 정황이나 진술을 통해 전형성을 확보한다든지 진술의 객관성을 드러내 보였던 것이다. 이 당시 시적 주체의 변이를 통한 전형화 모색 방법은 크게 세 가지로 나누어 볼 수 있는데 이는 전면화, 은닉화, 배역화라 할 수 있다. 구체적으로 말하면 시적 주체가 작품의 표면에 전면화(全面化)되어 나타나는 경우, 시적 주체가 작품의 표면에서 몸을 숨김으로써 시적 대상이나 상황을 부각시키는 경우, 창작 주체와는 다른 제 3의 배역을 설정하여 시적 주체의 목소리를 타자화시키는 경우 등이 그것이다.

먼저 시적 주체를 전면화시키는 경우를 살펴보기로 한다. 생의 순간적 지각방식인 시는 체험의 순간적 표현, 즉 시인 자신의 세계에 대한 순간적 사상, 감정을 표현한 것이라고 말할 수 있다. 특히 서정시는 "외부사건의 연속보다도 체험의식, 곧 내적 경험의 순간적 통일성에 의존"하는데 "비록 인생의 줄거리가 없어도 시는 한 순간 속에 오히려 강렬하고 집약된 형태로 자아를 표현"한다.6) 시인의 이러한 의식은 시적 주체

---

5) 최두석, 앞의 논문, 19면.
6) 김준오, 『시론』, 문장사, 1984, 44~46면.

나 시적 대상, 운율 등 시의 여러 요소에 반영되어 있다고 할 수 있다. 그런데 그중에서도 서정시가 독백적 표현이란 것과 연관시켜 보면 시인 자신의 특수한 체험이나 태도, 정서를 진술하는 시적 주체가 가장 중요한 역할을 한다고 할 수 있다. 왜냐하면 작자가 표현하고자 하는 사상, 감정의 핵심이 시적 주체의 진술이나 정서 등에 집약되어 나타나기 때문이다. 시적 주체는 서정시에서 일반적으로 시인 자신의 분신인 1인칭인 '나'로 나타나기도 하고 아니면 제3의 인물로 나타나기도 한다. 물론 작품 속에 나타나는 '나'를 시인 자신이라기 보다는 탈(Persona)의 모습7)으로 볼 수도 있지만 주관적, 고백적 표현이 강한 서정시에서 일반적으로 시인 자신의 분신으로 보아도 별 무리가 없는 경우가 많다. 그러므로 시적 주체인 '나'가 작품의 전면에 등장하여 자신의 체험이나 진실한 감정을 자연스레 토로하는 것은 어쩌면 서정시의 본질적 모습이라 할 수 있다.

그런데 해방기 시, 특히 1945~46년경에 발표된 시에 시적 주체를 작품의 전면에 내세워 정서를 진술하거나 토로하는 경우가 1930년대 후반 시보다 더욱 많아졌다는 점은 주목할 만하다. 이는 시인들이 대상과의 거리를 유지하여 현실을 객관적으로 반영할 만한 마음의 여유가 없었다는 데 그 이유가 있을 것으로 생각된다. 즉 창작 주체인 시인들이 해방 직후 현실에서 갖는 마음의 조급성이 시적 주체를 작품의 전면에 내세우게 만들었다고 할 수 있다. 새나라 건설이란 급박한 현실 속에서 시인들이 현실에 대한 직접적 발언이나 직정적 감정을 토로하는

---

7) 몰개성론의 시관은 탈(Persona)이란 용어로써 시적 화자를 실제의 시인과 엄격히 구분한다. 시가 하나의 창조물인 이상 '탈'이란 시적 화자를 '자전적으로 동일시 할' 것이 아니라 '상상적으로 동일시해야 할' 것이라고 주장한다. 시적 화자는 제재에 대한 태도를 표명하기 위해 창조된 극적 개성이기 때문에 시는 고백이고 자전적이 아니라 어디까지나 허구적이고 극적이라는 것이다.
김준오, 위의 책, 문장사, 201면.

것은 자연스러운 일이었다. 그러므로 시인 자신의 분신인 시적 주체가 작품 속에 전면화되어 나타나는 경우가 다른 어느 시기보다 많아졌다고 할 수 있다. 이는 시 속에 주로 현상적 화자(現象的 話者)[8]로 '나'를 등장시키는 형태로 나타났는데 이러한 방식은 시인 자신의 주관적 감정 내지 체험을 표출하는 데 적절하였다고 할 수 있다. 진보적 열망을 갖고 있던 해방기 리얼리즘 시인들은 변혁의 와중에서 자신의 체험을 가장 중요한 시적 소재로 삼았다. 이상적 공간에 대한 진보적 열망이나 의지를 외부로 표출해 내는 것이 이들 시인들에게 있어 무엇보다 급선무였다. 시인이 해방기의 현실 속에서 시인이 되기를 포기[9]했듯이 시 작품 속에서 구현된 창작 주체의 형상인 시적 주체 또한 작품의 전면에 적극적으로 나서서 자신의 감정을 드러내는 경우가 많아졌다.

> 등짐지기 삼십리길 기여넘어
> 가뿐 숨결로 두드린 아버지의 문 앞에
> 무서운 글자 있어 공산주의자는 들지 말라
> 아아 천날을 두고 불러 왔거니
> 떨리는 손이 문고리를 잡은 채

---

8) 김준오는 채트먼(Chatman)의 도표를 원용하여 화자와 청자의 관계를 다음과 같이 그려 보이고 있다.

TEXT

실제시인 → │ 함축적 시인 → ┆ 현상적화자 → 현상적 청자 → ┆ → 함축적 독자 │ → 실제독자

S. 채트먼, 『이야기와 담론』, 한용환 옮김, 고려원, 1991, 179면 및 김준오, 위의 책, 207면 참고.

9) "시인이 되기는 바쁘지 않다. 먼저 철저한 민주주의자가 되어야겠다. 시는 그 다음에 써도 충분하다"(『창』의 서문, 93면.)는 유진오의 발언이 이러한 모습을 그대로 보여주고 있다.

멀그러미 내 또 무엇을 생각해야 하느냐

태어날 적부터 도적의 영토에서 독스런 우로(雨露)에 자라
가난해도 조선(祖先)이 남긴 살림
하구싶은 말 가지구 싶던 사랑을
먹으면 화를 입는 저주받은 과실인 듯이
진흙 불길한 땅에 울며 파묻어 버리고
나는 마음 약한 식민지의 아들
천근 무거운 압력에 죽음이 부러우며 살아왔거니
이제 새로운 하늘 아래 일어서고파 용솟음치는 마음
무슨 야속한 손이 불길에 다시 물을 붓는가10)

시위를 하자! 행렬에 기를 세워라
인쇄공 선반공 실공장의 소녀들
붉은 기폭에 싸여 동무들 죽어가도
목이 찢어져라 해방을 웨치면
나의 목숨이 횃불처럼 타서 빛난다
착취와 탄압과 기만과 군림
자라온 집에 불끄러미를 던지는
내 용감한 방화범인이 되리라
방화범인이 되리라!11)

　　김상훈의 위의 시는 시인 자신의 분신이기도 한 시적 주체가 역사의
격변 속에서 변혁 주체의 형상으로 나서게 되는 과정을 다른 어느 시보
다도 잘 드러내 보여주고 있다. 진보적 이념을 수용한 시적 주체가 봉
건적 구습에 젖어 있는 지주인 아버지와의 갈등과 그 결별의 모습을 드

---

10) 김상훈, 「아버지의 문 앞에서」 부분, 『대열』, 15면.
11) 김상훈, 「나의 길」 부분, 『대열』, 23면.

러내 보인 것이 「아버지의 문 앞에서」라면, 아버지와의 완전한 결별의
모습을 방화범의 의지로 나타내 보인 것이 「나의 길」이라 할 수 있다.
여기서 시적 주체는 곧 김상훈 자신의 모습과 별반 다르지 않다. 창작
주체 자신의 계급적 갈등, 역사에의 참여의지가 시의 전면에 구현되어
있다고 할 수 있다. 이들 시의 경우 시적 주체가 시적 대상과의 거리를
유지하기보다는 시인 자신의 진실한 감정을 있는 그대로 표출해 내 보
이고 있다. 자신의 감정을 밖으로 드러내는 방법 중 자신의 진실한 체
험을 직접적으로 드러내는 것만큼 솔직한 것은 없다. 그러기 위해서는
창작 주체 자신이 시적 주체로 작품의 전면에 나서서 자신의 감정과 체
험을 진실하게 드러내는 방법을 택하는 것이 효율적이다. 물론 이러한
방법을 택했을 때 가장 큰 난점은 시적 주체의 주관적인 감정 표출 및
사건에 대한 가치판단이 지나치게 직접화된다는 것이다. 자칫 잘못하면
주관적인 감상과 낭만에 쉽게 함몰되어 시인 자신의 의도가 잘못 전달
될 수도 있다. 그렇다면 시인이 자신의 주관적 감정과 체험을 전달하면
서도 어느 정도 보편성을 획득할 수 있는 길은 무엇인가. 시적 주체가
전면에 나서서 직접적 전언을 전달하면서도 사사로움에 떨어지지 않는
길은 바로 시적 주체가 진술하고 있는 체험의 진실성과 그것의 핍진한
형상성을 확보하는 것이라 생각된다.[12]

　　김상훈의 위의 시의 경우도 진술의 특성상 자칫 감상 내지 사사로움
에 떨어지기 쉬운 특성을 지니고 있다. 해방 직후 서정시는 대부분 개
인적 체험이나, 행사나 사건의 극적 현장을 소재로 쓰여진 것이 많기

---

12) 김광균 또한 이 당시 체험의 진실성이 노력과 재능 만큼 작품 속에서 중요함을 말하고
　　있다. "문제는 시인의 생활 내용이 진실하냐 아니냐와 그 진실을 형상화할 노력과 재능
　　(소질)에 있다. 시인으로서의 소질과 재능이 없이 생활과 체험이 진실하단 것만으로
　　시는 되지 않는다. 정치시에 있어서도 거기 취급되는 테마와 시 쓰는 사람 개인의 체험
　　과 욕구가 일치될 때 비로소 우수한 작품이 나오는 것은 물론이다."
　　김광균, 「전진과 반성 ─ 시와 시형에 대하여」, 『경향신문』, 1947. 7.27.

때문에 시적 주체의 주관적 가치 판단이나 정서 노출이 우선시되고 있다. 그런데 이들 시들이 주관적인 진술에도 불구하고 편협한 주관성 내지 사사로움에 떨어지지 않는 것은 시적 주체가 당대의 현실에 대해 보여주는 현실인식 내지 응전의식의 치열함 때문이라 할 수 있다. 즉 현실에 쉽게 함몰되지 않고 그것과 치열하게 대결하려는 의식과 시적 주체가 확보하고 있는 당대적 체험의 진실성과 절실함 때문이다. 창작 주체인 시인의 사상과 감정을 대변하고 있는 시적 주체의 정서 속에 당대적 삶의 보편성이 얼마나 진실하게 형상화되고 있느냐 하는 점이 문제된다고 하겠다. 김상훈의 「아버지의 문 앞에서」나 「나의 길」 또한 시적 주체의 주관적 체험이 당대의 보편적인 체험으로 확산되는 모습을 보여주고 있다. 이 시는 시적 주체의 단순한 개인적 감정 토로의 수준을 벗어나 시적 주체의 정서가 솔직하고 진실되게 표현됨으로써 그 형상성을 확보하고 있는 경우라 하겠다. 또 시적 주체의 진술이 당대 사회의 본질적인 구조 문제와도 연결되어 있어 전형성의 획득에 기여하고 있다. 지주의 아들로 태어난 진보적 지식인들이 편안한, 일상적 삶에 안주하지 않고 아버지와 대립할 수밖에 없었던 경우는 해방기 사회에서 흔히 있을 수 있던 일이었다. 가족주의와 진보주의의 이념 사이에서 겪는 지식인의 고민과 갈등, 그 진로선택의 양상을 이 시는 진솔하게 드러내 보여주고 있는 것이다. 물론 이들 시에서도 육화되지 않은 시구들이 나오지 않는 것은 아니지만 이러한 것을 모두 감싸고도 남을 만한 것은 진실한 체험을 절실하게 드러내 보여주려는 정신이라 할 수 있다.

아버지도 어머니도
젊어서 한창 땐
우라지오로 다니는 밀수꾼

눈보라에 숨어 국경을 넘나들 때
어머니의 등곬에 파묻힌 나는
모든 가난한 사람들의 젖먹이와 다름없이
얼마나 성가스런 짐짝이었을까

오늘도 행길을 동무들의 행렬이 지나는데
뒤 이어 뒤를 이어 물결치는
어깨와 어깨에 빛 빛 찬란한데

여러해 만에 서울로 떠나가는 이 아들이
길에서 요기할 호박떡을 빚으며
어머니는 얼어붙은 우라지오의 바다를
채죽쳐 달리는 이즈보즈의 마차며 토로이카며
좋은 하늘 못보고
타향서 돌아가신 아버지의 이야길 하시고

피로 물든 우리의 거리가
폐허에서 새로이 부르짖는
우라아
우라아 ××××13)

이용악의 「우리의 거리」도 시적 주체가 작품의 전면에 등장하여 바로 시적 주체 자신의 체험과 감정을 진술하는 형식을 취하고 있다. 이 시의 시적 주체 또한 이용악 자신의 분신이라 할 수 있다. 창작 주체인 시인은 일제강점하에서 겪은 자신의 가족사를 부각시키면서, 해방 직후 변혁운동에 몸바친 민족 현실을 오버랩시킨다. 과거나 현재를 문제삼고자 할 때 자신의 체험을 통해서 형상화되는 것만큼 진실한 것은 없다.

---

13) 이용악, 「우리의 거리」, 『이용악집』, 29~31면.

그 자신의 체험이 개인적, 주관적 경험을 넘어서 다른 사람과 공유된 공동체의 운명과 밀접히 관련될 때는 더욱 그렇다고 할 수 있다. 두만강변 국경을 넘나들며 힘겨운 삶을 영위해야만 했던 시인 자신의 가족사는 이미 개인의 진술 차원을 넘어섰다고 할 수 있다. 두만강 국경 주변의 지나간 삶을, "좋은 하늘" 못 본 채 타향에서 돌아가신 아버지14)를 이야기하는 어머니의 모습 속에서 일제강점기라는 어려운 시대를 살아온 우리 민족의 비극적 삶의 편린을 똑똑히 볼 수 있다. 이러한 삶이 가식되지 않고 구체적인 삶의 핍진한 모습을 띠고 있기에 이 시의 진실성은 더욱 강화된다고 할 수 있다. 시적 주체의 감정은 해방이란 역사적 현실이 주는 전망에 매개되어 어느 정도 고양되어 있지만 이러한 고양된 감정이 진실한 삶의 체험과 겹쳐짐으로써 사사로운 주관적 감정에 쉽게 함몰되지 않는다. "길에서 요기할 호박떡을 빚으며" 서울로 가는 아들에 대해 보여주는 애틋한 어머니의 정은 김상훈의 「아버지의 문 앞에서」에 나오는 아버지와는 사뭇 다른 모습을 보여주고 있다. 김상훈의 시가 해방을 맞아 변혁 운동에 참여한 시적 주체와 봉건적 틀 속에 머물러 있는 아버지 사이에 일어나는 대립, 갈등의 구도를 보여주고 있었다면 이용악의 「우리의 거리」는 아버지나 어머니, 시적 주체 모두가 회상의 순간 속에 한덩어리로 현현(顯現)되어 나타나 있는 경우라 할 수 있다.

시인이 자신의 감정이나 체험을 표출하는데 가장 손쉽고 일반적인 방법은 작품의 전면에 시적 주체를 내세우는 것이다. 그러할 때 체험이나 감정의 진실성이나 공감15), 그 형상성 여부가 문제된다고 할 수 있

---

14) 이용악의 「풀벌레소리 가득 차 있었다」는 타향에서 돌아가신 아버지와 아버지의 죽음을 바라보는 가족의 모습을 잘 그려놓고 있다.

15) 김준오는 리얼리즘을 설명하면서 '성실성 Sincerity'을 들고 있는데 성실성의 양상을 첫째 실제시인과 작중화자의 동일성과 둘째 작중인물과 독자의 동일성의 두가지를 들

다. 이러한 점에서 김상훈의 「아버지의 문 앞에서」나 「나의 길」, 또는
이용악의 「우리의 거리」는 시적 주체의 주관적 체험 내지 정서가 주된
정조를 이루고 있기는 하나 그 체험의 진실성 내지 전형성이 어느 정도
확보됨으로써 개인의 사사로움 내지 지나친 주관의 함정에는 떨어지지
않은 시라 할 수 있겠다. 이처럼 해방기에 들어오면서 시적 주체가 시
의 전면에 등장하여 정서를 주도하거나, 진보적 이념을 실천해 가는 시
가 많이 등장하였다. 이는 격변기의 창작 주체가 진보적 열망을 밖으로
표출하는데 시적 주체가 대상 뒤에 숨어서 거리를 유지하기보다는 작품
의 전면에 나서서 적극적 주인공으로 등장하는 것이 더 효과적이었음을
의미한다. 특히 해방기 사회가 그렇게 바라던 이상적 공간으로 정착되
지 못하고 다시 분단의 징후를 보이기 시작했기 때문에 창작 주체가 갖
는 감정은 더욱 분노와 슬픔으로 가득찰 수밖에 없었을 것이다. 이러한
시대적 배경이 창작 주체의 감정을 고양시켰으며 그것이 많은 작품 속
에서 시적 주체가 작품의 전면에 자연스레 나서는 계기를 만들었다고
할 수 있다. 이 당시 이상적 공간에 대한 시인들의 열망은 다른 어느 시
기보다 컸다고 할 수 있다. 그러나 현실은 그렇지 않은 방향으로 치달
았기에 시인들의 부정적 현실을 타파하기 위한 의지와 고양된 감정은
극에 달하였다고 할 수 있다. 그러므로 실제시인과 시적 주체가 쉽게
일치할 수 있었으며 시적 주체의 감정 또한 대체로 고양된 정서 내지
분노의 양상을 띠고 있었다. 문제는 리얼리즘 성취와의 관련성 여부이
다. 해방기 시의 경우 이러한 주관화 양상을 극복하는 나름대로의 시적
장치를 해보였다고 할 수 있는데 그것은 시적 주체의 주관적인 가치 판
단이나 직접적 진술이 개인의 사사로운 감정 표출에 머무르지 않도록

고 있다. 전자는 진실성과 동의어로서 시인의 비젼이나 마음의 상태에 대한 진실성,
곧 감정이나 정신상태의 가장 없는 순수 표현이고 후자는 공감의 동의어로서 독자가
작중인물과 일체감을 갖는 편이라고 하였다. 김준오, 앞의 책, 279면 참고.

하는 것이었다. 즉 이들의 주관적 정서가 항상 공동체의 문제거리와 맞물리도록 하는 한편 그들의 시창작이 급변하는 현실 속에서 응전의 한 방식임을 밝혀주는 것이었다. 작품의 전면에 나선 시적 주체의 격정적 감정 및 주관적 정조가 개인의 사사로운 감정 표출에 머무르고 말았다면 별 의미가 없다고 할 수 있다. 그런데 진술되는 개인의 체험이 일 개인의 문제가 아닌 공동체 전체의 문제로 확산될 수 있는 것이라면 이는 개인의 정서표출 단계를 넘어선 것이라 할 수 있다. 그러므로 시적 주체가 겪은 체험의 진실성이 얼마나 작품 속에 절실하게 형상화되었느냐 하는 것과 그 체험이 공동체의 삶의 문제와 긴밀히 연결되어 보편성을 획득하였느냐하는 점은 리얼리즘 성취의 관건이라고 할 수 있다.

두 번째로 시적 주체가 작품의 표면에서 몸을 숨김으로써 그리려고 하는 시적 대상이나 상황을 부각시키는 방법이 있다. 시적 주체가 대상과의 객관적 거리를 유지하여 상황이나 인물, 사건 등 시적 대상을 객관적으로 드러내 보이는 것이다. 즉 시적 주체가 시의 표면에 모습을 드러내지 않거나 드러내더라도 최소한 관찰자의 입장에 머무르게 하는 것이다. 사건에 개입하더라도 주관적 감정을 절제하게 되는데, 이렇게 되면 자연히 그리고 있는 시적 대상이 부각된다. 소설의 시점으로 말하면 서술자가 숨어 있거나 관찰자 시점을 유지하는 경우라고 할 수 있다. 숨어있는 화자는 "은밀하게 문장구조를 조정하고, 다양한 중요도를 지닌 서사적 요소들을 전경화하거나 후경화"하고, 사건, 인물, 배경을 말하는 목소리인 화자가 숨겨진 채 서술된 이야기는 "작중 인물의 말 또는 생각을 간접 형식으로 표현"16)할 수 있다. 이러한 시들은 텍스트의 표면에서 화자가 몸을 은닉하고 있는 상태이다. 그래서 이를 '숨어있는 화자' 내지 '은폐화된 화자'라고 부를 수 있다. 화자가 대상에 대해 취하는

---

16) S. 채트먼, 앞의 책, 229~230면.

태도 및 거리 문제가 리얼리즘의 구현에 있어 중요한 방법 중의 하나임은 주지의 사실이다. 예를 들자면 1930년대 후반 시의 경우 시적 주체를 작품의 전면에 내세워 자유롭게 창작 주체의 생각을 진술하는 것은 쉽지 않았다. 물론 이때의 생각 진술이란 개인적인 '나'의 주관적 정서 토로 이외에 자신의 생각을 자유롭게 진술할 수 있는 상황까지 포괄하여 말하는 것이다. 이 당시 시적 주체의 진술이 개인적 주관성에 함몰되기 쉬워 객관적 현실반영이나 발언의 공간이 협소해지는 경우가 많았다. 이 경우 시적 주체가 작품의 전면에 나서 있더라도 비유나 상징을 통해 자신의 의사를 표출하게 된다. 또한 그렇게 하더라도 단순한 개인적 감정의 토로 수준에 머무르는 경우가 많았다. 그래서 이 당시 시인들은 문학 위기의 극복방안으로 시적 주체와 대상과의 거리를 조정함으로써 리얼리즘을 실현하려고 하였다. 이 당시 시인들은 주로 그리고 있는 대상을 관찰하거나 시적 주체가 작품의 표면에서 모습을 숨김으로써 대상을 객관화시킬 수 있었다. 이러한 작품으로 오장환의 「모촌」, 백석의 「여승」, 이용악의 「낡은 집」 등을 들 수 있는데, 대상을 관찰하거나 사건에 개입하더라도 절제된 모습을 보여주고 있는 것이 「여승」이나 「낡은집」이라면, 시적 주체가 몸을 숨기고 대상의 전형적 모습을 부각시키는 것은 「모촌」이라 할 수 있다. 이러한 시들은 시적 주체가 작품의 전면에 나서서 현실에 대한 관심 내지 참여를 표명하기보다는 주로 그리고 있는 대상 뒤로 물러섬으로써 정황이나 인물을 적절히 부각시키고 있다.

　추라한 지붕 썩어가는 추녀 위엔 박 한 통이 쇠었다.
　밤서리 차게 나려앉는 밤 싱싱하던 넝쿨이 사그러 붙든 밤. 지붕 밑 양주는 밤새워 싸웠다.
　박이 딴딴히 굳고 나무잎새 우수수 떨어지던 날, 양주는 새박아지

뀌어들고 추라한 지붕, 썩어가는 추녀가 덮인 움막을 작별하였다.17)

이는 오장환의 「모촌」 전문이다. 이 시의 경우 시적 주체가 작품의 전면에 나서지 않고 물러나 숨어 있다. 현상적 화자가 겉으로 모습을 드러내지 않고 소멸되어 있는 것이다. 이는 시적 대상과의 거리를 유지시켜 주면서 시적 대상인 양주의 모습을 더욱 부각시켜 주는 역할을 한다. 즉 시적 주체가 자신의 정서나 행위를 적극 토로하거나 표출하는 것이 아니라 대상을 그리는 데에만 몰두할 뿐이다. 그 결과 현실의 핍진한 형상화에 어느 정도 성공하고 있다. 「모촌」의 경우 시적 주체에게 포착된 시적 대상은 초라한 지붕 밑의 '양주'이다. 생략이 고도로 구사되어 있는 이 시에 '양주'가 왜 밤새워 싸웠는지 그런 이유는 구체적으로 나타나 있지 않다. 그러나 이 시를 읽는 독자들은 박을 통해서 가난의 절박함을 느낄 수 있으며 '양주'가 "새 바가지 뀌어들고" 움막을 작별할 수밖에 없는 것이 전망없는 삶의 고달픔과 가난 때문임을 쉽게 알아챌 수 있다. 이 짧은 시를 통해 작자는 많은 이야기를 독자들에게 보여주고 있는 셈이다. 일제강점하 유랑농민의 현실과 전망 없는 앞날을 작자는 가난한 농촌의 한 가족의 모습을 통해 담담히 그려보이고 있다. 박 속으로 연명하다 고향을 떠날 수밖에 없는 '양주'의 상황은 일제강점하 유랑민의 전형적 모습에 다름 아니다. 문제는 이러한 '양주'의 삶을 그려내고 있는 시적 주체의 시선과 심정일 것이다. 시적 대상을 바라보는 시적 주체의 심정은 비애와 안타까움으로 가득차 있는데, 시적 주체는 이것을 거의 노출시키지 않고 대상을 있는 그대로 냉철히 보여주는 것에만 열중한다. 시적 주체가 전면에 나서서 직접적 감정을 토로하지 않고 후면에 숨어서 대상의 묘사에 치중하고 있다고 하겠다. 한편 백석

---

17) 오장환, 「모촌(暮村)」, 『성벽』, 아문각, 1947, 53면.

의 「여승」이나 이용악의 「낡은집」의 경우는 시적 주체가 모습을 드러내기는 하나, 관찰자의 입장에 머물러 있다고 할 수 있다. 물론 「여승」이나 「낡은집」의 시적 주체가 불러일으키는 정서가 작품에 주된 영향력을 발휘하고 있기는 하다. 그러나 전체적으로 화자는 시적 대상으로서 '여승'의 삶이나 '털보네'의 가족사를 부각시키는데 역점을 두고 있다. 이들 작품에서는 시적 주체가 작품 속에 모습을 드러내기는 하나 사건에 개입하기를 극도로 자제하고 있다. 「여승」이나 「낡은집」의 경우 시적 주체가 모습을 드러내기는 하나 적극적으로 사건에 개입하지 않고 '여승'이 살아온 자취나 '털보' 집안의 내력을 담담히 제시하여 보여주는 데 주력하고 있다. 여기서 제시하는 방법은 '말하기'와 '보여주기'의 기법이라고 할 수도 있다.18) 이들 시에서 시적 주체는 자신의 감정에 쉽게 함몰되지 않고 대상과의 거리를 철저히 유지하려고 노력함으로써 서사적 골격을 잘 드러낼 수 있었던 것이다. 해방기에도 이러한 방법은 여전히 현실반영의 유용한 방법 중의 하나로 사용되었다고 할 수 있다. 즉 시적 주체가 작품의 전면에 주도적으로 등장하지 않고 그리고 있는 대상 내지 사건과의 거리를 유지하여 관찰자의 차원 내지 은폐화된 화자의 모습을 취함으로써 대상을 객관화하여 제시할 수 있었다.

해방 직후의 경우 앞에서 살펴본 바와 같이 시적 주체를 작품의 전면에 등장시켜 현실에 대해 적극 발언하고 자신의 직정적 감정과 열망을 표출해 보이고 있는 시들이 많았다. 이러한 시의 경우에는 개인적 사사로움에 떨어지지 않은 진술의 객관성과 보편성, 체험의 진실성 확보가 중요함을 강조한 바 있다. 그런데 이들 시들은 자칫 주관성 내지 사사로움에 함몰되기 쉽기 때문에 시에 있어서 리얼리즘의 구현에는 상

---

18) 고형진은 「1920~30년대 시의 서사지향성과 시적 구조」(고려대 박사논문, 1991)에서 서사지향적 시가 공통적으로 구사하는 기법으로 '말하기'와 '보여주기'의 기법을 들고 있다.

당한 어려움이 있다고 할 수 있다. 현실을 적절히 반영하는 데는 시적
주체가 대상이나 사건과의 거리를 유지하여 그것을 부각시키는 방법이
더욱 유용하였다고 할 수 있다. 1946년을 넘어서면서 현실에서의 비관
적 전망이 높아가자 시적 주체가 작품의 표면에 모습을 드러내지 않는
'은폐화된 화자'의 형식을 취하고 있는 작품들이 나타나기 시작하였다.
또 그리고 있는 대상이나 사건에 시적 주체가 직접 개입하지 않고 관찰
자의 시선에 머물거나 시적 주체가 모습을 보이더라도 그리고 있는 사
건에의 개입을 절제하고 있는 작품들이 나타났다.

무엇때문엔지 고개가 삐뚜러진
『緊急』을 『진급』이라고 읽는 사나히가
의장을 본다

그의 반생은 인쇄직공
진저리나게 짓밟혀 오면서
혓바닥이 반드라운 영리한 것들의
속속드리를 빠 - ㄴ히 드려다 보았기에
해방의 조화나 사탕발림에는 속지 않아
누구에게 배운 것도 아니건만
싸우지 않으면 죽는 것을 안다

십리만 걸으면 발이 붓기에
자전거 타고 연락을 단이는 동무
줄이 고르지 못한 앞니와 입술에선
지나처 정직한 말이 떠듬거리며 나왔다

들어나지 않는 사람들 속에서
부지런히 심부림을 해주고 싶은

소를 닮아 쉴 줄 모르는 버릇
소같이 믿어운 사나히가 의장을 본다
인민의 진두에서 피나게 싸우는
전국대표의 불같은 시선 앞에
붓그러운듯 두려운듯 꽃을 달고
어린아히마냥 볼을 붉히는 모양

"시월의 동무들은 죽으면서
우리에게 싸워 이기라고 했오"
목메인 듯 연설조가 되지 못하는
서투른 폐회사에 가슴이 벅차
청중보다 먼저 감격해 눈물을 삼키는
무엇때문엔지 고개가 삐뚜러진
믿어운 동무가 의장을 본다19)

이 시의 시적 주체 또한 겉으로는 모습을 전혀 드러내지 않고 '숨어
있는 화자'의 차원에 머무르고 있다. 화자인 시적 주체는 그리고 있는
대상이나 사건에 직접 개입함이 없이 객관적으로 그 인물의 모습 및 성
격을 드러내는 데 치중하고 있다. 물론 대상과 시적 주체 사이의 거리
는 완전히 떨어져 분리된 것이 아니라 대상과 상호 긴장을 유지하는 선
에 머물러 있다. 시적 주체는 "고개가 삐뚜러져 있는 동무"에 대해 한
없는 애정을 나타내 보이는데 현상적 화자와 현상적 청자의 모습은 보
이지 않는다. 즉 화자와 청자가 숨어버림으로써 시적 대상을 부각시키
고 있다. 이러한 기법은 서술하고 있는 사건을 강화시켜 객관성을 획득
하게 만든다. 여기서 작자가 그려보이고자 하는 대상은 "고개가 삐뚜러
진 동무"인데, 이러한 수법이 이 인물에 대한 사실 보고 내지 전달에 지

---

19) 김상훈, 「고개가 삐뚜러진 동무 — 李仁同 동지에게」, 『대열』, 58~59면.

대한 기여를 하게 한다. "고개가 삐뚜러진 동무"는 인쇄직공으로 반생을 보낸 노동자 이인동[20]을 소재로 쓴 시인데, 이 시는 이 인물이 처한 정황과 인물의 전형성을 잘 형상화 해 보이고 있다. "고개가 삐뚜러진 동무"가 어떠한 동무인지 1연에서는 나타나 있지 않았지만 2연에서 그의 지나온 삶의 내력을 이야기해 보임으로써 구체적인 모습이 드러난다. 1연에서는 "무엇 때문엔지 고개가 삐뚜러"져 있고 "『緊急』을 진급이라고 읽는" 도저히 의장에 적합하지 않은 인물이 의장을 본다고 하여 청자들에게 이 인물이 누구인지에 대한 궁금증을 불러 일으킨다. 그렇지만 2연에서 지난 내력을 통해 이 인물이 "진저리나게 짓밟혀" 온 반생을 가진 노동자임을 밝힌다. 노동자의 삶을 통해 이 인물은 노동자들의 열악한 작업 환경과 자본가, 지식인들의 횡포를 깨닫는 의식의 성장을 겪어 "싸우지 않으면 죽는"다는 것을 몸소 체험한다. 3, 4, 5, 6연은 현재 사회를 보고 있는 "고개가 삐뚜러진 동무"의 성격 및 태도를 현재적 관점에서 서술하고 있다. 이 인물은 투박하고 미더운, 그러면서도 얼굴을 붉히는 순진함을 가진 인물로 그려지고 있는데, 이러한 서술의 밑바탕에는 작자의 대상에 대한 친밀감이 깔려 있다고 할 수 있다. 작자는 이 인물을 도저히 의장을 볼 것 같지 않은 결격 사유가 많은, 세련되지 못한 인물임을 밝히면서도 그를 묘사하는데 한 없는 미더움과 애정을 표시한다. 이러한 인물의 제시를 통해 작자는 건강하고 미더운 새로운 노동자상을 제시하고자 했던 것이다. 결국 김상훈은 「고개가 삐뚜러진 동무」를 통해 일제강점기 및 해방 직후 노동자상의 전형을 그려내고자 하였다고 할 수 있다. 이 시가 리얼리즘적 성취를 이룩하는 데는 화자가 시적 대상과 어느 정도 거리를 유지함으로써 대상을 부각시켜 보인 기

---

20) 이인동은 일제강점기에 경성 '콩그룹'의 일원으로 활동하다가 해방정국에서는 당시의 인쇄 노조와 '전평'에 가담한 인물이다. 윤여탁, 「해방정국의 현실인식과 역사적 전망」, 『시의 논리와 서정시의 역사』, 303면.

법의 활용과 밀접한 관련이 있다고 할 수 있다. 시적 대상인 "고개가 삐뚤어진 동무"는 시적 주체와 서술상의 거리로 떨어져 있긴 있지만 심리적으로는 거의 밀착된 존재라고도 할 수 있다. 그리고 이 작품 속에 구현된 인물이 전형성 차원에서 어느 정도까지 논의가 가능한가 하는 문제가 남는다. 이는 일단 긍정적으로 평가할 수 있을 듯하다. "고개가 삐뚤어진 동무"가 일제강점기와 해방기의 노동현실을 적절하게 드러내면서 그 속에 생생하게 살아있는 노동자상을 구축하고 있다는 것이 바로 그 점이다. 전형성의 경우 보편성과 개별성의 결합이 중요하다고 할 때 이 인물은 전형적 인물의 특성에 잘 부합된다고 하겠다. 이 인물은 주로 식민지에서 해방기를 걸쳐 살아온 노동자 계급의 보편적 특성과 개별적 인물의 생생한 특성을 잘 구현함으로써 노동자의 근본적 동향 및 본질적인 특성을 잘 보여주고 있다고 할 수 있다. 동시에 시적 주체가 대상 뒤에 숨어 대상과의 거리를 유지하는 방식은 대상을 부각시키고 객관화시키는데 효과적이었다고 할 수 있다. 이 시는 화자와 청자 모두가 작품의 표면에서 은닉됨으로써 자연스레 '메세지 지향, 곧 화제 지향의 형식'을 띠게 되었다. 이러한 형식은 "독백적 표현양식의 서정시가 대상과의 거리가 부족한 경향에 반해서 일정한 거리를 두고 묘사하는 객관성을 띠"21)게 됨으로써 리얼리즘의 성취에 기여를 하게 된다.

　　세 번째는 창작 주체와는 다른 제3의 배역을 설정하여 시적 주체의 목소리를 타자화시키는 방법이 있다. 타자화된 목소리는 시적 주체의 주관성을 어느 정도 억제시켜 객관화시킨다. 시적 주체를 은닉화시킴으로써 대상이나 상황을 부각시키는 경우와 마찬가지로 타자화된 목소리는 시적 주체의 직접적 주관성을 어느 정도 제어할 수 있다. 창작 주체인 시인들은 시적 주체를 통해 세계에 대해 자신이 느낀 정서나 대상에

---

21) 김준오, 앞의 책, 211면.

대한 태도를 표명해 보이고자 한다. 즉 작품 속에 형상화된 시적 주체가 '나'로 설정되든 제3의 다른 인물로 설정되든 창작 주체의 세계에 대한 주관적 감정이 시적 주체에 반영되는 것은 분명하다. E. 슈타이거의 말처럼 서정시의 경우 과거와 미래의 일까지도 시인의 주관적 정서 속에 융합, 동화되어 나타난다. 그런데 시가 이처럼 주관성이 강한 문학 장르이고 시적 주체 또한 시인의 감정을 표출하는 대리역에 불과하지만 시장르에서 전혀 객관적 진술이나 현실반영의 효과가 성취되지 못하는 것은 아니다. 시인들은 시적 주체의 설정이나 서술되는 대상과의 거리 유지를 통해 말하려는 바를 간접화시킨다. 즉 이러한 방식을 통해 대상을 객관적으로 그려보이거나 구체적으로 드러내 보이려고 노력하는 것이다. 이들은 시장르가 가지고 있는 주관적 특성을 어느 정도 살리면서 또 그것이 가질 수 있는 한계를 간접화의 방식을 통해 극복해 보이고자 하는 것이다. 이러한 방법은 바로 주체나 대상을 객관화시키는 것인데 이러한 방법을 통해 전형을 도출해 낼 수도 있다. 즉 작품 속에 창작 주체와는 다른 배역을 시적 주체로 설정하여 그들로 하여금 어느 정도 객관화된 목소리를 내게 하는 것이다. 특히 시인 자신의 직접적 목소리가 아닌 다른 배역, 즉 타자의 목소리를 통해 서술의 객관성을 확보해 보이는 것이다. 이때의 화자는 실제시인과 구분될 수 있는 작가의 세계에 대한 정서나 태도를 표출하기 위해 만들어진 허구적 존재라고 할 수 있다. 이러한 배역은 시적 상황이나 정황에 가장 걸맞고 적합한 인물을 설정하여야 하며, 이러한 배역을 통한 진술은 또한 작자의 개성으로부터 벗어나게 해주어 객관성을 유지하게 해준다. 즉 창작 주체인 시인이 자기 아닌 다른 인물을 화자로 등장시켜 진술하게 함으로써 그리고 있는 대상과의 거리 유지 및 객관적 정황을 잘 드러내 보이게 한다. 이 시들은 작품 속에 다른 배역을 설정하여 그를 통해 사건이나 대상을 서술하고 있다. 이것은 창작 주체가 작품 속에 시적 주체로 직접 모습을 드러내 자신의 이념이나 감정을 진술하는 대신 배역으로 설정된 제3의 다른 인물을 통해 입장을 표명하거나 사건을 진술하고 있는 것이라 할 수 있다. 이러한 시를 배역시(Rollen gedichte)[22]라고 말한다. 볼프강 카이저에 의하면 자아의 독립적인 표현으로 나타나는 서정시는 주로 세 가지 형식으로 표현을 하게 되는데 시인은 자기가 서정적인 말을 자기 자아의 표현으로 하느냐, 아니면 어느 특정되지 않은 자아의 표현으로 표시하느냐, 혹은 서정적 표현을 어느 특정한 인물의 입을 통해서 표시할 것인가 하는 문제를 결정해야 한다고 한다. 이중 어느 특정한 인물의 입을 통해 표현하는 시를 배역시라고 규정하였다. 김윤식은 한국근대시의 경우 1900년대 육당 최남선의 시에서, 또 1920년대 임화의 단편서사시에서 배역시의 모습을 찾을 수 있다고 지적하였다.[23] 이외에도 이러한 배역시의 모습은 송강 정철의 「사미인곡」, 「속미인곡」 같은 가사나, 20년대 여성화자를 즐겨 내세웠던 김소월이나 한용운의 시들에서도 자주 나타나고 있다. 한편 우리 시사에서는 일제강점기 임화의 「우리 오빠와 화로」류의 단편서사시에서 배역시의 양식이 완전히 정착되었다고 할 수 있다. 단편서사시는 이전에 드문드문 나타나던 배역시 양식의 계승이었으며 일제강점기 임화에 와서 서사지향성과 발전적으로 결합됨으로써 리얼리즘시의 한 전환점을 이루었다고 생각된다.

배역을 내세워 그 배역을 통해 시인이 그리려는 대상과 그것에 대해 느끼는 감정을 표현함으로써 시인과 대상, 독자 사이에 어느 정도 거리가 유지된다고 할 수 있다. 그러므로 배역시는 시인이 직접 개입하기 쉬운, 주관적 속성이 강한 서정시의 한계를 어느 정도 극복할 가능성을

---

22) 볼프강 카이저, 『언어예술작품론』, 김윤섭 역, 대방출판사, 1982, 296면.
23) 김윤식, 「1910년대의 시와 그 인식」, 일모 정한모박사화갑기념논총, 『한국현대시사연구』, 일지사, 1983, 32면.

보여준다. 배역을 통해 현실을 그려 보이는 방법은 창작 주체의 감정을 어느 정도 제어할 수 있어 객관적 현실의 반영의 경우 그렇지 않은 시들보다 유리하다고 할 수 있다. 또한 배역이 처한 사회적, 역사적 제 조건을 묘사하는데 있어 창작 주체가 시적 주체로 곧 바로 등장하는 다른 시들보다는 좀더 자유로울 수 있는 장점이 있다. 물론 이러한 배역시가 제 역할을 하기 위해서는 "시인과 배역 사이에 엄정한 객관적 거리가 유지될 필요가 있고, 배역이 시인의 개성과는 다른 독자적인 개성을 가질 수 있도록 형상화가 이루어져야"24) 하는 것이 전제되어야 한다. 해방기 시의 경우에도 이러한 배역시의 모습을 띠고 있는 작품들이 많이 산출되었다.

안개 자욱한 이른 새벽
채 눈이 뜨이기도 전에 손이 왔다
손은 수염이 검승검승
눈만 날카롭게 살아 있어
아 쫓기어 다니는
민주주의 애국자
우리 아버지와 같은 사람들

주섬주섬 옷고름을 여미고
부엌으로 나갔다
초라한 끼니를 끓여보자
석화 사란 소리를 살봇이 불렀다
— 한 그릇 사십오원
알주먹 십원어치 흥정은
생각조차 말아야 할 것을 —

---

24) 오성호, 「1920~30년대 한국시의 리얼리즘적 성격 연구」, 127면.

> 소금물 같은 간장과
> 시늉만 한 깍두기가
> 왼통 차지해버리는 상을 바쳐
> 뜨거운 밥만 내보았다
> 손은 유독히 달게 먹었다.
> 손은 무슨 일에 뼈쳤음인지
> 그만 취한 듯 곤히 잠들어 버린다.
>
> 검승검승한 수염
> 무거웁게 울려 나오는 숨소리
> 그러나 참히 맑은 얼굴
> 누구네가 잘 살게 되기에
> 저렇게도 고생들 하는 건가
> 한시도 잊을 수 없는
> 근로 인민이란 네 글자가
> 눈 앞에 커—다란 나래를 편다.25)

이 시는 최석두의 「손」이란 작품인데 일종의 배역시로 볼 수 있다. 창작 주체와는 다른 밥상을 준비하는 젊은 아낙네를 배역으로 내세워 진보적 운동에 참여한 사람에 대한 긍정적 시선과 애정, 또 그들의 미래에 대한 낙관적 전망을 보여주고 있다. 즉 이 시의 배역을 맡은 화자는 밥상을 차리는 젊은 아낙네이며, 아낙네의 집에 찾아온 손님은 곧 변혁운동에 투신한 지하운동가이다. 갑자기 찾아온 이 지하운동가를 맞아 아낙은 온 정성을 다하여 아침 대접을 하며 그의 실천적 행위에 신뢰를 보낸다는 것이 이 시의 내용이다. 안개 자욱한 새벽에 수염만 검승검승 난, 그러나 눈은 날카롭게 살아 있는 손의 모습에서 이 당시 지

---

25) 최석두, 「손」, 『문학』 7호, 1948. 4, 117면.

하운동가의 곤궁한 투쟁의 모습을 그려 보이고 있다. 1946년 10월항쟁 이후 이념만 간직한 채 산으로, 지하로 쫓겨 다니는 진보적 변혁운동 세력들의 구체적 형상화란 점에서 이 시는 의미가 있다. 그러나 이 시에서 주목되어야 할 점은 새벽에 온 손보다는 화자인 아낙네의 정성과 손을 대하는 태도라 할 수 있다. 아낙네의 정성은 2, 3연에서 석화장수를 살봇이 불렀으나 사십오원이나 하여 궁핍한 살림에 사지를 못하고 "소금물 같은 간장과 시늉만 한 깍두기"가 전부인 상을 차려내는 데서 그 극을 이룬다. 아낙이 손을 위해 내놓은 빈약한 상을 손이 유달리 달게 먹는 장면에서 이들 사이의 친밀감과 연대감은 더욱 강화된다. 더구나 밥을 먹자 피곤을 못이겨 잠들어 버리는 손이나 그를 보는 아낙네의 시선 속에는 이미 그가 손이 아니라 가족의 일원이라는 인식이 전제되어 있다. 즉 아낙네는 손을 타인이 아니라 "우리 아버지와 같은 사람들"로 거의 동일시하여 대하고 있다. 아버지와의 동일시는 곧 그가 우리 같은 가족을 위해 일한다는 생각으로 전이되며 아낙네의 정성은 바로 여기에서 나온다고 할 수 있다. 그래서 "근로인민"을 위해 고생하다 잠자는 손님의 참으로 맑고 깨끗한 얼굴에서 이들의 앞날이 결코 어둡지 않음을 암시하고 있다. 결국 이 시인은 현실적 억압상황 속에서도 결코 절망, 좌절하지 않고 건강한 삶을 살아가고자 하는 인물의 형상화를 통해 낙관적 전망을 확보해 보이고자 했다. 손님을 맞아 주섬주섬 옷고름을 여미며 부엌문을 열고 나가는 장면이라든지 살포시 석화장수를 부르는 아낙의 모습은 봉건적 우리 여인네들의 전형화된 모습이라고 볼 수 있다. 또한 검승검승한 수염, 참히 맑은 고운 얼굴 등은 서로 어울려 시각적 효과를 더욱 증대시켜 준다. 물론 마지막 연에서의 다소 작위적이고 추상적인 낙관적 전망의 제시는 이 시의 진정성을 다소 훼손시키고 있다. 힘겨움과 안타까운 감정보다 미래에 대한 굳건한 믿음 내지 전망의 제시로 끝을 맺은 것은 창작 주체의 선취된 관념이 밖으로 표출되어 나온 경우라 볼 수밖에 없다. 이 시는 배역으로 아낙을 설정함으로써 그렇지 않은 경우보다 더 큰 효과를 거두고 있다고 할 수 있다. 아낙이 배역을 맡음으로써 서술의 자유스러움말고도 가족적 친밀감과 극적인 장면을 또한 얻을 수 있었다. 이는 배역인 아낙의 입장에서 사건 및 정서를 진술하게 하는 방식이 시인이 직접 자신의 주관적 감정을 설파하는 것보다 더 설득력을 확보할 수 있었기 때문이다.

대판으로 징용갔던 큰 자식도 돌아왔고
해병단에 끌려간 둘째놈도 허둥지둥 찾아왔었기에
지난 가을엔 오신도신 보리씨 심어놓고
오랜만에 보리단술도 담그려 했나이다

왜인들도 모조리 쫓겨갔기에
해방이네 자유네 들떠들기에
서울서는 독립정부를 세운다는 소문이 끊일 새 없기에
이제야 살 길이 터지나부다 했었나이다

우리네 조선 농토산이야
언제 쌀밥만 먹고 살았능기요
쌀 팔아 메트리 신던 발에 고무신도 신어봤지요

3, 4월 기나긴 해
높지도 낮지도 않은 보리고개를
하냥 색거리로 목숨을 이어
한여름 곱삶은 보리밥 아니면
부앙 나 죽는 놈도 부지기수죠

이것도 해방 덕이랍니까
알알이 샅샅이 털어가려는 바람에
동네 방네 고을마다
항쟁의 불길이 터지고야 말었소
쌀은 못먹으나 보리로나 주림을 여이려는 것이었소

총소리 산천을 은은히 울려
쇠잔한 목숨들이 피로 사라지는
이 무슨 동족상살의 슬픈 회오리바람잉기요
마침내 큰놈도 작은 놈도 부뜰려 갔나이다

우직한 절믄 놈들이라
바른 고장으로 대들은 탓이 아닝기요
허리끈으로 반양식을 삼아온 한 평생
이제라 무슨 정승판서를 바라겠소

하양 넓은 들엔
간뎅이처럼 붉은 능금이 조랑 조랑
우리네 살림살이에 말썽도 많아
다시 또 묵묵히 일이나 하죠

서러움보다는
분에 더욱 못이기면서
다시 정성껏 죄많은 보리씨를 뿌리나이다

북풍은 고개넘어 쪼그리고 있고
5, 6월 굶주림 설레는 마음에
안해도 메누리도 딸년도
우리 앞서거니 뒷서거니
보리씨 뿌리며 붇돋으며 붇돋으며

하냥 땅만 굽어보나이다26)

'영천에 사는 어떤 늙은 농부의 고백'이란 부제를 달고 있는 이 시는 배역시라는 점에서 우선 주목된다. 농민에게 닥친 해방의 의미와 현실을 지식인인 창작 주체의 입장으로 그려낼 때는 한계가 따를 수밖에 없다. 지식인의 눈이 아닌 농민의 눈으로 그들의 현실을 그려내었을 때 훨씬 더 진실성과 공감을 자아낼 수 있을 것이다. 이 시인은 해방 직후 농민의 절실한 문제를 드러내기 위해 화자를 자신과는 다른 제3의 배역인 농민으로 설정함으로써 서술의 객관성 및 진실성을 확보할 수 있게 하였다. 이 시는 늙은 농부를 배역으로 그 농부가 겪은 체험 및 주변상황을 고백하는 방식으로 되어 있다. 시적 주체인 늙은 농부는 해방으로 인해 지난 가을 오손도손 보리씨 심어놓고 오랜만에 보리단술 담그려 한 소박한 농민이다. 해방이 되어 돌아온 큰아들, 둘째놈과 더불어 안해, 며느리, 딸년과 소시민적 가족 공간을 지향하는 "농투산이"에 불과하다. 해방에 대한 기대와 소망을 가진 이러한 시적 주체에게 해방은 여전히 보리고개의 삶에서 벗어나오지 못하는 "굶주림"의 해방으로 인식된다. 결국 이러한 현실은 "항쟁의 불길"로 이어지고 이는 "동족상살의 슬픈 회오리 바람"으로 이어져 큰 놈, 작은 놈 모두 붙잡혀 가게 되고 늙은 농부의 해방에 대한 기대는 무산된다. 이러한 현실에 대해 시적 주체는 자조하고 "해방의 덕"이 무엇인지 해방의 의미에 대해 반문한다. 시적 주체의 눈에 비친 해방의 풍문과 "농투산이"인 자신의 가족에게 닥치는 아픔을 통해 여전히 보리고개에 허덕이는 해방 직후 농민의 삶을 전형화해 보인다. 즉 해방이 정작 농민 당사자에게는 아무런 혜택도 주지 못하고 도리어 상처와 분노만 안겨주고 있음을 이 시는 잘 보

---

26) 여상현, 「보리씨를 뿌리며」 부분, 『칠면조』, 34~41면.

여주고 있다. 더구나 시적 주체가 청자에게 건네는 하소연투의 고백체는 시적 주체의 분노의 정서를 드러내는 데 적합한 어조이다. 시적 주체가 해방기 현실에 대해 느끼는 분노의 정서와 자조의 감정은 경어체의 유장한 가락과 경상도 방언을 통해 잘 드러나고 있다. 안해, 며누리, 딸년 앞세우고 앞서거니 뒤서거니, 이랑 이랑에 보리씨를 뿌리며 땅을 굽어보는 시적 주체의 행위는 더 큰 저항을 예비하는 것이라 할 수 있다. 이는 보리씨를 통해 그 의미가 드러나는데 보리씨는 농민의 소망을 드러내는 동시에 곤궁한 현재의 삶을 나타내는 매체라 할 수 있다. 즉 보리씨가 겨울을 나야 새봄에 새싹을 피우는 것처럼 시적 주체에게 앞으로도 많은 시련과 고난이 있을 것임을 암시하고 있다. 그러나 보리씨를 뿌리는 행위는 그러한 곤궁한 분노의 삶 속에서 미래의 소망을 땅 속에, 아니 가슴 속에 묻는 행위라 볼 수 있다. 이 시는 해방 직후 농민이 겪는 고통과 아픔을 농민이란 배역을 통해 창작 주체의 이념을 대리적으로 표현해 보였다는 점에서 그 의미가 있다.

상민의 「여직공」은 비단 짜는 공장에 팔려온 강원도 두메 소작인의 딸을 배역으로 설정해 놓고 있다. 그러나 이 인물은 여직공이란 배역이 갖는 역할을 완전히 소화해 내지 못하고 있다. 작자의 개입이 심하여 "날마다 쉬는 시간이 오면 사내 동무는/ 자본주의의 모순을 이야기한다"27)와 같이 이념의 설익은 모습을 곳곳에 드러내고 있다. 이처럼 상민의 「여직공」은 임화의 단편서사시 「우리 오빠와 화로」 같은 완숙한 형태의 배역시가·거둔 성과에서 한 걸음 후퇴해 있다고 볼 수 있다. 작자와 배역간의 거리가 제대로 유지되지 못하고 작자의 주관이 자주 개입한 결과라고 볼 수 있다. 여직공은 곤궁한 삶에 대한 분노와 새로운 날의 삶에 대한 긍지를 동시에 지니고 있으나 의식이 지나치게 과잉되

---

27) 상민, 「여직공」, 『옥문이 열리든 날』, 38면.

어 시적 주체가 배역의 역할을 제대로 수행하지 못하고 있다 하겠다.

배역시의 형태를 띠는 작품들은 배역을 통해 화자의 정서를 전달함으로써 창작 주체의 목소리가 간접화되고 있다. 그러므로 직접적 목소리를 내는 다른 시들보다 배역시가 현실을 반영하는데 유리한 측면이 있다. 즉 창작 주체와 배역 사이의 거리, 배역과 독자 사이의 거리를 어느 정도 확보하게 해줌으로써 이들 시들은 대체로 진술의 신빙성과 객관성을 보장해 준다고 할 수 있다. 또 이러한 배역시의 경우 배역을 통함으로써 사건이나 대상에 대한 서술이 그렇지 않은 시들보다 용이하므로 대체로 서사적 줄거리를 가진 시가 많았다. 창작 주체와 거리를 유지한 제3의 화자는 자기가 처한 상황 속에서 자신의 이야기를 다소 자유롭게 해 나갈 수 있는 여유가 있었다. 만약 전형적인 상황 속에 처한 화자가 당대 삶의 본질적 문제거리와 연결된 이야기나 정서를 표명한다면 리얼리즘의 구현에도 훨씬 유리한 위치를 점할 수 있을 것이다. 한편 우리 시사에서 부각되었던 단편서사시 양식도 배역시의 성격과 서사지향성을 동시에 가지고 있던 장르였다. 해방기에 김상훈이 담시라 이름 붙였던 「소을이」, 「북풍」, 「초원」 등의 경우도 그 형상화의 실패 유무를 떠나 1920~30년대 단편서사시의 양식과 밀접한 관련을 가지며, 배역시의 형식을 계승하고 있다는 점에서 주목된다.

2. 집단적 화자의 설정

해방기 시에 있어서 시적 주체의 경우 자신을 집단 속에 숨겨 놓거나 집단과 동일화시키는 경우가 많다. 해방기의 시 작품 속에는 '우리'라는 시적 화자가 많이 등장한다. 이는 진보적 열망을 가진 시인이 자신과 같은 이념을 공유한 집단에 공동체적 친화감을 갖고 이들과 결속하고 싶은 욕망이 작품 속에 나타난 결과라 할 수 있다. 오장환은 '나'에서 '우리'로의 전환을 현실의 변화 속에서 다음과 같이 찾고 있다.

> 이제는 나 사는 곳이 아니라 우리들의 사는 곳이다. '내'가 '우리'로 바뀌는 사다리를 독자들이 이 시집에서 찾는다면 필자는 망외(望外)의 행운이겠다.[28]

오장환의 고백처럼 해방기 현실은 이제 '나'보다 '우리'가 더 문제되는 시대로 바뀌었다. 일제강점으로 인한 질식할 듯한 상황 속에서 '나' 개인의 울음, 감정 표출에 머무르던 시인들이 해방기에 들어와 공동체 의식에 차츰 눈 떠 가게 된 결과라고 할 수 있다. 이러한 의식의 일단이 잠재되어 있다가 시 텍스트 속에 서 집단적 화자 '우리'의 설정으로 나타났던 것이다. '우리'는 시적 주체 '나'가 사사로운 개인이 아니라 집단, 즉 공동체 속의 나임을 분명하게 해 준다는 점에서 싸움이 우선시되던 해방 공간에선 의미가 있다. 개인적인 시적 자아 '나'가 집단적 화자 '우리'로 바뀌어 가는 것은 같은 일을 하고, 같은 길을 간다는 강한 동지적 연대감이 있을 때만 가능하다. 이러한 모습을 보여주는 시로 최석두의 「우리들만이 느끼는」이란 작품을 들어 볼 수 있다.

> 동무가 주고 간 바지
> 다 떠러진 바지
>
> 그나마 길어서
> 두세번 접어도

---

28) 오장환, 「나 사는 곳'의 시절」, 『나 사는 곳』, 헌문사, 1947, 94면.

> 끌리는 바지
>
> 바람 세굿차고 컴컴한 밤을
> 삐라 붙이는 골목 마다에
> 사뭇 손이 곱을 때면
> 살며시 얼싸 주는 바지
>
> 동무와 함께 거닐던 거리엔
> 떠러진 그대의 바지를 끌면서
> 그 뜻을 받아
> 쏘대는 내가 있다
>
> 동무가 주고 간 바지
> 다 떠러진 바지
>
> 우리들만이 느끼는
> 피보다 더 진한 것이 있어
> 부글부글 끓는 것이 있어[29]

최석두의 위의 시는 동지들 간의 연대감을 시적 화자 '나'가 '우리'로 변모해 가는 모습을 통해 잘 표현해 보이고 있다. '나'와 '우리'가 동일시되는 변모의 매개체는 "바지"이다. 이처럼 다소 추상적인 동지들간의 연대감이나 친화감을 바지를 통해 노래해 보임으로써 구체적 형상성을 획득하고 있다. 동무가 떠나가면서 주고 간 바지를 입고 동무가 못다한 일과 그 뜻을 이어받는 사람은 다름 아닌 시적 주체 '나'이다. '나'는 이 바지를 통해 동무와 "피보다 더 진한" 동지적 연대감을 느끼면서 "우리"로 합일된다. 동무와 내가 하는 이 일은 "다 떠러진 바지"나 "바람 세굿

---

29) 최석두, 「우리들만이 느끼는」, 『새벽길』, 26~28면.

차고 컴컴한 밤"이란 시어를 통해서 보건데 결코 쉬운 일이 아니다. 이러한 어려운 상황 속에서도 좌절하지 않고 시적 주체는 동무들에게 가족보다 더 진한 동지적 연대감을 느끼면서 자기가 택한 길을 "부글부글 끓는 열정"으로 간다. 개인적 자아인 시적 주체 '나'가 집단적 자아의 표상인 '우리'로 변모해 가고 있는 이 시에서 창작 주체인 시인 자신이 택한 길과 실천 행위에 대한 확고한 믿음을 엿볼 수 있다. '나'에서 '우리'로의 변모 행위를 더욱 강화시켜주는 것은 짧으면서도 경쾌한 반복적 리듬이다. 긴 산문적 호흡을 버리고 짧은 시어로써 자신의 의사를 전달하고 있다. 짧은 시어와 반복되는 리듬은 다량의 진술을 통하지 않고도 얼마든지 자신의 의사를 적절하게 잘 드러낼 수 있는 장치 중의 하나임을 보여준다. 이처럼 '나'에서 '우리'로의 결합은 현실에 대한 이들의 응전이 정당한 것임을 확보하게 해 주고 개인의 사사로운 감정이 집단의식으로 한 단계 상승함을 보여주는 것이다. 나와 우리의 동일시, 이는 곧 나의 행위가 정당한 것임을 드러내 주는 동시에 공동체적 친화감을 통해 적대적 대상과의 구분을 분명하게 해 주는 역할을 한다. 시를 읽는, 또는 듣는 독자(청중)들의 경우도 시적 주체 '우리'란 매개체를 통해 쉽게 그 시가 구현하고 있는 이념 내지 내용에 쉽게 공감할 수 있게 된다. 결국 시적 화자 '우리'는 나와 타자와의 확실한 구분을 가능하게 하여 싸움의 대상을 분명히 하거나 그것을 구체화시켜 주는 역할을 한다. '우리'와 '우리' 아닌 대상 간의 분명한 구분을 통해 창작 주체가 가진 의지가 독자들에게 더욱 적극적이고 효과적으로 전달될 수 있도록 해 준다고 하겠다.

　　며츨째이냐 농성한 기관구 테두리를 직히고 선 전사들이어 불꺼진
　　기관차를 끼고 옳소 옳소 외치며 박수하는 똑같이 기름배인 검은 손
　　들이어 교대시간이 오면 두 눈 부릎뜨고 일선으로 나아갈 전사 함마

며 핏켈을 단단히 쥔 채 철ㅅ길을 베고 곤히 잠든 동무들이어

  피빨이 섰다 집마다 지붕 위 저리 산마다 산머리 우에 억울한 모든
사람들이 우리의 승리를 약속하는 피빨이 섰다.[30]
  그저 멍하니 한숨지던 버릇이
  상기도 가시지 않은 땅에
  무슨 놈의 비가 쏟아지는가

  차라리 쑥대밭을 맨들 판에야
  된소리 안된소리 지껄이는
  돼지 같은 목덜미를 디리치렴아

  휘몰아치는 비바람에
  고향은 있어도 흙 한줌 없는
  아— 이 나라는 언제나 남의 땅 같구나

  물구덩이 속에서 피눈물을 뿌려도
  은신할 처마와
  몸 가릴 옷가지 하나 없어도

  왕궁 안 오만한 주인의 수라상 우엔
  진수성찬이 향기로워도
  우리에겐 비에 젖은 주먹밥뿐이다.

  공손히 뭉쳐 나누어주는 손
  헌옷일망정 덮어주는 손들만이
  비와 눈물에 젖은 마음을 어루만지는구나.

____

30) 이용악, 「기관구에서」 부분, 『문학』 3.1기념 임시증간호, 1947. 2, 19면.

> 보라 이 비가 멎은 다음날엔
> 진정 폭풍우 같은 우리의 아우성이
> 새로운 장마를 마련할 것이다.[31]

　이용악의 「기관구에서」나 유진오의 「장마」는 모두 시적 주체가 '우리'란 집단적 화자, 또는 '우리'란 집단 속의 한 사람으로 나타나고 있다. '우리'란 말은 말하는 사람이 자기 또는 자기 편의 여러 사람을 대표하여 일컫는 말이다. 즉 공통된 이념이나 생각을 공유한 여러 사람들을 스스로 자신들이 부를 때 하는 말이다. '우리'라고 불려진 집단 내부 사이에는 유기적인 친밀도가 강하게 나타나 대립되는 '우리' 아닌 다른 집단과는 뚜렷하게 구분하게 만든다. '우리'끼리 은밀히 공유하고 있는 사상, 생각, 삶의 양식이 위협받을 때, 그 위협의 대상에 대한 분노는 극에 달한다. '우리'는 우리와 우리 아닌 것 사이의 분명한 구분의식을 불러 일으켜 상대편에 대한 공격 내지 투쟁의지를 더욱 강화시키는 역할을 한다. 「기관구에서」의 경우 철도 파업에 참가한 사람들 및 화자의 굳센 의지가, 「장마」의 경우 부정적 현실을 조장하는 외세와 그것에 빌붙은 모리배들에 대한 분노가 노골적으로 드러나 있다. 이들은 부정적 세력에 대항하는 자신들의 이념이 옳다고 믿으며, 대상에 대한 적대감을 통해 그러한 믿음을 더욱 강화시키고 있다. 이들의 삶이 서로 공유되는 삶이란 것을 인식시키고 객관화하기 위한 방법으로 창작 주체는 '우리'란 집단적 화자를 설정하였다. '우리'란 집단적 화자는 해방기 사회 속에서 공통된 경험과 생각을 가진 집단적 창작 주체들이 시적으로 형상화된 모습으로 보아야 한다. 이들이 공유하고 있는 사상과 감정은 개인적인 것이라기보다는 대체로 집단적인 형태의 모습을 띤다. 즉 그

---

31) 유진오, 「장마」, 『전위시인집』, 57~59면.

것은 "한 인간에 의해서가 아니라 주어진 순간에 동일한 경험에 직접 관련되고 하나의 보편적 감정에 의해 결합된 전 집단 사람들에 의해 경험된 것"32)의 한 형태로 보아야 한다. 이때의 경험은 '나의 경험'이라기보다 '우리들의 경험'이라 부를 수 있는 것으로 '우리들의 경험' 중에서도 그 경험은 "객관적, 물질적 이해 아래 결합되고 통일된 집단의 구성원들에게 적용되는 경우"33)로 볼 수 있다. 이러한 것을 표현한 시들은 "개인적이 아닌 집단적이거나 합창적인 서정시들"로 "전체 우정관계나 서로 가까운 사람들의 사상과 감정을 표현"한다.34) 그러므로 시들은 '이데올로기적 명확성'을 갖고 다소 능동적이고 적극적인 투쟁의지를 드러내 보일 수 있는 것이다.

결국 시적 주체 '우리'는 "공동체의 한 구성원인 시인이 집단의식을 창작과정에 수용하여 형상화하는 역할을 담당"35)한 것으로 창작 주체인 시인이 어떤 집단의식군(群)의 욕구를 대신 나타내 보인 것이라 할 수 있다. 「기관구에서」나 「장마」에 나타난 이러한 집단의식군은 해방기에서는 다름 아닌 진보적 민주주의 민족국가 건설의 길에 투신한 진보적 이념을 간직한 사람들의 의식군, 즉 세계관을 말한다. 해방기의 현장 투쟁시, 행사시 중에서 집단적 화자 '우리'가 많이 설정된 것도 이러한 집단의식군 내지 세계관을 표출해 내기에는 이것이 가장 유용한 방법 중의 하나였기 때문일 것이다. 또 수용 주체인 청중들의 경험과 집단적 화자 '우리'의 경험이 별개의 것이 아니라 주로 현장에서 하나의 동일한 경험으로 합일화되는데 집단적 화자 '우리'가 적절하였기 때문이

---

32) 게오르기 프리들렌제르, 앞의 책, 236면.
33) M. 바흐찐·V.N. 볼로쉬노프 공저, 『마르크스주의와 언어철학』, 송기한 역, 흔겨레, 1994, 122면.
34) 게오르기 프리들렌제르, 앞의 책, 236면.
35) 이기성, 앞의 논문, 59면.

라 할 수 있다. '우리'는 공동체에 대한 친화감을 불러 일으켜 집단이나 공동체에 대한 관심을 더욱 깊이 있게 환기시켜 주는 역할을 하였다. 이미 이 당시 시인들도 이러한 점을 중요하게 인식하고 있었다.

> 이른 바 「해방시」의 이름으로 불려지고 있는 시들은 아직 한 단초에 지나지 않았다. 그러나 이러한 시를 통해서 한가지 특징은 그 어느 것이고 한 공통된 민족적인 감각과 감정과 의식의 발로라는 일이다. 다시 말하면 우리 시가 「해방시」를 통해서 얻은 자못 중대한 것은 한 공동체의 의식이었던 것이다. 물론 전에도 그런 것이 우리 시 속에 없은 것은 아니나 이번에서처럼 단일적인 앙양된 상태에서 시인의 감정이 엉킨 적은 없었다. 그것은 시인의 한 새로운 재산으로 한층 더 발전시키고 키워가야 할 일이다.[36]

김기림이 해방기 시의 한가지 특징으로 내세우고 있는 "공동체 의식"도 집단 감정의 다른 이름에 지나지 않는다. 물론 이것은 의식이나 내용의 문제에 관련된 것이다. 이러한 의식의 문제가 자연스럽게 겉으로 표출되어 선택된 형식의 하나가 집단적 화자 '우리'였다. 시적 주체 '우리'가 동지적 연대감과 집단적 체험을 나타내는 또 다른 시로 이병철의 「대열」을 들어 볼 수 있다.

> 조곰씩 서로 닮은
> 비슷비슷한 얼굴들
>
> 모두다
> 해바라기처럼 싱싱한 포기포기

---

36) 김기림, 「시단별견 ― 공동체의 발견」, 『문학』 창간호, 1946.7, 144~145면.

바람에 흔들리면서
이지러질 듯 바람 속에 흔들리면서
붉으레 피빛 좋은 얼굴들

앞을 딸어
목소리를 가즈런히 만세를 부르면서,

예사 함께 누릴 즐거움을 살기 위하여
하늘 걷히고 온전한 햇빛 받어 무성하기 위하여

앞을 딸어
목소리를 가즈런히 만세를 부르면서,
우리 모두 다 함께 간다.[37]

　이 시에 등장하고 있는 시적 주체는 물론 온전한 사회를 열망하면서 그것을 쟁취하기 위해 애쓰는 존재로 이 시 속에서는 집단적 화자 '우리'로 그 모습을 드러내고 있다. 물론 여기서 시적 주체는 '우리'란 집단적 화자 속에 몸을 숨기고 있어 찾아내려면 찾아낼 수 있으나 '우리'와 분리될 수 있는 성질의 것은 아니다. 여기서 '우리'는 "6월 데모"[38]에 "함께" 참여한 동지들로 나와 이념을 같이하는 공동체적 존재들이다. 동지들의 모습은 이 시에서 "비슷비슷한 얼굴들", "해바라기처럼 싱싱한 포기포기", "붉으레 피빛 좋은 얼굴들"로 병치(竝置)되어 나타난다. 그러므로 '우리'들은 서로서로 동지적 친화감과 연대감으로 묶여져 있는 결속체라 할 수 있다. 평등한 삶을 갈구하는 우리들의 삶을 흔드는 장애적 존재는 "바람"으로 나타나 있다. 이러한 "바람"에도 불구하고 "싱싱하고",

---

37) 이병철, 「대열」, 『전위시인집』, 33~34면.
38) 이병철은 시 「대열」의 부기에 이 시를 '1946년 6월데모 속에서' 지은 것으로 밝히고 있다.

"피빛 좋은" 건강한 모습으로 투쟁의 길을 이들은 함께 간다는 것이다. 이들이 "함께" "만세를 부르며" 가는 목적은 개인적 행복이 아닌 "함께 누릴" 즐거운 삶을 위한 것이다. 결국 집단적 화자 '우리'가 목적하는 것도 공동체의 삶에 대한 확신이며, 이러한 확신이 이 시를 더욱 밝게 만든다고 할 수 있다. 같은 길을 가고 있는 동지들과 함께 데모에 참여한 시적 주체는 같은 이념을 공유한 공동체의식으로 결속되어 있기에 화자가 모습을 드러낼 때 자연스럽게 '우리'로 나타나게 되었다고 할 수 있다.

작품 속에 설정된 집단적 화자 '우리'는 우선 화자와 같은 이념을 공유한 공동체 내의 유대감과 친밀감을 강화시켜 주는 역할을 한다. 특히 주체를 억누르는 절망적 상황 속에서 '우리'는 친밀하고도 은밀한 공유의식을 함축함으로써 주체의 외로움과 소외감을 극복해 줄 수도 있다. 이처럼 작품 속에 집단적 화자 '우리'를 설정함으로써 창작 주체는 '우리' 아닌 상대편 대상을 구체적으로 분명히 제시해 보일 수 있는 것이다. 집단적 화자 '우리'는 갈등과 대립의 대상이 되는 상대편을 분명히 인식하고 그것을 구체화시켜 주는 특성이 있다. 그러므로 이들 시들은 대부분 '나/너' '우리/상대편' 등으로 구분되어 나타나고 있다. 그 결과 싸움의 대상을 분명하게 하여 '우리'와 맞서고 있는 적대적 대상에 대한 강한 적개심을 불러 일으키는 효과까지 얻게 된다. 집단적 화자 '우리'는 열악하고 위험스런 환경을 조장하는 상대편 내지 그러한 상황들을 작품 속에 분명하게 드러내 보여줌으로써 그것과 대결하고 그것을 극복해야 한다는 당위성을 강조하게 하는 효과를 준다. 물론 자칫하면 떨어지기 쉬운 이분법적 도식성은 이러한 작품들에서 경계해야 할 요소가 될 것이다.

3. 현장성과 낭독화의 원리 활용

해방기 시의 경우 기념행사장이나 파업, 데모 등 사건 현장이나 행사를 소재로 한 시가 많았다. 이들 시는 단순한 사건의 전달이나 화자의 대상에 대한 서술 차원을 넘어서고 있다. 즉 이들은 행사나 사건의 현장 속에서 적극적으로 소재를 취사 선택하는데, 이것은 현장의 생생한 분위기나 현장감을 독자들에게 속도감 있게 전달해 주는 효과가 있다. 당위적 진실이나 직설적인 이념을 단순 전달하거나 시적 대상에 대한 자신의 감정을 객관화시켜 서술하는 기법만으로는 해방기의 생동감 있는 현실을 제대로 포착해 낼 수 없기 때문이다. 그래서 이들은 시적 공간을 대부분 행사나 싸움의 현장에 둠으로써 나름대로 그 현실을 작품 속에 생생하게 반영하고 싶어 했다. 시인들이 생생한 현장을 포착하여 주로 시적 소재로 삼은 것은 현장을 보존하고 그것을 올바르게 전달하고 싶은 욕구가 다른 어느 시기보다 강하게 나타났기 때문이라 할 수 있다. 또한 그러한 것을 통해 독자들의 투쟁의식이 강화되거나 분노의 정서를 독자들과 함께 공유하기를 바랐던 것이다. 그래서 다소 극적 성격이 유지된 시를 '시의 밤'이나 기념행사 등에서 직접 낭독해 보임으로써 발화 주체와 수용 주체의 감정을 극대화시켜 보이고자 했다. 이렇게 쓰여진 시들은 대부분 낭독에 편리하게 같은 시행이나 시어의 반복을 통한 리듬의 창출, 지나치게 길지 않은 시어, 과감한 생략과 뛰어넘기의 기법 등을 사용하고 있다. 이 결과 해방기 리얼리즘시의 경우 현장적 소재의 포착과 낭독화의 원리에 따르고 있는 시들이 적지 않다고 할 수 있다. 이는 창작 주체인 작가들이 생동감 있는 현실을 적절히 드러내기 위해서 이러한 창작방법을 즐겨 사용했음을 의미한다. 현장적 소재와 낭독화의 원리를 채용한 시들은 주로 행사시의 경우에 많이 나타났다. 이들 시들은 대부분 '낭독시', '~에게 드리는(바치는) 노래', '~에' 등의 부제를 달고 있는데 이들 시들이 시 창작 당시 특별한 의도를 가지고 만들어졌음을 의미한다. 헌시 또는 낭독시의 부제를 달고 있는 이러한 행사시들은 철도파업 현장이나 학병동맹 사건, 10월항쟁 등의 실제 사건에서 소재를 취한 경우가 많았으며 실제 행사 현장에서 낭독됨으로써 많은 효과를 거두었다. 이러한 행사시들 또한 작품 창작에 임하는 작자의 태도나 정신 측면에서 충분히 리얼리즘의 가능성에 접근할 수 있다.

우선 헌시나 행사시, 또는 낭독시를 해방기에 나온 기념시집을 중심으로 정리해 보면 다음과 같다. 낭독시의 경우는 뚜렷이 낭독되었다는 부제가 있는 경우만 선택하여 정리하였다.

작자	제목	부제	출전
김광섭	속박과 해방	조선문화건설중앙협의회 문학강연 낭독시	『해방기념시집』
임화	길	지금은 없는 전사 김에게 -해방전사추도대회에서 도라오며	〃
윤곤강	피	문예의 밤에 읊은 시	〃
정지용	그대들 도라오시니	해외혁명동지에게	〃
조벽암	초석	학종대 장례행렬 앞에 묵도를 드리며	〃
권환	어서가거라	민족반역자, 친일분자들에게	『횃불』
윤곤강	조선	혁명자 구원 "예술의 밤" 낭독시	〃
윤곤강	깃발	낭독시	『횃불』
윤곤강	땅	혁명자에게	〃
이찬	축연(祝宴)	혜산진 소軍 주최 축연에서	〃
이흡	재배(再拜)하오리	3.1운동에 돌아간 애국지사 영 앞에	『3.1기념시집』
권환	고궁에 보내는 글	미소공동위원회에	『연간조선시집』

김상원	조사	삼가 원한의 세 학병동무에게 올리나이다	〃
박아지	드르시나이까	해외에서 도라오신 혁명지사 제 선배에게 드리나이다	〃
배인철	인종선	흑인쫀슨에게	〃
유진오	누구를 위한 벅차는 우리의 젊음이냐?	국제청년데—에	〃
이병철	뒷골목이 티일 때까지	옥에 있는 병권에게	〃
이용악	하늘만 곱구나	1946년 12월 전재민 동포 구제 「시의 밤」 낭독시	『이용악집』
이용악	월계는 피어	신진수 동무의 영전에	〃
이용악	기관구에서	남조선철도파업단에 드리는 노래	『문학』3.1기념 증간호
유진오	장마	수해구제문예강연회 낭독시	『전위시인집』
유진오	38이남	국치기념문예강연회 낭독시	〃
이병철	울면서 따라가면서	동지 고 전해련 영전에	〃
임화	헌시	조선청년단체총동맹 결성대회에	『찬가』
임화	우리들의 전구	용감한 기관구 경비대의 영웅들에게 바치는 노래	〃
임화	초혼	1946년 1월 29일 새벽 서울삼청동 조선학병동맹회관 전투에서 사몰한 세용사의 영령 앞에 드리노라	『찬가』
임화	손을 들자	어린이날을 위하여 삼화피복공장 방소년에게	〃
임화	계관시인	옥중의 유진오군에게	〃
오장환	지도자	전국청년단체대회 대표들에게	『병든 서울』
오장환	내 나라 오 사랑하는 내 나라	씩씩한 사나이 박진동의 영 앞에	〃
여상현	푸른 하늘	'재개공위'에 바치는 노래	『칠면조』

이상의 도표에서 보듯이 추도, 찬사 형식의 헌시(獻詩)들은 주로 기념식 같은 행사 현장이나 실제의 사건을 소재로 창작되었음을 알 수 있다. 헌시란 말 그대로 어떤 한 인물이나 여러 인물들, 또는 집단에 바치는 형태로 쓰여지는 시 작품이다. 헌시는 일반적으로 행사시의 전형이며 이러한 시들은 당대의 긍정적 인물, 혹은 부정적 인물에게 바치는 것으로 추도, 또는 그것을 통한 선전선동이 주 목적이라 할 수 있다. 행사시가 전부 선전선동의 형태를 띠고 있지는 않지만 선전선동은 행사시의 주요한 창작 목적 중의 하나임에 틀림없다. 그러면 선전선동의 효과를 가져오기 위해 시에 있어서 현장성의 활용과 시의 낭독화는 어떤 기능을 하는지 살펴보기로 한다.

우선 선전선동시는 작자의 생각이 독자 또는 청중들에게 주입되어 거기에 상응하는 반응을 불러 일으키는 것을 주요 목적으로 한다. 그러므로 선전선동의 효과가 얼마나 적절하게 독자에게 침투되었느냐가 그 시의 성패에 지대한 영향을 미친다. 선전과 선동은 "특정 사회적 집단의 이익을 관철하기 위한 목적으로 이용되는 예술적 ― 문학에서는 어쩌면 '수사적인' ― 수단의 의식적인 도입이라는 기법과 관계"[39]가 있다고 할 수 있다. 문제는 전달하려는 내용, 세계관이 어떻게 일반 독자, 청중들에게 유포, 대중화될 수 있느냐 하는 것이다. 그러므로 선전선동시의 경우도 창작 주체의 의도가 수용 주체에게 적절히 전달될 수 있는가 하는 점이 창작방법상의 주된 고민이 될 것이다. 선전선동시는 창작 주체의 의도가 중요하기 때문에 자칫 직설적이고 노골적인 어투가 그대로 드러나는 경우가 많다.

선전선동의 내용이 가만히 있는 독자 또는 대중에게 전달되기 위해서는 효과적인 전략이 필요하다. 발신자의 일방적 호소만으로는 선전

---

39) G.루카치 외, 이춘길 편역, 『리얼리즘미학의 기초이론』, 한길사, 1985, 140면.

선동의 어떠한 효과도 거둘 수 없다. 그것이 올바른 효과를 거두기 위해서는 작자의 전언(傳言)을 일방적으로 전달하는 것 이상의 방법 개발이 요구된다. 그 중 하나가 독자 또는 청중에 대한 고려이다. 그러므로 독자(청중)의 수용태도 및 감정, 작자와 독자의 상호 소통관계 등의 고찰은 필수적이라 생각된다. 작자의 의도와 전달 효과에 지나치게 집착할 때 도리어 그 작품의 선전선동 의도는 줄어들어 별 효과를 거두지 못할지도 모른다. 이러한 점에서 "작자의 의견이 숨겨지면 숨겨질수록 예술작품을 위해서는 더 낫다"[40]는 엥겔스의 어구는 시사하는 바가 크다. 독자가 그 작품을 읽어가는 도중 자기도 모르게 그 작자의 의도에 충분히 공명하게 되었을 때 그 작품은 노골적으로 직설적인 의도를 내비친 작품보다 더 큰 성공을 거둔다고 할 수 있다. 그러므로 선전선동시가 효과를 거두기 위해서는 다양한 방법의 모색과 내용에 걸맞는 형식의 창출이 요구된다고 하겠다.

선전선동시도 문학인 이상 문학 작품의 틀을 떠난 노골적인 발언이나 생경한 어투, 직설적 의도의 노출 등은 전달 차원에서 별 효과를 거두지 못할 것이다. 직설적인 어투, 즉 창작 주체의 형상화되지 못한 노골적 목소리의 노출은 선전선동시에서도 금기의 대상이다. 창작 주체의 의도가 작품 속에 용해되어 육화된 상태로 나타나 독자에게 전달되는 것이 보다 효과적일 것이다. 선전선동시가 문학의 한 갈래임을 염두에 둔다면 그 전달의 과정에서 소위 문학작품의 완성도가 문제될 수 있다.[41] 그러나 작자의 의도가 전달되는 효과적 측면에서 볼 때 그 정세나 환경에 따라 작품의 효과는 유동적일 수 있다. 즉 작품이 생산된 토대인 그 시대가 어떠한 시기냐에 따라 논의의 틀 자체도 달라질 수 있

---

40) 『마르크스 엥겔스의 문학예술론』, 김영기 역, 논장, 1989, 89면.
41) 1920년대에 김기진과 박영희의 논쟁에서 이미 이러한 문제가 날카롭게 대립된 바 있다.

는 것이다. 1920년대 박영희, 김기진의 논쟁에서 '투쟁기'니 하는 시기 설정 용어 자체가 벌써 이러한 문제를 내포하고 있다 하겠다. 단편서사시나 소위 '구호시'의 경우도 이러한 측면에서 논의의 여지가 있다. 그런데 선전선동의 효과적 측면에서 볼 때 단편서사시가 일방적으로 구호시 계열의 시보다 더욱 효과를 가진다고 말할 수는 없다. 이것은 주로 단편서사시가 독자에게 어떻게 받아들여지느냐 하는 문제로 집약된다 하겠다. 구호시가 가진 경직성, 관념성을 단편서사시가 어느 정도 극복한 것은 사실이었지만, 단편서사시 또한 지나친 감상성을 내포하고 있어서 수용 효과적 측면에서 문제가 발생하였다고 할 수 있다. 감상성은 서사지향성과 더불어 독자 대중의 호흡을 시의 공간으로 끌어들이는 데에는 상당한 성과를 거두었다고 할 수 있다. 그러나 이러한 감상성이 프로시 본래의 목적과 배치되어 독자들이 도리어 의욕을 상실해 버릴 약점을 내포하고 있었다. 프로시 안에서의 두 가지 시적 경향, 즉 구호시 계열의 시나 단편서사시 계열의 시 모두는 우선 일차적으로 독자 대중의 의식 각성에 그 주요한 목적이 있다고 할 수 있다. 그러나 선전선동의 효과적 측면에서는 서로 장단점이 있었다. 구호시가 직접적으로 선동적인 어구를 나열해 독자 대중을 변혁운동에 복무하게 한다는 것이 장점이라면, 시로서의 형상화가 지나치게 부족하여 정치적 어구의 나열, 정치삐라식 요소의 제공에 급급한 나머지 전언(傳言)이 독자에게 제대로 전달되지 못하는 점은 단점이라 할 수 있다. 이러한 구호시의 전언이 올바로 구현되려면 나름대로의 창작방법에 대한 많은 고민이 뒤따라야 하는 데도 불구하고 일제강점기 구호시 계열의 시에서는 그것이 올바로 모색되지 못하였다고 할 수 있다. 선전선동을 주 목적으로 하는 구호시의 문학적 성취는 해방기에 와서야 어느 정도 가능하였다. 그것은 해방기에서 무기로서의 시로 정착되었으며, 행사시, 현장시 등이 현장에서 낭독되는 형태를 주로 취하였다.

해방기 선전선동시의 경우 주로 현장에서의 낭독 형식을 많이 취했는데 이러한 시들은 효과적인 전언 전달에 어느 정도 성공한 것으로 보인다. 유진오의 「누구를 위한 벅차는 우리의 젊음이냐」, 「장마」, 「3.8 이남」 등이나 이용악의 「하늘만 곱구나」, 「기관구에서」 등은 낭독시로서 선전선동의 효과를 잘 살린 경우라 할 수 있다. 이들은 행사나 사건 현장에서의 적절한 소재 포착, 수용 주체와 공통된 경험을 공유하는 시적 주체의 설정, 낭독을 통한 독자와의 직접 대면 등을 통해 창작 주체와 수용 주체 사이의 상호 소통을 가능하게 하였던 것이다. 카프의 기관지『무산자』에 실려있던 적포탄, 전맹 등의 시에 나타나던 일방적 구호 전달의 수준에서 이들 시들은 상당히 진일보하였다고 할 수 있다. 특히 행사장이나 싸움의 터전에서 낭독을 통한 현장의 분위기 고취는 선동시의 일 국면을 보여준 좋은 예라 하겠다. 물론 초기에는 창작 주체인 시인들과 수용 주체인 청중 또는 독자들 사이에는 다소의 거리가 있었다고 볼 수 있다. 해방 초기 시에선 이념 또는 싸움에 대한 주관적 열정과 의지만 시의 공간을 가득 메운 경우가 많았다. 그러나 리얼리즘 시인들은 차츰 수용 주체인 청자 또는 독자를 의식하면서 새로운 방법을 모색해 가기 시작하였다. 그러한 형상화 방법 중의 하나가 집단적 화자 '우리'의 설정이었다. 낭독시의 경우에도 집단적 화자 '우리'를 즐겨 사용함으로써 창작 주체와 수용 주체 간의 심리적 거리를 없애주는 효과를 거두었다고 할 수 있다. 집단적 화자 '우리'를 통해 이들 간의 거리가 단축되고, 싸움의 대상에 대한 의지와 결의가 더욱 강화될 수 있었다. '우리'란 집단적 화자를 통해 시적 주체 또는 창작 주체가 수용자인 현장의 청자들과 한층 가깝게 만날 수 있었던 것이다. 즉 현장에서의 낭독으로 인한 창작 주체와 수용 주체의 직접 대면의 효과는 일차적으로 이들 간의 거리를 단축시켜 주었다. 또 낭독시의 경우 창작 주체들은 현장의 대면이란 특성으로 인해 사건이나 현장에 대해 읽는 시처럼 장황한 서술을 할 필요가 없어졌다. 시어의 과감한 생략과 비약을 통해 더욱 힘과 가락이 넘치는 시를 쓸 수 있었다. 창작 주체든 수용 주체든 공동체적 경험은 서로를 더욱 단단히 얽어매어 주는 역할을 하였다. 현장에서의 창작 소재의 채택은 시적 공간에 생생한 현장감을 가져오게 하였다. 이는 수용 주체들에게 생동감 있는 현장감을 느끼게 하여 시적 주체가 느끼는 분노나 적에 대한 강한 적개심을 수용 주체에게 전이시켜 주었다. 그렇게 함으로써 이러한 시들은 다른 정적(靜的)인 시들보다 전언을 수용 주체에게 적극적으로 전달하는 효과를 가져다 주었다.

창작 차원에서 시인들이 처음 노린 것이 현장에서의 시적 소재 포착이었다면 이것은 싸움의 현장에 대한 핍진한 형상성을 가능하게 하여 창작 주체나 수용 주체의 감정을 고양시키는데 지대한 역할을 수행하였다. 행사 현장에 참여해 있는 청중이라면 그렇지 않은 사람들보다 어느 정도 의식이 고양되어 있는 상태라 볼 수 있다. 자신이 직접 겪은 주위의 사건이나 현장에서 시적 소재를 취한 시들은 수용 주체인 청중들의 감정을 더욱 극대화시켜 주었다고 할 수 있다.

반면 창작 차원도 일부 관여하기는 하였지만 전달차원에서 고려한 것은 낭독화의 원리였다고 할 수 있다. 행사 현장의 고양되어 있는 청중 앞에서 시를 낭독하는 것은 텍스트 없이 바로 창작 주체와 수용 주체가 직접 만나는 것을 의미한다. 독자가 텍스트를 시간적 거리와 마음의 여유를 가지고 읽는 것과, 같은 이념을 공유한 집단 속에서 진행 상황에 몰두하면서 시 낭독을 듣는 것 사이에는 상당한 차이가 있다. 우선 시 낭독은 텍스트라는 전달의 중간 단계가 없어짐으로써 창작 주체

와 수용 주체 사이의 거리가 단축되어 서로 간에 공동체적 일체감을 맛
볼 수 있게 된다. 시 낭독은 현장성이 가지는 특성으로 인해 시각적, 청
각적 효과를 동시에 얻을 수 있다. 그래서 시 자체가 훨씬 생생하고 동
적인 작품이 된다. 또 머리 속에서 관념적, 추상적으로 막연하게 생각
되던 것이 낭독의 현장에서는 구체적, 실재적 모습을 띠고 나타난다고
할 수 있다. 정태적인 텍스트를 떠나 현실 속에서 문제거리 또는 대상
을 직접 대면했을 때 우리의 느낌이나 정서는 완전히 달라질 수 있다.
이처럼 낭독시는 텍스트의 일차원적 한계를 벗어나 중층적으로 독자,
또는 청중들에게 작용함으로써 다양한 효과를 이들에게 환기시켜 줄 수
있다. 극적인 낭독의 현장에서 수용자인 청중의 태도 또는 참여도는 상
당히 중요하다고 할 수 있는데 행사장에서의 시 낭독은 단순한 음악적
효과 이상이다. 청중들의 '기대지평'[42]이 행사 현장에서 충족되어 '친숙
한 지평'[43]을 발생시켜 '지평의 전환'이 이루어진다고 할 수 있다. 낭독

---

42) 기대지평이란 수용미학이나 독자반응이론의 핵심용어 중 하나로서 독자(수용자)의
   단계에서 설정된 개념이다. 기대지평이란 수용자가 지닌 텍스트에 대한 이해의 범주
   및 한계를 가리킨다. 이를테면 수용자의 선험·경험·의식·습관·취향·기호·상
   식·교육·심미 규범 등등은 모두 기대지평을 구성하는 요소들이며, 텍스트를 이해
   하기 위한 수용자의 실제적인 전제 조건들인 셈이다. 독자가 하나의 새로운 문학작
   품을 대할 때는 자기가 과거에 읽었던 다른 작품 또는 독자 자신의 체험이나 관점 등
   에 따라 새로운 작품이 대략 어떠하리라는 기대를 가지게 된다. 지평선이라는 용어는
   시계(視界)라고도 하며 독일의 철학자 헤겔이 인식이나 이해, 사고 등의 범주를 의미
   하는 단어로 사용한 바 있었다. 여기서 야우스는 수용자의 입장에서 작품에 대한 이해
   의 범위와 그 한계를 지칭하는 것으로 지평선이란 개념을 도입한 것이다. 그리하여 기
   대의 지평선은 수용자의 이해를 구성하는 요소들, 즉 선험적이거나 체험적인 지식, 거
   기서 발생하는 기대의 한계가 포함된다.
   박찬기 외, 『수용미학』, 고려원, 1992, 28면, 한용환, 『소설학사전』, 고려원, 1992,
   74~76면 참고.
43) '친숙한 지평'이란 텍스트에 대한 독자들의 기대지평이 충족될 때 발생한다. 그러나 시
   대의 발전과 문학환경의 변화에 따라 문학텍스트는 새로운 모습으로 등장하며, 그때마
   다 독자들은 텍스트의 새로운 '지평'에 부딪치게 된다. 독자들의 '친숙한 지평'과 텍스트
   의 '새로운 지평' 사이의 이러한 충돌로 인하여 이른바 '지평의 전환'이 생겨난다. 물론
   이때의 '전환'은 새로운 '지평'이 수용된다는 것을 전제로 한다. 한용환, 앞의 책, 75면.

시는 텍스트 차원을 벗어나 극적인 효과를 수용자인 청중들에게 준다.

> 흔희들 8.15를 취급한 시에 걸작이 없다고 한다. 그것은 시인이 전
> 연 새로운 제재에 다닥쳐서 그것에 알맞는 화법을 체득할 사이가 없
> 는 데서부터 온 것인가 한다. (중략) 그러나 반동적 조류의 물굽이에
> 항거하여 시인의 순정과 정열이 폭발할 때 시인 특히 젊은 시인들은
> 그것에 맞는 「분노의 언어」를 스스로 발견하였다. 이른바 낭독시의
> 출현은 그 단적인 표징이다. 비탄이나 애수가 수월하게 시가 될 수 있
> 을 적에 희열을 다루기란 지극히 어려웠으며 희열보다는 그래도 분노
> 가 더 쉽사리 시인의 발성에 맞은 것이었다는 사실은 우리에게 한 교
> 훈이라 하겠다.44)

김기림은 위의 글에서 낭독시의 등장이 '분노의 언어'와 밀접한 관련
이 있음을 지적하고 있다. "시인의 순정과 정열"이 순간적으로 폭발하는
데는 '분노의 언어'가, 그 형식은 낭독시가 적절함을 지적한 것이라 하
겠다. 이처럼 해방 직후 행사 현장에서 널리 낭독시가 유행하게 된 것
은 해방 직후의 역사적 현실과 밀접한 관련이 있다. 해방 직후 부정적
현실에 대한 시인의 감정을 폭발시키는데 낭독시는 현장성을 등에 업고
최대의 효과를 누릴 수 있었기 때문이다. 또 수용 주체인 청중들에게
시인 자신의 감정을 전달하기에는 현장에서의 낭독만큼 효과를 거둘 수
있는 장르는 없다고 생각된다. 현실에서 싸움의 전망이 별로 밝지 못할
때에도 진보적 변혁운동 세력들은 당파적 이념을 더욱 공고히 무장하여
현실을 변혁시켜 나가고자 했다. 그래서 시인의 격한 감정이나 주관적
정서를 직접 전달하는데 행사 현장에서의 낭독시가 이 시기 시의 주된
위치로 부각될 수밖에 없었다.

---

44) 김기림, 「시와 민족」, 『시론』, 백양당, 1947, 215~216면.

눈시울이 뜨거워지도록
두팔에 힘을 주어 버티는 것은
누구를 위한 붉은 마음이냐?
깨어진 꿈조각을
떨리는 손으로 주어모아
역사가 마련하는 이 국토 우에
옛날을 찾으려는
저승길이 가까운 슈監님들이
주책없이 중얼거리는 잠고대를
받아들이자는 우리의 젊음이냐

왜놈의 씨를 받어
소중히 길르든 무리들이
이제 또한 모양만이 달러진
새로운 ×××의 손님네들 앞에
머리를 숙여
생명과 재산과 명예의
적선을 빌고 있다

누구를 위한
벅차는 우리의 젊음이냐?

누구를 위한
벅차는 우리의 젊음이냐?
어느 놈이 우리의
분통을 터뜨리느냐?
우리들 젊음의 힘은
피보다도 무서웁다

머얼리 바다 건너 저쪽에서도

> 피끓는 젊은이의
> 씩씩한 행진과 부르짖음이
> 가슴과 가슴들 속에 파도처럼 울려온다
> 젊은이 갈 길은 단 한 길이다
> 가난한 동족이 우는 곳에
>
> 핏발이 서 날뛰는
> 외국 ×××들과
> 망녕한 슈監님들에게
> 저승길로 떠나는 노자를 주어
> ××으로 좇아야 한다45)

이 시는 해방기 행사 현장에서 낭독된 시 중에서 대표적 작품이라 할 수 있다. 시적 주체는 8.15 직후 해방의 진정한 기쁨을 누리지 못한 채 미군정하에서 허덕이는 가난한 동족들의 삶의 현실에 대해 분노하고 증언한다. 이 시는 김기림의 지적처럼 "반동적 조류의 물굽이에 항거하여 시인의 순정과 정열이 폭발"한 "분노의 언어"46)를 잘 발산한 작품이라 할 수 있다. 시적 주체는 일제하에서 기득권을 가졌던 친일세력들이 해방 이후 미군정하에서도 여전히 그것을 유지하려고 날뛰는, 잘못되어 가는 현실에 대한 젊음의 분노를 표출하고 있다. 그것은 그들이 가는 길을 오로지 "가난한 동족이 우는 곳"뿐이라는 인식을 하게 만든다. 이러한 시적 주체의 분노는 자연히 격렬한 어조를 수반하게 되며 부정되어야 할 대상에 대한 강한 적개심을 유발시킨다. 그런데 민중을 억압하는 외세와 그것에 빌붙은 모리배들을 향한 시적 주체의 감정은 극도로 고양되어 있긴 하지만 청중들에게, 또는 자신에게 던지는 물음의 형식

---

45) 유진오, 「누구를 위한 벅차는 우리의 젊음이냐」 부분, 『전위시인집』, 66~70면.
46) 김기림, 「시와 민족」, 앞의 책, 216면.

이 그것을 어느 정도 억제하는 기능을 하고 있다. 물음의 형식은 자신이나 민중의 가슴 속에 있는 분노와 불만을 일깨우고 그것을 밖으로 이끌어 내주는 역할을 한다. 물음이 청중에게 정작 대답을 요구하지 않고 자문의 형식을 취하고 있음은 바로 이 때문이다. 선전선동시라면 대부분 외부로부터의 전언 전달이나 창작 주체가 가진 세계관의 강요로 흐르기 쉬울텐데, 이 시는 해방기 민중이라면 누구나 가지고 있는 보편적 감정과 체험에 호소하여 수용 주체의 자발적인 자각을 유도하고 있다. 시적 주체를 포함하여 청중 각자 스스로에게 던지는 이러한 물음의 형식은 이들의 가슴 속에 맺힌 분노를 더욱 극대화시켜 표출하여 주는 장치이다. 참다운 의미에서의 선전과 선동은 "외부에서 강요되는 이념이나 당위론적인 목표에 의해서가 아니라, 민중의 가슴 속에 잠재된 자발성을 일깨워 주는 데서 비로소 가능해지는 것"47)이라고 할 때 이 시가 거두고 있는 선동의 효과는 의미가 있는 것이라고 할 수 있다.

유진오는 이 시말고도 수해구제 문예강연회 낭독시인 「장마」, 국치기념 문예강연회 낭독시인 「38 이남」 등을 발표하여 이 당시 각종 기념 행사시의 중심에 서 있었다. 이러한 시들을 통해 유진오는 자신의 이념을 민중들에게 불어넣어, 진정한 해방의 의미가 무엇인지를 각성시켜 보이고자 했다. 「누구를 위한 벅차는 젊음이냐」란 시도 1946년 9월 1일 국제청년데이 기념식장의 10만 관중 앞에서 유진오가 직접 낭독한 행사시이다. 이 시의 낭독 당시의 분위기를 『문학』 2호는 이렇게 전하고 있다.

> 9월 1일 국제청년데— 기념행사에 동맹원 유진오씨가 「누구를 위한 벅찬 우리의 젊음이냐」라는 시를 낭독했던 바 훈련원 광장에 모인

---

47) 오성호, 「무기로서의 시」, 유진오 시집 『창』(민족과 문학, 1989)의 해설, 142면.

10만 청년의 열광적 갈채 속에 재독을 했으나 드디어 그의 시는 포고령 위반으로 9월 3일 피검되었다. 문학인으로 시의 옹호에 대한 성명과 아울러 당국과 직접 교섭이 있었으나 10월 ×일 군정 재판에서 1년 체형을 받고 지금 서대문 형무소에 복역 중에 있다.48)

위의 글을 통해 볼 때 유진오의 시 낭독은 해방 공간의 행사 현장에서 최고조에 달했던 것으로 보인다. 10만 청중의 열광적 갈채와 재낭독 요구는 이들의 감정이 얼마나 고양되었는가를 알려주는 단적인 예라 하겠다. 이는 기념 행사장에 참가한 청중들의 고양된 감정을 유진오가 정확히 파악하고 있었다는 것을 의미한다. 낭독시의 경우 읽는 시와는 다르게 화자의 감정이 청중들의 호흡과 일치하지 않을 때는 그 시가 별 성과를 거두지 못하게 마련이다. 이러한 점에서 유진오는 해방기의 모순된 현실과 민심의 이반된 모습을 정확히 간파하여 그의 시 속에 형상화하였던 것이다. 현실에 대한 날카로운 비판과 과감한 시어의 구사는 이 행사에 참여하였던 청중들의 가슴 속에 맺혀 있던 응어리를 풀어주는 데 적합하였던 것이다. 화자의 감정과 청중의 호흡이 일치된다는 것은 곧 발화 주체인 화자와 수용 주체인 청중 사이의 거리가 가까움을 나타내 준다. 이는 해방기 현실에서 겪은 공통된 체험과 분노의 감정이 발화 주체와 수용 주체의 가슴 기저에 동일하게 깔려 있음을 보여준다.

현장에서 낭독하는 시의 경우 응당 화자의 감정 표출이 우선시되는 것이 일반적일 것이다.49) 사건이나 문제에 대한 시인 자신의 신념과

---

48) 「소식과 통신」, 『문학』 2호, 1946. 2, 143면.

49) 윤여탁은 현장시 내지 행사시는 "현장에 의존하여 상황에 대한 묘사나 인물의 형상화라는 측면을 과감하게 비약, 생략시키는 방식을 취한다"라고 하면서(윤여탁, 「1920~30년대 리얼리즘시의 현실인식과 형상화 방법에 대한 연구」, 149면.) 현장시 내지 행사시의 특성를 아래와 같이 들고 있다.

"현장시 또는 행사시라고 불리는 이런 종류의 시는 현장적인 장르이기 때문에 다른 서정시보다 격정적인 감정이나 정서를 직접적으로 전달하고 있으며, 수용의 측면에서

의지의 표출이 강하게 나타남으로써 그만큼 선동성도 강화될 것이다. 이런 시들은 시적 화자의 발화에 중점을 둠으로써 격정적 감정이나 주관적 정서를 잘 살려내 보이고 있다. 이 경우 먼저 화자 자신의 정서적 반응이 강조된다. 이러한 경우 어조는 대부분 "감탄, 정조의 양상"50)을 띠게 된다. 주로 시인 자신의 정서가 격렬하게 표출됨으로써 시인의 주관적 입장이나 메시지의 전달을 쉽게 한다. 그런데 행사 현장에서의 낭독시는 이것만으로는 다소 부족하다고 할 수 있다. 즉 수용 주체인 청중에 대한 감안이 충분히 이루어졌을 때 낭독시가 올바른 역할을 할 수 있다고 생각된다. 전달 통로에 대한 세심한 배려가 그것인데 내부적으로든 외부적으로든 전달의 과정 속에서 청자(수신자) 측을 지향하여야 한다는 점이다. 청자 지향의 시는 청자의 반응을 요구하는 것이 일반적인데 이 시들의 어조는 일반적으로 "명령, 요청, 권고, 애원, 질문, 의심 등의 양상"51)을 띠게 된다고 한다. 행사 현장에서 낭독되었던 낭독시는 현상적으로 반드시 청자지향적 시는 아니었지만 낭독의 순간 화자와 청자 지향의 이중적 속성을 가지고 있었다고 할 수 있다. 행사 현장의 낭독시가 발화 주체의 직정적 감정 내지 주관적 정서를 청자에게 표출, 그것의 전달 행위에 주 목적이 있다고 할 때 화자 지향과 청자 지향의 성격을 동시에 띠게 되는 것은 당연하다고 하겠다. 유진오의 「누구를

직접 독자나 청자를 상대하는 관계로 일반적인 서정시와는 다른 배려들이 요구되고, 또 그것이 허용된다. 즉 이념이나 감정의 직설적인 표현이 주를 이루면서, 시에 표현된 이념이나 감정이 수용자에게 전달되는 과정에서 시적 화자의 현재의 정치적 입장이나 감정을 분명히 표현할 수 있어야 되며, 미래의 역사에 대한 분명한 전망도 전달할 수 있어야 한다. 그래서 이런 시는 총체적인 상황의 전달이나 시적 객관성을 담기보다는 시라는 장르의 주관적인 특성이 주로 적용되는 특성을 지닌다. 그러므로 시의 관점(또는 정치적 입장)이 중요한 것으로 간주되며, 형식적인 측면보다는 내용적인 측면이 강조되고 의미있는 것으로 받아들여진다." 윤여탁, 『시의 논리와 서정시의 역사』, 301면.

50) 김준오, 앞의 책, 206면.
51) 김준오, 위의 책, 207면.

위한 벅차는 젊음이냐」도 화자의 분노의 감정이 격렬하게 표출되어 자신의 의도를 분명하게 전달한다. 그러나 단순한 전언(傳言)의 전달에만 그치는 것이 아니라 물음의 형식을 통해 자신 또는 청자의 반응을 계속 요구한다고 할 수 있다. 물론 이 반응이 즉각적인 행동을 요구한다기보다는 화자, 청자 모두가 알고 있는 사실을 되물음으로써 이들이 해야 할 행위를 자각시키고 일깨워주는 구실을 한다고 하겠다.

낭독시의 경우 우선은 화자의 발화가 중심이 되겠지만 청중들의 반응을 무시해서는 안됨을 해방기 낭독시 창작 주체들은 알고 있었다 하겠다. 이들은 수용 주체인 청중들의 반응을 어떻게 하면 불러 일으킬 것인가 하는 고민을 많이 하였다고 할 수 있다. 그래서 현장적 소재의 포착, 집단적 화자 '우리'의 사용, 물음의 형식을 통한 자발적 감정 표출 유도 등을 통해 현장감과 생동감을 살리려 하였다. 한편 이와는 다르게 그리고 있는 대상을 담담히 제시하여 보여주는 한편, 고백투의 문체를 사용하여 청중들의 안타까운 심정을 불러 일으키는 기법(이용악, 「하늘만 곱구나」 등)을 사용하기도 하였다.

행사 현장에서의 시 낭독은 시인들이 나아갈 수 있는 문학적 실천의 마지막 행위의 하나라고 할 수 있다. 행사시는 해방 직후 변혁운동의 과정 속에서 열린 집회에 대부분 낭독되었던 것으로, 청중들의 의식을 고양시키는 것이 주된 목적이었다. 이러한 시들은 해방기의 경우 다른 어느 시기보다 많이 창작되어졌다. 이는 추모, 기념 등 유난히 사건이 많았던 해방기 사회의 모습을 그대로 드러낸 것이며 시인들이 직접적으로 현실에 적극 참여해 간 결과라고 볼 수 있다. 또 이러한 행사 현장에서의 낭독시는 창작 주체가 기대했던 것 못지 않게 많은 효과를 거두기도 하였다. 그래서 조선문학가동맹에서도 문예 강연회 등을 개최하면서 시 낭독을 주요한 행사 중의 하나로 자리잡게 하였다. 문예나 기념강연

회를 개최할 때 전반부에는 개회사와 강연을 하고, 후반부 즉 청중들의
의식이 한층 고양되었을 때 시 낭독을 반드시 하게 함으로써 그 행사가
절정에 달하도록 계획했던 것이다.52) 이 당시 낭독시의 현장 내지 문
학강연회의 모습은 김광균의 「문학의 위기」에 그 일면적 모습이 잘 드
러나 있다.

> 국치기념일날 밤 문학가 동맹 주최로 종로청년회관에서 열린 문예
> 강연회에서 두어 사람이 시를 낭독하였다. 읽은 사람은 오장환, 유진
> 오 두 사람이고 시 내용은 태반 잊어버렸으나 그날밤의 열광적인 두
> 시간은 어제밤 일같이 역력히 생각난다. 『쌀은 누가 먹고 말먹이 밀
> 가루만 주느냐』, 『온종일 기다려도 전차는 안오는데 기름진 배가 자
> 가용을 몰고 간다』는 뜻의 시구가 나올 적마다 박수소리 아우성소리
> 『올소』, 『그렇소』 마루를 발로 구르는 소리, 의자를 치는 소리에 낭독
> 은 가끔 중단됐으나 낭독 중이건 아니건 이 노호는 계속되어 얼마 안
> 돼서 시 읽는 소리는 아우성 속에 잠겨 잘 들리지도 않았다.53)

김광균의 이 글은 문학강연회의 부정적 측면을 들추어내려고 쓴 것

---

52) 46년 당시 일부 문학가동맹의 강연회와 시 낭독의 현황은 아래와 같다.
　　"7월 1일 수해구제 문예강연회를 과학관 강당에서 개최하고 수해동정금을 징수하였
　다. 그날 연제와 연사는 다음과 같다. 「개회사」 이태준, 「강연」 나의 시 - 오장환, 30
　대 - 김광균, 홍수와 문학 - 조벽암, 노동자와 문학 - 김영석, 「시낭독」 사(死) - 설정
　식, 오월에의 노래 - 이용악, 장마 - 유진오, 산 - 김상훈, 잡초의 노래 - 김용호, 이무
　기 - 김상원, 버드나무 - 박상원 ……
　　8월 29일 국치기념대문예강연회를 종로 Y·M·C·A 강당에 개최했다. 그날 연
　제, 연사는 다음과 같다. 「개회사」 김동석, 「강연」 망국의 교훈 - 임화, 회고와 반성 -
　양주동, 민족의 오열 - 김기림, 국치를 씻는 길 - 이원조, 「낭독시」 한술의 밥을 위하
　여 - 오장환, 이완용 - 이흡, 팔리던 날, 38이남 - 유진오, 또 하나의 다른 태양 - 설정
　식, 구의리 곡 안병수군 - 김광균, 모다 엉키여 팔을 끼자 - 김용호, 오월에의 노래 -
　이용악, 치분(恥憤) -조벽암)" 「소식과 통신」, 『문학』 창간호, 1946. 11, 143면.
53) 김광균, 「문학의 위기 ─ 시를 중심으로 한 1년」, 『신천지』 1권 11호, 1946. 12,
　115면.

이기는 하나 그 당시의 청중들의 반응을 생생하게 보여주고 있다는 점에서 의미가 있다. 이 글을 통해 볼 때 시 낭독자인 시인과 청중은 완연히 호흡이 일치하여 열광하고 있다. 청중이 이렇게 즉각적인 반응을 보이면서 환호하고 열광하는 것은 시 낭독자가 청중들의 심정이나 사건 또는 문제에 대한 인식을 정확히 파악하여 그들과 동일화시켰기 때문이라 할 수 있다. 물론 행사에 참여한 사람들이 어느 정도 의식이 고양된 청중이라 할지라도 이들의 자발적인 참여를 이렇게 이끌어낸 것은 오로지 시 낭독의 힘으로 보아야 할 것이다. 텍스트라는 중간 단계를 거치지 않고 발화자와 수용자가 행사 현장 속에서 직접 대면하여 감정의 동일시 현상을 불러 일으키는 것만큼 정서의 전달 효과를 크게 거둘 수 있는 것은 없다. 즉 시 낭독을 통해 시인의 "즉흥시정"54)과 청중의 고양된 의식이 일치화되었다고 할 수 있다. 읊는 시, 즉 낭독시는 읽기 위해 쓰여진 시와 많은 차이점을 가지고 있다. 낭독시는 그 시가 낭독되는 현장의 분위기나 청중들의 의식의 고양 상태, 반응 정도 등이 성패에 큰 영향을 미친다고 할 수 있다. "쓰여진 시는 우선 눈을 빛나게 하고 읊은 시는 귀를 울려 가슴을 치니 탄력에 찬 한 구절 한 구절은 그대로 내일을 잉태한 오늘의 가락이요 곤곤한 흐름에 부푼 가슴은 읊는 이의 그것이오 듣는 이의 간절한 질문입니다"55)라는 김철수의 지적처럼 낭독시는 낭독자의 호소와 청중의 공명(共鳴)이 하나로 일치될 때 그 효과를 얻을 수 있는 것이라 할 수 있다. 한편 조허림이 이야기하는 "선전 선동에 입각한 시의 본질적 사명, 문맹 대중의 현실적 요청, 음향문화의 발달" 등도 결국 시인들이 시를 어떻게 낭독하여 시의 내용을 잘 살리느냐 하는 "낭독공작 시대"에서의 낭독시의 의의를 강조한 것이었

---

54) 조연현, 「원시적 시인」, 『문학과 사상』, 세계문학사, 1949, 144면.
55) 김철수, 「시의 위치 ― 제 3회 '시의 밤' 인상기」, 『문학』 8호, 158면.

다.56)

해방기에서 시인들은 읽기 위해 쓰여진 시보다는 읊는 시, 즉 낭독시를 통해 생생한 현장감을 살리고 청중들의 공명을 이끌어 내어 자기들의 의도를 청자들에게 전달하고자 하였다. 그러기 위해서는 무엇보다 싸움의 현장이나 사건에서의 소재 포착이 우선시되었으며 그것을 행사 현장에서 직접적으로 낭독함으로써 청중들의 의식을 고양시켰던 것이다. 그러므로 낭독시는 자연 세부적 사실에 대한 장황한 묘사나 전형의 제시보다 극적인 장면 배치나 반복의 어구가 주는 힘찬 리듬, 비약과 생략을 통한 뛰어넘기의 기법을 즐겨 사용하였다. 이러한 과정을 통해 현실에 대한 발언을 강화하고 자신들의 의도를 관철시키고자 하였던 것이다. 실질적으로 행사 현장에서의 시 낭독은 해방기에서 커다란 성과를 거두었다고 할 수 있다.

4. 서사지향의 서술구조 채택

시에 있어서 서사성 내지 서사지향성 문제는 시에 있어서 리얼리즘적 성격을 규명하는데 있어 중요한 자질 중의 하나이다. 물론 서사성을 지녔다고 해서 전부 리얼리즘시가 되는 것은 아니다. 서사 행위는 서사시 외에 서정시에서도 일어나고 있다. 시가 서정양식 중 주된 위치를 차지하고 있으며 시의 특수한 표현방식이 주관적 감정의 표출에 있다는 것은 주지의 사실이다.

E. 슈타이거가 내세운 '회감(回感, Erinnerung)'은 서정양식의 특성을 잘 말해주고 있다. 시인들은 한 얘기의 대상을 기억에다 호소한다.

---

56) 조허림, 「낭독시의 의의」, 『현대일보』, 1946. 5. 7.

지나간 일들은 회감의 보물이다. 그러나 '회감'이 기억을 이끌어 오기는 하지만 "기억"과는 다른 개념이다. 기억이 과거라는 시간적 개념이 포함된 것이라면 '회감'은 과거의 일이 현재의 시점에서 시인의 심혼 속에서 정서적으로 융합, 동화되는 것을 말한다. 회감은 주체와 객체의 간격 부재에 대한 명칭일 수 있으며, 서정적인 상호 융화에 대한 명칭이다. 현재의 것, 과거의 것, 심지어 미래의 것도 서정시 속에 회감될 수 있다. 이처럼 서정시에서는 자아와 대상이 대면하지 않고 상호 융화되어 있다. 어떻게 보면 서정시는 전적으로 우발적이다. 그러므로 주로 감흥에 맡겨지는 서정시에서 영감이란 것이 중요하다.57)

G. W. F. 헤겔 또한 그의 미학에서 서정적인 것, 서사적인 것, 극적인 것의 양식적 특질을 밝히면서 서정시의 근본요소로 "내면적 주관성"58)을 들었다. 이는 서정시가 시인의 내적인 감정과 표상이 그 중심이 된다는 것이며, 모든 것은 시인의 마음과 정신으로부터, 특히 그가 처한 특수한 상황으로부터 시작함을 말한다. 그러므로 서정시에서는 '기분과 성찰의 내면성'이 중요한데, 이 내면적인 것이 자신에 몰두하고 외부세계를 반영하고 묘사하며, 혹은 다른 대상과 서로 관계를 가지고 주관적 관심에 따라 자신의 의도대로 시작하거나 끝맺을 권리를 가진다. 이처럼 서정시가 시인 자신의 체험과 감정을 표현하는 주관적 장르라는 것은 전통적으로 내려오는 고전적 정의였다.

그러나 차츰 여기에 의의를 제기하는 학자들이 나타났는데 디히터 람핑(Dieter Lamping)은 이러한 학자들 중의 한 사람이다. 디히터 람핑은 이제까지의 서정시는 '자기발언' ─ 즉 시인 개인의 발화이며 주관적 발화라는 주관성 이론을 거부하고 그는 오히려 모든 제약으로부터, 즉

---

57) E.슈타이거, 『시학의 근본개념』, 이유영·오현일 역, 삼중당, 1978, 17~127면.
58) G. W. F. 헤겔, 『헤겔시학』, 최동호 옮김, 열음사, 1987, 171면.

체험이랄지 감정과 같은 특별한 발화의 대상과 발화의 상황으로부터의 자유를 서정시의 특징으로 규정함으로써 주관성 이론까지를 포괄하는 것으로 개념 규정의 범위를 넓히고 있다. 그는 이러한 의미에서 서정시를 개별의 발화로 규정하는데 이때 개별이라는 것은 개인을 의미하는 것이 아니다. 이는 대화적 발화와는 구분되는 독백적 발화이자 상황과 결부되어 있는 발화와는 구분되는 단순구조의 발화임을 의미한다. 그러나 이러한 단순한 발화구조는 그것이 지니고 있는 '시적 자유'를 통해서 그 심미적 잠재성이 확보되기 때문에 그 단순함에 대한 충분한 보상을 획득한다고 한다. 즉 단순한 구조는 모든 제약으로부터 자유롭기 때문에, 그리고 언어의 실천적 기능들의 약화와 반비례하는 심미적 기능의 특별한 의미의 확대를 가능하게 한다. 결국 람핑은 서정시를 구조적인 단순성과 심미적 복합성을 특징으로 하는 개별 발화 구조를 가진 시의 하부장르라고 규정한다. 또한 람핑은 서정적 텍스트도 허구적이거나 허구를 기반으로 할 수 있다고 주장한다. 시인의 자리에 타자(他者)를 등장시킨 경우 그것은 허구적 발화라 할 수 있다는 것이다. 이처럼 그는 서정시를 체험 내지 정조의 좁은 울타리로부터 끌어내고 있다. 람핑의 서정시의 발화상황과 발화기능에 대한 고찰은 서정시의 개념 규정에 고착되어 있는 주관성을 지닌 문학, 비(非) 미메시스적인 문학이라는 굴레를 벗겨준다. 서정시는 주관적 문학만도 아니다. 즉 미메시스적인 문학일 수도 있다는 것이다. 여기서 서정시에서 사실주의가 언급될 이론적 토대를 볼 수 있다.59)

　서정시에 대한 이러한 개념의 확대와 전환은 시를 '주관성' 내지 '서정'으로만 인식하던 기존의 고정된 시각에서 벗어나게 해 준다. 또 실질적으로 사건, 또는 서사적 요소가 작품 속에 부분적으로 수용되어 있는

---

59) 디히터 람핑, 『서정시: 이론과 역사』, 문학과 지성사, 1994, 3~158면 참고.

경우가 허다하다. 헤겔의 다음과 같은 지적은 서정시에서의 서사지향성
을 거론하는데 중요한 시사점을 던져 준다고 하겠다.

> 여러가지 종류의 서사시가 서정시적 표현 기능을 나타내는 것을 볼
> 수 있듯이, 서정시도 또한 그 내용과 형식 속의 서사시적 사건을 채택
> 할 수 있으며, 결국 서사시에로의 접근이 가능하다. 영웅에 대한 노
> 래, 로망쯔, 발라드 등이 이러한 유에 속한다. 이런 종류의 서정시 경
> 우에는 상황이나 사건의 전말이라든가 혹은 국가운명의 전환점이라
> 든가 하는 것들이 보고된다는 점에서, 한편으로는 작품 전체에 있어
> 서의 형식이 '서술적'이며, 다른 한편으로 기본적인 경향은 서정적이
> 다. 왜냐하면 중요한 것은 실제 사건에 대한 비주관적 묘사 전달이 아
> 니라, 사건에 대한 시인의 느낌과 접근방식이며 전체를 통해 울려 퍼
> 지는 기쁨, 비탄, 용기, 좌절 등이며, 이러한 작품이 노리는 효과도
> 완전히 서정시적 영역에 속하기 때문이다. 이 경우 시인이 의도하는
> 바는 서술된 사건에 의해 스스로 느꼈던 것과 동일한 정조를 듣는 사
> 람에게 환기시키려는 것이다. 그러므로 시인은 이것을 전부 표현해야
> 한다. 시인은 우수와 비애, 유쾌함, 열렬한 애국심 등을 이에 상응하
> 는 사건으로 표현하는데, 이때 중심이 되는 것은 사건 그 자체가 아니
> 라 거기에 반영되는 마음의 상태이다. 이런 이유로 해서 시인은 무엇
> 보다도 내면 감정과 조화하고 반향하는, 그리고 가장 생생하게 그 감
> 정을 표현함으로써 시를 듣는 사람에게도 시인이 느꼈던 것과 동일한
> 감정을 가장 잘 불러일으킬 수 있는 특징만을 원칙적으로 강조하고
> 묘사한다. 그리하여 내용은 서사시적이지만 서정적으로 다루어지게
> 된다.60)

헤겔은 서사시가 서정시적 표현이 가능하듯이 서정시 또한 서사시
적 사건을 채택하여 서사시로의 접근이 가능하다고 본다. 이는 서정시

---

60) G. W. F. 헤겔, 앞의 책, 166면.

도 서사지향성을 통해 서정시가 가진 근본적 한계를 극복할 수 있다는 것을 의미한다. 헤겔식의 이론에 기대어 보면 1920년대 후반에 등장한 임화의 단편서사시류는 양식상으로는 서정시에 속하지만 서사적 사건을 채용하여 그 효과를 잘 살려 보인 경우라고 할 수 있다. '내면적 주관성'의 표출이라는 독백적 형태의 일반 서정시와는 달리 서사지향성(서술성)은 서정시의 본질과는 다소 거리가 있다고 볼 수 있다. 일제강점기와 해방기 시에서 부각되었던 단편서사시나 서사시의 시도는 어떻게 보면 '정서의 응결이나 인상의 집약적 표출'을 본질로 삼는 서정시의 해체를 가져오는 단초라고도 할 수 있다. 단형서정시가 갖는 긴장이나 순간적 감정의 집약적 인상이 다소 장형화된 서사지향의 시에서는 흐트러지기 쉽기 때문이다. 그러나 서사지향성을 가진 이들 시들이 복잡한 현실을 담아내기 위한 시적 모색임을 우리는 또한 인정해야 한다. 시의 서사화, 장형화, 산문화 등도 장르의 확산과 변이의 차원에서 바라볼 필요가 있다.

변해가는 복잡한 현실을 담아내기 위해서는 기존의 단형 서정시만으로 감당할 수 없는 부분이 있다. 그래서 새로운 시형의 모색이 필요했는데 해방기의 경우 이러한 욕구는 더욱 증폭되었다고 할 수 있다. 이는 서사지향적 시 내지 서사시의 창작으로 나타났는데 이를 통해 창작 주체들의 현실반영의 욕구가 어느 정도 반영될 수 있었다. 그러나 해방기에서 서사지향적 시 내지 서사시가 시사에서 뚜렷한 흐름을 이룰 정도로 창작되지는 못하였다.61) 현실의 총체적 반영이란 명제의 당위성에도 불구하고 활발한 창작을 통한 서사시의 활성화에는 다소 미흡한 수준을 보였다. 일제강점기 서사지향적 시의 성과인 단편서사시나 서사

------

61) 서사시 창작의 경우 38 이북에서는 어느 정도 지평을 열어 보였는데 조기천의 「백두산」 (1947)은 그 대표적 작품이라 할 수 있다.

시가 해방기에 더욱 발전적으로 계승되지는 못하고 그 형식을 차용하는 정도의 모색 차원에 머물렀던 점이 그것을 말해 준다. 물론 해방기 시에서도 시간이 흐르면서 서사성이 강화된 시들이 나타나기 시작한다. 조벽암의 「가사(家史)」, 권환의 「고향」, 박세영의 「순아」, 박산운의 「고향에 도라와서」, 김상훈의 「전원애화」, 상민의 「여직공」, 여상현의 「보리씨를 뿌리며」 등의 시에서 서사성은 이들 시의 중요한 구성요소가 된다. 그러나 서사지향적 시와 서사시의 창작에 고민을 하고 실제 작품으로 그것을 실험해 보인 사람은 김상훈이라 할 수 있다. 김상훈의 「소을이」, 「초원」, 「북풍」 등은 단편서사시 양식을 이어받고 있으며, 「가족」은 서사시라 할 수 있다. 그런데 창작 주체인 김상훈은 서사지향의 서술구조를 가진 시 말고도 이미 단형서정시를 통해 다른 어떤 시인보다 해방기 현실을 잘 그려낸 바 있다. 그러한 김상훈이 서사지향의 시를 쓰기 시작한 것은 단형서정시가 갖지 못한 부분을 서사지향의 시나 서사시를 통해 성취하려 하였다고 볼 수 있다. 아마 그것은 시를 통해 해방기 현실을 총체적으로 형상화해 보고 싶은 자신의 욕구와 연결된다고 하겠다. 이것은 해방기 현실을 그리는데 순간적 지각에 의한 체험의 파편적 반영에 머무르는 기존의 단형서정시에 김상훈이 더 이상 만족할 수 없었음을 의미한다. 결국 해방기 현실에 대한 반영 욕구가 김상훈이나 다른 해방기 시인들이 서사지향의 서술구조를 가진 시를 창작해 나간 근본 동기가 되었다고 할 수 있다.

이처럼 해방기에서 실질적 작품의 성과로 나타난 것은 단편서사시와 서사시였다. 단편서사시는 서정시의 하위 분류로 서정서술시라 할 수 있다. 단편서사시는 일반적으로 작자와는 다른 제3의 배역을 통한 발언을 하는 경우가 많고, 또 화자인 인물이 청자에게 말을 건네는 담론구조를 갖고 있다. 그러면서도 주관적인 표현방식에 호소하고 있어서 장르류(類) 개념상 서정시에 속한다고 할 수 있다. 서사지향의 서술구조는 "시인 자신이 사상과 감정을 직접적으로 서술한다기보다는 서술적인 구조로 형상화된 사건과 이야기를 통하여 간접적으로 전달하는"62) 방식을 주로 취한다. 이러한 서술구조를 가진 시는 시인 자신의 감정이나 주관을 직접 진술하는 시보다 훨씬 객관화되어 사건이나 이야기를 간접적으로 전달하는 효과가 있다. 이야기나 사건을 도입한 서술구조는 원래 서정시 본래의 방법과는 다소 거리가 있다. 이는 시로 형상화된 사건과 이야기가 "시인과 거리를 유지하면서 독자와도 일정한 거리를 두게"63)되는 것과 관계가 있다. 그러므로 이러한 서사지향의 서술구조를 가진 시는 시인의 주관적 감정이 전달되기보다는 대상화된 사건이나 이야기의 객관적 세계의 모습이 독자에게 전달된다고 하겠다. 이처럼 서술구조의 시는 대부분 시인이 직접 자신의 주관적 감정을 진술하지 않고 그것을 사건이나 이야기의 서술구조를 통해 진술하는데 해방기 리얼리즘 시인들도 이러한 방식을 이용하였다고 할 수 있다.

김상훈의 「북풍」은 배역으로 어린아이를 설정하여 어린아이의 눈을 통해 사건을 서술하고 있다. 어린아이란 배역을 통해 이야기를 전개하는 방식은 다른 화자를 통한 발화 방식보다 이야기 전달에 있어 친근감과 진실감을 준다고 할 수 있다. 「북풍」은 일제강점기 임화의 「우리 오빠와 화로」 류의 단편서사시 양식을 그대로 계승하여 실험하고 있다고 할 수 있다. 시인 자신이 하고 싶은 이야기를 순진한 어린아이의 눈을 빌려 다소 객관화시켜 사건의 정황을 제시해 보인다. 우선 「북풍」의 서술구조를 순서대로 요약하면 다음과 같다.

---

62) 윤여탁, 「시의 서술구조와 시적화자의 기능」, 『문학과 논리』 창간호, 1991, 15면.
63) 윤여탁, 위의 글.

① 작년 가을 아버지가 동무들 하고 뒷산으로 달아나다가 죽었다.
② 화자인 남자 어린아이와 어머니는 큰 아버지 집에서 천대를 받
고 살았다.
③ 아버지 친구들이 회(會)를 하다가 들켜 키 큰 아저씨를 어머니
가 숨겨주었다.
④ 이것이 드러나서 어머니와 어린아이는 큰 집에서 쫓겨 났다.
⑤ 어머니는 지금 공장을 다니고 어린아이는 어문을 배워 이 글을
쓴다.

작자는 단편서사시가 흔히 채용하는 서간체 형식을 빌려와 이야기
를 서술하고 있다. 어린아이의 발화를 통해 말해지는 사건은 한 편의
서사적 줄거리를 가진다. 아버지는 작년 가을 뒷산에서 동무들과 함께
달아나다가 죽었다는 사실로 미루어 볼 때 10월항쟁에 참가하였다가
비극적 최후를 맞은 변혁운동 세력의 일원으로 추정된다. 이 작품은 아
버지의 항쟁보다 아버지의 죽음 이후 그 가족이 겪는 수난사에 초점이
맞추어져 있다. 이 가족의 비극은 모두 아버지의 죽음으로부터 비롯되
고 있다. 아버지의 죽음이 아이의 가족사에 상처를 주면서 음울한 그림
자를 드리우고 있다. 아버지의 죽음으로 인해 아이의 가족은 큰 아버지
집에서 올바른 대우도 받지 못하고 생활한다. 그러나 아버지의 죽음 이
후에도 아버지 친구들의 모임은 계속되는데 이러한 모임은 아버지의 못
다 한 일이 계속되고 있음을 암시한다. 그런데 모임이 발각됨으로써 사
건은 급전된다. 어머니가 '키 큰 아저씨'를 숨겨줌으로써 이들은 위기
상황에 빠져든다. 어머니가 아저씨를 숨겨준 이유는 아버지와 같은 길
을 걷고 있는 사람에 대한 친밀감 내지 연대감 때문일 것이다. 이 사건
으로 쫓겨난 어머니는 외갓집으로 전전하다 공장에 다니고, 화자인 나
는 어문을 배우고 있다는 데서 앞날에 대한 희미한 전망을 보여주고 있

다. 투쟁의 계속됨이란 전망에도 불구하고 이 시는 전체적으로 불투명하고 우울한 정조를 보여주고 있다. 자주 사용되고 있는 입말투의 사투리(죽었늬더 등)는 진술의 미더움과 진실성을 부각시키기는 하나 어조나 속도를 더욱 느릿느릿하게 하여 답답한 현실을 조장한다. 그러나 배역으로 설정된 어린아이는 임화의 「우리 오빠와 화로」에 등장하는 화자인 누이처럼 사건의 심층부에서 자유롭게 대상을 드러내지 못하고 미래에 대한 전망이나 '화젓가락' 같은 상징성도 확보하지 못한다. 그저 어린아이의 눈으로 자기 집안의 불행을 바라보고 즉각적으로 반응할 뿐이다. 아직 성숙되지 못한 어린아이의 눈은 10월항쟁의 의미를 정확히 포착하지 못하고 한 가족사의 비극 내지 혈연 차원에서 모든 것을 이해하고 진술하는 차원에 머물러 있다. "큰 아배가 지일 나쁜 사람이고, 고담에는 큰 오메고 또 고담에는 사춘 형아고, 또 고담에는 점순이고"64)와 같은 진술은 당시 사회의 억압적 구조의 전체적인 파악에는 이르지 못하고 있음을 보여준다. 가족 내에서 모든 것을 바라보는 어린아이의 인식 수준을 그대로 드러내고 있는 것이다. 이는 계모형 고전소설에 흔히 보이는 어린아이의 세계인식 수준과 별반 다르지 않다. 이처럼 화자는 비극의 근원에 대한 폭넓은 인식에는 도달하지 못하고 순진한 어린아이의 시각으로 대상을 묘사하고 자신에게 닥치는 불행에 대해 즉각적으로 반응하고 감정을 드러내고 있을 뿐이다.

「북풍」의 서사적 이야기의 진술 순서는 대체로 순차적 구성을 따르고 있다. 물론 ⑤는 편지를 쓰는 현재적 시간을 나타내고 있으며 ①, ②, ③, ④는 화자인 어린아이의 집에 닥친 불행한 가족사의 과거의 모습이다. 회상의 형식을 통해 현재의 비극성을 더욱 강하게 드러낸다고 할 수 있다. 이 시는 서간체 형식으로 청자는 작품 속에 모습을 드러내

---

64) 김상훈, 「북풍」, 『가족』, 100면.

지 않고 화자의 이야기를 듣는 입장에 있다. 청자는 작품 속에 구체적으로 드러나 있지는 않지만 작품의 문면으로 보건대 화자가 가슴을 터놓고 이야기할 만한 미더운 존재이다. 물론 이 때의 청자는 특정한 청자로 제한되기보다는 여러 사람에게 소통의 통로가 열려 있다고 할 수 있다. 즉 서간체 형식이란 것이 어느 정도 비밀을 전제로 하고 있긴 하지만 청자를 분명하게 지정하지 않고 불특정하게 배치해 놓음으로써 소통의 통로가 여러 사람에게 확산되도록 배려해 놓았다고 할 수 있다.

「엽견기」는 주인에게 이용만 당하고 비참한 최후를 맞는 사냥개의 운명을 통해 우의(寓意)적으로 현실을 풍자한다. 이러한 우의를 통한 풍자가 노리는 바는 당대 독자들에게 현실의 모순이 무엇이며 어떻게 사는 것이 옳은 것인지를 깨닫게 해주는 것이다. 시적 주체는 서술자의 차원으로 내려가 냉정한 시선으로 사냥개의 일생과 운명을 그려냄으로써 서술의 객관적 거리를 확보하고 있다. 주인에게 충성을 다하다가 결국 주인에게 잡아먹히고 마는 사냥개는 "피에 굶주린 異族을 섬기는" "정녕 못난 사냥개"로 대상화된다. 이 사냥개나 주인, 그리고 불쌍한 어미도야지와 새끼도야지를 통해 김상훈은 해방공간의 모순된 관계를 파생하는 억압구조를 파헤치고 풍자한다. 주인, 사냥개, 어미도야지와 새끼도야지는 각각 외세, 그것에 빌붙은 주구, 힘 없는 민중들을 우의하여 풍자하고 있다고 할 수 있다.

한편 「소을이」는 봉건적 가족 관계의 습속 속에 수난받다가 희생당하는 여인상을 묘사하고 있다. 「소을이」의 내력을 이야기하는데 미망인 성씨가 서술자인 '나'에게 소을이의 이야기를 진술하거나 소을이의 편지를 공개하는 수법을 사용하고 있다. 이 시에 등장하는 인물은 주인공인 소을이와 화자, 이들을 연결시켜 주는 매개적 인물인 미망인 성씨이다. 그런데 소을이의 편지가 이 시의 대부분을 이루고 있는데 작자는 이 부분에서 소을이를 배역으로 하여 소을이의 개성화된 목소리를 전달하고 있다. 이 시에서 시적 주체는 사건에 거의 개입하지 않고 미망인 성씨와 그 질녀 소을이의 진술에 거의 의존하고 있다. 그런데 서술 도중 작자 자신의 의식이 작품 속에 지나치게 개입되는 등 서사적 거리가 미처 확보되지 못함으로써 대상을 객관적으로 그려내고 있지는 못하다. 또한 작품 마지막 부분에서 소을이의 급격한 성격 변화는 지나치게 과장되어 있다고 할 수 있다. 수난받는 여인상 소을이에서 민주주의의 투사로의 급격한 성격변화에 대한 적절한 설명 내지 필연적 동기를 이 작품은 잘 보여주고 있지 못하다. 「소을이」는 작품의 대부분을 소을이의 핍박 받는 고통과 어려움만 장황하게 그려내는데 치중함으로써 작품 후반부에서의 갑작스러운 소을이의 성격 변화를 적절하게 설명하지 못하고 있다.

김상훈은 일제강점기의 단편서사시 양식을 계승하여 자신이 하고 싶은 이야기 거리를 「북풍」, 「소을이」 등을 통해 나타내 보였다. 또 「엽견기」를 통해 객관적이고 냉정한 관찰자의 눈으로 대상과의 거리를 유지하면서 서사지향적인 이야기를 펼쳐 보이기도 하였다. 해방기에 김상훈은 "하고 싶은 이야기"65)가 많았으며 이를 서사시 「가족」과 담시 「소을이」, 「북풍」, 「초원」, 「엽견기」 등을 통해 나타내었다. 결국 김상훈은 단형서정시, 단편서사시, 서사시 등 다양한 시창작 방법을 동원하여 자신의 이야기를 펼쳐 보이려 했는데 서사시 「가족」은 이런 방법 모색의 마지막 결실이라는 점에서 의미가 있다. 해방기에서 '하고 싶은 이야기'가 많았던 김상훈은 서정시에서 단호한 자신의 의지를 확고히 보여주는 것에 만족하지 못하고 현실의 총체적 모습을 그리는데 적합한 서사시를 실험하는 데까지 이른다. 이것이 바로 서사시 「가족」이었던 것이다.

---

65) 김상훈, 『가족』, 5면.

「가족」은 해방을 전후한 한 가족의 수난사를 다루고 있는데 그 서술 구조는 다음과 같다.

① 지주 황참봉이 돌쇠네 다섯 식구의 명맥인 논 닷마지기를 떼려고 한다.

② 할머니는 황참봉 대문간에 목을 매달음으로써 그 논을 지킨다.

③ 황참봉의 아들 위우와 돌쇠의 동생 복례는 어릴적 불놀이를 하며 자란 사랑하는 사이였다.

④ 지주 황참봉은 돌쇠네 집에 와서 복례를 소실로 삼는다.

⑤ 복례가 황참봉에게 가던 날 위우는 느티나무 아래에서 서성이고 돌쇠는 분을 참지 못하고 달아난다.

⑥ 첩들의 시샘으로 황참봉의 정실(위우, 위득의 모)은 죽음을 당하고 소실 간의 갈등이 일어난다.

⑦ 소실 중 설희는 황참봉의 작은 아들 위득을 짝사랑하고, 위득은 사촌누이 갑순을 사랑한다.

⑧ 일제말 황참봉은 국방복을 입고 지원병 권유 행각을 벌이고 위득은 소집 영장을 받는다.

⑨ 위득은 갑순이와 만주로 달아나고 설희는 한달 뒤 죽는다.

⑩ 해방이 되자 황참봉은 애국자로 변신하고 위우는 방황한다.

⑪ 위우는 전국여성대회장에서 연설하는 복례를 만난다.

⑫ 복례는 위우와 만나 사랑보다 민주주의가 더 소중하다고 이야기한다.

⑬ 돌쇠는 어머니와 아내 '점이'와 함께 삐라를 부치고 다닌다.

⑭ 돌쇠는 지난 날 집을 나간 후 온갖 고초를 겪으면서 역사를 배웠다.

⑮ 해방이 되자 고향으로 돌아온 돌쇠는 소작쟁의를 주도하다 실패하자 가족과 함께 서울로 간다.

⑯ 서울에서 돌쇠네 가족은 민주주의를 위한 싸움에 전념한다.

⑰ 위우는 아버지의 집과 복례 사이에서 방황하고 몸부림친다.

⑱ 돌쇠는 싸움의 와중에서 야습을 당하고 어머니는 아들 대신에
　가두의 싸움에 앞장을 서다 돌을 맞고 죽는다.
⑲ 어머니의 무덤 앞에 돌쇠, 위우, 점이, 복례가 고개 숙이고 위우
　는 복례의 길동무가 될 것을 밝힌다.

　우선 「가족」이 김상훈 자신이 고백하고 있듯이 희랍적 의미에서의
영웅을 그리거나 민족 전체가 공감하는 신화나 운명을 노래하고 있는
것은 아니다. 그러나 이 시가 당대 민중들의 집단적 문제를 여러 인물
의 형상을 통해 하나의 전체적인 이야기로 짜여져 있음에 주목하여야
한다. 이런 측면에서 이 시가 서사시라 하여도 큰 무리는 없을 것이다.
문제는 서사시란 용어에 매달리기 보다 서사시를 쓰려는 작자의 의도가
작품 속에 올바로 성취되었느냐 하는 것이 더 중요하다고 할 수 있다.
「가족」은 돌쇠, 복례, 할머니 그리고 황참봉, 위우, 위득 등 여러 인물
을 등장시켜 일제강점기와 해방기에 걸친 두 가족 간의 애증을 그려 보
였다. 김상훈이 해방기에 그 시대 가족의 모습을 전형적으로, 총체적으
로 그려보이려 한 의도는 존중받아야 마땅하지만 실제 작품 속에서 그
의도가 얼마나 성취되었는지 살펴볼 필요가 있다.

　　언덕이다 숲이 신장(神將)처럼 우뚝우뚝 서서 본다
　　여울, 얼음 밑으로 물소리 포효하고
　　논두름 밭두름으로 오솔길은 위태로히
　　할머니의 발은 날쌔다
　　할머니는 간다
　　입술 악물고 쏜살과 같이

　　눈투성이가 되어
　　마지막 힘으로 두드린

> 지주 황참봉의 대문은 닫혀져 있다
> 검고 육중한 대문이여
> 노구(老軀)의 마지막 길을 바로막아선 대문이여
> 민족의 운명을 차단한 흉한 손이여66)

　이 부분은 지주 황참봉이 소작인인 돌쇠네 집의 논을 떼이려 하자 할머니가 황참봉 집으로 달려가는 장면이다. 이 장면에서 서술자는 할머니의 모습을 객관적으로 그려 보이려 하였으나 은연중 자기도 모르게 자신의 감정을 노출시켜 작품 속에 개입하고 있다. "검고 육중한 대문이여/ 민족의 운명을 차단한 흉한 손이여"란 어구 속에는 창작 주체인 시인 자신의 역사에 대한 인식과 분노가 그대로 드러나 있다. 작자의 개입을 최대한 억제하고 대상과의 거리를 유지하는 것이 서사장르의 주된 서술 기법이라 할 수 있다. 서사시가 "뚜렷하고 견고한 원근법"67)을 가져야 한다고 할 때 「가족」은 이러한 원칙을 제대로 지키고 있지는 못하다. 작품 곳곳에 서술자가 대상과 일정한 거리를 유지하지 못하고 사건에 개입하고 있다. "아아 세계야/ 한 여인의 낙일(落日)같이 비장한 최후를 위하여/ 모조리 머리를 숙이라"68)라는 부분도 마찬가지이다. 이러한 작자의 감정 노출은 부분적으로 서술자와 대상 간의 객관적 거리 유지에 방해를 주고 현실의 총체적 형상화를 미흡하게 한다.

　한편 「가족」은 가족 주위에서 일어나는 많은 주변적인 삽화들로 이루어져 있다. 이것은 구성을 산만하고 느슨하게 만드는 요인이 될 수 있다. 물론 많은 에피소드를 동원한 삽화적 구성은 서사시의 내용을 풍부하게 하는 장치로 볼 수도 있다. 그러나 「가족」에서 이러한 삽화들은

---

66) 김상훈, 「가족」, 『가족』, 13~14면.
67) 김영철, 「산문시・이야기시란 무엇인가」, 『현대시』, 1993. 7, 35면.
68) 김상훈, 『가족』, 63면

이야기의 중심을 향하기보다는 분산됨으로써 서사적 골격을 도리어 미약하게 만든다. 물론 이러한 한계를 극복하기 위해서 때로 과감한 생략과 뛰어넘기의 수법을 통한 빠른 속도의 장면 전환을 이용하고 있기는 하나 이것만으로 전체적 구조가 보여주는 한계를 극복하기에는 미흡하다고 할 수밖에 없다. 「가족」은 소작인인 돌쇠네 집과 지주인 황참봉 집을 넘나들면서 가족 내부 또는 외부 사이의 주변적인 삽화의 나열과 그들 인물들의 애증과 분노를 장황하게 그려내 보이는데 이것이 작품의 유기적 통일성에 장애가 되고 있다.

「가족」에서 작자는 소작인 돌쇠네 가족이 겪는 수난사를 통해 이들의 비극적 운명을 제시해 보이는 한편, 돌쇠나 복례가 해방기의 변혁 주체로 성장하여 역사의 전면에 서는 모습을 나타내 보이고자 하였다. 「가족」의 전반부는 소작권을 떼이지 않으려고 죽음을 선택한 할머니, 황참봉의 소실로 들어갈 수밖에 없는 복례, 그것으로 인한 돌쇠의 가출 등 비극적인 돌쇠네 가족사와, 처첩 간의 갈등으로 인한 위우 어머니의 죽음, 위득을 짝사랑한 설희의 죽음 등 황참봉의 집안 내에서 벌어지는 사건이 두 축을 이루고 있다. 해방 전 이 두 집안이 겪는 이야기는, 지주 – 소작인 관계가 빚어내는 봉건적 수탈체제와 가족 내에 내려오는 첩실 제도의 폐해와 사랑의 금기로 인해 파생된 것이라 할 수 있다. 그러나 유기적으로 연결되지 못한 분산된 에피소드의 나열은 특히 작품 전반부의 경우 다양한 인물들을 제시만 하였지 중심인물이 부재하는 현상까지 초래하였다. 결국 작자가 그려보이고자 한 인물은 해방기 변혁의 주체로 성장한 돌쇠와 복례, 그리고 위우일텐데, 작품 전반부에서는 이들의 행적을 뚜렷이 드러내지 못하였다.

한편 「가족」에서 돌쇠네 가족사 못지않게 작자가 애정을 가지고 그려보이고 있는 인물은 위우이다. 작자는 어느 편에도 발을 선뜻 들여놓

지 못하는 방황하는 위우를 통해 지식인의 나약함을 그려보인다. 위우
는 지식인으로 중간자적 존재라 할 수 있다. 아버지의 편이나 복례의
편 어느쪽에도 서지 못하고 이리저리 서성대는 위우의 존재야말로 젊은
시절 김상훈 자신의 모습이라고도 할 수 있다. 그렇기 때문에 위우가
변혁주체로 서기까지 가족 사이에서 방황하고 고민하는 모습을 누구보
다 잘 그려낼 수 있었던 것이다. 김상훈은 「소을이」에서도 그랬지만 「가
족」에서도 지주 – 소작인 관계의 봉건적 습속과 양반제도가 파생하는
폭력에 대해 깊은 반감을 드러내고 있다. 그런 가운데도 위우의 방황과
고민을 장황하게 그려내고, 그가 끝내 복례를 통해 각성하고 복례의 길
에 합류하도록 한 것은 김상훈 자신의 절실한 체험과 밀접한 관련이 있
다고 하겠다. 또한 우유부단하나 양심적인 지식인이 해방기에서 겪을
수밖에 없는 바람직한 길 선택 양상에 대한 고심의 결과였다고 할 수
있다.

　전체적으로 「가족」에서 그려보이고 있는 인물들, 즉 할머니, 황참
봉, 돌쇠, 위우, 복례 등은 당대의 작자 주변에서 쉽게 만날 수 있는 "가
장 가까운 사람들의 모습"69)이며 이들이 바로 그 당대의 가장 전형적
인 가족의 하나였다고 할 수 있다. 긍정적으로 말한다면 이들 인물들이
야말로 해방을 전후하여 온갖 고초를 받으며 수난받는 가족들의 전형적
모습이라 할 수 있다. "역사가 어떤 위치에서 다른 위치로 이동해 가는
이 엄숙하고 획기적인 순간에 있어" "황참봉과 돌쇠네의 두 가족, 수많
은 가족들 중에서, 그러나 둘밖에 없는 전형적인 봉건 조선의 가족들"과
"짓밟히는 가족과 짓밟는 가족들의 고민과 저주와 비애를 역력히 그려
내었다"70)는 박문서의 말은 이들 인물이 갖고 있는 전형성에 대해 적

---

69) 김상훈, 『가족』, 3면.
70) 박문서, 「서사시집 『가족』에 대하여」, 『새한민보』 3권 1호, 1948. 12, 32면.

극 평가한 발언이라 하겠다. 김상훈은 이처럼 억누르고, 핍박받는 두 가족의 내력을 핍진하게 그려보임으로써 이들의 문제가 개인 가족사의 문제가 아니라 민족 공동체의 문제임을 드러내 보이고자 했다. 또한 이들이 해방 이후에 좌절하지 않고 절망을 딛고 이상적인 사회의 건설에 기여하기를 바랐다. 그래서 작자는 이들 가족들이 분노와 슬픔 속에서도 의식의 변화를 통해 변혁의 주체로 성장해 가는 모습을 작품 후반부에 그려보였던 것이다. 그러나 복례나 돌쇠가 해방 이후 변혁주체로 서기까지의 과정이 명확히 제시되지 않고 있어 이들의 갑작스런 변모는 설득력을 얻지 못하고 있다. 이들의 변모 또한 김상훈은 과감한 생략과 뛰어넘기의 수법으로 처리하고 있어 아쉬움을 남기고 있다.

해방기 시인들은 이처럼 서사지향의 서술구조를 가진 시 창작을 통해 작자의 주관적 인상이나 순간적 체험의 파편성에 머무르는 서정시의 한계를 극복하고자 하였다. 이러한 방법을 통해 작자와 대상, 대상과 독자 사이의 거리가 어느 정도 유지되어 객관성이 확보되는 성과를 이룩하기도 하였다.

제5장 결 론

　한 편의 문학 작품이나 특정한 시대의 일련의 문학양식이 어느 한 시기에 불현듯 돌출되어 나타나는 것은 아니다. 창작된 작품은 작자가 의식하든 안하든 은연중 기존의 작품과 밀접한 관련을 맺고 있다고 할 수 있다. 그러므로 전통의 지속과 변화는 문학사의 흐름에 있어 중요한 줄기가 된다고 할 수 있다. 특히 우리 근현대문학의 경우 '서구문학의 이식사' 내지 '소화불량사'란 비판을 받을 정도로 고전문학과의 단절론적 시각이 한 때 유행하였다. 그러나 여기서 새삼 전통의 중요성을 강조할 필요는 없을 것 같다. 문학시에서 전대의 문학 유산을 비판석으로 계승, 발전시켜 새로운 문학 양식이 창출되거나 그것이 더욱 개화되는 것은 당연한 사실이기 때문이다.

　해방기 시의 경우도 리얼리즘 경향의 시가 해방기 어느 한 순간에 독창적으로 산출된 것은 아니다. 해방기 리얼리즘시 또한 이제까지 우리 시문학사에 꾸준히 지속되던 현실비판 시(가)의 전통이 해방기의 현실 속에서 재창조된 것이라 볼 수 있다. 물론 시에 있어서 전통의 지속과 변모를 논할 때 "언어, 형태, 양식, 표현 등 여러 측면에 대한 보다 포괄적인 검토"[1]가 요청되겠으나 해방기 리얼리즘시의 경우 적어도 현실에 대한 응전의 방식이나 그 이념적인 측면에서 본다면 이전 시(가)의 유산을 계승하고 있다고 할 수 있다. 특히 조선후기, 개화기, 일제강점기로 이어져 내려오던 진보적 시문학의 전통을 이어받고 있다고 하겠다. 우리 시문학사에 있어서 현실비판의식은 고려가요나 조선전기 시가 등에도 이미 상징이나 비유를 통해 일부 나타났지만 본격적인 것은 조선후기의 제 문학장르에서 구체화되었다고 할 수 있다. 그 중 서민가사나 사설시조 등에서 보여지던 풍자나 현실비판의식, 민요에서 보여지던 민중들의 진솔한 삶의 표현 등이 모두 그 맥락을 같이 하는 것이었다. 또한 정다산의 한시, 황매천의 절명시, 애국계몽기의 개화가사, 우국가사 등에서 보이던 강한 현실비판적인 주제의식 및 현실응전의 시정신은 해방기 리얼리즘시와 밀접한 관련이 있다고 할 수 있다. 특히 해방기 리얼리즘시는 1920~30년대 카프시의 전통을 직접적으로 수용, 발전시키고 있다는 점에서 의미가 있다. 그러므로 해방기 리얼리즘시들은 이전의 카프시와 더불어 민족, 민중 현실에 관심을 가진 현실지향적 시들의 전범으로 우리 시문학사에 자리매김할 수 있다고 하겠다. 물론 해방기 시들이 시정신 내지 내용적 측면말고도 형식적 측면에서도 이전 시가의 요소들을 수용, 발전시키고 있음은 배역시의 창작이나 사건 또는 이야기를 가진 서사지향성의 수용 등에서 그 구체적 예를 찾아볼 수 있었다.

　해방기 리얼리즘시의 경우 우리 시문학사에 있어서 시적 실천의 문제가 가장 증폭되어 나타났다고 할 수 있다. 이는 해방기 현실의 사회적 토대와 밀접한 관련이 있다. 즉 해방기가 열린 공간인 동시에 비극적인 현실 공간으로 전이되어가는 시기라는 점에서 그러하다. 그러므로 해방기 리얼리즘시들은 우리 시문학사에서 현실 응전 내지 시적 실천의

---

1) 오세영, 『20세기 한국시 연구』, 새문사, 1989, 325면.

극대화된 모습을 보여주고 있다는 점에서 주목을 요한다. 창작 주체인 시인들이 격변의 현실 속에서 시적 실천의 극대화된 모습을 보여주는 것은, 창작 주체인 실제 시인의 이념과 작중 화자인 시적 주체의 이념이 일치하지 않을 때는 사실상 불가능하다. 즉 실제 시인의 감정이나 삶이 작품 속의 시적 주체와 동일하지 않을 때 시적 실천의 극대화된 모습을 보여주기는 어렵게 된다는 것이다. 그러므로 해방기 리얼리즘시는 비극적으로 전이되어가는 현실 속에서 창작 주체들이 적극적으로 현실과 맞서 응전해 나간 시라는 점에서 그 역사성을 획득할 수가 있다.

지금까지의 시문학사에서 현실지향적 시들의 흐름을 주도했던 많은 시인들과 그 작품들이 분단의 틈바구니에 매몰되어 올바른 평가를 받아오지 못하였다. 그런 까닭에 해방기 대부분의 시인들과 작품들은 남, 북 어디서도 정당한 대우를 받지 못하고 분단 반세기를 지내왔던 것이다. 남에서는 겨우 몇몇 시인들 ― 서정주, 청록파 등 ― 만이 해방기 시의 맥을 잇고 있었던 것이다. 이 당시 시를 문학주의의 관점에서 획일적으로 재단해 버리는 시문학사 기술 태도는 이제 반성해야 할 시점에 도달했다. 해방기 리얼리즘시를 문학주의의 관점으로 살펴 보더라도 작품 수준이 상당한 경지에 오른 작품들도 여럿 있었다. 그렇지 않은 작품이라도 그 당시 격변의 현장을 토대로 산출된 작품임을 고려하면 이제 이들 작품들은 좀더 적극적으로 재평가되어야 할 것이다. 독립조선을 향한 기대와 열망이 좌절되고 분단고착화로 가는 길목에서 행한 이들의 반발 및 항의는 우리 시문학의 현실성 확보에도 상당한 기여를 할 수 있을 것으로 생각된다. 그러므로 해방기 시인들이나 작품 속의 시적 주체들이 변혁의 와중에서 선택해 가는 '길'의 양상을 추적해 보는 것은 시문학사의 복원 측면에서뿐만 아니라 정신사적 측면에서도 필요한 일로 생각된다.

　먼저 해방기 리얼리즘 시의 창작배경이 되었던 리얼리즘 시론은 일제강점기 카프를 중심으로 논의되었던 구호시론이나 단편서사시론과 밀접한 관련을 맺고 전개되었으며, 그것은 현실지향적 시론의 형태를 띠고 있었다고 할 수 있다. 카프에서 논쟁적 거론의 대상이었던 소위 '아지프로시'나 '단편서사시'론이 해방 직후에 다시 재연되었으나 재연 그 자체에 머무르지 않고 카프의 시론들을 발전적으로 수용하려 했다는 점은 주목할 만하였다. 추상적이고 관념적이던 구호 위주의 소위 '뼉다귀' 시론에서 해방기 시인들은 '무기'로서의 시론을 정립하고자 하였다. 이는 이들이 이념의 추상성과 막연한 관념성을 버리고 해방기라는 당대 현실에 적극적으로 응전해 가기 시작하였음을 의미한다. 무기로서의 시론은 시에 있어서 현실성을 확보하게 해주었으며 시적 실천의 구체적 모습을 드러내 보여 주었다는 점에서 의미가 있다. 구호시에서 무기로서의 시론의 변모는 해방기 시인들의 당대 현실에 대한 철저한 고민과 적극적인 현실 전략의 방법 모색 속에서 나왔다고 할 수 있다. 이는 시를 쓰는 행위가 개인의 단순한 정서를 표출하는데 만족할 만큼 해방기가 행복한 사회가 아니었음을 말해 준다. 이상적 세계에 대한 시인들의 강렬한 열망이 시인들의 시쓰기를 무기로서의 시쓰기로 이끌어 내었던 것이다. 해방기 시에 있어서 서사지향성 내지 서사성 문제는 일제강점 하의 단편서사시론이나 서사지향적 시에서 직접적 영향을 받았다고 할 수 있다. 그러나 서사지향의 시론은 해방기에서 구체적 시론의 형태로 정립되지는 못하였다. 이는 이용악, 김상훈, 상민, 여상현 등을 통해 작품으로서의 성과는 거두었으나 시론의 한 형태로 본격적인 논의의 단계에 오르지는 못하였다. 이는 시의 서사화 과정에 대한 이론 정립의 의욕이 없었다기보다 급박한 정세 속에서 이론보다 시창작이 더 급선무였던 현실에 연유한 것이라 할 수 있다. 결국 무기로서의 시론이나 서사지향의 시론은 현실에 대한 적극적 응전의 한 양식이었고 그것은 주로 현실에 대한 실천의 문제와 현실반영의 문제와 맞물려 있었다. 격변하는 정세 속에 무기로서의 시론은 시인의 실천 행위를 뒷받침하는 이론적 근거로 자리잡은 반면, 서사지향의 시론은 해방기에서 주도적 비평의 모습을 띠지는 못하고 작품이 선행된 주석적 비평의 수준에 머무르고 말았다. 해방기에 모색된 무기로서의 시론과 서사지향의 시론은 리얼리즘시에 있어서 시적 실천과 현실반영의 문제가 얼마나 중요한지를 보여주는 생생한 예로서 그 시사적 의의를 가진다고 할 수 있었다.

해방기 리얼리즘시는 해방 5년의 시대적 변모가 작품 창작의 주 배경으로 작용하였으며, 당시 문학 부문에서 변혁운동 세력의 중심이었던 조선문학가동맹의 현실대응전략과 그 궤를 같이하는 것이었다. 즉 전체적으로 해방기 리얼리즘시는 낙관적 현실에서 비극적 현실로 바뀌어 가는 해방기의 외적 상황이 이들 시의 변모와 밀접히 대응되고 있다는 점이 주목되었다. 그런데 1946년 10월항쟁은 이들 시가 변이되는 중요한 기점으로 작용하였다고 할 수 있다. 10월항쟁 이전의 시가 해방이란 새로운 현실에 뛰어들기까지의 자기비판, 해방에 대한 감격 및 기대, 또 이상과 현실 사이의 거리에서 오는 고민 등을 주로 다루었다면, 10월항쟁 이후의 시는 분단이 고착화되어가는 비극적 현실 속에서 투쟁의지를 강화하거나 미래에 대한 확고한 믿음을 통한 낙관적 전망의 형상화에 매달렸다고 할 수 있다. 2차 미소공위의 결렬, 2. 7구국투쟁, 5. 10 단선 등 현실에 대한 비관적 전망이 점점 높아갈 때 해방기의 진보적 시인들은 현실 속에 함몰되지 않고 도리어 낙관적 전망을 그들 시에서 드러내 보이고자 하였다. 이는 물론 낙관적 주관주의의 형태로, 이 당시 진보적 리얼리즘의 한 요소로 설정된 혁명적 로맨티시즘과 연결될 수 있는 것이었다. 이 당시 시에 나타나고 있는 강한 낙관주의는 미래에 대한 믿음과 전망을 통해 척박한 현실을 극복해 나가고자 하는 의욕 내지 문제의식의 소산이라 할 수 있다. 물론 시적 주체의 이러한 노력은 전망의 형상화 과정에서 다소 과장되거나 추상화되어 리얼리즘의 본질과는 다소 멀어지는 한계를 보이기도 했다.

해방기 시에서 창작 주체인 시인들의 현실에 대한 응전의식 및 현실 참여의 과정이 작품 속에서 어떻게 나타나고 있는가 하는 점은 주목의 대상이었다. 해방의 열정과 흥분의 소용돌이에 휩싸였던 시인들이 차츰 문제를 발견해 가는 과정에서 오장환, 이용악, 김상훈 등은 주목되는 시인이었는데, 이들은 작품 속에 자기비판을 통해 현실에 참여해 가는 시적 주체의 모습을 형상화시켜 보였다. 자기비판은 '거울'을 통해 구체화되어 나타나든가 아니면 시적 주체의 내적 고백의 형식 내지 내면의 부끄러움을 표출하는 방식으로 드러나기도 하였다. 과거 자신의 부끄러운 삶에 대한 비판과 응시의 과정을 통해 이들은 진보적 역사에의 참여 순간을 진솔하게 드러내 보였다. 해방기의 외부 현실에 대한 문제 포착 또한 이러한 과정을 거쳤을 때 더욱 진정성을 확보할 수 있었다. 해방에 대한 기대와는 상반되게 점점 변질되어 가고 있는 해방기의 현실은 시인들에게 중요한 문제거리로 인식되었다. 이는 귀국유이민의 문제 같은 공적인 쟁점을 형상화하거나 민중들의 기대를 좌절시키는 부정적 현실에 대한 청산 내지 증언으로 나타났다. 현실에 대한 반영적 욕구와 당위에 대한 주관적 욕구가 동시에 혼재되어 있었던 시기가 주로 해방 직후부터 1946년 10월항쟁까지의 시라 할 수 있다. 이러한 시들은 비극적인 현실 속에서 힘겹게 주체를 내세우면서 쉽게 비관주의에 함몰되지 않으려는 특징을 보여주고 있다. 이는 별로 희망적이지 못한 현실에서 전망을 잃지 않으려는 의지이며 이는 자기위치 확보나 주체의 정립 문제로 이어졌다.

한편 10월항쟁의 체험은 조선문학가동맹 측 시인들에게 시창작의 중요한 매체로 작용하였는데 자신들의 욕구를 적극적으로 드러내 보일 수 있는 계기가 되었다고 하겠다. 다소 선취된 관념으로 무장된 시적 주체들은 항쟁 당시의 시들에서 대부분 싸움에 대한 낙관적 전망을 펼쳐 보이거나 그 현장을 드러내 보이는데 주력하였다. 이는 투쟁 현장과의 가까운 거리로 인해 사건에 대한 확고한 시각 확보가 전제되지 못한 상황에서 승리에 대한 당위성이 작자의 체험과 구체적 현실을 압도한 때문이었다. 그런데 10월항쟁 이후에도 이들 시인들은 10월 체험을 그들 시의 주요 모티브로 잡고 있는데, 이는 악화되어 가는 정세 속에서 10월 체험에 대한 긍지와 그것으로 돌아가는 '길'을 제시해 보임으로써 억압적 현실상황을 극복해 보이고자 하는 의도 때문이었다. 이러한 과정 속에서 항쟁 주체들에 대한 이상화의 감정과 냉혹한 현실에서의 투쟁의지가 이들 작품의 주된 정조였다.

한편 10월항쟁 이후 시에는 분단의 징후나 고착화 과정에 대한 항의 및 저항을 보여주는 시들이 많이 나타났다. 이 당시 전개된 구국문학의 방향에 대한 이론적 모색과 시적 실천의 모습은 문학의 위기를 극복해 보려는 마지막 시도였다고 할 수 있다. 문화서클운동, 시낭송회, 문화공작대 등 실천가능한 문학 외적 양식이 모두 실험되었으며, 그것들은 시를 매개로 한 시적 실천의 극대화된 모습의 하나라는 점에서 그 의의가 있었다. 분단 직전의 비관적 현실 속에 시인들의 길 선택 양상은 주로 두가지 방향으로 나타났다. 하나는 열악한 환경과 대척되는 삶의 원형적 공간을 탐색해 들어가는 것이었는데, 그것은 주로 '고향'이나 '어머니' 같은 제재나 공간선택 양상으로 나타났다. 이들의 시에 나타나는 어머니나 고향은 현실의 고단한 삶과 대립되는 존재로서 가족으로서의 어머니나 고향이 그만큼 중요하였음을 나타내었다. 또 그것을 통해 현실에 대한 자신의 실천적 의지를 전화시켜 내는 원동력이 될 수 있었다. 다른 하나는 고향이나 어머니 같은 삶의 원형적 공간을 지향하는 대신에 현실을 회피하지 않고 직접 현실 속의 공간으로 들어가 그것과 맞서고 있는 작품들의 경우로 나타났다. 이들 시의 공간은 주로 현실적 싸움의 근거지인 '거리'나 '산' 등으로 이동하고 있었다. 이 시기의 이용악, 최석두, 이병철, 김상훈 등의 시는 이러한 경향을 잘 보여주고 있었다.

한편 해방기 리얼리즘적 경향의 시에 나타난 현실인식 및 응전의 양상이 작품 속에서 어떠한 과정을 거쳐서 형상화되고 있느냐 하는 문제는 창작방법의 차원에서 중요시되지 않을 수 없다. 해방기 리얼리즘시의 창작방법 내지 원리는 크게 발화구조, 수용구조, 서술구조의 차원에서 대별해 볼 수 있었는데, 이는 시적 주체의 변이, 집단적 화자의 설정, 현장성과 낭독화의 원리 활용, 서사지향의 서술구조 채택 등으로 나타났다. 이중 시적 주체의 문제는 리얼리즘시에서 논의의 근간이 된다고 할 수 있는데 리얼리즘시의 경우 창작 주체의 시정신이나 그것의 작품 속의 구현방식이 주로 문제될 것이기 때문이다. 해방기 리얼리즘 시인들은 시적 주체의 다양한 변이를 통해 자신의 이념이나 생각을 드러내 보였다. 즉 시적 주체를 전면화시키는 경우, 시적 주체가 '은폐화된 화자'의 모습을 취하거나 관찰자의 입장을 취함으로써 그릴려는 대상을 부각시키는 경우, 시적 주체를 창작 주체와는 다른 제3의 배역을 설정하여 타자화시키는 경우 등이 그것이다. 이는 시적 주체의 직접화와 간접화를 통해 자신의 생각을 적절하게 전형화의 원리에 적용시킨 결과라고 할 수 있다. 또한 집단적 화자 '우리'의 설정을 통해 해방기 사회에서 공통된 경험과 생각을 가진 집단적 인식 주체들을 시적으로 형상화하고자 하였다. '나' 개인의 울음이나 감정의 표출단계에 머무르던 시인들이 공동체적 의식에 눈 떠 가게 된 결과로, 잠재된 이러한 의식이 시 텍스트 속에서 '우리'란 화자의 설정으로 나타난 것이었다. 이는 진보적 이념을 가진 창작 주체가 자신과 같은 이념을 공유한 집단에 공동체적 친화감을 갖고 이들과 결속하고 싶은 욕망이 작품 속에 구현된 것이었다. 특히 주체를 억누르는 절망적 상황 속에서 친밀하고도 은밀한 공유의식을 함축하고 있는 '우리'란 화자는 주체의 외로움과 소외감을 극복하는데도 도움을 주었다.

한편 이들은 행사나 싸움의 현장 속에서 적극적으로 시적 소재를 취사, 선택하여 나갔는데, 이는 현장의 생생한 분위기를 통해 자신의 의도를 독자에게 전달해 보이고자 하는 효과를 노린 것이었다. 해방기의 창작 주체들은 생생한 사건이나 싸움의 현장을 포착하여 현장감을 고양시킴으로써 독자들이 자신과 같은 감정이나 정서를 공유하기를 바랐다. 그래서 다소 극적 성격이 유지된 시를 시의 밤이나 기념행사장에서 직접 낭독할 수 있는 시를 창작하려고 노력하였고, 실질적으로 시 낭독을 통해 발화 주체와 수용 주체의 감정을 극대화시키는 효과를 거두었다. 이들은 수용 주체인 청중들의 반응을 어떻게 하면 불러 일으킬 것인가 하는 창작방법상의 고민을 많이 하였다고 할 수 있는데 그러한 소통차원에서의 방법 모색이 현장적 소재의 포착과 낭독화의 원리로 나타났다고 할 수 있다. 수용 주체와 공통된 경험을 가진 집단적 화자 '우리'의 설정, 같은 시행이나 시어의 반복을 통한 힘찬 리듬의 창출, 물음의 형식을 통한 자발적 감정의 표출 유도, 세부적 현실에 대한 장황한 묘사보다 극적인 장면 배치, 비약과 생략을 통한 뛰어넘기의 기법 등은 이들이 사용한 주된 방법이었다. 그러므로 시 낭독은 텍스트의 일차원적 한계를 벗어나 중층적으로 독자, 또는 청중들에게 작용함으로써 다양한 효과를 이들에게 환기시켜 주었다고 할 수 있다. 마지막으로 이들은 서사지향의 서술구조를 통해 사건이나 이야기를 전달해 보이고자 하였다. 시에 있어서 서사지향성은 서정시의 본질적 모습과는 다소 거리가 있었으나 이것은 현실을 반영해 보이고 싶은 창작 주체의 욕구가 드러난 결과였다. 서사지향의 서술구조를 가진 시들은 창작 주체의 주관적 감정이 아닌 대상화된 사건이나 이야기의 객관적 세계를 전달하는데 효과적이었다고 할 수 있다. 이는 작품으로 형상화된 사건과 이야기가 시인 내지 독자와도 어느 정도 거리가 유지됨으로써 가능한 것이었다. 이 중에서 시에 있어서 서사성을 뚜렷이 인식하고 자신의 시 창작방법을 모색해 간 논자는 김상훈이 가장 주목되는 시인이었다.

변혁운동의 중심부에서 시인들 자신의 실천적 행동 문제로까지 확산된 시적 결과물들을 현실대응의 양상이란 잣대로 현실인식과 형상화 방법을 검토해 보고자 한 것이 본고의 본래 의도였다. 그러나 작품을 직접 다루어나가는 과정에서 제대로 이러한 의도가 성취되었는지는 의문이다. 언어란 수면 밑에 잠복해 있는 숱한 이데올로기와 그것의 발현 양태인 텍스트의 생성 과정, 그리고 그 구체적 표현 방식 등은 앞으로 더욱 다양한 방법론을 통해 깊이 있게 다루어져야 할 과제이다. 또한 본고에서 극히 제한된 작품 외에는 접근하지 못한 해방기 38 이북의 자료 내지 시 작품에 대한 분석이 더욱 확산될 때 해방기 시의 본 모습이 잘 드러날 수 있을 것으로 생각된다. 이는 또한 본고의 남은 과제이기도 하다.

제2부

해방기의 시와 시인들

제1장 해방 직후 시의 시적 형상화 문제

제2장 해방 직후 이용악 시의 전개 과정

제3장 이병철 시에 나타난 '가족'과 전망

제1장 해방 직후 시의 시적 형상화 문제

1. 서 론

문학과 현실의 상관 관계는 문학 논의의 핵심이다. 당대 사회를 어떻게 인식하고 묘사하느냐, 당대의 문제거리를 얼마나 정확히 간파하고 그것을 작품 속에 구현시키느냐는 문제는 문학하는 사람들의 주된 관심사였다. 특히 정치와 문학의 등가(일제강점기 문학의 경우)니 이데올로기로서의 문학이니 하는 말들이 모두 이러한 관점에서 나온 용어들이었다. '세부의 진실성 뿐 아니라 전형적 환경 하에서의 전형적 인물들의 진실한 재현'이란 엥겔스의 고전적 명제를 내세우지 않더라도 작가들이 문학 작품 속에 당대의 핵심적 문제거리와 그 본질을 구현해 내야 한다는 데는 의견이 거의 일치하고 있다.

그러나 그 과정 속에서 지나치게 생경히 드러나는 작자의 직설적 의도나 과장된 전망은 동시에 경계해야 할 점이다. 문학작품으로서의 개별성, 다시 말하면 보고기사나 사회과학서적과 문학이 달라야 하는 변별성을 우리가 인정한다면 '있는 것'의 묘사 못지 않게 '있어야 할 것'의 형상화 방식이라든지 작품의 미적 성취 같은 것을 충분히 고려하여야 한다. 여기로부터 작자의 세계관 내지 이데올로기, 혹은 그 작품의 미학적 원리와 구조 해명이 가능한 것이다. 물론 모든 작가는 그가 속한 사회적, 계급적 제 여건으로부터 결코 자유로울 수는 없다. 이는 그가 의식하든 안하든 그 사회의 이데올로기를 작품 속에 반영하게 된다는 것을 의미한다. 그러므로 민중문학론자들이나, 혹 그 반대론자들은 문학과 이데올로기의 관계를 놓고 팽팽한 줄다리기를 계속해 왔다. 이러한 논전 가운데 우리가 분명히 인식해야 될 것은 문학과 이데올로기는 별개의 것이 아니라는 점이다. 문학 자체의 구조만으로도 이데올로기의 단선적 형식만으로도 문학작품은 존재할 수 없다는 것이다. 작가가 이 양자의 총합을 어떻게 구성했느냐 또 그것을 형상화하기 위해 어떠한 장치를 사용했느냐, 얼마나 고민의 흔적을 드러내 보였느냐 하는 것이 중요하다.

본고는 이러한 입장에서 당대 현실의 문학적 수용과정이란 문제를 해방 직후 시를 중심으로 다루어 보고자 한다. 특히 시 장르가 당대의 민족, 민중 현실문제를 어떻게 작품화했고 그 작품화 과정은 어떠하였나, 또 그 성공과 실패의 수준이 어떠하였는지를 가늠해 볼 것이다. 그래서 본고는 이데올로기와 문학의 관계가 다른 어느 시대보다 심각했던, 문학의 정치화 경향이 가장 승했던 해방 직후 시를 그 대상으로 삼았다. 해방 직후 시의 주 경향을 작품을 통해서 고찰하면서 당대 현실의 문학적 변용 수준과 시 장르의 특성을 고찰해 볼 것이다.

2. 해방 직후 시 장르와 현실 문제

개항 이후 일제 강점, 해방, 분단으로 점철된 한국 근·현대사는 한 마디로 격동의 연속이었다고 할 수 있다. 이는 우리 민족 내부에 민족모순과 계급모순이 계속적으로 내재해 있었다는 증거이며, 이를 극복하기 위한 내외적 투쟁이 필연적으로 요구된 근거이기도 하다. 일제강점 이후 수많은 문학작품들이 궁극적으로 지향한 정신적 목표는 넓게 보면 민족성의 회복 내지 새로운 내용에 걸맞는 형식미의 창출이었다고 할 수 있다. 엄청난 근·현대사의 변혁은 작가들의 작품 창작의 큰 고리요 걸림돌이었다. 이것을 넘어서기 위한 제 작업들이 차츰 축적돼 가고 있는 것이 현재의 상황이다.

그 가운데 1990년대 접어들면서 부각받기 시작한 해방기는 다른 어느 시기보다 첨예한 이데올로기의 각축장이었다. 해방 직후는 '새나라' 건설에 대한 각자의 신념과 주의, 주장이 가장 폭 넓게 논의되고 민족현실문제에 대한 지식인들의 고민이 가장 절실하고 그것에 대한 관심이 증폭되던 시기였다. 이 당시 지식인들이 내세운 문제의 핵심은 "친일파, 민족반역자 처리 실시 문제, 토지개혁 실시여부 및 그 방법 문제"[1] 등으로 축약되며, 이 외에도 새나라 건설에 관련된 이념과 역사인식 문제, 정치체제 문제, 혁명단계론, 신탁통치 문제, 통일전선 모색 등 다방면에 걸친 여러 문제들이 논의되고 부각되었다.

정치운동에 민감한 반응을 보였던 문학의 경우도 마찬가지였다. 이 당시는 문학보다 정치에, 문학을 하더라도 이론 논쟁에 더 치중하던 시기였다.[2] 단체와 조직의 결성이 문학작품 창작보다도 더 우선시된 것

---

1) 임헌영, 「해방 직후 지식인의 민족현실 인식」, 『해방전후사의 인식』 2, 한길사, 1985, 446면.

도 이러한 분위기 속에서 그 해석이 가능하다. 문학이 민족을, 민중을 위해서 무엇을 할 수 있는가라는 문학의 효용성 여부가 가장 요구되던 시기가 해방 직후였다. 무기로서의 문학, 선전선동시의 가능성 여부가 실험되던 것도 이 당시 사회의 성격과 깊은 연관이 있는 것이다. 시 양식 본래의 기능만으로는 해방 직후의 격동기를 감당할 수 없었다고 하겠다. 그래서 새로운 시 양식의 가능성이 모색되기도 했다. 시의 서사화 경향이 두드러지게 나타난다든지 시의 무기화 과정이 실천적으로 논의된 것도 이 시기이다. 이를 다시 말하면 시 장르의 성격과 격동기란 시대 요건이 어느 정도 부합되었다고 할 수도 있다. 격동기일수록 시의 힘은 강력하다. 시는 사람들의 감성에 호소하여 순간적으로 청중을, 독자를 사로잡을 수 있기 때문이다. 시적 화자와 청중의 체험이 동일할 때 그 효가는 더욱 배가된다. 해방 직후 다른 어느 장르보다 시 장르가 두드러지게 부각된 이유도 여기에 있다.

해방 직후의 복잡다단한 현실을 수용하기 위해서 이 당시 시에는 서사화 경향과 무기화 경향이 두드러지게 나타났다고 할 수 있는데, 전자는 '이야기시', 후자는 '선전선동시'의 형태로 집약되었다고 할 수 있다. 시 장르가 소설 장르보다 격변기를 수용하고 작품화하는 데는 더욱 기민하고 적극적이라는 것은 주지의 사실이다. 그러므로 해방기에서의 시의 우위는 단연 주목할 만한 것이다. 결국 시를 통해 리얼리즘 문학의 가능성을 점검해 볼 수 있다. 소설 장르가 주로 단편을 통해 작가의 자세와 이념 문제를 선택하는데 그치면서 장편의 활성화로 나아가지 못한 이유도 이것과 관련된다고 하겠다.

해방 직후는 문학자들의 복잡다단한 내적 욕구 표출 못지 않게 정치

---

2) 해방 직후 문학의 정치화 경향을 다룬 논문으로 이주형, 「해방 직후에 있어서의 문학의 정치성」(『문화비평』 3호, 1989.12.)을 참고할 수 있다.

적 현실에 대한 관심이 고조되던 시기였다. 이 결과 작가들 대부분은 어떤 정당이나 정파의 조직원으로 종사하였다고 할 수 있는데, 이는 이들 작품 창작의 매개가 그 정파의 이데올로기를 강한 핵으로 하고 있다는 점을 나타내 준다. 그러므로 이들 작품의 검토를 위해서는 다음과 같은 점이 논의의 주요한 근거가 되어야 할 것이다. 작가들이 당대 현실을 어떻게 바라보았는가, 또 그 현실을 어떻게 문학작품에 수용하여 구체화시켜 나갔는가, 그 현실반영의 수준은 당대의 핵심적 문제거리와 어느 정도 맞물려 있는가 등등이다.

해방 직후 시 장르의 성공과 실패를 가늠해 보기 위해서는 이러한 관점을 견지하면서 구체적 작품 검토에 들어가야 할 것이다. 해방 직후의 시장르는 해방의 감격, 노동자·농민의 현실, 부정적 현실에 대한 비판, 자주독립국가 건설에 대한 열망 등을 적극적으로 표명하였다. 그러나 다양한 제재의 수용만큼 그 구체적 창작방법이 뒤따라가지를 못했다. 그래서 생경한 주제의 나열, 이념의 표출이 두드러지게 나타났다. 결국 '의도'를 숨기기에는 너무나 감격과 흥분이 승해서 작자들이 자신을 제어할 수 없었고, 도리어 자신들이 한 쪽에 강한 당파성을 지님으로 객관적, 구체적 묘사에 냉정함을 유지할 수 없었다는 결론이 나온다. 해방 직후 시인이 가져야할 몸가짐은 결국 "자기의 정신을 새로운 시대에 향하야 어떻게 초점을 맞출 것인가, 그의 신념을 시대의 거센 조류의 어느 곳에 뿌리 박을 것인가"3)로 정립된다고 하겠다. 이러한 대응방식을 통해 형상화된 작품은 어떤 기능을 하였는가, 또 당대의 본질적 문제거리와 어느 정도 관련성을 갖고 있는가 하는 점이 논의의 대상이 될 것이다.

---

3) 김기림, 「시단별견-공동체의 발견」, 『문학』 창간호, 1946. 7, 144면.

3. 해방 직후 현실의 시적 변용과 그 수준

(1) 해방의 감격과 그것의 시적 형상화

8·15 해방은 식민지라는 굴레를 벗어난 환희와 기쁨의 순간이었다. 우리 민족의 기다림과 열망이 극명하게 실현된 8·15 해방은 시인들에게 작품 창작의 영역 확대와 우리말을 다시 자유롭게 사용할 수 있는 계기를 마련해 주었다. 해방은 시인들에게 벅찬 감격을 주었고 그 엄청난 충격은 작가들에게 당대 현실에 대한 객관적 파악보다는 주관적 감정의 토로, 해방의 환희를 우선 노래하게 만들었다.

8·15 해방 초기엔 결국 대부분의 시들이 일제의 사슬에서 풀려 나온 데 대한 기쁨, 직설적인 흥분의 소용돌이 속에서 멀리 헤어 나오지 못하였다. '기념시'와 '낭독시'의 유행이 그것이다. 『해방기념시집』(1945), 『3.1기념시집』(1946), 『횃불』(1946), 『연간조선시집』(1947) 등 엔솔로지 형태의 기념 시집이 많이 발간된 것도 해방 직후의 열정을 수용해 나가는 데 한 몫을 담당하였다. 결국 해방 직후의 시인들은 갑작스레 온 해방의 현실 속에서 무엇을, 어떻게 써 나가야 할까 하는 대상에 대한 진지한 탐구와 방법론적 고민을 할 여유가 없었다고 하겠다. 해방 직후, 특히 1945년 무렵의 현실에서 작자들이 미래에 대한 확고한 전망이라든지 해방조국 건설에 대한 새로운 믿음 같은 것을 아직까지 간직할 수 있는 계제가 아니었다. 해방조국에 대한 막연한 기대와 들뜬 열정이 해방 공간을 가득 메우고 있었으며 이를 작품으로 수용해 나가기에도 벅찬 현실이었다.

눈물겨웁다

황폐한 고국 남은 철로와 묽어진 다리
서른 여섯 해 비바람이 스쳐간 자최
애처러웁다
혼곤한 산과 들에 시내물 소래
나의 부모 동생과 뭇 겨레가 살고 있는 곳
이 슬픔 우에
이 기쁨 우에
혁명이여, 아름답고나
피무든 네 날개 우에
찰난한 보람 동터 오노나
잃어진 내 것을 찾어
거리로 가자, 항구로 가자
혁명이여
나에게 장대한 꿈을 주럼아
날어 가야 할 하날 저 멀리 가로 노히니
연약한 날개를 모아 노래 부르자
우리 두 팔을 걸고 바위를 밀자
가 없는 곳에 큰 길을 닦자[4]

이는 『해방기념시집』에 실린 김광균의 「날개」 전문이다. 이 시는 일제 감정기, 즉 '서른 여섯해'를 견디어 온 시적 화자인 '나'가 맞이하는 해방의 감격과 새나라 건설에의 기대를 나타내 보인다. 눈물겹고 애처로운 "서른여섯해의 비바람"을 헤치고 다가온 해방은 '나'에게는 차라리 하나의 "혁명"이다. 이 "혁명"은 "피"를 동반해 쟁취한 것이기에 "슬픔"인 동시에 "기쁨"이다. 이러한 과정을 거쳐 "찬란한 보람", 즉 해방의 날이 동터 온 것이다. 그러나 시적 주체는 여기에 그치지 않고 "찬란한 보람" 유지하기 위하여 거리로, 항구로 내달릴 것을 요구한다. 그렇게 될 때

---

4) 김광균, 「날개」, 『해방기념시집』, 중앙문화협회, 1945, 24~25면.

해방조국의 "장대한 꿈"이 이룩될 수 있기 때문이다. 개인 또는 우리 민족의 앞날에 "큰길"이 활짝 열리기 위해서는 우리 민족 모두 "연약한 날개"나마 힘을 모아 앞으로 나아가야 한다는 것이다. 제목 자체가 '날개'로 되어 있어 비상의 의미를 강하게 함축하고 있으며 해방조국에의 들뜬 기대와 열기를 강하게 드러내 보여주고 있는 것이 이 작품이다. 『해방기념시집』에 같이 실려 있는 김광섭의 「속박과 해방」이나 정지용의 「그대들 돌아오시니」 등 대부분의 시들이 이와 같은 인식 수준에서 크게 멀리 떨어져 있지 않다.

그러나 시인들의 낭만적 열정과 기대는 곧 수정되지 않으면 안될 현실에 직면하게 되었다. 우리 민족이 주체적으로 쟁취하지 못한 해방이었기에 외세의 음울한 그림자는 늘 따라다니기 마련이었다. 날카로운 감성과 예언자적 지성만으로 해방 직후의 현실을 감당해 내기에는 무리가 있었다. 이제는 일제시대와 달라 정치와 민족국가 건설의 문제가 닥쳐와 있었기 때문이다.

> 태양을 의논하는 거룩한 이야기는
> 항상 태양을 등진 곳에서만 비롯하였다.
>
> 달빛이 흡사 비오듯 쏟아지는 밤에도
> 우리는 헐어진 성터를 헤매이면서
> 언제 참으로 그 언제 우리 하늘에
> 오롯한 태양을 모시겠느냐고
> 가슴을 쥐어 뜯으며 이야기하며 이야기하며
> 가슴을 쥐어뜯지 않았느냐?
>
> 그러는 동안에 영영 잃어버린 벗도 있다
> 그러는 동안에 멀리 떠나버린 벗도 있다

그러는 동안에 몸을 팔아버린 벗도 있다
그러는 동안에 맘을 팔아버린 벗도 있다

그러는 동안에 드디어 서른 여섯해가 지내갔다.

다시 우러러 보는 이 하늘에
겨울밤 달이 아직도 차거니

오는 봄엔 분수처럼 쏟아지는 태양을 안고
그 어느 언덕 꽃덤불에 아늑히 안겨 보리라.5)

이는 신석정의 「꽃덤불」의 전문으로 1946년 1월 12일이라는 후기 (시집 〈氷河〉, 정음사, 1956, 8쪽)가 붙어 있는 것으로 보아 해방 바로 이듬해에 쓴 것으로 보인다. "꽃 한 송이 피어낼 지구도 없고/ 새 한 마리 울어 줄 지구도 없고/ 노루 새끼 한 마리 뛰어다닐 지구도 없다"6)고 노래했던 「슬픈구도」의 시인 신석정은 해방 직후의 현실을 위와 같이 노래해 보인다. 이 작품은 이용악의 기록7)에 의하면 전국문학자대회 첫 날이 끝난 직후 시인들이 모인 자리에서 시골서 올라온 신석정이 노래 대신 낭독한 바 있다고 한다.

해방이 된지 불과 반 년이 채 안된 이 시기에 시인은 해방의 감격을 어떻게 수용하고 그것을 형상화 하고 있는가? 해방을 맞기 위해서는 1, 2, 3연에서 보듯 민족의 수난과 고난이 예비되어 있었다. 해방은 곧 "태양"으로 표상되거니와 "분수처럼 쏟아지는 태양"을 보기 위해서는 "달 빛이 흡사 비오듯 쏟아지는 밤에도" "헤메이면서" "가슴을 쥐어뜯지" 않

---

5) 신석정, 「꽃덤불」, 『신문학』 1권 2호, 1946. 6, 128~129면.
6) 신석정, 「슬픈 구도」, 『슬픈 목가』, 낭주문화사, 1947, 32면.
7) 이용악, 「전국문학자 대회 인상기」, 『대조』 1권 2호, 1946, 171면.

을 수 없었다. 이 작품은 광복(빛의 회복)으로 표상되는 "태양"과 일제 암흑기의 상징인 "밤"의 대조를 통해 해방되기까지의 역정을 이야기 해 보인다. 광복을 맞기 위해서는 3연의 경우처럼 많은 벗의 변절과 이별을 감수해야 했다. 그러나 이러한 수난과 고통을 36년간 겪은 뒤에 맞이한 해방도 완전한 해방이 아니라는 인식이 이 시의 요체이다. "다시 우러러 보는 이 하늘에는" "태양"이 아니라 아직까지 차가운 "겨울밤 달"이 떠 있다. 이는 해방된 조국의 현실이 아직 완전한 해방에 이르지 못했음을 나타낸다. 외세와 좌·우파 이데올로기의 냉전장이 된 현실, 불투명한 해방 조국의 모습이 겨울밤 찬 달의 이미지와 어울려 선명하게 드러나 있다. 이 시의 시적 주체는 어지럽고 흥분된 역사의 순간을 차분하게 드러내 보임으로써 해방기의 현실을 정확히 포착한다. 단순한 어구의 반복이 주는 효과와 감흥을 통해 객관적 현실을 조명해 보이고 해방조국에 거는 기대와 이상을 창작 주체는 표출해 보이고자 한다. 작자의 의도가 아주 쉬운 언어로, 별 기교나 수사 없이도 담담히 현실을 그려 낼 수 있음을 이 시는 보여주고 있다.

박종화의 "대조선의 봄"8)이니 박두진의 "해"9), 김광균의 '날개'로 표상된 기대와 열망이 신석정에 와서는 다시 겨울밤 찬 달의 이미지로 후퇴해 있다. 그래서 완전한 해방조국에 대한 기대가 '꽃덤불'에 안길 날을 기다리는 준비의 단계에 와 있다. 이는 해방조국의 상황과 그 맥을 같이 하는 것이며 시인들의 해방조국에 대한 인식이 보다 객관성과 현실성을 확보해 가는 과정임을 보여 준다고 하겠다.

---

8) 박종화, 「대조선의 봄」, 『해방기념시집』, 중앙문화협회, 1945, 66~69면.
9) 박두진, 「해」, 『해』, 청만사, 1949, 12~13면.

(2) 자기비판문제와 민족·민중 현실에의 증언

　해방 직후는 80년대 초반과 마찬가지로 소위 시의 시대라 일컬을 만했다. 역사의 큰 변혁기란 점에서 두 시대는 서로 공통점을 지니고 있었다. 소설 장르의 경우 대상의 총체성, 완결성을 구현하기 위해서는 어느 정도 시간이 필요하다. 시 장르가 어느 정도 소설 장르의 역할을 다소 분담하면서 제 역할을 수행하기 위해서는 "산문정신의 도입을 위한 장르상의 변형이 필요"10)하다고 할 수 있다. 그러하기 위해서는 "장시의 시도를 통한 서사성의 획득과 시가 원래 지니고 있던 음악성, 연희성의 회복, 시각매체 등과의 결합"11)이 요구된다. 이러한 입장에서 시에 있어서 율조의 실험이나 서사성의 획득 문제, 행사장에서의 낭독시의 역할 등을 통해 그 구체적 성과를 점검해 볼 필요가 있다. 해방 직후 시는 장르적 특성을 적극적으로 활용하기 위해 다양한 형식 실험을 시도하였다. 물론 이러한 시도는 그 시대적 성격과 밀접한 관련이 있는 것이었다.

　해방은 엄청난 기대와 감격에 못지 않게 절망과 비애를 우리 민족에게 안겨 주었다. 일본 제국주의가 남긴 상처의 심각함과 그 뒤 진주해 들어온 미·소 군정의 통치 결과는 자주독립국가 건설이라는 역사적 과제를 좌절시켰다. 이러한 와중에서 중요한 쟁점 중의 하나가 일제 잔재의 청산 문제라 할 수 있는데 이는 곧 자기비판 문제, 곧 친일파 숙청 문제와 맞물려 있는 것이기도 했다. 철저한 자기비판과 친일파 청산 문제는 해방 직후 대다수 민중들의 기대와 바람이기도 했다. 시인 또한 "가장 준열한 자기 비판의 풀무"12)를 달게 거쳐야 했으며, 이를 민족적

---

10) 김도연, 「장르 확산을 위하여」, 김사인·강형철 엮음, 『민족 민중문학론의 쟁점과 전망』, 푸른숲, 1989, 392면.
11) 김도연, 위의 글.

문제로 확산시켜 나갈 준비가 필요하였다. 지나간 수난시대에 대한 "통절한 회오(悔悟)"13)야 말로 민족적 양심을 지키는 길이기도 했다. 이들이 자유롭게 작품 창작에 임하기 위해서는 식민지 체험의 극복이 필요했다. 일제하의 자신의 행적에 대한 엄정한 비판문제가 문학자들의 주요한 관심사로 대두한 것은 당연한 것이었다. 새나라 건설 도중의 민주주의 민족국가 수립에 매진하기 위해서는 자기비판 문제는 반드시 통과해야 할 관문이었다. 어두운 시대의 자신의 행적을 문제삼고 해방된 조국에서 지식인의 양심과 모랄문제를 논의한다는 것은 당연한 일이었다. 이 당시 많은 잡지에서 '좌담회' 형식을 빌어 이러한 문제를 특집14) 하였다는 것은 이것이 작가들에게 해방조국으로 진입하는 첫 관문임을 입증하는 것이었다. 그러나 자기 비판 문제가 개인적으로나, 민족적 양심의 문제로나 엄정히 다루어지지 못한 것이 해방 직후 현실이었다. 자기비판 문제, 이는 곧 해방기 현실의 주요한 쟁점이었던 일제 잔재의 청산 문제와 직결된다고 할 수 있다. 그러나 작가들은 엄정한 자기비판의 정신과 양심 문제를 구체적 작품을 통해 드러내 보이지는 못했다. 채만식이 「민족의 죄인」 등에서 그 단초를 보이기는 했으나 전체 작가들의 근본적인 문제거리로 부상하지는 못하였다. 시 장르의 경우에는 더욱 한미하였다고 할 수 있는데 이용악, 오장환, 임화, 김상훈 정도의 시에 그 편린이 보인다. 이는 물론 시와 소설 장르의 양식상의 차이에서 오는 것이기도 하다. 시 장르의 경우 자기비판 문제는 주로 지식인이 갖는 나약함, 소시민성에 대한 자기반성 내지 부끄러움의 모습을 문제삼

---

12) 김기림, 「우리 시의 방향」, 『건설기의 조선문학』, 백양당, 1946, 67면.
13) 김기림, 위의 글.
14) 「문학자의 자기 비판」, 『중성』 창간호, 1946.2.
    「조선문학의 지향」, 『예술』 2권 1호, 1946. 1.
    한효, 「문학자의 자기비판」, 『우리문학』 창간호, 1946. 2.

는 것으로 나타났다. 그러나 식민지 시대를 거쳐온 지식인의 은밀한 내면 모습을 새로운 현실에서 작품을 통해 드러내는 것이 생각보다 쉽지 않았다고 할 수 있다. 해방 조국이 주는 감격과 열정이, 또 새나라 건설에 대한 기대와 열망이란 큰 담론이 개인의 내밀한 양심에 근거한 자기 비판 문제를 논의할 공간을 점유해 버리고 말았다.

부끄러운 나의 생애의
쓰라린 기억이
포석(鋪石)마다 널린
서울 거리는 비에 젖어

아득한 산도
가차운 들창도
현기로워 바라볼 수 없는
종로 거리

······(중략)······

어데선가
외로이 죽은
나의 누이의 얼골
찬 감방에 숨 지은
그리운 동무의 모습
모두 다 사라오는 날15)

'1945년, 또 다시 네거리에서'란 부제를 달고 있는 이 작품은 임화가 해방 직후 서울 거리에서 자신의 일제하의 '부끄러운 생애'와 행적을

---

15) 임화, 「9월 12일」, 『찬가』, 백양당, 1947. 9~10면.

문제삼고 있는 한 대목이다. 보성중학 중퇴의 임화에게 서울 거리는 「네거리의 순이」와 「다시 네거리에서」를 쓴 장소이며 실질적인 임화 삶의 근거지이다. 동경 시절, 평양·해주 시절 모두 서울거리를 매개로 하여 생각하지 않고는 이루어질 수 없는 것이었다. 해방된 조국의 수도 서울에서 임화가 일제말 자신의 행적을 문제삼고 부끄러운 내면 모습을 보여주었다는 것은 자기비판의 차원에서 중요한 의미를 띤다.16) 이러한 자기비판의 모습은 곧 임화가 주도한 '조선문학건설본부' 계열의 시인 이용악의 「시골사람의 노래」, 「오월에의 노래」나 오장환의 「어둔 밤의 노래」, 「공청으로 가는 길」 등으로 이어진다. 반면 '인민성'의 문학보다 계급적 당파성을 강조한 '프로예맹' 계열의 박세영, 권환, 박아지 등은 자신의 내면문제 보다 친일파 및 민족 반역자 배격 문제를 그들의 작품에 즐겨 다룬다. 권환의 「어서 가거라」, 「노들강」, 박세영의 「민족반역자」, 「너희들도 조선사람이드냐」, 박아지의 「들으시나니까」 등이 그것이다.

> 노들강은 흘러가다
> 어제도 오늘도
> 예두 지금도
> 흘러가다 말없이

---

16) 임화는 「문학자의 자기비판」(『중성』창간호, 1946. 2)이란 좌담회에서 다음과 같은 발언을 하였는데 일제말 지식인의 은밀한 내면모습을 문제삼았다는 점에서 자기비판 문제와 관련된 논의의 중심에 닿아 있다 하겠다. "가령 이번 태평양 전쟁에 만일 일본이 지지 않고 승리를 한다, 이렇게 생각해 보는 순간에 우리는 무엇을 생각했고 어떻게 살아가려 생각했느냐고, 나는 이것이 자기비판의 근원이 되어야 한다고 생각합니다. 이 때 만일 '내'가 일개의 초부(草夫)로 평생을 두메에 뭇처 끝막자는 것이 한줄기 양심이었다면 이 순간에 〈내〉마음 속 어늬 한 구통이에 강잉히 숨어 있는 생명욕이 승리한 일본과 타협하고 싶지는 않았던가? 이것은 '내' 스스로도 느끼기 두려웠던 것이기 때문에 물론 입 밖에 내여 말로나 글로나 행동으로 표시하였을 리 만무할 것이고 남이 알 리도 없을 것이나 '나'만은 이것을 덮어두고 넘어갈 수 없는 이것이 자기비판의 양심이 아닌가 하고 생각합니다."

노들강은 흘러가다
착취의 피를 싣고
삼천만서 빨아낸!

노들강은 흘러가다
압박의 기름 싣고
사십년 동안 짜아낸!

흘러가다 먼 바다로
굴욕 모멸 학대의 누른 개수물이
흘러가다 먼 바다로
제국주의의 비린내 썩은내 구린내

다시 못오리라
영원히 흘러가리라
맑고 푸르러졌다 노들강 물은

강 언덕 감나무 숲 마을엔
한낮에 곳곳이 들리다
닭 우는 소리와 함께

우렁차게 들리다
자유조선의 자장가 소리
자유조선의 해방 소리

오! 힘차게 흘러가다 인젠
맑고 푸른
노들강 물이17)

---

17) 권환, 「노들강」, 『건설』, 1945. 11, 6~7면.

이는 권환의 「노들강」 전문이다. 일제 잔재의 청산문제를 다룬 대부분의 시들이 감정이 앞서거나 격해져서 작품의 통일성이 흐트러져 있는 것이 보통이다. 이것은 해방이란 들뜬 감정과 작자의 이념이 작품 형상화의 차원을 넘어섰기 때문이다. 그러나 이 작품은 어느 정도 이데올로기의 생경함을 극복하고 있다. 이는 역사의 흐름을 '노들강'이란 대상에 투사시켜 자신의 이념을 드러내려 하였기 때문이다. 힘차게 흘러가는 맑고 푸르러진 '노들강'과 "굴욕 모멸 학대"로 얼룩진, 제국주의의 온갖 내음새 간직한 "누른 개수물"은 서로 선명히 대조되고 있다. 그러나 이 "누른 개수물"은 역사의 도도한 흐름에 비하여 볼 때 일시적인 것에 지나지 않는다. "제국주의의 비린내 썩은내 구린내"로 대표되는 이것은 곧 일제하의 온갖 찌꺼기들을 의미함에 다름 아니다. 이 시는 결국 소시민적 자기 반성 내지 비판보다는 해방 직후 일제잔재의 청산이란 외부적 문제에 관심을 표출하고 있다. 이는 해방조국, 즉 '자유조선'의 힘찬 전망과 연결됨으로써 역사의 낙관적 추상화에 머무르고 있다. 물론 이 작품이 1945년 11월에 발표된 점을 고려하면 해방 직후의 낙관적 전망 및 일제 잔재의 청산에 대한 기대가 이 당시 작가들의 주된 관심사였음을 알 수 있다.

해방 직후의 시가 주로 다룬 또 하나의 문제거리는 민족·민중현실에의 증언이다. 일제잔재의 청산, 토지개혁 문제 등이 서로 맞물리면서 정치적 핵심 문제들이 해결되지 못하자 민중의 고통과 수난은 점점 심각해져 갔다. 해방이 가져다 준 증폭된 기대와 처참한 현실과의 거리는 엄청난 것이었다. 특히 귀향 이민들의 문제는 심각하였다. 일제강점기 동안 만주, 시베리아 등지로 이동한 주체는 대부분 노동자, 농민들이었다. 이들은 주로 착취의 대상이었고 이들의 이주는 보다 나은 삶을 향한 어쩔 수 없는 유랑이었다. 해방의 소식과 더불어 유이민들이 다시 해방조국으로 돌아오고자 함은 필연적 사실이었다. 여기에는 '새나라' 건설에 대한 열망과 해방조국에 대한 큰 기대가 작용하고 있었음이 틀림없다. 가족 또는 고향에 대한 귀소 본능과 나아진 정치상황의 변화가 민족이동 문제의 주된 동기가 되었다고 할 수 있다. 그러나 해방조국의 현실은 귀향이민들이 생각하는 것과는 거리가 멀었다. 해방기 내내 우리 민족은 해방의 열기에 들떠 있으면서도 그 열기를 자주적 민족국가 수립의 통일된 결집체로 만들어 내지는 못하였다.

　해방 직후의 민족, 민중현실의 문학적 형상화 작업에 많은 작가들이 매달려 있었음은 당연한 사실이었다. 소설로는 안회남의 「농민의 비애」, 계용묵의 「별을 헨다」, 김동리의 「혈거부족」 등이, 시는 이용악, 오장환, 김상훈 등의 활약이 두드러진다고 하겠다. 이들 외에도 당대의 많은 작가들이 많든 적든 해방된 조국의 현실을 그들의 작품 속에 담아내고자 했다. 이중 이용악은 특히 두드러진 점이 있는데 만주 유이민의 귀국·귀환 과정과 그들의 후일담을 통한 해방 직후 민중들의 비참한 생활상을 증언한다.18) 이용악의 시에서는 내용의 생경한 주입이나 도식주의가 상당히 억제되고 있다.

　　집도 많은 집도 많은 남대문 턱 움 속에서 두 손 오구려 혹 혹 입김
　　불며 이따금씩 쳐다보는 하늘이사 아마 하늘이기 혼자만 곱구나

　　거북네는 만주서 왔단다 두터운 얼음짱과 거센 바람 속을 세월은
　　흘러 거북이는 만주서 나고 할배는 만주에 묻히고 세월이 무심찮아
　　봄을 본다고 쫓겨서 울면서 가던 길 돌아 왔단다

---

18) 졸고, 「해방 직후 이용악 시의 전개과정 연구」, 『국어교육연구』 22집, 국어교육연구회, 1990 참조.

　　띠팡을 떠날 때 강을 건늘 때 조선으로 돌아가며 빼앗겼던 땅에서
농사 지으며 가 갸 거 겨 배운다더니 조선으로 돌아와도 집도 고향도
없고

　　거북이는 배추꼬리를 씹으며 달디달구나 배추꼬리를 씹으며 꺼므
테테한 아배의 얼굴을 바라보면서 배추꼬리를 씹으며 거북이는 무엇
을 생각하누

　　첫 눈 이미 내리고 이윽고 새해가 온다는 데 집도 많은 집도 많은
남대문턱 움 속에서 이따금씩 쳐다보는 하늘이사 아마 하늘이기 혼자
만 곱구나19)

　　1946년 12월 전재 동포 구제 '시의 밤'에서 낭독된 이 작품은 제목
부터 아이러니적이다. 이용악이 이 시를 '전재(戰災) 동포 구호의 밤'에
낭독했다는 것은 중요한 의미를 지닌다. 행사 현장에서의 낭독을 염두
에 둘 때 이 작품은 율격에 상당한 신경을 썼다고 할 수 있다. 즉 낭독
을 통한 운율과 연희성을 동시에 구비하고 있다고 하겠다. 또 이 당시
발표된 이용악 시 대부분이 구두점을 사용하지 않고 있는데 낭독 내지
호흡의 연속성을 염두에 둔 것이라 하겠다. 해방 직후에 있어서 정치·
경제적 욕구 분출 못지 않게 중요한 것은 생존 그 자체의 문제이다. 이
용악은 역사의 순환적 비극성을 이 시에서 선명하게 문제삼고자 했다.
이용악이 일제 강점기에 즐겨 다루던 '털보네'로 대표되던 만주 유이민
의 후일담이 바로 이것이다. '거북이' 일가의 가족사는 한 가족의 운명
에만 그치는 것이 아니라 만주 유이민 대다수의 삶의 과정이었다. 다시
말하면 이 작품은 '거북이' 가족사 개인의 문제를 다룬 것이 아니라 당
대 귀환동포의 삶을 '거북네'를 통해 전형화시켰다고 할 수 있다. 이 작

---

19) 이용악, 「하늘만 곱구나」, 『이용악집』, 동지사, 1949, 39~41면.

품의 작자는 귀향이민들에 대한 주관적 인식을 차분하고 담담한 어조로 객관화시켰다고 할 수 있다. '쫓겨서 울면서 가던 길'을 '거북네'로 하여금 되돌아 오게 한 것은 해방 때문이었다. 그러나 해방은 이들에게 "빼앗겼던 땅"도 "집"도 "고향"도 주지 않았다. 채만식의 「논 이야기」에 나오는 해방의 의미가 새삼 생각날 뿐이다. "거센 바람"속을 헤치면서 만주에 "할배"를 묻고 그래도 "봄"을 기대하며 돌아온 해방조국에서의 생활은 "움 속" 더 이상 나아지지 않았다. 고운 하늘과 대조된 귀향이민들의 참상만 더욱 뚜렷이 부각될 뿐이다. 해방조국에의 들뜬 기대와 포부를 안고 돌아온 서울거리는 "굶주림과 추위에 떠는 전재민"[20]만이 흩어져 있었으며 이들이 기대한 "봄"은 실상 더 큰 좌절과 절망만 안겨준 셈이다.

그러면 이용악은 당대 민중현실의 반영에 어떤 시적 장치를 사용하고 있는가. 또 그 성공 여부는 어떠한가. 물론 당대의 많은 다른 작가와의 창작방법 대비가 필요하다. 이용악은 이 작품에서 '이야기시'의 양식을 채용했다고 볼 수 있다.[21] 시에서의 서사성 확보야말로 일제감정기 이후 해방기 시가 개척해 낸 하나의 성과였다. 해방 정국의 복잡다단한 현실을 단순 서정시만으로는 표현의 한계가 있었고, 구체적 이야기가 없는 관념적, 추상적 진술만으로는 문제거리를 드러낼 수 없었기 때문이다. 그러므로 '이야기시'의 해방공간에서의 실험은 "순간적 체험으로서의 생의 지각의 표출방식"[22]인 시 양식 본래의 기능을 넘어서고자 한데서 그 존재 의의를 찾을 수 있다. 즉 소설양식이 가진 구체성과 서사성을 수용하여 시 양식이 본래 가진 단점을 보완하고자 한 것이 '이야기시'였다. 해방 직후 서사적 경향의 시가 일제강점기보다 다소 약화되

---

20) 유수 생(流水 生), 「전재민-만주 잔류동포를 생각하며」, 『동아일보』, 1947. 1. 7.
21) 졸고, 앞의 논문, 11~12면 참조.
22) 김윤식, 『한국근대문학사상사』, 한길사, 1984, 312면.

긴 하지만 해방공간 여러 시인들의 시에 나타나는 서사화 경향은 시사
적 검토와 천착을 요한다. 이데올로기 내지 정치 편향의 시를 극복할
수 있는 가능성을 제시해 주기 때문이다.

(3) 선전선동시의 가능성과 투쟁의지

해방의 감격과 흥분이 다소 지나가자 각 정치 단체들은 크게 좌·
우, 중간파로 나누어지면서 서로 대립하게 된다. 이는 해방 정국에
미·소가 뛰어듦으로써 예견된 바 있었다. 각자 가지고 있던 계급적 이
해 관계에 따라 그들이 표방했던 이데올로기가 달리 표출됨은 당연한
일이었다. 북한에서의 일련의 개혁조치와는 달리 남한 내부 사정은 복
잡한 양상을 나타내기에 이르렀다. 미군정 당국의 남한 실정에 대한 피
상적 이해는 이 당시 한국인들이 미군정의 정치를 "통역정치"23)라 부른
데서도 그 근거가 드러난다. 물론 좌파그룹 내에서도 해방 직후의 현실
을 보는 시각, 그 혁명단계를 어떻게 설정하느냐에 따라 구체적 실천양
상이 달리 나타났다. '프롤레타리아 혁명' 단계를 주창한 장안파는 '부르
조아민주주의 혁명 단계'의 기치를 내세운24) 박헌영 중심의 재건파, 즉
조선공산당으로 통합된다. 한편 1945년 후반부터 논의되기 시작한 통
일전선의 모색은 결국 '독립조선' 건설을 위한 민족 내부의 결집력을 모
으기 위한 것이었다. 그러나 각 계층, 집단의 이해 관계가 엇갈려 그 논
의는 원칙론에서부터 어긋나기 시작했다. 이어 모스크바 삼상회의(1945.
12. 28)에서 신탁통치를 결의하자 그 "해석의 불일치"25)로 말미암아 심
각한 대립을 노정(露呈)해 보인다. 미군정 또한 남한 내에서 자신의 세

---

23) 리챠드·E·라우터백크, 『한국미군정사』, 국제신문사출판부, 1948, 91면.
24) 정재민, 「조선 혁명의 현단계」, 『신문예』창간호, 1945. 12, 13~14면 참조.
25) 『1948년판 조선년감』, 조선통신사, 1947, 4면.

력들을 확장해 나가면서 진보적 변혁운동 세력에 대한 탄압을 차차 가중시켜 나갔다. 이러한 불리한 정세 속에 진보적 변혁운동 세력들은 '민주주의 민족전선'(1946. 2. 15. 16)을 결성함으로써 모스크바 삼상회의의 결정을 "전면적으로 지지"하는 한편 "일체의 반민주주의적 요소와의 소탕"26)을 선포하였다.

문학 분야의 경우 해방 이튿날 임화, 김남천이 중심이 되어 조직된 '조선문학건설본부'가 카프문학의 정통임을 자처하는 한설야, 이기영 중심의 '조선프롤레타리아문학동맹'과의 통합을 시도한다. 그 결과 전국문학자대회를 개최하고 '조선문학가동맹'을 결성(1946. 2. 8. 9)함으로써, 정치 문화운동선상에서의 단일전선을 구축한다. 그러나 1946년도로 넘어가면서 남한에서의 좌파 활동은 미군정 당국에 의해 점차 제한, 감시를 받게 되었다. 정판사 위폐 사건을 계기로 한 미군정의 적극적 공세 속에 조선공산당은 새로운 방향 모색을 하였는데, 그것이 박헌영의 '신전술 채택'으로 나타났다. 이는 소위 '정당방위의 역공세'로 미군정에 대한 전면적 공격의 형태를 띠었으며 이는 곧 '9월 총파업', '10월항쟁' 등으로 이어졌다. 이후 좌파의 문학활동 또한 남로당의 정치노선과 그 궤적을 같이하게 되었다. 남로당의 비합법적 투쟁에 그 산하 단체였던 조선문학가동맹이 남로당을 추종하는 것은 당연한 사실이었다. 진보적 민족문학 건설의 구체적 창작방법으로 "혁명적 로맨티시즘과 진보적 리얼리즘"27)을 표방했던 조선문학가 동맹은 이데올로기의 실천을 처음부터 내장하고 있었던 셈이다. 1946년경에 접어들면서 이들의 작품에 노골적 이데올로기의 표출, 정치화 경향이 짙게 나타나는 것도 이 때문이다. 임화, 이용악, 오장환, 권환 등의 중견시인 외에도 새로 등장한 '전

---

26) 민주주의 민족전선 편, 『조선해방1년사』, 문우인서관, 1946, 129면.
27) 김남천, 「새로운 창작방법에 관하여」, 『건설기의 조선문학』, 162면.

위시인'의 활약이 특히 두드러졌다. 이들은 대부분 강한 당파성을 구비하면서 선전선동시의 길로 나아갔다. 구체적 싸움의 대상이 분명해지면서 이들의 작품은 확실한 당파성을 견지하게 되었다. 전위시인 유진오(兪鎭五)의 다음과 같은 언급이 이들의 신념을 그대로 표출해 보인다.

> 시인이 되기는 바쁘지 않다. 먼저 철저한 민주주의가 되어야겠다. 시는 그 다음에 써도 충분하다. 시인은 누구보다도 먼저 진정한 민중의 소리를 전하는 사람이어야 할 것이다. 투철한 민주주의자가 된다는 것은 인민을 위한 전사가 되는 것이다. 나의 시다운 시는 금후의 과제이다. 나는 젊다. 나는 노력할 것이다[28]

이상의 논급을 분석해 보면 시인보다도 철저한 민주주의자, 즉 인민을 위한 전사가 되는 것, 시인은 진정한 민중의 소리를 전하는 사람이라는 점 두 가지로 요약된다. 이렇게 될 때 시가 어떠한 경향으로 흐를 것인가는 명약관화하다. 실천 중시의 시, 운동의 한 부문으로서의 시가 문제된다고 하겠다. 구체적 싸움의 현장에선 무기로서의 시가 상대적으로 부상하게 된다. 이들은 결국 구체적 싸움의 과정에서 당파성을 매개로 적대계급에 대한 배격, 타도를 주요한 시적 모티브로 삼을 수밖에 없는 것이다.

> 어둠을 타서 벽보를 붙인다
> 멀리 파출소 앞에서는 총 끝에 칼을 꽂은 순경이 있다
> 시골서 온 동무의 눈초리는
> 총소리를 들은 늑대와 같이 불이 흐른다
> 풀칠을 했는가
> 음,

---

28) 유진오, 『창』, 정음사, 1948, 93~94면.

    도리어 내가 한눈을 팔았구나[29]

    며츨째이냐 농성한 기관구 테두리를 직히고 선 전사들이어 붉꺼진
기관차를 끼고 옳소 옳소 외치며 박수하는 똑같이 기름 배인 검은 손
들이어 교대시간이 오면 두 눈 부릅 뜨고 일선으로 나아갈 전사 함마
며 핕켵을 탄탄히 쥔 채 철길을 베고 곤히 잠든 동무들이어

    피빨이 섰다 집마다 지붕 위 저리 산마다 산머리 우에 억울한 모든
사람들이 우리의 승리를 약속하는 피빨이 섰다[30]

    이상의 작품은 조선문학가동맹의 오장환의 「벽보」와 이용악의 「기관
구에서」의 일부이다. 오장환은 해방 직후 시집 『병든 서울』로, 이용악은
「오월에의 노래」로 조선문학가동맹 46년도 문학상 시 부문 후보에까지
오른 중견시인이다.[31] 이들 두 시인은 그들 내부의 소시민성 내지 일제
하의 자신의 행적을 자기 혁신의 관점에서 문제삼은 시인이다. 8.15 해
방 직후 내면의 모습을 통해 자기비판의 문제를 드러낸 이들이 1946년
도 이후의 새로운 현실 속에서 어떻게 대상을 다루고 그 의식이 변모했
느가를 이들 작품은 보여주고 있다고 하겠디. 이들 두 작품에 나타나는
공통점은 강한 당파성을 핵으로 하고 있다는 점이다. 오장환의 시에는
미군정의 눈을 피해 벽보를 붙이는 동지들의 은밀한 내밀 감정 같은 것
이 드러나기는 하지만 단지 서술적 진실과 고백의 수준을 넘어서지 못
하고 있다. 시가 문학작품의 형상화란 문제보다 싸움의 대상으로서의
적에 대한 선전 '벽보'의 수준에 머무르고 있다. 우리 아니면 싸움의 대

---

29) 오장환, 「벽보」 부분, 『신조선』 4호, 1947. 2, 30~31면.
30) 이용악, 「기관구에서」 부분, 『문학』, 3.1 기념 임시중간호, 1947. 2, 19면.
31) 「1946년도 문학상 심사경과 급 결정 이유」, 『문학』 3호, 1947. 4, 53~56면 참조.

상으로서 '적'이 있을 뿐이다. 한편 이용악의 「기관구에서」는 오장환의 시보다는 시적 형상화 측면에서 우위에 있다. 1946년 9월 24일 일어난 철도총파업을 제재로 한 이 작품은 선동적 용어의 적절한 사용, 낭독하기 용이하도록 배려한 운율에의 관심, 구체적 사건 현장을 통한 현실적 생동감 등이 돋보인다. 이 시에서 좌파 시인들 일부에서 보이는 서투르고 도식적인 이념의 직접적 노출성이 상당히 극복되어 있는 셈이다. 그러나 이 작품도 적대 세력에 대한 강한 적의와 동지들간의 연대감 등이 뚜렷하게 이분법적으로 나누어져 있다. 당파성을 매개로 하는 선전 선동시에의 새로운 지평 및 그 한계를 이 작품에서 엿볼 수 있다.

선전선동시는 결국 강한 당파성을 매개로 함이 그 특징인데 구체적 싸움의 현장이나 사건을 매개로 하여 대부분 이루어진다. 이용악의 「기관구에서」나 유진오의 「누구를 위한 벅차는 젊음이냐」 등이 모두 이러한 싸움의 현장을 매개로 낭독을 염두에 둔 것이다. 유진오의 경우 10만 관중 앞에 이를 낭독함으로써 청중의 극적 열광을 유도해 내는 동시에 이러한 실천적 행위로 말미암아 자신의 투옥까지 가져왔다. 그 이유는 이 시의 강한 당파성 내지 정치 성향, 다시 말하면 미군정과 그것에 빌붙은 부정적 관리들에 대한 직설적 공격 때문이었다. 임화의 해방 이후 시들 또한 문제거리가 될 만하다. 시집 『찬가』(1947)에 실린 대부분의 시편들이 영웅적 투쟁전사에 대한 추도 또는 찬사, 헌사의 형식을 취하고 있음은 주목을 요한다. 선전선동시의 경우 역사적 사건, 또는 투쟁 도중의 인물을 작품의 주요 소재로 설정함으로써 현장의 생생함, 청중 또는 독자의 연대감을 적출해 낼 수 있다. 그러한 선전선동시의 구체적 모습들은 해방 직후의 실천적 시들에서 찾아질 수 있다. 구체적 싸움의 도정에 있는 시인들에게 '무기'로서의 시, 실천 도구로서의 시가 문제시됨은 당연한 것이라 하겠다. 물론 구체적 창작방법이 따르지 못한 지나친 이데올로기 편향성의 시가 가지는 한계를 묵과할 수는 없을 것이다. 그러나 해방 직후 이러한 정치적 경향의 시가 우세하였음은 그 시대적 특성에 일차적 원인이 있었다. 문학이 정치적 목적 달성의 실천 도구, 또는 대중 선동의 한 방편으로 전락했다고 비난하기 앞서 우선 그 시대의 모습을 면밀히 고찰해 보는 것이 필요하다. 민족 현실에 대한 객관적 인식과 민족의 진로에 대한 바람직한 전망 제시야말로 문제적 작가의 역할이라 할 수 있다. 즉 작가이기 이전에 민족구성원의 한 일원으로서 민족 전체의 삶에 얼마나 기여했는가, 또 당대를 살아간 대다수 민중들 속에서 지식인인 작가가 양심적 모랄과 입장을 견지했던가 하는 점이 부각되어야 한다. 특히 자주독립국가 건설에의 가능성이 그래도 엿보였던 해방 직후의 경우 양심적 지식인의 실천적 행동 문제는 더욱 문제성을 띠지 않을 수 없다.

4. 결 론

해방 직후 현실의 시적 형상화 문제를 중심으로 해방 직후 시의 변모과정을 개괄적으로 살펴 보았다. 해방 직후 현실의 시적 형상화 문제는 먼저 그 시대적 성격에의 고구, 당대 현실을 바라본 작자의 시각 및 그 구체적 형상화의 방법, 또 작가가 견지한 이데올로기의 타당성 여부, 작자의 은밀한 내면모습 등이 문제삼아졌어야 했다. 그럼에도 작가들이 기대고 있는 이데올로기에 대한 천착이 제대로 다루어지지 못했으며, 해방 이후 새로 등장한 '전위시인'들에 대한 면밀한 고찰이 이루어지지 못했다.

8.15 직후엔 들뜬 열기와 기대가 해방공간을 가득 메우고 있었으므

로 시인들이 당대 현실을 객관적으로 형상화시켜 나간다는 것은 상당히 어려웠다고 할 수 있다. 그 결과 작자의 주관성이 강하게 표출되어 감격과 흥분, 해방에의 환희와 기대를 표출하는 수준에 그쳤다. 그러나 1946년 무렵에 접어들면서 다소의 변화를 보이기 시작한다. 즉 정세의 악화에 따른 자주 통일국가 수립이 좌절될 조짐이 보이기 시작하자 시인들은 '새나라' 건설에 대한 강한 욕구와 완전한 해방에의 갈망을 드러내 보이기 시작했다. 이는 8.15 직후의 흥분과 열기가 다소 가라앉았음을 반증하는 것이며 시인들이 객관적 시각으로 현실을 포착할 수 있는 힘을 갖기 시작했다는 것을 의미한다. 당대의 핵심적 문제거리는 일제 잔재의 청산, 토지문제의 혁명적 해결을 통한 민족·민중 현실의 개선, 독립국가 건설의 과제 등이었다. 그러나 이러한 욕구와 기대는 성취되지 못했다. 해방 직후의 이러한 모색과 좌절의 과정이야말로 실패의 역정을 통해 새삼 우리에게 중요한 교훈을 던져 주고 있다. 자주 독립국가 건설에의 가능성이 그래도 엿보였던 해방공간에 김상훈의 시구(詩句)처럼 "죄 지은 놈 당연히 벌을 받고/ 사레진 논밭을 얻은 농군들의 웃음 속에" "우리들의 새나라는 세워져야 했다."32) 그러나 우리의 힘으로 전취되지 못했던 해방이었기에 해방정국의 파행적 구도는 예정된 것이나 다름 없었다. 그러므로 이 시기는 우리 민족의 결집된 힘이, '새나라' 건설에의 걸림돌이 될 모든 부정적인 것과의 싸움이 그 어느 때보다 요청되던 순간이기도 했다. 이상과 현실 사이의 거리는 엄청났으며 그 간격은 많은 사람들에게 좌절과 패배의식을 심어주었다. 그러한 상황하에서도 시인들은 좌절·절망하지 않고 민족·민중 현실의 증언과 새나라 건설에의 투쟁의지를 실천적 행동을 통해 유지해 나갔다. 물론 이들의 인식 밑바탕에는 부정적 현실과의 구체적 싸움을 통한 비극적 투쟁의식이

---

32) 김상훈, 「8.15의 노래」, 『독립신보』, 1947. 8. 15.

짙게 깔려 있었다. 이는 1946, 47년도의 민족 현실이 낙관적이지 못했음을 나타낸다. 모스크바삼상회의의 결정을 둘러싼 좌·우파의 대립, 미소공위의 결렬, 남한 단독선거의 실시, 남·북한 정권의 성립 등이 그것이다. 결국 해방 직후의 시편들은 역사에 대한 기대와 소망이 정세의 악화와 더불어, 비극적으로 전이되어 가는 현실에 대한 적극적 대응 방식을 보여주고 있다 하겠다.

자주 통일국가의 꿈이 좌절되고 분단 고착화 상태로 가는 길목에서 행한 이들의 반발 및 항의는 오늘날, 민족 및 통일문제 논의의 중요한 시금석이 될 것이다.

제2장 해방 직후 이용악 시의 전개 과정

1. 서 론

“시인이 되기는 바쁘지 않다. 먼저 철저한 민주주의자가 되어야겠
다. 시는 그 다음에 써도 충분하다”1)

　이는 해방 직후 전위시인으로 이름 높았던 유진오(兪鎭五)의 시집
『창』의 발문에 나오는 말이다. 이를 한 문학자의 독백으로 치부해 버리
기에는 당시의 상황이 너무나 긴박하게 돌아갔다. 시보다노 민주수의가
더 문제되고 중요했던 8.15 직후의 상황을 이보다 더 절박하게 나타낸
어구는 드물다 하겠다.
　일본 제국주의의 사슬 아래 얽매여 지냈던 우리 민족에게 불현듯 다
가온 해방은 엄청난 감격과 흥분을 가져다 주었다. 그러나 그 감격과
흥분을 민족독립국가 건설로 매진시키기 위해서는 엄정함과 냉혹함이
필요했다. 그러나 해방 직후의 정치상황은 그렇게 돌아가지 않았다. 독

---

1) 유진오, 『창』, 정음사, 1948, 93면.

립국가 건설에 대한 전망은 점점 불투명해지고 민중들의 고통은 날로 격심해져 갔다.

이러한 혼란 속에서 당대의 격변하는 정국을 지켜 보아야만 민족구성원 각자의 책무는 막중하다 하지 않을 수 없다. 특히 시대 양심의 전위로서 투명한 자기검증을 계속해야 하는 작가에게 있어 해방 직후의 상황은 결코 예사롭지 않았다. 해방 조국에서의 이데올로기 선택 문제, 새나라 건설의 열망, 민족의 진로 제시에 부심해야만 했던 당대 지식인들의 고민이 바로 문학자들 자신의 문제였고, 그런 상황하에서 문학이 독립국가 건설에 무엇을 할 수 있는가 하는 점이 그들의 고민거리이기도 했다.

해방은 누구에게나 자유롭게 의견을 개진할 수 있는 열린 공간을 가져다 주었다. 특히 문학자에게는 모국어의 회복이라는 가장 큰 수확을 안겨 주었다. 그러나 미소 양군의 남북 분할 점령, 신탁통치 문제, 귀향 이민들의 비참한 생활상, 제각기 '잘난사람들'2)의 정치선전 속에 이 당시는 문학보다 정치에, 문학을 하더라도 이론 논쟁에 더 치중하던 시기였다. 그렇다면 냉정하게 해방 직후의 상황을 바라보고, 당면한 민족현실 문제의 형상화에 노력했던 작가들은 없었던가? 이런 물음 앞에 채만식, 이용악 등 몇몇 작가들을 상정해 볼 수 있다. 물론 자기가 택한 이념에 충실한 작가는 많았다. 그러나 어느 정도 객관성을 견지하면서 민족의 장래와 민족현실 문제의 형상화에 고민한 작가는 많지 않았다.

본고에서 논의의 대상으로 택한 이용악은 1990년대에 접어들면서 일제강점기의 중요한 작가로 부각받기 시작했고 그 작품 연구도 진행 중인 상태이다. 그러나 해방 직후의 이용악 시에 대해서는 대부분 소략

---

2) '잘난 사람들'은 해방 직후 부정적 군상에 대한 반어적 표현으로 1948년 민중서관에서 발간된 채만식 작품집의 표제이기도 하다.

한 언급에 그치고 있다. 이는 현존 이용악 시의 많은 부분이 일제 강점기에 집중되어 있다는 선입관과 무관하지 않다. 이용악은『분수령』(삼문사, 1937),『낡은 집』(삼문사, 1938),『오랑캐꽃』(아문각, 1947),『이용악집』(동지사, 1949) 등 4권의 시집을 상재하였는데, 1947년 발간된『오랑캐꽃』은 해방 공간에 발간되었지만 후기에 의하면 일제강점기의 시편들을 담고 있다고 할 수 있다. 그렇다면『이용악집』에 담긴 일부 작품들과 당대 잡지나 신문 등에 실린 작품이나 글들이 해방 직후 이용악 시를 구명하는 주된 텍스트라 할 수 있다. 그런데 해방 직후 이용악의 시들은 하나 하나가 당대의 중요한 문제거리와 맞물려 있어 결코 소홀히 넘겨버릴 것이 아니다. 결국 해방 직후 이용악시는 한 지식인의 정세관과 현실대응 문제를 구체적으로 드러내 보여준다는 점에서 그 시사적 의미를 띤다고 할 수 있다. 또 그것은 일제 강점기 시들과 월북 이후 이용악 시를 잇는 고리로 작용할 수 있어 이용악 시의 내적 체계와 시의식를 살피는 데도 중요하리라 생각된다.

본고는 이용악이 해방 직후의 정세를 어떻게 받아들였고, 그것의 시적 변용 과정은 어떠하였는가, 이용악이 바라보았던 해방정국의 현실과 전망은 어떠하였는가에 주목하고, 그것의 구체적 형태인 시의 변모와 전개 과정을 다룰 것이다. 또한 논의의 전개 도중 해방 직후 이용악 시의 특성도 아울러 추출·고찰해 볼 것이다.

2. 해방 직후의 정세와 문학운동

해방 직후 이용악시를 문제삼을 때 작품 창작의 원천이 된 당대의 상황과 민족 현실에 대한 고구(考究)는 필수적이다.

일제강점기는 많은 문학자들에게 "시를 쓰고 소설을 쓴다는 것, 아니 그것을 읽는다는 것만으로도 충분히 사상범으로 취급"3)되던 시기였다. "캄캄한 골목을 거쳐온 사람들"4)에게 해방은 독립된 민족, 통일된 민족으로의 기대를 충족시켜 줄 환희의 공간이었다. 그러나 연합국의 일원인 미·소에 의한 한반도 분할 점령, 모스크바삼상회의, 미소공동위원회를 둘러싼 대립·분열은 정국을 혼란으로 몰고 갔다. 각 정당, 정파의 의견 대립, 신탁통치 문제에 대한 각 지식인들의 대응방법 등이 서로 엇갈려 해방 3년을 뜨거운 토론의 장으로 바꾸어 놓았다. 진보적 민주주의 국가인 연합국의 승리로 해방이 왔다고 본 당시 대부분의 정치지도자들은 연합국을 통해 독립국가 건설을 쟁취하려 했으나 오히려 이들에게 발목이 잡힌 꼴이 되었다. 토착공산주의자인 박헌영은 '8월테제'에서 연합국에 상당한 우호적 자세를 보였으나 이후 미군정이 자신의 기대에 못미침을 깨닫고 오히려 공격의 대상으로 삼는다. 이는 여운형, 김구 등의 경우에도 적용될 수 있는데 통일정부, 민족국가 건설에 대한 그들의 단호한 입장에서 잘 드러난다. UN 감시하 남한 단독정부 수립이라는 극한 상황까지 나아간 정세의 악화 앞에, 이 당시는 "자존 자립할 수 있는 민족적 힘의 문제가 심각하게 제기되고"5) 민족 단위의 결집이 요구되던 시기였다.

그러나 각 정파의 민주주의 민족국가 건설에 대한 의견 대립은 통일되지 못하고 서로 논쟁·테러의 형태를 띠기 시작했다. 이 결과 경제 파탄으로 인한 식량문제, 인플레이션, 실업문제 등이 주요한 사회 쟁점으로 부각되었다.6) 해방으로 인한 증폭된 기대와 유이민의 귀국, 귀환

---

3) 이용악, 「전국문학자대회 인상기」, 『대조』1권 2호, 1946, 171면.
4) 이용악, 위의 글.
5) 『1948년판 조선년감』, 조선통신사, 1947. 4면.
6) 해방 직후 식량사정 문제는 매우 심각했다. 이는 38도선의 확정과 재외 동포들의 귀환

으로 인한 인구 증가는 더욱 혼란과 궁핍을 부채질하였다. 물론 이러한 궁핍과 혼란은 정세의 불투명성, 좌·우익의 대립과 분열에 그 본질적 원인이 있었다. 해방 직후 조직된 수십 개의 정당, 단체 결성은 해방 조국에서의 정치운동의 자유와 민주주의 국가 건설에 대한 자유로운 의견 개진과 기대 때문이었다. 미군 진주 직후 접수된 정치단체가 "70여개"[7] 에 이르렀다는 사실은 이를 잘 입증해 준다. 이는 다시 크게 좌, 우, 중간파로 구분되는데 좌는 '민주주의 민족전선', 우는 '대한독립촉성국민회' 산하로 집결, 서로 대립·투쟁하기에 이른다. 중간파의 경우는 확실한 구심점이 없었고 주로 개인 자격으로 민족문제를 논술하는 정도에 그친다. 설의식(薛義植), 오기영(吳基永) 등이 그 대표 논자이다. 이러한 가운데 미·소 공위의 결렬은 통일조국에 대한 전망을 더욱 불투명하게 만들었으며 모든 정당·정치 운동에도 미군정의 제약이 가해지기 시작했다.

정치운동에 민감한 반응을 보였던 문학의 경우도 마찬가지였다. 단체와 조직의 결성으로 정치노선의 구체적 형태를 드러내 보였다. 해방 다음날 임화, 김남천, 이원조 등은 '조선문학건설본부'를 결성하고 18일에는 '조선문학건설중앙협의회'를 성립시켰다. 이는 정치의 문화적 표출에 다름 아니었으며, 해방으로 인한 민중들의 문화적 욕구를 드러낸 것이었다. '조선문화건설중앙협의회'는 "문화의 해방, 문화의 건설, 전선의 통일"[8]을 내세우면서 예술운동의 주도권을 잡고자 했다. 물론 이들의 배후에는 '부로조아 민주주의 혁명'을 표방하는 조선공산당이 자리잡고

으로 더욱 문제가 악화되었는데 당대의 식량문제에 관한 여러 책자(김종범, 『조선식량문제와 그 대책』, 창건사, 1946 ; 김영기, 『조선의 농업-통계로 본 식량사정』, 창원사, 1946 등)가 이를 잘 대변해 주고 있다.
7) 민주주의 민족전선 편, 『조선해방1년사』, 문우인서관, 1946, 127면.
8) 민주주의 민족전선 편, 위의 책, 358면.

있었다. 해방 직후 좌익의 문학운동은 결국 당의 노선과 밀접한 관련이 있었으며, 전술의 채택, 변경도 정세의 변화에 대응되는 것이었다. 우파 쪽에서도 45년 9월 18일 '중앙문화협회'를 결성하였으나 이는 '조선문화건설중앙협의회'에 대한 대타의식적 성격이 강한 것이었다. 이러한 대립 구도 속에 '조선문화건설중앙협의회'의 이념에 반발하여 나타난 단체가 '프롤레타리아문학동맹'(9월 17일)이었다. 이들은 일제시대 KAPF의 문학유산을 계승하고 프롤레타리아 문학의 정통을 고수하고자 하였다. 한편 장안파를 흡수하여 정치운동의 단일전선을 구축한 조선공산당은 문예운동의 통일전선을 모색하였는데 이것이 조선공산당의 자장(磁場) 안에 있던 양 단체의 발전적 통합으로 나타났다. 1945년 12월 13일 '조선문학건설본부'와 '프롤레타리아문학동맹'이 '조선문학동맹'으로 통합되면서 1946년 2월 8~9일 '전국문학자대회'를 개최하기에 이른다. 이 대회에서 '조선문학동맹'의 명칭을 '조선문학가동맹'으로 확정하고 "일본제국주의적 지배 잔재와 봉건적 유물 청산, 국수주의의 배격"9) 등을 통한 진보적 민족문학 수립을 표방한다. 결국 전국문학자 대회를 계기로 '조선문학건설본부'와 프롤레타리아문학동맹의 통합10) 조직 정비가 이루어졌고 그 이념으로 민족문학론을 내세우게 되었던 것이었다. 이후 조선문학가동맹 내에서는 민족문학론의 논의가 심화되어 나가고 대중화문제, 구국문학론 등이 이들의 주 논점으로 거론되었다. 1948년 남한 단독정부 수립 이전까지 조선문학가동맹은 단정 분쇄 및 "민주주의 정권 수립을 위한 치열한 투쟁"11)을 계속하다 기관지 『문학』 8호를

---

9) 「제1회 전국문학자 대회 결정서」, 조선문학가동맹 서기국 편, 『건설기의 조선문학』, 백양당, 1946, 197~198면.
10) '조선문학건설본부'와 '프롤레타리아문학동맹'의 통합은 이루어졌으나 완전한 의견 일치는 보지 못하였다. 이러한 의견 대립은 곧 이기영, 한설야 등의 월북으로 나타났으며, 이것은 이후 남, 북한 문학운동의 중요한 고리로 작용하였다.
11) 조선문학가동맹 서기국 편, 『건설기의 조선문학』, 198면.

마지막으로 문학적 활동은 실질적으로 와해된다.

한편 이용악은 오장환, 임화 등과 더불어 조선문학가동맹의 중견시인으로 활동하였으며, 이들이 월북한 이후에도 6.25 직후까지 서울에 남아 해방 직후의 현실을 직시하였다. 그러므로 해방 정국의 상황과 조선문학가동맹의 노선이 이용악 시의 변모에 미친 영향은 크다고 할 수 있다. 특히 이용악은 조선문학가동맹의 시분과 위원으로 '전국문학자대회'에 참석하였으며12), 그 감격을 '전국문학자대회 인상기'(『대조』, 1946. 7.)란 글로 발표한 바 있다. 전국문학자대회 이후 이용악은 운동의 한 방법으로 문학을 인식하였다. 그 결과 정세의 변화와 조선문학가동맹의 조직과 와해가 그의 시의식 변모에 큰 동력으로 작용하였다. "침통한 북방의 정조"13)와 귀향이민들의 세계를 노래하던 이용악이 구체적 싸움의 시를 써 나가는 것도 해방 직후의 현실과 조선문학가동맹의 노선 변화와 밀접한 연관이 있다고 할 수 있다.

3. 해방 직후 이용악 시의 전개 과정

이용악은 1914년 함경북도 경성에서 태어나14) 서울에서 고등보통학교를 다닌 후 일본 상지대학에 유학했다. 1935년 3월 잡지 『신인문학』에 「패배자의 소원」을 발표하면서 문단에 나왔다. 김종한(金鍾漢)과 동인지 『2인(二人)』을 발행하기도 했으며, 1937, 38년에 잇달아 시집 『분수령』과 『낡은집』을 상재했다. 일제말에는 『인문평론』지의 기자로

---

12) 위의 책, 205면, 218면 참조.
13) 백철, 『조선신문학사조사 현대편』, 백양당, 1949, 356면.
14) 유정, 「암울한 시대를 비춘 외로운 시혼」, 윤영천 편, 『이용악시전집』, 창작과 비평사, 1988, 182면.

근무하였다. 42년 낙향했다가 해방 이후 다시 서울에 와 조선문학가동
맹의 맹원으로 활동하였다. 이 당시 서울에서 시집『오랑캐꽃』과『이용
악집』을 발간하였는데 해방 직후 이용악이 발표한 시는 주로『이용악
집』과 그 당시 잡지에 수록되어 있다.

　　그러면 해방 직후 이용악 시의 주 대상은 무엇이었고, 그것의 형상
화는 어떤 시적 장치를 통해 이루어졌는지를 중심으로 그의 시의 전개
과정을 살펴보기로 한다.

(1) '이야기시'와 귀향 이민들의 삶

　　이용악이 붓을 꺾고 시골로 내려간 해가 1942년이다.15) 이 해는
일제의 황국신민화 정책이 극에 달한 시기였다. 42년부터 해방까지 그
는 낙향하여 그의 고향에서 보낸 것으로 되어 있다. 문화인이 취할 수
있는 강경한 대응방법으로 절필을 택한 셈이다. 그 이듬해(1943) "모 사
건에 얽혀"16)『오랑캐꽃』의 원고를 함경북도 경찰부에 빼앗기기도 했
다.

　　"쫓기듯 숨어서"17) 돌아온 고향에서 생활인으로 보낸 이용악이 맞
이한 해방은 각별하였다고 할 수 있다. "캄캄한 골목"을 거치면서 "눈물
겨운 고역"18)을 겪은 뒤라 해방의 흥분과 감격은 더욱 컸을 것이다. 해
외 동포들이 모두 해방 조국으로, 그리던 고향으로 돌아오는 그 순간
이용악은 고향을 떠나 서울로 향한다. 근대 도시의 상징이자 해방조국
의 중심지가 된 서울, 이용악에게 그 곳은 새로움을 향한 출발지로서의

---

15) 이용악, 「'오랑캐꽃'을 내놓으며」, 『오랑캐꽃』, 아문각, 1947, 94면.
16) 이용악, 위의 글.
17) 이용악, 「시골사람의 노래」, 『해방기념시집』, 중앙문화협회, 1945, 50면.
18) 이용악, 「전국문학자대회 인상기」, 『대조』 1권 2호, 1946.7, 171면.

의미를 가진다고 할 수 있다. 그런 점에서 서울로 향해 가는 길목에서
포착한 해방조국의 정경은 앞으로 이용악 시의 전개에서 중요 방향을
보여주는 것이라 할 수 있다.

무엇을 실었느냐 화물열차의
검은 문들은 탄탄히 잠겨있다
바람 속을 달리는 화물열차의 지붕 우에
우리 제각기 들어누워
한결 같이 쳐다보는 하나씩의 별

두만강 저쪽에서 온다는 사람들과
자무스에서 온다는 사람들과
험한 땅에서 험한 변 치르고
눈보라 치기 전에 고향으로 돌아간다는
남도 사람들과
북어 쪼가리 초담배 밀가루 떡이랑
나눠서 요기하며 내사 서울이 그리워
고향과는 딴 방향으로 흔들려 간다

푸르른 바다와 거리 거리를
서름 많은 이민열차의 흐린 창으로
그저 서러이 내다보던 골짝 골짝을
갈 때와 마찬가지로
헐벗은 채 돌아오는 이 사람들과
마찬가지로 헐벗은 나요
나라에 기쁜 일 많아
울지를 못하는 함경도 사내

총을 안고 뽈가의 노래를 불르던

> 슬라브의 늙은 병정은 잠이 들었나
> 바람 속을 달리는 화물열차의 지붕 우에
> 우리 제각기 들어누워
> 한결같이 쳐다보는 하나씩의 별19)

1945년에 창작된 이 시의 주된 소재는 귀향 이민들의 귀국·귀환 과정이다. 물론 이 작품의 시적 화자는 "서울이 그리워" 고향서 서울로 가는 이용악 자신이다. 만주, 시베리아 등지에서 이민생활을 청산하고 해방조국으로 귀환하는 귀향 이민들의 틈바구니 속에서 시적 주체 또한 "나라에 기쁜 일 많아" 들떠 있기는 마찬가지였다. 그러나 이들 귀향 이민들은 갈 때와 마찬가지로 헐벗은 모습 그대로 변한 것이 없다. 일제 강점기 동안 일본, 만주, 시베리아 등지로 이동한 주체는 대부분 노동자, 농민들이었다. 이들은 주로 노동 착취의 대상이었고, 이들의 이주는 보다 나은 삶을 향한 어쩔 수 없는 유랑이었다. 해방의 소식과 더불어 "헐벗은" 노동자·농민들이 다시 고향을 찾아 해방 조국으로 돌아오고자 함은 필연의 사실이었다.20) 여기에는 해방 조국에 거는 기대와 열망이 잠재해 있었음은 물론이다. 그러나 이들의 미래는 "설움 많은 이민 열차의 흐린 창" 만큼이나 불투명하고, "탄탄히 잠겨진 화물 열차의 검은 문" 만큼이나 냉혹하다. '점령군'과 '해방군'의 모습을 동시에 띠고 있는 슬라브 병정의 자태는 당시 해방의 국제적 경위를 암시하고 있기도 하다. 이러한 전망의 불투명성과 냉혹함 속에서도 미래에 대한 열기

---

19) 이용악, 「하나씩의 별」, 『이용악집』, 동지사, 1949, 32~35면.

20) 이 당시 귀환 동포의 급증, 남북 인구의 이동 문제는 사회 혼란과 식량 문제의 한 원인이 되기도 했다. "해방 후 일본에서 1,111,000여명, 중국에서 58,000여명, 만주에서 5,8000여명, 태평양 제 지역에서 37,000여명이 귀환하였는데도 불구하고 1947년 5월말 현재 해외 재주 동포는 만주지방의 110만명을 위시하여 총계 190여만명에 달하고 있다"고 한 조사는 밝히고 있다.(조흥은행 조사부 편, 『1948년판 조선경제년보』, 1948, 1~11면.)

와 꿈을 간직할 수 있었던 것이 해방 직후였다. 그것이 화물열차의 지붕 위에 제각기 드러누워 바라보는 '하나씩의 별'이다. 이는 시적 화자와 귀향 이민들이 해방 조국에 거는 기대, 즉 각자가 소중하게 꿈꾸어 온 귀중한 소망의 객관적 상관물이라 할 수 있다.

그러나 해방조국의 현실은 귀향이민들이 생각하는 기대대로 움직여 주지 않았다. 서울은 해방 조국의 환희가 가장 들끓던 곳이요, 온갖 애국자와 모리배가 뒤섞여 있던 혼돈의 장소이기도 했다. 소위 '잘난 사람들'21)의 잘난 목소리들 속에 귀향이민들의 삶은 그들의 기대와는 상반되게 해방 이전이나 해방 이후나 별 다른 변화가 없었다.

집도 많은 집도 많은 남대문 턱 움 속에서 두 손 오구려 혹 혹 입김 불며 이 따금씩 쳐다보는 하늘이사 아마 하늘이기 혼자만 곱구나

거북네는 만주서 왔단다. 두터운 얼음짱과 거센 바람 속을 세월은 흘러 거북이는 만주서 나고 할배는 만주에 묻히고 세월이 무심찮아 봄을 본다고 쫓겨서 울면서 가던 길 돌아왔단다.

띠팡을 떠날 때 강을 건늘 때 조선으로 돌아가면 빼았겼던 땅에서 농사 지으며 가 갸 거 겨 배운다더니 조선으로 돌아와도 집도 고향도 없고

거북이는 배추고리를 씹으며 달디달구나 배추꼬리를 씹으며 꺼므테테한 아배의 얼굴을 바라보면서 배추꼬리를 씹으며 거북이는 무엇을 생각하누

첫눈 이미 내리고 이윽고 새해가 온다는데 집도 많은 집도 많은 남

---

21) 채만식, 『잘난 사람들』, 민중서관, 1948.

　　대문 턱 움 속에서 이따금씩 쳐다보는 하늘이사 아마 하늘이기 혼자
　　만 곱구나22)

　　이 시는 1946년 12월 전재동포 구제 '시의 밤'에서 낭독한 「하늘만
곱구나」의 전문이다. 「낡은집」의 '털보네'로 대표되는 만주 유이민의 후
일담이 바로 이 작품이라 할 수 있다. 이 시에서 형상화 된 '거북이' 일
가의 가족사는 한 가족의 운명이 아니라 만주 유이민 대다수의 삶의 과
정이었다. "쫓겨서 울면서 가던 길"을 '거북네'로 하여금 다시 되돌아오
게 한 것은 해방 때문이었다. 그러나 해방은 이들에게 '빼앗겼던 땅'도
'집'도 '고향'도 주지 않았다. '거센 바람 속'을 헤치면서 만주에 '할배'를
묻고 그래도 봄을 기대하며 돌아온 해방조국에서 '거북네'의 생활은 '움
속' 더 이상 나아지지 않았다. 이러한 귀향 이민들의 참상은 '고운' 하늘
과 대조되어 그 비극성을 더욱 선명하게 부각시킨다. 냉혹한 역사의 순
환적 비극만이 새삼 되풀이 될 따름이다.
　　이처럼 해방 직후 이용악이 주목한 귀향이민들의 삶은 해방 이전부
터 그가 계속 천착하던 만주, 시베리아 유이민의 비극적 운명에 대한
지속적인 관심의 결과라 볼 수 있다. 이는 물론 이용악 자신의 가족사
와도 밀접한 관련을 맺고 있는 것이라 할 수 있다.

　　행(幸)인지 불행(不幸)인지 젖먹이 때 우리는 방랑하는 아비 어미
　　의 등곬에서 시달리며 무서운 국경 넘어 우라지오 바다며 아라사 벌
　　판을 달리는 이즈보즈의 마차에 토로이카에 흔들리어서 갔던 일23)

---

22) 이용악, 「하늘만 곱구나」, 『이용악집』, 39~41면.
23) 이수형, 「용악과 용악의 예술에 대하여」, 『이용악집』, 동지사, 1949, 160면. 한편 이
　　수형은 그의 시 「아라사 가까운 고향」(『신천지』 4권 7호, 1948. 8)에서도 북방의 국
　　경 근처에서 원통히 죽어간 애비들과 서울 골목을 쫓겨 다니는 이용악을 등장시켜 그
　　와의 동향의식 및 비극적인 가족사를 드러내 보이고 있다.

이용악과 동향의 시인 이수형(李琇馨)의 위의 회고가 아니더라도 이용악 시는 북방의 정서와 가족사적 체험이 가득 묻어난다. 이용악 시의 시적 주체는 유랑과 방랑의 가족사를 배경으로 '지금 이곳'의 현실을 노래한다.

아버지도 어머니도
젊어서 한창 땐
우라지오로 다니는 밀수꾼

눈보라에 숨어 국경을 넘나들 때
어머니의 등곬에 파묻힌 나는
모든 가난한 사람들의 젖먹이와 다름없이
얼마나 성가스런 짐짝이었을까

오늘도 행길을 동무들의 행렬이 지나는데
뒤 이어 뒤를 이어 물결치는
어깨와 어깨에 빛 빛 찬란한데

여러 해만에 서울로 떠나가는 이 아들이
길에서 요기할 호박떡을 빚으며
어머니는 얼어붙은 우라지오의 바다를
채쭉쳐 달리는 이즈보즈의 마차며 토로이카며
좋은 하늘 못보고
타향서 돌아가신 아버지의 이야길 하시고

피로 물든 우리의 거리가
폐허에서 새로이 부르짖는
우라아
우라아 ××××24)

1945년에 창작된 이 작품은 일제강점기 이용악 자신의 가족사가 해방기의 현실에 잘 투영되어 나타나 있다. 아버지와 어머니가 모두 두만강 국경을 넘나들던 '밀수꾼'의 아들로서 어린 시절 이용악이 간직한 체험은 그가 다루는 시적 대상을 즐겨 만주·시베리아 유이민 문제에 집착하게 만든다. '좋은 하늘', 즉 빛의 회복(광복)을 못보고 돌아가신 아버지의 이야기를 뒤로 하고25) 서울로 온 시인의 앞에는 "피로 물든 우리의 거리"가 있다. 시적 주체의 수난의 가족사는 현재적 삶의 근원이며, 거리에서의 싸움의 원천이 된다.

만주 유이민, 또는 귀향이민들의 삶을 다룬 이용악시 대부분에는 이처럼 서사지향성이 강하게 드러나 있는데 이는 시가 "체험이나 현실을 충실히 드러낼 수 있게 하는 미학적 특성으로의 서사지향성"26)이라 할 수 있다. 한국시에 있어 서사지향성을 문제삼을 때 필연적으로 대두되는 것이 '이야기시' 또는 '단편서사시'27) 양식이다. 임화의 「우리 오빠와 화로」같은 시에서 이미 채용된 바 있는 이 양식은 마르크스주의의 충격이 우리 시에 미친 양식상의 한 변화이기도 하다.28) 사건적, 구체적인 것을 사실적으로 묘사해 나가는 이 양식은 시에 있어서의 리얼리즘의 한 방법이다. 이러한 '이야기시'의 양식을 이용악은 「낡은 집」을 통해 이미 실험해 보인 바 있다. '이야기시'는 구체적 체험을 가진 그에게 익숙한 시 쓰기의 한 방법이었다. 또한 시베리아·만주 유이민 문제란 시적 대상을 다루기에도 '이야기시'의 형태가 구체성과 대중성을 확보할

---

24) 이용악, 「우리의 거리」, 『이용악집』, 29~31면.
25) 그의 아버지의 객사를 다룬 작품으로는 '풀버렛소리 가득 차 잇섯다' (『분수령』, 1937, 수록)가 있다.
26) 최두석, 「민족현실의 시적 탐구」, 『분단시대』 4집, 학민사, 51면.
27) 김기진, 「단편서사시의 길로」, 『조선문예』 창간호, 1929. 5.
28) 김윤식, 「한국문학에 있어서의 마르크스주의의 충격」, 『동아연구』 7집, 서강대, 1986, 153면 참조.

수 있어 가장 적합했다고 하겠다. 해방 이후까지 그가 '이야기시'의 양식에 매달리고 있었다는 것은 해방정국의 문제거리가 그만큼 많았다는 것을 입증해 준다. "순간적인 체험으로서의 생의 지각의 표출 방식"29)인 시 양식 본래의 기능만으로는 해방 직후의 격동기를 감당할 수 없었다고 하겠다. 이용악이 귀향이민들의 삶을 천착해 가면서 '이야기시'란 시적 장치를 사용한 것도 이러한 데서 연유한다. 그러나 해방기 이용악 시의 경우 서사성은 상당히 약화되어 '이야기시'의 튼튼한 골격을 갖추었다고는 하기 어렵다. 이야기시의 형태를 띠고 있는 일부 시에서도 과거의 이야기에 머무르기 보다는 시적 주체 자신이 서 있는 현재의 장소를 문제삼는 것이 많다.

(2) 폐쇄적 전망과 비극적 결단의지

귀향이민들과 뒤섞여 다시 서울로 온 이용악은 "그리웁던 동무들"30)을 만나고 전국문학자 대회를 방청하면서 조선문학의 장래와 민주주의 국가의 건설을 생각했다. 그러나 해방은 "잃어버린 벗도 떠나버린 벗도 없이, 몸 판 벗도 마음 판 벗도 없이"31) 맞이한 찬란한 해방이 아니었다. 건국의 도정에서 환희의 노래를 부르기에는 너무나 냉혹한 현실이 가로놓여 있었다. 미·소 양군에 의한 38도선 확정, 모스크바삼상회의 결정을 둘러싼 좌·우 투쟁, 미소공동위원회의 결렬로 인한 통일에 대한 불투명함 등이 해방 직후의 사회를 혼란으로 몰고 갔다. 또한 숱한 정치모리배와 기회를 엿보던 친일파들의 발호 속에 노동자, 농민들의 참상은 극에 달했다. 해방으로 인한 기대와 참혹한 현실은 민중

---

29) 김윤식, 『한국근대문학사상사』, 한길사, 1984, 312면.
30) 이용악, 「전국문학자대회 인상기」, 『대조』1권 2호, 1946.7, 171면.
31) 이용악, 위의 글, 172면.

들에게 배반감을 가져왔고, 이는 '9월 총파업', '10월 인민항쟁' 등으로 이어졌다. 이러한 상황하에서 문학은 "문학주의"에만 안주할 수 없었다. "문학주의와의 투쟁"[32]을 통해 문학은 "민주주의 국가 건설과정"[33]에 기여해야 했다. 이 과정에서 일제 잔재의 소탕, 국수주의의 배격, 봉건 잔재와의 투쟁이 문제되는 것이었다.

해방정국에서 민주주의 민족국가, 진보적 민족문학을 수립하기 위해서는 먼저 우리 내·외부에 산재해 있는 무수한 부정적인 것들에 대한 청산문제가 우선시되었다. 그러나 현실은 해방 1년이 채 지나지 않아 모든 가능성을 절망과 분열로 바꾸어 놓았다. 절망적인 상태로 떨어져 가는 현실을 구제하기 위해서는 우선 자신에 대한 치열한 무장이 요구된다. 이용악 또한 친일파, 전쟁협력자, 정치모리배 등 우리 내부의 부정적 군상을 제거할 수 있을 때 새나라 건설이 가능하다고 보았다.

> 자유의 적 꼬레이어를 물리치고저
> 끝끝내 호올로 일어선 다뷔데는 소년이었다
> 손아귀에 감기는 단 한개의 돌맹이와
> 팔맷줄 둘러메고
> 원수를 향해 성낸 짐승처럼 내달린
> 다뷔데는 이즈라엘의 소년이었다
>
> 나라에 또 다시 슬픔이 있어
> 떨리는 손등에 볼타구니에 이마에
> 싸락눈 함부로 휘날리고 바람 매짜고
> 피가 흘러 숨은 골목 어디선가 성낸 사람들
> 동포끼리 옳잖은 피가 흘러

---

32) 문학주의와의 투쟁, 『문학』 3호 권두언, 1947. 4, 6면.
33) 이용악, 앞의 글, 172면.

제마다의 가슴에 또 다시 쏟아져 내리는
어둠을 헤치며 생각는 것은 다만 다뷔데

이미 아모 것도 갖지 못한 우리
일제히 시장한 허리를 졸러맨 여러 가지의
띠를 풀어 탄탄히 돌을 감자
나아가자 원수를 향해 우리 나아가자
단 하나씩의 돌맹일지라도 틀림없는
꼬레이어의 이마에 던지자[34]

1945년 12월에 지은 것으로 된 이 시에는 점점 조여오는 정국의
불투명성을 헤쳐 보고자 하는 강한 결단이 나타나 있다. 해방되자마자
귀향이민들의 틈바구니에 섞여 서울로 올라온 이용악은 『중앙신문』
(1945년 11월 1일 창간) 기자로 해방정국에 뛰어들었다. "일본인 적산가
옥을 접수하는 등 생활인으로서의 민첩성"[35]을 보여주기도 했지만 이
용악은 당대 현실에 대한 남다른 정치적 안목과 뚜렷한 신념을 갖고 있
었던 것 같다. 이 시에 나오는 '꼬레이어'는 성경에 나오는 '골리앗'으로
해방 직후 척결해야 할 부정적 군상, 즉 "자유의 적"이다. 민족 외부로
는 외세 또는 제국주의 세력을, 민족 내부로는 친일파나 성지모리배,
또는 독립국가 건설에 방해되는 모든 부정적인 것들을 표상한다고 하겠
다. "나라에 기쁜 일 많아"[36] 울지도 못했던 이용악이 바라본 해방정국
은 이제 "동포끼리" 피흘리며 싸우는 슬픈 나라로 전락해 버렸다. 좌·
우 이데올로기 싸움, 부일(附日) 경력을 감추기에 급급한 지도급 인사들

---

34) 이용악, 「나라에 슬픔 있을 때」, 조선문학가동맹 시부 편, 『3.1 기념시집』, 건설출판
   사, 1946, 32~33면.
35) 윤영천, 「민족시의 전진과 좌절」, 『이용악시전집』, 창작과 비평사, 1988, 198면.
36) 이용악, '하나씩의 별' 부분.

의 적극적 공세 속에 "아무것도 갖지 못한" 해방 직후 민중들이 할 수 있는 일은 민족 내·외부에 남아있는 찌꺼기들을 하나하나 틀림없이 청산해 나가는 일뿐이다. 비록 미약한 "하나씩의 돌맹이"일지라도 골리앗에 대항하는 다윗처럼 양심적이고 적극적으로 내몰 때 '어둠'이 가고 밝은 새 날이 올 수 있다고 본 것이다. 해방정국은 결국 골리앗에 대항하는 다윗의 마음가짐이 더욱 요구되는 시대였다. 그래서 시적 주체는 현실에 대한 비극적 결단을 감행하는 것이다.

> 누가 우리의 가슴에 함부로 금을 그어 강물이
> 검푸른 강물이 구비처 흐르느냐
>
> 모두들 국경이라고 부르는 삼십팔도에 날은
> 저무러 구름이 몽여
>
> 물리치면 산 산 흩어졌다도
> 몇 번이고 다시 뭉쳐선
> 고향으로 통하는 단 하나의 길
>
> (중략)
>
> 모두들 국경이라고 부르는 삼십팔도에
> 어둠이 내리면 강물에 들어서자
> 정갱이로 허리로 배꿉으로 모가지로
> 막우 헤치고 나아가자
> 우리의 가슴에 함부로 금을 그어
> 구비처 흐르는 강물을 헤치자[37]

---

37) 이용악, 「38도에서」, 『신조선보』, 1945. 12. 12.

이 시는 국경 아닌 '국경', 즉 38도선의 비극을 노래하고 있다. "미소 양군의 분할 점령"38)에서 생긴 38도선은 당시 이미 "복잡다단한 현실선"39)으로 굳어졌다. 미·소의 세력다툼 속에 그어진 38도선이 일시적 구분선이 아니라 영구적 분단선이 될 줄을 이 시의 시적 주체는 미리 간파했다. 암담하고 폐쇄적 전망으로 가득찬 이 시는 국토 분단에 대한 분노, 그것에 대한 근원적 의문을 제시하면서 새로운 국경이 결코 예사롭지 않음을 암시해 보인다. 38도 근처에 모인 '구름'이나 저물은 날의 어두운 이미지가 시인의 절망적 심정을 잘 드러낸다. 38도선은 "고향으로 통하는 단 하나의 길"을 막고 있는 음험한 장벽이다. "땀으로 피로 지은 벼도 수수도 죄다 버리고"40) 만주서 온 귀향이민들에겐 이는 반드시 허물어 버려야 할 벽이다. 그러기 위해서는 강한 결단이 필요하다. 그러나 이 결단은 현실적으로 위기를 동반하는 것이기에 '밤'을 기다릴 수밖에 없다. 그래서 민족 본연의 생명력을 가로막는 "검푸른 강물"을 헤쳐 나가고자 하는 비장한 각오가 필요하다. 시적 주체도 '나'가 아닌 '우리'로 확대되고, 청유형어미 '자'의 반복적 기능을 통해 민족 내부의 연대감을 더욱 공고히 한다. "우리"의 의지와는 상관없이 함부로 그어진 38도선을 강한 결단으로 항의하고 부딪쳐 보는 시적 주체의 태도는 차라리 비극적이다. 이러한 비극은 냉혹한 현실에서 오는 것이며 또한 전후 미·소의 세계전략 구도 속에 겪지 않으면 안되는 약소국가의 슬픔이기도 했다. 38선 철폐에 대한 "민족의 비원"41)이 반드시 이루어져야 함을, 그러나 쉽사리 이루어지지 못할 것임을 이 작품은 말해주고 있다.

---

38) 이석태 편. 『사회과학대사전』, 문우인서관, 1948, 330면.
39) 김동석, 「시와 정치」, 『예술과 생활』, 박문출판사, 1948, 330면.
40) 「38도에서」 미인용 부분.
41) 오기영, 『민족의 비원』, 서울신문사, 1947, 105면.

이처럼 이용악 시에는 세계에 대한 비극적 인식이 짙게 깔려 있다. 30년대의 시집 『분수령』, 『낡은집』 시기 이전 이미 데뷔작 「패배자의 소원」부터 비극적 인식은 두드러지게 나타나는데[42] 이것은 이용악 자신의 개인적 가족 체험과 깊은 연관이 있음을 이미 살펴본 바 있다. 젖먹이 때부터 "방랑하는 아비 어미의 등곬"[43]에 업혀 "노령"[44]을 넘나들면서 아버지를 여의고 홀어머니 아래 "국수집 아이"[45]로 성장했던 이용악의 가족사가 그것을 뒷받침해 준다. 이러한 개인적 체험이 이웃으로 확대되었을 때 당대 우리 민족 보편의 삶임을 깨닫게 되고 그것의 시적 형상화 작업에 매달리게 된다. 「낡은 집」의 '털보네'의 비극이 단순한 개인의 불행이 아님은 자명하다. 이러한 훼손된 세계에 저항하기 위한 연대감과 공동체 의식은 이용악 시의 주류가 되고 해방공간에는 시적 공간이 민족 단위로까지 확대된다. "빛 찬란한"[46] 해방이 순간적임을 깨닫기는 어렵지 않다. 해방 직후의 냉혹한 현실, 폐쇄된 전망 앞에 세계에 대한 그의 비극적 인식은 더욱 깊어진다. 엄청난 모순된 현실 앞에 이용악은 자신의 몸가짐을 더욱 단단히 하고 그것에 힘껏 부딪쳐 나가고자 했다. 「나라에 슬픔 있을 때」나 「38도에서」가 이용악의 이러한 세계인식을 잘 보여주고 있다고 하겠다.

(3) '무기'로서의 시와 구체적 싸움

해방 직후 현실에 대한 비관적 전망이 높아갈 때 이용악은 구체적인

---

42) 감태준, 「이용악시 연구」, 한양대 박사학위 논문, 1989. 12, 116면 참조.
43) 이수형, 「용악과 용악의 예술에 대하여」, 『이용악집』, 58면.
44) 이용악, 「풀버렛소리 가득차 있었다」, 『이용악집』, 58면.
45) 이용악, 「다리우에서」, 『이용악시전집』, 88면.
46) 이용악, 「우리의 거리」, 『이용악집』, 30면.

시 쓰기의 한 방법으로 '무기'로서의 문학을 항상 염두에 두고 있었던 것 같다. 조선문학가동맹에 가입하고 '전국문학자대회'에 시 분과 위원으로 참석한 것도 이것과 무관하지 않다.

> 민주주의 국가의 건설과정에 있어 조선문학의 자유스럽고 건전한 발전을 위하여 전국문학자대회가 무엇을 결의하고 시사했다 할지라도, 그것이 문학이나 문학자만의 이익을 위해서가 아니고 또한 말로만이 아니고, 우리의 문학 실천이 진실로 민족 전원의 이익을 존중해서의 무기가 될 수 있을 때에만 비로소 그 의의가 클 것이다.47)

이처럼 이용악은 문학을 소수집단, 즉 문학이나 문학자만의 전유물로 생각하지 않았다. 민족 전원의 이익에 배치되지 않는 실천으로서의 문학, 무기로서의 문학을 그는 강조하고 있는 셈이다. "민족 전원의 이익을 존중"하는 문학은, 곧 민족문학의 성격을 규정짓는 중요한 고리이다. 이러한 이용악의 시각은 그의 작품을 민족문학적 시각에서 규명해 볼 수 있는 중요한 단서를 제공한다. 그러나 객관적 정세의 악화는 그로 하여금 조선문학가동맹의 이념을 받아들이게 만들고 적극적, 실천적 입장에서의 문학관을 갖게 만든다. 1946년 이후 조선문학가동맹은 남로당의 외곽 문화단체로 당의 전략·전술과 보조를 맞추게 된다. 46년 초까지 미군정에 대해 우호적 자세를 취하던 남로당은 1946년 5월 정판사 사건, 7월 "미국의 정책과 미군정에 대한 공격에 초점을 맞춘"48) 박헌영의 '신전술' 채택이란 강경노선으로 선회한다. 이는 곧 '9월총파업'과 '10월인민항쟁'으로 이어지는 도화선이 되었다. 전국민은 "곤란과 불안, 혼란과 우수"49)에서 크게 벗어나지 못하였으며 실업자 급증, 물

---

47) 이용악, 「전국문학자 대회 인상기」, 앞의 책, 172면.
48) 스칼라피노·이정식, 『한국공산주의 운동사 2』, 돌베개, 1986, 385면.

가폭등 등이 중요한 사회문제가 되었다. 또한 2차 미소공동위원회가 결렬상태로 굳어진 1947년 중반 이후부터 남로당은 비합법적 투쟁을 전면적으로 전개한다. 이러한 남로당의 투쟁 목표가 조선문학가동맹에 그대로 수용되어 대중화론, 구국문학론의 형태로 나타난다. 대중화론은 문화서클활동, 문화공작대 파견 등으로 구체화되며 구국문학운동은 "단정 분쇄"[50]에 그 논의의 핵심이 놓여 있었다.

이러한 정세 하에서 문학가동맹의 중견 시인이었던 이용악은 '무기'로서의 문학을 염두에 둔 실천적 작품들을 써 나가게 된다. 그러나 이용악은 곧바로 '무기'로서의 문학, 구체적 싸움의 시로 나아가지는 못했다. 자기 생각을 문학 실천으로 옮기기 위해서는 자기 내부의 소시민의식, 지식인으로서의 회의 같은 것을 반드시 청산해야 했다. "몇마디의 서양말과 글짓기 재주와 그러한 것을 자랑삼기에 욕되었던"[51] 일제강점기 자신의 행적을 문제 삼고 해방후 지식인의 약한 내면풍경을 「오월에의 노래」, 「노한 눈들」 등에서 드러내 보인다.

> 이빨 자욱 하야케 흠 간 빨뿌리와, 담배ㅅ재 소복한 왜접시와 인제 불살러도 좋은 몇 권의 책이 놓여 있는 거울 속에 너는 있어라

> 성미 어진 나의 친구는 고오고리를 좋아하는 소설가 몹시도 시장하고 눈은 내리던 밤 서로 웃으면서 고오고리의 나라를 이야기하면서 소시민 소시민이라고 써놓은 얼룩진 벽에 벗어바린 검은 모자와 귀거리가 걸려 있는 거울 속에 너는 있어라

- 「오월에의 노래」 중에서[52]

---

49) 김종범·김동운, 『해방전후의 조선진상』, 조선정경연구사, 1945, 2면.
50) 「구국문학의 방향」, 『문학』 8호 권두언, 1948. 7, 6면.
51) 이용악, 「시굴사람의 노래」, 『해방기념시집』, 중앙문화협회, 1945, 50면.
52) 이용악, 「오월에의 노래」, 『문학』 창간호, 1946. 7, 104~105면.

폭풍이어 일어서는 것 폭풍이어 불낄처럼 일어서는 것

구보랑 회남이랑 홍구랑 영석이랑 우리 그대들과 함께 정들인 낡은
걸상이며 책상을 둘러메고 지나간 데모에 휘날리던 깃발까지도 소중
히 감아들고 지금 저무는 서울 거리에 갈 곳 없이 나서련다

내사 아마 퍽도 약한 시인이길래 부끄러이 낯을 돌리고 그저 울음
이 복바치는 것일까

불빛 노을 함빡 갈앉는 눈이라 노한 노한 눈들이라
　　　　　　　　　　　　　　　　　　 -「노한 눈들」 중에서53)

위의 두 작품은 모두 1946년에 창작된 것으로 이용악 자신의 내면
적 모습을 표출해 보인다. 「오월에의 노래」는 오장환의 시집 『병든 서
울』과 함께 조선문학가동맹 46년도 문학상 시 부문 후보에 오른 작품
이다. "새로운 시대의 현실 가운데"에서 "자기의 시적, 정신적 세계를 개
조하려는 의지"가 보이는 작품으로 여기에는 "낡은 자기에 대한 부정"
54)을 동반하고 있다. 자기 자책과 고민의 흔적이 '소시민'이란 전규 속
에 여실히 드러나지만 여전히 "불 살러도 좋은 몇 권의 책"과 "검은 모
자"와 "귀걸이"가 있는 거울 속에 위치 지어진 나약한 지식인의 모습은
이용악 자신의 모습에 다름 아니다. 다소 서술적 진술로 이루어진 「노
한 눈들」 역시 고백체의 형식을 띠고 있어 시인 자신의 내면 모습을 잘
보여주고 있다. '우리'로 표상되는 진보적 세력들의 강한 연대감은 연속
된 좌절감으로 '노한 눈들'로 치환되어 나타난다. 그러나 시적 주체는

---

53) 이용악, 「노한 눈들」, 『연간 조선시집』, 아문각, 1947, 125면.
54) 「1946년도 문학상 심사경과 급 결정 이유」, 『문학』 3호, 1947. 4, 55면.

곧 "폭풍"이 "불낄처럼 일어" "옳은 사람들"이 그리는 "움트는 조국"[55]이 올 것을 기대하고 있다. 이같은 현실적 전망의 구도 속에서도 적극적으로 나설 수 없는 "퍽도 약한 시인" 자신의 한계와 부끄러움이 이 작품에 구체적으로 드러나 있다. "저무는 서울 거리에 갈 곳 없이 나서련다"에서 해방 정국 지식인의 고민과 진로의 불투명성을 이 시는 선명하게 보여주고 있다.[56] 이처럼 이용악이 구체적 싸움의 시를 써 나가기 위해서는 먼저 소시민 의식의 청산, 자기비판, 지식인으로서의 자기 한계 같은 것을 문제삼아야 했으며 이는 부끄러움의 과정으로 나타났다.

이러한 자기비판과 소시민 의식과의 고투를 통해 이제 이용악은 한 걸음 나아가 '민족 전원의 이익'을 염두에 둔 구체적 싸움의 시를 쓰기 시작한다. 「거리에서」, 「월계는 피어」, 「기관구에서」, 「다시 오월에의 노래」, 「빗발 속에서」 등을 통해 해방 직후 민중들의 "전형적인 비분과 분노와 원한, 심각한 상경(狀景)을 생생하게 발랄하게 노래"[57]부른다. 이는 "생활과 문학의 완전한 통일"[58]의 단계까지 이른 이용악 시의 성과라 할 수 있다.

피빨이 섰다 집마다 지붕 위 저리 산마다 산머리 우에 헐벗고 굶주린 사람들의 피빨이 섰다

누구를 위한 철도냐 누구를 위해 동트는 새벽이었나 멈춰라 어둠을 뚫고 불을 뿜으며 달려온 우리의 기관차 이제 또한 우리를 좀먹는 놈들의 창고와 창고 사이에만 느려놓은 철길이라면 차라리 우리의 가슴

---

55) 「노한 눈들」 미 인용 부분, 앞의 책, 124~125면.
56) 이용악은 「그리움」(『협동』3호, 1947.1, 86면)에서 두고 온 북쪽 고향마을에 대한 강력한 지향 욕구를 드러내 보이기도 한다. 이는 열악한 현실의 대척점으로 상정된 이상적, 회귀적 공간으로서의 장소로 달려가고 싶은 욕망이라 할 수 있다.
57) 이수형, 「용악과 용악의 예술에 대하여」, 『이용악 집』, 166면.
58) 석은, 「시인 용악의 위치」, 『국제신문』, 1949. 2. 15.

에 안해와 어린 것들 가슴팍에 무거운 바퀴를 굴리자
　피로서 무르리라 우리의 것을 우리에게 돌리라고 요구했을 뿐이다
생명의 마지막 끄나푸리를 요구했을 뿐이다

　그러나 아느냐 동포여 우리에게 총뿌리를 견우고 닥아서는 틀림없
는 동포여 자욱마다 절그렁거리는 사슬에서 너이들까지도 완전히 풀
어놓고 저 인민의 앞재비 젊은 전사들은 원수와 함께 나란히 선 너이
들 앞에 이러섰거니

　강철이다 쓰러진 어느 동무의 소리가 바람결에 들릴지라도 귀를 모
아 천길 이러설 강철기둥이다

　며츨째이냐 농성한 기관구 테두리를 직히고 선 전사들이어 불 꺼진
기관차를 끼고 옳소 옳소 외치며 박수하는 똑같이 기름 배인 검은 손
들이어 교대시간이 오면 두 눈 부릅뜨고 일선으로 나아갈 전사 함마
며 핏켈을 탄탄히 쥔 채 철길을 베고 곤히 잠든 동무들이어

　피빨이 섰다. 집마다 지붕 위 저리 산마다 산머리 우에 억울한 모든
사람들이 우리의 승리를 약속하는 피빨이 섰다[59]

　이는 1946년 9월 24일 일어난 철도 총파업을 소재로 한 「기관구에
서」의 전문이다. 쌀 배급, 임금 인상 등을 요구하면서 시작된 철도 총파
업은 각 공장, 사업장으로 파업이 확산되었으나 30일 경성 철도 기관구
노동자와 경찰이 충돌하여 1700여명의 노동자들이 검거, 투옥된 뒤
"수많은 희생자를 남기고 10월 4일에 종결"[60]되었다. 이 9월 총파업이
끝나는 자리에 '10월인민항쟁'이 이어지고 있어 이 당시 민중들이 극한

---

59) 이용악, 「기관구에서」, 『문학』 3·1기념 임시증간호, 1947. 2, 18~19면.
60) 『1948년판 조선년감』, 조선통신사, 1947, 397면.

작업환경과 물가폭등으로 인한 생활고에 심하게 시달렸음을 보여준다. 물론 이에는 박헌영의 '신전술'채택으로 인한 남로당의 전략·전술도 상당히 작용한 것으로 여겨진다. 이 철도 총파업을 다룬 시로는 이용악의 이 작품 외에 조허림의 「정의의 기관차는 달린다」(『연간조선시집』, 아문각, 1947)와 임화의 「우리들의 전구(戰區)」(『찬가』, 백양당, 1947) 등이 있다. 조허림이나 임화의 시가 관념과 추상적 구호, 막연한 당위로 설정된 데 비해 이용악의 「기관구에서」는 좀더 구체적이고 현실적인 생동감을 획득하고 있다. 철도파업 노동자와 시적 주체의 연대감을 공유하기 위해 화자를 '우리'로 일치시킴으로써 구체적 싸움의 대상을 더욱 분명히 한다. '우리'의 적은 쌀을 달라는 최소한의 생존요구, 즉 "생명의 마지막 끄나푸리"를 외면한 미군정 당국과 그것에 협력하는 같은 '동포'이다. "헐벗고 굶주린" 채 "두 눈 부름뜨고" 싸움의 결의를 다지는 '우리'의 항의는 생존에 대한 최소한의 요구이다. 강철같은 신념으로 승리를 약속하는 철도 파업노동자와 시적 주체는 '우리'로 동일시됨으로써 상대에 대한 적개심을 더욱 북돋운다. 이 시는 철도 파업 현장을 소재로 상당한 선동적 효과를 노리고 있다. 물음의 형식과 어구의 반복, 선동적 용어(피빨, 가슴팍, 피, 총뿌리 등)의 적절한 사용 등을 통해 격변기 '무기'로서의 시의 새로운 가능성을 보인다. 격변기일수록 시의 힘은 강력해질 수 있다. 시는 사람들의 감성에 호소하여 순간적으로 청중을 사로잡을 수 있기 때문이다. 시적 주체와 청중의 체험이 동일할 때 그 효과는 더욱 배가된다. 해방 직후 다른 어느 장르보다 시가 두드러지게 부각된 이유도 여기에 있다.

이용악이 문학실천을 강조하고 '민족전원의 이익'을 존중하는 무기로서의 문학으로서 시를 인식한 것은 새나라 건설이라는 역사적 과제와 밀접히 연결된 것이었다. 행복하고 평화로운 나라에는 쾌락의 문학만 있어도 되지만 건설 도중의 훼손된 나라의 문학은 쾌락 이상의 것을 요구하기 때문이다. 그래서 구체적 싸움의 도정에서 이용악은 조선문학가동맹의 이념을 수용하게 되고 그것에 따른 뚜렷한 당파성을 갖지 않을 수 없었다. 싸움의 주체는 결국 "노동자, 농민, 근로지식층, 소시민"[61] 등이었으며 그 투쟁 대상은 제국주의 세력과 그것에 빌붙은 협력자, 즉 해방 직후의 부정적 군상들이었다. 물론 여기에는 자기 내부에 존재하는 소시민 의식, 제도, 인습 등 인위적 장벽도 포함되어 있다. 「다시 오월에의 노래」나 「빗발 속에서」등에서 부르는 "싸움의 노래"[62]도 결국 이것과의 싸움이었다. 1946년 이후 이용악 시는 이처럼 정세의 변화와 조직(조선문학가동맹)의 대응과 밀접한 관련이 있다. 1947년 2월 13일 '문화옹호 남조선문화예술가 총궐기대회'가 지난 이후 7월 27일 쓴 것으로 되어 있는 「빗발 속에서」의 "문화공작대"[63]나 「유정에게」의 "서대문 옥"[64] 등의 어구는 정세가 그만큼 급박해졌음을 나타낸다.

　1948년 정부수립 이후 이용악은 구체적 싸움의 시쓰기에서 전선에 뛰어들어 몸소 실천·행동의 길을 갔다. 이러한 과정에서 소위 '이용악 사건'이 일어나게 되는데 그 관련자는 이용악 외 이병철, 배호, 이선을 등이다. 검찰기록에 의하면 이용악은 조선문학가동맹 가입에 이어 남로당에 입당한 뒤 1948년 9월부터 농림신문 기자로 있으면서 '문맹'의 지

---

61) 김남천, 「대중투쟁과 창조적 실천의 문제」, 『문학』 3호, 1947. 4, 29면.
62) 이용악, 「빗발 속에서」, 『이용악집』, 154면.
63) 「빗발 속에서」는 김상훈, 한진식 등의 문화공작대 체험을 시적 제재로 취하고 있는 점이 특이하다. 문화공작대는 지방을 순회하며 문화공작자들로 하여금 시낭송회, 연극, 영화 등을 통해 선진화된 의식을 대중에게 불어넣는 것을 목적으로 하고 있다. "문화공작대로 갔다가 춘천에서 강능서 돌팔매를 맞고 돌아 온 젊은 시인 상훈도 진식이도 기운 좋구나 우리 모다 깍지 끼고 산마루를 차고 돌며 목놓아 부르는 싸움의 노래"(「빗발 속에서」, 『이용악집』, 153면.)란 시구를 통해 거리에서의 강한 싸움의 의지를 드러낸다.
64) 이용악, 「유정에게」, 『이용악집』, 158면.

령에 따라 불온삐라의 제작, 배포 등의 중간 역할을 하다가 피체, 1950 년 2월 서울 지법에서 징역 10년을 선고 받고 복역중이었다고 한다.[65] 자기비판에서 '무기'로서의 시쓰기, 이어 실천적 행동의 길까지 해방기 의 이용악은 나아갔다. '문학실천'이 확대되어 행동으로 구체화되었을 때 싸움의 대상으로부터 투옥이 예비되어 있었음은 필지의 사실이었다.

4. 결 론

이상에서 해방 직후 이용악시의 전개과정과 시의 특성을 살펴보았 다. 해방 직후는 일제강점기란 어두운 시대를 탈피하여 민주주의 민족 국가 수립을 위해 애썼던 여러 투쟁의 궤적들이 점철된 가능성과 혼돈 의 시기였다. 이러한 시대적 특성 때문에 이용악 시의 큰 고리로 작용 한 것은 자아와 집단, 현실과 이상 사이의 구체적 문제와 그것 사이의 갈등 양상이었다. 이용악은 귀향이민들의 해방정국에서의 후일담과 해 방 직후 부정적 군상들에 대한 구체적 싸움으로 그의 시를 전개시켜 나 갔다. 그 과정에서 '이야기시'의 형태 집착과 '무기'로서의 시라는 시적 성취를 이룩하게 되는데 이것은 해방 직후 우리 시의 중요한 흐름으로 자리잡았다. 해방정국에서의 귀향이민 문제는 당대의 핵심적 문제거리 의 하나였으며, 그것의 시적 형상화는 이용악의 현실 인식이 개인 차원 을 넘어 민족 전체의 문제와 깊은 연관이 있음을 나타내 준다. 이러한 소재의 문학적 변용은 해방 이전부터 그가 계속 천착해 오던 만주·시 베리아 유이민의 비극적 운명을 '이야기시'의 형태를 빌어 서사성과 구 체성을 확보해 보고자 한 노력의 결과였다. 이 당시 이용악 시는 서사

---

65) 대검찰청 수사국, 『좌익사건 실록』 4권, 1970, 20~29면 참고.

성은 다소 약화되어 '이야기시'의 튼튼한 골격을 갖추었다고 하기 어렵다. 대신 격동기의 현장과 밀접한 관련을 갖는 시 쓰기 방식에 관심을 보였다고 할 수 있다. 낭독하기 편하도록 운율에 대한 세심한 배려라든지, 자신의 가족사적 경험을 해방기 현실인 '지금 이곳'에 투영시킨다든지 하는 시 쓰기 전략이 그것이다.

한편 이용악은 '민족전원의 이익'을 존중하는 '무기로서의 문학'을 강조하게 되는데 이러한 인식은 나중 조선문학가동맹의 이념 수용과 그 궤를 같이한다. 1946년 이후 이용악 시는 정세의 변화와 조직('문맹')의 대응방법과 밀접한 연관을 맺고 전개되었는데 이 당시 그의 시는 뚜렷한 당파적 태도를 견지하고 있었다. 이용악이 구체적 싸움의 시를 써나가기 위해서는 먼저 소시민 의식의 청산, 자기비판, 지식인으로서의 자기 한계 같은 것을 문제삼아야 했으며 이는 '부끄러움'의 과정으로 나타났다. 이러한 과정을 거친 후에 이용악은 해방 직후 모든 부정적 군상(제도, 인습, 인위적 장벽까지 포함됨)과의 싸움을 치열하게 전개하였다. 이 당시 이용악 시는 천박한 구호주의나 생경한 관념 노출이 가능한 한 억제되고 있다는 점에서 선전선동시의 새로운 지평을 열어 보였다. 또한 해방 직후 이용악시는 '비극적 현실'에 부닥쳐 고뇌하거나 결단의지를 드러내는 시가 많다. 이는 세계에 대한 비극적 인식과 극복의 당위성 때문에 생겨난 것이었다고 할 수 있다. 절망적 현실을 헤쳐 나가고자 하는 비극적 결단의 신념 표출이 때때로 드러나는 것도 이때문이다. 해방 직후 이용악 시에 나타난 시적 전망은 이처럼 해방조국의 환희에 걸맞지 않게 어둡고 폐쇄적이다. 이는 한반도를 둘러싼 내외적 정세가 그로 하여금 더욱 객관적이고 투명한 역사의식을 요구했기 때문이다.

이상에서 볼 때 문학 실천의 과정을 통해 이용악은 당대의 "공적 쟁점"66)을 정확히 발굴하고 문제삼았으며, 실천적 측면에서 그의 시는 사회·역사의식의 확대과정으로 해석해 볼 수 있다. 일제강점기 동안 모더니즘과 리얼리즘을 끊임없이 넘나들면서 가족적 삶과 체험을 민족 전체의 삶과 운명으로 확산시킬 수 있었던 이용악은 해방공간에서 굳건한 리얼리즘 시인으로 자리잡았다. 1948년 늦가을『이용악집』을 엮으면서 그가 이야기한 "바삐 떠나야 할 길"67)의 의미가 오늘날 새삼 생각나는 것도 역사의 방향성에 대한 준엄함 때문이다 .격변하는 역사의 한 시기에 한 지식인이 택한 '길'의 의미는 이제 그 작품을 통해 우리 앞에 뚜렷이 남아 있다. 이는 당대의 많은 다른 작가와의 대비 과정을 거칠 때 더욱 분명히 드러날 수 있을 것이다.

---

66) C. 라이트 밀즈, 『사회학적 상상력』, 홍성사, 1982, 16면.
67) 이용악, 「편집장에게 드리는 편지」, 『이용악집』, 10면.

제3장 이병철 시에 나타난 '가족'과 전망

1. 서 론

해방 직후 진보적 시운동의 중심에 있었던 이병철(李秉哲)에 대한 연구는 해방 직후의 다른 시인들에 비해 그 연구가 아직도 소략한 편이다. 지금까지 이병철에 대한 연구나 정확한 연보 작성도 명확히 이루어져 있지 못한 상태이다. 그가 발표한 작품조차 묶여지지 못하고 잡지나 신문 등에 발표 당시 그대로 흩어져 있다. 이병철은 1988년 월북문인 해금 전까지만 하더라도 그의 고향인 영양에서도 기피 인물이었으며1), 6. 25 이후에는 기껏해야 남한 우파 문단의 토대를 다지기 위한 부정적 대상으로만 그려질 뿐이었다.2) 또한 한국 전쟁 도중 월북한 후, 그의

---

1) 그의 출생지인 경북 영양문화원에서 1988년 『영양시선집』(1988)을 발간하였는데 이 책은 조지훈, 오일도, 이병각, 조세림 등을 영양의 대표 시인으로 선정, 그들의 작품을 소개하고 있다. 그러나 같은 영양 출신인 시인 이병철은 논의의 대상으로 상정조차 하지 않았다. 한편 1998년 발간된 『영양군지』에서는 이병철을 해방공간에 조지훈과 서로 대응되는 활동을 한 작가로 다루고 있어 그 시대적 격차를 느끼게 한다.
2) 박성환, 『파도는 내일도 친다』, 동아출판사, 1965.
   최일수, 「6.25 전후 한국문단회고록-분단의 아픔 잊으려고」, 『동서문학』, 1988. 6.

행적 또한 명확하게 알려져 있지 않다.3) 1990년대 들어 증폭된 해방
직후 문학에 대한 연구자들의 일시적 경도 속에서도 그에 대한 연구는
체계적으로 이루어진 적이 없다. 해방 직후 시의 전체적 조망 속에 이
병철의 시가 부분적으로 다루어지긴 했으나4) 이병철시의 전체적 궤적
추적은 아직 초보 단계에서 크게 벗어나지 못하고 있다.5) 이것은 해방
공간에 주로 활동했던 이병철의 연보 및 행적이 명확히 작성되어 있지
않은 점과 밀접한 관련이 있어 보인다. 또한 이용악, 오장환, 유진오,
김상훈 등 진보적 시인들이 해방 공간에 개인 시집을 남기고 있는데 비
해, 이병철은 개인 시집 하나 남기지 않고 있어 그의 시에 대한 접근이
상대적으로 어려웠다는 점을 들 수 있다.6) 그러나 이병철은『전위시인

---

3) '남로당 서울시 문련예술과 사건'으로 서대문 형무소에 수감되어 있던 이병철은 한국전
   쟁으로 인하여 이용악과 더불어 서대문 형무소에서 출감하였다. 인공 치하의 서울에서
   이병철은 활발한 활동을 하다가 북으로 패퇴해 가는 인민군을 따라 월북하였다. 한국전
   쟁은 이병철에게 그의 주된 삶의 근거지였던 서울과 그의 고향인 경북 영양을 동시에 등
   지게 만들었다. 진보적 이념을 선택하여 월북한 남로당 계열의 이병철이 북한에서 제대
   로 대우를 받은 것 같지는 않다. 박헌영 숙청의 와중에서 임화 휘하의 남로당 문인들은
   북한에서 숙청되거나 주변인으로 밀려날 수밖에 없었다. 그의 곤궁한 모습이 이철주의
  『북의 예술인』에서 감상적으로 묘사되어 있어 월북 후의 그의 행적 일부를 엿볼 수 있게
   한다. 이철주,『북의 예술인』, 계몽사, 1966 참고.
4) 신범순, 「해방기 시의 리얼리즘 연구」, 서울대 박사학위 논문, 1990.
   이기성, 「해방기 신진시인 연구」, 이화여대 석사학위 논문, 1991.
   졸고, 「해방기 시의 현실인식과 창작방법 연구」, 경북대 박사학위 논문, 1997.
5) 이병철에 대한 연구는 아직 초기적 형태에서 크게 벗어나지 못하고 있다. 자료 정리나
   생애 복원 차원에서는 실록작가 정영진의 「시인 이병철의 잃어버린 귀향도」(『통한의 실
   종문인』, 문이당, 1989)나 조두섭의 「간주관적 공동체적 삶의 탐색」(『대구·경북근대
   문인연구』, 태학사, 1999) 등을 주목해 볼 필요가 있다. 이들은 작품 목록과 그 문단사
   적 회고 자료를 통해 이병철의 생애를 복원, 추적하고 있다는 점에서 의미가 있다. 이처
   럼 이병철의 일제말부터 해방, 1950년 월북까지 그의 삶의 궤적은 지인(知人)이나 친
   척들의 회고 정도가 전부이다. 앞으로 이병철의 생애에 대한 철저한 고증과 재구가 더욱
   심화, 확대되어야 할 것으로 기대된다. 또 최근 한경희는 「이병철시 연구」(『어문학』 81
   집, 2003)에서 이병철이 해방 직후 전위 시인에서 월북 후 체제선전 시인으로 변화해
   가는 과정을 이데올로기의 반영이란 측면에서 접근하고 있어 월북 이후 이병철의 행적
   을 추적하는데 연구의 실마리를 제공하고 있다.
6) 이병철은『신천지』 1949년 4월호에 천형(天刑)의 시인 한하운을 소개, 추천하였으며,

집』(1946)과 해방공간의 잡지에 여러 편의 시를 남기고 있는 해방 직후 진보적 시운동의 중심 인물이다. 그에 대한 올바른 자리매김이 이루어져야 그와 이념의 동일자로서, 또는 타자로서 길항하였던 많은 다른 시인들의 문학세계가 더욱 명확히 밝혀질 것임은 자명한 사실이다.

본고는 이병철이 진보적 이념군을 형성했던 속칭 해방 직후 신진시인, 또 는 전위시인의 세계관을 밝혀내는 데 중요한 실마리가 된다는 입장에서 논의의 출발점을 잡고자 한다. 그래서 본고는 해방기의 체험이 이병철이란 한 개인에게 어떻게 작용하였으며, 그것이 이병철 시의 주체형성 과정에 어떻게 개입하고 있는지를 살펴보는 데 그 중점을 둔다. 그 구체적 방법으로 이병철 시에 자주 나타나는 '가족'과 전망의 문제가 이병철 시에 어떠한 양상으로 나타나는지를 살펴보고자 한다.

2. 이병철 시에 나타난 '가족'과 전망

(1) 귀향과 이향의 추동력으로서의 '가족'

가족은 이병철 시의 곳곳에 나타나는 중요한 제재이다. 그만큼 가족이나 고향은 이병철의 의식과 삶에 주된 영향을 미쳤다고 할 수 있다. 가족이란 물론 "동일한 혈통, 혼인, 공동의 자손 등을 토대로 형성된 생

이어 정음사에서『한하운시초』를 발간하는데 앞장섰다. 이병철이 자신은 개인 시집 한 권 내지 않은 상태에서 한하운을 발굴하여『한하운시초』를 발간해 주었다는 점은 중요하다. 이는 그의 해방공간의 활동이 단순한 개인의 명예나 이름 내기 차원에서 행해진 것이 아니라 타자의 삶과 연결된 활동임을 보여주는 예증이라 할 수 있다. 문학적 이념을 실천해 가는 과정 속에서 그가 발굴한 한하운은 그의 이념에 가장 부합했던 신진 시인이라 할 수 있다. 이병철의 시집은 월북 후에도 한참이 지난 1995년에야『내 삶의 한 생은』(문학예술종합출판사)이란 유고시집 형태로 출판되었다.

활공동체"를 말하며 이 "생활공동체가 갖는 그때 그때의 특수한 성격은 역사적으로 변천해 온 소유 관계 및 결혼 형태에 의해 규정"7)된다. 이병철 시에 나타난 가족 화소(話素)는 김상훈의 시 「아버지의 문 앞에서」와 같은 대립과 갈등의 계급적 관계가 아닌 친족 관계 단위 전체를 의미한다고 할 수 있다. 더 넓게 보면 자기가 태어난 혈연과 지연이 결합된 가족 공동체, 즉 고향 전체를 포괄하는 단위라고 할 수 있는 것이다. 이병철의 가족에 대한 집착은 그의 등단작인 「낙향소식」에서부터 두드러지게 나타나고 있다.

　　　황토목이를 넘어서야만 보이었다

　　　한발 기다란 하품을 켜고서는
　　　다시 돌아누어버리는 마을

　　　여기가 바로 우리 아배가 어매가
　　　마늘모 만한 누이가 솟작새처럼 살아 있는 곳.

　　　(중략)

　　　누이야 머리 기다란 누이야
　　　물동이에 파아란 하늘을 찰랑찰랑 이고 돌아와

　　　목숨수자 백힌 복복자 백힌 정한 그릇에
　　　한목음 베풀어라

　　　두 번 다시사 떠나지 않을란다
　　　너의 진자주 옷고름으로 맹세를 맺어마

---

7) 한국철학사상연구회 편, 『철학대사전』, 동녘, 1989, 10면.

밭갈아 이랑이랑 호미로 김을 매고
내사 애비의 순한 아들이련다.8)

이원조의 추천작인 「낙향소식」은 이병철 시의 출발점이 되거니와 고향이나 가족이 그의 시 정신 속에 깊이 자리 잡고 있음을 보여준다. 이 작품은 이향(離鄕)과 귀향(歸鄕)의 틈바구니에서 고민하고 있는 시적 주체의 번민을 잘 보여주고 있다. 가족은 시인의 삶을 지탱해 주는 버팀목으로서의 기능을 한다고 할 수 있다. 고향을 떠나 바깥에서 떠돌던 시적 주체를 귀향하게 만드는 것은 바로 가족에 대한 귀소 본능이다. 바깥과 대타적인 관계에 있는 가족이 살고 있는 고향, 이곳은 그의 삶의 출발점이자 정착지이다. "아배, 어매, 누이"가 있는 공간에서 "순한 아들"로 살아가고자 하는 시적 주체의 욕구는 "두 번 다시" 고향을 "떠나지 않을란다"라는 "맹세"의 표명으로 나타난다. 이는 그의 귀향의지의 외적 공언(公言)이라 할 수 있다. 이러한 공언을 통해 시적 주체는 자신의 내부에 떠다니고 있는 탈향의 욕구를 억누르게 된다. 그러나 잠복되어 있는 탈향 의지는 언제든 다시 나타날 수 있는 잠재된 욕망이며 이는 고향, 또는 가족을 매개로 이루어지고 있다는 점에서 주목을 요한다.

은하 푸른 물에 머리 좀 감아 빗고
달 뜨걸랑 나는 가련다
"목숨 수"자 박힌 정한 그릇으로
체할라 버들잎 띄워 물 좀 먹고
달 뜨걸랑 나는 가련다
삽살개 앞세우곤 좀 쓸쓸하다만
고운 밤에 딸그락 딸그락

---

8) 이병철, 「낙향소식」, 『조광』 제9권 12호, 1943. 12, 74~76쪽.

　　달 뜨걸랑 나는 가련다9)

　　1946년 『중등국어교본 상』권에 실린 위의 시 「나막신」 또한 고향 또는 가족 화소를 중심으로 자신이 선택해 가는 길에 대한 방향성을 보여주고 있다는 점에서 주목된다. 이 시의 시적 주체는 다소 쓸쓸함을 동반하고 있기는 하나 자신이 선택해 가는 길에 대해 어떠한 회의나 의심도 나타내지 않는다. 즉 진보적 사상의 선택에 따른 후회나 미련 같은 것은 없다. 그런데 여기서 주목할 것은 "목숨 수자", "복복 자" 박힌 그릇이다. 이는 그의 추천작인 「낙향소식」에서부터 이 시에 이르기까지 자주 되풀이되는 시어이다. 이 제재는 이 작품을 더욱 정결하게 만들어주는 매개항이 된다. 깨끗한 그릇이나 바가지에 버들잎을 띄워 물을 마시는 행위는 우리 설화 속의 주요 화소(話素)이다. 이 제재는 쉽사리 가족 내지 동네 처녀를 연상시킨다. 이러한 제재 자체가 갖는 힘을 통해 이병철은 가족지향적인 의식을 은연 중에 드러내 보인다고 할 수 있다. 그러나 이 제재 자체가 정착이 아니라 잠시 머뭄의 의미가 강함에 주목해 볼 필요가 있다. 이 머뭄은 영원히 안주하는 것이 아니라 숨 한 번 고르고 다시 길을 떠나야 하는 진행 도중의 일시적 휴식이라 할 수 있다. 정착 또는 완전한 휴식과는 거리가 먼 것들이다. 이처럼 이병철 시에 자주 되풀이되는 가족 화소는 그가 가는 진로 내지 길의 방향성과 연결되어 귀향과 이향을 되풀이하게 만드는 주요 동인이 된다. 이처럼 낙동강 주변 고향마을을 둘러싼 가족적 삶은 그의 시에 상당히 중요한 제재로 작용하고 있다고 할 수 있다.

　　경북 영양군 입암면 병옥리 출신10)인 이병철은 일제말 상경(上京)

---

9) 이병철, 「나막신」, 『중등국어교본 상』, 군정청 문교부, 1946, 39쪽.
10) 이병철의 출생지가 경북 영양군 입암면 병옥리 94번지라는 사실은 조두섭에 의해 밝혀졌다. 그는 월북 후 1957년 『조선문학』지에 발표된 시 「휴가를 두고」에서 그 근거

하여 조연현과 더불어 혜화전문학교에 다녔다.[11] 30년대 시단에서 풍
자시를 개척한 시인 이병각(李秉珏)은 이병철의 족형(族兄)이었다. 아마
이병철이 문학을 선택하거나 문단에 나오는데는 이병각이나, 영양의 이
웃인 안동 출신 문학평론가였던 이원조와의 영향 내지 교류가 컸던 것
으로 생각된다. 이병철은 1943년 12월『조광』지에 이원조의 추천으로
「낙향소식」을 발표하면서 문단에 나왔으나 해방 전까지는 '학생투고'[12]
정도의 아마추어 수준에서 크게 벗어나지 못하였다고 할 수 있다. 또
이 당시가 일제 말기라서 문학활동을 할 수 있는 충분한 여건도 성숙되
지 못하였다.[13] 그러나 이 시기는 이병철에게 고향이나, 가족이 그에
게 주어진 인간다운 삶을 지키기 위한 인식소(認識素)로 자리잡는데 중
요한 계기로 작용하였을 것으로 보인다. 「낙향소식」의 시적 주체는 물
론 이병철 자신을 말한다고 볼 수 있으며 일제 말기 몇 년간이야말로
이병철에게 "애비의 순한 아들"로 가족의 품 안에 머무르게 한 시기였다
고 할 수 있다.

　그러나 이러한 가족주의적 삶에 머물러 있던 이병철이 그의 고향에

　를 찾았으며 이병철의 시에 조선문학가동맹의 담론구성체와 가문의 전 근대적 유가적
　메카니즘이 공존·매개되고 있음을 밝히고 있다. 조두섭, 앞의 논문.

11) 1939년 당시 혜화전문학교는 중앙불교전문학교의 개명(改名)으로 문학지망생들이 많
　이 모여 있었다. 조지훈, 조연현, 조진대, 정태용, 이병철, 조영암, 이원섭 등이 1, 2
　년을 사이에 둔 동문들이었다. 조연현은 혜화전문학교 시절, 해방 직후, 6.25 전쟁 당
　시 인민군에 의해 출옥한 이병철의 모습 등을 부분, 부분 그려내고 있다. 조연현의 회
　고록『남기고 싶은 이야기들』(부름, 1981) 참고.
12) 윤여탁, 「해방 정국 〈조선문학가동맹〉의 시단 형성과 시론」,『시의 논리와 서정시의
　역사』, 태학사, 1995, 81면.
13) 이병철은 이 시기를 다음과 같이 회고하고 있다. "일제의 그 야만적 압제 밑에서는 죽
　순처럼 솟는 젊음을 바쳐 정열을 소모시킬 곳이 바이 없었다. …… 마음 둘 곳을 찾아
　방황하던 넋을 달래며 내가 명색이 문학(시)이라구 시작한 지도 벌써 10년이다. 그동
　안 언어와 문자의 모든 우리의 것이란 것은 하나도 남김 없이 다 빼앗길 뻔 했으니 (중
　략) 지독한 검열 밑에 눈치코치 살피면서 겨우 나의 문학은 나의 독백에 지나지 않았
　다." 이병철, 「작가의 수첩-충실한 실천을」,『백제』제2호, 1947. 1.31, 102면.

서 보낸 시간은 그리 오래 지속되지 않았다. 해방은 그에게 새로운 삶의 전기(轉機)를 마련해 주었다고 할 수 있다. 8. 15 해방은 결국 그의 가슴 속에 잠재되어 있던 탈향의 욕구를 부채질하여 그를 진보적 운동에 뛰어들게 만든다.14) "가만 가만/ 숨쉬면서/ 오랜 밤을 숨 쉬면서" 고향에서 보낸 이병철에게 해방은 이제 "벼슬 그윽히 목을 뽑아 울" 새로운 "아침"15)으로 다가온 것이었다. 이병철은 1945년 8월, 즉 해방 바로 직후에 「새벽」을 쓰고 곧 이어 「소」를『신문예』(1945. 12) 창간호에 발표한다. 「새벽」이 1945년 8월작, 「소」가 1945년 9월작이라는 부기가 붙어 있는 것으로 보아 해방을 계기로 이병철의 시작 활동이 본격화되고 있음을 알 수 있다. 이 두 작품을 통해 볼 때 해방 초기의 이병철 시는 창작 주체의 감정을 직접적으로 작품 표면에 노출하지 않고 '닭'이나 '소' 등 다른 사물에 감정을 의탁해서 드러내 보이고 있는 점이 돋보인다. 많은 시인들이 해방의 감격과 기쁨에 겨워 주관적 감정의 흥분 상태에서 쉽게 헤어 나오지 못하고 있을 때 이병철은 시적 대상에 자기 감정을 투사(projection)시키는 방법을 통해 대상과 주체의 동일화를 시도하고 있는 것이다. 「소」에서는 "하늘 가없이 넓은 들판"의 자유가 "시퍼렇니 세"운 "뿔"16)을 통해 얻어졌음을 드러내 보이며, 새벽은 감정이입된 '닭'을 통해 해방이 새로운 시작의 새벽임을 알린다. 그러나 이러한 해방의 감격을 노래하는 순간에도 그의 시에는 여전히 가족공동체에 대한 그리움과 귀소 본능이 묻어난다.

멀얼리 묏돼지보다도 더한 등살에 떠나갔던 사람들 돌아오는가

---

14) 이병철은 해방 다음날 서울로 올라 온 것 같다. 조연현의 회고에 의하면 이병철은 해방된 다음날 상경하여, 이후 이원조를 따라 조선문학가동맹 일에 참여한 것으로 되어 있다. 조연현, 앞의 책, 13~15면.
15) 이병철, 「새벽」,『전위시인집』, 노농사, 1946, 31~32면.
16) 이병철, 「소」,『신문예』창간호, 1945. 12, 36면.

　　웃으면서 돌아오는 길머리 기다리는 사람들

　　사랑하는 이웃 아우야 형아
　　우수수 묵었든 나절가리 이랑이랑 씨를 뿌리자17)

　　위의 시 「묵밭」은 "묏돼지보다도 더한 등살" 때문에 고향을 떠나 갔던 사람들이 해방이 되어 돌아오는 사람들과 또한 그들을 기다리는 사람들을 그려 보이고 있다. '묵밭'은 오래 묵혀 거칠어진 묵정밭, 즉 휴경지(休耕地)를 말한다. 이 휴경지에서 사랑하는 이웃, 아우, 형과 더불어 "무덤 속에 오래 잠든 할배의 유업"18)을 지켜 시적 주체는 "이랑이랑 씨를 뿌리자"고 한다. 여러 해 묵히었던 밭을, 헤어졌던 이웃, 친지들과 다시 모여 가족공동체적 삶을 이룩해 보고 싶은 것이 시적 주체의 소망이다.

　　이병철이 조선문학가동맹의 맹원으로 부각된 것은 김광현, 유진오, 박산운, 김상훈 등과 더불어 만들어낸 엔솔로지 『전위시인집』19)에 참여하면서부터이다. 『전위시인집』은 해방 공간에서 문학과 사회의 긴장관계를 가장 팽팽히 보여주는 시적 역작물이다. 이 엔솔로지에 이병철이 참여하였다는 것은 이병철이 조선문학가동맹 내에서 그의 시적 재능과 실천적 투쟁의지를 높이 평가받았다는 것을 의미한다. 이처럼 해방기의 이병철은 조선문학가동맹의 맹원이 되어, 자신이 선택한 진보적 이념을 실천하는데 온 힘을 기울였다. 그 이유는 이병철이 가족공동체

---

17) 이병철, 「묵밭」부분, 『협동』 3호, 1947. 1, 87면.
18) 위의 시.
19) 이 당시 좌익계열 문인들은 공동 작품집을 내는 것을 선호한 것 같다. 그 이유 는 작품양의 미달로 인한 것일 수도 있으나 이념의 공동체적 친화감을 확인한다는 측면에서도 필요한 작업이었다. 김철수, 김동석, 배호의 3인 수필집 『토끼와 시계와 회심곡』 (1946, 서울출판사)이나 조선문학가동맹이 펴낸 『전위시인집』이나 『연간조선시집』, 『3.1기념시집』 같은 것은 그 대표적 예라 할 수 있다.

의 틀 속에 갇혀 안온한 삶을 살아가기에는 해방 정국의 정세가 너무나 급박하게 돌아가고 있었기 때문이었다. 이러한 정세는 결국 고향 상실 내지 가족 상실로 이어질 수 있는 것이었기 때문에 이병철은 더 큰 이념인 사회주의 이데올로기의 실천을 통해 가족을 지키려고 한다. 이는 현실적으로는 가족과의 소시민적 삶을 포기하게 만드는 계기로 작용한다. 그의 시에 자주 나타나는 가족, 고향에 대한 애착과 미련은 자기의 진로를 선택해 가는 중요한 추동력으로 작용한다고 할 수 있다. 그는 결국 가족주의적 삶을 보장받기 위해 현재의 가족과의 안온한 삶을 버리는 이율배반적 행위를 할 수밖에 없는 것이다.

> 웃을 때마다 보조개 우물지는 안해를 콧구멍이 빠곰빠곰한 어린 것들을
> 낙동강 건너 마을에 버리고 쫓겨왔다.
>
> 하도 바람부는 날이기에 자락을 거슬러 젊음을 버티면서
> 몇몇 동무들은 시장한 회관에서 나를 기다릴텐데.
>
> 아 이 어인 바람이 먼지않어
> 휘몰리는 발거름을 바로 고누으려는 발거름을 비틀거리면서
> 바람벽마다 전봇대에 누덕이진 삐라를 읽는다.
>
> 흰손이 좀 부끄러웠음인가 내가 내 등뒤에 숨으려는 나를 헐벗은 틈에서 새삼 보았니라, 어서 굵다란 첫획을 그을 붓과 잉크를 사 가지고 건너가자.[20]

「거리에서」는 진보적 변혁운동에 몸바친 시적 주체의 내면 모습을

---

20) 이병철, 「거리에서」, 『전위시인집』, 1946, 37~38면.

잘 보여주고 있다. '1946년 9월 다시 서울에 와서'란 부기를 참조해 볼때 이 시는 이병철이 해방 직후 서울과 고향인 영양 사이를 오고 간 구체적 흔적을 드러내 보여준다는 점에서 의미가 있다. 그런데 현실적 싸움의 근거지인 서울과 가족이 거주하는 "낙동강 건너 마을"인 고향 사이의 거리는 단순한 지리적, 물리적 거리가 아니라 시적 주체가 선택한 길 위에서의 고민과 갈등을 반영한 거리라 할 수 있다. 변혁운동에 몸바친 시적 주체에게 고향은 편안히 안주할 수 있는 공간이 아니다. "보조개 우물지는 안해"와 "콧구멍이 빠끔빠끔한 어린 것들"과의 행복한 삶을 현실은 용납하지 않는 것이다. 그러므로 시적 주체가 그리는 가족 공동체의 삶은 파괴되고, 싸움의 거리에 내쫓겨 다닐 수밖에 없는 것이다. "멎지" 않은 "바람"은 불안정하고 불편함을 조장하는 현실을 표상하는 기표라 할 수 있다.21) 시적 주체에게 있어서 폭압적인 외부 현실은 부정의 대상이다. 억압적 현실 속에서 가족과의 행복한 삶이 보장되는 이상적 공간을 꿈꾸는 시적 주체는 "바람벽마다 전봇대에 누덕이진 삐라"들을 보면서 흔들리는 의지를 바로잡는다. 이 삐라들에는 새로운 세상에 대한 진보적 욕망의 언어들이 구체화되어 나타나 있기 때문이다. 그러나 그 욕망은 억압된 현실 때문에 누더기처럼 펄럭인다. 이 삐라를 보는 순간 시적 주체는 지식인으로서의 자신의 약한 내면 모습을 들여다 보게 된다. "흰 손"이나 "내가 내 등 뒤에 숨으려는 나"를 통해 지식인으로서 어쩔 수 없이 간직하게 되는 나약함, 우유부단함을 드러내 보인다. 이러한 자기응시와 관찰은 내면적 갈등을 불러 일으키지만 자기비판을 통해 시적 주체가 더욱 단호한 투쟁의 결의를 하게 되는 계기로

---

21) '바람'은 이병철 시에 자주 나타나는 기표이다. "언제나 나의 뒤를 쫓는 바람이 있어/ 요란한 말굽 소리와 함께 몰아오는 바람이 있어"(「성문」, 『새한민보』 제2권 11호, 1948.6, 22면.)처럼 '바람'은 항상 시적 주체의 온전한 삶을 괴롭히고 가로막는 부정적 기제로 나타난다.

자리잡는다.22)

　　아들 따라 손주놈들 앞뒤에 주렁주렁 거나리고 서울 메누리 앞세우
고, 날만 따스해지면 남산공원으로 동물원으로 화신상회로 나들이 실
컨 서울구경을 하시겠다는 어머니.

　　여름에 보리밥 먹기 좋은 상추쌈과 녹두랑 팥이랑 강냉이 당고추
같은 것이라든지, 봄철 들면 가지가지 씨앗을, 뜨내기 이불 봇짐 속에
소중히 이어오신 어머니.

　　왜놈들 가고 또 더한 왜놈들 등살에 예나제나 상기도 쫓겨다니기만
하는 둘째의 일홈을 불러, 어느 때 참말로 좋은 세상이 와서 참말로
기와집 한 채 쯤 지니고 살겠느냐고 물으시든 어머니

　　어머니 어머니 !
　　날씨가 풀리어 채 따스해지기도 전에 화신상회 동물원 구경을 하시
기도 전에, 쫓겨다니는 이 자식놈을 돌볼 결을도 없이 어데로 어데로
이렇게 바삐 길을 채리시는 것입니까.

　　목이 터지두록 아모리 불러도 불러도 대답없이 하늘가 자꾸만 머얼
리로 바삐 가시는 어머니, 어뒤메 살기 좋은 나라 살기 좋은 번지수를
찾아 가시기에 이처럼 이처럼 바쁜 길이옵니까.23)

---

22) 이러한 투쟁적 의지는 결국 가족과의 온전한 삶을 방해하는 부정적 현실과 시적 주체
　　를 맞서게 하며, 때로는 그의 아내까지 싸움의 현장으로 끌어들이게 만든다. 「나의 전
　　구(戰區)」(『문학』 제4호, 1947. 7, 21면)는 그러한 모습을 잘 보여준다.
　　　“나의 안해여 쬐그만한 우리 편이여 망을 보라 미친 개를 지키라 그리고 나는 엎드리
　　고 너는 나의 등을 밟고 발돋움 높이 전신대에 아모도 손닿지 안투룩 삐라를 붙이는 것
　　(중략)／ 한바탕 두터운 담벼락도 판장도 전선대도 일제히 더워온다 애타는 人民의 부
　　르짖음으로 일어선 나와 나의 안해의 날랜 손자욱이 스치는 곳마다 피붉은 痙攣만이
　　이는 것이다.／ 여남은 개씩 門牌를 붙이고 戰災民들이 비좁게 사는 문간을 지나 피양서
　　왔다는 막다른 골목집 大韓사람만 대한사람만 유세스리 사는 이골목이 나의 戰區다.”

이 시에 나오는 어머니는 가족주의적 삶의 중심에 있는 인물이다. 좋은 세상 한 번 보지 못하고 저 세상으로 가버린 어머니에 대한 비애와 안타까움이 이 시의 주된 정조이다. '화신 상회'나 '동물원', '남산공원' 등이 있는 근대적 풍물이 가득한 서울거리에서 아들, 며느리, 손주 앞세우고 한 번 걸어보는 것이 어머니의 소원이다. 그러나 이러한 어머니의 작은 소망은 시적 주체의 "쫓겨 다니"는 현실 때문에 이루어질 수 없는 것이다. 시적 주체를 안주하지 못하게 하는 것은 시적 주체를 둘러싼 억압적 현실 때문이다. 가족의 원형적 삶을 희구하던 시적 주체의 원망(願望)은 도리어 어머니를 잃어버리게 된 현실로 인해 좌절하게 된다. 늙으신 어머니의 작은 소망조차 들어주지 못하고 어머니를 저승으로 보내 버린 데 대한 자신의 죄책감과 안타까움은 이 시 전체를 비애의 정조로 이끌어가고 있다. 어머니와의 가족적 삶을 앗아간 억압적 현실은 시적 주체에게 분노와 투쟁의 대상이다. 시적 주체는 어머니의 죽음을 계기로 억압적 현실에 대한 자신의 투쟁의지를 더욱 강화하게 되는 계기로 삼는다. 즉 어머니가 현실에서 이루지 못한 소망은 "봄이 오면, 이불 봇짐과 함께 가지고 오신 어머니의 씨앗을 갈아 꽃피우"24)고 말겠다는 시적 주체의 의지로 전화되어 나타난다.

이처럼 이병철 시에서 아내, 아이, 어머니는 그의 의식의 중심부를 차지할 만큼 중요하다고 할 수 있다. 이는 시적 주체의 행동을 규제하기도 하고 이완시켜 주기도 하는 근본 동력이라 할 수 있다. 이병철 시의 시적 주체는 가족과의 행복한 삶과 현재의 불편한 삶 사이에서 고민하고 갈등한다. 시적 주체는 가족공동체적 삶을 보장받지 못하는 억압적 현실 때문에 쫓기고 방황한다. 이러한 시적 주체를 둘러싸고 있는

---

23) 이병철, 「곡(哭)」부분, 『문학평론』3호, 1947. 4, 31~33면.
24) 위의 시.

내, 외적 환경은 가족이란 단위로 시적 주체를 끊임없이 환원시키려 한다. 그러나 시적 주체를 둘러싼 외부세계의 폭력은 시적 주체와 가족과의 동일화를 방해한다.

(2) 주체 인식을 통한 전망 확보

이병철 시의 시적 주체는 자신을 둘러싼 억업적 현실 앞에 끊임없이 자기 인식을 통한 주체 정립을 시도한다. 억압적 현실은 대부분 온전한 가족적 삶조차 보장하지 못하는 현실로 나타난다. 진보적 변혁운동에 뛰어든 이병철 시의 시적 주체는 거리에서의 싸움을 통해 허물어져 가고 있는 가족적 삶을 회복하고자 하는 욕망에 시달린다. 그래서 그는 구체적 싸움을 통해 외부의 억압적 상황과 비극적인 현실[25]에 맞선다. 이러한 싸움은 해방기의 억압적인 현실 앞에 자기 정체성을 확보하려는 주체 정립의 의지를 통해 나타난다. 그러므로 해방기 이병철 시에는 가족, 또는 거리에서의 구체적 경험이 그의 시의 주된 동인이 된다고 할 수 있다. 시적 주체는 비극적 현실 앞에서 좌절하면서도 끝내 그것에 함몰되지 않으려고 억압적 현실과 맞서거나 증언하고자 한다.

> 귀떨어진 소반이며 바가지며
> 그리고 오오랜 가난에 끄슬린 양은냄비며
> 모주리 노끈으로 알들히 꾸려들고.

---

25) 여기서 비극적 현실이란 해방 1년이 지나면서 해방 초기의 열기와 기쁨을 이어 가지 못한 현실, 즉 해방 조선에서 독립 조선으로 가는 기대와 소망이 좌절되어 가는 현실을 말한다. 또 외부의 억압적 상황이란 1946년 박헌영의 신전술 채택을 전후해 시작된 미군정의 좌익 세력에 대한 공세와 탄압을 의미한다. 이후 좌익을 중심으로 한 진보적 세력들의 전선은 38 이남에서 차츰 무너져가기 시작하였다.

젖먹이와 네살먹이와 나의 안해와
어두운 밤 집웅도 없는 화물열차에 실리여 오면서
머얼리 아스럼 감었다가 다시 떠 바래 보는
눈망울 속에
별처럼 또렷이 빛나야 할 나의 위치였다.

일흔 아홉 개 턴넬을 하나씩 헤아리면서 하나씩 지날 때마다,
캄캄한 어둠이 싫어서 싫어서
얼마나 기적소린들 소스라처 울었을겐가마는

경부선 500키로
불길처럼 가슴을 식식어리며 쬐그만 기차가 이윽고 와 닿으면

모두들 구래나루 숭게숭게 기뤄가지고
삼팔식 보병총에 쫓겨오는 시굴사람들 틈에 끼여서
나의 안해와 어린 것들과.

어디 쬐그많게 번지수를 나의 문패를 밝힐 집이나 한채 있었으면
좋겠다[26]

「역두에서」는 현실에 안주하지 못하고, 최소한의 가족적 삶조차 보
장받지 못하고 해체되어, 이리저리 쫓겨다니는 시적 주체의 처지를 잘
보여주고 있다. 삶의 주된 근거지가 되었던 고향은 이제 정착과 안주의
장소가 아니다. 이 시의 시적 주체는 경부선을 타고 서울로 올라오는
길목에서 자신의 갈 곳 없는 모습과 정착의 소망을 그려내 보인다. 이
시에서도 여전히 가족적 삶은 문제되지만 더 이상 그들의 삶을 보장해
주는 근거지인 고향은 없다. 순박한 시골사람들조차 "삼팔식 보병총"에

---

26) 이병철, 「역두에서」, 『신천지』 2권 1호, 1947. 1, 41면.

의해 짐짝처럼 밀리어 올 수밖에 없는 것이 현실이다. 모든 것이 해체되고 쫓기듯 떠나오는 시적 주체에게 그들의 삶은 "화물열차"에 던져진 짐짝처럼 초라하기만 하다. "젖먹이와 네살먹이와 나의 안해"와 함께 밀리어 오는 서울길의 앞날은 막막하고 암담하다. "어두운 밤"과 "집웅도 없는 화물열차"란 시구가 시적 주체의 이러한 처지를 잘 드러내 보여주고 있다. 삶의 근거지에서 밀려나는 "시골사람들" 틈바구니에서 그들이나 시적 주체의 가족이나 모두 동궤의 운명이다. "삼팔식 보병총"에 의해 쫓겨오는 "시골사람들의 틈" 속에서 시적 주체는 그래도 자기 정체성을 확인하고 정립하려는 힘겨운 시도를 한다. 그러나 가족의 근거지조차 박탈당한 상황 앞에서 "별처럼 또렷이 빛나야 할" 자신의 "위치"는 현실 속에 이루어지지 못할 욕망일 따름이다. 이러한 욕망의 좌절은 결국 소박한 소시민적 소망으로 전이된다. "문패나 밝힐 집이나 한 채 있었으면" 하는 시적 주체의 바람은 주체 인식의 노력에도 불구하고 현실 속에서 무기력할 수밖에 없는 시적 주체의 내면 모습을 잘 보여주고 있다. 낯선 거리에서 육체적 고단함을 해소시켜 줄 최소한의 가족 공간에 대한 희구는 그래서 더욱 절실할 수밖에 없다. 그래서 이는 "나의 문패를 밝힐 집"에 대한 소시민적 욕망으로 전이되어 나타나고 있다. 가족, 아니 자신의 이름으로 새긴 "문패" 하나 가져 볼 수 없는 현실 앞에 시적 주체는 그러한 소망을 통해 자신의 정체성을 확보하고자 하는 힘겨운 시도를 하고 있는 것이다.

이병철 시에서 '가족'으로 표상되는 최소한의 삶의 근거지 확보에 대한 욕구는 주체 정립의 의지로 나타나며, 시적 주체의 이러한 노력은 자신이 몸담고 있는 현실공간에서는 동질한 이념을 가진 동지들과의 연대감으로 확산된다. 이러한 연대감은 주로 '우리'란 집단적 화자의 모습으로 드러나는 경우가 빈번하다.

조곰씩 서로 닮은
비슷비슷한 얼굴들

모두 다
해바라기처럼 싱싱한 포기 포기
바람에 흔들리면서
이지러질 듯 바람 속에 흔들리면서
붉으레 피빛 좋은 얼굴들

앞을 딸어
목소리를 가즈런히 만세를 부르면서,

예사 함께 누릴 줄거움을 살기 위하여
하늘 걷히고 온전한 햇빛 받어 무성하기 위하여

앞을 딸어
목소리를 가즈런히 만세를 부르면서,
우리 모두 다 함께 간다.[27]

「대열」에서는 시적 주체를 억누르는 억압기제가 "바람" 이외에는 거의 표면에 나타나지 않고 숨어 있다. 그런데 그 현실은 시적 주체의 행동을 불러일으키는 주된 요인이 된다. 현실의 삶이 불안정하고 자신의 이상에 부합되지 않기 때문에 시적 주체는 자기가 그리는 밝은 세상 꿈꾸며 앞으로만 나아가고 있다. 시적 주체가 가는 길과 미래는 낙관적 전망으로 가득 차 있어 힘차고 활기차다. 시적 주체가 처해 있는 현실은 비극적이지만 이 시에는 조금도 체념이나 비애의 정조가 스며들어 있지 않다. 앞날에 대한 확실한 믿음과 낙관적 전망이 이 시 전체를 밝

---

27) 이병철, 「대열」, 『전위시인집』, 노농사, 1946, 33~34면.

음의 어조로 이끌어 가고 있다고 할 수 있다. 더구나 이러한 낙관적 전
망을 더욱 확대시키는 것은 함께 길을 가는 동지들과의 연대감이다. 이
들은 모두 온전한 사회를 열망하며 그것을 쟁취하기 위해 애쓰는 존재
들이다. 여기서 시인은 병치(竝置)의 기법을 사용하여 공동체의식을 더
욱 확산시켜 보이고 있다. "조곰씩 서로 닮은/ 비슷비슷한 얼굴들", "해
바라기처럼 싱싱한 포기포기", "붉으레 피빛 좋은 얼굴들"이란 병치를
통해 "우리"의 동지적 친화감과 연대의식을 더욱 결속시켜 보인다. 이러
한 공동체의식과 연대감은 자신들이 가는 길이 옳다는 믿음과 미래의
확신에서 비롯된다. "우리" "함께" 가는 이 길은 맑은 "하늘"과 "온전한
햇빛"이 가득히 비치는 세상이다. 비극적인 현실 속에서도 시적 주체는
결코 현실에 함몰되지 않고 미래에 대한 확신과 전망을 통해 현실을 극
복해 나가고 있는 것이다. 그러나 이러한 낙관적 전망은 시적 주체의
주관적 원망(願望) 내지 열망을 드러낸 것이어서, 억압적 현실 속에서
시적 주체의 소망이 실현될 가능성은 그리 크지 않았다고 할 수 있다.
　「뒷골목이 티일 때까지」도 지하운동의 연대감 속에서 겪는 '우리'들
의 동질감과 그 억압적 현실 속에서 겪는 안타까움과 분노, 현실에 맞
선 시적 주체의 원망(願望)과 의지를 드러내 보인다.

> 또 다시 뒷골목으로 숨어 다녀야 하는
> 우리 서로 조심스런 길머리에서
> 가끔 손에서 퇴비냄새가 나는 시굴친구들을 만난다.
>
> 나의 아우와 아우의 어진 동무들과 그리고
> 끼니 때마다 아비를 찾는다는 어린 것의 엄마까지를
> 삼팔식 보병총으로 아서갔다는데
> 아 ─ 나는 불기둥처럼 서서 엉엉 울어야만 하는 것일까.

> 참나무 비짱을 여닫을 때마다 강아지만한 무쇠잠을쇠 여닫는 소리
> 마다
> 하나씩 이슬처럼 사라지는 사람들 눈망울마다
> 눈망울마다 감고 간 원수의 모습을 나는 잊지 않으리.
> 너의들 매운 채직에 멍들어 쩔룸거리는
> 젊음을 오히려 시퍼러니 앞세우고
> 나는 간다 뒷골목이 티일 때까지 나는 간다.[28]

이는 '옥에 있는 병권에게'란 부제가 붙어 있으며 1946년 10월에 쓴 것으로 되어 있다. 10월 항쟁으로 인해 투옥된 종제 '병권'에게 주는 시로 이 시기는 10월항쟁이 불길처럼 일어나 대구·경북 일원으로 퍼져나갈 때이다. 그러나 미군정의 강력한 공세 앞에 진보적 세력들은 투쟁의 근거지조차 확보하지 못하고 변두리로 밀려나고, 흩어지고 있었다. "또 다시 뒷골목으로 숨어 다녀야 하는"이란 시구는 이들의 좌절감을 나타내며, 일제 강점하에서 어둠 속을 헤매었던 지하운동의 경험을 해방된 나라에서 또 다시 계속해야 함을 의미하는 것이었다. 그러나 이러한 지하운동은 잘못된 것이 아니라 순박하고 올바른 믿음 속에서 이루어진 것임을 "손에서 퇴비냄새가 나는 시굴친구들"이란 시구를 통해 드러내 보인다. 이러한 믿음이 있기에 잘못되어가고 있는 현실에 대한 시적 주체의 분노와 안타까움은 극에 달한다. 그 분노와 안타까움은 "불기둥"으로 표상되어 언제든 폭발할 계기를 마련한다. 그래서 그것은 현실에 안주하고 있을 수만은 없다는 의지로 전화되어 나의 행동을 촉구하는 계기가 된다. 주위의 가족, 친지, 동무들의 삶이 더 이상 지탱될 수 없는 현실 속에서 울고만 있을 수 없다는 인식을 통해 시적 주체 '나'는 "뒷골목이 티일 때까지" 앞서 나갈 것을 다짐한다. "아우와 아우의 어

---

28) 이병철, 「뒷골목이 티일 때까지」, 『연간조선시집』, 아문각, 1947, 118~119면.

진 동무들"과 "어린 것의 엄마"까지를 빼앗아 가는 현실은 순박한 "시굴 친구들"을 거리로 내몰고 시적 주체가 "매운 채찍에 멍들어 쩔룸거리는 / 젊음을 오히려 시퍼러니 앞세우고" 가게 하는 근거가 된다. 최소한 인간으로 보장받아야 할 가족 공동체적 삶의 공간 확보가 이루어지지 못한 현실은 시적 주체에게 변혁의 대상이 된다. 10월항쟁은 "퇴비 냄새가 나는 시굴친구들"을 거리로 내몰았으며, 이들 중 많은 사람들이 "이슬처럼 사라"져 가게 만들었다. 이러한 외적 현실 앞에 시적 주체는 쉽게 함몰되지 않으려고 오히려 현실 극복의 강한 의지를 앞세우며 앞으로 걸어가고 있는 것이다.

이처럼 이병철 시의 시적 주체에게 부정적 현실은 도리어 그의 구체적 싸움의 열망을 부추기는 계기가 된다. 가족공동체적 삶이 보장되는 이상적 공간에 대한 열망은 앞날에 대한 낙관적 전망으로 연결된다. 이병철 시의 시적 주체는 구체적 싸움에 대한 열망을 갖고 있으며, 이들은 힘겨운 현실 속에서도 결코 좌절하지 않고 실천적 행동의 길을 가고 있다는 점이 특이하다.[29] 쫓겨 다니는 시적 주체의 심정은 비애로 가득 차 있지만 중요한 것은 그것이 허무로 떨어지지 않는다는 점이다. 물론 이것은 자기들이 하고 있는 자주독립국가 건설의 실천 행위가 옳

---

29) 1949년 5월 정음사에서 이병철이 편(編)한 『한하운시초』의 발문에서 시에 대한 이병철의 생각을 다소나마 엿볼 수 있다. 한하운은 그에 의하면 "역사적 현실 앞에서 건강한 인간으로서 자기를 부정한, 그것을 다시 부정해 버린 다음의 높은 경지의 리얼리티를 살린"시인이었던 것이다. "썩어가는 육체"에도 불구하고 그 육체 밖에서 "냉엄을 지키면서 관찰하는 눈"과 절박한 처지에서 "고독과 자학과 저주"에 시달린 "처절한 생명의 노래"를 부른 한하운을 이병철은 높이 평가하였던 것이다. 이처럼 한하운이 하늘이 만들어낸 불우한 환경을 이겨내고, "바람찬 길머리"에서 그의 노래를 불렀다면, 이병철은 인간이 만들어낸 이념의 틈바구니에서 함몰되어가는 자신을, 가족을, 자기의 이념을 지키는데 온 힘을 기울였다고 할 수 있다. 이병철이나 한하운이나 모두 자기를 그대로 두지 않은 하늘, 아니 시대의 물결 속에서 자신의 주체를 확보해 가고자 하는 싸움을 하고 있었던 것이다. (이병철, 「한하운시초를 엮으면서」, 『한하운시초』, 정음사, 1949, 65~68면 참고.)

은 것이란 굳은 신념이 깔려 있기 때문에 가능한 일이었다. 이처럼 그가 쓴 시 대부분은 그의 생활 내지 항쟁 체험과 밀접한 관련을 갖고 있으며 정세가 악화되어 갈수록 그의 시는 강한 주관적 열망의 세계로 빠져들게 된다.

칼날을 실고 지나가는 바람소리 요란한 밖안 날씨래서
자라처럼 비겁하야 부끄러운 어둠 속에 너의 목아지를 숨겨 버릴
것이 아니다.

사슴이의 가느러지도록 울고 싶음에,
원통한 하늘을 호곡하면서, 참을 길 없이 추켜드는 목아지가 시리
구나.

자유와 평화와 민주주의를 지키는 젊은 수호신들의 머리 위에
천둥 번개불 어르렁데는 하늘이여 남부조선이여!

옆도 뒤도 없는 한 뼘 따 우에 정녕코 굽힐 수 없는 젊음을 째겨 딛
고 서서,
아 사뭇 위태로히 불러보는 우리들의 조국은 아직도 멀리 있는가.

칼날을 아니 바람을 차라리 명주고름처럼 가벼이 감고,
한 사람씩 뒤를 니어 상채기 금간 목아지를 자랑삼아 우줄우줄 나
서는 길이 있다.

멀리 바래 보이는 내 사랑 민주주의의 언덕 바삐 이르러
구름 머흘머흘 하늘 건힌 뒤 피에 젖은 엽의(獵衣)의 옷자락이며
목아지며,
환히 밝은 햇볕 아래 상채기 말릴 것을 믿으며 가는 길이 있다.[30)]

「목아지」 또한 악화된 현실 속에서 싸움에 대한 낙관적 전망을 드러내 보인다. 어떠한 어려운 현실 속에서도 시적 주체는 좌절하지 않고 미래에 대한 믿음과 낙관적 전망을 드러내 보인다. 이는 물론 악화되어 가는 위기의 현실에 맞서고자 하는 시적 주체 나름대로의 현실 대응 방법이라 할 수 있다. 이 '목아지'를 통해 시적 주체는 현실에 대한 굴종과 저항의 욕망을 동시에 드러내 보인다고 할 수 있다. '목아지'는 시적 주체의 삶의 방식과 욕망을 드러내 보여주는 신체의 일부이다. 신체의 부분까지 다가온 육체의 위기 앞에 시적 주체는 '자라'처럼 비겁하게 '목아지'를 숨기고 살 것을 거부한다. 왜냐하면 "부끄러운 어둠" 속에 '목아지'를 숨겨 놓고 안일과 게으름 속에 살아갈 수는 없기 때문이다. 그래서 시적 주체는 '사슴'의 목처럼 가늘어지고 싶은 욕망에 '목아지'를 추켜 드는 것이다. 비록 위험한 육체적 노출행위이지만 구름 걷힌 훤한 "밝은 햇볕"이 예비된 위험이기에 시적 주체는 "상채기"를 무릅 쓰고 "자랑삼아 우줄우줄" 길을 나선다. 물론 순하디 순한 '사슴'의 '목아지'는 '칼날' 같은 '바람'에 노출되어 '상채기'를 입을 수밖에 없다. 그렇지만 이러한 자기 희생의 육체적 손상 행위를 통해서 시적 주체는 자신이 믿는 "내 사랑 민주주의 언덕", 즉 "구름 걷힌" 이상적 공간에 도달할 수 있다고 믿는다. 그러나 이렇게 가는 길에는 항상 위험이 도사리고 있다. 이는 곧 육체적 위험, 즉 죽음이 예비되고 있다. 이러한 것은 자기가 선택한 길에 대한 굳센 믿음과 앞날에 대한 낙관적 전망이 주관화된 낭만적 상상 속에 이루어지는 것이 아니라 현실과의 힘겨운 싸움 또는 죽음까지 감내한 고통 속에서 얻어지는 것임을 보여준다.

바람 앞에 섰다

---

30) 이병철, 「목아지」, 『문학』 7호, 1948. 4, 116면.

바람을 거슬러 달려야겠다.

저만치 훤한 하늘 바래보며
어느 帝王의 땅도 아닌 이 벌판을 달리는 것—

검은 갈기털 휘날리며
아니 역풍(逆風)을 紅布처럼 목에 감고

말은 바람 속에 섰다.
말은 바람 속을 뚫고 달린다.

달리는 말 휘몰아치는 바람 바람결에
더러는 하늘에 무여질듯 號鳴이 인다.

이 앞으로 앞으로 다가서는
山이여 들이여 江물이여

뒤 발굽에 무든 흙은 무겁지 않다.
하냥 한길로 불길처럼 달리는 말

말은 바람 앞에 섰다
말은 바람 속에 힌 뼈를 묻으리라.31)

　'1949. 3.1절을 앞두고'란 부제가 달려 있는 이 시에서 시적 주체는 말과 자신을 완전히 동일시한다. "휘몰아치는 바람"을 거슬러 달리는 말은 바로 시적 주체 자신의 바람과 의지를 투사시켜 놓은 것이라 할 수 있다. '바람'으로 표상되는 부정적이고 억압적인 현실에 대한 정면 대

---

31) 이병철, 「말」, 『새한민보』3권 5호, 1949. 3, 12~13면.

결, 또는 돌파 의지를 나타내기에 '말'은 적절한 시적 대상이라 할 수 있다. '말'의 역동적이고 빠른 속성을 통하여 자신의 현실에 대한 강한 대결의식을 드러내 보인 것이 이 시라 할 수 있다. 현실에 대한 시적 주체의 이러한 비장한 의지는 "바람 속에 흰 뼈를 묻으리라"라는 시구처럼 강한 죽음 충동을 내장하고 있다.

「소야 뿔을 쓰라 소야」에서도 "거리마다 으식한 뒷골목 곰국집 문간마다 눈을 뜬 채로 목이 짤린 소야…너의 죽음은 정영코 뿔이 있어 더욱 슬펐다/ 소야…뿔을 쓰라 소야…한번쯤 시퍼렇게 너의 毛色을 자랑스리 뿔을 쓰라 뿔을 쓰라"[32)]처럼 시적 주체는 거리에 걸려 있는 죽은 소의 모습을 통해 슬픔을 느끼며, 도리어 현실에 대한 강한 대결의식을 일깨우는 계기로 삼는다. 시적 주체는 뿔이 있는 데도 죽어버린 소가 너무 억울하며, 그 뿔의 예각적 모습을 통해 현실을 헤쳐 나갈 수 있다고 보는 것이다.

이병철은 1948년경에 접어들면서 그의 시에 상징과 비유를 많이 동원한다. 이는 정세의 악화로 연달아 받게 되는 "무법 박해"[33)]에 대한 이병철 나름대로의 고민의 대한 시창작 기법상의 대응이라 볼 수 있다. 이처럼 이병철 시의 시적 주체는 현실 속에 함몰되어 가려는 자신을 지키는 마지막 방어수단으로 죽음을 각오한 부정적 현실과의 대결을 선택하였다. 창작 주체인 이병철의 이향(離鄕) 또한 고향, 아니 가족을 지키기 위한 나름대로의 선택 행위였다고 할 수 있다. 그러나 이러한 선택 행위가 비극적으로 전이되어 가는 현실 속에서 결코 흔들리지 않을 수

---

32) 이병철, 「소야 뿔을 쓰라 소야」, 『새한민보』3권 1호, 1948. 12, 30~31면.
33) 이병철, 「김기림씨에게 드리는 편지」, 『예술신문』, 1947. 5. 5. 이 신문 지상에서 이
　　병철은 김기림에게 악질적 무법 박해를 피하기 위해서 시에 상징적 기술을 동원하는
　　것이 유용한지 묻고 있다. 이에 대해 김기림은 곤란한 정세하에서도 시인은 명확, 단
　　순, 소박하게 시를 써야 한다고 답신한다.

있었던 것은 자기가 가는 길에 대한 확고한 믿음과 전망을 확보하려는
주체 인식의 노력 때문이었다고 할 수 있다.34) 물론 이병철은 1949년
3월 『신천지』에 발표한 「다시 江가에서」란 시에서 자신이 선택한 길에
대해 고민의 흔적을 보여주기도 한다. 그러나 비극적인 현실 속에서 자
기가 가는 길에 대한 믿음과 낙관적 전망을 쉽사리 포기하지는 않는다.
이는 죽음 충동까지 내장된 것으로 쉽게 수정될 수 없는 것이었다. 현
실이 어려움에도 낙관적 전망 내지 주관적 열망의 세계를 그려 보이는
것은 시적 주체가 힘든 현실에 대응하여 그것을 극복해 나가고자 할 때
취할 수 있는 마지막 방법이라 할 수 있다. 해방공간에서의 대부분의
이병철 시는 자신의 투쟁 체험35) 또는 가족 화소를 중심으로 시를 전
개함으로써 선취된 관념 위주의 이념 편향적 선전선동시의 한계를 극복
하고 있다고 할 수 있다.

---

34) 이러한 낙관적 전망은 조선문학가동맹이 제시한 창작방법과도 밀접한 연관을 가지는
   것이라 할 수 있다. 조선공산당중앙위원회에서는 진보적 리얼리즘과 혁명적 로맨티시
   즘을 해방 직후 진보적 민족문화 수립의 기본 방향으로 설정하였으며(조선공산당중앙
   위원회, 「조선민족문화건설이 노선」(잠정안), 『신문학』창긴호, 1946. 4.) 조선문학
   가동맹은 "혁명적 로맨티시즘을 계기로써 내포한 진보적 리얼리즘"을 새로운 창작방법
   으로 내세웠다.(김남천, 「새로운 창작방법에 관하여」, 『건설기의 조선문학』, 백양당,
   1946, 169면 참고.)
35) 현실 속에서의 전망 확보가 힘들 정도로 전선이 악화되어 갔을 때 이병철은 시적 실천
   의 모습을 넘어 싸움의 전사로 모습을 드러내게 된다. '남로당 서울시 문련예술과 사건'
   은 6. 25 직전 이병철의 마지막 모습을 보여주고 있다. 이 사건의 중심인물은 이용악
   (李庸岳)이며 미체포자는 승낙현(承樂玄), 이석구(李奭九), 이선을(李善乙), 홍일명
   (洪一明), 채규철(蔡奎哲) 등이다. 이 사건에 연루된 조선문학가동맹 관계 인물은 이
   선을, 배호, 이병철 등으로, 이병철은 1949년 3월말 배호의 지령을 받은 이용악으로
   부터 재지령을 받고 「조가(弔歌)」, 「전위의 노래」, 「애국인민의 노래」, 「숫자풀이」, 「
   장타령」 등을 작성하였으며, 동맹원에게 징수한 기금 5,000원을 이용악을 통해 배호
   에게 전달하기도 하였다고 한다.(대검찰청 수사국, 『좌익사건 실록』4권, 1970, 20~
   29면 참고.)

3. 결 론

　이병철은 아직까지 우리 시단에서 크게 주목을 받지 못한 시인이다.
최근 들어 해방기의 진보적 시인으로 그 위상이 자리매김되고 있으나
그에 관한 전기적 사실은 물론 시 작품에 대한 연구 또한 미진한 상태
이다. 그러나 해방 직후 이병철의 시문학에 대한 자리매김은 이병철 개
인을 떠나 이 당시 진보적 시문학 운동의 한 축을 밝혀낼 수 있다는 점
에서 중요하다고 할 수 있다. 해방기의 이병철은 조선문학가 동맹의 신
진 시인으로 주목을 받았던 소위 '전위시인'의 한 사람이었다. 그러므로
진보적 이념군을 형성했던 속칭 해방 직후 전위시인의 세계관을 밝혀내
는 데 이병철 시에 대한 연구가 중요한 실마리가 된다고 할 수 있다. 그
래서 본고는 이병철 시에 자주 나타나는 '가족' 화소와 전망의 문제를
중심으로 작품을 분석해 보고 그것이 이병철 시에 어떠한 양상으로 나
타나 그의 시에 개입하고 있는지를 살펴보는데 초점을 맞추었다.

　가족은 이병철 시의 곳곳에 나타나는 중요한 제재이다. 그만큼 가족
이나 고향은 이병철의 의식과 삶에 주된 영향을 미쳤다고 할 수 있다.
이병철 시에 되풀이되어 나타나는 가족 화소(話素)는 대립과 갈등의 계
급적 관계가 아닌 친족 관계 단위 전체의 혈연, 지연 공동체를 의미한
다고 할 수 있다. 더 넓게 보면 자기가 태어난 고향 전체를 포괄하는 단
위라고 할 수 있는 것이다. 이처럼 이병철 시의 출발점은 가족이다. 그
런데 이 당시 가족의 삶을 억누르는 것은 해방기의 억압적 현실이다.
그 억압적 현실을 헤쳐 나가기 위해 이병철은 조선문학가동맹의 이념을
받아들여 그것의 전위대로 활동한다. 이병철 시에 나타난 이향(離鄕)은
도리어 고향, 또는 가족을 지키기 위한 나름대로의 진로 선택 행위였다
고 할 수 있다. 그 결과 이병철의 삶과 시는 별개의 것이 아니라 서로

긴밀하게 연결된 동일자로 결합되어 있다. 이는 다시 가족이 온전하게 살 수 있는 이상적 공동체로의 열망으로 이어지고, 그 열망의 구체화를 위해 조선문학가동맹의 이념을 수용하게 된다. 이처럼 이병철 시에는 진보적 운동에 참여한 시적 주체의 구체적 자기 체험의 세계가 생생하게 투영되어 있다고 할 수 있다. 해방공간에서 이병철은 자신의 구체적 투쟁 체험, 또는 절실한 가족 화소를 중심으로 시를 창작함으로써 선취된 관념 위주의 일부 선전선동시가 드러내고 있는 이념편향성을 어느 정도 극복할 수 있었다. 이것이 다른 일군의 진보적 시인들의 시와 구별되는 이병철 시만이 갖고 있는 장점이기도 하다.

해방의 감격과 흥분이 차츰 비극적으로 전이되어 가는 현실 속에서, 이병철은 최소한의 가족공동체의 삶조차 보장받지 못하는 해방기의 부정적 현실에 대해 강한 투쟁의지와 주관적 열망의 세계를 드러내 보인다. 자신이 선택해 가는 길에 대한 확신과 미래에 대한 낙관적 전망은 그의 시의 또 다른 특징이다. 이병철 시의 시적 주체는 현실 속에 함몰되어 가려는 자신을 지키는 마지막 방어수단으로 죽음을 각오한 부정적 현실과의 대결을 선택하였다. 그래서 그의 시 일부에는 강한 죽음 충동을 내장하고 있다. 그러나 이러한 선택 행위가 비극적으로 전이되어 가는 현실 속에서 결코 흔들리지 않을 수 있었던 것은 자기가 가는 길에 대한 확고한 믿음과 전망을 확보하려는 주체 인식의 노력 때문이었다고 할 수 있다. 이처럼 이병철은 비극적 현실 속에서 주체를 정립해 보려는 현실 전략으로서의 시 창작방법을 견지하고 있었다고 할 수 있다. 낙관적 전망과 주관적 열망의 세계를 통해 이병철 시의 시적 주체는 비극적으로 전이되어 가는 해방기의 현실과 맞서고 있는 것이다.

이병철의 해방기 시 작품과 한국전쟁으로 인한 월북 후의 시 작품을 서로 긴밀히 연관지워 그 지속 및 변모의 양상을 검토해 보거나 그의 시 작품을 해방기 다른 신진시인들과의 비교 검토를 통해 그 차별성과 동일성을 밝혀내는 작업 등은 후고의 과제로 남겨둔다.

■ 참 고 문 헌

1. 기본자료

중앙문화협회 편, 『해방기념시집』, 중앙문화협회, 1945.

조선문학가동맹시부 편, 『3. 1기념시집』, 건설출판사, 1946.

박세영 외, 해방기념시집 『횃불』, 우리문학사, 1946.

김광현 외, 『전위시인집』, 노농사, 1946.

박아지, 『심화』, 우리문학사, 1946.

오장환, 『병든 서울』, 정음사, 1946.

______, 『나사는 곳』, 헌문사, 1947.

김동석, 『길』, 정음사, 1946.

조선문학가동맹시부위원회 편, 『연간조선시집』, 1947.

임　화, 『찬가』, 백양당, 1947.

설정식, 『종』, 백양당, 1947.

______, 『포도』, 정음사, 1948.

______, 『제신의 분노』, 신학사, 1948.

이용악, 『오랑캐꽃』, 아문각, 1947.

______, 『이용악집』, 동지사, 1949.

김상훈, 『대열』, 백우서림, 1947.

_____, 『가족』, 백우사, 1948.

윤곤강, 『피리』, 정음사, 1948.

_____, 『살어리』, 시문학사, 1948.

여상현, 『칠면조』, 정음사, 1947.

김동명, 『삼팔선』, 문융사, 1947.

유진오, 『창』, 정음사, 1948.

김기림, 『새노래』, 아문각, 1948.

장영창, 『어느 지역』, 태양당, 1948.

김용호, 『해마다 피는 꽃』, 시문학사, 1948.

임학수, 『필부의 노래』, 고려문화사, 1948.

조벽암, 『지열』, 아문각, 1948.

최석두, 『새벽길』, 조선사, 1948.

정진업, 『풍장』, 시문학사, 1948.

상 민, 『옥문이 열리든 날』, 신학사, 1948.

박문서, 『소백산』, 백우사, 1948.

김철수, 『추풍령』, 산호장, 1949.

신석정, 『빙하』, 정음사, 1956.

신승엽 편, 『김상훈시전집 - 항쟁의 노래』, 친구, 1989.

김학동 편, 『김기림전집』 1~6, 심설당, 1988.

오현주 편, 『해방기의 시문학』, 열사람, 1988.

김승환·신범순 편, 『해방공간의 문학 - 시』 1, 2, 돌베개, 1988.

『문학』, 『신문학』, 『대조』, 『신천지』, 『신문예』, 『협동』, 『새한민보』, 『백민』, 『학
      병』, 『구국』, 『신건설』, 『예술운동』, 『민중조선』, 『예술』, 『민성』 등의 잡지.

『독립신보』, 『중앙신문』, 『현대일보』, 『노력인민』, 『조선중앙일보』 등의 신문

조선문학가동맹서기국 편, 『건설기의 조선문학』, 백양당, 1946.

민주주의민족전선 편, 『조선해방1년사』, 문우인서관, 1946.

『1947년 조선년감』, 조선통신사, 1946.

『1948년판 조선년감』, 조선통신사, 1947.

『1947년판 예술년감』, 예술신문사, 1947.

한국문인협회 편, 『해방문학 20년』, 정음사, 1966.

김윤식 편, 『한국현대현실주의비평선집』, 나남, 1989.

송기한·김외곤 편, 『해방공간의 비평문학』1~3, 태학사, 1991.

2. 국내 저서

광주부총무과공보계, 『해방전후회고』, 광주부, 1946.

권기호, 『시론』, 학문사, 1983.

권영민, 『해방 직후의 민족문학운동 연구』, 서울대출판부, 1986.

권태섭, 『조선경제의 기본구조』, 동심사, 1947.

김기림, 『시론』, 백양당, 1947.

김남식, 『실록남로당』, 신현실사, 1975.

김남식·심지연 편저, 『박헌영노선비판』, 세계, 1986.

김동석, 『예술과 생활』, 박문출판사, 1948.

______, 『뿌로조아의 인간상』, 탐구당서점, 1949.

김승환, 『해방공간의 현실주의문학 연구』, 일지사, 1991.

김용직, 『해방기 한국시문학사』, 민음사, 1989.

______, 『임화문학연구』, 세계사, 1991.

______, 『한국근대시사』 하, 학연사, 1987.

김우창, 『궁핍한 시대의 시인』, 민음사, 1977.

김윤식, 『한국근대문예비평사연구』, 한얼문고, 1973.

______, 『한국근대문학양식논고』, 아세아문화사, 1981.

______, 『한국근대문학사상사』, 한길사, 1984.

______, 『임화연구』, 문학사상사, 1989.

______, 『해방공간의 문학사론』, 서울대 출판부, 1989.

______ 외, 『해방공간의 문학운동과 현실인식』, 한울, 1989.

______ 외, 『해방공간의 민족문학 연구』, 열음사, 1989.

김은전 외, 『한국현대시사의 쟁점』, 시와 시학사, 1991.

김재용, 『민족문학운동의 역사와 이론』, 한길사, 1990.

김점곤, 『한국전쟁과 노동당전략』, 박영사, 1973.

김정원, 『분단한국사』, 동녘, 1985.

김종범·김동운, 『해방전후의 조선진상』 제2집, 조선정경연구사, 1945.

김준오, 『시론』, 문장, 1984.

______, 『현대장르비평론』, 문학과 지성사, 1990.

김창한, 『국제정세』 상권, 인민평론사, 1947.

남경희, 『주체, 외세, 이념』, 이화여대 출판부, 1995.

동아일보사 편, 『현대사를 어떻게 볼 것인가』, 동아일보사, 1987.

로버트 스칼로피노·서대숙 외, 『한국현대사의 재조명』, 돌베개, 1982.

민족정경문화연구회 편, 『친일파군상』, 삼성문화사, 1948.

브루스 커밍스 외, 『분단전후의 현대사』, 일월서각, 1983.

박기훈 엮음, 『사실주의서정시 강좌』, 이웃, 1992.

박찬기 외, 『수용미학』, 고려원, 1992.

박치우, 『사상과 현실』, 백양당, 1946.

백남운, 『조선민족의 진로』, 신건사, 1946.

백 철, 『조선신문학사조사 현대편』, 백양당, 1949.

서중석, 『한국현대민족운동연구』, 역사비평사, 1991.

신형기, 『해방 직후의 문학운동론』, 화다, 1988.

실천문학편집위원회 엮음, 『다시 문제는 리얼리즘이다』, 실천문학사, 1992.

심지연, 『대구10월항쟁연구』, 청계연구소, 1991.

______ 엮음, 『해방정국논쟁사 I』, 한울, 1986.

염무웅, 『혼돈의 시대에 구상하는 민족문학의 논리』, 창작과 비평사, 1995.

오기영, 『민족의 비원』, 서울신문사, 1947.

오성호, 『한국근대시문학 연구』, 태학사, 1993.

오세영, 『20세기 한국시의 연구』, 새문사, 1989.

오철수, 『현실주의 시창작의 길잡이』, 연구사, 1991.

윤세평 외, 『해방 후 우리문학』, 조선작가동맹출판사, 1958.

윤여탁, 『리얼리즘시의 이론과 실제』, 태학사, 1994.

_____, 『시의 논리와 서정시의 역사』, 태학사, 1995.

윤열수, 『민화이야기』, 디자인하우스, 1995.

윤영천, 『한국의 유민시』, 실천문학사, 1987.

이기철, 『시학』, 일지사, 1985.

_____, 『분단기 문학사의 시각』, 우리문학사, 1991.

이기하, 『한국정당발달사』, 의회정치사, 1961.

이동순, 『민족시의 정신사』, 창작과 비평사, 1996.

이석태 편, 『사회과학대사전』, 문우인서관, 1948.

이선영 편, 『1930년대 민족문학의 인식』, 한길사, 1990.

이수인 엮음, 『한국현대정치사』 1, 실천문학사, 1989.

이승훈, 『한국현대시론사』, 고려원, 1993.

이우용 편, 『해방공간의 문학 연구』 (1), (2), 태학사, 1990.

이은봉, 『한국현대시의 현실인식』, 국학자료원, 1993.

_____ 엮음, 『시와 리얼리즘』, 공동체, 1993.

이주형, 『한국근대소설연구』, 창작과 비평사, 1995.

이철주, 『북의 예술인』, 계몽사, 1966.

이헌구, 『문화와 자유』, 청춘사, 1953.

임헌영, 『분단시대의 문학』, 태학사, 1992.

임 화, 『문학의 논리』, 학예사, 1940.

전형준, 『현대중국의 리얼리즘 이론』, 창작과 비평사, 1997.

정영진, 『통한의 실종문인』, 문이당, 1989.

정종진, 『한국현대시론사』, 태학사, 1991.

정해구, 『10월인민항쟁연구』, 열음사, 1988.

조동일, 『한국시가의 전통과 율격』, 한길사, 1982.

조연현, 『문학과 사상』, 세계문학사, 1949.

차봉희 편저, 『수용미학』, 문학과 지성사, 1985.

_____ 편저, 『독자반응비평』, 고려원, 1993.

최장집 편, 『한국현대사』 1, 열음사, 1985.

채만식, 『잘난사람들』, 민중서관, 1948.

채수영, 『해금시인의 정신지리』, 느티나무, 1991.
최두석, 『리얼리즘의 시정신』, 실천문학사, 1992.
______, 『시와 리얼리즘』, 창작과 비평사, 1996.
최유찬, 『리얼리즘의 이론과 실제비평』, 두리, 1992.
최재서, 『문학원론』, 춘조사, 1957.
편집부 엮음, 『선전선동론』, 지양사, 1989.
하정일, 『민족문학의 이념과 방법』, 태학사, 1993.
한국문화상징사전편찬위원회, 『한국문화상징사전』, 동아출판사, 1992.
한국현대문학연구회, 『한국현대시론사』, 모음사, 1992.
한용환, 『소설학사전』, 고려원, 1992.
현 수, 『적치 6년의 북한문단』, 중앙문화사, 1952.

3. 국내 논문

감태준, 「이용악시 연구」, 한양대 박사학위 논문, 1989.
고형진, 「1920~30년대 시의 서사지향성과 시적구조」, 고려대 박사학위 논문, 1991.
권기호, 「문학과 이데올로기」(Ⅰ), (Ⅱ), 『선시의 세계』, 경북대출판부, 1991.
김성윤, 「시에 있어서 전형의 문제」, 『문학과 논리』 창간호, 태학사, 1991.
김승환, 「해방 직후 문학 연구의 경향과 문제점」, 『문학과 논리』 2호, 1992.
김신정, 「김상훈 연구」, 연세대 석사논문, 1992.
김영철, 「산문시·이야기시란 무엇인가」, 『현대시』, 1993. 7.
김 철, 「카프 해소·비해소파 논쟁의 의미」, 『잠없는 시대의 꿈』, 문학과 지성사, 1989.
김형수, 「서정시의 운명을 밝히는 사실주의」, 『한길문학』, 1991 여름호.
김흥규, 「민족문학과 순수문학」, 『한국문학의 현단계』Ⅳ, 창작과 비평사, 1985.
류덕제, 「해방 직후 문학론에서의 대중화문제」, 『문학과 언어』 14집, 1993.
류보선, 「1920~30년대 예술대중화론 연구」, 서울대 석사학위 논문, 1987.

류순태, 「이용악시 연구」, 서울대 석사학위 논문, 1994.
박용규, 「조선문학가동맹의 민족문학론연구」, 서울대 석사학위 논문, 1989.
박용찬, 「프로문학 선택과 시의 창작방법 문제」, 『어문학』 54집, 1993.
______, 「해방 직후 10월항쟁의 시적 형상화 과정 연구」, 『국어교육연구』 25집, 1993.
______, 「해방기 시에 나타난 자기비판과 진로 선택의 문제」, 『국어교육연구』 27집, 1995.
______, 「시적 화자의 변이양상에 대한 연구」, 『국어교육연구』 29집, 1997.
______, 「해방기 시론에 나타난 시적 실천과 현실반영의 문제」, 『문학과 언어』 19집, 1997.
______, 「1945~50년 한국 시에 나타난 현실과 이상의 문제」, 『국어교육연구』 30집, 1998.
______, 「친일시의 양상과 자기비판의 문제」, 『국어교육연구』 35집, 2003.
박헌호, 「해방기의 문예대중화론 연구」, 성균관대 석사학위 논문, 1991.
백낙청, 「리얼리즘에 관하여」, 『민족문학과 세계문학』 II, 창작과 비평사, 1985.
______, 「시와 리얼리즘에 대한 단상」, 『실천문학』, 1991 겨울호.
송영목, 「해방기 시 연구」, 『어문논총』 26호, 경북어문학회, 1992.
신범순, 「해방 직후의 진보적 시에 대하여」, 『해방공간의 문학 - 시』 2, 돌베개, 1988.
______, 「해방기 시의 리얼리즘 연구」, 서울대 박사학위 논문, 1990.
신재기, 「1930년대 비평에서 '엥겔스의 발자크론' 수용양상」, 『어문논총』 28호, 1994.
심선옥, 「박세영 시의 현실주의적 성격」, 성균관대 석사 논문, 1990.
염무웅, 「시와 리얼리즘」, 『창작과 비평』, 1992 봄호.
오성호, 「1920~30년대 한국시의 리얼리즘적 성격 연구」, 연세대 박사학위 논문, 1992.
______, 「시에 있어서의 리얼리즘 문제에 관한 시론」, 『실천문학』, 1991 봄호.
오현주, 「8.15 직후 문학운동과 시문학의 전개양상」, 『해방기의 시문학』, 열사람, 1988.

윤여탁, 「1920~30년대 리얼리즘시의 현실인식과 형상화 방법에 대한 연구」, 서
　　　울대 박사학위 논문, 1990.
＿＿＿, 「시의 서술구조와 시적화자의 기능」, 『문학과 논리』, 창간호, 1991.
＿＿＿, 「해방정국의 불꽃시인 최석두」, 『실천문학』, 1991 여름호.
＿＿＿, 「해방정국의 문학운동과 조직에 대한 연구」, 『해방공간의 문학운동과 문학
　　　의 현실인식』, 한울, 1989.
윤영천, 「한국 리얼리즘시론의 역사적 전개와 지향」, 『민족문학사 연구』제2호, 민
　　　족문학사연구소, 1992.
＿＿＿, 「8.15 직후 시」, 『한국근현대문학연구입문』, 한길사, 1990.
이기성, 「해방기 신진시인 연구」, 이화여대 석사학위 논문, 1991.
이명찬, 「1930년대 후반 현실주의시의 내면화 과정 연구」, 서울대 석사학위 논문,
　　　1991.
이양숙, 「해방 직후의 진보적 리얼리즘론 연구」, 서울대 석사학위 논문, 1990.
이은봉, 「1930년대 후기시의 현실인식 연구」, 숭실대 박사학위 논문, 1992.
이주형, 「해방 직후 소설에 나타난 민족현실의 인식」, 『국어교육연구』 20집,
　　　1988. 12.
＿＿＿, 「해방 직후에 있어서의 문학의 정치성」, 『문화비평』 3호, 1989 후.
임헌영, 「해방 직후 지식인의 민족현실 인식」, 『해방전후사의 인식』 2, 한길사,
　　　1985.
＿＿＿, 「해방이후 무장투쟁에 대한 문학적 형상화」, 『해방전후사의 인식』 4, 한길
　　　사, 1989.
정재찬, 「1920~30년대 한국 경향시의 서사지향성 연구」, 서울대 석사학위 논문,
　　　1987.
＿＿＿, 「리얼리즘 시론을 위한 문학사적 반성」, 『리얼리즘』, 문예미학회, 1994.
최두석, 「김상훈론」, 『한국학보』, 1990 겨울호.
＿＿＿, 「현대리얼리즘시 연구」, 서울대 박사학위 논문, 1995.
최원식, 「해방 직후의 시론」, 『민족문학의 논리』, 창작과 비평사, 1982.
최학출, 「여상현론(2)」, 『울산어문논집』 제 7집, 1991.
하정일, 「해방기 민족문학론 연구」, 연세대 박사학위 논문, 1992.

황인교, 「이용악 시의 언술 분석」, 이화여대 박사학위 논문, 1991.

황정산, 「'시와 현실주의' 논의의 전진을 위하여」, 『창작과 비평』, 1992 여름.

홍승용, 「루카치의 리얼리즘론 연구」, 서울대 박사학위 논문, 1993.

4. 국외 논저

Arvon. H., 오병남 외역, 『마르크스주의와 예술』, 서광사, 1981.

Baktin, M., 이득재 역, 『문예학의 형식적 방법』, 문예출판사, 1993.

Baktin, M. M. & Volosinov, V. N., 송기한 역, 『마르크스주의와 언어철학』, 한겨레, 1988.

Becker, G.J. ed., *Documents of Modern Literary Realism*, Princeton University, 1973.

Bercht, B., 서경하 역, 『브레히트의 리얼리즘론』, 남녘, 1989.

, 서경하 역, 『즐거운 비판』, 솔, 1996.

Bisztray, G., 편집실 역, 『마르크스주의의 리얼리즘 모델』, 인간사, 1985.

Booth, W.C., 최상규 역, 『소설의 수사학』, 새문사, 1985.

Bürger, P., 최성만 역, 『전위예술의 새로운 이해』, 심설당, 1986.

Chatman, S., 한용환 역, 『이야기와 담론』, 고려원, 1991.

Cumings, B., 김주환 역, 『한국전쟁의 기원』 상, 하, 청사, 1986.

Eagleton. T., 이경덕 역, 『문학비평: 반영이론과 생산이론』, 까치, 1986.

, 김명환 외역, 『문학이론입문』, 창작과 비평사, 1986.

Fridlender, G., 이항재 역, 『리얼리즘의 시학』, 열린책들, 1987.

Goldmann, L., 송기형 외역, 『숨은 신』, 인동, 1980.

Grebstein, S.H., *Perspectives in Contempory Criticism*, New York, Harper & Row, 1968.

Hegel, G.W.F., 최동호 역, 『헤겔시학』, 열음사, 1987.

Hernadi, P., 김준오 역, 『장르론』, 문장, 1983.

Jameson, F., 여홍상 외역, 『변증법적 문학이론의 전개』, 창작과 비평사, 1984.

John, E., 임홍배 역, 『마르크스 레닌주의 미학 입문』, 사계절, 1989.

Kagan, M.S., 진중권 역, 『미학강의』Ⅱ, 새길, 1991.

Kayser, W., 김윤섭 역, 『언어예술작품론』, 대방출판사, 1982.

Kohl, S., 여균동 역, 『리얼리즘의 역사와 이론』, 한밭, 1982.

Lamping, D., 장영태 역, 『서정시: 이론과 역사』, 문학과 지성사, 1994.

Lenin, V.I., 편집부 역, 『레닌의 문학론』, 여명, 1988.

　　　　, 이길주 역, 『레닌의 문학예술론』, 논장, 1988.

Lukacs, G., 홍승용 역, 『문제는 리얼리즘이다』, 실천문학사, 1985.

　　　, 황석천 역, 『현대리얼리즘론』, 열음사, 1986.

　　　, 여균동 역, 『미와 변증법』, 이론과 실천, 1987.

　　　, 조정환 역, 『변혁기 러시아의 리얼리즘문학』, 동녘, 1986.

　　　외, 이춘길 역, 『리얼리즘미학의 기초이론』, 한길사, 1985.

　　　외, 최유찬 외역, 『리얼리즘과 문학』, 지문사, 1985.

Lunn, E., 김병익 역, 『마르크스주의와 모더니즘』, 문학과 지성사, 1986.

Marx·Engels, *On Literature and Art, Moscow*, Progress Publishers, 1978.

Mills, C.W., 강희경 외역, 『사회학적 상상력』, 홍성사, 1982.

Prince, G., 최상규 역, 『서사학』, 문학과 지성사, 1988.

Macdonell, D., 임상훈 역, 『담론이란 무엇인가』, 한울, 1992.

Marx, K. & Engels, F., 김영기 역, 『마르크스 엥겔스의 문학예술론』, 논장, 1989.

Rimmon-Kenan, S., 최상규 역, 『소설의 시학』, 문학과 지성사, 1992.

Rozentali, M. 외, 홍면식 역, 『창작방법론』, 문경사, 1949.

Steiger, E., 이유영 외역, 『시학의 근본개념』, 삼중당, 1978.

Todorov, T., 최현무 역, 『바흐찐: 문학사회학과 대화이론』, 까치, 1986.

Wellek, Rene., *Concepts of Criticism*, Yale University, 1978.

Zima, Peter V., 『문예미학』, 을유문화사, 1993.

Zis, Avner., 연희원 외역, 『마르크스주의 미학강좌』, 녹진, 1989.

문학예술연구소 엮음, 『현실주의 연구1』, 제3문학사, 1990.

소련과학아카데미 편, 신승엽 외역, 『마르크스레닌주의 미학의 기초이론』Ⅱ, 일월
     서각, 1988.
오프스야니코프, 이승숙 외역, 『마르크스-레닌주의 미학원론』, 이론과 실천, 1990.
伊東勉, 이현석 역, 『리얼리즘이란 무엇인가』, 세계, 1987.
임범송 외, 『맑스주의 문학개론』, 나라사랑, 1989.
장원유인, 김영석 외역, 『예술론』, 개척사, 1948.
조만영 엮음, 『맑스주의 문학예술논쟁』, 돌베개, 1989.

저|자|소|개

박 용 찬(朴容贊)

1960년 경주 출생.
경북대 사대 국어교육과를 졸업하고 같은 대학교 대학원 국어국문학과에서
석사, 박사 학위를 받음(문학박사).
1990년부터 경북대, 금오공대, 울산대, 대구대, 경북대사대부고 등에서
강의함.
주요 논저로「프로문학 선택과 시의 창작방법 문제」,「1940년대 시의 굴
종과 반성」,『시 교육 방법의 이론과 현장』등이 있음.

해방기 시의 현실인식과 논리

인 쇄　2004년 11월 24일
발 행　2004년 11월 30일
저 자　박용찬
펴낸이　이대현
편 집　이태곤 안현진 권분옥 박윤정
펴낸곳　도서출판 **역락** / 서울 성동구 성수2가 3동 301-80
　　　　(주)지시코 별관 3층(우133-835)
전 화　3409-2058(대표) 3409-2060(편집부) FAX 3409-2059
이메일　yk3888@kornet.net / youkrack@hanmail.net
홈페이지　www.youkrack.com
등 록　1999년 4월 19일 제2-2803호

정가　22,000원
ISBN　89-5556-340-X-93810

* 잘못된 책은 교환해 드립니다.